KNAUR

JESSA HASTINGS

DAISY HAITES
THE GREAT UNDOING

Übersetzt von Kristina Koblischke,
Regina Jooß und Nora Petroll

KNAUR

Die britische Originalausgabe erschien 2023 unter dem Titel
»Daisy Haites – The Great Undoing« bei Orion, London.

Besuche uns im Internet:
www.droemer-knaur.de

Die Verlagsgruppe Droemer Knaur hat sich zu einer nachhaltigen Buchproduktion verpflichtet. Gemeinsam mit unseren Partnern und Lieferanten setzen wir uns für eine klimaneutrale Buchproduktion ein, die den Erwerb von Klimazertifikaten zur Kompensation des CO_2-Ausstoßes einschließt.

MIX
Papier | Fördert gute Waldnutzung
FSC® C083411

Deutsche Erstausgabe November 2023

Redaktion: Catherine Beck
Covergestaltung: ZERO Werbeagentur, München
Coverabbildung: ZERO Werbeagentur, München
unter Verwendung des Coverdesigns von
Rachael Lancaster und Coverfotos von Garrett Lobaugh
Satz und Layout: Adobe InDesign im Verlag
Druck und Bindung: CPI books GmbH, Leck
ISBN 978-3-426-53082-5

2 4 5 3 1

Bei manchen Menschen lösen bestimmte Themen ungewollte Reaktionen aus. Deshalb findet ihr am Ende des Buches eine Liste mit sensiblen Inhalten.

Für all die Leute, die mir über PNs schreiben, dass ich eure Therapierechnungen bezahlen soll. Das werde ich nicht tun, aber ich widme euch dieses Buch. Bleibt so dramatisch, wie ihr seid. In einem vernünftigen Rahmen. Unter angemessenen Umständen. Seid im Alltag vielleicht nicht ganz so dramatisch. Danke für alles.

Und natürlich für Christa. Einfach weil.

KAPITEL 1

DAISY

Ich rolle mich auf die Seite und lege das Kinn auf seine Brust.

»Morgen.« Er lächelt mich müde an und legt den Arm um mich. »Wie hast du geschlafen?«

»Gut, glaube ich.«[1] Ich nicke. »Oder nicht?«

Killian Tiller zuckt mit den Schultern, und gleichzeitig zucken seine Mundwinkel. »Du hast mir keine übergebraten, als ich gestern Nacht ins Bett gekommen bin, das war gut.«

Ich lächle ihn stolz an, und er schnaubt lachend. Normale Leute verpassen ihrem Freund keine reflexartigen Ellbogenschläge, wenn besagter amerikanischer Freund spätnachts in ihr Bett kriecht.

»Um wie viel Uhr sollen wir los zum Markt?« Ich setze mich auf und rücke noch etwas dichter an ihn heran.

Er lächelt unbehaglich. »Ich muss arbeiten …«

»Es ist Samstag!«, erwidere ich und runzle die Stirn.

»Ich weiß.« Wieder zuckt er mit den Schultern. »Einfach ein unglücklicher Zeitpunkt.«

»Tills.« Ich lasse die Schultern hängen. »Geht es um meinen Bruder?«

»Dais, du weißt, dass ich von allem abgezogen wurde, das mit ihm zu tun hat.«[2] Er presst die Lippen zusammen und schüttelt den Kopf. »Aber überleg mal – ohne mich kannst du so lange an den Ständen mit grünem Blattgemüse rumstehen, wie du willst …«

Ich sehe ihn abwägend an. »An den Ständen bist du tatsächlich ziemlich nervig.«[3]

Er seufzt und wappnet sich für die Diskussion, die wir schon fünfzigmal geführt haben. »Ein Blatt ist ein Blatt, Daisy.«

Ich schüttle den Kopf. »Nein.«

1 Am Ende. Eine Melatonintablette und vier geführte Meditationen später.

2 Ein Interessenskonflikt, hat sein Chef gesagt.

3 Mag kein grünes Blattgemüse, mein Freund.

»Doch.« Er nickt. »Nur ein Haufen Blätter, die von exzentrischen Botanikern benannt wurden.«

»Ein Kopf Romanasalat unterscheidet sich in Aussehen und Verwendung sehr stark von – sagen wir – Grünkohl.« Ich sehe ihn eindringlich an, und er schüttelt stur den Kopf, einfach um mich zu provozieren.[4]

»Bist du zum Abendessen zu Hause?«

»Denke schon.«

Er nickt und beugt sich zu mir, küsst mich so, wie ich es mir jahrelang erträumt habe, und rollt sich dann aus dem Bett, um zu duschen.

Er hat sein eigenes Apartment, aber eigentlich wohnt er bei mir im Kensington Gardens Square.[5]

Nachdem ich etwa einen Monat lang allein gelebt habe, bin ich eines Tages nach Hause gekommen, nur um festzustellen, dass bei mir eingebrochen wurde.

Tür eingetreten, Schloss herausgebrochen, die ganze Bude auf den Kopf gestellt – gestohlen wurde nichts, zumindest soweit ich es beurteilen konnte.

Ich hab die Polizei gerufen, denn das machen normale Leute[6] wohl, wenn etwas schiefläuft – sie rufen nicht ihren Bruder an[7] oder die Lost Boys[8], sondern die Polizei[9]. Also habe ich die Polizei gerufen.[10]

Und dann ist Killian Tiller aufgetaucht.

Er hat an meine eingetretene Tür geklopft, und sie ist langsam aufgeschwungen. Ich war da, saß auf einer Bank neben meinem Nachbarn Jago[11], der den Mann in der Tür argwöhnisch beäugte.

Bei Tillers Anblick bin ich aufgesprungen, und ein seltsames Kribbeln ist durch meinen Körper gegangen, gleichzeitig eine Art Erleichterung

4 Und falls Killian Tiller glaubt, dass man für wilde Rauke genauso gut Babyspinat nehmen kann, ist ihm ehrlich nicht mehr zu helfen.

5 Bayswater.

6 Was ich – um es zu betonen – jetzt bin.

7 Weil er ein Idiot ist.

8 Weil die alle Idioten sind.

9 Möglicherweise auch Idioten.

10 Obwohl alles in mir wirklich einfach meinen Bruder anrufen wollte.

11 Ja, Jago Benz. Der aus der Band. Er ist nur hin und wieder hier, meistens ist er in New York.

und Traurigkeit. Ich erinnere mich, dass ich mir plötzlich sehr bewusst war, eine bauschige Levi's 501 und ein schwarzes bauchfreies Oberteil zu tragen. Meine Socken passten nicht zusammen, und meine Haare waren zu einem Pferdeschwanz gebunden, in den sie kaum passten, weil ich sie abgeschnitten habe, als ich alle aus meinem Leben verbannt habe.

»Ich hab's über Funk gehört«, sagte Tiller mit gerunzelter Stirn, griff in seine Gesäßtasche und hielt Jago kurz seine Dienstmarke hin.

»Das ist Killian Tiller«, sagte ich. »Er ist ein …« Meine Augen wurden schmal, und Tiller zog auf diese bekannte neckische Art die Brauen hoch. »So was wie ein alter Freund.«

Jago nickte, sagte, ich solle mich später bei ihm melden – dass ich bei ihm schlafen könne, wenn ich wolle –, und ging.

Tiller ließ den Blick durch die Wohnung schweifen. »Deine Haushaltsführung ist nicht mehr das, was sie mal war.«

Ich verdrehte die Augen und lächelte ihn schwach an. Er war froh, mich zu sehen, so viel war klar.

»Hast du die Wohnung genau so vorgefunden?« Er berührte einige meiner Habseligkeiten mit einem Stift, um keine Spuren zu verwischen. »Hast du irgendwas bewegt?«

Ich schüttelte den Kopf, woraufhin er sein Handy hervorholte und ein paar Fotos schoss.

»Irgendeine Vermutung?« Er blickte zu mir.

»Du meinst, ob es Julian war?« Ich zog verteidigend die Brauen hoch.[12, 13]

Er schob den Unterkiefer vor. »Das hast du gesagt, nicht ich.«

»Nein, es war nicht Julian.« Ich starrte ihn finster an, und er nickte nur und sah sich weiter in der Wohnung um.

»Wie ist es dir ergangen?«, fragte er von der anderen Seite des Raums her und sah mich mit vor der Brust verschränkten Armen und ernstem Gesicht an.

»Na ja, also …« Ich ließ den Blick durch das verwüstete Wohnzimmer schweifen. »Mir ging es schon besser.«

Er unterdrückte ein Lächeln. »Vor dem hier – wie ist es dir ergangen?«

12 Wahrscheinlich, weil sich alte Gewohnheiten schwer ablegen lassen.

13 Oder vielleicht, weil ich meinen Bruder bis zu meinem Tod verteidigen werde, ob ich will oder nicht.

»Gut.« Ich spitzte die Lippen. »Schätze ich.«

»Hattet ihr mal Kontakt?«

Ich schüttelte den Kopf. »Das Letzte, was ich gehört habe, ist, dass er aus London geflohen ist,[14] weil er vom Scotland Yard gesucht wird.« Ich warf ihm einen bösen Blick zu.

»Na ja …« Er zuckte mit seinen amerikanischen Schultern. »Er hat ziemlich viele Gemälde gestohlen.«

»Ich weiß.«

»Hat etliche Gesetze gebrochen.«

»Ich weiß.« Ich nickte ungeduldig.

»Hat zwei Kinder entführt.«

»Ich weiß, Killian«, rief ich ihm entgegen, dann wurde mein Ton sanft. »Wir sprechen nicht mehr miteinander.«[15]

Er nickte und senkte den Blick. »Tut mir leid.« Tat es wirklich, das war ihm anzusehen. »Du brauchst ein neues Schloss«, sagte er dann und zeigte auf die Tür.

Ich kniff die Lippen zusammen und nickte. »Dann rufe ich also einfach einen Schlüsseldienst?«

»Ich mach das schon«, sagte er schnell. Unsere Blicke trafen sich, und er wandte seinen nicht ab.

Ich schüttelte nur den Kopf und schenkte ihm ein dankbares Lächeln. »Das gehört nicht unbedingt zu deinem Job.«[16]

Er verzog den Mund, als amüsierte er sich. »Stimmt, das hier aber auch nicht, von daher …« Er machte eine die Wohnung umfassende Handbewegung.

»Dann warst du wohl einfach gerade in der Nähe?«, fragte ich mit hochgezogenen Brauen.

»Ja.« Er nickte unbeeindruckt. »So was in der Art.«[17]

14 Irgendwo nach Südamerika, hat mir Miguel erzählt, ohne dass ich ihn danach gefragt hätte.

15 Es gelingt mir, das hervorzubringen, ohne dabei wie das zerbrochene Ei auszusehen, als das ich mich fühle.

16 Er ist, um euer Gedächtnis aufzufrischen, Ermittler bei der NCA.

17 Später sollte ich herausfinden, dass er die Ohren für Dinge über mich und meinen Bruder offen gehalten hatte, für alle Fälle. Weil er wusste, dass ich allein war.

Müsste ich es in einem Bild ausdrücken, ist dieser Augenblick für mich bis heute ein kleiner Setzling, der den Kopf durch die Erde streckt.

In jener Nacht schlief ich bei Jack[18] – Tiller hat mich zu ihm gefahren, und am nächsten Tag stand er am späten Nachmittag mit einem neuen Schloss und einem Werkzeugkoffer vor meiner Wohnung.

Sobald er eintraf, machte Jack, der den gesamten Tag mit mir verbracht hatte,[19] große Augen und formte von der anderen Seite des Zimmers mit den Lippen die Worte: Fuck, ist er heiß.

Halt's Maul, formten meine Lippen zur Antwort.

Jack bildete mit Daumen und Zeigefinger einen Kreis und stieß dann den Zeigefinger seiner anderen Hand mehrmals hindurch.[20]

»Raus hier!« Ich zeigte zur Tür, und mein bester Freund kicherte, als er vor mich trat und meine Wange küsste. »Ruf mich an.«

»Wir haben Streit!«, rief ich ihm hinterher.

»Worüber habt ihr Streit?«, fragte Tiller und blickte von seinem Werkzeugkoffer auf.

Ich lächelte ihn kurz an. »Ach, nichts.«

Ich ging zu ihm hinüber und stellte mich neben die Tür, die er reparierte, denn – wir und Türschwellen, ihr wisst schon. Mein Herz war am Arsch. Ich vermisste meinen Bruder, ich vermisste Christian. Ich war allein und hatte Angst, und Tiller kniete in meiner Wohnung und reparierte etwas, das er gar nicht kaputt gemacht hatte.

Er wusste, was er tat. Ich meine – natürlich wusste er das, schließlich hatte er es angeboten, aber ich hatte bis dahin noch nie einem Mann dabei zugesehen, wie er etwas reparierte.[21]

Das Bohren, das Meißeln, das Schrauben – o mein Gott –, die reinste

18 Der wegen der ganzen Sache übrigens völlig den Kopf verlor. Sagte, ich hätte mit ihm zusammenziehen sollen, dass so was nie passiert wäre, wenn ich Mitbewohner hätte, und er hätte gewusst, dass wir uns zusammen eine Wohnung hätten suchen sollen, woraufhin ich nur sagte: »Bei allem Respekt, Jack – du hattest letztens eine Spinne von der Größe eines Pennys im Waschraum, und ich musste kommen, um sie rauszuwerfen, ich würde also nicht erwarten, dass du sonderlich gut mit einem Einbrecher klarkämst.«

19 Und weil er hoffte, einen guten Blick auf den sexy Polizisten zu erhaschen.

20 Dieser Kindskopf von einem Mann.

21 Er ist, um euer Gedächtnis aufzufrischen, Ermittler bei der NCA.

Folter. Ich biss mir auf den Daumen, denn ohne auf irgendetwas zu beißen, hätte ich nur dagestanden und ihn mit offenem Mund angeglotzt, weil Tiller einfach – er ist Tiller, okay? Er ist himmlisch mit seinen blonden Haaren, diesen blauen Augen, mit seinen Schultern und diesem Akzent. Schon seit ich sechzehn war, brachte mich seine Gegenwart zum Schmelzen, und dasselbe geschah auch jetzt wieder hier in meinem Flur.

Sein Blick huschte hoch zu mir.

»Also …« Er hustete total lässig. »Datest du zurzeit jemanden?«

»Nein.« Ich streckte die Arme über den Kopf und ließ meinen Rücken knacken. Zum Teil, weil er wehtat, und zum Teil, weil der gesamte Rest von mir auf eine Weise wehtat, der ich nicht allein beikommen konnte. Ich hasste es, allein zu sein. Mein gesamtes Leben lang habe ich mir nichts sehnlicher gewünscht, und nun war ich komplett allein, wie ich es immer gewollt hatte, und konnte nicht damit umgehen.

»Und du?«, fragte ich leichthin. »Hast du jemanden?«

Tiller sah mich einen Sekundenbruchteil länger an, als er wahrscheinlich gesollt hätte, bevor er den Kopf schüttelte. »Nein.«

»Oh.« Ich nickte ein Mal. Räusperte mich. »Hey, willst du einen Drink?« Ich stieß mich von der Wand ab und ging Richtung Küche, ohne auf seine Antwort zu warten. Tiller sah mir mit seinem süßen ernsten Gesicht hinterher, das ich so sexy fand[22] – sein Blick huschte von mir zur Küchentür und zurück zu mir. Dann nickte er kurz und konzentrierte sich wieder viel zu intensiv auf die kaputte Wohnungstür.

Ich schenkte uns zwei übergroße Gläser Wein ein und konnte sehen, dass er mich durchschaute, weil sich unsere Blicke kurz trafen, als ich ihm sein Glas in die Hand drückte, und er machte den Eindruck, als wappnete er sich – als stände er am Rand eines Abhangs und redete sich Mut zu, zu springen.

Tiller nahm einen großen Schluck, gab mir das Glas zurück und machte sich wieder an der Tür zu schaffen, und ich weiß noch genau, dass ich seine völlige Unaufmerksamkeit mir gegenüber echt heiß und sexy fand und mich plötzlich fragte, ob er es mit Absicht machte. Dass er

22 Und immer noch finde. Besorgnis ist süß bei Männern wie ihm. Zärtlich irgendwie, nicht bevormundend.

mich nicht ansah. Er hatte die Augenbrauen so konzentriert zusammengezogen, dass er die Tür regelrecht anstierte …

Nach einer kurzen Weile stand er auf. Verriegelte die Tür und entriegelte sie wieder.

»Alles repariert.« Er warf mir ein kurzes Lächeln zu. Er sah nervös aus. Süß.

Ich griff an ihm vorbei, ließ das Schloss einschnappen, und das Geräusch des Bolzens hallte laut nach und riss die alte Fallgrube in mir auf.

»Danke«, sagte ich leise.

Tiller wandte den Blick nicht von mir ab. »Gern geschehen.«

Dann nickte er, kniete sich wieder auf den Boden und begann, sein Werkzeug zusammenzupacken.

Ungefähr in diesem Augenblick fing ich an, mich zu fragen, ob die ganze sexuelle Spannung, die ich zwischen uns spürte, ausschließlich in meinem Kopf existierte. War sein Bohren gar nicht mehr als Bohren? War das Verlangen, das ich zwischen uns wahrzunehmen glaubte, nur einseitig? Ich weiß nicht, warum, aber in diesem Moment überkam mich dieses altbekannte Gefühl, das ich zum ersten Mal gehabt hatte, als meine Eltern starben. Dass ich ein kleines hilfloses Mädchen war, ganz allein auf der Welt. Ich habe mich nur einige Monate lang so gefühlt, nachdem es passiert war, nach jenem Tag am Strand, aber fast jede Nacht hatte ich einen Traum, manchmal habe ich ihn immer noch: Ich auf dem Sand, während sie sterben, aber Julian stirbt ebenfalls, und nur ich bleibe übrig – am Leben –, aber jetzt bin ich wirklich ein Waisenkind und wirklich allein. Ich bin alles, was mein Bruder gesagt hat.

Dasselbe Gefühl hatte ich auch, als mein Bruder aus dem Krankenhauszimmer ging, und es überkam mich erneut, als ich zusah, wie Tiller dort vor mir sein Werkzeug zusammenpackte. Als ich es merkte, wollte ich, dass er sofort ging – er *musste* gehen. Ich wollte nicht, dass er mein Gesicht sah, wollte nicht, dass er bemerkte, dass ich traurig war – dass ich mich überhaupt nicht verändert hatte, dass ich hier auf der Stelle mit ihm schlafen würde, genauso wie mit Jago oder dem Barista gegenüber, dass ich ihre Körper als Sperrholzplatte benutzen würde, die ich über die Fallgrube lege, um nicht wieder hineinzufallen.

Ich kniete mich neben ihn und half ihm, schneller zusammenzupacken, griff nach einem Bohrer und blies darauf, um ihn vom Sägemehl zu befreien, als …

»Au! Scheiße!« Meine Hand flog an mein Auge.

»Alles in Ordnung?« Tiller runzelte besorgt die Stirn.

Ich stand vorsichtig auf und ertastete mir den Weg zum Gäste-WC. Er eilte mir hinterher, und ich erinnere mich, dass in seinem Gesicht größere Besorgnis geschrieben stand, als für ein Sägemehlkorn angebracht.

Ich spritzte mir etwas Wasser ins Auge und versuchte, es rauszuspülen. Und dann legte sich eine Hand auf meine Hüfte und drehte mich um.

»Lass mich sehen.« Er nahm mein Gesicht in beide Hände und zog vorsichtig mit dem Daumen mein geschlossenes Lid auf.

Unsere Gesichter waren so dicht beieinander, dass ich die Wärme spüren konnte, die von seinem Körper ausging.

Wenn ich an jenen Abend zurückdenke, ist das der Teil, an den ich mich am klarsten erinnere. Er gab mir ein Gefühl von Wärme.

»Ich glaube, da ist es«, sagte er, aber es klang etwas heiser.

Sein Blick huschte an mir hinab, er presste die Zunge gegen die Unterlippe, sah mir tief in die Augen und beugte sich vor … langsam … so ein bedächtiges Vorbeugen.[23] Und dabei sah er mich unverwandt an, um sicherzugehen, dass ich meine Meinung nicht änderte.

Als würde ich das je tun, wo endlich dieses Gesicht auf mich zukam, wie ich es mir immer gewünscht hatte.

Ich schlang die Arme um ihn und zog ihn zu mir ran, unsere Lippen berührten sich, und dann war all seine Bedächtigkeit passé.

Hier ist die Wahrheit: Ich habe mir unzählige Male ausgemalt, mit Killian Tiller zu schlafen, seit ich ungefähr sechzehn war. Auf dem, was passierte – dann und dort –, türmten sich jahrelange Erwartungen, und Tills enttäuschte nicht.

Er wurde für keine Sekunde langsamer, ließ keine Sekunde nach. Er hob mich auf seine Hüfte, und wir trieben es auf meinem Waschbecken unter unglaublich furchtbarem Licht – die Art Licht, das jeden Makel offenbart, und ich konnte keinen einzigen an ihm entdecken.

Hinterher lehnte er sich sitzend gegen die Wand meines winzigen

23 Ich muss immer noch lächeln, wenn ich daran denke. Es ist typisch Tiller, bedächtig zu sein.

Gäste-WCs und starrte mit nachdenklichem Gesicht zur Decke, wieder ganz besorgt.

»Fuck …« Er schüttelte den Kopf.

»Was?« Ich setzte mich auf und zog mein Oberteil wieder an.

»Tut mir leid.« Er verzog das Gesicht. »Das hätte ich nicht machen sollen.«

»Was genau?«

Er deutete vage mit dem Finger auf mich.

»Du meinst, du hättest es mir nicht machen sollen?« Ich blinzelte.

Er nickte schnell und fuhr sich angespannt mit den Händen übers Gesicht. Er streifte sein T-Shirt über und stand auf. »Ich wollte dich nicht, ähm, ausnutzen oder so …«

Ich sah ihn verwirrt an. »Tiller, ich habe dir ungefähr die dreifache Portion Wein eingeschenkt, weil ich wollte, dass das hier passiert.«

Er warf mir einen unbeeindruckten Blick zu.

»Ich versuch schon seit Jahren, dich flachzulegen, Tills …«, sagte ich in dem Versuch, der Sache Leichtigkeit zu verleihen. Ich mochte nicht, wie angespannt er aussah.

»Tiller!« Ich lachte, weil er sich so süß verhielt. »Es war nur Sex.«

Da sah er mich argwöhnisch an, als wäre ich eine Vollidiotin. »So etwas gibt es nicht.«

»O doch!« Ich schüttelte lachend den Kopf. »Natürlich gibt es das! Wir hatten gerade welchen!«

Er stieß Luft aus, als hätte er den Atem angehalten. »Ich schwöre hoch und heilig, dass ich nur hergekommen bin, um dein Schloss auszutauschen.«

Ich schenkte ihm ein kleines Lächeln. »Ich glaube dir.«

Kurz danach ging er, und später schrieb er mir, dass es ihm leidtäte und dass ich ihm nur schreiben müsse, falls ich Hilfe mit irgendetwas anderem brauchte.

Und ist es zu glauben? Ein paar Tage später war mein Abwasserrohr verstopft.

So fing es an. Zuerst das Türschloss, dann das verstopfte Rohr. Dann begann mein Kühlschrank zu tropfen, und ich brauchte einen neuen. Dann hatte mein Auto kein Benzin mehr … absichtlich.

Und dann fing ich mit Sachen an, wie die Glühbirne zu schütteln, bis der Wolframfaden riss, und sie dann wieder in die Fassung zu drehen und so zu tun, als wüsste ich nicht, wie man sie wechselt.

»Du weißt schon, dass du mich einfach fragen kannst, ob ich für Sex vorbeikomme, oder?«, fragte er an jenem Abend und zupfte mir neckisch an einer Haarsträhne. Was ich dann auch etwa eine Woche lang getan habe. Denn wenn ich es nicht tat, vermisste ich … ihn.[24] Und es war eine tolle Woche. Tiller kam fast jeden Abend nach der Arbeit zu mir, um »mich durchzunudeln«, wie Julian sagen würde. Und für mich war das in Ordnung, denn ich hatte Uni und keine Freunde außer Jack,[25] und ich war Single und allein, und allein zu sein erinnerte mich daran, dass ich in Wahrheit sehr allein war. Keine Familie, zwei Freunde und ein Bodyguard, der sich nicht feuern ließ.[26]

Und dann klopfte es eines Abends unangekündigt an der Tür.

»Was machst du hier?« Ich blinzelte Tiller an und beäugte skeptisch den Wein und die Blumen in seinen Händen.

»Es ist Valentinstag«, sagte er und zuckte mit den Schultern.

Ich zuckte ebenfalls mit den Schultern. »Ich weiß.«

»Ich würde dich gern ausführen«, sagte er und schob sich an mir vorbei nach drinnen.

Ich schloss die Tür. »Wie bitte?«

»Wie bitte?« Er schnaubte belustigt. »Tu nicht so überrascht – wir haben fast jede Nacht miteinander geschlafen in den letzten … zwei Wochen.«

»Ich weiß.« Ich verdrehte die Augen. »Aber das mit uns ist doch – nichts Ernstes, oder?«

Sein süßes Gesicht sah etwas verletzt aus. »Für mich schon.«

»Tills …« Ich seufzte. »Ich habe … Mit dir, weißt du, ich …«[27] Ich

24 Den anderen ihn. Den, den ich liebe, aber nicht mehr lieben darf, weil ich jetzt normal bin.

25 Und ungewollt irgendwie auch Taura. Ich weiß ehrlich gesagt nicht, wie sie sich in mein Leben geschlichen hat, aber egal.

26 Obwohl ich es täglich versuche. Ich lasse ihn auch nicht in meine Wohnung, einfach um ihm auf den Sack zu gehen. Ein Mal hab ich ihn allerdings zum Pinkeln reingelassen.

27 »Ich hab dich schon immer gemocht und mir immer eine Version von dem hier gewünscht«, war das, was ich vor ihm nicht laut aussprach.

wedelte mit der Hand in seine Richtung und schluckte, weil er so gut aussah. »Du weißt das, aber ich bin immer noch nicht richtig hinweg über …« Ich konnte seinen Namen nicht aussprechen, kann es bis heute nicht. Er bleibt mir immer im Hals stecken, als würde ich zulassen, dass ein Teil von ihm meinen Körper verlässt,[28] wenn ich seinen Namen laut ausspreche, also machte ich nur eine diffuse Handbewegung zu dem Geist von Christian Hemmes, der mir überallhin folgt.

Tiller legte den Kopf schief und schenkte mir den Ansatz eines Lächelns. »Ich frage dich nicht, ob du mich heiraten willst, Dais. Es ist nur ein Date.«

Also gingen wir aus. Und dann ist das Allerseltsamste passiert – ich hatte ungelogen eine echt schöne Zeit. Den größten Spaß seit Monaten. Und wir haben nicht mal was Besonderes unternommen – wir waren bei Nando's, weil jedes Restaurant in London ausgebucht war und er nirgends einen Tisch reserviert hatte, weil er nicht erwartet hatte, dass ich tatsächlich Ja sagen würde. Also gingen wir zu Nando's[29]. Anschließend machten wir einen Spaziergang und haben uns Countrymusik angehört, die ich damals, im Februar, noch furchtbar fand, und ich hab ihn damit aufgezogen, dass er sie so sehr mochte, aber inzwischen ist es fast November, und ich kann die Texte zu jedem Lied von Thomas Rhett auswendig, von Dan + Shay ganz zu schweigen …

Hinterher kam er mit zu mir, und wir haben uns *The Sixth Sense* angesehen – ich hab mir absichtlich einen Thriller ausgesucht, in der Hoffnung, dass er dann über Nacht blieb, und während wir uns den Film ansahen, legte er den Arm um mich und wirkte dabei nervös – er hat nicht mich angesehen, sondern immer weiter auf den Bildschirm gestarrt, und dann ist er über Nacht geblieben.

Tiller hat keine Probleme mit dem Einschlafen, das habe ich inzwi-
schen kapiert – ich glaube, es liegt daran, dass er von Grund auf gut
Er hat keine Sorgen, ist sozusagen die menschliche Version von H
Matata –, er ist einfach tiefenentspannt, und nur um ihn zu prov
sage ich immer, dass das meiner Meinung nach daran liegt, er
Sommer immer mit seinem Großvater in Venedig verbrach

28 Und ich glaube nicht, dass ich das je zulassen werde.

29 Dem schäbigen auf dem Queensway.

Zeit zu viel Gras geraucht hat, woraufhin er erwidert, dass ich das nicht ständig so herumschreien soll und dass er mir die Geschichte unter Nötigung erzählt habe, woraufhin ich entgegne, dass man das wohl kaum Nötigung nennen könne, und er sagt, dass Handschellen im Spiel gewesen seien, von daher … Und mehr müsst ihr über die Geschichte nicht wissen. Tiller hat keine Probleme mit dem Einschlafen, will ich damit sagen.

Und in genau jener Valentinsnacht, als ich ihn ansah – ihn, den womöglich bestaussehenden Mann, den ich je gesehen habe –, traf ich eine Entscheidung: Ich würde Christian Hemmes abhaken. Soweit ich eben konnte, denn ich glaube nicht, dass ich ihn jemals vollständig abhaken kann, aber Christian stand dort in der Ecke, diese turmhohe Statue, als hätte ich aus ihm oder für ihn in meinem Wohnzimmer einen Altar errichtet, und er war omnipräsent – warf einen Schatten auf alles und entzog allem die Farbe, was mich ohne ihn möglicherweise hätte glücklich sein lassen –, weil ich nicht ohne ihn sein will. Ich will mit ihm sein. Zumindest war es so, und es ist immer noch so, natürlich ist es immer noch so, aber es kann nicht sein. Wir wollen unterschiedliche Dinge. Er will dort sein, mittendrin in allem, und ich … Na ja, ich vermisse es schon, wenn ich ehrlich bin. Aber das liegt daran, dass mein Bruder darin verwickelt ist, und irgendwie glaube ich, dass ich mein altes Leben vielleicht hauptsächlich auf eine Stockholm-Syndrom-Art vermisse, weil ich eben nie etwas anderes gekannt und ohne das alles Angst habe, von daher zählt das nicht. Und von daher ist es auch egal, dass ich Christian liebe, was ich tue,[30] weil Liebe nicht ausreicht und nicht alles ist, was man braucht, und dafür sind wir der beste Beweis.

Also beschloss ich in jener Valentinsnacht, dass ich Christian wegpacken würde. Er konnte nicht mehr in meinem Wohnzimmer wohnen. …h wusste nicht, wie ich seine Statue abreißen, wie ich meine Liebe zu … auseinanderbauen konnte[31] – ich glaube nicht, dass es überhaupt …ich ist. Vermutlich habe ich ihn versehentlich auf eine Art geliebt, … für immer zu meinem Schwachpunkt macht, von daher war er

…als alles und auf sehr schmerzhafte Weise.

…h immer noch nicht.

vielleicht eine Statue, die ich nicht abbauen konnte und die ich immer anbeten und in einem heiligen Licht sehen würde, aber vielleicht war er eine Statue, die ich auf eine Sackkarre packen und raus aus dem Haupt- und ins Nebenzimmer bugsieren konnte – dasselbe Zimmer, in dem sich auch all meine Gedanken an meinen Bruder befinden und die Gedanken daran, wie sehr ich ihn vermisse und wie viel Angst ich ohne ihn habe und dass ich mir wünschte, er würde einfach kommen und mich nach Hause holen, aber das wird er nicht tun, also werde ich es auch nicht. War doch egal, wenn Christian eine weitere Sache war, die ich niemals würde auseinandernehmen können. Zumindest konnte ich ihn in ein anderes Zimmer verfrachten, die Tür verriegeln und den Schlüssel an einer Kette um den Hals tragen. Ich konnte ihn besuchen, wenn nötig – wenn ich musste –, aber anschließend würde ich die Tür einfach wieder zuziehen. Genau das habe ich in jener Nacht getan, ich habe die Tür zugezogen und nach vorn geblickt, und vor mir war Tiller.

Das war vor fast neun Monaten.

Ich kaufe zwei Kaffee in dem Café im Erdgeschoss, nehme aber meine selbst gemachten Muffins mit, weil sie besser sind, und gehe über die Straße zu dem schwarzen Escalade, der immer gegenüber meiner Wohnung parkt.

Klopfe ans Fenster, woraufhin es runtergefahren wird.

»Hör auf, mir zu folgen«, sage ich zu Miguel und gebe ihm einen Kaffee und einen Muffin.

»Hör auf, da immer Chiasamen reinzumachen, ich hab dir gesagt, dass ich die nicht mag.«

»Nein.« Ich schüttle den Kopf. »Du brauchst das Kalium.«

»Dann gib mir 'ne Banane«, sagt er stirnrunzelnd, beißt aber trotzdem in den Muffin. »Und nein.« Er lächelt mich breit an, und ich verdrehe nur die Augen, drücke ihm wortlos meinen Kaffee in die Hand und bücke mich, um meinen Schuh zu binden.

»Wohin fahren wir heute?«, fragt er, als ich mich wieder aufrichte und er mir den Kaffee zurückgibt.

»Wir fahren nirgendwohin.« Ich sehe ihn eindringlich an, bevor ich auf mich zeige. »Ich fahre mit Jack zum Markt.«

Er nickt. »Welchen Weg nimmst du?«

»Oh, den Geht-dich-nichts-an-Weg. Sehr malerisch.« Ich lächle ihn kurz an.

»Sag schon.«

»Nein.«

»Sag's einfach.«

»Verpiss dich …« Ich werfe ihm einen finsteren Blick zu, bevor ich davongehe.

»Über den Misty Way?«, ruft er mir hinterher.[32]

Ich zeige ihm den Mittelfinger, während ich die Tür meines Autos öffne.

»Ist das ein Ja?«, ruft er gereizt.

»Ja«, grummle ich.

»Weiß dein Bruder, dass er dir immer noch folgt?«, fragt Jack wenige Stunden später und nickt Miguel zu, der sich hinter uns an einen Tisch gesetzt hat.

»Ich schätze schon«, sage ich schulterzuckend. »Falls nicht, würde Julian hinnehmen, dass Miguel plötzlich ein miserabler Mitarbeiter geworden ist – der den Großteil des Tages einfach verschwindet.«

»Irgendwie süß«, sagte Jack, um zu helfen, und zuckt mit den Schultern.

»Irgendwie unnötig«, sage ich laut genug für Miguels Ohren. »Ich brauche keinen Bodyguard, mein Freund ist bei der Polizei! Ich bin jetzt normal!«

»Du klingst normal! Schreist hier im Café herum, *idiota louco*«, ruft Miguel zurück, und ich ziehe einen Schmollmund.

Jack greift nach meiner Hand und drückt sie.

»Wie geht es dir heute eigentlich?«

»Heute?« Ich blinzle und zucke mit den Schultern, als wüsste ich nicht, was er meint.

Jack verdreht die Augen.

»Was soll heute sein?« Ich spiele weiter Theater.

Er sieht mich von der Seite an und deutet mit dem Kinn auf meinen Teller. Bratkartoffeln zum Frühstück.

32 Grrr.

Ich schiebe den Teller von mir. Sie sind eh nicht so gut wie die, die ich immer gemacht habe.

Der 30. Oktober. Der Geburtstag meines Bruders.[33]

»Schickst du ihm irgendwas?«

»Natürlich nicht.« Ich schüttle den Kopf.

Jack zuckt leicht mit den Schultern. »Könnte ein gutes Friedensangebot sein …«

»Ich will kein Friedensangebot«, lüge ich. Außerdem weiß ich, dass es nicht funktionieren würde. Wenn es irgendwas gäbe, das dazu führen würde, dass mein Bruder und ich uns wieder vertragen, dann ist es bereits passiert, und es hat nichts verändert.[34]

»Komm.« Ich klatsche in die Hände. »Ich muss los und anfangen, das Abendessen zu kochen.«

»Sie ist echt gut«, verkündet Tiller, zieht mich auf seinen Schoß und lehnt sich im Stuhl zurück.

»Es war nur Brathähnchen.« Ich verdrehe die Augen, und er schlingt die Arme noch fester um mich.

»Wie läuft's mit diesem Typen[35], Jacko?«, fragt Tiller ihn.

»Joa, gut …« Jack versucht, sein Lächeln nicht zu breit werden zu lassen. »Wir sind jetzt seit einem Monat zusammen, bisschen länger …«

»Wie heißt er noch mal?« Tiller sieht zwischen Jack und mir hin und her.

»August Waterhouse«, sage ich.

»Produzent.« Tiller nickt. »Kapiert. Ich erinnere mich. Cool, Mann – ich bin froh, dass es gut läuft.«

Jack lächelt immer noch und öffnet den Mund, um etwas zu sagen, doch dann wandert sein Blick durch die Wohnung.

»Warum stehen hier eigentlich überall so viele Rosen?«

Ich folge seinem Blick. Allein im Esszimmer stehen sechs Sträuße.

»Oh …« Ich zucke mit den Schultern. »Tiller schickt mir ständig Blumen.«

33 Sein einunddreißigster.

34 Und ich will nicht darüber reden.

35 Haltet euch fest. Große Neuigkeiten!

Tiller schnaubt. »Nein, tu ich nicht.«

Ich drehe mich zu ihm. »Wie bitte?«

»Ich schicke dir keine Blumen.« Er zeigt auf die Sträuße. »Die sind nicht von mir.«

»Bist du sicher?« Ich runzle die Stirn.

»Ob ich sicher bin, dass ich dir keine Blumen schicke?« Er sieht mich schief an. »Ja.«

»Aber manchmal bringst du welche mit …«

»Ja«, sagt er schulterzuckend. »Die stehen jedes Mal vor der Tür.«

Ich blinzle. »Du hast mir nie Rosen geschickt?«

»Du dachtest die ganze Zeit, dass ich dir Blumen schicke, und hast dich kein einziges Mal erkenntlich gezeigt?« Er setzt sich auf.

»O mein Gott.« Ich verdrehe die Augen und verlagere das Gewicht auf seinem Schoß. »Es sind Rosen, nicht der Hope-Diamant – du schenkst sie mir, ich sage Danke, ein völlig akzeptabler Austausch.«

Jack steht auf und schiebt in einem der Sträuße ein paar Blumen auseinander.

»Keine Karten«, sage ich. Nie eine Karte. Ich drehe mich wieder zu Tiller. »Ich bin einfach davon ausgegangen, dass sie von dir sind.«

Tiller verlagert das Gewicht und verkrampft sich leicht unter mir. Hält mich ein bisschen anders. Auf sein Gesicht legt sich dieser besorgte Ausdruck, und sein Blick huscht von mir zu Jack.

»Hemmes?«, fragt er.

Ich schüttle den Kopf. »Wir haben kein Wort miteinander gesprochen, seit …«[36] Ich bleibe in meinen Gedanken hängen und suche Tillers Blick, um mich zu fangen. »Seit jener Nacht hier.«

Ihm entgleiten die Gesichtszüge – das war eine schwierige Nacht für ihn –, aber er nickt.

»Romeo?«, wirft Jack ein.

»Hasst mich.« Ich lächle die beiden tapfer an.[37]

Tiller legt mir seufzend die Hand auf den Rücken. »Dein Bruder?«

Ich schüttle den Kopf. »Hasst mich auch.«[38]

36 Seit jener Nacht, die nichts verändert hat.

37 Als würde mir bei diesen Worten nicht kotzübel.

38 Ich ringe mir ein Lächeln ab, um nicht zu weinen.

Es ist, als hätte sich eine Wolke über das Zimmer gelegt, die ich verscheuchen muss, also springe ich auf und fange an, den Tisch abzuräumen.

»Wahrscheinlich ist es einfach ein Missverständnis …«, sage ich schulterzuckend.

»Was für eins?«, fragen Jack und Tiller gleichzeitig mit hochgezogenen Brauen.

»Vielleicht hat jemand die Adresse falsch aufgeschrieben, und die Blumen sind in Wirklichkeit für die heiße Frau von oben.«

Jack verdreht die Augen. »Dais, du *bist* die heiße Frau von oben.«

Ich beuge mich zu Tiller hinab und berühre sein besorgtes Gesicht. »Es ist nichts, Tills. Nur ein armer Legastheniker, der seine Knete zum Fenster rauswirft.« Ich zucke unbekümmert mit den Schultern. »Sie sind nicht für mich.«

KAPITEL 2

CHRISTIAN

Ich habe lange darüber nachgedacht, warum ich getan habe, was ich getan habe … Warum ich sie verlassen habe und aus ihrer Wohnung gegangen bin, als wäre sie nicht das Einzige, woran ich denken kann, seit wir uns bei Julians Geburtstagsparty das erste Mal getrennt haben. Als wäre sie nicht immer noch das Einzige, woran ich denken kann.

Es ist zu spät. Sie hat jetzt jemand Neuen.

Inzwischen kommt es mir ziemlich bescheuert vor, wenn ich darüber nachdenke, also versuche ich, es zu vermeiden.

Daisy war für mich der reinste Trip – ich hab mich aus Versehen in sie verliebt, und ich hab sie aus Versehen verloren. Ich war nicht bereit. Ich war nicht bereit, jemanden so zu lieben, wie ich, wie sich herausstellte, sie liebe.

Es hat mich kalt erwischt. Nie im Leben hätte ich mir ausgesucht, mich ausgerechnet in sie zu verlieben, doch als es passiert war, gab es nichts anderes mehr für mich: Sie war mein erster und letzter Gedanke und jeder dazwischen, der Name, den ich im Schlaf sagte, der Körper, an den ich dachte, wenn ich mit anderen Körpern zusammen war, der Geruch, dem ich immer hinterherjage, wenn ich durch einen Selfridges gehe, nur damit ich etwas einatmen kann, das riecht wie sie, um mich ihr nahe zu fühlen, aber fündig werde ich nie.

Als sie mich bat, gemeinsam mit ihr allem den Rücken zu kehren, dem ganzen Scheißhaufen von einem Leben, in das wir hineingeboren wurden … Keine Ahnung, warum ich's nicht getan habe – es kam einfach unerwartet. Das, und ich habe nichts anderes? Ich habe keinen Lebensentwurf. Meine Zukunft ist in Stein gemeißelt, seit ich fünfzehn war.

Jo und ich ziehen dieses verfickte Ding zusammen durch.

Weniger »er die Eins, ich die Zwei«, mehr gleichberechtigte Partnerschaft, allerdings ist er in letzter Zeit ganz schön großspurig …

Ist mir aber eigentlich egal, wenn ich ehrlich bin. Es ist ein Geschäft, und ich bin dabei, weil ich dabei sein muss.

Ein bisschen wünschte ich, ich könnte sein wie Onkel Harv, der sich nach Australien verpisst hat, um Profisportler zu werden, aber Mum würde das umbringen, und sie hatte in ihrem Leben weiß Gott schon genug Mord und Totschlag.

Also bin ich beim Altbekannten geblieben, auch wenn es mich ein Stück kaputtgemacht hat. Bin in London geblieben, ein paar Straßen entfernt von dem Haus, in dem Daisy gewohnt hat, aber nicht mehr wohnt, weil sie ihren Worten Taten hat folgen lassen. Sie sagte, sie würde alles zurücklassen, und genau das hat sie getan. Sie ist durch mit allem. Ist aus diesem Leben verschwunden wie ein Licht, und wahrscheinlich macht sie das zu einem besseren Menschen. Wir wären alle bessere Menschen, wenn wir nur unser verficktes Leben auf die Reihe kriegen würden, aber das können wir nicht, weil es verdammt schwer ist, das Einzige zurückzulassen, was man kennt, selbst wenn man will, und bei einem könnt ihr euch sicher sein: An manchen Tagen will ich es absolut.

Ich bin froh, dass es ihr gut zu gehen scheint. Ich meine, ich bin völlig am Boden zerstört. Ich hab echt ’ne Menge vermasselt, seit wir uns getrennt haben, aber ich bin glücklich für sie. Solange sie glücklich ist.

Sie scheint glücklich zu sein.

Zumindest behauptet das Taura.

Nach allem, was passiert ist, hat sie Glücklichsein verdient.

Und ich? Ich starre die Gänseblümchen auf den Bürgersteigen an, wenn sie mir ins Auge fallen, abends schaue ich zum Einschlafen *The Great British Bake Off,* und jedes Mal, wenn ich die Augen schließe, sehe ich ihr Gesicht vor mir, obwohl ich schon seit etwa zwei Monaten mehr oder weniger mit Vanna Ripley zusammen bin.

Es ist schwierig, sie ist eine echte Strafe, und ich sollte es besser wissen, aber sie ist heiß und kompliziert auf eine Weise, die mich davon ablenkt, in wen ich eigentlich verliebt bin.

Davor war ich ziemlich unstet. Hätte in New York fast eine Nacht mit Parks verbracht, aber wir haben es am Ende nicht getrieben – ich war es, der abgebrochen hat, falls ihr es glauben könnt –, hab an Daisy gedacht, und wie verletzt sie wäre, falls sie es erfuhr, was nicht passieren würde.

Wie sollte sie es erfahren? Und als ob es sie überhaupt kümmern würde, sie datet jetzt diesen Cop, der immer in ihrer Nähe aufgetaucht ist. Aber ich hab trotzdem an sie gedacht, und es hat mir den Wind aus den Segeln genommen.

Ich lasse mich in einen der roten Samtstühle im The Lecture Room & Library des Sketch fallen; wir sind spät dran. Wurden von den Paparazzi überfallen, als wir aus meiner Wohnung kamen, und dann noch mal vor dem Restaurant, und es wäre gelogen, wenn ich behaupten würde, dass sie sie nicht vermutlich selbst gerufen hat.

Nicht ganz einfach, die gute Vanna, wenn ich ehrlich bin, aber wie zur Hölle soll man sich sonst die Zeit in seiner Heimatstadt vertreiben, wenn die Frau deiner Träume nicht mit dir redet und mit jemand anderem angebandelt hat?

Ich bin mit ihrem Bruder zum Abendessen verabredet, das ist dieser Tage einer meiner Zeitvertreibe. Ich nicke Jules zu, als er und ich einschlagen.

»Happy Birthday nachträglich, Kumpel.«

Vanna gibt ihm einen Kuss auf die Wange, bevor sie sich neben mich setzt und die Frau ihr gegenüber, die mit Julian gekommen ist, frostig anlächelt.

»Das ist Josette Balaska«, stellt Julian sie mir vor und deutet vage zu ihr.

Wunderschöne Frau. Klein, fast weißblondes Haar, blasse Haut, und ihre Augen schimmern lila, aber es sieht nicht aus, als trage sie Kontaktlinsen.

»Du bist also der berühmte Christian Hemmes.« Mit einem wissenden Lächeln streckt sie die Hand über den Tisch und schüttelt meine. »Ich habe gehört, du hast ihm das Leben gerettet.«

Ich zucke mit den Schultern. »So was in der Art.«

Julian verdreht wegen meiner falschen Bescheidenheit die Augen, und Vanna verlagert das Gewicht in ihrem Stuhl, weil sie es nicht gewohnt ist, nicht das Zentrum der Aufmerksamkeit zu sein.

»Das ist Vanna.« Ich deute mit dem Kopf auf sie.

»Freut mich …« Josette streckt die Hand aus, und Vanna starrt sie an, bevor sie sie zögerlich schüttelt.

Josette lächelt unbekümmert. »Wie lange seid ihr zwei schon zusammen?«

»Oh, wir sind n…«, setze ich an, doch Vanna fällt mir ins Wort.

»Zwei Monate.« Sie wirft sich das Haar über die Schulter.

Julians und mein Blick treffen sich, bevor er belustigt wegsieht und eine Kellnerin heranwinkt, um eine Flasche des teuersten Rotweins zu bestellen.

»Ich trinke keinen Rotwein«, sagt Vanna unverhohlen gelangweilt zu Julian.

»Dann trink was anderes.« Er gähnt, ohne sie anzusehen.

Ich lege den Arm um ihren Stuhl. »Was möchtest du?«

»Überrasch mich«, sagt sie, ohne von ihrem Handy aufzublicken.

Ich bestelle ihr eine Flasche Champagner, und sie greift nach meinem Gesicht und küsst mich, als müsse sie etwas beweisen. Dann sieht sie zu Josette, zu Julian und zurück zu mir.

»Wie hast du ihm das Leben gerettet?«

Ich verkneife mir ein Lächeln und verdrehe die Augen.

»Er hat mir geholfen, etwas zu finden«, sagt Julian.

»Und was?«, fragt Vanna und legt ihr Handy auf den Tisch.

»Ein Gemälde«, sagte er und schenkt sich noch etwas Wein ein.

Vanna atmet durch die Nase aus und greift wieder nach ihrem Handy. »Klingt langweilig.«

Josettes Blick trifft meinen. Ich vermute, sie weiß Bescheid.

»Ja.« Ich zucke mit den Schultern. »Keine große Sache …«

Nur ein Gemälde im Wert von 45 000 000 Pfund, das zwölf Jahre lang als verschollen galt und für das Scotland Yard bereit war, Julians Freiheit einzutauschen.

Echt ein paar verrückte Monate.

Jules hat sich im Januar verpisst. Hat es in die Dominikanische Republik geschafft und dort sein Lager aufgeschlagen, bis er sich einen Plan zurechtgeschustert hatte.

Die Jungs und ich sind zum Surfen nach Hawaii geflogen, und auf dem Rückweg hatte ich einen Stopover in Playa Rincón. Jules erzählte, dass er auf der Suche nach einem van Gogh war, um sich zu erkaufen, dass alle Anschuldigungen gegen ihn fallen gelassen wurden und er nach London zurückkehren konnte.

Ich hatte gerade nicht sonderlich viel zu tun, und ich vermisste seine Schwester. Wollte einen Weg finden, mich ihr nahe zu fühlen, ohne sie in das zurückzuziehen, was sie hinter sich gelassen hatte.

Also hab ich ihm geholfen.

Hab den van Gogh schließlich gefunden, deshalb ist Jules wieder hier – mit reingewaschenem Namen.

Irgendwann steht Vanna auf und geht zur Toilette. Julian wartet, bis sie außer Hörweite ist, und sieht mich schief an.

»Sorry, Bro – aber der Sex kann unmöglich gut genug sein, dass du dich mit ihr abgibst.«

Ich lache schnaubend. »Sie ist nicht übel.«

Josette schüttelt den Kopf. »Sie ist die furchtbarste Gestalt, mit der ich je zu Abend gegessen habe – und ich war mal unbeabsichtigt beim Dinner mit einem Neonazi.«

Ich deute mit dem Kinn zu ihr. »Das klingt nach einer guten Geschichte …«

»Inzwischen klingen bestimmt alle Geschichten gut für dich, Bro«, wirft Julian ein. »Die Konzentration, mit der sie vorhin überlegt hat, welches Lippendings sie auftragen soll. Hat diese beiden Tuben hochgehalten, als hätten sie nicht die genau gleiche Farbe – bist du auf krassen Drogen, um mit der Situation fertigzuwerden?«

»Wenn sie dich gegen deinen Willen festhält«, sagte Josette, »blinzle zweimal.«

»Okay …« Ich verdrehe die Augen. »Dann erzählt mal, wie habt ihr euch kennengelernt?«

»Oh«, Julian ruckt den Kopf in ihre Richtung, »wir sind alte Freunde.«

»Freunde ist ein weitläufiger Begriff.« Josettes Augen blitzen. »Ich pendle meistens zwischen Berlin und New York hin und her und fliege oft über London. Wir versuchen, das Beste aus der Zeit zu machen.«

Sie sticht ihm in die Rippen, und er schiebt ihre Hand mit dem Ellbogen weg. Steht nicht sonderlich auf körperliche Nähe, das gilt sogar bei Frauen, die er vögelt.

Die einzige Frau, die ich ihn je habe umarmen sehen, ist seine Schwester, daher umarmt er derzeit wohl niemanden. Sie fehlt ihm – das sehe ich ihm an.

Und das sage ich, weil ich ihn kenne – inzwischen sogar ziemlich gut. Und je besser ich Julian kennengelernt habe, desto klarer wurde es mir: Er hat nicht nur Daisys Regeln gebrochen, sondern sie auch seine.

Ich merke, dass er vermeidet, ihren Namen auszusprechen, er verlässt den Raum, wenn ich mich nach ihr erkundige. Was ich tue, ich frage Miguel immerzu nach ihr, stalke sie auf Instagram, versuche, Tausie auszuquetschen – keiner verrät mir viel, sie werfen mir höchstens ein paar Krumen hin. Aber damit komme ich klar. Doch Julian verletzt es. Er blinzelt jedes Mal, wenn ihr Name fällt. Sieht weg, atmet tief durch.

Ich versteh das. Mich verletzt es auch, aber vor allem bin ich froh, dass es ihr gut geht. Ich weiß, dass das auch für ihn gilt, obwohl er es nicht zugeben würde, weil er eben manchmal scheiße sein kann.

Er bezahlt Miguel weiterhin, drückt aber beide Augen zu, was seine Tagesbeschäftigung angeht, weil er eben auch so sein kann.

Ich frage mich, wie Daisy das findet. Wahrscheinlich ist sie genervt. Bodyguards sind nicht normal – das hat sie früher oft gesagt.

Aber das ist vermutlich Teil des Problems. Sie hat diesem Leben den Rücken gekehrt, um normal zu sein, aber sie ist nun mal sie. Die heißeste Frau der Welt, Honigtöpfe als Augen, die Klügste in jedem Raum. Sie wird nie normal sein, selbst wenn sie es versucht.

KAPITEL 3

JULIAN

Ich denke jeden Tag daran, was damals im Krankenhaus zwischen uns passiert ist. Trage es mit mir herum wie ein Joch, das jeden meiner Schritte beschwert und mich daran erinnert, was ich verfickt noch mal bin – dass meine bescheuerte Schwester unrecht hat, sie einen Scheißdreck weiß und ich genauso schlecht bin, wie alle sagen –, der Beweis liegt in jedem einzelnen Satz, den ich ihr an jenem Tag an den Kopf geworfen habe, denn es war nicht nur im Streit gesagt. Ich wollte ihr den Rest geben.

Dais und ich kennen einander zu gut und wissen genau, wie wir uns gegenseitig zerstören können. Meine Worte waren nicht einfach beschissen unglücklich und dahingesagt – ich wusste genau, was ich tat. Wusste genau, dass sie sich durch meine Worte nicht nur traurig und allein fühlen würde, sondern dass sie ihr möglicherweise jedes Gefühl von Sicherheit rauben würden, das ich jahrelang versucht habe, in ihr aufzubauen.

Von daher weiß ich, dass sie unrecht hat. Ich habe keinen Funken Gutes in mir, das hat nur sie, und deshalb habe ich auch keinen Streit vom Zaun gebrochen, als sie sagte, dass sie normal sein will, was immer zur Hölle das sein soll …

Sie wollte aussteigen? Schön. Scheiß auf sie. Sie ist raus, ich brauche sie nicht. Selbst wenn sie meine beste Freundin ist und es sich anfühlte, als hätte ich mich in zwei Teile gehackt, als ich an jenem Tag von ihr wegging.

Danach musste ich London ziemlich schnell verlassen, ich konnte den Atem des beschissenen Scotland Yard im Nacken spüren und so.

Am Ende war es wahrscheinlich gut so. Keine Ahnung, was ich, wo ich so dermaßen wütend war, hier für 'ne Scheiße gebaut hätte ohne Daisy, die mich in Schach hält.

Ich war auf dem Heimweg vom Krankenhaus, als Declan mich anrief und sagte, ich solle nicht zurück zum Anwesen kommen, weil die Polizei dort mit einem Haftbefehl auf mich wartete.

Koa und ich haben das Auto stehen lassen und sind zu Fuß zum Hangar der Bambrillas draußen in Clavering gelaufen.

Bin auf dem Flugplatz der Onassis-Familie in Upstate New York gelandet. Eine heiße Minute lang hab ich überlegt, jemandem einen Besuch abzustatten, aber es schien mir zu riskant. Wir sind nach Florida gefahren. Haben einen Typen in Key Largo angeheuert, uns nach Nassau zu fliegen, dann von Nassau nach Cayo Romano. Von Cayo Romano nach Baracoa, von Baracoa nach Haiti – in Cap-Haïtien haben sie mich fast geschnappt, aber wir konnten entkommen und haben es zum verfickten Glück über die Grenze in die Dominikanische Republik geschafft. Kein Auslieferungsabkommen mit Großbritannien. Also haben wir unser Lager in Playa Rincón aufgeschlagen.

Und wisst ihr was? Obwohl ich mich immer über meine Schwester mit ihrem Traum vom normalen Leben lustig mache, war es gar nicht so übel.

Bin surfen gegangen, hab meinen eigenen Fisch gefangen. Hab ’nen Welpen vor dem Tod bewahrt. Süßes Kerlchen, echt. Ein Rhodesian Ridgeback, aber ohne Kamm auf dem Rücken. Der Züchter wollte ihn einschläfern lassen, also hab ich ihn genommen. Jetzt ist er ein erstklassiger Wachhund, nicht ganz ohne, würde mich vor allem beschützen – genau das, was man braucht, wenn man auf der Flucht ist.

Das Schwerste in der ganzen Zeit? Nicht zu wissen, ob es Dais gut ging.

Ich hasse sie, okay? Tu ich. Aber ich hab mein ganzes Leben lang auf sie aufgepasst. Mein ganzes Leben war darauf ausgerichtet, sie am Leben zu halten, von daher ist es egal – und zur Hölle mit ihr deshalb! –, es ist egal, ob sie ausgestiegen ist, weil sie nicht aussteigen kann. Sie ist mein Kind, auch wenn sie es nicht mehr sein will. Sie ist es trotzdem.

Aber wir hatten keinen Kontakt – es waren nur Koa und ich da draußen. Er hat die Hälfte aller Frauenherzen auf der Insel gebrochen, und ich hab versucht, den Hund stubenrein zu bekommen. Von meiner Schwester hab ich nichts gehört, bis Christian vorbeischneite und mir erzählte, dass sie diesen Cop datet.

Ich hab so getan, als brächte mich das zur Weißglut, aber in Wahrheit war ich ein bisschen erleichtert. Ohne mich oder Christian an ihrer Seite bei ihrem Streben nach einen beschissenen normalen Leben … Ich weiß, dass Miguel sie immer noch im Auge behält, aber aus einer größeren Entfernung als früher. Dass sie jetzt Tiller im Bett hat, setzt ihrem Verrat eigentlich noch eins drauf und hätte mich wütend machen sollen, aber ehrlich gesagt war ich einfach froh, dass sie in Sicherheit ist.

Es gibt da eine große Geschichte, aber die Kurzversion ist, dass Christian und Koa das Gemälde gefunden haben – ausgerechnet in Rotterdam. Bei der Beschaffung gab's eine kleine Komplikation. Aber ich hab's bekommen. Hab es Interpol überreicht, nachdem ich einen Deal ausgehandelt habe, dass alle Anschuldigungen gegen mich fallen gelassen werden, und voilà, ich bin zurück in London. Hab es Tiller übergeben, um genau zu sein. Er arbeitet nicht für Interpol, aber ich wusste, dass er es weitergeben würde. Hab außerdem gehofft, dass er meiner Schwester die Nachricht überbringt, dass ich zurück bin, aber ob er es getan hat, weiß ich nicht. Sie ist nicht nach Hause gekommen, um nach mir zu sehen. Nicht dass es nötig gewesen wäre, ehrlich gesagt wollte ich es nicht mal.

Wie auch immer, als erste Amtshandlung musste ich diesen verfickten Eamon Brown aus der Stadt jagen, aber er hat wohl gehört, dass ich auf dem Heimweg war, und sich ziemlich schnell verpisst. Ist wie vom Erdboden verschluckt. Hab seither kein Wort über ihn gehört, darum kümmern wir uns also zu gegebener Zeit.

Bin jetzt seit fast drei Monaten zurück, und so langsam hab ich das Gefühl, dass wir uns eine Aufgabe suchen sollten. Hab echt lange die Füße stillgehalten. Mir ist ein bisschen langweilig.

Keine Ahnung, ob Scotland Yard mich immer noch beobachtet, aber ich hab nichts gegen eine kleine Herausforderung. Selbst wenn sie mich schnappen, es gibt immer irgendein unbezahlbares Gemälde, das aufgespürt werden muss. Wenn ich darüber nachdenke, könnte es sogar sein, dass ich ein paar in meinem Keller habe …

KAPITEL 4

DAISY

Das dritte Jahr im Medizinstudium ist ein Witz.

Meine praktische Zeit absolviere ich im Mary St. Angela.

Je nach Station sind die Praktika unterschiedlich lang – zuerst habe ich ein sechswöchiges Praktikum in der Psychiatrie gemacht, und das war anstrengender, als ich euch sagen kann. Dann ein vierwöchiges in der Familienmedizin – nicht viel besser.

Im Moment bin ich in der fünften Woche des sechswöchigen Blocks in der Geburtshilfe und Gynäkologie.

Die Tage sind lang und die Aufgaben undankbar, aber ich trage einen weißen Kittel und habe einen Piepser, das ist also ziemlich cool.

»Du hattest Sex«, sagt Eleanor Wells zu mir und mustert mich argwöhnisch mit ihren klugen saphirblauen Augen.

Ich verdrehe die Augen und lasse meine Tasche auf die Bank fallen, um nach einem Haargummi zu kramen. »Ich habe einen Freund, der quasi bei mir wohnt, es dürfte also keine große Überraschung sein.«

»Wie hast du momentan Zeit für Sex?«, schnaubt sie laut. »Als ich Studentin im dritten Jahr war, bin ich pausenlos mit einem intravenös mit mir verbundenen Bananenbeutel herumgelaufen. Die einzige Beziehung, die ich hatte, war die mit meinem Vibrator …« Sie nimmt mir den selbst gemachten Müsliriegel[39] aus der Hand, den ich gerade esse, und isst ihn mit zwei Bissen auf. »Wie hast du Zeit für Sex?«

»Wie hast du keine Zeit dafür, El?«, fragt Warner (der typische Oberschichts-WPM[40]. Keine Ahnung, ob Warner sein Vor- oder Nachname ist. Hat sehr volles Haar, Augen wie Schwimmbecken, ist ein gewandter Gesprächspartner, und ich bin recht sicher – obwohl ich es nicht aus persönlicher Erfahrung bestätigen kann –, dass sein Penis erheblich kleiner

39 https://goop.com/gb-en/recipes/homemade-granola-bars/

40 Weißer Privilegierter Mann

»Warum hast du so seltsam auf die Blumen reagiert?«, fragt sie, als sie den Kaffee entgegennimmt, den Alfie ihr hinhält. Ihn mag ich am liebsten aus der Gruppe. Er ist süß und ohne Witz sehr gut aussehend. Braune warme Augen, die sein Gesicht dominieren, klug, aber still, ein bisschen kriecherisch manchmal, bringt Wells ständig Kaffee und so, aber manchmal bringt er mir auch einen mit, deshalb will ich mich nicht beschweren. An Wells' Stelle würde ich mit ihm ins Bett steigen. Aber kann sein, dass das verboten ist, keine Ahnung.

»Ich habe nicht seltsam auf die Blumen reagiert – aber sie waren einfach in meinem Spind. Wie sind sie da reingekommen?«

»Du hast also einen geheimen Verehrer.« Sie zuckt mit den Schultern. Vielleicht sind sie von dieser Patientin letzte Woche, mit der Eiterbeule an der Schamlippe, die du drainiert hast …«

»Fuck, ja.« Warner schüttelt den Kopf. »Dafür wollte ich dir selbst Blumen schenken.«

Ich starre sie beide finster an. »Das war verdammt ekelig, und dafür verdiene ich mehr als Gänseblümchen.«

»Ich meine, wir arbeiten eigentlich nicht für Ruhm und Ehre, aber – ja, nein. In dem Fall stimme ich dir zu.« Wells schenkt mir einen mitleidigen Blick und schnippt dann zweimal mit dem Finger. »Grace …«

Grace Pol sieht auf, ihr Blick aus den dunklen Schokoladenaugen wie immer etwas verwirrt. Ihr Gesicht erinnert mich an einen Zeichentrickfuchs, und ich kann mich nicht entscheiden, ob das nett ist oder nicht.

Wells wartet mit ausgestreckter Hand. Grace drückt ihr eine frisch geöffnete Tüte Jelly Tots in die Hand.

»Danke …« Wells bleibt vor dem Bett einer Ms Green stehen und nickt zu Grace. »Schieß los.«

»Ms Green, weiblich, 37 Jahre, wurde in der 36. Woche wegen Dehydration aufgrund einer Gastroenteritis vorstellig; in ihrer Geburtsgeschichte ist eine normale, spontane vaginale Entbindung im Jahr 2015 vermerkt. Ihre gynäkologische Anamnese …«

Für eine Zwölfstundenschicht vergeht der Tag relativ schnell. Ich liebe das Gefühl, meine Krankenhauskleidung auszuziehen, einerseits, weil sie am Ende des Tages meist echt ekelig ist und ich in saubere Klamotten schlüpfen kann, aber vor allem, weil es sich anfühlt, als hätte ich etwas Gutes und Lohnenswertes mit meinem Tag angestellt.

Ich hole meine Tasche aus dem Spind, schmeiße die Gänseblümchen in den Mülleimer und gehe raus Richtung Lobby. Ich krame gerade nach meinem Autoschlüssel, als ich mit meinem Freund zusammenstoße.

»Tills.« Ich blinzle ihn an. »Was machst du denn hier?«

Er hat diesen gestressten Gesichtsausdruck. »Das hier stand vor der Tür, als ich nach Hause gekommen bin.«

Er hält mir eine Schachtel hin und öffnet den Deckel.

Ein Haufen geschredderter Gänseblümchen.

Mir sinkt das Herz in die Hose.

»Kein Zufall.«

Tiller schüttelt den Kopf.

»Komm.« Er nickt zu seinem Auto. »Wir müssen gehen.«

»Wohin?« Ich runzle die Stirn, obwohl ich die Antwort bereits kenne.

Er sieht mich lange an. »Zu deinem Bruder.«

KAPITEL 5

JULIAN

Unsere gemeinsamen Abendessen sind echt armselig geworden, seit meine Schwester sich aus dem Staub gemacht hat.

Wir bestellen uns jeden Abend was, aber es ist einfach nicht dasselbe wie ein selbst gekochtes Essen.

Heute Abend gibt's Indisch, gut genug, schätze ich.

Ich musste nie ein Abendessen für irgendjemanden planen, deshalb tendiere ich dazu, zu viel zu bestellen.

»Hast du uns durchgezählt, bevor du bestellt hast?« Christian sieht mich an, und ich lasse den Blick durch den Raum wandern.

Christian holt die zehn Essenskartons mit Butter Chicken aus der Tüte.

»Wir sind zu acht«, sagt er, als er zudem fünf Lamm-Saagwala und vier Chicken-Korma auspackt.

Ich verdrehe die Augen, zucke mit den Schultern und setze mich.

Und dann geht dieser komische Ruck durch den Raum, und alle sind plötzlich still. Romeo versetzt mir unter dem Tisch einen Tritt.

In der Tür zum Esszimmer stehen meine kleine Schwester und ihr Bullenfreund.

»Ach was«, sage ich und lege meine Pistole auf den Tisch. Hoffe, dass sie es als echte Drohung aufnimmt, nicht als die leere, die es in Wahrheit ist. »Sieh an, was die Katze angeschleppt hat.«

Daisys Blick huscht durch den Raum, und sie zieht die Augenbrauen hoch. »Wie viel Essen hast du denn bestellt?«

Nervensäge.

»Die perfekte Menge.« Ich verschränke die Arme vor der Brust.

»Für wen? Ganz Kambodscha?«

Christian verkneift sich ein Lächeln.

Sie geht auf den Tisch zu – alle sind mehr oder weniger wie versteinert, als sähen sie einen Geist.

Rome weigert sich, ihr in die Augen zu sehen. Hasst sie noch mehr als ich. Also möglicherweise gar nicht.

Sie sieht sich das Essen auf dem Tisch genauer an. »Ist das von Karma Marsala?« Sie klingt schockiert.

»Ja.« Ich ziehe die Augenbrauen hoch.

»Warum bestellst du nicht bei Khan's?«

»Weil Karma Marsala völlig in Ordnung ist.« Ich zucke mit den Schultern.

»Aber Khan's ist besser«, wirft Kekoa ein.

»Stimmt.« TK nickt.

Ich verdrehe die Augen, und fuck, ich nehm's zurück – ich hasse sie doch.

»Was machst du hier?«, frage ich und stehe auf.

Sie öffnet den Mund, um etwas zu sagen, bemerkt dann aber LJ, der an meinen Füßen liegt.

»Hast du dir einen Hund angeschafft?« Sie eilt auf ihn zu.

»Nicht!«, warne ich. »Er ist ein Wachhund, Daisy. Er kann ziemlich aggressiv sein – hat's nicht so mit Frem…«

Sie lässt sich auf den Boden fallen, um ihn zu streicheln, und er – der verfickte Verräter – rollt sich auf den Rücken, damit sie seinen beschissenen Bauch kraueln kann.

(»Das ist peinlich für dich«, flüstert Koa.)

»Er ist so süß!«, gurrt Daisy. »Wie heißt er?«

»LJ«, grunze ich und sehe finster auf die zwei hinab.

»Oh. Warum?«, sagt sie, ohne aufzublicken.

»Little Julian.« Klein Julian.

Jetzt blickt sie doch auf und runzelt die Stirn. »Du bist so ein verschissener Narzisst.«

»Bin ich nicht …«

»Warum gibst du ihm dann keinen richtigen Namen?«

»Das ist ein richtiger Name!«

»Nicht alles muss sich immer um dich drehen …«

»Er ist mein verfickter Hund!«, rufe ich lauter als nötig.

Sie steht auf und geht zurück zu Tiller, und dann – könnt ihr es glauben – trottet ihr dieser Bastard von einem Hund hinterher, mit wedelndem Schwanz und allem.

Ich hab mal gesehen, wie er einem korrupten Cop in Brasilien ein Ohr abgebissen hat.

»Was zur Hölle willst du hier?«, frage ich laut – ignoriere die Blicke, die mir von der Hälfte der Jungs zugeworfen werden, weil ich in diesem Ton mit ihr rede.

Sie stellt sich vor Tiller, schützt ihn mit ihrem Körper.

Wahrscheinlich klug. Ich weiß, dass Rome ihn sofort kaltmachen würde, wenn ich ihm die Möglichkeit gäbe.

»Schickst du mir Blumen?«, fragt sie.

Ich schnaube und sehe sie skeptisch an. »Du machst doch wohl Witze, oder?«

Sie verschränkt die Arme vor der Brust. »Tust du es, ja oder nein?«

»Warum sollte ich dir verfickt noch mal Blumen schicken?«, spucke ich aus.

»Ich weiß nicht …« Tiller tritt hinter ihr hervor und sieht mich böse an. »Vielleicht, weil sie dir das scheiß Leben gerettet hat?«

»Oh.« Ich ziehe die Augenbrauen hoch. »Sieh an, wer seine Stimme gefunden hat.«

Daisy greift nach Tillers Handgelenk. »Gehen wir einfach.« Sie will ihn wegziehen, doch er bewegt sich nicht, und sein Blick fixiert mich über ihren Kopf hinweg.

»Jemand schickt ihr Blumen«, sagt Tiller zu mir, und Christian runzelt die Stirn.

»Na und?«, fragt Declan.

»Wen kümmert's?«, meldet sich Rome zu Wort, und sein Blick trifft Daisys. Sie sieht traurig aus und er verletzt. Bald wird es andersherum sein, so läuft das nun mal zwischen den beiden.

Tiller scheint das alles egal zu sein. Er wirkt unbeeindruckt, dass er im selben Raum mit Londons meistgesuchten Verbrechern ist – er ist ausschließlich auf mich fixiert.

»Sie werden vor unserer Haustür abgestellt«, sagt er.

Bei dem Wort »unserer« zuckt Christian leicht zusammen. Er hat noch nicht losgelassen. Hab bemerkt, dass Daisy ihn nicht mal ansieht, und mir ist klar, dass er denken muss, dass sie über ihn hinweg ist, aber er kennt ihr Gesicht nicht so wie ich. Ich sehe an der Art, wie sie blinzelt, dass sie Mühe hat, sich zusammenzureißen, und dass sie zerbrechen würde, wenn sie ihn ansieht.

»Okay.« Ich nicke. »Aber es sind Blumen, keine Granaten, von daher …«

»Ich möchte gehen.« Daisy zupft Tiller am Ärmel und sieht hoch in sein Gesicht, ihr Blick ganz roh, und kennt ihr diesen Schmerz, der einen durchfährt, wenn man es verkackt und man weiß, dass man es gerade verkackt und jemandem wehtut, den man liebt, aber man aus irgendeinem Grund nicht aufhören kann? Das passiert.

Tillers Ausdruck verändert sich nicht, aber er legt den Arm um sie und schiebt sie hinter sich, hält ihre Hand. Schirmt sie vor mir ab, und die Hälfte der Jungs spannt die Muskeln an.

»Zuerst waren es Rosen …«

»Oh.« Ich verdrehe die Augen. »Scheiße, das klingt echt gefährlich.«

»Fick dich«, sagt Daisy und streckt den Kopf hinter ihm hervor, um mich anzufunkeln.

»Monatelang waren es Rosen – richtig, Dais?« Tiller dreht den Kopf zu ihr.

»Ungefähr drei Monate«, sagt sie zu ihm. Ihm, nicht mir. Das Augenkontaktprivileg habe ich jetzt verspielt.

»Heute waren Gänseblümchen in ihrem Krankenhausspind«, fährt er fort, und ich spüre Besorgnis. Das gefällt mir nicht.

»Und als ich nach Hause kam, stand das hier vor der Tür.«

Er wirft eine Schachtel vor mich auf den Tisch.

Ich sehe ihn unbeeindruckt an, bevor ich barsch den Deckel aufklappe.

Geschredderte Gänseblümchen.

Ich bekomme einen Knoten im Magen, und mir wird schlecht. Es ist zweifellos eine Drohung. Aber ich lasse mir nichts anmerken.

Ich blicke zurück zu meiner Schwester. »Wo ist das Problem? Du dekorierst doch gern, mach einfach ein Potpourri draus.«

Sie schnaubt auf diese verletzte Art, findet nichts an der Sache lustig, dreht sich um und geht.

Tiller reckt das Kinn und nickt ein paarmal. »Man stelle sich vor, du wärst auch nur ein Viertel des Manns, als den sie dich darstellt …«

Sein Mundwinkel zuckt leicht nach oben, als wäre er von mir enttäuscht – keine Ahnung, warum, aber das tut ein bisschen weh –, bevor er ihr folgt.

Ich warte, bis die Haustür zuschlägt, und blicke dann zu Christian. »Bist du's?«

»Nein«, sagt er stirnrunzelnd. Er sieht besorgt aus.

Ich sehe zu Rome. »Du?«

Er schüttelt den Kopf und schluckt nervös. Ihm dürfte das auch ganz schön zu schaffen machen. Wenn es nach ihm geht, darf niemand Daisy wehtun außer ihm selbst.

Ich nicke mit dem Kinn zu Decks, der die Augen verdreht. »Du kannst mich mal …«

»Okay, dann.« Ich nicke. »Alle Unternehmungen werden pausiert – ruft jeden Blumenhändler, Gärtner, jeden Botaniker und verfickten Landschaftsgärtner auf der britischen Insel an und bringt in Erfahrung, wer in den letzten drei Monaten Rosen und Gänseblümchen angepflanzt oder verkauft hat.« Ich blicke zu Miguel. »Wie zur Hölle konnte dir das entgehen?«

Ich sehe, dass er sich auf die Füße getreten fühlt. Er runzelt die Stirn. »Sie lässt mich nicht nach drinnen.«

»Dann verschaff dir Zutritt«, belle ich.

Er verdreht die Augen. »O ja, das würde bestimmt gut ausgehen.«

Ich sehe ihn lange an und zeige dann zur Tür. »Mach dich auf den verfickten Weg, Mann. Aber pronto.«

Miguel wirft mir einen finsteren Blick zu, steht auf und verlässt den Raum.

»Rosen und Gänseblümchen werden ziemlich oft verschenkt«, sagt Declan vorsichtig.

Ich schüttle den Kopf. »Das ist mir ziemlich scheißegal, Mann.« Ich lasse den Blick über die Gesichter der anderen schweifen. »Findet sie. Setzt sämtliche Bezirke in Alarmbereitschaft – fragt alle und jeden, den wir kennen, ob sie meiner verfickten Schwester Blumen geschickt haben.«

Alle nicken und schwirren ab, außer Christian, der mich nur grimmig ansieht und sich im Stuhl zurücklehnt.

»Ist das nicht eine Überreaktion?«, fragt er mit hochgezogenen Brauen.

Ich ziehe ebenfalls die Brauen hoch. »Findest du?«

Er zuckt mit den Schultern. »Vor allem, da du ihr das Gefühl gegeben hast, es wäre dir scheißegal.«

»Es ist mir scheißegal …«, lüge ich, was ich mit einem gleichgültigen Lächeln zu überspielen versuche.

Christian schnaubt belustigt. »Na ja, ist es offensichtlich nicht …«

Ich schüttle den Kopf. »Sie hat mich verkauft …«

Er pult sich etwas aus dem Zahn. »Du hast ihre Regeln gebrochen.«

»Ich hab sie großgezogen«, entgegne ich.

»Ja …« Er steht genervt auf. »Und sie hat dir auf dem Tisch in ihrer Wohnung das Leben gerettet, als du fast draufgegangen wärst.«

Meine Augen werden schmal. »Was willst du damit sagen?«

»Sag ihr einfach, dass es dir leidtut!«

»Fick dich«, grunze ich.

»Du hättest es wieder hinbiegen können, Jules – statt ihr das Gefühl zu geben, sich lächerlich zu machen, weil sie Angst vor etwas hat. Vielleicht wäre sie nach Hause gekommen …«

»Ich will nicht, dass sie nach Hause kommt.« Wieder gelogen.

»Okay.« Er nickt entnervt. »Leugne es nur weiter, wir werden ja sehen, wohin das führt …«

»Finde einfach heraus, wer die Blumen geschickt hat.«

Er schüttelt den Kopf. »Ich arbeite nicht für dich.«

»Nein?« Ich lege den Kopf in den Nacken. »Aber du liebst sie, insofern ist es die Mühe wahrscheinlich trotzdem wert.«

»Ja, okay.« Er zuckt mit den Schultern. »Aber du liebst sie auch, also werde verfickt noch mal erwachsen und verhalte dich entsprechend.«

KAPITEL 6

DAISY

Monatelang hatte ich sie nicht gesehen. Weder das, noch mit einem von ihnen ein Wort gewechselt. Mir war zu Ohren gekommen, dass mein Bruder auf der Flucht war, nicht mehr in London, und dass Declan in der Zwischenzeit hier das Zepter übernommen hatte. Dass Julian Koa mitgenommen hatte, wofür ich dankbar war. Wenigstens war er nicht allein – wenigstens hatte er jemanden dabei, der nicht zulassen würde, dass er sich die ganze Zeit wie ein komplettes Arschloch benahm.

Tiller und ich waren schon eine Weile zusammen, etwa fünf Monate. Auch damals schon verbrachte er fast jede Nacht bei mir. Manchmal sind wir auch zu ihm gegangen, aber er hat einen Mitbewohner, und meine Wohnung ist sowieso schöner, weil Verbrechertum eben gutes Geld bringt, auch wenn er es hasst, das zugeben zu müssen.

Es war mitten in der Nacht, im Juli, glaube ich, als es wie verrückt an meine Wohnungstür klopfte.

Sofort saß ich aufrecht im Bett.

»Hörst du das?« Ich sah Tiller stirnrunzelnd an.

Er sprang aus dem Bett; genau wie ich. Er nahm seine Pistole vom Nachttisch und ich meine – er sah sie ein paar Sekunden lang an, stirnrunzelnd. Ich ignorierte ihn und folgte dem Geräusch zur Tür.

Ich wollte sie gerade öffnen, als Tiller mich zur Seite drängte.

»Was tust du da?«, fauchte er. »Ich mach das.« Er sah durch den Spion, und ihm entglitten die Gesichtszüge.

»Ach du Scheiße«, seufzte er und riss die Tür auf.

Da stand mein Bruder, blutete wie ein Schwein aus dem Bauch und wurde gestützt von Koa und Christian Hemmes. Dahinter stand Miguel.

»O mein Gott.« Meine Hand flog zum Mund.

Julian hing wie ein Sack zwischen den beiden, sein Kopf war nach vorn gefallen. So viel Blut.

Er hob leicht den Kopf, um mich anzusehen. Unsere Blicke trafen sich. Keiner von uns sagte ein Wort.

»Wir wussten nicht, wo wir ihn sonst hätten hinbringen sollen«, sagte Christian. In seinem Blick lag eine Entschuldigung, die er mir seiner Ansicht nach wohl schuldig war, als wäre es falsch gewesen, Julian herzubringen.

Christian hatte diesen leicht verletzten Ausdruck im Gesicht, als könnte er es schwer ertragen, mich so knapp bekleidet mit einem anderen Mann zu sehen. Schätze, ich hatte wirklich nicht viel an ...[45] Mir hätte es auch nicht gefallen, ihn so mit irgendeiner der Frauen zu sehen, mit denen er schlief.[46] Aber das mit uns würde nicht funktionieren – dass er in diesem Augenblick dort stand, mit meinem blutenden Bruder im Arm, war der Beweis dafür.

Vergessen wir mal, dass mein Herz hin und her geworfen wurde wie ein kleines Boot auf stürmischer See, als ich ihn da vor mir stehen sah, völlig nebensächlich, dass, seit wir das letzte Mal miteinander gesprochen hatten, kein einziger Tag vergangen war, an dem er nicht in meinem Kopf herumgegeistert wäre ... Er stand dort mit meinem Bruder vor meiner Wohnungstür und zog mich zurück in das Leben, das ich hinter mir gelassen hatte.

Ich zerrte sie alle nach drinnen und schloss die Tür.

»Hast du ein Zimmer?«, fragte Kekoa und blickte sich um, sah von mir zu Miguel, der es jedoch nicht wissen konnte, weil er meine Wohnung noch nie betreten hatte.

Tiller runzelte verwirrt die Stirn und blickte von einem zum anderen. »Wofür?«

Koa ignorierte ihn und sah mich weiter an.

Ich raffte meine Haare zusammen und band sie mit einem Gummi zurück.

»Zweite Tür rechts.« Ich zeigte darauf, und sie trugen meinen Bruder in diese Richtung.

Ich erinnere mich, das Tiller mich perplex mit offenem Mund anstarrte.

45 Ein weißes Nachthemd mit Knöpfen, und Tiller trug nur eine Pyjamahose von CK.
46 Ich habe meine Ohren überall.

Ich konnte ihm kaum in die Augen sehen. »Es gibt so viel, das du nicht über mich weißt.«

Und dann rannte ich ihnen hinterher.

»Was ist der Zugangscode?«, rief Kekoa.

»Drei-null-eins-null[47]«, rief ich ihm zu, und unsere Blicke trafen sich – er sah aus, als hätte er Mitleid mit mir.

Die Tür schwang auf, und Tiller hinter mir erstarrte.

Das Zimmer enthält einen Operationstisch, zwei Infusionsständer, einen Schrank mit den wichtigsten Medikamenten und einen Rolltisch mit medizinischen Instrumenten.[48] An einer der Wände steht ein Schrank mit Messern, Pistolen und sonstigen Waffen.

»Fuck.« Miguel stößt ein zynisches Lachen aus. »Schwer, alte Gewohnheiten abzulegen, was, Dais?«

Ich schätze, das alles war ein bisschen viel für Tiller, so mitten in der Nacht, aber die Krönung hing an der Wand gegenüber der Tür: *Vanitas-Stillleben* von Pieter Claesz.[49]

Er sah mich an, als hätte ich ihn hintergangen.

Ich halte diesen Raum verschlossen. Tiller gegenüber behauptete ich immer, der Grund sei, dass ich dort meine Schusswaffen aufbewahre, was stimmt, aber nur ein Teil der Wahrheit ist. In Wirklichkeit bewahre ich hier mein gesamtes ehemaliges Leben auf. Ich komme hierher, um es zu betrauern, wenn ich mich frage, ob ich einen Fehler gemacht habe.

Ich glaube nicht, dass es einer war. Nein. Ich wollte Normalität.

Tiller gibt mir Normalität.

Er kommt jeden Tag nach Hause, er ist zuverlässig. Er ist gut, er ist lieb, er ist beständig, aber mit dem Gemälde hatte er seine Schwierigkeiten.

In diesem Augenblick hatte ich dafür jedoch keine Zeit. Tillers Atem ging schnell. Er zeigte auf das Bild. »Sag mir, dass das nicht echt ist.«

Drückendes Schweigen.

47 Julians Geburtstag. Die einzige Zahlenkombination, die ich mir merken kann.

48 Und den Herzanhänger, den Christian mir geschenkt hat, aber ich hoffe, dass den niemand findet, weil ich ihn wahrscheinlich nicht hätte behalten sollen.

49 1625. Öl auf Holz. 29,5 × 34,4 cm. Es hängt im Frans Hals Museum in Haarlem (Niederlande). Zumindest glauben das alle.

»Okay.« Ich zuckte schwach mit den Schultern, und Tiller schnaubte verächtlich.

»Daisy«, rief Koa, um meine Aufmerksamkeit wiederzuerlangen.

»Legt ihn auf den Tisch«, sagte ich, aber Koa sah mich nur an.

»Sind wir hier sicher?«, fragte er, und sowohl Miguel als auch ich sahen ihn wütend an. Seine Unterstellung war für mich unerträglich. Er kennt mich schon von klein auf, er sollte es besser wissen, als zu denken, ich würde irgendjemandem meine Hilfe verweigern, der blutete wie mein Bruder, ganz zu schweigen ihm selbst.[50]

»Natürlich seid ihr hier sicher, verfickte Scheiße …«, spuckte ich aus.

Koa schüttelte den Kopf und nickte in Tillers Richtung, der im Zimmer auf und ab ging und kopfschüttelnd auf den Boden starrte.

Ich griff nach seinem Arm und zog ihn in den Flur.

»Was ist los?«, fragte ich ungeduldig.

»Pieter Claesz?« Er blickte mich mit großen Augen an. »Das ist nicht mal als gestohlen gemeldet …«

»Ich kann das gerade nicht, Tills – ich muss ihn wieder hinbiegen.« Tiller warf einen unsicheren Blick zurück ins Zimmer zu meinem Bruder.

»Du darfst niemandem sagen, dass er hier ist.« Ich berührte meinen Freund am Handgelenk.

Tiller spannte den Kiefer an und schüttelte vehement den Kopf.

»Er ist mein Bruder«, sagte ich laut.

»Er wird gesucht wegen Entführung, Erpressung … Mord! Mord, Dais!«

»Ist mir egal!«, erwiderte ich bestimmt. »Er ist mein Bruder, es ist mir egal …«

»Aber mir ist es nicht egal!« Tiller schlug sich auf die Brust. »Ich bin bei der Polizei. Mir ist es nicht egal.«

Ich trat ein Stück dichter an ihn heran.

»Liebst du mich, ja oder nein?«, fragte ich mit brechender Stimme.

50 Ihm. Der einzigen Familie, die ich noch habe, mein bester Freund, mein Retter, mein Beschützer, mein ewiger Widersacher, den ich mein ganzes Leben lang geliebt habe und bis ans Ende meiner Tage lieben werde. Auch wenn ich nie wieder ein Wort mit ihm sprechen sollte.

»Du schaffst das, Dais. Du kannst das.« Er neigte den Kopf, sodass sich unsere Blicke trafen. »Was brauchst du?«

»Ähm …« Ich drehte mich zurück zu den anderen. »Blut.«

»Hast du keins hier?« Kekoa starrte mich an.

»Sie ist kein verficktes Krankenhaus, Ko!«, schrie Miguel in an.

Ich schüttelte den Kopf und sah einen meiner ältesten Freunde und Beschützer mit wildem Blick an. »Ich bewahre nicht einfach Beutel voll Blut in meinem Kühlschrank auf, Kekoa …«

»Fuck!«, rief er, und wieder machte sich Panik in mir breit.

»Was ist los?«, fragte Tiller stirnrunzelnd?

Julian hat eine seltene Blutgruppe. A negativ. Genau wie ich.

Kekoa hat 0 positiv, Miguel auch. Die meisten Leute haben diese Blutgruppe.

»Ich kann ihm nicht so viel von meinem Blut geben, wie er braucht, und ihn dann noch behandeln. Welche Blutgruppe hast du?«, fragte ich Tiller.

»0 positiv«, antwortete er, und ich schüttelte den Kopf.

»Und du?«, fragte ich Christian.

»0 negativ«, sagte er und krempelte sich bereits den Ärmel hoch. Ich seufzte erleichtert.

Ich konnte ihm keinen ganzen Liter abnehmen. Eigentlich dürfte ich nicht mehr als 450 ml nehmen, aber ich versuchte, auf 600 ml zu kommen, dann könnte Julian zusätzlich 400 ml von meinem Blut kriegen, und dann würde er vielleicht durchkommen …

»Du willst eine komplette Bluttransfusion machen?« Kekoa sah mich ungläubig an.

»Wir haben keine Wahl.« Ich zuckte mit den Schultern. »Koa, schließ ihn an den Monitor[54] an – Oximeter an den linken Finger, die rote Zuführung nach oben rechts, gelb nach oben links und grün …«

»Ich hab das schon mal gemacht, Dais.«

»Tiller.« Ich blickte zu ihm. »Du hältst Druck auf die Wunde. Sobald er angeschlossen ist, wird die Maschine anfangen zu piepsen, weil er schon eine Grad-1-Hypertonie haben dürfte – vielleicht Grad 2. Ich will,

54 Edan iM60 Patientenmonitor.

dass seine Werte unter 160 zu 100 bleiben, und sobald sie darüber steigen, sagst du mir sofort Bescheid.«

»Okay.« Er nickte gehorsam.

Ich zog Christian zur Seite und griff nach einem CPDA-1-Blutbeutel[55, 56]. Er zog seinen Pulli aus, und als ich nach seinem Arm griff, versuchte ich, nicht darüber nachzudenken, welche Gefühle die Berührung in mir auslöste, selbst unter diesen Umständen.

Ich winkelte seinen Arm ein paarmal an und schnipste gegen die Vene in seiner Ellenbeuge.

Und Christian sah mich dabei mit diesem unverhüllten, schweren Blick an, den ich nicht erwidern konnte.

Ich desinfizierte seinen Arm mit einem Alkoholtupfer, führte die Nadel ein und löste den Venenstauer, und das wunderschöne 0-negativ-Blut begann in den Beutel zu fließen.

Dann rollte ich meinen eigenen Ärmel hoch, suchte nach meiner besten Vene und konnte spüren, wie Christian neben mir die Stirn runzelte. »Nimm mehr von meinem.«

»Dann würdest du einen hypovolämischen Schock erleiden.«[57]

»Ist das schlimm?«

Ich sah zu ihm hoch. »Ja, das ist schlimm.«

Er nickte und blickte wieder auf seine Vene.

»Fühlst du dich okay?«, fragte ich ihn.

»Fühlst du dich okay?«, fragte er mit besorgtem Gesicht.

Ich sah ihn an, und alles erschien mir wie ein Fiebertraum. Ich hätte nie gedacht, dass Christian mal so jemand für mich sein würde, ehrlich. Als wir anfingen, miteinander zu schlafen – was eine gefühlte Ewigkeit her ist –, hätte ich nie gedacht, dass er sich mal zu einem dieser besonderen Menschen entwickeln würde, deren Präsenz einen fertigmacht – und nicht nur auf eine schlimme Art (aber ja, auch auf die), doch auch auf eine gute, insofern, als er mir das Gefühl gibt, in Sicherheit zu sein, wenn

55 Mit einer Citrat-Phosphat-Dextrose-Adenin-Lösung, die die roten Blutkörperchen länger haltbar macht.

56 600-ml-Blutbeutel mit vormontierter Klemmvorrichtung für eine 16-G-Venenpunktionsnadel.

57 Wenn man nicht genug Blut im Körper hat, dass das Herz den gesamten Körper damit versorgen kann.

ich es nicht bin, mutig zu sein, wenn ich es nicht bin, und dass alles in Ordnung ist, wenn es das in Wirklichkeit nicht ist, und ich wünschte, dieses Gewicht würde von meinen Schultern genommen, ich wünschte, all diese Dinge nicht fühlen zu müssen, während ich ihn ansah, aber ich tat es.

Sogar sehr[58], daher wandte ich den Blick ab und richtete ihn auf Tiller, der uns mit diesem ernsten Gesicht, das typisch für ihn ist, beobachtete, und fragte mich, ob er Bescheid wusste.

Falls ja, änderte es nichts. Wir waren jetzt seit Monaten zusammen, und er hat es kein einziges Mal zur Sprache gebracht.

Mir wurde leicht schwindelig, daher kappte ich meine Blutabnahme, stand auf und suchte im Arm meines Bruders nach einer Vene, um ihm das Blut zu transfundieren.

»Was machen seine Vitalwerte?«

Koa schüttelte den Kopf. »Nicht gut.«

»158 zu 100«, sagte Tiller, und ich nickte.

»Ich muss die Kugeln rausholen.« Ich zog die Nadel aus meinem Arm und klebte ein Pflaster auf die Wunde. »Gib mir die Handschuhe.«

Ich desinfizierte meine Arme und streifte die Handschuhe über.

»Licht.« Ich nickte Koa zu. »Nach wie vielen suche ich?«

»Zwei«, krächzte mein Bruder. Das Erste, was aus seinem Mund kam.

Die erste Kugel war einfach. Steckte ein paar Zentimeter unter seiner Bauchdecke; das Metall schimmerte sofort im Lichtstrahl. Wahrscheinlich war er bereits zu Boden gegangen, als sie den zweiten Schuss abgefeuert hatten, oder er hatte sich ganz leicht bewegt, jedenfalls hatte die Kugel nichts Entscheidendes getroffen, und sie war leicht herauszufischen.

Die zweite hingegen …

Sie war die Ursache für das viele Blut.

»Er hat einen perforierten Darm«, flüsterte ich.

»O Scheiße«, presste Koa hervor, und ich hasste es, denn obwohl ich wusste, dass es schlimm war, machte irgendwas an Koas Bestätigung es noch tausendmal schlimmer.

58 Tu ich immer noch.

»Die Kugel steckt noch drin – Licht!« Ich schüttelte den Kopf. »Ich … gib mir eine Klemme.«

Ich versuchte, die Blutung zu stillen, und presste haufenweise Gaze auf die Wunde.

Dann blickte ich hoch zu Kekoa. »Ich … ich glaube nicht, dass ich …«

Julian wurde blass. Noch blasser, als er ohnehin schon war.

Ich zeigte auf die Schubladen. »Da ist eine Maglite drin – holt sie her und leuchtet in die Wunde.«

Christian gehorchte.

»Sein Blutdruck fällt, Dais …«, sagte Tiller.

Ich schüttelte den Kopf.

»Ich kann sie rausholen, die Perforation kann ich nicht schließen, aber ich kann die Kugel rausholen und die Blutung stoppen … Arterienklemme … Wundklammer …« Ich streckte die Hand aus, und Koa reichte mir die Utensilien.

»Blutdruck fällt weiter«, sagte Tiller, obwohl ich das Piepsen laut und deutlich hören konnte. Ich kann es immer noch hören, ehrlich gesagt.

Die Monitore liefen Amok, die Atmung meines Bruders wurde immer flacher, und Koa schrie, dass ich aufhören solle, und ich schrie, dass ich sie gleich hätte und dass ich mehr Gaze bräuchte, und er schrie, dass es zu viel Blut sei – und dann spürte ich das erschreckend befriedigende Gefühl von Metall, dass ich das Metall zu fassen bekam, dass ich es geschafft hatte. Ich hatte es geschafft.

Ich zog die Kugel heraus und ließ sie neben meinen Bruder auf den Tisch fallen.

Und dann blieb sein Herz stehen.

Christian starrte auf ihn hinab. »Heilige Scheiße …«

»Julian?« Ich schüttelte ihn. »O mein Gott …«

»Daisy …« Tiller riss mich herum und hielt mich an den Schultern von sich. »Hast du einen Defibrillator?«

»Ähm … ähm … ja?«

»Wo ist er?«, fragte er laut und ruhig.

»Ich … dort im …« Ich zeigte auf den Schrank. Ich zitterte. Die Konturen begannen vor meinen Augen zu verschwimmen – es ist mir peinlich. Wie peinlich. Ich hätte besser sein sollen. Ich hätte diejenige sein sollen, die daran dachte, dass ein Defibrillator im Schrank lag, ich hätte ihn holen und das Elektrodengel auf Julians Brust auftragen sollen.

»Julian?« Ich beugte mich über ihn, strich ihm durchs Haar.

»Daisy«, sagte Kekoa mit einem Sauerstoffgerät in der Hand. »Geh zur Seite.«

Tiller lud den Defibrillator. »Wegtreten!«, rief er, doch ich ließ meinen Bruder nicht los, woraufhin mich Christian von ihm wegzog und mich von hinten festhielt. Ein Teil von mir wollte sich für immer daran erinnern, wie es sich anfühlte, ihn wieder so eng bei mir zu spüren, aber ich habe den Moment an das wallende Trauma verloren.

Und dann versetzten sie ihm einen Stromstoß.

Nichts passierte.

Der Körper meines Bruders krümmte sich auf diese furchtbare Art vom Tisch hoch und fiel dann wieder hinab.

Koa begann, die McKesson zu pumpen.

Ich befreite mich mit den Ellbogen aus Christians Armen und riss meinem Freund die Paddles aus der Hand, weil ich sehr wohl besser bin, als ich es in diesem Augenblick kurz war.

»Wegtreten«, sagte ich und versetzte Julian einen zweiten Stromstoß.

Sie hing dort – diese kleine Ewigkeit, in der mein Bruder nicht am Leben war. Ich war allein. Ungeschützt vor allem, was diese Welt mir entgegenschleudern würde, und trotzdem hätte ich alles freiwillig allein ertragen, wenn er nur wieder aufwachen würde. Er ist so vieles, so viel Grausames, und trotzdem habe ich niemanden auf diesem Planeten lieber als ihn. Ich erinnere mich ehrlich gesagt kaum an meinen Vater. Nicht mehr. Früher hat mich das traurig gemacht, aber inzwischen glaube ich, es liegt daran, dass Julian einen so guten Job gemacht hat und ich mich nicht an diesen Typen erinnern muss, der am Strand gestorben ist, weil ich stattdessen meinen Bruder hatte.

Ich schlug ihm mit der Faust auf die Brust, so fest ich konnte – zweimal, um sicherzugehen – und dann, piep.

Mein Bruder holte keuchend Luft, seine Augenlider flackerten auf, und sein Blick traf meinen. Ich ließ den Kopf auf seine Brust fallen und weinte, und er legte schwach die Hand auf meinen Kopf und hielt mich, so gut er konnte.

Kurz darauf wurde er erneut ohnmächtig, und ich machte mich wieder an die Arbeit.

Es war nicht perfekt, und er musste sich von einem echten Arzt versorgen lassen. Ich stillte lediglich die Blutung, säuberte die Wunde und transfundierte etwas Blut. Er hatte immer noch ein Loch im Darm.

Ich sah zu Tiller, und er lächelte mich schwach und müde an.

»Alles okay?« Sein Atem ging schwer, als hätte er die Luft angehalten.

Ich nickte ein Mal.

»Ich geh duschen«, sagte er und verließ das Zimmer.

»Tiller …« Ich folgte ihm. Er blieb im Flur stehen und sah zu mir zurück.

Ich rannte zu ihm und nahm sein Gesicht in beide Hände.

Mir war die Kehle zugeschnürt. Ihm nicht.

»Du hast ihn gerettet«, sagte ich.

»Nein.« Er drehte den Kopf in meinen Händen und küsste meine Handfläche. »Du hast ihn gerettet.«

»Hey …« Ich suchte seinen Blick, und ich kenne die Wahrheit, ob er sie sich eingestehen will oder nicht. Mein Bruder hat ihm sein Leben zu verdanken. »Ich liebe dich«, sagte ich.

Und es stimmte. Stimmt. Sosehr ich auch jemand anderen liebe? Nein, aber diesen Mann darf ich nicht mehr lieben, selbst wenn ich es noch tue. Christian wohnte immer noch hinter dieser Tür, die ich verriegelt hatte,[59] und Tiller stand immer noch direkt vor mir. Ich wollte immer noch normal sein. Diese Nacht änderte nichts. Ich liebe normal, daher liebe ich Tiller.

Er schenkte mir erneut ein müdes Lächeln und ging nach oben.

Ich ging zurück ins Zimmer, wo Christian erschöpft an der Wand lehnte.

»Geht's dir gut?«, fragte ich stirnrunzelnd. »Du siehst ein bisschen blass aus.«

»Ja, geht schon.« Er zuckte mit den Schultern. »Mir ist nur ein bisschen schwummrig.«

»Komm mit.« Ich nickte Richtung Küche. »Du brauchst eine Banane.«

59 Und die in dieser Nacht weit aufgerissen worden war.

Er folgte mir schweigend, setzte sich auf die Küchenbank und lehnte sich zurück.

Ich schälte ihm eine Banane und gab ihm ein Glas Milch.

»Hilft, Blutkörperchen zu bilden«, sagte ich mit einem kurzen Lächeln.

Keine Ahnung, warum, aber mir war zum Heulen zumute – ganz abgesehen davon, was gerade passiert war, ihn zu sehen, würde mir zu jedem Zeitpunkt den Boden unter den Füßen wegziehen.

»Du warst heute Nacht unglaublich, Dais …«

Seufzend schüttelte ich den Kopf. »Was machst du zusammen mit meinem Bruder?«

Er dachte ein paar Sekunden nach, bevor er schulterzuckend antwortete: »Wir sind jetzt Freunde.«

»Warum?« Ich blinzelte, und er sah mich nur an. Ich seufzte. »Was ist heute Nacht passiert? Warum hat jemand auf ihn geschossen?«

»Wir sind hinter einem verschollenen Gemälde her …«

Ich nickte und blickte stur geradeaus. »Welchem?«

»Ein van Gogh.« Er trank einen Schluck Milch.

Ich drehte den Kopf zu ihm und hob eine Augenbraue. »Er sucht nach *Mohnblumen?*«

Christian nickte.

»Oh.« Ich verstand. »Er versucht zurückzukommen.«

Wieder nickte Christian.

»Und du hilfst ihm dabei?« Ich biss mir auf die Unterlippe.

»Ja.«

»Warum?«

Er stach mir in die Rippen, und ich lächelte traurig.

»Dais«, rief Koa. »Er braucht Morphin.«

»Ja, okay. Komme …«

Ich wollte mich gerade an Christian vorbeischieben, als er nach meiner Hand griff, sie ein paar Sekunden lang festhielt und drückte. Ich sah ihn an, fuhr mit dem Daumen ein paarmal über seinen, und er schluckte schwer.

Hob meine Hand zum Mund und küsste sie.

Kein Wort kam über seine Lippen, er sah mir nur tief in die Augen, blinzelte ein paarmal und ließ mich los.

Als ich am folgenden Morgen aufwachte, waren sie weg.

Fast hätte ich alles für einen Traum gehalten, wenn nicht die ganze Wohnung mit dem Blut meines Bruders besudelt gewesen wäre.

Tiller und ich haben nie wieder ein Wort über die Sache verloren. Über die Tatsache, dass er meinem Bruder das Leben gerettet hat, über das Gemälde, das seltsame kleine Krankenhauszimmer, das ich in unserer Wohnung verstecke, und darüber, dass ich immer noch etwas für jemand anderen empfinde …

Diese Nacht war zu vielschichtig in dem, was sie alles über mich und über uns aussagte, über mich im Kontext zu ihm mit diesem Gemälde in der Wohnung, in der wir zum Großteil der Zeit gemeinsam wohnen. Er hat einem Kriminellen das Leben gerettet und hatte nun den unumstößlichen Beweis, dass seine Freundin ebenfalls eine Kriminelle war – allein, was das bedeutete. Er konnte nicht an einem Faden ziehen, ohne an allen zu ziehen, also zog er an keinem, und die ganze Geschichte wurde zu etwas, das wir in eine Kiste verbannten und unters Bett schoben.

»Super.« Henry nickt verärgert.

Ich zucke erneut mit den Schultern. »Vielleicht solltet ihr dann nicht dieselbe Frau vögeln …«

»Vielleicht solltest du deine verdammte Fresse halten«, sagt mein Bruder.

Ich hebe ergeben die Hand und blicke zu Beej. »Wie steht's bei dir, Champion? Wie geht's dir so?«

»Weshalb?« Er tut, als wisse er von nichts, und ich sehe ihn schief an. »Oh, weil Magnolia in die Stadt kommt? Ja – alles bestens. Hab gar nicht dran gedacht.«

Jo deutet mit dem Kinn in seine Richtung. »Ist das der Grund für deinen neuen Haarschnitt?«

»Ich habe einen neuen Haarschnitt, weil ich ein Model bin …« BJ schenkt sich ein Glas Wasser ein.

»Ohh«, zirpt Henry. »Er ist ein Model!«

Beej verdreht die Augen und winkt kopfschüttelnd ab. »Wahrscheinlich sehe ich sie nicht mal.«

»Bei der Hochzeit ihres eigenen Vaters?«, kichert Jonah. »Wenn du meinst.«

»Bringst du Jordan mit?«, frage ich.

Jordan ist BJs neue Freundin. Sehr neu. Beej hatte noch nie eine andere Freundin außer Parks, daher ist es eine große Sache. Ich hab nichts gegen sie. Henry ist nicht ihr größter Fan, aber wenn ich ehrlich bin, denke ich nicht, dass das an ihrer Persönlichkeit liegt.

BJ schüttelt den Kopf, und ich lehne mich zurück und verschränke die Arme vor der Brust.

»Interessant.«

»Sehr.« Henry nickt.

»Was hält Jordan davon, dass sie dich nicht zur Hochzeit begleiten darf?«

»Alles bestens.« Er zuckt mit den Schultern. »Es macht ihr nichts aus.«

»Ah.« Jonah nickt. »Lügen. Die Basis jeder gesunden Beziehung …«

»Oh …« BJ verpasst ihm einen Hieb. »Du musst es ja wissen, was? Bei den null Beziehungen, die du je hattest.«

»Okay«, spöttelt Henry. »Beruhige du dich mal, mit deinen kolossalen zwei.«

»Parks kommt zurück …« BJ schüttelt den Kopf. »Keine große Sache. Alles wie gehabt.«

»Ja«, schnaube ich. »Genau.«

KAPITEL 8

DAISY

Tiller öffnet die Autotür und zieht mich auf die Straße. »Ist alles in Ordnung?«

»Hm?« Ich lächle ihn unaufmerksam an.

»Du bist so schweigsam, seit wir bei deinem Bruder waren.«

»Oh, nein … ja. Nein …« Ich nicke. »Mir geht's gut.«

Er umarmt mich, legt das Kinn auf meinen Kopf und drückt mich fest an sich.

»Du wirkst traurig«, sagt er in meine Haare, und ich löse mich von ihm, um ihn anzusehen.

»Nein … Ich bin …«[60]

»Traurig.« Tiller nickt und lächelt leicht.

»Mein Bruder …« Ich schüttle den Kopf. »Es gab noch nie eine Zeit … Meine Sicherheit ist ihm noch nie egal gewesen.«

Tiller dreht mich herum und schiebt mich die Straße hinunter. Er legt dabei von hinten den Arm um mich, und ich höre ihn seufzen. Ich fühle mich dumm und bin beschämt, weil ich Julian so oft vor Tiller in Schutz genommen und ihm erzählt habe, was für ein liebenswerter Mensch er sein kann, wenn er nicht gerade versucht, einem Haufen Idioten, die ich tagtäglich vermisse, etwas zu beweisen.

»Mir ist deine Sicherheit nicht egal«, sagt er, um mich aufzumuntern.

Es stimmt. Ich weiß, dass es stimmt. Diese kleine Sorgenfalte zwischen seinen Augenbrauen, die erschienen ist, seit wir das Anwesen verlassen haben, beweist es mir.

»Ich weiß«, sage ich, als wir vor Tell Your Friends[61] stehen bleiben, wo ich mit Delina[62] zum Frühstück verabredet bin.

60 Am Boden zerstört.

61 175 New King's Road, SW6 4SW.

62 Bambrilla, für den Fall, dass ihr euch nicht an sie erinnert, aber wie wäre das möglich?

Er dreht mich zu sich um, legt die Hände auf meine Hüfte. »Ich liebe dich.«

Ich nicke. »Ich weiß.«

»Du liebst mich auch«, sagt er, und wieder nicke ich.

»Ja.«

»Kommst du hier klar? Mit der Fahrt zum Krankenhaus?«

»Ja, ich komm klar«, sage ich schulterzuckend. »Hier gibt's weit und breit keine Blumenhändler.« Ich sehe ihn witzelnd an.

Es ist einfacher, der Sache keinen Wert beizumessen, jetzt, da mein Bruder es auch nicht tut. Kommt mir vor, als wäre ich bescheuert, mir Sorgen zu machen, wenn er es nicht tut.

Aber andererseits bin ich für ihn gestorben, von daher …

Tiller verdreht die Augen – ihm gefällt das alles gar nicht, und die Reaktion meines Bruders hat ihm erst recht nicht gefallen. Er hat sich bestimmt eine Stunde lang darüber aufgeregt, was ziemlich süß war – wie entrüstet er ist, weil Julian die Sache einfach auf die leichte Schulter genommen hat.

Gut möglich, dass sie zwei Seiten derselben Medaille sind, Tiller und mein Bruder.

Wäre nicht der eine rasend gut und der andere möglicherweise sehr, sehr böse, wäre nicht er bei der Polizei und mein Bruder ein Krimineller – wäre Tiller nicht praktisch die letzten fünf Jahre Julians Gegenspieler, sein Widersacher gewesen –, könnte ich mir vorstellen, dass sie Freunde wären.

Ich kann sehen, dass die ganze Geschichte Tiller ordentlich zu schaffen macht – Stressblicke nonstop.[63]

»Ich könnte auf dich warten«, bietet er an. »Dann würde ich eben zu spät zur Arbeit kommen.«

»Nein …« Ich winke ab. »Miguel schleicht hier garantiert irgendwo rum.«

Tills runzelt die Stirn. »Bist du sicher?«

Ich nicke. »Ich komm klar.«

Er nickt ebenfalls, obwohl er nicht überzeugt scheint, und streicht

63 Süß, aber.

dann mit den Lippen über meinen Mund, küsst mich erst sanft, dann etwas fordernder. So laufen unsere Küsse immer ab. Möglich, dass er sogar mein absoluter Lieblingsküsser ist. Unsere Küsse fangen immer flüchtig an, wie eine Gewohnheit, und dann ist es, als würde er sich daran erinnern, wie gut wir darin sind, und er küsst mich länger und länger, seine Hände wandern in meine Haare und über mein Gesicht, und ich fühle mich, als wäre ich die schönste Frau, die er je gesehen hat, allerdings fühle ich mich in seiner Gegenwart immer so. Das war auch schon so, bevor wir zusammen waren – ich habe immer gespürt, dass er mich mochte, hauptsächlich ungewollt –, und er gibt zu, dass er nicht darauf aus war, mich zu mögen, geschweige denn, sich in mich zu verlieben. Er war nicht darauf aus, mit mir zu schlafen an jenem ersten Abend. Er hatte nicht mal vor, mich zu küssen, aber er wusste einfach nicht, wie er es … nicht tun konnte.

Romeo hat mich immer geliebt, aber er war sich deshalb nicht zu schade, auch andere Frauen anzusehen. Und für Christian war ich den Großteil unserer Beziehung über ein Nebengedanke. Jetzt wäre ich das vielleicht nicht mehr, aber das werde ich nie wissen – Tiller hingegen …

Mich um neun Uhr morgens auf der New King's Road auf diese Art zu küssen, als hätte er komplett vergessen, dass wir in der Öffentlichkeit sind, was ihm aber auch egal wäre – wenn es sich so anfühlt, versehentlich von ihm geliebt zu werden, kann ich mir nicht vorstellen, wie es sein muss, absichtsvoll von ihm geliebt zu werden.

Ich löse mich von ihm. Meine Wangen glühen.

Er duckt sich und lugt durchs Fenster, winkt kurz Delina zu und dreht sich dann zum Gehen. »Ruf mich an, wenn du im Krankenhaus angekommen bist, okay?«

Ich betrete das Restaurant, setze mich der Mutter meines Ex-Freunds gegenüber und halte mir die Hände an die Wangen, damit sie die Röte in meinem Gesicht nicht bemerkt – muss sie aber auch gar nicht, sie kann alle meine Gesichter lesen.

Sie lächelt belustigt. »Er ist sehr süß.«

Ich habe ihre Stimme vermisst. Sie spricht mit britischem Akzent, doch ihre eritreische Herkunft schimmert noch leicht durch.

Sie beugt sich über den Tisch und gibt mir einen Kuss auf beide Wangen.

»Du hast unsere letzten Frühstücksverabredungen sausen lassen.« Delina sieht mich herausfordernd an.

Ich spiegle ihren Gesichtsausdruck.

»Du bist die Mutter meines Ex-Freunds.«

Sie schnaubt. »Ich bin mehr als das.«[64]

Ich verdrehe die Augen und winke einen Kellner herbei.[65] »Du weißt, was ich meine …«

Sie nickt nachdenklich. »Ja.« Ihre Lippen werden schmal. »Romeo sagt, dass er dich letztens abends gesehen hat – hat was von Blumen erzählt?« Sie runzelt irritiert die Stirn. »Er klang besorgt?«

Sie hat recht – Romeo hat mich letztens abends gesehen, und er war besorgt, wenn auch nicht sofort. Der ganze Satz ist außerdem eine Untertreibung, denn in Wahrheit habe ich Romeo seit jenem Abend, an dem ich meinem Bruder von den Blumen erzählt habe, täglich gesehen.

Die vergangenen vier Tage stand er jedes Mal, wenn ich Feierabend gemacht habe und runter ins Parkhaus gegangen bin, am Aufzug und hat auf mich gewartet.

Er sagt kein Wort zu mir. Sieht mir nicht mal in die Augen.

Läuft mir mit einem Meter Abstand hinterher bis zu meinem Auto, sieht zu, wie ich aus dem Parkhaus fahre, und das war's.

»Das kann ich nicht wissen …« Ich schenke seiner Mutter einen höflichen Blick, weil ich nicht weiß, ob Rome will, dass irgendjemand von der Sache erfährt. »Er spricht immer noch nicht mit mir.«

»Du dürftest es sehr wohl wissen, auch wenn er immer noch nicht mit dir spricht«, setzt sie an. »Was du verdient hast, wie wir alle wissen«, fährt sie fort, und ich senke den Blick.

»Von all den Leuten, vor deren Augen du das hättest tun können, wählst du ausgerechnet meinen Sohn?« Sie schüttelt den Kopf. »Daisy.«

»Delina«, seufze ich. »Das ist zehn Monate her.«

»Und er geht deshalb immer noch zur Therapie.« Sie nickt, und meine

64 Sie ist so viel mehr.

65 Ich bestelle einen Caffè Latte mit Hafermilch und Delina eine Kanne Tee.

Schultern sacken nach vorn. »Stell dir vor, sich vor dem Mann schwer zu verletzen, der sein ganzes Leben lang versucht hat, dich zu beschützen.«

Bei diesen Worten würde ich am liebsten heulen, nicht nur weil sie von mir enttäuscht ist (was sie ist) und er wegen der Sache in Therapie ist (was er ist)[66], sondern weil Romeo für mich immer noch ist, was er immer war, selbst wenn er mich hasst. Mein Beschützer.

»Aber …« Sie zuckt mit den Schultern. »Das weißt du. Deshalb bist du mir schließlich aus dem Weg gegangen.«

Ich ziehe eine Schnute. »Ich bin dir nicht aus dem Weg ge…«

»Hmhm …« Sie hebt einen Finger, damit ich schweige, als wäre ich fünf. »Das war keine Frage, sondern eine Feststellung. Du bist mir aus dem Weg gegangen.«

Ich lege das Kinn in die Hand. »Glaubst du, dass er mir je vergeben wird?«

Sie nimmt einen Schluck Tee. »In der Sekunde, in der du ihn darum bittest.«

66 Gerechterweise muss gesagt werden, dass er sie sowieso nötig hatte.

9

CHRISTIAN

Und wie geht es dem Mann, der gerüchteweise der neue Freund von Hollywoodsternchen Vanna Ripley ist, an diesem schönen Abend?«, fragt Taura, als sie sich neben Henry aufs Sofa fallen lässt.

Ich ziehe unbeeindruckt die Augenbrauen hoch, spiele aber weiter *Halo*, ohne sie anzusehen.

»Ach, so gut?« Taura lächelt selbstgefällig.

»Ja, nein …« Ich zucke mit den Schultern. »Mir geht's gut. Wie geht's meinem Bruder?«

Ihre Miene verfinstert sich, und sie drückt die Zunge gegen die Wange und wirft mir einen missgünstigen Blick zu. »Arsch.«

»Schlampe«, feure ich zurück.

Sie zuckt mit den Schultern. »Man muss eine sein, um eine zu erkennen.«

Henry pfeffert mir die Fernbedienung gegen den Kopf. Ich funkle ihn böse an.

»Hey«, knurrt er, mich ebenfalls anfunkelnd. »Nimm das zurück.«

»Nein …« Taura schüttelt den Kopf. »Lass gut sein. Ich mach mir nichts draus.«

»Ich mir aber«, sagt Henry, ohne den Blick von mir abzuwenden.

»Dann hör auf.« Taura lächelt ihn sanft an und streicht ihm durchs Haar. »Christian war schon immer kindisch, was seine Emotionen angeht, und um mit seinem inneren Aufruhr klarzukommen, schlägt er um sich.«

Ich deute mit dem Finger auf sie, ohne den Blick vom Fernseher zu nehmen. »Ich mag nicht, wohin sich dieses Gespräch entwickelt …«

»O nein.« Taura verdreht die Augen. »Was machen wir da bloß?«

Ich atme durch die Nase aus, werfe ihr einen genervten Blick zu und pausiere mein Spiel. »Entschuldigung.«

Sie zwinkert mir leicht zu.

»Dann erzähl mal.« Henry nickt mir zu. »Woher stammt dieser innere Aufruhr?«

Ich drehe den Kopf zurück zum Fernseher. »Es gibt keinen inneren Aufruhr.«

»Also geht's um Daisy?«, fragt Taura spitzfindig.

Ich sehe sie verärgert an. »Nein. Ich hab sie seit Monaten nicht mehr gesehen.«

»Stimmt, bis vor ein paar Tagen …«, sagt Henry mit vielsagendem Blick.

»Was war vor ein paar Tagen?«, fragt Taura sofort begeistert.

Henry zuckt mit den Schultern. »Ich weiß nicht, irgendjemand hat ihr Blumen geschenkt oder so …«

Ich stoße einen leisen Fluch aus, werfe den Gamecontroller auf den Boden, stehe auf und gehe in die Küche.

Wenige Sekunden später folgt mir Henry mit einem verwirrten Stirnrunzeln im Gesicht.

»Geht es darum, dass jemand Daisy Blumen geschenkt hat?«

»Nein … ich … fuck …« Ich fahre mir durchs Haar und schüttle den Kopf. »Kannst du es einfach in den Eimer mit Scheiß stopfen, den du nicht verstehst, weil du normal bist?«

Henry blinzelt ein paarmal.

»Okay.« Er kratzt sich am Kinn, ahnt, dass irgendetwas los ist. »Geht's ihr gut?«

Ich zucke mit den Schultern. »Ich … ja. Ich glaube.«

Henry öffnet den Kühlschrank, wirft mir ein naturtrübes IPA zu und nimmt sich selbst eins. Macht die Dose auf, lehnt sich gegen die Tür und beobachtet mich ein paar Sekunden lang.

»Bist du wieder in sie verliebt?«, fragt er vorsichtig. Wir sind schon zu lange befreundet. Er kann mir die Antwort ansehen, trotzdem überlege ich zu lügen, um ein bisschen das Gesicht zu wahren, aber ich habe auch keine Lust mehr, Daisy zu verleugnen, nicht nach allem, wie das mit uns angefangen hat.

Ich zucke mit den Schultern. »Immer noch.«

Henry starrt mich wortlos an.

»Fuck …« Er atmet aus. »Ich hab nicht … Scheiße. Aber Vanna …«

Ich verdrehe die Augen. »Ist eine beschissene Ablenkung.«

»Weiß Daisy … du weißt schon …« Er spricht den Satz nicht zu Ende.

Ich nicke. »Ich glaube, s… Keine Ahnung. Ich dachte, aber dann …«

»Sie ist mit diesem Polizisten zusammen, richtig?«

Ich nicke.

Henry runzelt die Stirn. »Also …?«

Ich stoße ein müdes Lachen aus. »Du kennst einen Großteil der Geschichte nicht, Mann.«

Wir gehen aus der Küche raus auf die Terrasse.

»Dann erzähl sie mir.« Henry setzt sich mir gegenüber und zuckt mit den Schultern, aber ich schüttle den Kopf.

»Du würdest es nicht verstehen.«

»Stell mich auf die Probe.«

Ich sehe ihn ein paar Sekunden lang unverwandt an, denke darüber nach. Was soll's …

»Sie hat sich selbst in den Bauch geschossen, um einen Job ihres Bruders zu sabotieren.« Henry bekommt große Augen, aber ich spreche weiter. »Sie hatten einen Riesenstreit und reden seitdem nicht mehr miteinander …«

»Den Teil kenne ich.« Er nickt und versucht, gedanklich mitzuhalten.

»Letzten Januar, als es passiert ist, hat sie mich gefragt, ob ich mit ihr zusammen London verlasse.«

Er blinzelt ein paarmal. »Wie bitte?«

»Sie wollte aussteigen. Sie …« Ich schweige kurz. »Sie will nicht tun, was unsere Familien tun.«

»Richtig.« Er nickt ein Mal.

»Sie wollte normal sein?« Ich zucke mit den Schultern.

»Okay …«

»Und sie hat mich gefragt, mit ihr zu gehen und normal zu sein. Sie hat gesagt, dass sie mich liebt.« Davon wusste Henry bisher nichts, und sein Gesicht hellt sich auf, meins jedoch nicht.

»Aber ich sagte, ich könnte nicht.«

Er runzelt die Stirn. »Warum?«

Angespannt lege ich die Hände vors Gesicht. »Ich weiß nicht. Sie hat mich in Bedrängnis gebracht …«

»Und jetzt …« Seine Augen werden schmal, als er versucht, eins und eins zusammenzuzählen. »Schenkt ihr jemand Blumen, du bist mit Vanna zusammen, sie mit der Polizei, du liebst sie immer noch, aber wir wissen nicht, was sie für dich empfindet?«

Ich verziehe das Gesicht, und er sieht mich neugierig an, beugt sich fasziniert vor. »Wissen wir … was sie für dich empfindet?«

Ich schüttle wieder den Kopf. »Vor ein paar Monaten gab es einen … Vorfall.« Das ist das Wort, für das ich mich entscheide. »Und wir haben uns an den Händen gehalten … für ein paar Sekunden.«

»Scheiße.« Henry lehnt sich zurück, blinzelt und denkt nach. »Ich frage mich, ob du sie geschwängert hast.«

Ich sehe ihn verärgert an.

»Nein, im Ernst.« Er schüttelt den Kopf. »Das ist echt 'ne sexy Story …«

Ich verpasse ihm unter dem Tisch mit aller Kraft einen Tritt, und er fängt an zu lachen.

»Es ist süß. Das ist süß.« Henry nickt und versucht nicht mal, seine Belustigung zu verbergen. »Und willst du irgendwas wegen der Sache unternehmen?«

»Nein.« Ich schüttle den Kopf. »Ich will, dass sie glücklich ist. Ich will, dass sie ihr normales Leben hat.«

10

JULIAN

Okay, also – ich wäre so oder so zu Christians Lunch gegangen. Schließlich sind wir Freunde – er hat mir geholfen, *Mohnblumen* zu finden und meinen Namen reinzuwaschen, ohne irgendwas dafür zu verlangen, hat einfach aus Lust und Laune mitgemacht, insofern wäre ich so oder so hingegangen.

Aber als ich an dem Zeitungsstand vorbeiging und auf der Titelseite der *Sun* die Schlagzeile *Magnolia Parks – Zurück in England!* las, hat das mein Interesse ein bisschen angeheizt? Vielleicht.

Ich betrete mit Decks die Location – ziemlich guter Vibe hier –, stellt euch Positano im Sommer vor, obwohl wir gerade Winter haben.

Er verschwindet sofort zur Bar, weil er dort eine Frau sieht, hinter der er gerade her ist.

Ich sehe mich um, steuere auf den lautesten Tisch zu, und dann ist sie das Erste, was mir ins Auge fällt.

Klingt romantisch. Ist es nicht. Sie ist bloß eine dieser Frauen mit dieser gewissen Anziehungskraft.

Ich beobachte sie eine Sekunde, wie sie da ihrem Ex-Freund und seiner neuer Freundin gegenübersitzt, und sie wirkt tatsächlich verunsichert, was verrückt ist, weil … sie sie ist.

Die neue Freundin ist ziemlich scharf, würde sie nicht von der Bettkante stoßen – aber es ist nicht dasselbe. Und Magnolia hat diesen kleinen Schmollmund, für den ich mich interessiere, denn bei einer Frau wie ihr ist Schönheit Währung. Und an Schönheit mangelt es ihr nicht, doch gerade hilft ihr das nicht weiter.

Ich bin gut darin, Menschen zu lesen. War ich schon immer. Deshalb bin ich so gut in dem, was ich mache, deshalb habe ich ein Team, das alles tun würde, was ich sage. Ich verstehe mich darauf, die richtigen Fragen zu stellen, weiß, welche Fäden ich ziehen muss, um die Antworten zu bekommen, die ich haben will. Alles nur, weil ich Menschen lesen kann.

Und wenn ich sie so lese, sieht sie traurig aus.

Ich gehe hinüber und bleibe etwa einen Meter vor ihr stehen.

»Oha …« Ich blicke zu ihr hinab, als bemerkte ich sie erst jetzt. »Das riecht nach Ärger.«

»Julian.« Ihr Gesicht hellt sich etwas auf.

»Hi.« Ich nicke ihr mit dem Kinn zu. »Steh auf und gib mir 'ne Umarmung.«

Sie wirft mir die Arme um den Hals, und ich lege meine um ihre Hüften, keine Ahnung, warum, aber ich hebe sie vom Boden hoch, und sie ist leicht wie eine Feder. Nicht übel, das Gefühl von ihr in meinen Armen. Oder von ihrem Gesicht so nah an meinem.

Aber ich mag keine Gefühlsduselei, deshalb lasse ich meine Hände an ihrem Körper nach unten wandern, versuche, sie ein bisschen zu begrapschen, und ihr Blick heftet sich auf meine Augen, und sie lächelt neckisch. Das letzte Mal, als ich das versucht habe, hat sie meine Hände weggeschlagen.

Interessant …

Unsere Blicke ruhen ein paar Sekunden lang aufeinander; sie sieht nicht weg. Ich schlucke schwer, reiße mich verfickt noch mal zusammen und setze sie wieder ab.

»Wie ist New York?«

»Hat seine Vorteile.« Sie blinzelt mich an.

Ich sehe an ihr vorbei zu irgendeinem Kerl, der den Stuhl belegt, auf den ich mich setzen will. Mache ihm mit einem leichten Kinnruck wortlos klar, dass er verschwinden soll.

Er gehorcht sofort, und Parks' Augen leuchten auf, als wäre es irgendein Partytrick, der sie beeindruckt.

Ich ziehe sie neben mich. »Welche zum Beispiel?«

Sie presst den Mund zusammen. »Zum Beispiel interessieren sich die New Yorker Paparazzi einen Scheiß für mich …«

»Blödsinn.« Ich schüttle den Kopf. »Garantiert sind sie dir in Scharen gefolgt.«

»Nein, ehrlich …« Sie blickt auf ihren Fingernagel und dann wieder zu mir. »Sie haben dort echte Promis. Die scheren sich nicht um Leute wie mich.«

Überraschenderweise scheint sie das zu freuen.

»Was sonst noch?«

»Mhm …« Sie steckt sich den Daumen in den Mund, während sie nachdenkt, und ich starre ihn an. Schlucke erneut schwer. »Pferdekutschen. Meine absolut lächerliche Nachbarin Lucìa. Die 5th Avenue. Mitternacht im Central Park …«

Ich sehe sie schief an. »Mitternacht im Central Park? Bist du etwa lebensmüde?«

Sie verdreht die Augen. »Musst du gerade sagen. Wie war dein kleiner Abstecher nach Südamerika?«

Ich schmunzle. »Ziemlich unterhaltsam, ehrlich gesagt …« Ich sehe an ihr vorbei, fange Christians Blick auf und nicke ihm zu. »Er ist ein guter Zeitgenosse.«

Sie blickt zu ihm und mit finsterem Gesicht sofort wieder weg.

»Igitt! Was will denn Vanna Ripley hier?«

Ich schnaube lachend. »Ziemlich sicher, dass sie den Schwanz deines Kumpels will.«

»Immer noch?« Sie blinzelt. »Gott, diese Stadt geht echt vor die Hunde.«

»Hey …« Ballentine beugt sich über den Tisch, um ihre Aufmerksamkeit zu erlangen. Ich sehe ihn an; wir sind Freunde, schätze ich. Über Jonah. Aber irgendetwas an ihm kann ich nicht ausstehen. Zumindest heute. Als ich mich letzte Woche mit ihm und den Jungs zum Lunch getroffen habe, hatten wir eine gute Zeit. Aber heute mag ich ihn nicht. Keine Ahnung, warum.

Sie ist ihm seit jeher völlig verfallen. Es ist auch nervig, dass er sie behandelt wie Dreck und sie ihm trotzdem hinterherrennt – ich höre ihrem Gespräch gar nicht richtig zu, irgendwas über Gwyneth Paltrow, doch dann schnappe ich etwas auf – muss zweimal hinhören – und werfe meinen Hut zurück in den Ring.

Ich beuge mich vor. »Hast du da gerade Vaginal-Steaming gesagt?«

Magnolia nickt.

»Mit Gwyneth Paltrow?«, hake ich nach.

Sie verdreht die Augen. »Na ja, mit wem sollte man es auch sonst machen?«

Ich lege den Kopf schief. »Mit wem ich es sonst machen würde?« Ich deute mit dem Kinn auf sie, ziehe die Augenbrauen hoch.

Sie lacht, erstrahlt regelrecht. Ich mag das. Gibt mir ein gutes Gefühl.

Ballentine verlagert das Gewicht auf seinem Stuhl.

»Worüber sprecht ihr so, wenn ihr eure Vagina bedampfen lasst?«, frage ich.

»Ich meine …« Sie zuckt leicht mit den Schultern, beansprucht den gesamten Raum für sich. »Es gibt nichts, worüber man nicht sprechen könnte. Schließlich liegt eh schon alles auf dem Tisch …«

»Liegst du auf dem Tisch?«, fragt die neue Freundin.

Parks' Blick huscht zu BJ, und ich spüre einen Stich Eifersucht. »Es tut mir leid zu sagen, dass du bei den Vagina-Monologen nicht sonderlich gut weggekommen bist.«

»Überrascht mich nicht.« Er zuckt mit den Schultern, und sie vertiefen sich wieder in eine Unterhaltung. Ich wende den Blick ab, rede mit der Frau zu meiner anderen Seite.

Sie ist langweilig, aber ganz hübsch. Studiert Physiotherapie. Erinnere mich nicht an ihren Namen. Glaube nicht, dass ich sie überhaupt danach gefragt habe – sieht mir irgendwie nicht ähnlich, ehrlich gesagt. Aber schließlich ist nicht sie es, für die ich mich interessiere.

Komme mir vor wie ein verfickter Idiot, wie ich da sitze und warte, bis Magnolia mir wieder ihre Aufmerksamkeit schenkt, daher beschließe ich, sie mir einfach zu nehmen.

»Wann fliegst du wieder?« Ich lege den Arm um sie.

»Am fünften Dezember.«

Ich nicke und lächle ihr leicht zu. »Vielleicht komm ich dich besuchen …«

Sie grinst. »Mach das.«

Mein Blick wandert an ihrem Gesicht hinab zu ihrem Mund. »Ich glaube, mit dir kann man eine ziemlich gute Zeit haben.«

Sie erwidert meinen Blick, trinkt in einem Zug aus. »Oh, wahrscheinlich würdest du gar nicht hinterherkommen.«

Ballentine schiebt laut seinen Stuhl zurück. Er sieht angepisst aus, beobachtet, wie sie mich ansieht. »Lass uns verschwinden«, sagt er zu seiner Freundin.

»Schön, dich kennengelernt zu haben«, sagt sie zu Magnolia, die sie ein paar Sekunden lang anstarrt. Irgendwie traurig.

»Ja, gleichfalls«, erwidert sie mit etwas schwerem Blick.

Ballentine nickt ihr zu. »Wir sehen uns, Parks.«

Geht davon, dreht sich noch mal um, und seine Lippen formen einen Satz.

Ich schiele zu Parks. »Hat er gerade über den Kopf seiner Freundin hinweg gesagt, dass er dir schreibt?«

Sie presst die Lippen zusammen. »Ja. Hat er …« Sie faltet die Hände vor sich zusammen. »Was für eine furchtbare Heimlichtuerei.«

»Stehst wohl jetzt auf heimlich, was?« Ich stoße ihr den Ellbogen in die Seite.

Sie sieht mich unerschrocken an. »Möglicherweise.«

Ich schlucke. »Gut zu wissen.«

Ich werde hier kurz unterbrechen, um zu sagen: Ich versteh's nicht. Ich hänge nicht an Leuten – und um es zu betonen, ich hänge nicht an ihr. Ich denke manchmal an sie, das ist alles.

Dann schreibe ich ihr. Was nicht oft vorkommt, nur manchmal.

Einfach einer dieser Menschen, die einem nicht aus dem Kopf gehen.

»Also …« Sie räuspert sich, sieht vielleicht ein bisschen nervös aus. »Was ist das?« Nimmt mir meinen Drink aus der Hand und hebt ihn zum Mund. Probiert. Tequila pur, ohne Schnickschnack.

Sie hustet, und ich fahre mir mit der Zunge über die Lippen, um mein Lächeln zu verbergen, als sie ein angeekeltes Geräusch macht. »Wir haben nicht denselben Geschmack, was Drinks angeht.«

Ich nehme das Glas zurück. Trinke einen Schluck, ohne den Blick von ihr abzuwenden. »Hatten wir noch nie.«

Sie sagt nichts, sitzt einfach da und wartet, dass ich etwas hinzufüge, hat das Kinn in die Hand gestützt und blinzelt langsam. Fuck. Sie gibt mir ein beklommenes Gefühl, aber ich mag es. Die Machtwaage steht jetzt irgendwie zu ihren Gunsten. Musste in meinem Leben noch nie für eine Unterhaltung schuften, aber sie schindet mich.

Ich presse die Zunge gegen die Unterlippe. »Möglich, dass wir andere Gemeinsamkeiten haben …«

»Ach ja?« Sie zupft eine Fluse von meiner Schulter.

Fuck. Wieder schlucke ich schwer.

»Mhm.« Ich nicke.

Sie hebt vage interessiert die Augenbrauen. »Dann sag mal …«

Ich sehe mich um und zucke mit den Schultern. »Wir sind die bestaussehenden Leute hier.«

Sie lässt den Blick durch den Raum schweifen und nickt gedankenverloren. »Na ja, BJ ist gegangen, insofern hast du recht …«

Ich lache schnaubend, ärgere mich aber etwas und begehre sie noch mehr als vor einer Sekunde.

»Was noch?« Sie beißt sich auf den Daumen – leck mich am Arsch.

Tiefe Atemzüge. Zucke beiläufig mit den Schultern. »Ich glaube, ich müsste es dir zeigen.«

»Julian.« Sie klimpert mit den Augenlidern. »Wenn wir beide unsere Kleider ausziehen und die gleichen Dinge gemein hätten, tut mir leid, aber dann wäre ich schrecklich enttäuscht.«

Ich lache. Sie lächelt.

Ein Kellner stellt einen weiteren Martini vor sie hin, und sie wirft ihm ein Lächeln zu.

»Wie geht's deiner Schwester?« Sie nimmt einen Schluck.

Die Frage wirft mich aus der Bahn. »Ja … ich … ähm …« Schüttle den Kopf und reiße mich zusammen, schließlich will ich vor ihr nicht wie ein Idiot dastehen. »Weißt du, was passiert ist?«

»Nein, nicht so richtig.« Magnolia schüttelt den Kopf. »Mir ist zu Ohren gekommen, dass ihr nicht miteinander sprecht.«

Ich nicke.

»Tut mir leid.« Sie berührt meinem Arm. »Ich weiß, was sie dir bedeutet.«

»Bedeutet hat«, stelle ich klar.

Parks verdreht die Augen. »Lügner.«

»Sie hat jetzt einen Freund«, sage ich, weiß auch nicht, warum.

Wirf es auf den Haufen zu den restlichen Dingen, die ich an Magnolia Parks nicht verstehe, aber ich glaube, dass man gut mit ihr reden kann.

Sie nickt. »Ich bin ihnen ein paarmal über den Weg gelaufen. Er sieht echt gut aus.«

Rümpfe die Nase etwas. »Findest du?«

»Ja!« Sie lacht.

»Fuck …« Ich schüttle den Kopf. »Du und meine Schwester habt ziemlich viele Überschneidungen, was euren Männergeschmack angeht.«

Sie fischt die Olive aus ihrem Martini und beißt hinein. Behält das Holzstäbchen im Mund.

»Nicht übermäßig viele.«

Aus meiner Kehle kommt ein Krächzen, das ich nicht leiden kann. Ich schüttle den Kopf und lächle sie an. »Darf ich dich nach Hause mitnehmen?«

»Du meinst, mich nach Hause ›bringen‹?«

Ich lache. »Äh – ja«, sage ich schmunzelnd. »Klar.«

»Julian.« Sie beäugt mich.

»Magnolia.«

Sie atmet aus der Nase aus. Schüttelt den Kopf. »Ich bin erst seit Kurzem wieder single.«

»Genau rechtzeitig, um in mein Bett zu kommen«, sage ich grinsend.

Sie verdreht erneut die Augen. »Du bist ein Dummkopf, Julian Haites.«

Ich schlucke, konzentriere mich darauf, mir meine Enttäuschung über ihr Nein nicht ansehen zu lassen. »Eines Tages wirst du Ja sagen …«

Sie schenkt mir ein breites entschuldigendes Lächeln. »Ich glaube nicht, dass es dazu kommt …«

Ich lege die Hände auf meinen Kopf und stoße Luft aus. »Du bist mein Everest.«

Sie sieht mich kurz an und schüttelt den Kopf. »Leute sterben bei dem Versuch, ihn zu besteigen.«

Ich starre sie an. »Ich habe keine Angst zu sterben.«

Sie lacht, verdreht wieder die Augen, als fände sie tatsächlich, dass ich ein Dummkopf bin. Niemand hält mich für einen Dummkopf, außer ihr, und ich will sie deshalb nur noch mehr.

Sie greift nach ihrer Tasche und erhebt sich. Ich stehe ebenfalls auf. Warum stehe ich ebenfalls auf? »Ich komm dich in New York besuchen.«

Sie legt den Kopf schief. »Das sagtest du bereits.«

»Na ja, ich mein's ernst.« Ich zucke mit den Schultern.

Sie gibt Henry Ballentine wortlos einen Kuss auf den Kopf. Wirft Christian einen Luftkuss zu. Sieht Jonah finster an.

Dann huscht ihr Blick zurück zu mir. »Das hast du auch schon mal gesagt.«

»Ja, aber …« Ich lege den Kopf zurück. »Da saß ich irgendwie in der Klemme.«

Sie drückt Taura Sax' Hand und blickt dann noch mal zu mir hoch. »Eine selbstverschuldete Klemme, nehme ich an.«

»Vorsicht, Tiger …« Ich werfe ihr einen eindringlichen Blick zu. »Aber ja, wahrscheinlich.«

Magnolia lacht, und das Geräusch zaubert mir ein Lächeln auf die Lippen. Was komisch ist, weshalb ich es mir sofort vom Gesicht wische.

»Wir sehen uns«, sagt sie und fährt mit dem Mund über meine Wange, bevor sie sich umdreht und geht.

+44 7724 771 959
22:47 Uhr

Also, über wie heimlich genau sprechen wir?

Ha.

Hotelrendezvous oder eher …

Ich führe dich zum Essen aus und begrapsch dich unterm Tisch

Sowohl als auch wäre denkbar.

Vielleicht sogar beides!

Richtig

Richtig.

Sag mir einfach Ort und Uhrzeit.

KAPITEL 11

DAISY

Nach der Arbeit nehme ich gemeinsam mit Grace den Aufzug runter ins Parkhaus. Sie quasselt wie ein Wasserfall über Warner, dass sie ihn am Wochenende flachgelegt hat und es bereut, weil er ein Arsch ist[67] und außerdem verwöhnt[68] und frauenfeindlich[69], und dass sie sich deshalb als schlechte Feministin fühlt.

Grace ist eine dieser Frauen, die offenbar Schlagwörter lieben. Ratzfatz wird sie zu einer introvertierten Person mit sozialen Ängsten, die ihr ganzes Leben lang das Opfer von Gaslighting war, obwohl sie es nicht ist, keine hat und nie eins gewesen ist.

Der Beweis dafür ist, dass ich kein einziges Wort gesagt habe, seit wir vor vollen vier Minuten den Umkleideraum verlassen haben, was mich aber nicht weiter stört, weil ich müde bin und mir nicht danach ist, Sexratschläge zu erteilen, obwohl es mich schon ein klitzekleines bisschen interessiert, wie Warner im Bett ist.

Die Tür des Aufzugs öffnet sich mit einem Ping, und da steht er, wartet auf mich wie jeden Abend in den letzten zwei Wochen.

Romeo Bambrillas Blick trifft meinen. Wir sehen uns ein paar Sekunden lang an – es gibt zu viel zu sagen, ich wüsste nicht mal, wo ich anfangen sollte …[70]

»O hallo.« Grace starrt ihn an, blinzelt. Nicht ihre Schuld, dass er so gut aussieht.

Ich trete aus dem Aufzug und gehe weiter.

»Kennst du ihn?« Sie hastet mir hinterher und wirft einen Blick über die Schulter zu Rome, als er sich uns anschließt.

67 Stimmt.

68 Stimmt.

69 Stimmt.

70 »Es tut mir leid, du bist mein bester Freund, ich liebe dich, bitte verzeih mir«, wäre möglicherweise ein guter Start.

»Ja.« Ich krame nach meinem Autoschlüssel, obwohl mein Auto noch weit weg steht.

»Ist er dein Freund?«

»Ex.« Ich bleibe stehen und wühle durch meine Handtasche.

Wo ist dieser verflixte Schlüssel?

Rome verschränkt die Arme vor der Brust und beobachtet mich. Ich weiß, dass er ungeduldig dreinblickt, auch wenn ich ihn gar nicht ansehe. Ich spüre es.

»Warum habt ihr Schluss gemacht?« Grace sieht von mir zu ihm, als würde ich ihr in seiner Gegenwart eine Antwort darauf geben. Als würde ich ihr überhaupt eine Antwort darauf geben.

Ich blicke zu Rome, und mein Herz wird schwer, weil er mir mal ein normales Leben angeboten hat, als ich noch zu jung war, um zu wissen, dass ich es brauchte. Doch er hat es gewusst. Ich schlug es aus, brach ihm das Herz. Habe ihn und die Normalität, die er mir bot, für ein paar zusätzliche Jahre mit meinem Bruder eingetauscht, und wohin hat mich das geführt?

Ich seufze, öffne den Mund, um etwas zu sagen – was könnte ich sagen? –, und plötzlich ertönt ein lautes Reifenquietschen.

»DAISY!«, schreit Romeo – ein Van hält neben mir an – zwei Schüsse knallen – ich blicke an mir hinab, um zu sehen, wo ich getroffen wurde, aber es hat nicht mich erwischt – ich sehe zu Rome, der nach seiner Pistole greift – den Arm hebt, in meine Richtung zielt, aber nicht auf mich – er würde niemals auf mich zielen? Wo ist Grace? Ich blicke zu meinen Füßen. Höre eine Vantür aufgehen.

Da ist Grace, liegt tot zu meinen Füßen. Vielleicht ist sie gar nicht tot, aber ihr Gesicht zeigt nach unten. Ich kann es nicht erkennen.

Die Blutlache, die sie umgibt, lässt mich darauf schließen, medizinische Einschätzung mal ganz beiseite, dass sie wahrscheinlich tot ist oder gerade ihre letzten Atemzüge macht.

Und dann spüre ich, wie mich diese Arme von hinten greifen.

Und es ist lustig, ich habe überhaupt keine Angst, ich überlege nicht, wer mich retten kommt, ob ich überhaupt noch gerettet werden kann. Ich habe keine Angst zu sterben – ich glaube, es war immer mein Los zu sterben. Mein erster Gedanke?

Das war's dann wohl mit normal.

Der Mann, der mich von hinten gegriffen hat, zieht mich rückwärts zum Van, und Rome knallt ihn nicht ab, weil er keine freie Schussbahn hat – aber er rennt ums Auto herum und feuert auf den Fahrer …

Ich bäume mich unter dem Griff des Mannes auf, aber er lässt nicht los, daher hebe ich die Knie zur Brust und ziehe mein Messer[71] aus meinem Balmain-Springerstiefel[72] und steche damit blindlings hinter mich.

Schulter, Nacken, Gesicht – mir egal, ich steche auf alles ein, und der Mann brüllt vor Schmerz auf – lässt mich los, als er zu Boden fällt, und aus dem Van klettert ein weiterer Mann mit einer Knarre – zielt auf mich, und dann höre ich einen Schuss. Ich berühre meinen Kopf – wieder wurde nicht ich getroffen.

Der Mann sinkt tot zu Boden.

Ich drehe mich zu Romeo.

Seine Brust hebt und senkt sich – im Gesicht hat er diesen bekannten Ausdruck, den ich schon so oft in unseren jungen Leben an ihm gesehen habe.

Ich bücke mich nach Grace.

»Nein!« Er reißt mich an sich.

»Doch!« Ich mache mich los. »Sie könnte immer noch …«

»Tut sie nicht.« Er schüttelt den Kopf.

Ich schubse ihn von mir. »Das kannst du nicht wissen!«

»Doch, ich weiß es!«, ruft er zurück. »Es war ein Kopfschuss, ich hab gesehen, wie sie getroffen wurde …«

Ich lege die Hände an die Wangen – mir wird schlecht.

»Wir müssen hier weg, Dais – sofort.« Rome nimmt meine Hand, und wir rennen auf mein Auto zu, er nimmt mir den Schlüssel ab, entriegelt es und drückt mich auf den Beifahrersitz.

»Bist du verletzt?« Er sieht mich bei dieser Frage nicht an, startet das Auto und setzt zurück.

Brettert geradewegs durch die Schranke.

71 Bear OPS, einseitig geschliffenes Stiefelmesser mit 8,25 cm feststehender Speerspitzenklinge.

72 Ranger. Schwarzes Leder.

»Nein.« Ich schüttle den Kopf und ziehe die Beine an die Brust. »Und du?«

Er sieht mich an, schüttelt den Kopf.

Dann holt er sein Handy hervor.

»Miguel?«, sagt er hinein. »Nein, sie haben ihr aufgelauert. Im Parkhaus. Nein, ja … Ich bin … Sie ist bei mir.« Er wirft mir einen Seitenblick zu. »Sie sind tot.« Schweigen. »Dasselbe gilt für eine Frau, die mit im Aufzug war.«

»Grace Pal«, sage ich.

Romeo wiederholt ihren Namen nicht.

»Hast du den Escalade?«, fragt er stattdessen. »Wir treffen uns am Eingang und lassen ihr Auto stehen.«

»Nein.« Ich schlage Romeo gegen den Arm, und er sieht mich streng an, bevor er auflegt.

»Woher hast du es gewusst?«, frage ich und verschränke die Arme vor der Brust.

Er holt tief Luft. »Du hast es dir mit jedem verscherzt, den du kennst, wer sollte dir da verfickt noch mal Blumen schicken?«

KAPITEL 12

JULIAN

Ich bekam den Anruf, als sie bereits auf dem Weg zum Anwesen waren. Mir ist kotzübel geworden, weil ich nicht eher reagiert habe, weil ich sie nicht einfach gezwungen habe, sofort nach Hause zu kommen, als sie hier aufgekreuzt sind.

An jenem Abend hatte ich dieses Gefühl, dass ich genau das hätte tun sollen – dachte nur nicht, dass sie es sonderlich gut aufnehmen würde. Sie hätte bestimmt ein Affentheater gemacht, was mich auf die Palme gebracht hätte …

Außerdem wollte ich nicht, dass sie sich was darauf einbildet und glaubt, ich würde sie vermissen oder so 'n Scheiß, was ich vielleicht tue, aber das muss sie ja nicht wissen.

Doch jetzt, wo es passiert ist, ist mir das alles plötzlich scheißegal.

Sie kommt in mein Arbeitszimmer gestürmt und fällt mir sofort um den Hals. Schluchzt kurz an meiner Brust, und ich drücke sie fest an mich – ziehe den Kopf ein Stück zurück, um sie anzusehen.

»Ist da deins mit dabei?«, frage ich und deute mit dem Kinn auf das Blut auf den Kleidern meiner Schwester.

Sie schüttelt den Kopf.

»Alles okay bei dir?« Ich lege ihr die Hand ans Gesicht, und sie blickt zu mir hoch und schlägt sie weg.

Ich mache große Augen. »Hast du sie noch alle, meine verfickte Hand wegzuschlagen?«

»Wir haben immer noch Streit«, sagt sie laut.

»Und?«

(»Grundgütiger.« Koa lässt den Nacken knacken.)

»Und …« Sie schlägt mir auf den Arm. »Deshalb brauchst du gar nicht erst versuchen, nett zu sein und mich zu trösten, du verfickter Psychopath.«

»Okay.« Ich sehe sie finster an und setze mich wieder an den Schreibtisch. »Entschuldige, wenn ich einen kurzen Augenblick besorgt war um das Mädchen, das ich großgezogen habe.«

Daisy wirft mir einen bösen Blick zu, rückt, ohne es zu bemerken, dichter zu Rome und lehnt sich gegen die Armlehne des Stuhls, auf dem er sitzt. Die zwei, ich schwör's euch.

Mein Hund kommt unter dem Tisch hervorgekrochen, trottet zu meiner Schwester und legt ihr den Kopf in den Schoß. Sie streichelt ihn gedankenverloren, und ich verdrehe die Augen.

Ich stütze die Ellbogen auf den Schreibtisch, lege den Kopf in die Hände und atme aus.

»Was wissen wir?«, frage ich in den Raum hinein.

Romeo schüttelt den Kopf. »Drecksshow – die reinste Drecksshow.«

Ich blicke ihn an. »Wie meinst du das?«

»Der Job war mies ausgeführt.« Er schüttelt den Kopf. »Total schlampig.«

»Die Frau, die gestorben ist …«, setze ich an.

»Grace«, wirft Daisy ein.

»Grace …« Ich sehe meiner Schwester in die Augen. »Was wissen wir über sie?«

Dais schüttelt den Kopf. »Dreiundzwanzig, klug, bisschen nervig. Ich vermute, ihre Familie kommt aus der oberen Mittelschicht.«

»Könnte sie Dreck am Stecken gehabt haben?« Man kann nie wissen.

Daisy schüttelt den Kopf, als wäre ich bekloppt, und ich sehe ihr an, dass ihr ein nerviger Kommentar auf der Zunge liegt, als Tiller ins Zimmer gestürzt kommt.

»Wo ist sie?«, fragt er, weil sein Blick zuerst auf mich fällt.

Sie steht im selben Moment auf, als er sie entdeckt, blutbefleckt.

»O mein Gott.« Er zieht sie zu sich und sucht hektisch nach der Ursache des ganzen Bluts.

»Es ist nicht meins …« Schnell schüttelt sie den Kopf.

Er nimmt ihr Gesicht in beide Hände, küsst ihre Wange und hält sie so fest, wie ich noch nie jemanden sie halten sehen habe. Zu sehen, dass jemand sie plötzlich so sehr liebt, ist ein seltsames Gefühl. Mir schießt dieser merkwürdige Gedanke durch den Kopf, dass ich von Anfang an hätte da sein sollen, um es mitzubekommen. Man will schließlich zusehen, wie jemand sich in deinen Schützling verliebt und sie so liebt, wie sie es verdient hat, und ich habe es verpasst. Erst jetzt tauche ich wieder auf der Bildfläche auf, wo das mit ihnen schon völlig ausgereift ist und so – aber das passiert wohl, wenn man allem und jedem, den man je gekannt hat, den Rücken kehrt und nur einen Menschen hat, auf den man sich fixiert, und der stand hier.

»Was ist passiert?« Tiller löst sich von ihr und sieht zwischen uns hin und her.

»Mir hat im Parkhaus ein Van aufgelauert – sie haben meine Freundin erschossen. Dann haben sie mich gepackt …«

Tiller zieht sein Handy aus der Tasche, und Daisy legt die Hand darauf. »Keine Polizei.«

»Du sagtest gerade, dass eine Frau gestorben ist …«

Ich schüttle den Kopf. »Ich hab meinen Jungs aufgetragen, es so aussehen zu lassen, als wäre sie im Parkhaus überfallen worden …«

»Oh.« Tiller nickt mir sarkastisch zu. »Jetzt fühle ich mich so viel besser.«

Daisy nimmt ihm das Handy ab, schiebt es zurück in seine Tasche und schüttelt den Kopf.

»Wie kann es sein, dass dir nichts passiert ist?«

Daisy sieht zu Romeo, der aufsteht. Tillers Blick huscht zwischen den beiden hin und her. Denkt eine Sekunde nach. Geht dann auf Romeo zu und hält ihm die Hand hin.

Ein merkwürdiges Friedensangebot von Cop zu Verbrecher.

Rome sieht Tiller geradewegs in die Augen.

»Fanculo«, murmelt er verbissen und schiebt sich an ihm vorbei, bleibt kurz vor Daisy stehen und gibt ihr einen Kuss auf die Stirn. »Willkommen zurück«, sagt er zu ihr und verlässt das Zimmer.

»Ich bin nicht zurück …«, ruft sie ihm hinterher.

Ich schnaube belustigt. »Doch, bist du …«

»Nein …« Sie sieht schnell zwischen mir und ihrem Typen hin und her. »Nein, bin ich nicht.«

»Doch, bist du.« Ich sehe sie an, als wäre sie bescheuert. Was sie ist. »Du gehst nicht dahin zurück – du wohnst ab sofort wieder hier im Anwesen. Meine Leute packen bereits deine Wohnung zusammen – ich hab mich schon gefragt, wo mein Matisse hin ist …«

Ich sehe sie eindringlich an, und sie tritt von einem Fuß auf den anderen, ignoriert den erstaunten Blick ihres Bullenfreunds.

»Du magst impressionistische Gemälde nicht mal«, sage ich mit verschränkten Armen.

»Tja, dieses schon.« Sie zuckt mit den Schultern.

»Warum?« Ich sehe sie verärgert an. »Es sind doch nur ›nackte Frauen in Kreide‹«, zitiere ich sie mit einem Augenverdrehen.

»Haben nicht mal Gesichter«, brummt sie.

»Warum hast du es dann mitgenommen?«

»Weil es mich an dich er…« Sie bricht ab. Atmet durch die Nase ein und aus. Ich fühle mich wie ein Stück Scheiße.

»Ich ziehe nicht wieder hier ein.« Sie schüttelt den Kopf und wirft Tiller einen Unterstützung heischenden Blick zu, und – hier ist eine Überraschung – er hat einen zögerlichen Ausdruck im Gesicht.

»Ich finde, du solltest es tun«, sagt er.

»Was?« Sie blinzelt.

Tiller zuckt irgendwie resigniert mit den Schultern und seufzt. »Wer könnte dich besser beschützen als er?«

Niemand, ist die Antwort. Wenigstens weiß er das.

Tiller schüttelt den Kopf. »Denn ich kann es nicht – ich will, aber ich kann nicht. Was immer in meiner Macht steht, reicht nicht aus, Dais. Bei ihm bist du sicher.«

»Ich mag meine Wohnung.« Sie schüttelt vehement den Kopf. Der Ausdruck in ihrem Gesicht ist merkwürdig, richtig verzweifelt. Ich kenne alle ihre Gesichtsausdrücke, ihr entgleitet gerade etwas. Als versuche sie, sich an etwas festzuklammern, das ihr durch die Finger rinnt. Ich weiß nicht, was es ist, aber ich kann es sehen. In ihrem Blick liegt eine Art Trauer.

»Wo du es gerade ansprichst …«, werfe ich mit einem unbehaglichen Lächeln ein. »Die steht längst auf Rightmove.«

Sie stürmt auf mich zu. »Fick dich!« Sie versetzt mir einen Schlag. »Fick dich!« Schlägt mich wieder und wieder, bis Tiller die Arme um sie legt und sie von mir wegzieht.

Wieder nimmt er ihr Gesicht in beide Hände. Sie weint. Schüttelt den Kopf, als wäre sie furchtbar wütend.

»Das ist nicht das, was ich will … Es ist nicht das, was ich will …«

»Dais.« Tiller zwingt sie, ihm in die Augen zu sehen. »Alles wird gut.«

Sie hat diesen seltsamen Ausdruck in den Augen. Wie getrieben. Als versuche sie, ihm etwas zu sagen. »Es ist nicht das, was ich will … Ich will das nicht …«

Tiller nickt, wirkt ratlos. »Ich weiß.«

Sie schüttelt den Kopf. »Wir können hier nicht bleiben …«

Ich sehe sie verwirrt an. Keine Ahnung, was sie damit meint. Ich mache eine wegwerfende Handbewegung in Tillers Richtung. »Er kann hier bleiben, die Jungs werden ihn nicht anrühren.«

»Wir wollen aber nicht hierbleiben!«, ruft sie wütender als nötig.

Ich stelle mich ganz dicht vor sie. »Willst du etwa sterben?«

Tiller zieht sie erneut von mir weg, streicht mit der Hand über ihr Gesicht – er versteht sich ganz gut darauf, sie zu beruhigen, ehrlich gesagt. »Ich bleibe bei dir, Daisy – alles wird gut.«

Sie nickt, doch ihr laufen immer noch Tränen über die Wangen. »Versprich mir, dass du es nicht vergisst …«

Jetzt ist Tiller auch verwirrt. »Dass ich was nicht vergesse?«

Daisy sieht hoch in seine Augen, ihr Blick ist ganz glasig. »Dass ich nichts von alldem hier gewollt habe.«

»Ja.« Verständnislos zuckt er mit den Schultern. »Okay.«

Ich glaube, er denkt, dass sie nur unter Schock steht oder so.

Er führt sie aus dem Arbeitszimmer.

»Nimm dein altes Zimmer«, rufe ich ihr hinterher.

Daisy dreht sich nicht noch mal um, aber Tiller nickt mir zu.

Ich blicke zu Koa. »Was zur Hölle war das denn?«

»Er weiß es noch nicht, aber sie schon.« Er zuckt mit den Schultern. »Hier ist es wie Treibsand.«

KAPITEL 13

DAISY

Als wir an diesem Abend ins Bett gehen, lädt Tiller seine Pistole, woraufhin ich ihn ungläubig ansehe – er verzieht das Gesicht und entschuldigt sich, legt die Pistole aber trotzdem unter sein Kopfkissen.

Ich sage nichts, liege nur da und starre an die Decke.

»Es ist nur vorübergehend, Dais.« Er rollt sich auf die Seite und sieht mich an.

»Mhm.« Ich nicke.

Es ist nicht das, was ich will, will ich ihm sagen. Auch wenn das nicht immer stimmt. Mein ganzes Leben lang wollte ich normal sein, und dann habe ich ein normales Leben bekommen – doch dafür musste ich alles andere aufgeben. Und als ich endlich Normalität hatte, wartete ich jede Nacht, bis Tiller eingeschlafen war, um mich dann in das Zimmer mit der verriegelten Tür zu schleichen und mich unter das Gemälde zu setzen, das mein Bruder und ich gemeinsam gestohlen hatten, und ich fragte mich, ob es das alles wert war. Ich weiß es nicht.

Ich liebe Tiller. Das mit uns funktioniert, wenn ich normal bin – es funktioniert. Er ist toll, gut aussehend, er beschützt mich, ist fürsorglich und liebenswert – und das mit uns funktioniert in meiner Wohnung in W2 4BA. Es funktioniert im Café gegenüber. Es funktioniert in dem Thai-Restaurant um die Ecke, im Kino und auf dem Markt, es funktioniert, wenn wir im Kensington Gardens Square spazieren gehen …

Aber ich weiß nicht, ob das mit uns hier funktionieren wird.

»Wir kriegen das schon hin«, sagt er und presst die Nase gegen meine.

Aber ich vermute, er weiß genauso gut wie ich …

Ich war noch nie auf einem sinkenden Schiff, aber ich denke manchmal darüber nach … dass mein Leben eins ist, nur dass es in Zeitlupe sinkt. Eines Tages werden sie mich kriegen … Eines Tages werde ich sterben. Irgendwann wird mich jemand schnappen, und dann fällt die Klappe, und mein Schiff wird gesunken sein.

Tiller und ich sind jetzt auch ein sinkendes Schiff. Wir sind auf der Titanic und haben den Eisberg gerammt, aber alle sagen noch, dass keine Gefahr droht, dass alles in Ordnung und das Schiff unsinkbar sei, schlaft weiter.

Ich lege den Kopf neben seinen, weiß aber genau, dass ein Loch im Schiff ist, und die Pistole unter seinem Kopfkissen verrät, dass er es auch weiß – bloß will noch keiner von uns beiden das Schiff verlassen.

»Ja, wir schaffen das«, lüge ich zurück.

Tiller wacht früh am nächsten Morgen auf – angeblich muss er arbeiten und ein paar Dinge erledigen.

Vielleicht stimmt es, aber ich glaube, dass er nicht hier sein will. Was verständlich ist, ich werfe es ihm nicht vor.

Seine Kollegin ist die Frau, mit der er vor mir zusammen war.[73] Sie sind immer noch Freunde.

Ich glaube nicht, dass das eine etwas mit dem anderen zu tun hat, aber die Gedanken wandern nun mal in diese Richtung, denn kann man sich je vollständig von einer Person lösen? Ich weiß es nicht … Er geht früh zur Arbeit, sie ist dort – sie sagt: »Du bist früh dran«, und er zuckt mit den Schultern, sagt irgendwas wie: »Ja, musste einfach von zu Hause raus.« Und sie: »Oh, oh! Ärger im Paradies?« Und er: »Ich will nicht darüber reden«, was vielleicht stimmt, aber gleichzeitig gibt er ihr damit zu verstehen, dass es etwas gibt, über das man reden könnte – und daraufhin berührt sie seinen Arm und sagt: »Wenn du deine Meinung änderst …« Und dann geht sie davon, und er sieht ihr hinterher und fragt sich, ob es mit ihnen beiden einfacher war als mit uns, und natürlich – natürlich – ist die Antwort Ja. Sie lautet Ja. Sie war ein englisches Mädchen vom Land, das in Bakewell aufgewachsen und dann nach London gezogen ist, um Großstadtpolizistin zu werden, wurde nach ein paar Jahren zur NCA versetzt und hat sich in einen amerikanischen Kollegen verliebt.[74] Und er, na ja – er ist in der Nähe von Cisco Beach aufgewachsen.[75] Sandwichkind, seine Mutter ist Zahnärztin[76] und sein Vater ehe-

73 Michelle heißt sie.

74 Was? Ich führe ein Dossier über jeden, den ich kenne.

75 Nantucket, MA.

76 Deshalb ist sein Lächeln so perfekt.

maliger Polizist – inzwischen pensioniert – und gebürtiger Ire.[77] Zwei Brüder, einer ist Lehrer[78], der andere Anwalt[79] – und er, der Erst-normale-Polizist-dann-Interpol-dann-NCA-Beamte. Er war gut in der Schule, war beliebt, kam gut zurecht, sah sein ganzes Leben lang schon total gut aus, doch ohne dass es ihm zum Nachteil gereichte, wie es manchmal vorkommt – zwei ernste Beziehungen vor mir, eine im College und dann Michelle.[80]

Ich weiß, dass er sie mindestens zweimal mit nach Hause genommen und seiner Familie vorgestellt hat[81, 82], aber mich hat er noch nie nach Amerika eingeladen. Obwohl er schon zweimal hingeflogen ist, seit wir zusammen sind. Obwohl er nächsten Monat über Weihnachten hinfliegt.

Ich habe sie über FaceTime kennengelernt. Sein Vater bleibt nie lang am Telefon – er redet nicht viel, sagt Tiller. Tut so, als hätte es nichts mit mir zu tun. Aber wir wissen beide, dass das nicht wahr ist.

»Wie geht's denn der süßen Michelle?«, fragte ihn sein Vater einmal in meiner Gegenwart.

»Dad …« Tiller sah ihn strafend an, machte so subtil wie möglich eine Kopfbewegung in meine Richtung, aber sein Dad winkte nur ab, woraufhin Tiller den Laptop zuknallte, mich auf seinen Schoß zog und leidenschaftlich küsste, was zu mehr führte als leidenschaftlichem Küssen. Das war der Moment, in dem ich Gewissheit bekam, dass es sehr wohl mit mir persönlich zu tun hatte – bis dahin hatte ich mich gefragt, ob seine Eltern ein Problem mit mir hatten, weil ich ich und Tiller Tiller war. Er das personifizierte Gute, ich die Schwester des personifizierten Bösen, zumindest in ihren Augen. Ich bin nicht blöd, natürlich habe ich so was in Erwägung gezogen, ich wusste nur nicht, ob es wirklich stimmt, bis zu jenem Tag, an dem er versuchte, die Ablehnung seines Vaters unter Mil-

77 Daher Killian.

78 Marcus

79 Phelan

80 Sie ist älter als ich. Geboren in den frühen Neunzigern. Tiller mag es nicht, wenn ich erwähne, dass ich im Jahr 2000 geboren bin.

81 Ich habe ihre Flugdaten überprüft.

82 Haltet die Klappe.

lionen kleinen Küssen und schließlich unter seinem ganzen Körper zu vergraben.

Weil Tiller von Grund auf gut ist, weiß ich, dass er nicht zur Arbeit geht, um Michelle zu sehen, ich weiß es[83], ich vertraue darauf. Weil Tiller von Grund auf gut ist, weiß ich, dass er das Anwesen früh verlassen hat, weil er so schnell wie möglich von hier wegwollte, als wäre das Böse in uns ansteckend – oder noch schlimmer, als könnte er Gefallen daran finden.

Am späten Morgen gehe ich runter in die Küche, Julians Hund folgt mir auf den Fuß. Er ist ein richtiger Schmusebär. Als er gehört hat, dass ich aufgewacht bin, kam er sofort aus dem Zimmer meines Bruders zu mir gerannt. Ich wollte schon immer einen Hund. Kurz hatten wir mal einen Tiger. Julian wollte *Impression, Sonnenaufgang*[84] stehlen, von dem alle glauben, dass es im Musée Marmottan Monet[85] hängt, aber das Original hängt im Arbeitszimmer der Frau, für die Julian es gestohlen hat. Angeblich war der Mann, von dem er es gestohlen hat, ihr Ex-Mann, und das Gemälde gehörte rechtmäßig ihr, doch er weigerte sich, es nach der Scheidung herauszurücken, weshalb sie meinen Bruder beauftragte, es für sie zu besorgen. Als er und die Jungs sich Zugang zum Haus verschafft hatten, fanden sie dort ein Tigerbaby in einem Käfig vor – Julian erträgt den Anblick von eingesperrten Tieren nicht, deshalb hat er das Gemälde gestohlen, das Tigerbaby mitgenommen und die Ex-Frau gevögelt.[86] Zumindest lautet so die Erzählung. Das Tigerbaby lebte eine Zeit lang bei uns, es war so sanft und süß, aber je größer es wurde, desto gefährlicher wurde es auch, und weil Julian niemals einem Tier die Krallen amputieren würde, mussten wir den Tiger weggeben. Jetzt lebt er in einem Reservat für Sumatra-Tiger in Ubud.

Es fühlt sich seltsam an, die Treppen hinunterzugehen, die ich schon seit ich denken kann, genommen habe, bis mein Leben auf den Kopf gestellt wurde. Ich liebe diese Stufen, sie sind so bühnenhaft. Unser Haus gleicht durch und durch einem Palast. Diese Stufen könnten genauso gut

83 Ich meine das wirklich ernst.

84 48 cm × 63 cm. Öl auf Leinwand.

85 2 Rue Louis Boilly, 75016 Paris, Frankreich.

86 War ja klar.

zu einem großen Museum oder einem Barockpalast irgendwo in Österreich gehören, doch sie sind still und heimlich hier in South Kensington und haben schon eine Unmenge illegaler und schmutziger Dinge gesehen.

Ich gehe in die Küche, frage mich, ob ich meinen Bruder dort vorfinden werde, und falls ja, ob ich mit ihm sprechen soll.

Einer von uns beiden wird sich zuerst entschuldigen müssen, und vielleicht sollte ich es sein, weil ich ihn einen Haufen Geld gekostet habe, aber andererseits, drauf geschissen, schließlich hat er mir die gemeinsten Dinge an den Kopf geworfen, um es mir heimzuzahlen. Und es hat funktioniert – er hat mich gebrochen.

Hab mich anschließend in eine Panikattacke geheult. Die Krankenpflegerin in der Klinik musste mir irgendwas zur Beruhigung geben.

Ich will ihm nicht begegnen. Aber als ich die Küche betrete, steht der Kühlschrank offen. Ein Beinpaar.

Jedoch nicht Julians.

Er streckt den Kopf hinter der Kühlschranktür hervor. Der beste Kopf der Welt, würde ich wetten – aber das sollte ich nicht denken, also vergesst, dass ich was gesagt habe.

»Hey.« Christian blickt mich an.

»Oh.« Ich schlucke. »Hi.«

»Hi.« Er schließt den Kühlschrank und lächelt leicht. Dass ich von allen Leuten ausgerechnet Christian Hemmes hier über den Weg laufen könnte, ist mir nicht mal in den Sinn gekommen. Ich trage eine Trainingshose von Stella McCartney und einen Sport-BH.

Er deutet mit dem Kopf auf LJ. »Der Hund hat dich ziemlich gern, was?«

Ich zucke mit den Schultern. »Keine Ahnung, warum.«

Er sieht mich ein paar Sekunden schweigend an. »Hunde sind gute Menschenkenner.«

»Was machst du hier?« Ich blinzle.

Er zeigt auf sich. Trainingsklamotten. Graue Sporthose, schwarzes Muskelshirt, Turnschuhe. »Bestes Fitnessstudio in Knightsbridge.«

»Das stimmt.« Ich nicke, lächle – aber nicht zu breit. Ich will nicht, dass er weiß, wie glücklich ich bin, ihn zu sehen – und egal wie glücklich, es ist glücklicher, als ich sein sollte.

Er kommt auf mich zu, und Gott, er sieht wirklich gut aus. Diese Tatsache versuche ich jedes Mal herunterzuspielen, wenn ich an ihn denke, was nicht oft vorkommt[87], seine Haare, die irgendwie immer perfekt zurückgestrichen sind, und sein rosa Mund mit diesem Lächeln, von dem man schwanger werden könnte. Er bleibt stehen und legt den Kopf schief.

»Ist es komisch, dass ich hier bin? Weil, wenn ja …« Er bricht ab. »Komme ich trotzdem weiter her …«

Ich fange an zu lachen, und er grinst mich an.

»Wegen dem Fitnessstudio.« Ich nicke.

»Ich meine, Mitgliedschaften im Fitnessstudio sind ziemlich teuer.«

»Du fährst ein 180 000-Pfund-Auto …«

Er zuckt wie hilflos mit den Schultern. »Irgendwo muss man schließlich sparen …«

Ich verdrehe die Augen, schiebe mich an ihm vorbei zum Kühlschrank und streife ihn dabei grundlos.

»Da ist nichts zu essen drin.« Ich blicke entgeistert in die gähnende Leere.

»Ja, na ja – hast du nicht gehört?« Er sieht mich mit gespielter Überraschung an. »Die Köchin hat vor etwa einem Jahr gekündigt.«

Ich werfe ihm einen schiefen Blick zu. »Was du nicht sagst.«

Er nickt.

»Könnte mir vorstellen, dass die Arbeitsbedingungen unter aller Sau waren – ein undankbarer Job, für eine Gruppe Männer zu kochen …«

»Ich erinnere mich, dass ich mich persönlich bei dir bedankt habe«, erwidert er, und es sieht aus, als würde er sich ein Lächeln verkneifen. Ich schließe den Kühlschrank.

»Ach ja?«

Er nickt unverfroren. »Dort habe ich mich bei dir bedankt …« Er zeigt auf die Arbeitsplatte. »Dort habe ich mich bei dir bedankt …« Er zeigt auf den Tisch. »Am Fenster habe ich mich bei dir bedankt.«

»Ich glaube, am Fenster hast du dich in Wirklichkeit nur bei dir selbst bedankt.«

87 Nur ununterbrochen.

Er bricht in Lachen aus, und ich verkneife mir mit aller Kraft ein Lächeln.

Flirtet er tatsächlich mit mir? Ich sage nichts, setze mich nur auf die Bank und sehe ihn an.

»Dein Bruder ist zu Waitrose gefahren«, sagt Christian. »Ich glaube, er hat gehofft, sämtliche Vorräte aufzufüllen, bevor du aufwachst.«

Ich schüttle den Kopf. »Das klingt nicht nach meinem Bruder …«

Doch eigentlich stimmt das nicht.

»Hey …« Christian stellt sich vor mich. »Tut mir leid, was mit deiner Freundin passiert ist.«

Ich wende den Blick ab. »Danke …« Schüttle leicht den Kopf. »Wir waren nicht eng befreundet«, ich verdrehe die Augen wegen dieser blöden Aussage, »nicht dass es das besser macht.«

Er nickt und sieht mir in die Augen. »Aber geht es dir gut?«

»Ja …«, sage ich, so strahlend ich kann. »Kein einziger Kratzer.«

Er atmet aus, wirkt erleichtert. »Dieser verfickte Romeo Bambrilla.« Er schüttelt den Kopf. »Was für ein gelungener Schachzug …«

Ich funkle ihn an. »Es war kein Schachzug.«

»Dann ist es wohl einfach seine Masche?« Christian stößt ein Lachen aus. »Dich zu retten?«

Ich setze mich kerzengerade hin und ziehe verteidigend die Augenbrauen hoch. »Und wenn?«

Er wirft die Hände in die Luft und dreht sich weg. »Wie zur Hölle soll ich dagegen ankommen?«

Ich runzle neugierig die Stirn. Will er …? Ich kann es nicht sagen. Oder vielleicht doch, aber ich weiß es nicht. Ich habe mich schon mal getäuscht.

Außerdem. Freund. Ich habe einen.

Er blickt lächelnd über die Schulter zurück.

»Ich mag es, dich wieder in diesem Haus zu sehen«, sagt er.

Ich zucke mit den Schultern.

»Was ich davon halte, dich in diesem Haus zu sehen, weiß ich noch nicht …« Ich verenge skeptisch die Augen. »Dass du und mein Bruder Freunde werdet … Wer hätte das gedacht?«

»Du.« Er lehnt sich gegen den Kühlschrank. »Zumindest früher mal.«

Ich lächle leicht. Keine Ahnung, was es zu bedeuten hat, aber ich fühle mich zu entblößt, wie ich da vor ihm auf der Bank sitze, wo er mich lesen und beobachten kann, daher springe ich auf und beginne, die Spülmaschine einzuräumen.

»Also«, sagt er und geht zum Spülbecken, um die Teller kurz abzuspülen, bevor er sie mir reicht, »wie kommt das normale Leben, das wir dir arrangiert haben, mit den jüngsten Entwicklungen zurecht?«

Ich spitze die Lippen, blicke auf den Teller in meiner Hand und entscheide mich bewusst, nichts in das »wir« in seinem Satz hineinzulesen. Ich blinzle zu ihm hoch. »Nicht sehr gut.«

Er macht ein trauriges Gesicht. »Nein?«

Ich schüttle den Kopf. »Ich muss das laufende Semester abbrechen.«

»Echt …?« Er runzelt die Stirn, und ich nicke.

»Julian hat angeboten, mir einen Privatlehrer zu organisieren … Aber das ist nicht dasselbe.«

Christian seufzt. »Tut mir leid, Dais.«

Ich zucke schicksalergeben mit den Schultern, denn was kann ich schon tun? Die Entscheidungsgewalt über mein Leben wurde mir über Nacht wieder aus den Händen genommen.

Ich habe so lange dafür gekämpft, selbst die Kontrolle über mein Leben zu erlangen, und schwupp, machen ein paar Blumen, eine tote Frau und ein bescheuerter weißer Van all meine Errungenschaften zunichte.

Christians Gesicht ist ernst wie immer, und er sieht mich mit diesem Blick an, an den ich nicht zu glauben wage, und runzelt die Stirn.

Kommt mir ein Stück näher. Stößt mich mit dem Ellbogen an. »Bist du denn wenigstens ein klein bisschen froh, wieder hier zu sein?«[88]

Ich atme durch die Nase ein und blicke hoch in sein Gesicht.

»Riechst du anders?«, frage ich und versuche, dabei nicht völlig bestürzt zu klingen.

Er legt den Kopf schief, unsicher, was ich meine.

»Du riechst nicht mehr nach John Varvatos.«

»Oh.« Er nickt, als der Groschen fällt. »Nein – ich trage es nicht mehr.«

»Warum nicht?« Ich runzle die Stirn und tue so, als fasste ich das nicht als persönliche Beleidigung auf.

88 Ja.

Er macht ein unbehagliches Gesicht – und heilige Scheiße, was für ein Gesicht – das ist mein erster Gedanke. Es ist größtenteils genau so, wie ich es zuletzt gesehen habe.

Unter seinem rechten Auge hat er eine neue Sommersprosse. Seine Augen, deren Farbe auf Herbstblätter geschmiertem Honig gleicht, verheißen so viel Ärger wie eh und je.

Rasiermesserscharfe Wangenknochen und Kinnpartie. Seine Haare sind etwas länger, aber immer noch genauso goldblond.

Es ist, als betrachte man ein Gemälde.

»Weil Magnolia es für mich gekauft hat, als wir noch zur Schule gegangen sind, und ich habe es immer getragen, weil ich glaubte, dass sie mich dann mehr mag.«

»Oh«, sage ich und drehe mich weg.

»Aber ich bin nicht mehr darauf aus, dass sie mich mag«, sagt er, und ich drehe mich zurück. »Deshalb trage ich das Parfüm nicht mehr.«

Ich verschränke die Arme vor der Brust. »Okay, und welches trägst du jetzt?«

Ein Lächeln zupft an seinem Mundwinkel. »Blanche. Byredo.«

»Okay.« Ich zucke mit den Schultern. »Warum?«

Er zuckt ebenfalls mit den Schultern. »Es erinnert mich an etwas, das ich liebe.«

KAPITEL 14

CHRISTIAN

Ich hab nichts geahnt – und jetzt, da ich es weiß, fühle ich mich total blöd, weil es offensichtlich ist … Es ist so verfickt offensichtlich, und dadurch dreht sich alles um sie, um all ihre verfickten Themen, dass sie es einfach nicht schaffen, sich gegenseitig loszulassen, dass sie damals in der Schule eine Woche lang verschwunden sind – all das und sie beide ergeben plötzlich Sinn, was bisher ehrlich gesagt – und das meine ich ernst – nie der Fall war.

Sie haben ein Baby bekommen. Beej und Parks. In der Highschool haben sie ein Baby bekommen.

Um die Wahrheit zu sagen, bin ich ziemlich am Arsch, seit ich das erfahren habe.

Jetzt ergibt es auch mehr Sinn, dass Beej wegen Parks und mir war, wie er war.

Und es macht das, was Parks und ich im März beinahe getan hätten, noch viel schlimmer.

Ich will deshalb sauer auf sie sein, aber wie könnte ich, wenn man alles bedenkt?

Ein paar Tage lang wälze ich im Kopf herum, ob ich es Beej sagen soll – hab das Gefühl, dass es das Richtige wäre.

Er hängt in letzter Zeit häufig bei uns zu Hause ab. Normalerweise verbringen wir mehr Zeit bei ihnen, aber ich schätze, er versucht, einen Blick auf sie zu erhaschen.

Er ist schweigsam, seit sie es uns erzählt haben, selbst wenn wir unter uns sind.

Hen und Jo spielen *Red Dead Redemption 2,* und Beej sitzt allein mit einem Glas Scotch draußen auf dem Balkon.

»Hey«, sage ich von der Balkontür aus.

Er deutet mit dem Kinn zu den Jungs. »Du lässt die beiden da drin ganz allein?«

Ich zucke mit den Schultern. »Irgendwie müssen sie es untereinander klären.«

»Reden sie?«

Ich schüttle den Kopf.

Er legt den Kopf in den Nacken, blickt in den Himmel und seufzt. »Ich kann mich nicht entscheiden, ob ihre Situation besser oder schlimmer ist als deine und meine …«

Ich verschränke die Arme vor der Brust. »Schlimmer. Parks war nicht hin- und hergerissen.« Sein Blick huscht zu mir. »Für sie warst du immer die Nummer eins. Aber Taura …« Ich zucke mit den Schultern. »Sie weiß nicht, was sie will.«

Beej nickt, denkt darüber nach, und ich setze mich seufzend in der Tür auf den Boden.

»Ich hab's nicht gewusst, Bro …«

Er zuckt mit den Schultern. »Ja, ich weiß …«

»Hätte ich es gewusst …« Ich schüttle den Kopf. »Dann hätte ich nie – du weißt schon …«

»Ja, okay.« Er schnaubt und wirft mir einen abschätzigen Blick zu. »Tun wir einfach so, als wäre das die Wahrheit.«

Ich lege den Kopf in den Nacken und stoße etwas Luft aus. Er kann echt 'ne Arschgeige sein, wenn er will. Eine Sekunde lang würde ich ihm am liebsten eine verpassen, aber ich unterdrücke den Drang.

»Geht's dir gut?«, frage ich stattdessen.

Er ext seinen Scotch. Starrt das leere Glas an. »Nein, Mann …« Er schüttelt den Kopf. »Nicht so richtig.« Er sieht mich kurz an, bevor er den Blick wieder senkt.

»Es ist typisch Parks.« Er atmet aus. »Sie kommt nach Hause, und sofort bin ich völlig im Arsch.«

»Stimmt, typisch.« Ich lache schnaubend und runzle dann die Stirn, als ich ihn ansehe. »Warum hast du mir nichts von dem Baby gesagt?«

»Wir haben es niemandem gesagt«, entgegnet er.

»Aber wenn du es mir gesagt hättest, wäre ich nicht …«

»Hör auf.« Beej schüttelt den Kopf. »Das ist Bullshit. Ich weiß, dass es nicht stimmt …«

»Bro«, seufze ich, bereit, mich zu verteidigen, aber er sieht mich nur finster an.

»Du wusstest zwar nicht, dass wir ein Baby bekommen haben, aber du wusstest, was sie mir bedeutet.«

Ich schüttle den Kopf, aber irgendwie hat er wahrscheinlich recht.

»Hat dich nicht aufgehalten, Mann. Es war egal. Du wolltest sie auch.«

Ich senke den Blick, und mich überkommen ungekannte Schuldgefühle, dass ich in sie verliebt war.

»Es tut mir leid«, sage ich und meine es auch so.

Er lächelt mich schwach an, nickt und wendet dann den Blick wieder ab. Er sieht müde aus. Gestresst vielleicht. Dann guckt er mich noch mal an, und zwischen seinen Augenbrauen ist diese Falte, die immer nur erscheint, wenn es um sie geht.

»Hast du es gewusst?«, fragt er. »Dass sie bleibt?«

»Nein.« Ich sehe ihn verwirrt an und schüttle den Kopf. »Wie hätte ich es vor dir wissen können?«

Er wirft mir einen langen Blick zu. »Bei euch beiden weiß man nie.«

Parks

09:52 Uhr

Es soll hier gar nicht um mich gehen, ich weiß, dass es nichts mit mir zu tun hat …

Aber ich bin ziemlich angepisst

Warum?

Wie konntest du es mir nicht erzählen?

Wir haben es keiner Menschenseele erzählt!

Aber mir?

Christian

Nein

Sei still. Bei allem, was zwischen uns war? Und was wir getan haben?

Und New York?

Ich meine, was zur Hölle, Parks?

Keiner von uns hätte, als das mit uns anfing, geahnt, dass es mehr wird als ein paar Küsse …

Ja, aber als es offensichtlich mehr wurde?

Ich konnte es dir nicht sagen

Warum nicht?

Wärst du dann bei mir geblieben?

Ganz ehrlich? Möglicherweise.

Oh.

Aber du hättest es mir sagen sollen, weil er mein bester Freund ist, und du hast ein Baby von ihm bekommen.

Ist Henry nicht genau genommen dein bester Freund?

Magnolia

Na ja, er hatte Sex mit meiner besten Freundin, und er wusste, dass wir ein Baby bekommen haben.

Du bist echt unglaublich

Sei nicht sauer!

Bin ich aber

Dann hör auf!!

Es macht die Sache mit New York so viel schlimmer

Inwiefern?

Ich weiß nicht, es ist einfach so

Sollten wir es ihm sagen?

Oh! Vielleicht …!

Sag, hast du Lust, heute zu sterben?

Ein bisschen.

Ich auch, ehrlich gesagt :)

Sorry.

Geht's dir gut?

Er ist nicht glücklich, dass ich bleibe.

Stimmt nicht

Du hast sein Gesicht nicht gesehen

KAPITEL 15

DAISY

Ich kann sie unten alle hören, all die Lost Boys, die einmal meine waren, aber ich weiß nicht mehr, wie ich ihnen unter die Augen treten soll.

Sie sind – nur damit ihr es wisst – unausstehlich laut. Die Art laut, bei der man sich beschweren würde, wenn sie im Restaurant am Nebentisch säßen. Ein Heidenlärm. Ich versuche, mich in meinem Zimmer mit all den Gegenständen abzulenken, die ich seit einem Jahr nicht mehr gesehen habe und die jetzt vermischt sind mit den Sachen aus meiner[89] neuen[90] Wohnung.

Niemand hat mein Zimmer ausgeräumt, nachdem ich gegangen bin. Sie haben es einfach gelassen, wie es war.

Allerdings muss mal eine Putzkraft gesaugt und Staub gewischt haben, denn das Zimmer ist sauber. Aber ansonsten ist es einfach … genau wie ich es zurückgelassen habe.

Es klopft an meine Tür, und sie schwingt auf, ohne dass ich etwas gesagt hätte.

Rome streckt den Kopf herein. »Hi.«

»O hey.« Ich lächle ihn kurz an und stelle das Buch, das ich mir grundlos angesehen habe, zurück ins Regal.

»Darf ich?«

Ich winke ihn herein.

»Hasst du uns alle wirklich so sehr, dass du nicht mal für ’ne Minute runterkommst?«

»Ich hasse niemanden von euch«, entgegne ich leicht irritiert. »Ich traue mich nur nicht runterzugehen.«

»Was?« Er schnaubt. »In deinem eigenen Zuhause?«

Ich blinzle meinen alten Freund[91] an. »Ist es mein Zuhause?«

89 Nicht mehr meiner.

90 Jetzt alten?

91 Untertreibung.

»Mag sein, dass du es verlassen hast …« Er blickt auf seine Hände. »Aber es war nie nicht dein Zuhause.«

Ich beuge mich vor und stupse ihn mit dem ganzen Körper an. »Also bist du jetzt fertig damit, nicht mehr mit mir zu sprechen?«

Er spitzt die Lippen. »Kommt darauf an …« Er zuckt mit den Schultern. »Bist du fertig damit, eine Idiotin zu sein?«

Ich lache schnaubend, genau wie er, und irgendwie schleift das Geräusch die rauen Kanten zwischen uns glatt.

Er sieht mich schief an. »Wenn meine Freundin fragt – nein, wir sprechen immer noch nicht miteinander.«

»Freundin …!« Überrascht sehe ich ihn an. Freue mich für ihn.[92, 93] »Wer ist es? Kenne ich s…?« Er sieht mich vielsagend an, und ich lege ungläubig den Kopf schief. »Sag's nicht …« Er drückt die Zunge gegen die Oberlippe. »Rome!«

Er legt den Kopf in den Nacken. »Dais …«

Ich mache kopfschüttelnd einen Schritt zurück. »Unfassbar …«

»Du hast einen Freund!«

»Aber …« Ich schüttle wild den Kopf. »Ausgerechnet sie!«

»Oh«, schnaubt er. »Musst du gerade sagen – ein Cop?« Er sieht mich ungläubig an und deutet dann mit dem Finger auf mich. »Ich hab dir verfickt noch mal gesagt, dass er auf dich steht …« Ich verdrehe die Augen. »Und du da drüben spielst es die ganze Zeit herunter …«

»Ich?«, fahre ich dazwischen. »Und was ist mit dir und Tavie?« Ich schubse ihn leicht. »Gibst mir das Gefühl, verrückt zu sein, weil ich immer Angst hatte, dass du eh wieder zu ihr gehst …«

»Und wenn schon, was juckt es dich, Dais?« Er kommt mir mit dem Gesicht ganz nah und schenkt mir ein schmallippiges Ich-hab's-satt-Lächeln. »Schließlich bin ich doch sowieso nicht der, den du willst – du bist nur schlecht im Teilen …«

Ich drehe mich von ihm weg, habe Angst, dass es nicht stimmt, oder noch schlimmer, dass es stimmt. Dass ich ihn jahrelang habe zappeln lassen, weil ich die Vorstellung nicht ertragen kann, dass jemand anders

92 Aufrichtig.
93 Größtenteils.

bekommt, was ich zuerst hatte. Ich verschränke die Arme vor der Brust. »Warum bist du mir im Parkhaus gefolgt?«

Er zuckt verächtlich mit den Schultern. »Ich hatte so ein Gefühl …«

»Ein Gefühl?«, wiederhole ich stirnrunzelnd.

»Ein Gefühl, ja«, sagt er lauter und sich leicht verteidigend. »Hab dich mein ganzes Leben lang beschützt – als ob ich dich jetzt einfach so sterben lassen würde, nur weil du dich das letzte Jahr über aufgeführt hast wie eine Bitch …«

»Ich war ja wohl kaum eine B…«

»Hast dir selbst in den Bauch geschossen, um …«

»Zwei Kinder zu retten!«

»Vor meinen Augen?« Er blinzelt verletzt.

»Und was hält Tavie davon, dass du mir das Leben gerettet hast?«

Er presst die Lippen zusammen. »Tavie weiß nicht …«

»Oh …« Ich sehe ihn an, als wäre er dumm. »Interessant.«

Er verdreht die Augen. Unsere Gesichter sind sich wirklich sehr nah. »Warum bedankst du dich nicht einfach?«

Ich starre ihn ein paar Sekunden stur an und versetze ihm dann einen Tritt mit meinem großen Zeh. »Danke.«

»Gern geschehen.« Er verdreht die Augen und unterdrückt ein Lächeln. »Jetzt komm nach unten – wir spielen Klepto-Clan.«

»Okay«, höre ich meinen Bruder rufen, bevor wir überhaupt das Zimmer betreten. »Das Spiel heißt Klepto-Clan. Jeder weiß Bescheid. Die Teams stehen fest, und …«

Er bricht mitten im Satz ab, als Rome und ich hereinkommen. Er lächelt leicht.

»O Scheiße«, stöhnt TK. »Ich will nicht mehr mitspielen …«

Verletzt sehe ich ihn an und blinzle ein paarmal.

»Und warum zur Hölle nicht?«, bellt Rome.

»Weil du …«, TK kommt auf mich zu, hebt mich hoch und wirbelt mich spaßeshalber durch die Luft, »… jedes Mal gewinnst.«

Ich grinse ihn an, so glücklich, ihn zu sehen. »Hey, tut mir leid, dass ich …« Ich mache eine Geste, als würde ich ihm einen Lappen vors Gesicht halten.

Booker kommt zu uns und schlingt die Arme um mich. »Vergiss es, ich betäube ihn ständig mit Propofol.«

TK verdreht die Augen.

»Die einzige Art, ihn dazu zu bringen, mal die Klappe zu halten.« Happy nickt und zwinkert mir kurz zu.

Booker drückt mir einen Kuss auf den Kopf und blickt zu meinem Bruder. »Aber Teeks hat recht, teil die beiden auf …«

»Hey«, sagt Rome. »Haltet's Maul und spielt einfach besser.«

»Nee, das ist unfair …« Declan auf der anderen Seite des Raums schüttelt den Kopf und blickt mich skeptisch an. »Ihr zwei habt das Spiel erfunden.«

Stimmt, haben wir. Irgendwas zwischen Der Boden ist Lava, Fahnenraub und Diebstahl.

Ich sehe hinüber zu Decks.

Meine Lippen formen ein Hi.

Hey, antwortet er genauso wortlos.

Am liebsten würde ich heulen, weil alle so nett zu mir sind, als hätte ich nicht seit einem Jahr kein Wort mit ihnen gesprochen, als hätte ich unser Leben nicht auf den Kopf gestellt …

»Okay …« Kekoa kommt zu mir und umarmt mich von hinten. »Genug geredet. Worum spielen wir?«

Mein Bruder hält ein kleines Kästchen hoch, und alle runzeln die Stirn. »Um eine alte Pillendose aus dem 18. Jahrhundert, gefertigt in Frankreich. Perlen, Gold und Emaille, Wert liegt bei – vorsichtig geschätzt – 20 000 Pfund.«

»Okay.« TK nickt beeindruckt. »Diese kleine Dose hat ordentlich …«

»Und das hier.« Julian hält einen kleinen Goldring mit einem marineblauen herzförmigen Stein hoch. Rome verengt die Augen. »Shotgun«, flüstert er mir zu.

»Gold mit einem Saphir, gefertigt im guten alten Blighty im 15. Jahrhundert, vielleicht früher …«

»Wert?«, fragt Declan ungeduldig.

Mein Bruder lächelt großspurig. »Um die 55 000 Pfund.«

Rome stößt mir den Ellbogen in die Seite.

»Ihr kennt die Regeln – aber für Declan wiederhole ich sie noch mal.«

Er sieht seinen Freund scharf an. »Kein Blutvergießen, keine Würgegriffe …« Er sieht zu mir. »Daisy, kein Chloroform.« Ich zeige ihm den Mittelfinger. »Ich und Koa verteidigen den Schatz.« Er hielt ein Paintball-Gewehr hoch. »Wenn ihr getroffen werdet, dürft ihr euch eine Minute lang nicht bewegen …« Er klatscht in die Hände. »Los geht's.«

Es funktioniert folgendermaßen: Die Jungs verstecken irgendwo im Haus zwei Schätze, vielleicht am selben Ort, vielleicht auch nicht, und dann verstecken sie sich mit ihren Paintball-Gewehren und versuchen, uns abzuschießen, damit wir langsamer sind. Der Boden ist Lava – deine Füße dürfen ihn nicht berühren, sonst scheidet man sofort aus. Es ist jedermanns Lieblingsspiel, und nicht nur, weil die Sachen, um die wir spielen, immer gut sind – es macht einfach Spaß.

Rome und ich haben das Spiel als Kinder an Weihnachten erfunden.

Wir gewinnen nicht jedes Mal, aber meistens.

Die anderen mögen es nicht, wenn wir im selben Team sind, weil sie finden, dass ich einen Vorteil habe. Zum einen bin ich leichter und kleiner – ich kann mich in engere Zwischenräume quetschen, und man kann mich höher werfen. Aber das ist nicht der Grund, weshalb wir gewinnen. Rome und ich gewinnen einfach, weil wir auf derselben Wellenlänge sind und schon immer waren, wir müssen nicht kommunizieren, um zu kommunizieren. Wenn ich mit meinem Bruder in einem Team bin, gewinne ich normalerweise auch.

Die kleine Pillendose haben wir bereits gefunden, worüber ich froh bin, weil ich sie haben wollte – tatsächlich will ich beides, aber Rome hat bereits Anspruch auf den Ring erhoben,[94] also was soll's. Die Dose war im Lüftungsschlitz über der Küchenspüle.

Und wo der Ring ist, wissen wir auch – auf einem kleinen Vorsprung des Kronleuchters, der über der Eingangshalle hängt. Und ich hänge an besagtem Kronleuchter – einhändig – und schwinge hin und her, während mein Bruder und Miguel mir vom Boden Dinge zurufen – Kekoa hat eine Fallmatte herbeigeschleppt, auf die ich mich fallen lassen kann – und Rome versucht, nach meinen Knöcheln zu angeln, um mich zurück auf die Galerie zu ziehen …

»Lass einfach los!«, ruft Julian.

94 Und wenn er ihn Tavie schenkt, schreie ich.

»Nee – ich krieg sie schon …«, sagt Rome mit leichtem Zweifel in der Stimme.

»Lass dich einfach fallen, Face!«, ruft Koa.

»Aber ich will den Ring!«, rufe ich zu meinem Bruder, ohne ihn anzusehen.

»Du stirbst!«, ruft Miguel.[95]

»Wessen Idee war es dann, ihn auf dem Kronleuchter zu verstecken?«, rufe ich nach unten. »Selbst schuld.«

»Niemand hat dich gezwungen, AN IHN DRANZU SPRINGEN!«, ruft Julian, und genau in diesem Augenblick betritt Tiller die Eingangshalle.[96]

»Was zur Hölle ist hier los?«, ruft er, als ich die Fingerspitzen ausstrecke, weiter, immer weiter, und meine andere Hand langsam den Halt verliert – ich werde fallen, ich kann es spüren –, und ich fühle, wie sich meine Hand um den Ring schließt, genau in dem Moment, als meine andere vom Kronleuchter abrutscht und ich beginne – was ich nicht weiß –, fünfeinhalb Meter durch die Luft zu stürzen.

»Sie kommt!«, ruft Rome, mein Bruder und Kekoa ziehen die Fallmatte straff, und ich lege eine perfekte Landung hin und recke stolz wie eine kleine Meerkatze den Kopf.

»Du bist doch echt verrückt.« Mein Bruder stößt ein kleines Lachen aus und schüttelt den Kopf. »Hast du ihn?«

Ich halte meinen Finger hoch, an dem der Ring steckt.

Er lacht schnaubend, streckt mir die Hand hin, um mir von der Matte zu helfen, aber sobald ich festen Boden unter den Füßen habe, reißt Tiller mich an sich und sieht böse von einem zum anderen.

»Was macht ihr?«, fragt er und blickt verwirrt im Raum herum.

»Wir spielen nur.« Ich zucke unschuldig mit den Schultern.

»Und was zur Hölle spielt ihr?«, fragt er laut.

»Nichts …« Ich schüttle abwehrend den Kopf. »Einfach ein Spiel – es ist bescheuert«, sage ich[97], und mein Bruder runzelt die Stirn.

95 Und das, hervorgebracht in seinem brasilianischen Akzent, bringt Rome völlig aus der Fassung.

96 Dieses Meme, in dem Danny Glover mit Pizzakartons in den Händen einen brennenden Raum betritt? Es ist die reale Version davon.

97 Auch wenn es mein allerliebstes Lieblingsspiel ist.

»Oh, oh«, sagt Rome, als er gelassen die Treppe heruntertrabt. »Spielzeit ist vorbei. Papa ist zu Hause.«

Rome stellt sich neben mich.

»Gutes Spiel«, sagt er, und ich halte ihm den Ring hin. Er sieht ihn an und schüttelt den Kopf. »Behalt ihn.«

Er beugt sich zu mir, gibt mir einen Kuss auf die Wange[98] und geht durch die Haustür davon.

Ich schlucke und bin plötzlich ein bisschen nervös, während Tiller ihm hinterherblickt.

»Komm …« Ich greife nach Tillers Hand und ziehe ihn weg, die Treppe hoch. Mein Bruder folgt mir mit dem Blick, die Stirn immer noch gerunzelt.

»Wir gehen diese Woche zusammen abendessen, ja?«, ruft Julian mir hinterher.

Tiller dreht sich zu ihm um, und ich schüttle den Kopf. »Hm, nein …«

»Das war keine Frage, Face«, sagt Julian und geht.

Ich ziehe Tiller in mein Zimmer, schließe die Tür und lächle ihn entschuldigend an. Er verschränkt die Arme vor der Brust. »Was war das für ein Spiel?«

»Oh …« Ich winke ab. »Nur ein albernes.«

»Wie heißt es?«

Ich presse die Lippen zusammen. »Es heißt Klepto-Clan.«

»Klepto-Clan.« Er blinzelt unbeeindruckt.

Ich nicke.

»Und was macht man so bei Klepto-Clan?« Er sieht mich mit hochgezogenen Augenbrauen an.

Ich verschränke abwehrend die Arme vor der Brust. »Es ist ein bisschen wie Fahnenraub.«

Seine Augen werden schmal. »Was ist die Fahne, Dais?«

98 Und plötzlich schwappt dieses Gefühl über mich, dass ich ihn liebe und vermisse, auch wenn ich nicht wirklich einordnen kann, in welchem Ausmaß ich diese Gefühle für ihn empfinde. Ist es Nostalgie, die ich immer ansatzweise empfinden werde, weil er eben ist, wer er ist, oder ein zärtliches Gefühl aus der Vergangenheit, weil ich ihn immer sehr gernhaben werde, oder ist da mehr zwischen uns? Ich weiß es nicht.

»Oh …« Ich fahre mir mit der Zunge über die Lippe und zucke leicht mit den Schultern. »Kommt darauf an.«

»Worauf?«, fragt er scharf.

Ich sehe weg, weil ich nicht weiß, was ich sagen soll.

»Zeig mir den Ring«, sagt er und hält die Hand auf. Wartet.

»Nein …« Ich schüttle den Kopf.

»Zeig ihn mir.«

»Nein!« Ich stecke die Hand tief in die Tasche. »Mein Bruder hat ihn bei einer Online-Auktion gekauft«, sage ich, obwohl ich mir nicht sicher bin, dass das die ganze Wahrheit ist. Manchmal ist es die Wahrheit.

Tiller sieht mich kopfschüttelnd an. »Daisy – ich verstehe ja, dass du nur versuchst, das Beste aus einer blöden Situation zu machen, aber da bin ich nur eine Nacht nicht da, und als ich zurückkomme, spielst du ein Spiel, bei dem du so tust, als wärst du eine Diebin?«

»Ich bin eine Diebin!«, rufe ich, und er blinzelt etliche Male. Ehrlich gesagt sieht er verängstigt aus, weshalb ich schnell den Kopf schüttle. »Ich meine, ich war eine …«

Er atmet aus und blickt zu Boden. »Und was bist du jetzt?«

»Lass mal sehen …« Ich lächle ihn schmallippig an. »Ich wollte normal sein, aber dann wurde ich gestalkt, ich wollte Ärztin sein, aber im Parkhaus ist eine Frau gestorben, weil sie neben mir stand, und dann habe ich gedacht, ich wäre einfach – du weißt schon – eine gute Person, aber mein Freund steht hier vor mir und sieht mich an, als wäre ich etwas, das ihm unter dem Schuh klebt …«

Seine Gesichtszüge werden sofort weich. »Nein, tu ich nicht …« Er macht einen Schritt auf mich zu und zieht mich in eine Umarmung. »Dais, ich kann nicht mit deinem Bruder abendessen gehen. Wenn mich irgendjemand sieht …«

Ich blicke zu ihm hoch. »Du wohnst bei ihm.«

»Ja.« Er sieht mich schief an. »Was meinst du wohl, wie das aufgenommen wurde?«

»Tiller«, sage ich. »Du musst ihm eine Chance geben …«

Er schnaubt.

»Bitte …«

»Daisy …« Er seufzt.

Ich vergrabe das Gesicht an seiner Brust, atme ihn ein und fühle mich dabei traurig.

Er riecht nach dem, was das letzte Jahr über mein Zuhause war. Nach ihm, er war mein Zuhause. Er war die Konstante, er hat mir ein Gefühl von Sicherheit gegeben. Und der Eisberg wurde gerammt, aber sie sagen immer noch, dass wir weiterschlafen sollen.

Ich sage immer noch, dass wir weiterschlafen sollen.

»Bitte …«, nuschle ich in seine Brust. »Bitte, bitte – du wirst ihn gernhaben.«

Er hebt mein Kinn an.

»Ich will ihn nicht gernhaben«, sagt er ernst.

»Für mich?«, frage ich leise.[99]

»Okay.« Er seufzt und nickt ganz sacht. »Für dich.«

99 (Manipulativ.)

KAPITEL 16

JULIAN

Tiller ist nicht da, daher erscheint mir der Zeitpunkt jetzt so gut wie jeder für die Sache, vor der ich mich drücke, die ich aber schon vor einem Jahr hätte tun sollen.

Ich klopfe an ihre Tür, und dann höre ich meine Schwester schreien, daher stürme ich mit gezückter Pistole ins Zimmer.

Und da ist sie, sitzt auf dem Bett, zu ihren Füßen der verfickte Hund, dieser Verräter.

»Alles in Ordnung?« Ich runzle die Stirn und blicke mich mit immer noch leicht erhobener Pistole im Zimmer um.

Sie atmet mit der Hand auf der Brust aus. »Fuck …«, seufzt sie. »Steck die weg – ich hab mir *Criminal Minds* angesehen.«

»Warum?« Ich trete auf sie zu, während ich die Pistole sichere und wieder einstecke.

Mit gerunzelter Stirn blicke ich auf den Bildschirm. »Von der Serie hast du immer Albträume bekommen.«

Ich klappe ihr MacBook zu. »Wo ist Tiller?«

Daisy verschränkt die Arme vor der Brust. »Arbeiten.«

Ich nicke kurz und versuche, sie zu lesen, wie ich es schon immer getan habe.

»Er ist kein Fan von Klepto-Clan?«, frage ich.

Sie sieht ein bisschen traurig aus, ringt sich aber ein Lächeln ab. »Nein, kann man nicht sagen.« Sie sieht mich an. »Hast du den Ring auf dem Kronleuchter versteckt, weil du wusstest, dass ich als Einzige dort drankommen würde?«

Ich schnaube, versuche mir nicht ansehen zu lassen, dass sie mich durchschaut hat. »Vielleicht.« Ich zucke mit den Schultern. »Ich hätte ihn sowieso für dich gestohlen, wenn ihn irgendjemand anders gewonnen hätte.«

Sie starrt mich nur an. »Hast du?«

»Hab ich was?«

»Ihn gestohlen.«

Ich presse den Mund zusammen und zucke mit den Schultern. »Gefällt er dir wenigstens?«

»Ja.« Sie nickt und meidet meinen Blick. »Danke.«

»Ich hab noch was für dich.« Ich werfe es ihr in den Schoß, und sie nimmt es in die Hand – tut kurz so, als wüsste sie nicht, was es ist … Als würde ich ihr nicht jedes Mal eine schenken, wenn ich Mist gebaut, sie enttäuscht oder etwas getan habe, was ich nicht hätte tun sollen. Keine Ahnung, warum ich ihr Golddublonen schenke – angefangen hat es noch vor dem Tod unserer Eltern, als ich ihren Geburtstag vergessen habe – ich hatte nichts, was ich einer Siebenjährigen hätte schenken können, aber ich erinnerte mich, dass Dad mir mal dieses Stück Gold gegeben hatte, also habe ich ihr das geschenkt, und sie war völlig aus dem Häuschen. Hat es ein Jahr lang überallhin mitgenommen. Und jetzt ist es einfach etwas, das ich ihr schenke, wenn ich Scheiße gebaut und ihr gegenüber ein schlechtes Gewissen habe.

»Woher?«, stelle ich sie auf die Probe.

Sie dreht die acht Escudos in der Hand und betrachtet die Münze eingehend. »Peruanisch …« Sie verengt die Augen. »REX HISPANIRUM ET …« Sie denkt eine Minute nach, und mich überkommen Stolz und gleichzeitig Verärgerung, dass sie ein so kluges Köpfchen ist. »Der König von Spanien und … Indien?«

Ich schnaube lachend.

»Gut.« Ich spiele mit dem Gedanken, sie den Wert schätzen zu lassen, aber ich will nicht, dass sie mich fragt, wo ich sie herhabe. Sie will es nicht wissen.

Ich setze mich auf ihre Bettkante. Streichle meinem Verräterhund den Kopf. »Dais, wir müssen reden.«

Sie setzt sich auf, sieht nervös aus. Es macht mich traurig, dass sie in meiner Gegenwart nervös aussieht – macht mich sauer auf mich selbst, dass ich, nur um einen verfickten Streit zu gewinnen, ihr Vertrauen zu mir zerstört habe. Schließlich habe ich mein ganzes Leben lang versucht, es in ihr aufzubauen.

Ich beuge mich vor, ohne sie anzusehen, und atme aus – lasse den

Kopf hängen. »Ich hab in meinem Leben ein paar Dinge getan, auf die ich nicht stolz bin – aber was ich zu dir im Krankenhaus gesagt habe, das bereue ich wahrscheinlich am meisten.«

Ich luge zu ihr hoch, und mir wird ganz schlecht.

»Echt?«, fragt sie fast hoffnungsvoll.

Ich nicke.

»Sogar mehr als damals, als Flopsys Kopf zwischen deinen Fahrradspeichen war, ohne dass du es wusstest, und du losgefahren bist und ihm das Genick gebrochen hast?«

Ich verdrehe die Augen. »Ja.«

»Sogar mehr als damals, als du dieses Mädchen aus deiner Schule vor Gia Bambrilla geküsst hast, und am nächsten Tag wurde das Mädchen tot in der Themse gefunden?«

Verfickte Scheiße – ich werfe ihr einen entnervten Blick zu. »Wozu musstest du das denn erwähnen?«

»Ich versuche nur, es irgendwie einzuordnen.« Sie zuckt unschuldig mit den Schultern.

»Schön …« Ich sehe sie ungeduldig an. »Mehr als das, ja.«

»Wow.«

Ich schnaube lachend und blicke starr geradeaus. Spüre, wie die Frage in mir hochblubbert, die ich nicht aussprechen will, weil es mir egal sein sollte, ist es aber nicht.

»Warum hast du es getan, Dais?«, frage ich, und sie zieht die Knie an die Brust.

Hoffe, dass mein Gesicht nicht verrät, wie traurig ich wegen alldem bin. »Wie konntest du mir das antun?«

Sie stößt Luft aus der Nase aus, kaut auf ihrer Unterlippe, wie sie es immer tut, wenn sie nachdenkt.

»Erinnerst du dich, was Dad gesagt hat, bevor er starb? Zu mir?«

Ich sehe sie von der Seite an. »Du bist meine Hüterin.«

Sie blickt auf einen Punkt in der Zimmerecke. »Du hast diese Kinder entführt und mit den MacMarthans gemeinsame Sache gemacht, und dann, Jules – hast du auch noch mit Mata Tosell zusammengearbeitet? Wie konntest du nur?«

Moment mal. Ich runzle die Stirn. Was?

Ich schüttle den Kopf. »Ich hab nie mit Mata Tosell zusammengearbeitet.«

Sie blickt genervt weg. »Lüg mich nicht an.«

»Dais …« Ich suche den Blickkontakt. »Ich habe ernsthaft noch nie mit Mata Tosell zusammengearbeitet …« Ich bin tatsächlich ein bisschen beleidigt. »Wie konntest du denken, dass ich das tun würde?«

»Du hast ihm zwei Millionen Pfund überwiesen!«

Ich verdrehe die Augen. »Zuerst mal, woher in aller Welt weißt du das? Und zweitens …« Ich sehe sie genervt hat. »Es war ein Pokerspiel.«

Sie blinzelt ein paarmal. »Was?«

»Es war ein Pokerspiel mit hohem Einsatz.«

»Wie hoch?«, fragt sie laut.

Gott, sie kann so eine Nervensäge sein. »Sehr hoch offensichtlich – ich hab verfickte zwei Millionen verloren.«

Sie beugt sich ein Stück zu mir, ihr Blick etwas offener. »Du schwörst, dass du nie mit ihm gemeinsame Sache gemacht hast?«

Ich nicke. »Ich schwöre.«

»Und meine anderen Regeln?«, fragt sie mit hochgezogenen Brauen. »Hast du seitdem noch mal irgendjemanden entführt?«

»Nein.« Das ist gelogen, aber. »Nein, absolut nicht …« Ich schüttle den Kopf und lächle sie gezwungen an. »Scheiße, doch.«

»Julian!«

»Tut mir leid …« Ich raufe mir die Haare. »Tut mir leid! Ich hab einfach – es erledigt den Job …«

Sie senkt das Kinn und sieht mich böse an. »Julian.«

»Aber es war das letzte Mal, okay?« Ich lächle sie breit an. »Versprochen …« Ich nicke nachdrücklich, und sie sieht mich an, als würde sie an etwas herumrätseln. »Was? Was soll dieser Blick?«

»Nichts.« Sie schüttelt den Kopf. »Ich bin nur irgendwie überrascht, dass Koa dich gelassen hat …«

»Was soll das verfickt noch mal heißen, ›mich gelassen hat‹?«

»Soll heißen, dass ich überrascht bin, dass er dich gelassen hat.« Sie zuckt mit den Schultern.

»Du weißt schon, dass ich der Boss bin …«

»Ja …« Sie verdreht die Augen. »Aber …«

»Und du kennst ihn. Ein schneller Job ist ein guter Job.«

Sie sieht mich streng an. »Es war falsch.«

»Ich weiß.« Ich nicke beschwichtigend. »Aber du bist die Sonne, Face! Du bist die Sonne, die auf alles scheint und es erhellt, du bist es, die uns Gutes von Schlechtem unterscheiden lässt – und als du weg warst, sind wir schlechter geworden, aber jetzt bist du wieder da.« Ich stoße ihr sanft den Ellbogen in die Seite.

»Arschkriecher«, sagt sie zu mir, und ich erwidere nichts, weil sie recht hat. »Und ich bin nicht zurück zurück.« Sie sieht mich an. »Ich mache keine Jobs für euch oder so, ich … wohne nur hier.«

Ich sehe sie schief an. »Ich will nicht, dass du irgendwelche Jobs für mich machst – niemals …«

Sie wirft mir einen beleidigten Blick zu.

»Du bist es! Du bist diejenige, die immer versucht, sich in meine Jobs zu schleichen …«

Sie sieht noch beleidigter aus, und ich muss lachen.

»Ich bin gut darin!« Sie runzelt die Stirn.

Ich sehe sie an, als wäre ich mir da nicht so sicher, und sie versetzt mir dafür einen Hieb.

In Wirklichkeit ist sie in allem besser als ich, doch da ich nicht will, dass sie mir das ansieht, drehe ich den Kopf weg.

»Ich hab dich vermisst, Face.«

Sie blickt stur geradeaus und legt den Kopf auf meine Schulter. Es fühlt sich an wie der erste tiefe Atemzug seit einem Jahr.

»Ich dich auch«, sagt sie.

KAPITEL 17

DAISY

Mit meinem Bruder ist es so eine Sache: Du kannst ihn nicht nicht mögen.[100] Du kannst es versuchen, wirst aber irgendwann aufgeben. Er ist mehr als charismatisch, er könnte dich höflich bitten, ihm seine andere Waffe zu geben, während er dich gerade umbringt, und du würdest es wahrscheinlich tun.

Diese Wirkung hat er nicht nur auf Frauen, sondern auch auf Männer.

Er ist einfach so jemand, in dessen Nähe du immer sein willst, dessen Zustimmung du immer haben willst.

Er strahlt so eine besondere, natürliche Autorität aus, der sich niemand entziehen kann.

Heute Abend ist das Dinner … Das Dinner, vor dem sich Tiller schon seit drei Tagen ständig zu drücken versucht. Wenn ich eine bessere Freundin wäre, würde ich es ihm vielleicht auch erlauben, das Dinner zu schwänzen, aber ich werde ihn heute Abend nicht wegbleiben lassen, denn ich kann zwar das Leck an der Schiffsseite nicht stopfen, bin mir aber ziemlich sicher, dass ich das Feuer im Maschinenraum löschen kann.

Zur Verstärkung auf beiden Seiten lade ich Jack ein.[101]

»Wohin gehen wir?«, fragt Jack und bindet sich die Schnürsenkel.

Tiller hilft mir in den Mantel, während mein Bruder und ich uns ein Blickduell zu der Frage des richtigen Restaurants liefern.

Ich sage: »The Ledbury«, zeitgleich sagt mein Bruder: »Bar 61«.

Wir starren einander an und fechten es dann, nach einem stummen Drei-Sekunden-Countdown, durch eine Runde Papier-Schere-Stein aus.

Julian: Stein. Ich: Papier.

Jack verdreht die Augen und sieht auf die Uhr.[102]

100 Das war schon immer so.
101 Julian betet ihn an. Tiller vergöttert ihn.
102 Er ist unseren Schwachsinn schon gewohnt.

Julian: Stein. Ich: Schere.

»Kümmere dich nicht um sie«, rät Jack Tiller. »Genauso entscheiden sie auch, wohin sie in Urlaub fahren.«

Julian: Papier. Ich: Schere.

Ich grinse Julian selbstgefällig an.

Mein Bruder seufzt. »Dann also ins Ledbury.«

Ich hab gewusst, dass Julian heute Abend dick auftragen würde wegen Tiller. Hab es gewusst, hatte es schon im Gespür, bevor er damit begonnen hat – Julian will von allen geliebt werden[103], sogar von meinem Polizisten-Freund.

Wir betreten das Ledbury, werden vom Oberkellner begrüßt[104] und zu dem Tisch geführt, an dem Julian und ich immer sitzen.

Tiller beobachtet immer noch fasziniert, wie sich die Leute im Umfeld meines Bruders bewegen.

Die Leute weichen vor ihm auseinander wie das Meer vor Moses, und Julian zuckt dabei nicht mal mit der Wimper. Er ist daran gewöhnt, bemerkt es gar nicht mehr – und zu seiner Verteidigung: Er ist auch zu sehr damit beschäftigt, Mädchen abzuknutschen.

Auch das ist bei ihm authentisch. Er drückt den Leuten, an denen er vorbeigeht, die Hand oder klopft ihnen auf die Schulter, das macht er auch bei einigen Mitarbeitern, er erinnert sich an all ihre Namen, fragt sogar einen Kellner, wie es seinem Vater geht.

Als wir am Tisch sitzen, grinst Julian zu der Kellnerin hoch. »Zoe, oder?« Sie nickt und wird rot, weil er sich an sie erinnert.

Jack und ich wechseln einen Blick.

»Eine Flasche von eurem besten Roten, eine Flasche von eurem besten Weißen und alle Vorspeisen ohne Fisch.« Breites Grinsen.

Julian schaut zu Jack und schnalzt mit den Fingern.

»Wie weit sind wir mit Waterhouse?«

»Es läuft ganz okay«, sagt Jack, klingt dabei aber unsicher.

»Okay?« Julian durchbohrt meinen besten Freund mit dem Blick.

103 Von meinen Lehrern, dem Postboten, der alten Dame in der Bäckerei, dem alten Mann im Krämerladen an der Ecke.

104 Der meinen Bruder umarmt, wobei ich gern auf die vorherige Fußnote verweise.

»Denk nicht einmal daran, zu diesem verdammten Hot John zurückzugehen – oder wie auch immer er heißt.«

Hot Dom.

Jack sieht mich bedrückt an. »Verdammt noch mal, Dais …«

»Was?« Ich blinzle unschuldig. »Ich erzähle ihm alles! Wie einem Therapeuten, fast.«

Jack funkelt mich böse an. »Warum machst du dann nicht einfach eine Therapie?«

»Nun …« Ich runzle die Stirn und sehe alle nacheinander an. »Das habe ich letztes Jahr gemacht, eine Therapeutin aufgesucht, meine ich.« Ich sehe Tiller Hilfe suchend an, worauf er nickt. »Aber sie hat ständig Sachen gesagt, die mir nicht gefallen.«

»Hat sie das?« Mein Bruder verzieht abwehrend das Gesicht. »Was zum Beispiel?«

»Oh, nur so Zeug wie … dass ich Sex fast als Medizin verwende …«

Julian verzieht das Gesicht. »Das gefällt mir nicht …«

»Und als Bewältigungsstrategie.«

Wieder verzieht er das Gesicht. »Das gefällt mir auch nicht.«

»Dass ich Probleme mit Frauen habe, wegen unserer Mutter …«

»Ach, so was!«, schnaubt Jack, so wie es nur ein bester Freund tun kann, aber Tiller nickt auch unablässig.

Julian pfeift leise und greift dann zu mir herüber, um mir verstohlen den Arm zu drücken, als täte es ihm leid, als wäre es seine Schuld, dass er die ganze Zuneigung unserer Mutter bekommen hat. Dann deutet er mit dem Kinn auf Tiller.

»Hast du ein enges Verhältnis zu deiner Familie?«

Tiller nickt. »Ja.«

»Eine große Familie?«

Tiller zuckt mit den Achseln. »Zwei Brüder, Mom und Dad.«

Jules zeigt irgendwie auf ihn. »Amerikaner, offensichtlich.«[105] Tiller nickt. »Woher?«

»Nantucket.«

Ich werfe Jack einen Blick zu, dessen Gesicht wie versteinert ist – das Gespräch kommt kaum in Gang. Tiller ist total verschlossen.

105 Ich liebe Tillers Akzent.

»Tiller liebt das Surfen«, erzähle ich meinem Bruder, um ihn aus der Reserve zu locken[106], während ich den Arm meines Freunds festhalte.

Jules nickt ihm zu. »Yeah, genau so siehst du aus … ich habe ein paar Monster bezwungen, am Playa Encuentro …«

Mein Freund kneift die Augen zusammen. »Das ist eine lange Fahrt, von da, wo du dich verschanzt hast.«

Julian verschränkt unbeeindruckt die Arme vor der Brust. »Es ist ja nicht so, dass ich ansonsten viel zu tun hatte.«

Ich hole Luft und lächle nervös erst den einen, dann den anderen an.

»Also …« Julian schenkt Tiller Wein nach. »Wie bist du zu dem gekommen, was du machst?«

Mein Herz macht einen kleinen Sprung. Ich hatte gehofft, die Jobgeschichte würde nicht angesprochen werden – wirklich dumm von mir. Natürlich würde darüber geredet werden. Ein vergeblicher Wunsch, aber ein Mädchen darf doch träumen …

Ein Detective von der NCA sitzt zum Dinner bei The Ledbury mit einem Gangsterboss zusammen? Das ist praktisch ein verdammtes NATO-Treffen.

»Mein Vater.« Tiller nickt vorsichtig. »Und du?«, fügt er spielerisch hinzu.

Jules schnaubt. »Mein Vater.«

Tiller zupft ein Stück Brot auseinander, spielt damit, ohne es zu essen. »Wolltest du schon immer Gangsterboss werden?«

»Nicht Gangsterboss.« Julian verdreht die Augen.[107] »Und nein …« Julian verzieht die Lippen zu einem Lächeln. »Nicht mal so ähnlich. Ich wollte MMA-Kämpfer werden oder Fullback bei den Harlequins.«

Tills lehnt sich in seinem Stuhl zurück, er wirkt ein bisschen erschlagen, hat ein verwirrtes Lächeln auf den Lippen.

»Er ist sehr gut.« Jack zeigt mit dem Kinn auf meinen Bruder.

Julian schaut ihn abschätzend an. »Du warst sehr gut«, erinnert mein Bruder ihn.

»Spielst du?«, fragt Tiller mit hochgezogenen Brauen.

106 Womit ich scheitere.

107 Er und Jonah mochten diesen Ausdruck noch nie, aber ich glaube nicht, dass sie irgendwann eine echte Alternative vorgeschlagen haben.

Ich trete Jack stolz unter dem Tisch gegen das Schienbein. »Giles hat schon an der Highschool ein Angebot bekommen, für die Saracens zu spielen.«

Jack hätte alles auf der Welt sein können, was er wollte: ein Rugbyspieler, Model, Chefarzt, ein professioneller Herzensbrecher.

»Warum hast du es nicht gemacht?«, fragt Tiller.

Jack verzieht ein bisschen das Gesicht. »Wollte mich nicht als schwuler Rugbyspieler durchschlagen, mein ganzes Leben lang …«

»Und du hättest nicht einfach nur Rugbyspieler sein können?«, will Tiller wissen.

Jack zuckt mit den Schultern. »Was meinst du?«

Tills denkt darüber nach, sieht traurig aus wegen meines Freunds und deutet dann mit dem Kinn auf meinen Bruder. »Also, wenn sie dir einen Job angeboten hätten, hättest du ihn denn genommen?«

»Das haben sie gemacht[108] … aber nein.« Mein Bruder schüttelt den Kopf, und ich sehe einen Hauch Traurigkeit auf seinen Gesichtszügen.

Jeder andere hätte es übersehen, aber nicht ich, weil ich es begreife. Jonah hätte es bemerkt, und Christian auch.

Wie man es auch dreht und wendet, wie gut unser Leben auch immer ist, vollgepackt mit so vielen Benefits und Vergünstigungen, keiner von uns hatte eine Wahl.

»Ich muss das fragen, Mann …« Tiller mustert meinen Bruder und wirft auch mir einen Blick zu. »Wie machst du es?«

Julian unterdrückt ein leichtes Grinsen. »Willst du das große Ganze verstehen, Tiller, oder willst du eine Anleitung haben, wie es läuft?«

Tiller lacht schnaubend. »Ersteres.«

Julian fährt sich nachdenklich mit der Zunge über die Unterlippe. »Hast du den Film *Hooligans* gesehen?«

Tills nickt.

»*Oceans Eleven? Jagd auf Millionen? Fast &* … was auch immer, da gibt es inzwischen so viele. Hast du dir die nicht angesehen und dabei gedacht: Verdammt, das sieht echt nach Spaß aus?« Julian sieht Tiller scharf an und nickt. »Und lüg nicht. Alle haben das gedacht. Natürlich haben sie so gedacht, es ist ein verdammter Wahnsinnsspaß …«

108 Er war wahnsinnig begabt darin.

»Aber ihr macht etwas Falsches«, erinnert Tiller ihn.

Mein Bruder zuckt mit den Achseln. »Wer sagt das?«

Tiller schaut mich an, als könnte er es nicht glauben, als wäre es so offensichtlich.

Er starrt Jules an. »Das Gesetz.«

Julian macht eine wegwerfende Handbewegung. »Ich messe euren Gesetzen keinen Wert bei.«

»Yeah, Bro«, schnaubt Tiller. »Das weiß ich verdammt genau.«

Julian schüttelt heftig den Kopf. »Ich finde es schön, morgens aufzuwachen, ohne zu wissen, was passiert … oder wer mir begegnet … oder wohin es mich verschlägt …«[109] Ich atme tief durch die Nase ein. Jack und ich wechseln einen Blick. Er hält die Jack-Dawson-Rede. Das tut er immer, wenn er vom Thema ablenken will. Die Leute finden es so reizend, dass jemand wie Julian einen Monolog von Leonardo DiCaprio auswendig kann, und vielleicht ist es das auch. Vielleicht kann er den Text aber auch nur, weil ich eine wirklich schreckliche Zeit hatte, als zwischenzeitlich Schluss mit Rome war, denn da haben wir den Film jeden zweiten Abend zusammen angeschaut.

Julian zuckt unschuldig mit den Schultern. »Vor einigen Tagen habe ich noch unter einer Brücke geschlafen[110], und jetzt sitze ich hier, auf dem größten Schiff der Welt, und trinke mit vornehmen Leuten wie Ihnen Champagner.«

Tiller verzieht verwirrt das Gesicht. »Wir sind auf keinem …«

Ich schüttle den Kopf. »Er zitiert aus *Titanic*.«

Julian zuckt wieder lässig mit den Schultern, hebt sein Weinglas an die Lippen und nimmt einen Schluck, wobei er nach dem Schlucken noch ein »Ahh« ausstößt. »Ich finde, das Leben ist ein Geschenk, und ich habe nicht vor, etwas davon zu verschleudern. Man weiß nie, was –«

»In Ordnung.« Ich werfe ihm ein Brötchen an den Kopf.

Julian gluckst amüsiert, und ich sehe aus dem Augenwinkel, dass es funktioniert hat.

Mit diesem verdammten Filmzitat hat er Tiller Honig ums Maul ge-

109 Oh, scheiß drauf.

110 Tiller schaut mich an, er kommt nicht mehr mit.

schmiert. Ich kann es in seinen Augen sehen, langsam findet er meinen Bruder absolut entzückend.[111]

»Die Sache ist doch die …« Mein Bruder streckt seinen Arm aus und klopft meinem Freund auf den Arm. »Wir werden alle irgendwann sterben. Ich versuche einfach nur, Spaß zu haben, bevor ich sterbe.«

»Weißt du was?« Ich sehe ihn kopfschüttelnd an. »Eigentlich glaube ich dir das nicht.«

»Warum?« Julian nickt, denn er liebt Diskussionen.

»Weil du an Gott glaubst …«

Tiller lehnt sich zurück. Das überrascht ihn jetzt.

»Und?«, fragt Julian verächtlich. Er scheint meine Verwirrung nicht zu verstehen.

»Wenn du an Gott glaubst, dann ist es wichtig, wie du lebst. Es geht nicht nur um den Spaß auf Erden, das reicht nicht. Du musst gut sein, damit du in den Himmel kommen kannst.«

»Ah!« Mein Bruder grinst, und seine Augen leuchten, als stünde er unter Strom. »Daisyface, wenn du glaubst, ob irgendjemand von uns in den Himmel kommt, würde davon abhängen, was wir getan oder nicht getan haben, dann hast du dieses ganze Buch falsch verstanden.« Er schaut mich streng an. »Völlig falsch verstanden«, schiebt er noch hinterher.

Tiller blinzelt und lehnt sich noch weiter auf seinem Stuhl zurück. »Du glaubst, du wirst erlöst?«

»Nee, das bezweifle ich.« Julian zuckt mit den Achseln, stößt ein kurzes Lachen aus und trinkt noch einen Schluck Wein. »Aber vermutlich ein bisschen geliebt.«

111 Jeder findet das.

KAPITEL 18

CHRISTIAN

Ich bin im Haus und schlage gemeinsam mit Jules Zeit tot, wir spielen FIFA in seinem Medienraum. Da schlendert Daisy in einem kurzen Jeanskleid herein, sie ist nicht wirklich aufgemotzt, aber schon ein bisschen, sodass ich mich frage, ob es meinetwegen ist. Ich weiß nicht, ob sie gewusst hat, dass ich hier bin, aber ich möchte gern glauben, dass sie sich für mich herausgeputzt hat.

»Hi.« Ich nicke ihr zu, und sie kommt her und lehnt sich an die Armlehne meines Stuhls.

Ich bemühe mich, da nichts hineinzuinterpretieren. Es stehen noch andere Stühle herum, sie hätte sich auch an Julians Stuhl lehnen können – aber das hat sie nicht getan.

Er zeigt mit dem Kinn auf sie. »Was hast du vor?«

»Oh, ich warte nur auf Tills …« Sie schenkt ihm ein kurzes Lächeln. »Wir gehen in die Nationalgalerie, bevor er nach Hause fliegt über Weihnachten …«

»Oh.« Julian sieht interessiert aus. »Die Bude auskundschaften?«

Sie verschränkt unbeeindruckt die Arme vor der Brust, aber er redet weiter. »Lässt du mich endlich *Whistlejacket* stehlen?«

Daisy starrt zu ihm hinüber, doch dann beginnt ihr Telefon zu schrillen, und das kommt ihrem Bruder gerade recht, denn er ist bereits gelangweilt von dem Gespräch, und so taucht er wieder ganz im Spiel ab.

»Hallo?« Sie verdeckt ihr Ohr. Und ich versuche auch, nicht zu lauschen, tue es aber trotzdem.

»Oh«, sagt sie.

Ich sehe zu ihr: Ihr Gesichtsausdruck ist ganz in sich zusammengefallen. Ich fange den Blick ihres Bruders ein.

»Nein … das ist in Ordnung … nein, ich weiß. Es ist … das ist in Ordnung. Ja. Okay. Okay, bye.«

Sie legt auf, schürzt die Lippen und steckt ihr Telefon weg. Sie stößt den Atem durch die Nase aus.

»Geht's dir gut?«, fragt Julian und stoppt das Spiel.

»Ja …« Sie zuckt mit den Schultern. »Nein, es ist in Ordnung. Er kann mich nur nicht mehr hinfahren.«

»Oh …« Julian nickt und sieht sie dabei genau an.

Sie lächelt uns beide schnell an, dabei sieht sie traurig aus. »Ich hab Miguel schon nach Hause geschickt … ich dachte, wir … wie auch immer, es spielt keine Rolle.«

Julian blickt auf seine Armbanduhr und gibt ein undefinierbares Geräusch von sich, während er überlegt. »Ich habe in einer Stunde ein Meeting, aber ich könnte dich danach fahren, ja?«, sagt er zu ihr.

»Oh.« Sie runzelt die Stirn. »Ähm, wo ist denn dein Meeting? Es ist nur bis sechs geöffnet, das ist …«

»Ich bringe dich hin«, sage ich, bevor ich überhaupt bemerke, dass ich es tue.

Die beiden Geschwister sehen mich überrascht an. Er zieht äußerst amüsiert die Augenbrauen hoch, und sie hat die Augen auf eine Art aufgerissen, die mich zugleich mit Hoffnung erfüllt und traurig macht.

»Wirklich?« Sie blinzelt. »Hast du nichts anderes vor?«

Ich zucke mit den Achseln. »Nichts Wichtiges.«

Die Grimasse, die ihr Bruder zieht, ignoriere ich, und ich hoffe, dass Daisy sie nicht bemerkt.

»Okay …« Sie strahlt über das ganze Gesicht. »Ich hole nur schnell meinen Mantel.«

Ich nicke ihr zu und hoffe, dass mich mein Gesichtsausdruck nicht verrät.

Julian beobachtet sie, während sie den Raum verlässt. Dann starrt er mich an.

»Weiß Vanna, dass sie nicht wichtig ist?«

»Nein.« Ich zucke mit den Schultern. »Vanna denkt, sie ist der Mittelpunkt des Universums …«

Julian schnalzt mit der Zunge. »Welches Spielchen spielst du?«

»Gar keines …« Ich durchbohre ihn mit meinem Blick. »Ich fahre nur die Schwester meines Freunds zu einer Kunstgalerie.«

»Und es spielt keine Rolle, dass du sie liebst?«, fragt er, wieder mit hochgezogenen Brauen.

»Yeah.« Ich ziehe scharf die Luft ein. »Das spielt keine Rolle.«

Wir starren uns gegenseitig an, dabei vermute ich, er denkt, dass er etwas gegen mich in der Hand hat, weil er weiß, dass ich sie liebe. Tatsächlich ist es mir aber scheißegal, wer weiß, dass ich sie liebe. Vielleicht ist es mir aber auch nur egal, weil sie jetzt jemand anderen liebt und ich nicht gern wie ein Idiot aussehe.

Und dann taucht sie im Türrahmen auf, absolut perfekt und so.

»Fertig?« Ich schiebe mich an ihrem Bruder vorbei, wobei der mich schubst und den Kopf schüttelt.

»Ja.« Sie lächelt. Sie sieht nervös aus, finde ich.

»Dann mal tschüss«, schreit Julian ihr hinterher, und sie winkt, ohne sich umzudrehen.

Sie folgt mir nach draußen zum Wagen. Ich sehe sie an und biete ihr die Schlüssel an.

»Willst du fahren?«

Ein echtes Lächeln verzieht ihre Lippen, und ich muss schlucken, weil ich sie vermisse.

»Ja …« Sie nimmt mir die Schlüssel ab und klettert in meinen Wagen, dabei sieht sie mich total fröhlich an.

Es gibt so viele Dinge, die ich ihr sagen möchte: dass ich sie vermisse, dass ich sie liebe, dass es mir leidtut … Warum sie immer noch mit diesem Cop zusammen ist, ob es ihr gut geht? Doch ich sage nichts davon, vor allem, weil sie glücklich aussieht und irgendwie entspannt.

Ich weiß nicht, wie viel Ruhe sie zurzeit bekommt, wie viel Raum für sich, wie viel Stille. Ich weiß, dass sie es früher nicht gewohnt war, allein zu sein, also blicke ich nur zwischen ihr und dem Fenster hin und her. Ich bin irgendwie davon überrumpelt, dass wir wieder hier in meinem Wagen sind, und auch wenn es nicht so ist, wie ich es mir wünsche, nehme ich es dennoch gern an, denn die Sonne scheint von hinten auf sie und beleuchtet sie, als hätte sie einen Heiligenschein, und für mich hat sie den auch.

Sie lässt den Blick über mich wandern und sieht dabei ein bisschen schüchtern aus. »Bist du so still, weil es komisch ist, oder willst du nett sein?«

»Ich will nett sein.« Ich ziehe die Luft ein, dabei sieht sie mich mit einem sanften Lächeln an, so als wäre sie nicht ganz glücklich, doch ich will, dass sie immer ganz glücklich ist.

»Du fliegst nicht mit ihm nach Hause über Weihnachten?«, frage ich, weil ich neugierig bin.

Sie wirft mir einen kurzen Blick zu, wirkt ein bisschen traurig. »Nein …«

Ich runzle ein wenig die Stirn. »Ist das seltsam?«

Sie atmet tief ein, während sie nachdenkt. »Sein Vater … ist ein Polizist im Ruhestand.«

»Oh, verdammt«, lache ich.

»Ich glaube, für sie bin ich nicht gerade die beste Wahl, die ihr Sohn je getroffen hat.« Kurz lächelt sie mich so an, als würde sie das nicht verletzen, aber ich kenne sie, also weiß ich, dass es sie verletzt.

»Und er fliegt trotzdem?«, frage ich, ein bisschen, weil ich ein Arsch bin und weil ich will, dass er ihr weniger bedeutet.

Sie zuckt mit den Achseln. »Es ist seine Familie.«

Ich nicke ein paarmal. »Zwischen dir und Tiller ist trotzdem alles in Ordnung?«, frage ich, obwohl ich die Antwort gar nicht wissen will, falls sie Ja lautet.

»Ja, wir …« Eine kurze Pause. »Nein, uns geht es gut«, sagt sie mit null Überzeugung in der Stimme. Sie schaut ganz kurz zu mir herüber und richtet den Blick dann wieder auf die Straße, das Lenkrad hält sie so fest umklammert, dass ich irgendwann hinübergreife, um ihre Hände zu lockern. Sie sagt nichts, lacht einfach nur, als wäre es ihr peinlich, doch unsere Hände haben sich berührt, und das ist alles, woran ich denke, bis wir vor dem Museum vorfahren.

Ich öffne ihre Autotür und sehe auf sie hinunter. »Ich hab bisher gar nicht begriffen, dass du Kunst magst.« Ich gehe in meinem Kopf zurück in die alten Zeiten. »Ich hab gewusst, dass du Kunst gestohlen hast, aber dass du sie gemocht hast, wusste ich nicht.«

Sie schürzt die Lippen und sieht mich ernst an. »Es gibt eine Menge Dinge, die du früher nicht gewusst hast.«

Ich starre sie ein paar Sekunden lang an und seufze ein bisschen.

»Ich weiß.« Ich nicke und frage mich, ob es mir ins Gesicht geschrieben steht, wie leid mir das tut. »Wirst du mir das ewig vorhalten?«

»Was?« Sie blinzelt mit hochgezogenen Augenbrauen und in kampfbereiter Haltung. »Dass du bis über beide Ohren in eine andere verliebt warst, während ich in dich verliebt war?« Sie geht schnell die Treppenstufen vor mir hoch, bevor sie sich noch mal umdreht, um mich anzustarren. »Vielleicht.«

»Das war ein Fehler«, erkläre ich ihr.

Ihr Blick verfinstert sich ein bisschen. »Und ob das ein Fehler war …«

Ich sehe sie kopfschüttelnd an. »Das meinte ich doch nicht, Dais …«

»Ich weiß genau, was du gemeint hast«, erklärt sie mir stolz, aber ich glaube nicht, dass sie das weiß.

Wir sind jetzt im Museum, und ich gehe an ihr vorbei und kaufe unsere Eintrittskarten, ohne ein Wort zu sagen …

Sollte ich mich mies fühlen, wegen dieses Gesprächs, das wir gerade im Ansatz führen? Ich habe keine Ahnung. Sie wirft es mir vor und stößt mich von sich, aber es hat schon irgendwas, dass sie immer noch wütend ist deswegen, dass sie immer noch sauer auf mich ist, weil ich es so vermasselt habe, und das freut mich, denn jetzt bin ich mir ziemlich sicher, dass sie und Tiller nicht wirklich glücklich miteinander sind.

Ich sage nichts mehr, bis wir vor einem Gemälde stehen.

»*Christus unter den Ärzten*«, erklärt sie mir, während sie darauf starrt. »Er soll da zwölf Jahre alt sein.«

Ich sehe Jesus mit nachdenklich gerunzelter Stirn an. »Er hat einen Bart.« Ich schaue genauer. »Er sieht irgendwie wie die *Mona Lisa* aus.«

Sie lacht ein kleines bisschen, aber ich kann nicht sagen, ob sie lacht, weil sie mich für einen Dummkopf hält oder nicht. Dann geht sie mit einem Kopfschütteln weiter. Sie hält mich wohl für einen Dummkopf.

Ich eile ihr hinterher und genieße das Gefühl, sie zu begehren und ihr nachzujagen. Ich gebe ihr einen Plan des Museums, woraufhin sie mich anblickt, als wäre ich ein Volltrottel.

»Den brauche ich nicht.«

»Oh …« Ich ziehe in einer neckenden Geste den Kopf zurück. »Du brauchst den Plan nicht!«

Sie schnappt ihn sich trotzdem und sieht mich dabei verspielt an.

»Sie ist jetzt wieder da, weißt du?«, sage ich und sehe sie dabei genau an.

Daisy nickt langsam. »Und wie geht es dir damit?«

Ich betrachte sie mit zusammengekniffenen Augen. »Mir geht es gut.«

»Wirklich?«, fragt sie mit hochgezogenen Brauen.

»Wieso sollte es mir nicht gut gehen damit?«, frage ich und verschränke die Arme vor der Brust.

»Weil du sie geliebt hast«, erklärt sie, ohne zu blinzeln.

»Geliebt habe«, wiederhole ich. Vergangenheit.

»Du freust dich doch zumindest darüber?« Sie sieht mich mit einer unausgesprochenen Frage im Gesicht an.

»Sicher, klar …« Ich zucke mit den Schultern. »Sie ist eine Freundin von mir, ich bin froh, sie wieder da zu haben.«

Sie nickt und geht in den nächsten Raum.

Vier riesige Gemälde an einer grünen Wand.

Mit verschränkten Armen starrt sie darauf. »*Vier Allegorien der Liebe*«, erklärt sie mir.

»Welches davon magst du am liebsten?«

»Hier, in diesem Raum?«, fragt sie. Als ich nicke, deutet sie auf ein Bild. »*Die glückliche Vereinigung*. Natürlich.«

»Komisch.« Ich atme schnaubend ein. »Ich hätte gedacht, dass dir das dort gefallen würde.« Ich deute mit dem Kinn auf *Verachtung*, dann lasse ich den Blick wieder zu ihr hinüberwandern.

Sie reißt sich zusammen, um mich nicht anzulächeln. Doch das macht nichts, denn ich lächle sie trotzdem an.

»Und außerhalb dieses Raums?«, frage ich.

»Überhaupt, meinst du?« Sie zieht die Augenbrauen hoch, und ich nicke.

»Hm.« Sie grübelt für sich. »*Der Frühling* von Pierre Auguste Cot. Kennst du das?«

Ich schüttle den Kopf.

»Es hängt in der Met. Es ist dieses junge Paar auf einer Schaukel im Wald …« Sie lächelt, als sie an das Bild denkt, sodass ich mit ihr nach New York fliegen möchte, um es von der Wand zu nehmen und ihr zu geben. Das würde ich auch tun, wenn ich sie dadurch sicher zurückbekommen würde.

»Sie sind so verliebt.« Sie zuckt mit den Schultern. »Und, ich weiß auch nicht, das ist so eine vereinfachende Darstellung einer derart komplizierten Sache.«

Ich runzle ein bisschen die Stirn. »Du findest Liebe kompliziert?«

Sie verzieht das Gesicht. »Wir beide wissen doch, dass Liebe kompliziert ist.«

Für ein paar Sekunden erwidere ich ihren Blick, bevor ich verärgert seufze und durch ein paar Räume schlendere, weil ich diese Ausweglosigkeit leid bin.

»Dais…«, setze ich an. »Alles, was passiert ist … Ich habe es vermasselt, das weiß ich. Ich habe nicht einmal gewusst, dass ich verl…«

»Wir müssen nicht darüber reden.« Sie schüttelt schnell den Kopf.

»Doch, das müssen wir …« Ich mache einen Schritt auf sie zu, dabei sehe ich sie ganz ernst an.

Sie schüttelt weiter den Kopf. »Ich will nicht …«

»Aber ich.« Ich hebe die Schultern.

»Ich habe einen Freund.«

Ich lächle sie mit zusammengepressten Lippen an. »Das ist mir egal.«

»Christian!« Sie verschränkt die Arme vor der Brust. Ihr Gesichtsausdruck ist wütend, trotzig und irgendwie angestrengt. »Du machst mir gerade einen Kunsttag kaputt.«

Ich fühle, wie mein eigenes, dummes Gesicht einen weichen Ausdruck annimmt. Ich habe ihr genug kaputt gemacht, ich will ihr nie wieder etwas kaputt machen.

»Entschuldige«, sage ich und folge ihr in den nächsten Raum.

»Dieses hier …« Sie starrt zu dem Bild hoch. »Es ist ungefähr fünfhundert Jahre alt.«

»Wirklich?« Ich sehe es mir an. Es ist – verdammt, keine Ahnung? – irgendein Satyr und ein totes Mädchen und ein Hund.

»Ich liebe dieses Bild«, erklärt sie mir.

»Ich auch«, sage ich, während ich sie anstarre und sich unsere Blicke treffen, sodass meine Wangen heiß werden und ich schnell zu dem Bild blicke. »Genauso.« Ich nicke cool.

Tiller
21:49 Uhr

Sorry, dass ich dich nicht hinfahren konnte.

Es ist was bei der Arbeit dazwischengekommen.

Was war es?

Etwas mit einem Beweismittel.

Oh

Das ist schon okay

Ich geh nach Weihnachten mit dir hin

Eigentlich bin ich trotzdem hingegangen.

Bist du das?

Gut, das freut mich.

Mit wem?

Christian hat mich gefahren

Christian?

Ja.

Dein Ex-Freund?

Julian wollte mich begleiten, aber er hatte eine Besprechung.

Also ist Christian einfach eingesprungen?

Er ist nicht eingesprungen – ich war offensichtlich traurig

Noch besser.

Er war einfach nett.

Wie nett?

Tiller.

Ich bin bald zu Hause.

Okay, aber sei nicht komisch.

Ich bin nicht komisch.

KAPITEL 19

DAISY

Es ist nicht besonders gut angekommen, dass Christian mich in die Kunstausstellung begleitet hat, andererseits konnte Tiller auch nicht viel sagen, wir wussten ja beide, dass er nur so getan hatte, als hätte er nicht nach Hause kommen können. Ich weiß nicht, ob es ihm zu heikel war, mit mir in ein Museum zu gehen, oder ob er meinem Bruder aus dem Weg geht. In jedem Fall war das jetzt nicht die beste Nachricht, die ich ihm je überbracht habe.

Das Dinner ist – mit allen Vor- und Nachteilen – aber gut gelaufen. Tiller mochte meinen Bruder.[112]

Das hat er zwar nicht direkt gesagt,[113] aber ich konnte es sehen. Dafür kann er nichts, es ist praktisch unmöglich, Julian nicht zu mögen, selbst wenn man von all dem Mist weiß, den er so abzieht. Er hat etwas Menschliches, mein Bruder – und damit überzeugt er einen. Er hat so offensichtliche Fehler, ist so wenig perfekt, und er gibt das auch jederzeit zu – so offen, dass er einen damit entwaffnet.

Allerdings ist er nicht immer so, nur wenn er jemanden für sich gewinnen will, und er will Tills für sich gewinnen. Ein paarmal habe ich sie sogar dabei ertappt, wie sie sich ESPN-Clips angesehen haben.

Doch als Tiller heute Abend nach der Arbeit nach Hause kommt, sehe ich sofort, dass er in Gedanken woanders ist.

Das kommt bei ihm manchmal vor, wie ich festgestellt habe. Er grübelt dann. Überlegt sich, wie sich alles entwickeln wird, worauf dies oder das hinauslaufen könnte, wie die Sachen funktionieren werden, oder auch nicht, wie etwas aussieht, er denkt über die Optik von allem nach. Hin und wieder muss er dann von einem Abgrund zurückgezogen werden, doch meistens macht es mir nichts aus, wenn er ernst wird, denn ich mag seinen Gesichtsausdruck, wenn er ernst ist. Er hat diese wun-

112 Zu seinem großen Entsetzen.

113 Ich glaube nicht, dass er es jemals laut zugeben würde.

derschönen Augenbrauen. Hübsch gerade, und er sieht immer angestrengt aus, aber das steht im Gegensatz zu der Leichtigkeit in seinen Augen.

Er kommt zu mir in meinem Bett herüber, beugt sich herunter, berührt mit seinen Lippen meinen Mund und lächelt müde zu mir herab.

»Hattest du einen guten Tag?«, frage ich.

Er nickt, sieht aber ein bisschen müde aus.

»Nicht?«, frage ich und setze mich auf.

»Ja, nein …« Er zuckt mit den Schultern.[114] »Er war in Ordnung – es war ein guter Tag.«

»Okay.« Ich beobachte ihn mit gerunzelter Stirn.

»Wie war dein Tag?« Er setzt sich auf die Kante meines Betts und zieht sich das Shirt über den Kopf aus, so wie es heiße Jungs oft machen. Über den Nacken zieht er es weiter nach vorne – ich weiß nicht, warum, aber das kommt mir wie ein Zaubertrick vor.

»Er war in Ordnung.« Ich zucke mit den Schultern. »Langweilig, eigentlich – ich bin einfach nur viel im Haus.«

»Noch kein Glück gehabt mit dem Privatlehrer?«

»Nun«, sage ich achselzuckend, »Julian hat einen Militärarzt angestellt, der in Rente ist, damit er kommt und mir Kampfstrategien, Triageverfahren und Notfallversorgung beibringt, du weißt schon …« Ich lächle ihn kurz an. »Sachen, die er persönlich nützlich findet.«

Tiller schnaubt, verdreht ein bisschen die Augen, und dann bleibt sein Blick an meinem Nachttisch hängen.

Vielleicht war es dumm von mir, sie herumliegen zu lassen, aber ich habe mir nichts dabei gedacht.

»Was ist das?« Er kneift die Augen zusammen und deutet mit dem Kinn auf die Golddublone, die auf meinem Moleskine-Buch liegt.

Zu dem Zeitpunkt besitze ich 38 Dublonen.

Mein Bruder hat mir im Lauf meines Lebens immer wieder welche geschenkt. Ich zeichne jede davon in mein Buch ab und schreibe alles auf, was ich über die Münze und ihre Geschichte herausfinden kann, und dann lege ich das Gold[115] in meinen Safe und träume davon, dass in

114 Und ich weiß, dass er lügt.

115 Normalerweise.

zweihundert Jahren irgendwelche Leute meinen eigenen vergrabenen Schatz finden und sich wundern, weil da Golddublonen aus der ganzen Welt und aus allen Epochen versammelt sind, und dieser Gedanke macht mich glücklich.

»Die hier?« Ich nehme sie in die Hand und werfe sie ihm zu. »Julian hat sie mir gegeben.« Ich lächle ihn ein bisschen an.

Tiller dreht sie mit gerunzelter Stirn zwischen den Fingern – dann sieht er mich prüfend an und hält die Münze dabei zwischen Daumen und Zeigefinger.

»Einige solche Münzen wurden gestern als gestohlen gemeldet.«

Ich schnappe sie mir schnell wieder. »Nein, gestern gab es keine D…«

»Oh.« Er zieht den Kopf etwas zurück. »Du verfolgst jetzt, was es für Antiquitätendiebstähle gibt?«

»Tust du es?«, frage ich schneidend.

»Mach das nicht …« Er schüttelt den Kopf. »Tu nicht so, als wäre ich der Böse, weil ich meinen verdammten Job mache und deshalb weiß, wann Zeug gestohlen worden ist …«

»Die Münze wurde nicht gestohlen!«, lüge ich. Vielleicht. Vielleicht lüge ich auch nicht. Ich weiß es nicht, aber sie ist wahrscheinlich nicht gestohlen worden. »Er hat sie für mich gekauft …«

»Dein Bruder, der amtsbekannte Kunst- und Antiquitätendieb, schenkt dir rein zufällig eine Münze aus einem Piratenschatz, genau in der Woche, in der Gold daraus als gestohlen gemeldet wird …«

Verächtlich schüttle ich den Kopf. »Dieses Zeug liegt überall auf dem Meeresboden herum …«

»Wirklich?« Er sieht mich scharf an. »Peruanische Escudos von 1715? An welchen seltsamen Stränden treibst du dich denn rum, verdammt?«

Ich starre ihn ein bisschen an, während er beginnt, heftig den Kopf zu schütteln. Dann steht er auf und geht hin und her.

»Das ist schlimm, Dais – was soll ich jetzt machen?«

»Nichts!« Ich schüttle den Kopf. »Du kannst nichts machen …«

»Ich bin Detective bei der NCA, verdammt, und meine Freundin steckt Sachen ein, von denen sie weiß, dass sie gestohlen sind …« Er sieht mich finster an. »Julian ist ein Dieb … Ich weiß, dass du weißt, dass er die gestohlen hat …«

»Was tust du?« Ich stehe auf, sehe ihn kopfschüttelnd an. »Du magst ihn! Ich weiß, dass du ihn magst!«

»Du hast recht!« Tiller nickt angestrengt. »Das tue ich. Aber ich hasse es!« Er zuckt mit den Achseln. »Ich will so jemanden wie ihn nicht mögen …«

Während ich die Arme vor der Brust verschränke, starre ich ihn trotzig an. »Du datest jemanden wie ihn.«

Tiller fährt sich mit der Hand durch die Haare und sieht mich bedrückt an. »Ja, vielleicht sollte ich das nicht tun …«[116]

Mir fällt die Kinnlade runter. Ich blinzle ein paarmal. »Trennst du dich von mir?«

Tiller kommt direkt zu mir und legt mir die Hände aufs Gesicht. »Nein.« Er schüttelt den Kopf. »Aber ich weiß nicht, wie … ich weiß nicht, ob …«

»Ich bin noch nicht bereit dazu …« Ich vergrabe das Gesicht an seiner Brust, und er legt sofort die Arme um mich, also ist er vielleicht auch noch nicht bereit dazu. »Bitte, Tills …«, schniefe ich an seiner Haut, wobei sein Griff fester wird. »Ich bin noch …«

Ich bin jetzt noch nicht bereit, das wäre der ganze Satz. Denn ich weiß, was bald passieren wird – ich weiß, dass unsere Zeit begrenzt ist. Das war schon seit dem Augenblick so, als wir durch diese Tür getreten sind. Das hier ist das, was ich wollte, o Gott, ich hoffe, er erinnert sich daran. Das Gefühl, ich müsste Teile meines Lebens vor ihm verstecken, gefällt mir nicht. Und ich mag nicht daran denken, dass er für mich lügen muss, aber ich weiß, dass er das muss. Und er wird es tun, weil er mich liebt. Doch weil ich ihn ebenfalls liebe, will ich nicht, dass er es muss. Das ist das unüberwindliche Hindernis, glaube ich. Wie ein Eisberg im Meer.

Wir sind daran zerschellt, das weiß ich. Keine Chance, es an Land zu schaffen, aber vielleicht können wir immer noch so tun, als wäre es möglich. Denn ich bin noch nicht bereit. Nicht bereit, ihn gehen zu lassen. Nicht bereit, ihn nicht mehr zu treffen, nicht bereit dazu, dass seine Hand nicht mehr auf meiner Hüfte liegt, nicht bereit, wieder allein zu sein, einfach … nicht bereit dazu, mich von ihm zu verabschieden, oder von dem Leben, für das er steht.

116 Ich glaube, das sagt er aus Versehen.

Tiller schüttelt den Kopf, stupst mein Gesicht mit seinem an, bis ich ihn wieder ansehe. »Ich bin auch nicht bereit«, erklärt er mir und küsst mich.

Seine Hand gleitet unter mein Shirt und bleibt dann ein paar Sekunden dort liegen, bevor er es mir mit beiden Händen über den Kopf zieht.

Er hebt mich hoch, trägt mich rückwärts, legt mich hin und sieht mich mit diesen Augen an, für die ich vermutlich immer dankbar sein werde, ganz egal, was danach passiert oder als Nächstes oder später. Schließlich waren diese Augen mein Rettungsanker und mein Rückzugsort, als ich nichts anderes hatte.

Seine Hände gleiten weiter an meinem Körper hinunter und seine Lippen folgen ihnen. Wir werden jetzt getrieben von einer traurigen Verzweiflung – zwei Menschen, die sich an ein Rettungsboot klammern, tiefe Atemzüge, die sich anfühlen wie ein letztes Ritual.

Ich weine ein bisschen und ich glaube, dass er es sieht, aber er sagt nichts – ein bisschen, weil wir jetzt hier sind, und da glaube ich, ist dieses Standbild wieder da, das ich in meinem Zimmer in diesem alten Haus verräumt habe. Tot steht es im Mittelpunkt, wirft seinen Schatten auf alles, verdeckt das Licht und stiehlt die Aufmerksamkeit. Aber auch wenn das wahr ist, heißt es nicht, dass ich Tiller nicht liebe – und ich sage es ihm auch, was er erwidert. An dem Blick seiner Augen kann ich erkennen, dass er mich auch liebt. Doch du kannst alle fragen, und sie werden dir immer das Gleiche sagen: Dass das nicht genügt (auch wenn du diese Lektion selbst oft bitter bezahlen musst) – Liebe allein ist nicht genug, und sie wird dich nur selten befreien.

KAPITEL 20

CHRISTIAN

Ich bin ein Idiot. Vermutlich hätte ich es voraussehen müssen, denn so wird sie manchmal …

Du treibst Magnolia Parks in die Enge, und schon fällt dieser ganze Kensington-Oberschicht-Mist von ihr ab, und sie wird die Sache so gut schaukeln, wie sie kann. Und wenn BJ derjenige ist, der sie unterstützt … ich hätte es einfach vorhersehen müssen.

An Heiligabend sind wir beim Brunchen, eine Tradition der kompletten Mannschaft, auch wenn ein paar der Gründungsmitglieder auffälligerweise nicht anwesend sind, das allerdings aus offensichtlichen, nachvollziehbaren Gründen. Das Aufregerthema der letzten Tage war für uns alle, dass Magnolia in New York mit Jack-Jack Cavan zusammenwohnt.

Sicher wisst ihr bereits, wer das ist, aber falls nicht, lasst es mich so beschreiben, dass ihr es begreift. Was Kelly Slater in den frühen Nullerjahren für die Welt der Surfer war, das ist Jack-Jack jetzt für alle Skater. Auch ein bisschen wie Dylan Rieder, fängt ein bisschen mit dem Modeln und so einem Mist an.

BJ verehrt ihn. Oder hat ihn auf alle Fälle früher verehrt.

Wir haben Henry alle mit Fragen bombardiert, aber er hat ziemlich dichtgehalten bei dem Thema – ich kann gar nicht glauben, dass er was gewusst, aber nichts gesagt hat. Eine Woche zuvor haben wir uns einen Bericht auf der Online-Plattform von VICE über ihn angesehen und Beej war ganz aufgewühlt. Henry hat in der Zeit dauernd telefoniert, er war ziemlich desinteressiert.

Ich kann sagen, dass Beej stinksauer deswegen ist, und ich nehme an, zu Recht.

Ich und Parks betrunken, das ist nicht gut. Das war noch nie richtig gut, zu keinem Zeitpunkt in unserem Leben. Bevor sie mit Beej zusammen war, als wir noch zur Schule gegangen sind, da hab ich sie immer geküsst, wenn ich ein bisschen was getrunken hatte, auch wenn ich sie nicht wirklich gemocht habe, einfach nur, damit ich etwas zu tun hatte. Sobald die beiden zusammen waren, habe ich alles Mögliche getan, um sie eifersüchtig zu machen, wenn ich getrunken hatte – wenn ich jetzt zurückschaue, glaube ich, sie hat es die Hälfte der Zeit nicht mal bemerkt. Wenn sie getrunken hat, hing sie die ganze Zeit – noch mehr als sonst – an Beej, und das hat mich dazu gebracht, noch mehr zu trinken. Und dann war es irgendwann vorbei zwischen den beiden, und wir haben angefangen miteinander – da war eigentlich gar nicht so viel Alkohol im Spiel, weil ich wollte, dass ich mich an alles erinnern kann. Doch dann, als das zwischen uns vorbei war, wurde der Alkohol für uns so eine Art Tor zur Vergangenheit. Für mich und für sie: Wenn wir ein paar Drinks intus hatten, begann einer von uns, dem anderen Dinge zuzuflüstern, die wir nicht sagen sollten.

Ich und Hen haben sie im März in New York besucht. Ich war ziemlich mies neben der Spur, nachdem Daisy und ich uns getrennt hatten … ich »habe nur noch Beej im Kopf gehabt«, wie Henry es genannt hat. Irgendwie wusste ich, dass ich sie liebte und sie mich auch, aber wir hatten unser Leben so vermasselt, dass wir es sowieso nicht mehr hinbekamen. Und das hat in meinem Kopf alles durcheinandergebracht, ich habe dann versucht, es so gut ich konnte ein bisschen zu verdrängen – auf jeder Party und in jedem Club, den London mir zu bieten hatte, und als das nicht gereicht hat in Amsterdam, Santorini, Phucket, auf Mykonos – warum also nicht New York?

Allerdings bin ich nicht nach New York gegangen, weil ich gedacht habe, dass irgendetwas zwischen mir und ihr laufen könnte – der Gedanke ist mir noch nicht einmal gekommen. Ich dachte, ich könnte etwas anfangen mit der heißen, verrückten Nachbarin von Parks, aber das hat Henry als Erster klargemacht. Er und Lucia haben auf diese ärgerliche Art angefangen, miteinander rumzumachen, so wie Henry es immer schafft, mit jedem Mädchen etwas anzufangen: Sie waren in der Ecke von dieser kleinen Bude, noch nicht mal betrunken, hatten vielleicht zwei Gläser Wein intus, und dann haben sie etwas miteinander angefangen.

Parks hat mich verärgert und genervt angesehen, und ich hatte nicht vor, irgendetwas zu provozieren, aber mir kam es plötzlich zu öde vor, dass wir einfach dasitzen, fast nüchtern, und Henry zusehen, wie er langsam einen Steifen bekommt. Also hob ich meine Hand und bestellte uns eine Flasche Tequila.

»O Gott …« Sie lachte, als ich uns jeweils einen Shot eingoss.

»Also, was ist aus dir und Tom geworden?«, fragte ich sie, während ich ihr das Glas zuschob.

Sie starrte zu mir herüber, dabei wanderten ihre Augenbrauen nach unten, und sie blinzelte mehrmals – sie sah ein bisschen aus, als hätte ich sie geohrfeigt –, dann kippte sie ihren Shot hinunter und schnappte sich meinen aus meiner Hand.

»Oh.« Ich nickte mit weit aufgerissenen Augen. »Okay.«

»Schenk mir noch einen ein.« Sie deutete auf die Flasche, und ich gehorchte ihr.

Ihren Befehlen widersetzt man sich nicht, auch dann nicht, wenn man es besser weiß. Und vermutlich wusste ich es besser, obwohl ich bei Gott schwöre, dass ich keine Ahnung hatte, auf was es hinauslaufen würde.

Ich war über sie hinweg – überhaupt nicht mehr in sie verliebt –, ich liebte sie zwar, denn sie ist eine meiner ältesten, engsten Freundinnen –, aber ich war nicht in sie verliebt.

»Erzähl es mir«, verlangte ich, vor allem, weil es mich jetzt noch mehr interessierte, da sie so reagierte.

»Okay«, sagte sie und kippte noch einen Shot hinunter. »Das werde ich, sobald du mir erzählst, was mit dir und Daisy passiert ist.«

Ich lächelte sie verkniffen an. Trank einen Shot.

»Ihr wart verliebt ineinander, das weiß ich – ihr beide. Ich habe es an euren Gesichtern gesehen«, erklärte sie mir, als würde ich das nicht schon wissen.

Ich trank noch einen Shot.

Sie machte so eine Geste, eine Art von Betrunkenheitszeichen – bei dem sie, wenn sie sturzbesoffen ist, mit den Fingern unter dem Auge auf ihrer Wange herumtrommelt, um zu testen, wie taub sich ihr Gesicht anfühlt. Sie machte das unbewusst, und es ist normalerweise ein Zeichen für einen von uns, die Zelte abzubrechen. Doch Henry war zu beschäftigt, und ich war genauso blau wie sie, aber ich wusste, dass bald alles vorbei wäre, also beschloss ich, sie nach Hause zu bringen und ins Bett zu stecken, um den Abend zu beschließen.

Henry hab ich gesagt, dass wir ihn im Apartment wieder treffen würden, und dann sind wir abgezischt.

Es war kein langer Spaziergang von der Bar in Lexington zurück zu ihrer Wohnung, und alles war in Ordnung – mit uns war alles gut – ganz normal, wie Freunde eben, ich schwöre bei Gott …

Sie ist rückwärts gelaufen, hat mir gezeigt, wie gut sie das konnte mit ihren Schuhen – absolute Monsterschuhe, mit Absätzen so spitz wie Nadeln –, und um ehrlich zu sein, sie hat ihre Sache gut gemacht. Das meine ich wirklich ernst, sie ist fast zwanzig Meter den Block runtergelaufen, bevor sie in einen Gully getreten ist, sich den Knöchel verdreht und das Knie blutig geschlagen hat.

Jetzt muss ich etwas erklären, falls ihr es noch nicht gewusst habt – aber ich nehme an, dass sich das jeder denken kann –, Magnolia Parks ist das reinste Kleinkind, wenn sie sich selbst verletzt. Als sie zwölf war, wurde sie von einer Biene gestochen und hat bei ihrer Privatlehrerin darauf bestanden, dass sie sich den Tag freinehmen muss, um sich zu erholen, weil sie sich »persönlich angegriffen« gefühlt hat. Als ihr die Weisheitszähne herausgenommen wurden, hat sie quasi ein verdammtes Testament geschrieben und hat sich ein Gute-Besserung-Geschenk organisiert, für das wir alle etwas beisteuern sollten.

Also hat sie geheult, sie hat ja außerdem ein Problem damit, Blut zu sehen (um ehrlich zu sein: Am Ende hat sich auch herausgestellt, dass sie sich wirklich eine Sehne gerissen hatte, aber egal), dann bestand sie darauf, nicht laufen zu können. Also hab ich sie hochgehoben und nach Hause getragen.

Damit hat der Ärger dann angefangen.

Wir waren beide zu betrunken, und unsere Gesichter waren zu nah beieinander, und sie hat die Augen weit aufgerissen und ein ganz ernstes Gesicht gemacht, bis ich sie dann durch die Eingangshalle von ihrem Gebäude und in den Aufzug getragen habe – dann habe ich es irgendwie gewusst. Habe es gewusst, aber es hat mich nicht gestört. Ich war froh über die Ablenkung.

»Ich kann stehen«, sagte sie zu mir, auch wenn sie es gar nicht wirklich konnte. Ich stellte sie ab, und sie balancierte auf einem Bein und hielt sich an meinem Arm fest, um nicht umzufallen.

Wobei irgendwie nur noch Zentimeter zwischen uns waren, echt – und sie hat zu mir hochgesehen, mit diesen Augen, die ich geliebt hatte, und hat auf dieser Unterlippe herumgekaut, auf die ich immer gebissen hatte, und dann habe ich ihr die Hand an die Hüfte gelegt, und sie hat auf den Notfallknopf im Aufzug gedrückt, und dann habe ich sie einfach nur gegen die Wand gepresst. Sie hat mir die Beine um die Hüfte geschlungen, meine Hände waren in ihren Haaren, und sie hat mir das Shirt ohne zu zögern ausgezogen – es ist komisch, wie sich ein Körper um den anderen herum bewegt, um schneller ans Ziel zu kommen, wenn man das schon einmal getan hat, eine Sache des sexuellen Muskelgedächtnisses. Ich hatte die Knöpfe ihres Cardigans bereits geöffnet, ließ meine Lippen an ihrem Hals hinabwandern – sie öffnete den obersten Knopf meiner Jeans und griff nach mir, doch da kam mir Daisy in den Sinn, und ich erstarrte. Ich dachte darüber nach, dass ich ihr das nicht würde erklären können, wenn ich es eines Tages mal müsste. Dieser Tag erschien mir damals ziemlich unwirklich und mystisch – das tut er auch jetzt noch –, aber ich dachte an ihr Gesicht, wie sie mich ansehen würde, wenn ich ihr erzählen müsste, dass Parks und ich Sex miteinander gehabt hatten. Und plötzlich war ich raus.

Ich zog mich zurück, hörte auf, sie zu küssen. Sie schlug total nervös und traurig die Augen auf.

Ich schüttelte den Kopf. »Ich kann nicht, Parks … ich …« Ich sehe sie so dämlich mit den Schultern zuckend an. »Ich bin in sie verliebt. Wenn sie das wüsste, würde es sie umbringen.«

Sie nickte mit gesenkten Augen. »Ihn darf das gern umbringen.«

Ich lachte schnaubend, während ich meinen Kopf an den Kopf meiner alten Freundin lehnte und sie dann auf die Wange küsste.

»Dass du hier bist, bringt ihn jeden Tag von Neuem um.« Ich pikte sie in die Seite. »Dafür musst du gar nichts tun.«

Und dann fing sie an zu weinen, und ich fing an zu weinen, und das war seltsam, aber irgendwie nett, und vermutlich hat das unsere Beziehung zueinander in eine andere Sphäre gehoben – oder nur beinahe, dann hat es aufgehört. Sie ist auf der Couch an meiner Schulter eingeschlafen, und ich habe mich die ganze Nacht nicht bewegt. Nicht weil ich in sie verliebt wäre, sondern weil ich sie liebe und sie genauso sturzbetrunken war wie ich.

»Okay, raus damit, Parks.« Mein Bruder stupst sie an. »Bumst du Jack-Jack Cavan, oder was?«

»Nun.« Sie räuspert sich und genießt die Aufmerksamkeit. »Jetzt gerade nicht.«

»Aber du machst es?«, hakt mein Bruder mit einem Grinsen nach.

Das lässt sie für ein paar Sekunden unbeantwortet, was Beej schon fast in den Wahnsinn treibt.

»Ich habe es getan. Ich … wir sind miteinander ausgegangen.« Sie sieht Henry an, der bestätigend nickt, als hätte er es schon gewusst. »Als ich in New York war.«

»Bullshit.« Ich runzle die Stirn und starre abwechselnd sie und ihn an. »Und du hast nichts gesagt?«

Henry zuckt nur mit den Achseln. Das wird Beej verrückt machen, wie sie sich benehmen. Es muss ihn verrückt machen. Es macht sogar mich immer noch wahnsinnig, und ich habe da ja gar nichts mehr zu sagen.

»Jack-Jack Cavan?« Ich starre ehrlich geschockt zu ihr hinüber.

Mein Bruder schüttelt den Kopf.

»Er ist der heißeste Scheiß im Moment!«, sagt Jonah etwas zu begeistert, und das trifft Beej.

Jo müht sich ab, um es wieder besser zu machen, was ihm aber nicht wirklich gelingen kann.

»Also, ihr wart in New York zusammen?«, fragt Henry laut weiter.

Sie nickt.

Ich schiele zu ihr hinüber. »Wie lange ging das?«

»Oh, wisst ihr …« Sie lächelt freundlich, als wäre sie keine Venusfalle für Männer. »Mein übliches Maximum … vier Monate. So in etwa.«

Und Beej ist genauso schlimm wie sie. Sie sind einfach zu gut darin, sich gegenseitig wehzutun. Das ist der Nachteil, wenn sich zwei so lieben, wie sie es tun. Sie wissen, wie sie sich gegenseitig zerreißen können, ohne dass sie sich anstrengen müssen.

BJ starrt finster zu ihr herüber. »Warum habt ihr euch dann wieder getrennt?«

Sie sieht ihn kalt an, ohne in seine Falle zu tappen. »Er war mir einfach zu viel im Bett.«

BJ übergeht das mit einem Schnauben.

»In Ordnung …« Jo schüttelt den Kopf. »Also fass uns doch mal deine Zeit in New York kurz zusammen …«

»Okay.« Sie nickt. »Nun, ich bin im Dezember angekommen. Meine Familie ist kurz vor Weihnachten rübergeflogen, und wir sind zusammen mit Tom nach Wistler gegangen. Dann haben er und ich Neujahr gemeinsam mit den Foster-Schwestern auf Hawaii verbracht, und im Januar bin ich dann …«

»… ich meinte die Bettgeschichten«, unterbricht Jonah sie.

Henry wirft ihm einen finsteren Blick zu, während Taura ihn nur aus dem Augenwinkel mustert. BJ verstummt.

»Oh.« Sie verzieht das Gesicht. »Ein bisschen pervers von dir, aber ich gehorche dir gern.«

Er schüttelt den Kopf. »Nein, es ist nur … du und Gelegenheitssex? Das ist, als würde man einen Hund beobachten, der auf den Hinterbeinen läuft … ich kann es mir einfach nicht vorstellen. Weil, wann hast du denn das erste Mal mit Rush geschlafen?«

»Woher weißt du, dass ich mit Rush geschlafen habe?«, fragt sie mit hochgezogenen Brauen.

Mein Bruder sieht sie mit einem verschlagenen Grinsen an. »Das hab ich nicht gewusst, bis jetzt gerade …«

»Im März.« Sie starrt auf ihre Fingernägel.

»Und mit Stavros hast du wann geschlafen?« Jo kneift die Augen zusammen.

Sie zuckt schüchtern mit den Schultern. »Nur ganz kurz.«

Beej sieht aus, als würde ihm gleich schlecht werden, und ich hätte es voraussehen müssen … Sie würgt gern jemandem einen rein. Allerdings war ich zu beschäftigt mit dem Zurückrechnen zu der Zeit, als wir etwas miteinander hatten, sodass ich es nicht begriffen habe.

»Also Rush, dann Stavros, dann …«

»Nein …« Sie schüttelt den Kopf. »Rush, dann Christian, dann St…«

BJ lässt sein Besteck fallen und starrt zu ihr herüber, als hätte sie ihm gerade sein verdammtes Herz aus der Brust gerissen.

»Parks!«, schreie ich und lasse mich auf meinen Stuhl zurückfallen. »Was zum Teuf…?« Ich schüttle wütend den Kopf. »Warum zum Teufel solltest du …«

Jonah presst sich die Hände auf die Augen; Henry schaut enttäuscht von mir zu ihr.

»Ich dachte, wir hätten beschlossen, dass wir das für uns behalten …«

Und Beej? Er sitzt einfach nur völlig erstarrt dort drüben …

»Passt auf, ihr Zicken …« Parks hält eine kleine Hand hoch, um uns beide zum Schweigen zu bringen. »Baxter James Ballentine hatte während unserer Beziehung Vaginalsex in einer Badewanne mit dem Mädchen, das ich als meine beste Freundin bezeichnet habe.«

»Hatte er, echt?«, fragt Taura sarkastisch.

»Ja … aber …« Ich raufe mir gestresst die Haare. »Er ist ein verdammter …«

»Es ist gut«, sagt BJ zu mir, aber ich weiß sofort, dass es das nicht ist.

»Danke, BJ.« Magnolia macht irgendwelche Gesten in seine Richtung, obwohl auch sie weiß, dass es nicht gut ist. »Ich habe wirklich das Gefühl, dass Beej Paili gebumst und mich dann drei Jahre lang angelogen hat. Das verschafft mir und Christian jetzt ein bisschen Argumentationsspielraum, was die Nacht in New York angeht, in der wir in einem Lift beinahe Sex miteinander hatten.« Sie bedenkt BJ mit einem Lächeln, das meiner Meinung nach dafür gedacht ist, ihm den Todesstoß zu versetzen. Irgendwie gibt ihm das aber nur neue Nahrung.

»Aber warum habt ihr dann nur fast gefickt?«, fragt er sie mit hochgezogenen Augenbrauen. »Was hat euch beide davon abgehalten, es endlich ganz zu tun?«

Müde atme ich aus, ich habe ihren Mist satt und kann schon absehen, wie der Abend verlaufen wird. Sie werden sich beschießen, bis schließlich einer von ihnen umkippt. So wie ich ihn zurzeit einschätze, wird das vermutlich sie sein. Ich fixiere Henry, frage ihn stumm, wer den Scherbenhaufen hinterher wieder aufkehren wird, in den sein Bruder Parks gerade verwandelt. Das könnte jeder von uns beiden machen, aber vor der Gruppe würde es heute Abend besser aussehen, wenn er es ist.

Parks starrt BJ direkt in die Augen, und wir alle wissen, dass er weiß, warum sie verstummt ist. Als hätte es da je eine Frage gebraucht – als wäre da jemals etwas fraglich mit ihnen –, und es hängt in der Luft, wie verworren das alles ist, wie sehr sie ihn liebt und wie sehr er ihre Liebe erwidert, das wissen wir ja alle. Und dass sie trotz alledem, trotz ihrer Geschichte, obwohl sie sich ihr ganzes Leben lang geliebt haben und obwohl sie ein Baby miteinander haben … es ist so unbeschreiblich ärgerlich, dass sie es um Gottes willen nicht schaffen, am gleichen Strang zu ziehen.

Sie geht. Er bleibt.

Henry und ich sehen uns an, worauf ich den Rest der Unterhaltung ausblende, bevor ich aufstehe, hinausgehe und tatsächlich warte. Ich weiß, was kommen wird. Habe es irgendwie verdient, aber ich denke auch, dass es nicht so einfach ist, wenn ich ehrlich bin …

BJ folgt mir ein paar Minuten später nach draußen.

»Willst du mich verarschen?« Er sieht aus wie vor einem Kampf. »Bei ihr verstehe ich es, aber bei dir? Wie konntest du mir das antun?«

Ich schüttle den Kopf.

»Beej, verdammt noch mal.« Ich fahre mir mit den Händen durch die Haare. »Ich weiß nicht, wie ich dir das verklickern soll, verdammt, aber du musst verstehen, dass es nicht bei allem nur um dich geht.« Ich lächle ihn ganz kurz an und komme wieder auf New York zurück. »Dabei ging es nicht um dich.«

Er stößt dieses Knurren aus. »Bei ihr …« Er schubst mich. »… geht es immer um mich.«

Und ich starre ihn ein paar Sekunden lang an. Um ehrlich zu sein, bin ich gelangweilt – dennoch nehme ich noch seine Hände von meinem Körper, denn er überschätzt sich immer, ist den Aufwand eines Kampfs nicht wirklich wert.

»Beej …« Ich zucke mit den Achseln. »Du gehörst zu ihr, sie gehört zu dir, ich kapier's ja –, aber ich habe nicht an dich gedacht …« Ich pike ihn in die Brust. »Du bist mir nicht mal in den Sinn gekommen. Ich war in New York mit einer meiner besten Freundinnen, und in meinem Herzen war totales Chaos – weil ich in ein Mädchen verliebt war, mit dem ich nicht zusammen sein konnte, weil sie etwas wollte, das ich ihr nicht geben konnte. Ich war total kaputt, und Parks war auch kaputt, und dann haben wir uns betrunken, und sie ist gestürzt, und ich musste sie nach Hause tragen. Wir haben uns geküsst, und ich habe sie befummelt, und das ist wichtig, Mann: Ich habe nicht an dich gedacht.« Ich ziehe die Augenbrauen hoch und warte darauf, dass dieser eine Punkt ihr zuliebe ein bisschen bei ihm ankommt. »Glaub es mir oder lass es bleiben – es hatte nichts mit dir zu tun. Zumindest für mich«, füge ich noch mit einem kleinen Achselzucken hinzu. »Für sie geht es immer nur um dich.«

Er atmet hörbar aus und lehnt sich neben mir an die Wand. »Du hättest es mir sagen können …«

»Yeah …« Ich sehe ihn an, als wäre er total verblödet. »Weil du alles über mich und Parks in der Vergangenheit immer gut aufgenommen hast.«

Er verdreht gerade die Augen, als Henry herauskommt und mit dem Kinn auf uns deutet.

»Ihr zwei regelt euren Mist allein?«

»Ja.« Ich ziehe mein Handy hervor und lasse die beiden stehen.

Julian

21:58 Uhr

Hi

Bist du unterwegs?

Nee, zu Hause.

Was machst du?

Ich chille.

Ich komm vorbei auf einen Drink.

Ja, wenn du willst

Aber ich warn dich vor: Daisy und der Bulle knattern. 100 %

Fuck. Nee. Nicht heute Abend. Schreib jemand anderem.

Vanna Ripley
22:03 Uhr

Hey

Was machst du?

Yeah, bin zu Hause

Kommst du?

Bin unterwegs.

KAPITEL 21

DAISY

Am Weihnachtsmorgen ist es still, und das gefällt mir nicht. Es ist hier nie still.

Einige der Jungs sind für den Weihnachtstag nach Hause gefahren, sogar Kekoa hat sich ein paar Tage freigenommen, um nach Hause zu fliegen, was er in meinem ganzen Leben so ungefähr zweimal gemacht hat.

Das ist allerdings ein gutes Zeichen, es gibt mir das Gefühl, als müsste ich sicherer sein als zuvor, denn er würde niemals wegfahren, wenn ich nicht sicher wäre. Miguel hat sich ebenfalls einen wohlverdienten mehrtägigen Urlaub in Spanien gegönnt, und Julian folgt mir wie ein Schatten, jetzt, da er als mein selbst ernannter Security-Mann auf dem Posten steht.

Es macht mir aber wirklich nichts aus – nur das Haus kommt mir zu groß vor nur für uns. Den Heiligabend haben wir in der Küche verbracht. Mein Bruder ist – und das kann ich gar nicht oft genug betonen – der schlimmste Hilfskoch aller Zeiten. Er isst alle Zutaten auf, er glaubt Techniken zu beherrschen, von denen er keine Ahnung hat, er ist sehr eingebildet, er brennt alles an, glaubt immer, mehr Salz wäre die Lösung – trotzdem ist er immer noch meine liebster Mensch[117] in der Küche.

Am ersten Weihnachtsfeiertag sehen wir uns um sieben Uhr morgens *Mickys turbulente Weihnachtszeit* an, so wie wir es immer machen, seit ich vier Jahre alt war. Er trägt sogar den gleichen Pyjama wie ich, den ich ihm auf sein Kopfkissen gelegt habe, aber er sagt, wenn ich ein Foto von uns mache, zerbricht er mein Smartphone.

Normalerweise gehen wir jedes Jahr nach der Kirche zu den Bambrillas, aber Delina hat mir gesagt, dass Tavie da sein wird, und auch wenn sie gesagt hat, wir wären trotzdem willkommen, will ich mir das lieber

117 * Mein zweitliebster.

nicht antun. Vielleicht ist das dumm und kindisch von mir, vielleicht ist es sogar ganz unweihnachtlich, aber es würde sich wie ein Verlust anfühlen. Nicht nur als würde ich mein Gesicht verlieren, sondern ganz generell, als würde ich etwas verlieren. Und ich will nichts verlieren an Weihnachten. Auch wenn ich meinen besten Freund und seine Mutter und seinen dummen Bruder und seinen Vater vermisse. Gia vermisse ich allerdings nie, sie ist ein bisschen zu verrückt für meinen Geschmack. Sie hat ihre Jungfräulichkeit an meinen Bruder verloren, und das weiß ich nur, weil sie es in jedem Gespräch, das zwischen Menschen möglich ist, irgendwie einbringt, sogar wenn sie mit mir spricht. Da spielt es auch keine Rolle, wie ich sie anstarre[118] oder wie verstört mein Gesichtsausdruck sein mag[119], wenn sie sich an ihr erstes Stelldichein erinnert[120], das auf der Rückbank im Auto meines Bruders stattfand[121] – sie erzählt es mir trotzdem.

Habe ich es komisch gefunden, dass Tiller und ich nicht zusammen Weihnachten verbringen?[122]

Ja, vielleicht. Aber nicht komischer, als wenn ich weiß, dass er etwas mit seinen Arbeitskollegen unternimmt und mich nicht bittet, ihn zu begleiten.

Er hat mich einmal mitgenommen. Die Ex-Freundin[123] war dort, und ich kann nicht behaupten, dass sie mich mag.

Es interessiert mich zwar einen feuchten Dreck – sie stinkt nach Bedauern und Unsicherheit, und ich bin fünfzehnmal heißer als sie,[124] aber sie ist gemein und hat keine Mühen gescheut, damit ich sicher weiß, dass ich nicht wirklich willkommen bin und dass sie alle nur Tills einen Gefallen tun, wenn sie mich treffen.

Sein Partner[125] – Dyson[126] – ist schon nett, wenn man sein unaufhör-

118 Als wäre sie die reinste Idiotin, so starre ich sie an.

119 Er ist sehr verstört.

120 Kotz.

121 Noch mal kotz.

122 »Komisch« ist vielleicht nicht das richtige Wort.

123 Michelle.

124 Wirklich vorsichtig geschätzt.

125 Bei der NCA, nicht in Liebesdingen. In Liebesdingen bin ich seine Partnerin.

126 Leider nicht direkt verwandt mit den Mitgliedern der Staubsaugerdynastie.

liches Geschnatter unterbrechen kann, was ich nicht wirklich schaffe. Er ist aber noch nie unfreundlich zu mir gewesen.

Ich weiß, dass Tiller nach der Arbeit an den meisten Abenden ein paar Drinks in dieser Bar neben ihrem Gebäude[127] bekommt, und das weiß ich, weil ich mit Jack einmal dort vorbeigegangen bin, nicht weil Tiller mich mitgenommen hätte.

»Ist das Tills?« Jack hat zweimal hingesehen.

Ich habe über die Schulter geschaut. »Oh …« Ich habe mich geräuspert. »Ja.«

»Sollen wir hingehen und Hallo sagen?«, hat Jack begeistert gefragt.

»Äh …« Ich hoffe, mein Gesichtsausdruck hat nur überrascht ausgesehen. »Nein, lassen wir ihn in Ruhe … es sieht so aus, als wäre er auf einem Jungsabend.«

»Da ist ein Mädchen dabei«, hatte Jack mir mit gerunzelter Stirn mitgeteilt.

Allerdings war ich nicht nur überrascht gewesen: Ich wollte nicht zu ihm gehen, weil Tiller mir erklärt hatte, er müsse lange arbeiten, und nicht, er würde etwas trinken gehen.

Und die Dinge können sich ja ändern, das verstehe ich, aber dann hab ich mir überlegt, dass er sich vielleicht einfach gedacht hatte, es wäre besser, mich nicht dabeizuhaben. Und wisst ihr was? Das ist absolut in Ordnung. Ich brauche es nicht, dass wir ständig zusammenhängen, ich muss nicht jeden Moment bei ihm sein, aber ich mag es auch nicht, wenn ich das Gefühl habe, versteckt zu werden.

Und ich weiß, dass er in der realen Welt in einer schwierigen Lage ist – ich bin diejenige, die unsere Beziehung so heikel macht, ich bin diejenige, die den Ballast mitbringt –, aber in meiner Welt, bei meinen Freunden und meiner Familie, ist Tiller das Problem. Für mich und meine Leute ist Tiller derjenige, der uns ganz buchstäblich einiges an Kummer bereitet hat, und ich verstecke ihn nicht. Ich bin immer noch stolz auf ihn. Und ich weiß nicht mit Sicherheit, ob das der Grund ist, warum wir Weihnachten getrennt voneinander verbringen … aber als er gesagt hat, dass er über Weihnachten[128] für eine Woche nach Hause

127 Das Lion's Gate.

128 Und dass er rechtzeitig für Silvester wieder da sein wird.

nach Massachusetts gehen wird, und ich gesagt habe, ich sollte wahrscheinlich mit meinem Bruder hierbleiben, da hat er ziemlich schnell zugestimmt.

»Ja …« Er hat mit der Hand in der Luft herumgewedelt. »Ich weiß ja, dass ihr beiden euch gerade erst wieder aufeinander einspielen müsst, da ist es wahrscheinlich besser, nicht gleich wieder Ärger zu machen.«

»Richtig.« Ich habe genickt und ihm zugestimmt. Ich wollte Weihnachten nicht ohne meinen Bruder verbringen; ich liebe Weihnachten mit meinem Bruder. Aber ich bin mir sicher, dass ich eine Erleichterung und einen Eifer bei Tiller gesehen habe, die ich gewiss nicht nur auf ihn projiziert habe.

Und es ist ja auch nicht so, als wüssten wir beide nicht, was wir sind.

Wir können so tun, als wüssten wir es nicht – das ist auch einfacher, seit dem einen Abend, aber wir wissen es beide. Es ist nur keiner von uns bereit dazu.

Als ich mich am Weihnachtsmorgen für die Kirche anziehe, denke ich da daran, dass ich Christian Hemmes treffen könnte? Ja, vielleicht tue ich das.[129]

Treffe ich ihn?

Ja, aber ich zeige mich ihm kaum. Ich konzentriere mich auf das Jesuskind und die grauenhaften Bedingungen seines kurzen, kleinen Lebens. Tot mit dreiunddreißig? So alt ist Jules in zwei Jahren. Jesus ist geboren worden, um zu sterben. Die Grausamkeit dessen ist verblüffend. Und hier sind wir alle versammelt, in unseren besten Sonntagskleidern, um sein langsames Ableben zu feiern.

Julian sagt, ich habe die Kernbotschaft nicht verstanden, aber ich denke, er hat es nicht begriffen. Jesus ist für uns gestorben, sagt mein Bruder. Was … natürlich, klar, eine große Sache ist, ich meine aber etwas anderes. Ich meine, dass es nicht so hätte sein sollen, dass er es musste.

129 Ein Minikleid mit floralem Muster und Strassbesatz (Oscar de la Renta); 100 mm hohe Riemchensandalen (Jimmy Choo); kurz geschnittene Jacke (Kunstpelz). Ich sehe hübsch damit aus.

Hinterher kommt Christian auf uns zu, und er wirkt ein bisschen scheu, fast als wäre er nervös. Er und mein Bruder umarmen sich, und er sieht mich mit hochgezogenen Brauen an, als wollte er mich stumm fragen.

»Fröhliche Weihnachten.« Er breitet seine Arme aus, und ich komme zu ihm. Er umfasst mich, und ich lasse mich in seine Umarmung sinken, was schlecht für mich ist – denn ich hatte ganz vergessen, wie es ist, von ihm festgehalten zu werden. Ich habe den Gedanken aus meinem Kopf verbannt, dass das mein liebstes Gefühl auf der ganzen Welt ist, dass es keine anderen Arme gibt – nicht mal die von meinem Freund –, die mich daran erinnern, dass ich tatsächlich *liebe.* Es gibt keine Arme, die sich so anfühlen wie Christians Arme. Als hätte er einfach einen Vorhang um mich herum zugezogen und alles Schlechte ausgesperrt, und fürchterlicherweise erkenne ich plötzlich, was ich alles verloren habe, um mein normales Leben zu bekommen, doch was für ein *normales Leben?*

Ich sage gar nichts, ich will den Moment nicht kaputt machen. Wenn ich ihm nicht ebenfalls »Frohe Weihnachten« wünsche, kann ich für einen Augenblick so tun, als würden wir uns einfach ganz ohne Grund umarmen, als würde er mich einfach so festhalten, weil es ihm gefällt. Genauso, wie er das vor einem Jahr immer getan hat, während der kurzen Zeit, in der es mit uns funktioniert hat.

Er lässt mich nicht los – er hält mich etwas länger fest, als wir beide für normal halten können, und dabei atmet er tief ein. Ich sehe zu ihm auf, irgendwie mit weit aufgerissenen Augen und irgendwie verwirrt, und er schenkt mir dieses angedeutete Lächeln, dann lässt er mich los.

»Was macht ihr beiden heute?«, fragt Jonah, wobei ein Mann stumm hinter ihm steht, den ich noch nie gesehen habe. Ich vermute, er könnte ihr Dad sein?

»Oh«, sage ich achselzuckend. »Wir haben noch keine richtigen Pläne … die meisten der Jungs sind weg …«

»Alle fort«, bestätigt mein Bruder. »Wir machen uns einfach einen ruhigen Tag …« Er sieht zu mir. »Wahrscheinlich sehen wir uns *Iron Man 3* an? Vielleicht *Stirb langsam.*«

»Und ich mache uns einen Schinkenbraten.« Ich lächle sie an.

»Nur für euch zwei?«, fragt ihre Mutter. Sie zwängt sich zwischen ihren beiden Söhnen hindurch, um mir einen Kuss auf die Wange geben zu können.

»Kommt doch mit zu uns«, sagt Christian und starrt mich dabei an.

»Oh, nein …« Ich schüttle den Kopf. »Wir können uns doch nicht aufdrängen.«

Julian sieht mich verstohlen fragend an. Ich hebe kaum die Augenbrauen, trotzdem weiß er, dass das ein Ja ist.

»Natürlich könnt ihr das!«, trällert Jonah fröhlich und schlingt einen Arm um mich. »Wir drängen uns deinem Bruder doch die ganze Zeit auf. Auf diese Art bekommen wir wenigstens einen Schinkenbraten.«

~

Die Jungs fahren mit uns im Auto, um uns den Weg zu zeigen. Jonah sitzt vorne bei meinem Bruder, Christian auf der Rückbank neben mir. Julian hat mir eine Menge Sachen zu Weihnachten geschenkt, darunter auch das Centenary Egg von Fabergé, aber das schönste Geschenk hat er mir gemacht, als er barsch gesagt hat, dass ich mich auf die Rückbank setzen solle, weil die vorderen Plätze für die Ältesten seien. Dann hat er mich ein bisschen angeblinzelt. Offenbar weiß er, dass ich Christian noch immer liebe, was generell keine so gute Sache ist, doch in dem Moment war ich dankbar dafür.

Ich war noch nie bei Christian zu Hause, nicht in dem Haus, in dem er aufgewachsen ist. Natürlich war ich in seinem Haus in Knightsbridge, aber er hat mich nie in sein »richtiges Zuhause« mitgenommen.

Nur das eine Mal hatten wir mit seiner Mutter und seinem Bruder im Berkeley zu Mittag gegessen, ansonsten war ich auch bei ihm nicht sonderlich bei Familienfesten einbezogen gewesen. Ich weiß allerdings nicht, ob das daran liegt, dass er sich für mich geschämt hat … Ich glaube eher, er schämt sich ein bisschen für sie, ich bin mir nicht sicher. Er ist sonderbar, was seinen Vater angeht.

Aber das Haus, es erklärt für mich einiges. Durch das Haus verstehe ich Christian irgendwie besser.

Es befindet sich auf dem Gelände des St. George's Hill, und es ist riesig. Ein gewaltiges altes Herrenhaus. Irgendwie düster, aber definitiv schön, ein bisschen wie er.

Sobald wir drinnen sind, ist sein Gesicht wie versteinert, es ist merkwürdig. Das Haus lastet schwer auf seinen Augenbrauen, und er sieht so gut aus, wenn er so ist, wenn ihn etwas beunruhigt, über das er nicht sprechen will, doch ich will ihm die Last nur abnehmen und seine Hand halten. Allerdings sind seine Sorgen unsichtbar und zu weit oben für mich, sodass ich nicht hinkomme, und seine Hand gehört mir auch nicht mehr. Ich weiß nicht, ob sie mir je wirklich gehört hat.

»Wo ist die Küche?«, frage ich und deute mit dem Kinn auf den Schinken, den er für mich trägt. »Wir sollten uns darum kümmern.«

Es gibt hier diese lustige Mischung aus Alt und Neu, Modern und Antik.

Tapeten an der Wand, offene Kamine in jedem Zimmer, sogar eine alte Ritterrüstung steht in der Eingangshalle, aber die Küche sieht dann aus wie direkt aus einem schwedischen Einrichtungsmagazin.

»Genügt das deinen Ansprüchen?«, fragt er spielerisch.

»Ein AGA!«, gurre ich und springe zu dem Herd hinüber. Ich liebe diese Dinger, aber Julian lässt mich keinen anschaffen. Er sagt, der würde das Haus zu sehr aufheizen. Der Herd ist bei einem Haus auf dem Land allerdings sinnvoll. Und diese Geräte sind so schön. »Stell das dort drüben ab«, weise ich ihn an und deute auf die Arbeitsfläche. Er macht es, lehnt sich dann mit vor der Brust verschränkten Armen an und lächelt ein bisschen.

»Was ist?« Ich sehe ihn über die Schulter hinweg an, während ich mich mit der Küche vertraut mache.

»Nichts.« Er schüttelt den Kopf, lächelt aber immer noch. »Nur Weihnachten …«

Aus irgendeinem Grund werde ich rot, also drehe ich mich schnell um und öffne drei Schränke auf der Suche nach einem Schneidebrett, finde allerdings keines.

Er kommt von hinten zu mir und zieht dann eine Schublade auf, aus der er eines herausnimmt. Ohne dass ich danach gefragt habe, gibt er es mir.

Unsere Blicke treffen sich, und ich schlucke schwer … ich denke an meinen Freund mit dem wunderschönen Gesicht, daran, dass er für mich da war, als es sonst niemand gewesen ist, daran, dass er mir ein normales …

»Hast du etwas Schönes geschenkt bekommen?«, frage ich, um die Stimmung wieder aufzulockern.

»Ja.« Er nickt.

»Was war am schönsten?«, frage ich, ohne mich umzudrehen.

»Dass meine beste Freundin in meiner Küche im Haus meiner Mutter hantiert«, antwortet er ohne das kleinste Zögern.

Ich sehe zurück. Wir schauen uns in die Augen. Da ist diese Nachmittagssonne, die durch das Fenster direkt auf seine Augen fällt – er blinzelt ein bisschen gegen sie an, trotzdem sieht er nicht weg, und das lässt bei mir die Hemmungen wegfallen. Zum Glück sind wir unter Leuten, seine Familie und mein Bruder sind da, schließlich habe ich einen festen Freund, und ich bin nicht so –, aber irgendetwas an der Art, wie die tief stehende Wintersonne auf ihn fällt und sein Gesicht wärmt, katapultiert mich in der Zeit zurück, und ich erinnere mich mit voller Kraft daran, wie sehr ich ihn geliebt habe. Sofort sehne ich mich nach dem, was wir waren – und ich hasse es. Ich hasse es, wie unkontrollierbar es sich anfühlt, ihn zu lieben. Ich hasse es, dass ich mit jemand anderem zusammen bin, genau wie er. Ich hasse es, dass das für mich keine Rolle zu spielen scheint, auch wenn es eine spielt. Ich hasse es, dass ich mich daran gewöhnt habe, ohne ihn zu sein, und dann ist es noch nicht mal einen Monat her, dass wir mit meinem Bruder im Haus herumgehangen haben, und das hat gereicht, um alles wieder aufzulösen, was ich in einem ganzen Jahr versucht habe aufzurichten. Völlig gleichgültig, dass ich jetzt auch jemand anderen liebe, völlig gleichgültig, wie mich Christian verletzt hat, völlig gleichgültig, dass ich monatelang unter schlimmsten Herzschmerzen gelitten habe, während ich vergeblich versucht habe, über ihn hinwegzukommen. Denn hier bin ich nun, genau ein Jahr nachdem ich auf den Stufen vor einer Kirche gestanden und mir gewünscht habe, dass er mich noch einmal anfasst, damit mein Bruder einen Grund bekommt, sich mit ihm zu prügeln. Und jetzt richte ich meinen Blick wieder auf die Vergangenheit und darauf, was wir mal waren.

Ich räuspere mich und versuche zu verbergen, wie unsicher ich mich fühle, mit unserer ganzen Geschichte und den vielen Arten, auf die ich ihn liebe. Sie alle nagen an meiner Konzentration.

»Wie bist du mit dieser Küche groß geworden, wenn es hier keinen Spiralschneider für Gemüse gibt?«

Er verdreht die Augen.

»Seine Mutter kocht nicht«, sagt eine mir unbekannte Stimme.

Ich drehe mich um und sehe den Mann, der hinter Jonah gestanden hat.

Definitiv ihr Vater, sie haben dieselben Augenbrauen. Christians Haare sind heller, und die Haut dieses Mannes ist ein bisschen dunkler, aber man sieht es trotzdem.

Christian erstarrt, sodass ich mich gern vor ihn stellen möchte.

»Oh«, sage ich, denn was könnte ich sonst sagen?

»Dad«, seufzt Christian beinahe. »Das ist Daisy.«

»Die Schwester von Julian.«

Ich nicke lächelnd. »Auf den Namen bin ich getauft, ja.«

Christian gluckst amüsiert, doch der Dad dreht sich einfach um und geht davon.

Ich warte ein paar Sekunden und pfeife dann leise. »Väter mögen mich normalerweise.« Ich ziehe eine Grimasse.

»Ist ja klar.« Christian zuckt mit den Schultern. »Aber er hat ohnehin nicht viel von einem Dad.«

Es dauert ein paar Stunden, bis das Essen fertig ist, und ich kämpfe innerlich gegen den Wunsch an, dass das jetzt meine neue Normalität wird: in der Küche zu arbeiten, während Christian an der Arbeitsplatte steht[130], Wein zu trinken, über nichts Bestimmtes zu reden, so wie wir es schon immer getan haben, seine Mutter, die hereinkommt und sich neben ihn lehnt … Ich koche so gern für Leute, die ich liebe, und diejenigen hier, die ich liebe, zieht es alle in die Küche. Julian bringt Barnesy bei, mit Orangen zu jonglieren, Jonah verwendet einen Löffel, um Weihnachtslieder zu singen, und Christian steht näher bei mir, als er müsste. Das ist seit Jahren mein schönstes Weihnachten.

Als wir uns schließlich zum Essen setzen, schaffe ich es irgendwie, dass ich zwischen meinem Bruder und meinem Ex-Freund Platz neh-

130 Ein schlechterer Hilfskoch als mein Bruder, wie sich herausstellt.

men kann, was aus mir vermutlich das glücklichste Mädchen der ganzen Welt macht.

Ich bin auch deshalb froh darüber, weil ihr Onkel da ist. Nicht der eine, den Christian mag[131], sondern der andere. Callum Barnes. Der Jüngste der drei[132] Barnes-Geschwister.

Nun habe ich schon viele Männer kennengelernt – wirklich viele. Die Geschäfte unserer Familie haben von mir verlangt, dass ich die schlimmsten und niedrigsten von ihnen treffe, und normalerweise gibt es im Vorfeld Anzeichen, dass ich jemanden nicht mögen werde. Derjenige ist unhöflich gegenüber Bediensteten, er hat Waffen am Essenstisch, er richtet seinen Blick auf Körperteile von mir, die er nicht ansehen sollte, er schüttelt mir die Hand und hält sie dann länger fest, als irgendjemand normal finden oder gutheißen kann … aber dieser Mann … Er ist attraktiv, er wirkt zurückhaltend und zwanglos. Er ist gut angezogen. Er trägt nicht dick auf. Wir haben uns noch bei keinem der Ratstreffen, bei denen ich ihn gesehen habe, miteinander unterhalten. Er ist auch nie zu freundlich gewesen, sein Blick ist nie länger an mir haften geblieben, als er sollte. Er scheint nicht verärgert zu sein, dass wir hier sind, was ja schon an und für sich nett ist, nehme ich an.

Er ist, in Anbetracht von allen, akzeptabel und normal – liebenswert sogar –, und doch mag ich ihn überhaupt nicht. Er macht mich nervös. Ich weiß nicht, warum.

Er sitzt an dem einen Ende des Tisches, ihr Dad am anderen, und ich glaube nicht, dass ich mir nur einbilde, dass sich die beiden finster anstarren.

Doch das beunruhigt mich nicht. Es gibt mir beinahe das Gefühl, als wäre ich in einem Kinofilm: ein großes Familiendrama an Weihnachten. So etwas hatten wir nicht mehr, seit unsere Eltern gestorben sind, seit dem Weihnachten, als ich sechs Jahre alt war und meine Mutter sich geweigert hatte, am Tisch neben mir zu sitzen. Julian war deswegen so wütend auf sie, dass er mich hochgehoben und zu seinem Wagen getragen hat, sodass wir unser eigenes Weihnachtsessen bei McDonald's bestellen konnten. Als wir zurückkamen, hat sie mir gesagt, ich hätte Weih-

131 Harvey, der drüben in Australien lebt.

132 Lebenden.

nachten ruiniert, und dann hat Dad begonnen herumzuschreien, und mein Bruder hat auch geschrien, und Kekoa hat mich in die Wäschekammer gebracht und Münzen in den Trockenautomaten eingeworfen.

»Also«, sagt Barnsey irgendwann und legt ihr Besteck weg, »du triffst dich mit jemand Neuem?«

Ich werde rot und lege die Gabel weg. »Ja.«

Christian wirft mir einen Blick zu.

»Mit einem Polizisten«, fügt sie hinzu. Es ist keine Frage.

»Was?« Onkel Callum kleckert mit seinem Wein.

»Tatsächlich«, ich sehe sie alle nacheinander an, »ist er ein Detective bei der NCA.«

»Viel besser.« Jonah blinzelt.

Der Dad lehnt sich fasziniert vor.

»Du machst doch Witze, oder?«, fragt Callum mit gerunzelter Stirn.

»Das würde ich mir wünschen …«, schnaubt mein Bruder, worauf ich ihn ein bisschen finster anstarre. Er wedelt entschuldigend mit der Hand. »Nein, er ist ein guter Kerl …«

»Er ist ein Cop«, beharrt Callum.

Ich sehe ihn streng an. »Er kann beides sein.«

Er schüttelt den Kopf. »Nicht bei mir zu Hause, das kann er nicht.«

»Was für ein Glück, dass wir dann nicht bei dir zu Hause sind, oder?« Christian mustert ihn.

»Was ist denn euer Problem?«, fragt der Dad barsch vom anderen Tischende.

»Jud«, seufzt ihre Mutter.

Jud Hemmes. Ich mag den Namen.

»Kein Problem …« Christian schüttelt den Kopf.

»Schlaft ihr zwei miteinander?«

Mein Bruder reißt den Kopf hoch und starrt ihn mit hochgezogenen Brauen warnend an – Jonah schüttelt mit vorgerecktem Kinn den Kopf und starrt auf die Tischplatte.

Barnsey trinkt einen Schluck Wein, während Christian sich neben mir total versteift, aber der Umgang mit Eltern, die mich nicht mögen, liegt mir ganz besonders.

»Wir waren ein Paar«, erkläre ich ihm ohne eine Regung.

»Ihr zwei habt euch verabredet?«, wiederholt er.

»Yeah.« Christian nickt.

»Aber jetzt nicht mehr.« Der Dad kneift die Augen zusammen.

»Nein.« Ich bedenke ihn mit einem unverbindlichen Lächeln.

Er zeigt mit dem Kinn auf mich. »Warum?«

Das wirft mich wirklich aus der Bahn. »Wie bitte?« Ich blinzle.

»Warum habt ihr euch getrennt?«, fragt er mit hochgezogenen Augenbrauen. »Hat er es vermasselt?«

Ich sehe ihn mit gerunzelter Stirn an, irgendwie bin ich überrumpelt von der Unterstellung. Fühle mich an Christians Stelle beleidigt, sogar verletzt. »Nein.« Ich schüttle ernst den Kopf, doch Christian sagt im selben Moment: »Ja.«

Und dann drehen wir beide die Köpfe, sodass wir uns ansehen können, und ich weiß nicht, was ich sagen oder tun soll. Ich fühle mich in die Enge getrieben und ein bisschen bloßgestellt und bin definitiv nervös. Ich frage mich, ob er mich vielleicht immer noch liebt. Andererseits habe ich das schon einmal gedacht, und da war es nicht so, also vertraue ich nicht darauf, dass ich seine Regungen gut deuten kann.

»Eigentlich«, sagt mein Bruder laut, »ist es meine Schuld.«

Ich starre zu ihm hinüber und reiße die Augen auf, weil ich unsicher bin, auf was das hinausläuft.

»Ich habe letztes Jahr etwas gemacht, mit dem Daisy wirklich zu kämpfen hatte, also hat sie beschlossen …«, er zeigt wild um sich, »… alles zu verlassen, Abstand zu gewinnen.« Er sieht mich an. Sein Blick drückt Bedauern aus. »Sie hat Abstand zu allem gesucht, das irgendetwas mit diesem Mist zu tun hatte.«

»Was für ein Mist?« Callum kneift die Augen zu.

Julian lächelt ihn ungeduldig an. »Verbrechen.«

Über Callums Gesicht huscht eine Erkenntnis – das gefällt ihm nicht. Es gefällt ihm nicht, dass ich Abstand davon gesucht habe, es gefällt ihm nicht, dass mein Bruder es als ›diesen Mist‹ bezeichnet hat.

Christians Dad lehnt sich auf seinem Stuhl zurück und starrt auf eine neue Art zu mir herüber.

»Halt dich zurück, Cal, ehrlich …« Barnsey schüttelt den Kopf.

Und da fühle ich mich befangen, weil mich alle anstarren, aus so unterschiedlichen Gründen: sein Onkel, weil ich ihn beleidigt habe; seine Mutter, weil ich ihr leidtue, vielleicht auch, weil wir beide ihr leidtun? Bei seinem Dad weiß ich nicht, warum er mich anstarrt, aber alles zusammen macht mich nervös. Also sehe ich Christian an.

»Kann ich mir dein Zimmer ansehen?«

»Klar.« Er schiebt sich schnell vom Tisch weg.

»Ihr fragt nicht, ob es in Ordnung ist, wenn ihr aufsteht?«, ruft uns sein Dad hinterher.

»Warum sollte ich?« Christian verharrt auf dem Absatz. »Du hast auch nicht gefragt, ob es in Ordnung ist, als du dich aus unserem Leben verabschiedet hast.«

Er dreht sich zu mir, packt mich an der Hand und zieht mich die Stufen hinauf.

Wir sind schon halb oben, als er bemerkt, dass er meine Hand hält, doch ich habe es die ganze Zeit gewusst, dass er sie festhält.

»Entschuldige …« Er lässt sie wieder los.

Ich lächle ihn an und schüttle nur ein kleines bisschen den Kopf. »Das ist in Ordnung.«

»Also.« Er geht langsam die Treppe weiter nach oben. »Hast du Tiller von neulich erzählt?«

»Was denn erzählt?« Ich stelle mich dumm.

Er sieht über die Schulter und verdreht die Augen.

»Habe ich«, sage ich mit einem positiven Tonfall in der Stimme.

»Was hat er gesagt?«

»Nicht wirklich viel, es ist mir in einer Textnachricht rausgerutscht …«

»Oh.«

»Aber als er an dem Abend nach Hause gekommen ist, hat er gesagt: ›Du feierst aber nicht Weihnachten mit ihm, ja?‹«

Christian lacht einmal auf, während er mich einen Flur entlangführt. »Was hast du geantwortet?«

Ich verziehe das Gesicht. »Natürlich nicht.« Er lacht wieder, und ich zucke hilflos mit den Achseln. »Das hat zu dem Zeitpunkt gestimmt.«

Angespannt schenkt er mir die Andeutung eines Lächelns. »Ich bin froh, dass es am Ende doch nicht gestimmt hat.«

Dann öffnet er die Tür zu seinem Schlafzimmer, und ich breche in schallendes Gelächter aus.

Ein Pussycat-Poster hängt über seinem Bett.

Ich schlage mir die Hand vor den Mund, um das Lachen zurückzuhalten, während seine Mundwinkel wild zucken und er den Kopf schüttelt. Immer noch lachend und mit weit aufgerissenen Augen gehe ich hinein.

Es ist ein richtiges Kinderzimmer. Lego steht auf den Regalbrettern. Modelleisenbahnen und Autos. Alle X-Box-Spiele, die es gibt.

»Ich bin in Varley ins Internat gekommen, als ich elf war.« Er sieht sich im Raum um. »Ich bin nie zurückgekehrt.«

»Oh«, sage ich traurig. »Und sie haben es all diese Jahre einfach so gelassen?«

Um sich blickend, schüttelt er den Kopf. »Dieses ganze Haus ist ein verdammtes Mausoleum …«

»Ist das das Haus, in dem deine Schwester gestorben ist?«

Er nickt, ohne mich anzusehen.

»Deine Familie ist danach nicht umgezogen?« Ich lege den Kopf schief.

»Ich glaube, mein Vater hat gedacht, wenn wir hierbleiben, wäre er immer in Rems Nähe.«

»Oh.« Ich nicke. »Hat es funktioniert?«

Christian zuckt mit den Schultern. »Vielleicht. Nicht nahe bei irgendjemand Lebendigem, aber …«

Ich berühre ihn am Arm. Ich habe keine Ahnung, warum, ich will es einfach.

Er sieht auf seinen Arm hinunter und dann zu mir. Danach schluckt er schwer.

Er fährt sich mit der Zunge über die Unterlippe, während seine Augen zu meinem Mund wandern – will er mich küssen? Ich glaube, er will mich küssen –, und ich bin wie erstarrt, denn ich will ihn auch küssen, natürlich will ich das! Aber – Tiller – und ich bin letztes Mal fast gestorben, als ich meine Liebe zu Christian richtig ausgelebt habe – und ich atme sowieso und ganz ohne dass ich mir das erlauben muss, also bewege ich meinen Kopf auch auf ihn zu, doch dann gibt mein Smartphone einen Ton von sich.

FaceTime.

Ich ziehe mein Smartphone aus der Tasche.

Es ist Tiller.

Christian lacht schnaubend und macht einen bedächtigen Schritt von mir weg, gerade als ich das Gespräch annehme.

»Hi!« Ich grinse von oben auf ihn hinunter. Ich frage mich, ob ich seltsam aussehe – sehe ich seltsam aus?

»Fröhliche Weihnachten!«, singt er.

»Fröhliche Weihnachten, Tills.« Ich lächle ihn an.

Er trägt einen marineblauen Strickpullover über einem Hemd mit Kragen, und das sind wahrscheinlich die feinsten Sachen, in denen ich ihn je gesehen habe. Er zeigt mit dem Kinn auf mich.

»Die Farbe steht dir …«, sagt er zu mir.

Verunsichert blicke ich an mir hinunter, weil ich ganz genau weiß, dass ich das Kleid nicht seinetwegen trage.

»Danke …«, sage ich schnell, um das Thema zu wechseln. »Wie geht es deinen Verwandten? Wo sind sie? Hattet ihr einen schönen Weihnachtsmorgen?«

»Ja …« Er grinst. »Es war toll.« Dann verzieht er das Gesicht. »Wo bist du?«

»Oh …« Ich lächle ihn schnell an. »Ich bin … äh. Nun …« Er runzelt die Stirn. »Wir sind zufällig der Familie Hemmes in der Messe begegnet …« Mein Freund kneift schon die Augen zusammen. »Und dann haben sie uns zum Mittagessen zu sich eingeladen.«

»Es ist sieben Uhr abends bei euch.«

»Ja, stimmt, also …« Ich schüttle verächtlich den Kopf. »Es hat ein bisschen gedauert, das Essen zuzubereiten, und dann sind wir einfach irgendwie den Tag über dageblieben …«

Er kneift unglücklich die Augen zusammen. »Klar.«

»Das ist keine große Sache …« Ich schüttle den Kopf. »Julian und ich wären sonst nur zu zweit gewesen … sie wollten einfach nur höflich sein …«

Er schüttelt den Kopf. »Du hast mir gesagt, du würdest nicht mit ihm Weihnachten feiern …«

Ich lasse den Blick kurz zu Christian wandern: Er steht da, in seinem eigenen Zimmer, seinem eigenen Zuhause, und sieht betreten aus, vielleicht sogar ein bisschen traurig. Auch wenn ich annehme, dass das nicht zum ersten Mal so ist.

»Ich habe dich nicht …«, beharre ich. »Das war die Wahrheit, als ich es gesagt habe …«

»Bist du jetzt gerade mit ihm zusammen?«, fragt Tiller mit vorgerecktem Kinn.

Einem Impuls folgend, blicke ich wieder zu Christian, der wild den Kopf schüttelt. ›Sag Nein‹, formt er mit den Lippen.

»Ja«, sage ich, denn ich lüge nicht gern.

Tiller lässt den Kopf in den Nacken sinken.

Christian eilt zu mir herüber und sieht mich an, bevor sich sein ganzes Gesicht aufhellt und er sich ins Bild schiebt. »Fröhliche Weihnachten!«

»Yeah …« Tiller erwidert das Lächeln nicht. »Ich will irgendwie einfach nur mit meiner Freundin sprechen.«

Christian nickt und geht aus dem Bild.

»Ist er immer noch da?«, fragt Tiller mit gerunzelter Stirn, worauf ich durch die Nase ausatme und hinaus in den Flur gehe. Allerdings lasse ich Christian nicht ganz aus den Augen, denn ich bin nun mal abhängig.

Tiller schüttelt den Kopf. »Ich werde früher zurückfliegen.«

»Nein … warum?« Ich verziehe nachdenklich das Gesicht.

»Weil du ihn bei deinem Tempo sonst an Silvester küsst.«

Unsere Blicke begegnen sich wieder, ich im Flur, er in seinem Zimmer. Für einen Augenblick überlege ich, ob es stimmt – doch natürlich stimmt es nicht. Er ist mit Vanna zusammen.

»Das ist unfair …« Ich starre auf mein Smartphone, gebe mich beleidigter, als ich tatsächlich bin.

Tiller zieht den Kopf ein. »Ist es das?«

Mein Freund beißt die Zähne zusammen. »Ich sehe dich morgen Abend.«

Dann legt er auf.

Ein paar Sekunden lang starre ich mein Telefon an, dann blicke ich zu Christian hinüber, der zusammengezuckt ist.

»Nun.« Ich seufze. »Das wird mir auch keine Sympathien bei seiner

Familie einbringen …«, sage ich, während ich zurück in sein Zimmer gehe und mich auf die Kante seines Kinderbetts setze.

Ich sehe erst auf die Tagesdecke hinunter und dann wieder zu ihm auf. »Ist das der Millenniumfalke auf deiner Bettwäsche?«

Er schüttelt den Kopf. »Darüber will ich nicht reden.«

Ich unterdrücke ein Grinsen, denn ich glaube, das ist netter von mir, als ich sein sollte.

Er setzt sich neben mich. »Sie mögen dich nicht?«

Ich verziehe den Mund und schaue auf meine Hände hinunter. »Sein Vater ist ein pensionierter Bulle, weißt du noch?«

»Ah.« Er nickt und zuckt dann tröstlich mit den Schultern. »Und sein Sohn ist aktiv bei der Truppe?«

Ich lache schnaubend. »In jeder Generation einer.«

Er blickt zu mir.

»Das tut mir leid«, sagt er, und ich glaube, er meint es auch.

»Ja.« Ich nicke und kann spüren, wie Wasser in das (von mir nicht beachtete) Boot eindringt und mir sogar bis zu den Knien reicht. »Mir auch.«

Christian mustert mich ein paar Sekunden lang nachdenklich. »Soll ich dich nach Hause bringen?«, bietet er mir an.

Während er das Angebot macht, schluckt er schwer, und ich frage mich, wie es wäre, was passieren könnte, wenn er mich allein nach Hause fährt, wenn niemand bei uns im Haus ist, außer uns und der Security draußen. Was wir tun könnten, wie wir diese Zeit früher genutzt hätten, in jedem Raum, laut (denn warum auch nicht, wenn niemand sonst da ist?), so viele Male, wie wir schaffen – und ich beiße mir auf die Unterlippe und spanne den Bauch an, um die Schmetterlinge wegzudrücken, die darin gerade verrückt werden. Dann schüttle ich schnell den Kopf – ich weiß, was passiert, wenn er mich nach Hause fährt.

Ich bin nicht so.

Ich will auch nicht, dass er so ist.

»Ähm …« Ich schüttle den Kopf, zucke gleichzeitig mit den Achseln und ziehe die Nase kraus. Ich habe einfach plötzlich einen großen Anfall. »Nein …« Ich stülpe meine Unterlippe plump vor. »Nein. Ich … ich meine, wir sollten … mein Bruder und ich sollten deine Familie noch ein bisschen die Zeit genießen lassen.«

Er sieht mich an und blinzelt zweimal. »Ich will keine Zeit mit meiner Familie genießen, Dais.«

Ich atme hektisch ein. »Trotzdem.«

Er atmet langsam aus. Ich nehme an, er ist enttäuscht. »Okay.«

»Okay?« Ich sehe ihn irgendwie stirnrunzelnd an. Ich bin wütend auf mich selbst, und es tut mir leid, dass ich ihn traurig gemacht habe. Eigentlich tut es mir auch leid, dass ich mich selbst traurig gemacht habe.

Aber was ist mit Tiller? Er hat seinen Familienbesuch abgebrochen und fliegt drei Tage früher zurück.

Ich kann ihm das nicht antun, selbst wenn ich es wirklich, wirklich gern will.

44 7724 771 959

22:17 Uhr

Hi

Bist du unterwegs heute Abend?

Ja. Im Clubhaus.

Bleib dort.

Okay.

Warum?

Du hast mir mal was versprochen.

KAPITEL 22

CHRISTIAN

Ein paar Tage nach Weihnachten ziehe ich mit Jules und einigen seiner Jungs los in einen der Clubs, denn ich weiß, dass Tiller wieder da ist, und ich bin ziemlich angepisst davon, dass Daisy immer noch mit ihm zusammen ist und nicht mit mir.

Abgesehen von diesem ganzen Mist: Jo hat erzählt, dass es bei ihrer Fahrt zu Tauras Geburtstag so ausgesehen hat, als hätten Beej und Parks ihre Angelegenheiten endlich geregelt, als wären sie jetzt richtig zusammen und all das. Wenn man mich fragt, sind das gute Nachrichten. Beej und Parks sollten zusammen sein – sie sind wie gegensätzliche Pole eines Magneten, die alles zerstören, was in ihr Magnetfeld gerät. Sie werden zusammen sein, egal, was das zwischen ihnen ist, das weiß ich jetzt. Ich wünschte, ich hätte das schon erkannt, bevor einer dieser Magnete mir die obere Hälfte meines Herzens weggefegt hat, aber egal, scheiß drauf.

Hab Jo kurz vorher eine Nachricht geschickt, damit ich ein Update bekomme – um ehrlich zu sein, sind BJ und Magnolia ja unsere ganz eigene Version von Made in Chelsea, auch wenn die Serie dann wahrscheinlich Made in Trauma heißen müsste –, alles, was Jo geantwortet hat, war: »Die Kacke ist am Dampfen.«

Ich weiß nicht, was das bedeutet. Was zum Teufel auch immer gerade los ist, ich will nicht wirklich ein Teil davon sein. Mir ist schmerzhaft bewusst, wie verdammt allein ich bin. Auch wenn ich streng genommen vermutlich nicht single bin. Nicht, wenn es nach Vanna geht, oder nach einer von ihren Zeitschriften, von denen sie ständig redet. Ich habe sie über Weihnachten vergessen – ehrlich, ich habe kein einziges Mal an sie gedacht. Ziemlich mies von mir, ich weiß. Bis zum zweiten Weihnachtsfeiertag hab ich nichts von ihr gehört. Ich hab ihr gesagt, ich hätte schon was vor, auch wenn ich eigentlich nur vorhatte, mit Parks auf der Couch in Selbstmitleid zu versinken und darüber nachzudenken, dass wir Leute lieben, die unsere Gefühle nicht erwidern. Doch jetzt hat sie sich vielleicht auf die Seite der anderen gestellt, diese verdammte Verräterin.

Also gehe ich heute aus, um mich mit dem Bruder des Mädchens, das ich liebe, zu betrinken, aber er verschwindet einfach – keine Ahnung, wohin. Wir sind in einem der Clubs meines Bruders, also ist er wahrscheinlich in Jonahs Büro.

Julian liebt ›Atempausen im Büro‹, wie wir das nennen. Mit Drogen oder Mädchen oder beidem, irgendeiner Art von Ausschweifung wird in den Büros immer gefrönt, und Julian ist normalerweise mittendrin.

Und dann höre ich hinter mir jemanden streiten und blicke hin.

»Magnolia, nein«, schreit Henry bestimmt. »Hör mir zu …« Henry hält sie an den Schultern fest. Sieht sie streng an. »Nein.«

»Geh weg …« Sie versucht, sich an ihm vorbeizuschieben, während ich mit nachdenklicher Miene zu ihnen gehe. Wann sind sie hier angekommen?

»Hi …« Ich nicke ihnen zu, aber keiner der beiden antwortet mir.

»Nein! Magnolia, lass das …« Henry schüttelt den Kopf. »Das ist nicht das Gleiche, es ist nicht Rush oder Jack-Jack …«

»Henry«, knurrt sie. »Geh beiseite.«

»Magnolia … hör mir zu«, sagt Henry mit gesenkter Stimme.

»Was ist los?« Stirnrunzelnd sehe ich sie an.

»Henry will mir Vorschriften machen«, sagt Magnolia im selben Augenblick, in dem Henry sagt: »Magnolia ist verrückt geworden.«

Verwirrt sehe ich von Henry zu Magnolia. Ich könnte an einer Hand abzählen, wie oft ich erlebt habe, dass die beiden streiten.

»Wegen was?« Mein Blick wandert zwischen ihnen hin und her.

Und dann kommt Kekoa von hinten herbei und sieht auf uns alle herunter.

»Gibt es hier ein Problem?«

»Nein …«, sagen Magnolia und ich wie aus einem Mund, doch sie versetzt dabei noch Henry einen gezielten Stoß und schiebt sich an mir vorbei, sodass sie sich direkt vor den Riesen von der Pazifikinsel stellen kann.

Mein Gesicht ist ein bisschen zerknittert, während ich zu verstehen versuche, was hier vorgeht.

»Ich bin wegen Julian hier«, sagt sie und nimmt die Schultern zurück, um mutig auszusehen. Allerdings kenne ich sie zu gut, sodass ich das Zittern ihre Stimme wahrnehmen kann. Ich wirble herum und sehe sie an, blicke ihr direkt in die Augen und spüre, dass meine aus ihren Höhlen treten. Henry macht diese Geste, als würde er gerade bestätigt, und das alles bedeutet, dass wir im Schlamassel sitzen, weil sie uns beide ignoriert.

»Meinst du das ernst?« Koa grinst amüsiert auf sie herunter. »Wer will ihn sprechen?«

Magnolia schnaubt verärgert und gelangweilt und sieht kopfschüttelnd diesen Turm von einem Mann an, bei dem erwachsene Männer – das ist kein Witz von mir – die Straßenseite wechseln, sobald sie ihn erblicken. Er ist so verdammt hochgewachsen, dass er aussieht, als würde er aus einem Marvel-Film stammen. Er gehört zu den am meisten gefürchteten Leuten der ganzen Welt. In meiner Welt zumindest – und mir wird bewusst, dass ich und Jo sie vielleicht zu sehr abgeschirmt haben. Dass sie hier steht, sich direkt vor dem Leibwächter eines Mannes aufbaut, nach dem noch vor ungefähr vier Monaten wegen Kidnapping, bewaffneten Überfalls, Diebstahl und Mord gefahndet wurde.

»Stell dich nicht so dumm.« Sie verschränkt ungeduldig die Arme vor der Brust. »Ich weiß, dass du weißt, wer ich bin. Du hast Pfannkuchen für mich gebacken.«

Henry runzelt die Stirn noch stärker.

Kekoa grinst amüsiert. »Das hab ich.«

Sie zuckt anerkennend mit den Schultern.

»Die waren gut.«

Diese Tatsache unterstreicht er seinerseits mit einem Achselzucken. »Das ist meine Spezialität.«

»Nun, gut, so außergewöhnlich fluffig sie auch waren …«

»Das liegt an der Buttermilch«, erklärt er ihr.

»Ich bin eigentlich nicht wegen deiner Spezialität hier.« Magnolia sieht ihn scharf an. »Ich brauche Julians.«

Ich sehe zu Henry hinüber und reiße die Augen weit auf, während er sich gestresst die Haare rauft. BJ wird uns umbringen, verdammt noch mal.

»Er erwartet mich«, teilt sie ihm mit hochgezogenen Augenbrauen mit.

»Baby, ich würde sagen, er wartet schon seit ungefähr fünf Jahren auf dich«, antwortet Kekoa ihr mit einem finsteren Blick, bevor er mit dem Kinn in Richtung Büro zeigt. »Komm mit, ich bringe dich hoch.«

Ich mache einen Schritt auf Henry zu und schreie ihn im Flüsterton an: »Was zum Teufel ist hier los?«

Henry packt sie am Handgelenk und schüttelt ein winziges bisschen den Kopf. »Nur … das Ende der Welt, wie wir sie kannten.«

Sie folgt Kekoa durch die Menge.

»Schreib mir, wenn du wieder zu Hause bist«, ruft Henry ihr hinterher.

»Ich werde nicht nach Hause gehen, Hen«, erwidert sie ernst.

Und Henry, dieser arme Hund – er sieht dem Mädchen hinterher, das seit zwanzig Jahren seine beste Freundin ist und jetzt in den Eingeweiden des Clubs verschwindet. Dabei wirkt er, als wolle er gleich einen verdammten Stein werfen.

Ich blinzle ein paarmal. »Also, was hab ich verpasst?«

Henry reibt sich die Stirn. »Eine Menge.«

KAPITEL 23

JULIAN

Ich sitze an Jonahs Schreibtisch, als es an der Bürotür klopft – obwohl ich nichts sage, wird sie geöffnet.

Koa streckt den Kopf herein. »Du hast Besuch.«

Was für eine Wahnsinnsuntertreibung, denke ich, während sie hereinkommt.

Die letzten fünfundvierzig Minuten habe ich ununterbrochen auf ihren Text gestarrt und mich gefragt, ob das legitim ist – und lasst euch gesagt sein, ich habe wirklich keine Erwartungen an das, was heute Nacht passieren könnte. Wir schreiben uns. Das haben wir schon immer, irgendwie. Ich glaube, das liegt daran, dass wir beide aus dem unmittelbaren Umfeld des anderen entfernt wurden. Ein abstrakter Ort, um Dinge loszuwerden, ohne Konsequenzen für die eigenen Handlungen. Und das ist schon einmal passiert, dass sie so zu mir kommt, mit der ganzen Tragweite – nur das eine Mal, würde ich sagen, aber immerhin, es ist nichts passiert. Ein Mädchen wie sie muss glauben können, sie wäre nicht auf dem Weg, den sie eingeschlagen hat, und ein Mann wie ich scheint ein guter Rahmen zu sein, um das zu entdecken. Ich habe schon viele wilde, luxuriöse Nächte erlebt, aber wenn ich ehrlich bin, kann ich mir nicht vorstellen, dass meine Nacht mit Magnolia so ablaufen wird. Das ist nicht ihre Art.

Sie schreitet weiter in den Raum herein, dabei hält sie ihren rechten Zeigefinger mit der linken Hand umfasst, ihre Augen sind weit aufgerissen und rund, und – verdammt, sie ist wunderschön. Das ist mein erster Gedanke, während ich sie anstarre.

Koa verzieht über ihrem Kopf das Gesicht und reißt die Augen auf – er weiß, dass ich mich schon immer ein bisschen für sie habe begeistern lassen.

Mit einem Fingerzeig auf die Tür teile ich ihm mit, dass er gehen soll, dann stehe ich auf, gehe um den Schreibtisch herum und lehne mich daran. Ich verschränke die Arme vor der Brust und starre zu ihr.

»Hallo«, sage ich und unterdrücke ein Lächeln.

Sie steht einfach da, mit geschlossenen Beinen, weit aufgerissenen Augen und einem nervösen Gesichtsausdruck. »Du hast mir mal ein Angebot gemacht …«

Ich nicke langsam. »Das habe ich.«

Sie richtet sich noch ein bisschen auf. »Gilt das immer noch?«

Ich stoße mich vom Schreibtisch ab, gehe zu ihr und lege den Kopf schief.

»Wir sprechen von Sex, oder?«

Sie erwidert meinen Blick. »Ja.«

»Nun …« Ich lächle sie widerwillig an. »Das haben wir schon mal versucht, du und ich …«

»Stimmt.« Sie nickt resolut. »Aber das war früher. Ich bin jetzt anders.«

Ich lasse den Blick über ihr Gesicht bis zu ihren Lippen wandern, an die zu küssen ich zu oft gedacht habe, seit dem einen Mal, als ich es getan habe. Wirklich peinlich … für jemanden wie mich, dass ich so oft an jemanden wie sie denke. Dabei ist sie nicht peinlich, sie ist … Ich weiß es nicht. Ich denke einfach normalerweise nicht an irgendwelche Mädchen, die nicht gerade vor mir stehen.

Ich zwinge meine Augen wieder nach oben, sodass mein Blick ihren erwidert, und verschränke erneut die Arme, weil ich mich nur so davon abhalten kann, sie auf der Stelle am ganzen Körper zu befummeln.

»Ja? Wieso bist du jetzt anders?«, frage ich cool.

»Warum ziehst du mir nicht einfach die Klamotten aus und findest es heraus?«, fragt sie, und ich schwöre bei Gott, dass mir beinahe die Gesichtszüge entgleiten. Dieser Spruch wirft mich so sehr aus der Bahn, dass ich nicht einmal etwas erwidere. Ich starre sie einfach nur an, während ihr die Röte ins Gesicht steigt.

Sie wartet auf mich. »Willst du das nicht?«

Ich schüttle den Kopf und sehe sie mit zusammengekniffenen Augen an. »Daran liegt es nicht.«

Sie atmet flach ein. »Woran dann?«

Kennt ihr das, wenn die Wangen von Mädchen leicht gerötet sind, nachdem sie geweint haben? Und die Ränder ihrer Augen sind dann immer noch deutlicher zu sehen? Ihre Nasen sind irgendwie röter vom Abputzen?

»Ist irgendetwas passiert?«, frage ich, ohne mich ihr zu nähern, auch wenn ich darüber nachdenke.

»Nein.« Sie schüttelt schnell den Kopf.

Also doch.

Ich lege den Kopf auf die andere Seite, sehe ihr aber weiter in die Augen. »Ist bei dir alles in Ordnung?«

»Ja.« Sie nickt, wieder schnell – also nicht.

Ich gehe zu ihr hinüber und streiche ihr mit dem Daumen unter dem rechten Auge entlang. »Du siehst aus, als hättest du geweint.«

Sie atmet tief ein und weicht einen Schritt zurück. »Wieso, bist du jetzt Detektiv geworden?«

Ich schüttle leicht den Kopf. »Ich bin nur aufmerksam.«

»Gut, halt …« Sie stampft mit dem Fuß auf, bevor sie über mich herfällt, mir ihre Lippen auf den Mund presst und mich zurück zum Tisch schiebt.

Und ich bin kein Heiliger, ich will gar nicht so tun, als wäre ich einer. Wir wissen ja alle, dass ich keiner bin … Ich lehne mich mit dem Rücken an den Schreibtisch, während sie zwischen meinen Beinen steht und sich an mich presst. Meine Finger umklammern die Tischplatte und nicht sie, denn ich traue mir selbst nicht ganz zu, dass ich wieder aufhören könnte, sobald ich einmal begonnen habe. Doch das führt zu einem Ungleichgewicht: Wenn ich sie nicht festhalte, bedeutet das, dass sie sich noch stärker an mich klammert. Sie drückt sich an mich, schlingt ihren kleinen Körper um mich herum.

Sie zu küssen, das ist – verdammt –, es ist, keine Ahnung. Habt ihr schon mal auf Treibsand gestanden? Wenn man an der Küste ist und die Füße einfach so im Boden versinken?

Genauso ist es, sie zu küssen, also halte ich mich noch stärker an der Tischplatte fest.

Verliere ein bisschen das Zeitgefühl – das hat aber nichts zu bedeuten, sie küsst einfach gut –, und dann werden ihre Hände rege, sie fummelt an dem obersten Knopf meiner Jeans herum …

»Wow, wow …« Ich weiche ein bisschen zurück, aber nicht zu sehr, denn ich will nicht wirklich aufhören. »Was ist los?«

»Nichts?« Sie schüttelt schnell den Kopf.

Ich lege ihr beide Hände an die Hüfte – wahrscheinlich ist das keine gute Idee, denn jetzt, nachdem sie in meinen Händen ist – werde ich sie vermutlich nicht wieder gehen lassen.

»Magnolia.« Ich bin jetzt ganz ernst. »Was ist passiert?«

Sie atmet ein paarmal flach ein – nicht gut, gleich wird sie anfangen zu weinen.

»Ich habe BJ gesagt, dass ich ihn liebe. Er hat mir gesagt, dass er mich auch liebt …« Ein weiterer zittriger Atemzug. »Er hat mich geküsst. Er hat mit mir geschlafen und mir erklärt, er würde mit seiner Freundin Schluss machen. Dann haben wir uns gestritten, und er hat stattdessen mit ihr geschlafen.«

Ihre Augen schimmern von den zurückgehaltenen Tränen.

»Mist.« Ich blinzle sie an. Dieser verfluchte Kerl.

»Ja.« Sie wirkt niedergeschlagen, als sie jetzt meinen Blick erwidert. Das gefällt mir nicht bei ihr, es steht ihr nicht. Ein Mädchen wie sie ist nicht dafür gemacht, zu verlieren. Ich fahre mir mit der Zunge über die Unterlippe, während ich schnell darüber nachdenke.

»Und jetzt bist du hier?«

Sie nickt.

Ich lege den Kopf in den Nacken, um sie anzusehen. »Warum bist du hier?«

Sie schluckt nervös und zuckt ein bisschen mit den Schultern. »Du bist der Central Park um Mitternacht.«

Ich verziehe das Gesicht. Ich bin Ausdruck ihrer Todessehnsucht?

Stirnrunzelnd sehe ich sie an. »Ich werde dich nicht verletzen.«

»Er fuchtelt mit meiner Liebe für ihn herum, als wäre sie ein Plastikschwert.« Sie zuckt hoffnungslos mit den Schultern. »Und es spielt absolut keine Rolle, wie er mich ansieht oder wie sich mein ganzer Körper anfühlt, sobald mein Arm auf der Rückbank eines Autos den seinen berührt – eine Person kann auf viele Arten gefährlich sein, und du bist nicht der gefährlichste Mann, den ich kenne.«

Jetzt weiß ich Bescheid. Sie ist verletzt und will auch verletzen. Da helfe ich doch gern.

»Du willst Rache.« Ich starre sie an.

Sie nickt.

»In Ordnung.« Ich ziehe sie schnell wieder zu mir heran. »Waffen zücken, Kätzchen. Lassen wir ihn bluten.«

KAPITEL 24

DAISY

Tiller ist am nächsten Tag nach Hause geflogen, genau, wie er es gesagt hat. Am Abend des zweiten Weihnachtsfeiertags. Seine Familie war nicht erfreut darüber, und ich gehe nicht davon aus, dass ich in naher Zukunft mit offenen Armen von seinen Verwandten aufgenommen werde. Es wirkte trotzdem normal. Er hat den Eindruck gemacht, als wäre er froh, mich zu sehen. Oder erleichtert? Wir sind im Park spazieren gegangen. Unterhalten haben wir uns nicht besonders viel, aber ich fand es nett, mit seinen Armen um meine Hüfte und der kalten Luft in meinem Gesicht. Er hat mich an einem Laternenpfahl geküsst und mir gesagt, dass er überhaupt nicht hätte weggehen sollen an Weihnachten, dass das sein Fehler war, und da habe ich mich schlecht gefühlt, weil es für mich das fröhlichste Weihnachtsfest seit Jahren war, ohne ihn.

Zwei Tage später ist er wieder bei der Arbeit – wobei ich wirklich nicht weiß, warum. Ich hatte gedacht, er hätte sich freigenommen, aber ich glaube, er findet es vielleicht schwierig, zu Hause zu sein? Die Jungs sind freundlich zu ihm. Er ist freundlich zu den Jungs.

Vielleicht ist das ja das Problem. Ich weiß es nicht …

Kaum ist er heute Abend bei mir ins Schlafzimmer gekommen, hing er auch schon an mir, schlang mir die Arme um die Taille, schob mich zurück, warf mich aufs Bett, zog mir oder sich nicht einmal die Kleider aus, einfach direkt zum Ziel …

Wenn was nicht gut läuft, gibt es so einen Effekt, dass man es noch fester probiert. Das ist das Schlauste am Sex. So denkst du ebenfalls, es würde gut laufen … Tiller in mir, seine Hände auf meinem Gesicht, meine Stirn an seine gepresst, da denkst du doch, dass nichts passieren kann, was sich nicht regeln lässt.

Und das hat er mehr sich selbst zu beweisen versucht, glaube ich, dass wir gemeinsam funktionieren. Dass es gut ist – und es ist gut. Dass er das wirklich will, was immer noch stimmt, nehme ich an. Oder es hat gestimmt. Ich denke, man kann zwei Dinge gleichzeitig wollen, ich denke nur auch, dass sie einen auf unterschiedliche Wege führen. Und er beobachtet mich, hat den Blick stark auf mich fokussiert, um sich selbst davon zu überzeugen, dass er mich mehr will als das, was ihn von mir fortzieht. Was auch immer das ist. Ich sehe ihn auch an, mir dämmert dabei aber immer mehr, dass ich ihn zwar liebe und will, das aber vielleicht nicht genug ist.

Es kommt näher an dieses Genugsein heran, als er jetzt stärker in mich stößt und sein Atem an meinem Hals immer schneller geht, doch selbst dann – wie wir alle wissen –, habe ich nur mit diesem verdammten Oxytocin zu kämpfen.

Danach hat er mir einen Kuss gegeben und gesagt, dass er eine Runde laufen geht, und ich habe geduscht, denn ich hatte ein schlechtes Gewissen, weil ich mich währenddessen so anstrengen musste, nicht an Christian zu denken.

Monatelang hatte ich schon nicht mehr an Christian gedacht, wenn wir es getan haben, aber jetzt sind meine Gedanken immer wieder zu der Frage zurückgewandert, was wir hätten machen können, wenn er mich nach Hause gefahren hätte. Aber er hat mich nicht nach Hause gefahren, weil ich ihn nicht gelassen habe. Also denke ich, ich bin nicht ganz mies, selbst wenn es irgendwie mies von mir ist, dass ich mich bewusst entscheiden muss, nicht an meinen Ex-Freund zu denken, während ich Sex mit meinem aktuellen Freund habe. Aber ich habe ja nichts mit ihm angefangen, als ich es meiner Meinung nach hätte tun können, und das, obwohl man alte Gewohnheiten schlecht loswird – und Christian Hemmes ist wirklich keine alte Gewohnheit, die ich unbedingt loswerden wollte.

Allerdings habe ich keine Ahnung, was das für mein Leben insgesamt bedeutet, und ich glaube auch nicht, dass ich bereit bin, das herauszufinden, gerade jetzt, nachdem Tiller Weihnachten ruiniert hat, nur um mir etwas zu beweisen, das wir uns, wenn man unsere Freunde fragen würde, gar nicht beweisen müssten. Also warum müssen wir es dann uns beweisen?

Ich gehe nach unten auf der Suche nach der Ablenkung, die mein Bruder und seine Jungs mir immer zu bieten haben.

In den letzten zwei Tagen habe ich meinen Bruder nicht oft gesehen, denn er hat sich in seinem Zimmer verkrochen mit – ihr werdet es nicht glauben – der verdammten Magnolia Parks.

Sie hat über das ganze Gesicht gegrinst, als sie mich am Morgen danach gesehen hat – so was Ärgerliches. Vermutlich denkt sie, wir wären Freundinnen. Ich glaube aber nicht, dass sie weiß, dass sie mein ganzes Leben auf den Kopf gestellt hat … Ich glaube nicht, dass sie begreift, was für eine kleine Granate sie ist: So verdammt süß kommt sie hereinspaziert und wirbelt überall Staub auf. Heute Morgen hat sie mir fröhlich aus dem Büro meines Bruders zugewinkt, wo sie gerade auf seinem Schoß gesessen hat. Ich hab aber nur die Augen verdreht und bin die Treppe hochgegangen …

Sie sind auch nicht gerade leise … Ich weiß nicht, ob Magnolia Parks zum allerersten Mal Orgasmen hat oder so, aber es ist widerlich.

Tiller hat gefragt, mit wem mein Bruder zusammen war, und ich konnte es nicht mal laut aussprechen, echt … hab nur darum gebettelt, dass diejenige, wer auch immer es ist, auf meine Bitten hört, damit es vorbei ist und sie verschwindet.

Ich linse in das Esszimmer, um sicherzugehen, dass sie nicht darin ist, und schlendere durch die Tür, denn die Luft ist rein.

Mein Bruder blickt auf und nickt mir zur Begrüßung zu.

»Oh.« Ich sehe Julian finster an. »Sieh mal an, wer aufgetaucht ist, um Luft zu holen.« Er verdreht die Augen. »Wo ist dein kleines Spielzeug jetzt?«

Er starrt mich eine Weile an und reibt sich den Nacken. »Sie ist immer noch hier. Wir mussten aber eine Besprechung machen …« Er deutet auf den Tisch, um den herum alle seine Leute versammelt sind und sich über etwas beugen, das eine Art Plan sein muss.

Ich sehe ihn mit gerunzelter Stirn an. »Was, sie vertreibt sich hier einfach die Zeit?«

Er nimmt ein Blatt Papier hoch und sieht es sich mit zusammengekniffenen Augen an. »Ich habe eine Masseurin für sie kommen lassen.«

Ich blicke mich im Raum um, auf der Suche nach jemandem, der ebenfalls völlig entsetzt ist, finde aber niemanden. »Wofür?«

»Wegen einer Massage«, sagt Julian, während er ein anderes Blatt zur Hand nimmt.

»Warum geht sie nicht einfach los und lässt sich irgendwo massieren?« Ich runzle die Stirn. O Gott, sie nervt so.

»Weil …« Julian zeigt auf irgendetwas auf Declans Computerbildschirm. »Ich will nicht, dass sie geht.«

Er blickt zu mir.

»Warum nicht?« Ich verziehe das Gesicht.

Er fährt sich mit der Zunge über die Lippen, sieht verärgert aus. »Gibt es ein Problem damit, Dais?«

Störrisch schüttle ich den Kopf. »Nee. Ich mag sie einfach nicht.«

»Das ist in Ordnung.« Mein Bruder zuckt mit den Schultern. »Ich bin derjenige, der mit ihr ins Bett steigt, nicht du.«

Ein paar von den Jungs lachen, und meine Abneigung ihr gegenüber nimmt noch zu, denn Julian hat eine Nacht mit ihr verbracht, und plötzlich hält er sich für einen Komiker? Sie macht wirklich alles kaputt.

Ich sehe finster auf ihn hinab, damit er weiß, wie verärgert ich tatsächlich bin, aber er reagiert nur mit einem gleichgültigen Lächeln.

»Was macht ihr überhaupt?« Beleidigt verschränke ich die Arme vor der Brust.

»Arbeiten«, sagt er, ohne mich anzusehen.

Ich verdrehe die Augen. »An …?«

»Einem Auftrag«, sagt Declan wenig hilfreich.

Mein Bruder blickt zu mir herüber. »Davon willst du nichts wissen, Dais … Los, geh …« Er deutet mit dem Kopf Richtung Tür.

Ich knurre innerlich ein bisschen, bin aber schon dabei, da bleibt mein Blick an dem Computermonitor hängen.

Ein Gemälde.

»Ist das …?«, beginne ich, schüttle aber den Kopf über mich selbst. *Lass dich nicht hineinziehen,* sage ich mir. Ein normales Leben. Lass dich nicht hineinziehen. Ich mache noch ein paar Schritte, dann sehe ich das Bild wieder auf TKs Monitor. Ich habe es schon mal gesehen.

Ich schürze die Lippen. »Werdet ihr das stehlen?«

Julians Blick flackert zu mir, die Augen hat er dabei ein bisschen zusammengekniffen. »Wir werden es abfangen.«

Ich nicke. »Von wo?«

»Aus Belgien.« Verärgert von den Fragen, blickt Julian auf. »Warum?«

Ich kratze mich am Hals. »Richtig.«

Julian sieht mich entgeistert an.

»Eine gute Quelle?«, frage ich. »Vertraust du den Leuten?«

»Warum?« Kekoa runzelt die Stirn.

Ich lehne mich über Booker, greife nach einem der Kekse, die ich heute Nachmittag für sie gemacht habe. Dunkle Schokolade und Meersalz. Ich beiße davon ab.

Sie sind sehr gut. Ich bin sehr gut. Ich sollte keine Ärztin werden, ich sollte Bäckerin sein.

Und außerdem: scheiß drauf. Ich sitze auf der Armlehne von Declans Stuhl und ziehe seinen Computer näher zu mir.

»Oho«, grunzt er, aber ich ignoriere ihn.

»Was tust du da?«, fragt Julian genervt.

»Nichts!« Angespannt starre ich auf den Bildschirm und schüttle dabei den Kopf, um mir ganz sicher zu sein, bevor ich das Folgende sage: »Es ist nur …« Ich sehe alle Jungs nacheinander an, die meinen Blick jetzt kritisch erwidern, sie warten ab. Ich räuspere mich. »Es ist eine Fälschung?«

Julian wendet mir ruckartig den Kopf zu. »Was?«

»Es ist eine Fälschung.« Ich zucke mit den Schultern.

»Nein, ist es nicht.« Declan verdreht die Augen.

Ich nicke erst Julian, dann Kekoa zu.

»Doch, das ist es.« Ich bin mir sicher, dass es gefälscht ist.

»Woher willst du das wissen?« Smokeshow sieht mich durchdringend an.

Ich verziehe den Mund und blicke wieder meinen Bruder an. »Kennst du meine Freundin Taura Sax?«

»Auf intime Weise.« Julian grinst, wobei ich die Augen verdrehe.

»Nun, das echte hängt im Arbeitszimmer ihres Vaters.«

»Bullshit«, schnaubt Book.

Ich nicke, denn ich bin verärgert, dass sie mir nicht einfach alle sofort glauben. Dann blicke ich zu Miguel hinüber, damit er meine Aussage bestätigt. »Hast du es dort gesehen?«, frage ich ihn.

Er schüttelt den Kopf. »Du wolltest nicht, dass ich mit hineinkomme.«

»Oh.« Ich stoße ein peinliches Lachen aus. »Entschuldige.«

Miguel verdreht die Augen.

Julian lehnt sich auf dem Stuhl zurück. »Es gilt als verschollen, schon seit …«

»Seit 1945 …«, unterbreche ich ihn. »Ich weiß. Die Nazis haben es geraubt.«

»Woher hat es dann Sax?« Julian knackt mit den Schultern und sieht mich zweifelnd an.

»Ihre Urgroßmutter väterlicherseits war bei den Nazis.«

Alle Jungs sehen mich spöttisch an.

»Wirklich!« Ich blinzle. »Sie war in der NS-Frauenschaft, und sie war ein wirklich hohes Tier …« Ich zucke mit den Achseln. »Und dann ist sie dement geworden – hat sie verdient, wenn man das alles bedenkt –, und das Gemälde war im Keller ihrer Tochter eingelagert. Das war die Mutter von Morleys Vater, und die ist erst vor ein paar Monaten gestorben, dann haben sie es dort unten gefunden …«

Julian runzelt die Stirn. »Und er hat es einfach aufgehängt?«

Ich nicke, zucke gleichgültig mit den Schultern.

»Du weißt, dass die Polizei schon ewig danach sucht?«

»Willst du dich wirklich genauer mit dieser Frage beschäftigen, wenn du und deine Bande von fröhlichen Gesellen gerade an einem Tisch zusammensitzt, um den Diebstahl davon zu planen?«

Julian verschränkt die Arme und sieht nachdenklich Miguel an.

Ich gehe zur Tür.

»Das ist eine Falle«, erkläre ich ihm resolut. »Irgendjemand versucht, dich hereinzulegen.«

KAPITEL 25

JULIAN

Sie sind legendär, meine Silvesterpartys.

Seit ungefähr einem Jahrzehnt habe ich schon kein Mädchen mehr zu einer von ihnen mitgenommen. Schließlich ist es ohnehin unwahrscheinlich, dass es sich dabei um diejenige handelt, mit der ich auch noch das Ende der Nacht verbringe. Doch dieses Jahr tue ich es.

Tatsächlich hat sie mein Haus nicht mehr verlassen, seit ich sie mitgebracht habe.

Hab sie aber gar nicht sofort mit nach Hause genommen. Jonahs Schreibtisch hat die passende Höhe, und Magnolia Parks war sehr bereit, Dinge zu tun, bei denen ihrem blöd grinsenden Ex-Freund das Lachen vergehen würde.

Hinterher hab ich sie mit nach Hause genommen. Das hätte ich nicht tun müssen, mir war aber irgendwie danach.

Es hat mir gefallen, wie sie sich an mich geklammert hat, wenn ich sie durch Räume getragen, an Wände gelehnt und auf Tische gelegt habe und so weiter. Hab mich entschieden, sie mitzunehmen, sodass ich sie hier durch alle Zimmer tragen kann.

Sie ist eingeschlafen, bevor ich das tun konnte, mit dem Gesicht zu mir gedreht, und vielleicht hab ich sie ein paar Sekunden lang angesehen – hab mich gefragt, wie jemand so ein Gesicht haben kann wie sie, wie viel eine Unterlippe wiegen muss, damit sie sich im Schlaf so von der Oberlippe löst wie bei ihr. Ich habe darüber nachgedacht, wie oft ich ihr im Lauf der Jahre schon ein unsittliches Angebot gemacht habe und wie oft sie es lachend abgelehnt hat, doch jetzt liege ich hier neben diesem unerreichbaren Gipfel.

Wenn ich ehrlich bin: Ich habe immer gedacht, dass sich ihr Zauber in nichts auflösen würde, sobald ich sie einmal hatte. Dass die Faszination verschwunden wäre, genau wie bei meinen anderen Eroberungen. Ich war mir sicher, dass das meiste von ihrer Anziehungskraft in dem Augenblick weg wäre, in dem wir Sex gehabt hatten, aber wir haben jetzt miteinander geschlafen – dreimal in dieser ersten Nacht, und wie oft seither, weiß ich nicht mal. Doch genau damit kann ich nicht umgehen: Ich bin immer noch verdammt hingerissen von ihr. Erschreckend hingerissen.

Und ich weiß, dass einige Jungs – zum Beispiel die Hemmes-Brüder – es nicht mögen, wenn ihre Eroberung über Nacht bleibt. Und ich? Ich glaube, das ist Schwachsinn – sie kann in meinem Bett schlafen, das ist mir egal. Was sollte sie schon tun?

Ich mag es auch nicht, wenn diejenige dann nicht weiß, wann sie gehen sollte, nur Magnolia – bei ihr mochte ich es gar nicht, als sie wirkte, als wollte sie aufbrechen.

»Julian …«, sagte sie als Erstes am Morgen danach. Ihre Stimme klang angespannt.

»Was?«, grunzte ich, ohne die Augen zu öffnen.

Sie räusperte sich höflich. »Da ist ein riesiger Hund auf mir.«

Mist. Ich riss die Augen auf und drehte mich zu ihr. »Okay, beweg dich nicht – das ist ein Kampfhund, und er kann recht aggressiv werden …«

Und dann näherte sich der Hund ihrem Gesicht und leckte es von oben bis unten ab.

Sie brach in Lachen aus, und das klang so besänftigend für mich, es gefiel mir gar nicht … also hab ich ihn von ihr heruntergeschoben, damit es aufhört.

»Du meine Güte!«, gurrte sie, setzte sich auf und sprang ihm hinterher, dabei schluckte ich schwer, denn sie hatte immer noch nichts an. »Das ist zweifellos der süßeste und freundlichste Hund, den ich jemals gesehen habe!«

Ich starrte meinen Hund finster an und tätschelte ihm grob den blöden Kopf.

»Du bist echt ein Witzbold«, sagte ich zu ihm.

Sie zog den Kopf ein. »Wie bitte?«

Ich lächelte gequält. »Ich habe mit dem Hund geredet.«

»Oh.« Ihre Wangen liefen rosa an, und sie raffte die Laken um sich herum zusammen. »Gut, ich sollte vermutlich jetzt sowieso gehen.«

Ich ließ mein Gesicht undurchdringlich werden. Sorgte dafür, dass es kein bisschen von der Enttäuschung preisgab, die ich kurz verspürte. »Hast du was vor?«

»Ich wollte mich heute massieren lassen, damit ich bereit bin für Silvester …«

Ich legte den Kopf schief. »Du brauchst eine Massage, damit du für Silvester bereit bist?«

Ihre Augen flatterten, und sie sah mich mit in den Nacken gelegtem Kopf an, als wäre ich ein Idiot. »Nun, ja, weißt du, ich habe gern geschmeidige Finger.«

Ich unterdrückte ein Lachen, indem ich schnaubte, während sie ein bisschen die Lippen schürzte. Stolzes kleines Ding.

»Was?« Sie runzelte die Stirn.

Ich fuhr mir mit der Zunge über die Lippen. »Geh nicht.«

Sie sah ein bisschen überrascht aus. »Warum?«

Ich schüttelte den Kopf. »Ich lasse dir eine Masseurin hier ins Haus kommen.«

»Nun, ich wollte ins Fitnessstudio gehen.«

Ich zuckte mit den Schultern. »Ich habe einen Fitnessraum.«

Sie beäugte mich misstrauisch. »Ich arbeite gern mit einem Trainer.«

»Ich werde dich trainieren«, sagte ich und warf ihr ein schiefes Lächeln zu.

Sie lehnte sich näher zu mir heran. »Wirst du das wirklich?«

Ich nickte, lehnte mich dabei an das Kopfende des Betts und streckte die Arme über den Kopf. »Ich hab einen recht detaillierten Plan, mit dem du jeden Muskel deines Körpers gezielt trainieren kannst.«

Sie schluckte, und ihre Wangen liefen wieder rot an. »Willst du, dass ich gehe?«

Ich verzog spöttisch das Gesicht, weil sie versuchte, Komplimente von mir zu bekommen. Ich weiß nicht, warum Mädchen das tun. Es nervt total. Wieso braucht ein Mädchen wie sie noch Bestätigung?

»Nein.« Ich zuckte mit den Achseln. Tätschelte meinen Hund am Kopf. »Wie auch immer. Mir ist es egal – mach, was du willst.«

Sie beobachtete mich für ein paar Sekunden. Ein bisschen, als wäre sie abgewiesen worden – was ja stimmte.

»Gut, also … um was kümmerst du dich heute?«

Ich lehnte mich zu ihr und fragte mich, ob ihre Lippen immer diese Farbe hatten oder ob sie von mir unbemerkt etwas aufgetragen hatte.

Ich fuhr mit der Zunge über meine Unterlippe. »Um dich hoffentlich.«

Auf ihrem Gesicht breitete sich dieses Lächeln aus, das ich so mochte, und dann tat ich es.

Das war vor zwei Tagen. Jetzt ist Silvester, und sie ist immer noch nicht nach Hause gegangen. Musste kurz bei Versace vorbeischauen, um ihr etwas zum Anziehen für heute Abend zu kaufen, erfreulicherweise erweist sie sich aber tatsächlich als sehr geschickt.

Außerdem kann sie einen beim Sex so ansehen, das würdet ihr nicht glauben. Liegt wahrscheinlich an der Farbe ihrer Augen, keine Ahnung – vielleicht ist es aber auch ihre Spezialität.

Die Party hat begonnen, und sie steht auf der anderen Seite des Raums bei Taura und irgendeinem Mädchen, mit dem sie zusammen in der Schule waren, und ich weiß, dass sie über mich sprechen.

Ich sehe das daran, wie sie mich ansieht: den Kopf schief gelegt, den Mund zu einem Schmollmund verzogen und die Augen gesenkt.

Die anderen beiden sehen mich auch an, flüstern miteinander und kichern …

Ich schüttle den Kopf und blicke weg, denn irgendetwas daran gibt mir das Gefühl, ich wäre wieder ein Teenie.

Ich organisiere mir eine Flasche Whiskey, und TK schenkt mir ein Glas davon ein.

Lasse mich schnell von meinem Kumpel Storm auf den neuesten Stand bringen.

Wenn ihr mal richtig in der Klemme sitzt, ist er euer Mann. Mir hat er schon oft geholfen.

Tatsächlich ist er auch ein klasse Typ. Die Mädchen lieben ihn, aber er geht seltsam mit ihnen um. Noch seltsamer als ich. Er findet, es wäre zu gefährlich, wenn sie dabei sind.

Da hat er vermutlich recht. Deshalb hab ich sie auch nie dabei.

Aus dem Grund sollte ich vermutlich auch Parks weniger oft dabeihaben, doch dann – treffen sich unsere Blicke, und schon vergesse ich wieder alles.

Koa und Decks stehen dort, schütteln den Kopf und grinsen mich an.

»Was?« Als ich sie entdecke, runzle ich die Stirn.

»Hat sich da jemand ein bisschen verknallt?« Declan grinst mich an.

»Nein.« Ich werfe ihm einen finsteren Blick zu.

»Oh …« Koa schneidet eine Grimasse. »Also wenn ich mich nicht täusche, schleppst du dieses Mädchen schon seit zweiundsiebzig Stunden mit dir herum.«

Ich zucke mit den Schultern.

»Dein bisheriger Rekord war Josette. Vierundfünfzig Stunden.«

Ich weiß nicht, was er da andeuten will, aber es gefällt mir nicht. »Führst du da Buch, Kumpel …«

Koa verdreht die Augen. »Ich bin dein Security-Chef.«

»Und?«

»Ist es also was Ernstes?«, fragt mich Declan und beobachtet sie.

»Nein.« Ich starre ihn genervt an. »Wann war es das schon mal?«

Ich sehe zu ihr hinüber. Sie flüstert immer noch mit Taura und kaut dabei auf ihrem Daumen herum – warum zum Teufel hat sie den Daumen im Mund?

Sie blickt zu mir, und da sind wir schon wieder bei dem geilen Anstarren.

»Gehst du wieder dort hinüber?« Koa zeigt subtil mit dem Kopf in ihre Richtung.

»Tatsächlich …« Ich lächle ihn kurz an. »Tue ich das, ja.«

Er zieht eine Augenbraue hoch.

»Es kommt mir vor, als wolltest du mir irgendwas beweisen …« Ich zeige auf ihn. »Aber sie ist nur eine hübsche Bettgeschichte.«

»Wenn du das sagst«, ruft er mir hinterher.

Nur das ist sie, denn ich habe keine festen Dates. Kann keine feste Freundin haben. Außerdem ist sie in jemand anderen verliebt, was gut ist. Es dient als ein netter natürlicher Puffer.

Ich kann einfach für eine Weile mit ihr herumvögeln, ohne Fesseln.

Ich mag keine Fesseln.

»He.« Ich nicke ihr zu, während ich zu ihr hinübergehe. »Hallo,

Taus …« Ich küsse sie auf die Wange, bevor ich, erpicht auf eine Steigerung, Parks ansehe. »Ist es komisch für dich, dass wir gefickt haben?«

Taura verdreht die Augen, und Magnolia zieht einen Schmollmund. Das läuft nicht so, wie ich gewollt hatte, denn die Form ihrer Lippen führt nur dazu, dass ich sie küssen will.

»Nun, bis jetzt hatte ich noch gar nicht darüber nachgedacht.« Sie drückt die Zunge von innen gegen die Oberlippe. »Doch ja, ich glaube, das ist der schönste Gedanke, der mir im ganzen Leben gekommen ist.« Sie wendet den Blick ab und nimmt einen großen Schluck.

Und ich begreife es nicht – warum mir das ein komisches, schlechtes Gefühl gibt, dass sie mich nicht mehr ansieht, dass sie unangenehm berührt wirkt –, ich wollte doch, dass es ihr unangenehm ist. Ich finde es lustig zu beobachten, wie die Leute ticken, aber das war kein Spaß.

Ich will ihr in die Augen sehen, aber sie lässt mich nicht. Also packe ich sie trotzdem am Handgelenk und ziehe sie von ihren Freundinnen weg.

»Komm mit mir nach oben.«

Immer noch beleidigt, zieht sie ihre Hand fort, nutzt es wirklich aus. »Wofür?«

Ich sehe sie mit schief gelegtem Kopf an. »Du weißt, wofür.«

Ihr Gesichtsausdruck wird für einen Augenblick schüchtern, dann blickt sie mit gerunzelter Stirn zu mir auf. »Du hast gerade Gäste.«

Ich zucke mit den Schultern. »Soll ich sie alle nach Hause schicken?« Sie kneift amüsiert die Augen zusammen. Das hat ihr gefallen. Sie gehört zu denen, die eine Demonstration von Stärke mögen.

»Ich werde es tun …« Ich lächle sie ein bisschen an. Vielleicht würde ich das tatsächlich tun, wenn es bedeutete, dass sie mit hochkommt.

Sie lacht schnaubend. Ich bin erleichtert.

»Komm mit.« Ich nehme sie vom Boden hoch – sie ist leicht wie eine Feder – und trage sie die Treppe hinauf.

»Das ist sehr ungehobelt«, erklärt sie mir unterwegs und sieht mich dabei von oben herab an, wobei ich lache.

Ich trete die Schlafzimmertür hinter mir zu und lege sie auf mein Bett. »Nun, ich bin sehr ungehobelt.«

Sie starrt mich streng an. »Ja, das merke ich gerade.«

»Und du …« Ich werfe sie weiter nach oben im Bett, zum Kopfende hin. »Du bist sehr erregbar.«

Sie dreht verwirrt den Kopf. »Das hört sich lustig an, aber ich glaube, du meinst es gar nicht unbedingt als Kompliment?«

»Das tue ich nicht.«

»Oh.« Sie runzelt die Stirn, und ich unterdrücke ein Lächeln. O Gott, ist sie süß.

Igitt. Ich hasse es, wenn ich jemanden süß finde.

»Du kommst zu schnell«, sage ich zu ihr. Und zu mir. Muss ein bisschen an ihrem Lack kratzen.

Sie läuft im ganzen Gesicht rot an. »Nein, das tue ich nicht …«

»Doch, tust du«, erkläre ich ihr ruhig.

Sie setzt sich auf und zieht die Knie an die Brust. »Wer sagt das?«

»Ich sage das.« Ich sehe sie streng an. »Derjenige, mit dem du … nicht gleichzeitig … kommst.«

»Oh.« Sie blinzelt zweimal schnell.

Normalerweise ist es ein bisschen lustig, das Selbstbewusstsein von Mädchen wie ihr zu erschüttern – jetzt weiß ich allerdings nicht mehr, was es bedeutet, denn das war nicht lustig, und ich bin mir nicht mehr sicher, ob es überhaupt viele Mädchen wie sie gibt.

»He.« Ich deute mit dem Kopf in ihre Richtung. »Mit wie vielen Leuten hattest du Sex?«

Sie zieht ein bisschen den Kopf ein, als würde sie sich zur Schau gestellt oder angegriffen fühlen. »Insgesamt?« Sie blinzelt.

»Ja.«

Sie blinzelt stärker, setzt sich aufrechter hin. »Acht.«

»Insgesamt?« Ich reiße die Augen auf, während sie abwehrend die Stirn runzelt.

»Ja.«

»Ich hatte in den zwei Wochen, bevor wir etwas miteinander angefangen haben, mit acht verschiedenen Mädchen Sex.«

»Oh.« Sie nickt cool. »Möchtest du einen Tapferkeitsorden dafür?«

»Nein.« Ich zucke mit den Achseln und sehe sie scharf an. »Nur einen Orgasmus gleichzeitig mit dem Mädchen, das ich vögle.«

Und danach höre ich nur noch flaches Atmen – das gefällt mir nicht.

Sie plustert sich ein bisschen auf, als würde sie sich zu einem Ball zusammenrollen. Sie ist eine verdammte geistige Herausforderung. Sie ist scharf und verspielt, aber auch stolz, zerbrechlich und unsicher. Und sie hat viel zu leicht verletzte Gefühle, und normalerweise kümmere ich mich darum auch überhaupt nicht, nur bei ihr … Ich will sie der ganzen Länge nach aufs Bett legen und dafür sorgen, dass sich ihr Gesichtsausdruck wieder aufhellt.

Die meisten Mädchen, mit denen ich schlafe, sind einfach froh, hier zu sein. Doch bei ihr bin ich derjenige, der froh ist, dass sie hier ist – ich meine, ich bin nicht froh – nicht dass ihr da was reininterpretiert. Mir ist es gleichgültig, okay? Aber, ich meine, ich finde es gut, dass sie hier ist, es kümmert mich aber nicht wirklich. Allerdings muss ich mich wohl ein bisschen darum kümmern, denn nachdem ich das gerade gesagt habe, sieht sie aus, als hätte ich ihr einen Tritt in den Bauch versetzt.

Sie saugt an ihrer Lippe und sieht verlegen aus – ich wollte nicht, dass sie verlegen wird, vielleicht nur, dass sie mir noch ein bisschen eifriger gefällig ist. Sie wirkt nicht, als müsste sie mir viel beweisen. Das bin ich nicht gewohnt.

»Es ist nur …« Sie zuckt mit den Achseln, als wäre es ihr gleichgültig – starrt auf die Tequilaflasche neben meinem Bett. Gießt sich selbst einen in mein Glas von gestern Abend ein. »Das passiert bei mir nicht so einfach …«

»Wie … was?« Ich schiele zu ihr hinüber.

»Das … du weißt schon …« Sie wedelt mit der Hand in meine Richtung, als wäre ich die fleischgewordene Verkörperung eines Orgasmus. »Nur mit BJ.«

Verdammt. Warum fühle ich mich dadurch winzig klein?

»Das ergibt Sinn.« Ich nicke, als hätte es mir keinen Stich versetzt. Warum zum Teufel hat mich das verletzt?

»Ich werde nervös und dann … ta-da.« Sie unterstreicht das mit einer tänzerischen Handbewegung. »Das geht normalerweise nicht mit One-Night-Stands …«

»Es waren drei Nächte«, widerspreche ich.

»Irgendwann bin ich dann nicht mehr nervös …« Sie hat das Kinn jetzt wieder gehoben. Sie will ihr Gesicht nicht verlieren. »Die meisten Jungs scheint es nicht zu stören …«

»Die meisten Jungs lügen, weil sie einfach froh sind, da zu sein.«

»Ist es nicht gut, wenn ich erregt bin?« Sie runzelt die Stirn. »Warum ist das schlecht?«

»Es ist nicht schlecht …« Ich schüttle den Kopf über sie. Zucke mit den Achseln. »Es ist nur schöner gleichzeitig.«

Ich packe ihre Fußknöchel und ziehe sie lang, sodass sie flach auf meinem Bett liegt, dann krabble ich über sie, zögere einen Moment.

»Aus welchem Grund bist du bei mir nervös?«, frage ich und sehe dabei lächelnd auf sie hinunter.

»BJ und Jonah haben immer zu mir gesagt, wenn ich mal in Gefahr bin und sie nicht finden kann, dich aber schon …«

Mein Blick flackert zu ihrem Mund. »Ich glaube nicht, dass sie das so gemeint haben …«

»Nein.« Sie schürzt die Lippen. »Ich denke auch nicht, dass sie das gemeint haben.«

»Aber du hast mich gefunden«, sage ich und berühre ihr Gesicht, weil ich es kann.

»Mhm.« Sie nickt.

Mein Blick findet den ihren. »Es gibt nichts, weswegen du nervös sein musst.«

~

Eine Stunde später steht sie nur im Slip vor meinem Badezimmerspiegel.

Sie lehnt sich über das Waschbecken und trägt irgendeinen Lippenstift wieder auf, und es kostet mich einiges an Selbstbeherrschung, ihr nicht mit der Hand über den nackten Rücken zu streichen, in der Hoffnung auf eine zweite Runde.

»Bin ich deine Verabredung für diese Party?«, fragt sie, ohne mich anzusehen, während ich mir die Jeans anziehe.

Normalerweise dusche ich gern, nachdem ich Sex hatte. Obwohl ich auch nichts dagegen habe, nach ihr zu riechen.

Ich zucke mit den Schultern. »Nehme ich an.«

Sie blinzelt und sieht mich dann nachdenklich an. »Du nimmst es an?«

»Ich habe für gewöhnlich keine Verabredung bei dieser …« Ich schnappe mir ein T-Shirt vom Badezimmerboden, doch sie starrt darauf.

»Nicht dieses Shirt«, sagt sie zu mir, springt in mein Zimmer und kommt eine Sekunde später mit einem anderen zurück, das für mich genauso weiß aussieht wie das erste.

Ich starre auf die beiden T-Shirts in meiner Hand und sehe sie dann scharf an.

»Die Schulternähte von diesem werden dich breiter gebaut aussehen lassen.«

»Ich bin breit gebaut«, grunze ich, während ich es mir trotzdem über den Kopf stülpe und sie an den Ärmeln zieht, wobei ich schlucken muss. Ich mag es nicht, wenn Mädchen versuchen, mich anzuziehen oder zu bemuttern, dennoch mache ich keinen Mucks, als sie mit den Händen die Nähte glatt streicht.

»Ja, das bist du. Sehr.« Sie nickt. »Aber warum willst du nicht noch breiter aussehen?«

Ich sage nichts, blicke nur an ihr vorbei auf mein Spiegelbild, und ich würde es nicht laut aussprechen, aber ja – ihres ist besser.

Sie dreht sich wieder zum Spiegel. Wimperntusche.

»Warum nimmst du normalerweise keine Verabredungen zu dieser Party mit?«, fragt sie ihr eigenes Spiegelbild.

Ich stehe hinter ihr und lege ihr die Arme um die Taille, denn mich kann niemand sehen, und mir steht gerade einfach der Sinn danach. »Das macht es schwieriger, am Ende der Nacht mit einer anderen zu schlafen.«

»Oh.« Nachdenklich beißt sie sich auf die Unterlippe. »Sollten wir vielleicht ein Codewort vereinbaren, damit ich weiß, wenn du mit einer anderen ins Bett willst …«

Während ich sie noch näher zu mir heranziehe, sehe ich sie im Spiegel an und schüttle dabei den Kopf. »Nein, ich würde dir dann einfach sagen, dass du gehen sollst.«

»Oh.« Für einen Augenblick sieht sie niedergeschlagen aus, sodass ich ein Lachen unterdrücke, denn sie ist wirklich die reinste Achterbahn der Gefühle. »Das wäre recht unverblümt von dir …« Sie schürzt die Lippen. »Auch wenn ich das wahrscheinlich zu schätzen wissen sollte, da mein Ex-Freund ja das Gegenteil ist.«

»Er hat eine andere gefickt«, rufe ich ihr ins Gedächtnis zurück. »Ich würde sagen, das ist ziemlich unverblümt.«

Sie blinzelt zweimal, schluckt dann und richtet sich auf, bevor sie sich selbst intensiv anstarrt. Ich glaube, sie sucht in ihrem Gesicht nach etwas, das nicht stimmt. Doch da gibt es nichts, und trotzdem starrt sie immer noch.

Sie atmet aus, senkt die Augen, und ich habe dieses Verlangen, ihr die Haare aus dem Nacken zu streichen und ihn zu küssen, aber das ist seltsam, also tue ich es nicht.

Ich lasse meine Hand an ihre Hüfte wandern und blicke sie im Spiegel an.

»Ich werde heute Nacht mit keiner anderen schlafen.«

»Warum?«, fragt sie leise.

Ich lächle verschmitzt und lasse den Blick über ihren Körper schweifen. »Hast du dich gesehen?«

Und dann dreht sie sich zwischen meinen Händen um, und ihr Gesicht ist ganz traurig, und ich lege verwirrt den Kopf in den Nacken.

»Die Leute sagen häufig solche Sachen zu mir – als wäre es ein persönlicher Charakterzug, schön zu sein.« Sie starrt zu mir auf. Ich mag es, wenn sie frech wird. »Als wäre das alles, was ich bin.«

Ich kneife interessiert die Augen zusammen. »Das magst du nicht?«

Sie verschränkt die Arme vor der nackten Brust. »Ich glaube, das erleichtert es den Leuten, mich nicht wie einen echten Menschen zu behandeln.«

Scheiße.

»Du denkst, BJ behandelt dich nicht wie einen echten Menschen?«

»Er glaubt wohl, dass meine Schönheit die Schwere seiner dauernden Zurückweisungen abmildert, aber das hat mir nur gezeigt, dass Schönheit am Ende nichts wert ist.«

Sie geht an mir vorbei in mein Zimmer zurück und zu meinem Nachttisch, wo sie den Tequila von vorhin austrinkt. Ihn hinunterkippt. Sie mag keine scharfen Getränke. Verabscheut sie sogar. Und wisst ihr was? Verdammt, ich hasse ihn. Ich habe ihn bis jetzt nicht gehasst, aber jetzt schon.

Ich drehe den Kopf Richtung Tür. »Sollen wir wieder nach unten gehen?«

Sie atmet tief durch die Nase ein, während ich ihr das Kleid zuwerfe. »Was ist, wenn er da ist?«

»Das wird er wahrscheinlich.« Ich nicke.

Sie reißt die Augen weiter auf, total nervös, und ich packe sie wieder um die Hüfte und bücke mich, damit wir uns in die Augen sehen.

»Oho. Die Waffen gezückt, denk daran …« Ich sehe sie streng an. »Wir lassen ihn bluten.«

KAPITEL 26

DAISY

Mein Bruder war heute Morgen Kaffee holen.

Klopfte an der Tür, öffnete sie dann aber einfach, auch ohne ein Herein.

»Oh.« Ich sah zu ihm hinüber und verschränkte die Arme vor der Brust, während ich mich aufsetzte. »Wie nett von dir, dass du deine Zunge so lange von Magnolia Parks' Lippen löst, dass man dich wieder als funktionierendes Mitglied der Gesellschaft bezeichnen kann …«

»Funktionierend könnte ein bisschen übertrieben sein.« Er grinste.

Reichte mir einen Cappuccino mit Hafermilch. Gab Tiller seinen Kaffee.

»Americano, oder?« Mein Bruder lächelte ihn unbekümmert an.

Tiller legte die Stirn in Falten. »Richtig.«

Ich konnte es ihm ansehen, dieses seltsame Unbehagen darüber, dass ihn mein Bruder kennt; dass er ihn gut genug kennt, um zu wissen, was er für einen Kaffee trinkt, und dass er an ihn denkt, wenn er morgens Kaffee kauft.

Tiller denkt zu viel – das habe ich ihm schon mal gesagt, aber jetzt kann ich sehen, wie sich die Rädchen hinter seiner Stirn drehen. Er glaubt, wenn Julian ihm einen Kaffee kauft, bedeutet das, dass er sich zu sehr eingefügt hat, dass er zu einem Möbelstück geworden ist, dass mein Bruder seine Anwesenheit zu sehr gewohnt ist, doch ich denke nicht, dass irgendetwas davon stimmt. Mein Bruder ist einfach aufmerksam.

Die Leute denken, das wäre er nicht, aber er ist aufmerksam. Sogar sehr. Er entscheidet sich nur sehr oft dazu, sich bei seinem Handeln nicht danach zu richten. Es ist kein großer Unterschied zwischen aufmerksam und berechnend, und niemand würde es hinterfragen, wenn ich Julian als berechnend bezeichnen würde, doch lasst mich das klarstellen: Mein Bruder ist sowohl als auch.

Tiller stellte den Kaffee weg, ohne auch nur einen Schluck getrunken zu haben.

»Ich geh eine Runde laufen«, sagte er, sah mich dabei aber nicht an. Wechselte die Unterhose, zog sich das Shirt aus, schlüpfte in die Schuhe, und das war es. Hat sich richtig schnell verpisst.

Ich seufzte müde, obwohl wir gerade erst aufgewacht waren.

Dann ging ich hinüber zum Zimmer meines Bruders, stieß die Tür auf und stöhnte, als ich sie im Bett sah – auch wenn ich damit gerechnet hatte, sie so vorzufinden.

»Daisy!« Magnolia grinste erfreut über das ganze dämliche Gesicht. »Hi!«

Sie setzte sich aufrecht hin, dazu wand sie sich aus der Umarmung meines Bruders – was richtig seltsam war, denn Julian kuschelt nicht viel.

»Toll, dich zu sehen … sorry wegen letzter Nacht.«

Ich verdrehte wieder die Augen und lehnte mich an die Wand. »Versucht ihr beiden, irgendeinen Rekord zu brechen oder so?«

Julian warf mir einen finsteren Blick zu, während er seinen Kaffee trank. »Du musst gerade reden, Face. Hast du schon verdrängt, wie es bei dir war vor einem Jahr?«

Ich zeigte ihm den Mittelfinger.

»Soll ich dir dein Outfit für Silvester zusammenstellen?«, bot sie mir mit einem breiten Lächeln an.

»Nein.« Ich schüttelte den Kopf und verzog das Gesicht. »Das will ich wirklich nicht.«

»Oh.« Sie runzelte die Stirn und sah meinen Bruder an. »Soll ich dir dein Outfit heraussuchen?«

»Nee.«

»Komisch.« Ihre Lippen zuckten. »Normalerweise reißen sich alle darum, dass ich sie schick mache. Ich bin sehr gut darin«, erklärte sie uns beiden und sah uns abwechselnd an.

»Trotzdem nicht bei mir«, gähnte ich und ging aus dem Zimmer.

»Hab mich gefreut, dich zu sehen!«, rief sie.

Und ich schüttelte weiter den Kopf, denn ich hasse sie. Noch stärker als vor einer Minute, denn davor hatte ich noch nicht mal darüber nachgedacht, was ich heute Abend anziehen werde, und dann habe ich die Hilfe von dem vielleicht modeaffinsten Mädchen in ganz London abgelehnt, also muss ich mich total anstrengen, nur um ihr zu beweisen, dass ich ihre Hilfe nicht brauche.

Als sie mich später in dem Outfit sieht, das ich mir irgendwann herausgesucht habe,[133] legt sie den Kopf schief und starrt auf meine Füße in den Stiefeln hinunter, dabei sagt sie: »Vielleicht solltest du das besser mit Riemchensandalen kombinieren.«

Und ich erwidere: »Vielleicht sollte ich das besser nicht.« Doch dann werde ich vor mich hin fluchen, weil sie verdammt noch mal recht hat. Riemchensandalen würden das Ganze wirklich schön abrunden.

O Gott, sie ist wirklich ätzend.

Noch ätzender ist, dass schon eine Stunde später ein perfekt zu meinem Outfit passendes Paar Riemchenschuhe mit hohen Absätzen auf meinem Bett steht, neu und noch mit Preisschild.

Wann, verflucht noch mal, hatte diese Idiotin Zeit, um zu Harrods und wieder zurück zu rennen?

Ich beschließe, sie nicht anzuziehen, oder erst im allerletzten Moment, falls ich bis dahin nichts Besseres gefunden habe. Jetzt kommt mir das Outfit unvollständig vor, doch das macht mir fast nichts aus, bis ich mich frage, ob Christian da sein wird. Und dann fühle ich mich scheiße, denn vielleicht ist er da oder vielleicht auch nicht, in jedem Fall wird aber Tiller da sein, also sollte ich die Schuhe tragen, um für ihn gut auszusehen. Und lasst mich das noch einmal wiederholen: Sie ist unerträglich nervig, aber mit Klamotten kennt sie sich so gut aus.

Ich ziehe sie an und wappne mich selbst gegen die Masse an nervigen Kommentaren von ihr, die ich sicher werde ertragen müssen, von wegen, dass sie recht hatte und alles weiß und dass sie den besten Style des ganzen Universums hat … Doch als sie mich sieht, wandert ihr Blick nur über mein Outfit nach unten und bleibt kurz an den Schuhen hängen, dann lächelt sie ein kleines bisschen für sich, bevor sie sich zu den Freunden meines Bruders stellt, um auf ihre eigenen zu warten.

Tiller kommt, stellt sich neben mich und beobachtet voller Unbehagen die Menge.

»Diese Party ist gleichzeitig besser und schlechter, als ich gedacht hatte«, gesteht er.

133 Das schwarze ›Nyoka‹-Kleid von Nanushka.

»Komm schon, Tils.« Ich pike ihn in die Brust. »Mach dich locker.«

»Daisy.« Er sieht mich streng an. »Ich bin in einem Raum voller Leute, denen ich die letzten fünf Jahre meines Berufslebens geopfert habe, um sie zu erwischen. Lass mir ein bisschen Zeit.«

Ich seufze schwer und trinke einen Schluck, bevor ich ihn kopfschüttelnd ansehe. Irgendwie ist mir ein bisschen nach einem kleinen Streit. »Du weißt, dass ich dich nicht genötigt habe, hierherzukommen …«

»Ja …« Er verdreht die Augen. »Als würde ich Silvester nicht mit meiner Freundin feiern wollen …«

»Weihnachten hast du auch nicht mit mir gefeiert«, erinnere ich ihn, ohne zu wissen, warum.

Er sieht mich finster an. »Und wie ist das gelaufen?«

»Wir hätten auch mit deinen Freunden feiern können …« Mit einem unschuldigen Gesicht zucke ich die Schultern, bevor ich ihn böse anfunkle. »O nein, warte … das hätten wir nicht tun können, denn du nimmst mich ja nicht zu Treffen mit ihnen mit.«

Er schluckt und schüttelt den Kopf. »Lass uns das nicht ausgerechnet jetzt besprechen.«

»Warum?«, frage ich. Irgendwie gefällt mir die Reiberei. Vielleicht weil das immer noch besser ist als nichts.

»Weil ich nicht dazu bereit bin, Dais«, erklärt er mir mit diesem Blick, der mich zum Aufhören bringt.

Seine Augen sind rund und traurig und erinnern mich an das, was er für mich war, bevor er mein Freund wurde, mit dem ich mich ständig streite, weil für ihn inakzeptabel ist, wer meine Angehörigen sind (und vielleicht auch, wer ich bin) … Davor gab es eine Zeit, in der Tiller der Mann mit den blauesten Augen auf dem ganzen Planeten war und mich wie ein Wintermantel gewärmt hat, als ich in der bitteren Kälte einer Dezembernacht nichts anhatte außer einem dünnen Tanktop.

»Okay.« Ich nicke, packe seine Hand und drücke sie. Ich deute mit dem Kopf zur Tür. »Lass uns nach oben gehen …« Ich ziehe ihn aus dem Raum, dabei begegnet mein Blick dem meines Bruders. »Dach?«, forme ich mit den Lippen.

Julian nickt und ergreift Magnolias Hand, was BJ zu treffen scheint.

Mein Bruder bemerkt es. Er sammelt die zerquetschten Überreste von ihm[134] zusammen und zermalmt sie noch mal.

Julian genießt es. Manchmal ist er so ein Arschloch.

Und dann stelle ich fest, dass Christian hier ist und sich mit uns gemeinsam auf den Weg zum Dach hinauf macht. Mit einem Mal bin ich zugleich aufgeregt und traurig. Weil er hier ist und ich ihn sehen kann, aber dann bin ich ja auch aufgeregt, und jetzt bin ich sowieso mit einem anderen zusammen. Auf der anderen Seite scheine ich jetzt Dinge zu wollen, die mir keiner von beiden geben kann.

Tiller unterhält sich mit Henry, denn Henry kann auch einen stummen Fremden innerhalb von fünf Sekunden in ein Gespräch verwickeln – vermutlich, indem er seine Stummheit heilt und ihm siebzehn verschiedene Sprachen auf einmal beibringt.

»Hi«, sagt Christian, als er an meine Seite eilt. Er sieht so gut aus.

»Hallo.« Ich lächle.

»Dein Outfit gefällt mir.« Er deutet mit dem Kopf auf mich. »Verrückte Schuhe.«

Magnolia Parks blickt mich selbstgefällig über die Schulter an, ohne ein Wort zu sagen, und ich frage mich, ob sie in diesem Moment weiß, dass mir drei legitime Möglichkeiten einfallen, wie ich sie auf der Stelle umbringen könnte. Vier! Gerade ist mir noch eine vierte eingefallen.

Das Dach ist eine Bar, die mein Bruder gebaut hat. Komplett aufgefüllt und immer mit allem ausstaffiert, nach dem einem irgendwie zumute sein kann. Einige Gerüchte stricken sich um das Dach, ob es überhaupt existiert oder nicht – ein Menge Geschichten von hier oben, über die Sachen, die geschluckt wurden, die Geschäfte, die hier abgeschlossen wurden.

Es gibt einen Weg hinauf und einen hinunter.[135] Es existiert auch ein geheimer Pfad durch einen Hohlraum unter dem Dach zu einem kleinen Schlupfwinkel, der auf keinem Plan verzeichnet ist (nicht dass es überhaupt Pläne geben würde). Diesen Pfad sollte ich eigentlich nicht nutzen, es sei denn, ich muss mich verstecken, aber manchmal nehme ich ihn

134 Von BJ, demjenigen, mit dem er noch vor einer Woche befreundet war.

135 … den alle kennen.

wegen der Aussicht. In letzter Zeit natürlich nicht – in letzter Zeit bin ich nicht hier gewesen.

Tiller sieht mich total neugierig von oben herab an, als wir aufs Dach hinaustreten.

»Hier herauf hast du mich noch nie mitgenommen.«

Unangenehm berührt lächle ich ihn an. »Es ist nicht wirklich die Art Location, von deren Existenz du normalerweise gern wüsstest.«

Er nickt und sieht sich unruhig um, setzt sich dann aber doch neben meinen Bruder, dabei wandert sein Blick von Julian zu Magnolia – die schon wieder bei ihm auf dem Schoß sitzt.

»Und wie lange trefft ihr beiden euch nun schon?«

»Hm.« Magnolia schürzt nachdenklich die Lippen. »Vermutlich bald vierundsiebzig Stunden?«[136]

Mein Bruder beißt ihr in die Schulter, denn er ist so widerlich.

»Ohne Pause.«[137]

Ich gebe ein kehliges Geräusch von mir.

»Und ihr?« Sie zwinkert Tiller zu. »Ihr zwei seid schon eine ganze Weile zusammen, oder?«

Tiller nickt und legt einen Arm um mich. »Fast elf Monate«, erklärt er ihr.

Christian rutscht auf seinem Stuhl herum. Sieht auf seine Hände.

Mir ist schlecht.

Magnolia lehnt sich neugierig zu Tiller. »Du hast so ein wunderschönes Lächeln[138] – deine Zähne sind so sauber.«

Tiller stößt dieses kurze, überrumpelte Lachen aus, das zu den drei jederzeit möglichen Reaktionen auf Magnolia Parks gehört.

»Meine Mutter ist Zahnärztin«, erzählt er ihr.

»Ah.« Sie lächelt erfreut.

»Du hast auch gute Zähne«, sagt Tiller zu ihr. »Wie ist das bei dir?«

»Oh.« Sie zuckt mit den Schultern. »Ich habe sehr attraktive, aber eher beschissene Eltern.«

»Genau wie ich«, sage ich leichtfertig, und Magnolia sieht erfreut aus

136 Abscheulich. Schlagt mich tot, bitte.

137 Schlagt mich schneller tot.

138 Das hat er.

über die Gemeinsamkeit, also füge ich schnell hinzu: »Was machst du wieder hier? Ich dachte, du wärst umgezogen.« Schließlich will ich nicht, dass sie denkt, wir wären befreundet.

Julian sieht mich finster an, er hat mich durchschaut – doch ich ignoriere ihn.

»Mir wurde eine neue Funktion angeboten, wenn ich wieder herziehe …«

»Als was?«, fragt mein Bruder interessiert, und ich blicke ein bisschen genervt zu ihm.

»Wie viel Zeit habt ihr miteinander verbracht? Und du weißt das nicht?«

Er schüttelt gleichgültig den Kopf. »Wir haben nicht viel geredet, Dais.«

Magnolia bringt ihn mit einem Klaps zum Schweigen – ich habe noch nie gesehen, dass das jemand schafft.

»Nur als Moderedakteurin für *Tatler*«, sagt sie mit einem flotten Lächeln, bevor sie sich zu Tiller beugt. »Julian sagt, du bist Ermittler bei der NCA?«

Tiller sieht für einen Augenblick an ihr vorbei zu meinem Bruder, und ich glaube, er findet es vielleicht seltsam, dass Julian über ihn redet. Trotzdem nickt Tiller.

»Das bin ich.«

»Das ist ja so ein aufregender Job.« Sie lächelt und trinkt dann einen Schluck aus dem Glas meines Bruders. »Wer ist die verrückteste Person, die du je geschnappt hast?«[139]

Tiller runzelt ein wenig die Stirn und sieht meinem Bruder in die Augen, bevor er ein bisschen zittrig auf ihn zeigt.

»Oh.« Sie legt die Stirn in Falten und stülpt die Lippen vor. Dann rutscht sie auf dem Schoß meines Bruders vor und dreht ihm den Kopf zu. »War das ein Missverständnis?«

Julian starrt sie ein paar Sekunden lang an, meiner Vermutung nach, um herauszufinden, ob sie es ernst meint.

»Ja.« Er nickt irgendwann.

»Oh …« Zufrieden mit dieser Antwort atmet sie aus. »Wie wunder-

139 Oh, Gott.

bar, dass ihr es geklärt habt, sonst wäre das jetzt sehr unangenehm für euch.«[140]

»Nicht wahr?« Julian nickt und wirft mir einen belustigten Blick zu.

Christian beobachtet mich genau, er versucht meinen Blick aufzufangen, aber ich weiche ihm aus. Ich will doch nicht, dass Tiller sieht, wie ich Christian immer noch anschaue. Schließlich will ich das gar nicht, ich mache es einfach, und ich bin bereits traurig, weil zwischen Tiller und mir alles gerade so verkrampft ist.

Tills hat keinen Spaß, das ist offensichtlich – und es bedeutet, dass auch ich keinen habe, weil er mein Freund ist und ich ihn nicht allein lassen kann. Obwohl ich also mit vielen Leuten zusammen bin, die ich wirklich mag – und mit Magnolia Parks –, ist es zum Kotzen, weil es für ihn mies ist. Er verhält sich ganz steif, redet ein bisschen mit den Ballentine-Brüdern, vermutlich, weil sie nicht kriminell sind – doch dann tauchen TK, Booker und Decks auf dem Dach auf. Sofort beißt er die Zähne zusammen, und sein Gesicht wird ernst.

Er klopft mir auf die Schulter. »Ich muss weg, Dais.«

»Was?« Ich runzle die Stirn, packe ihn an der Hand und ziehe ihn von allen anderen fort.

»Ich muss schlafen«, lügt er. »Frühschicht, du weißt schon.«

Ich schüttle ganz leicht den Kopf. »Ich hatte keine Ahnung, dass du morgen arbeiten musst.«

»Oh.« Er zuckt mit den Schultern. »Das muss ich.«[141]

»Morgen ist ein gesetzlicher Feiertag.«

»Ja, das stimmt.« Er schüttelt den Kopf. »Ich verfolge da eine Spur.«[142]

»Richtig.« Ich nicke, kann ihm dabei aber nicht in die Augen sehen, denn das hatte ich nicht beabsichtigt. Ich will, dass er sich daran erinnert. Außerdem hasse ich es, wenn ich angelogen werde, und ich weiß, dass er lügt. Ich weiß, dass er es nur nicht schafft, sich vorzustellen, wie er mit all diesen Leuten – die ich liebe und die nun mal kriminell sind – auf das neue Jahr anstoßen und danach weiter seine Arbeit machen soll. Daran liegt es in Wirklichkeit, und es ist einfacher, so zu tun, als müsste

140 Sie ist unglaublich doof.

141 Noch eine Lüge.

142 Und noch eine.

er früh raus … und würde morgen nicht bloß seine Zeit damit verbringen, in der Gegend herumzufahren und einer Spur zu folgen, die nicht existiert, in einem Fall, der nicht wichtig ist.

Ich begleite ihn nach unten in mein Zimmer.

Er berührt mein Gesicht. »Ich liebe dich«[143], sagt er zu mir.

Das tut er. Und ich weiß es. Doch es ist schon nach Mitternacht auf diesem dummen Schiff, und das Wasser steht uns bis zu den Knien.

»Ich liebe dich auch«, erwidere ich trotz allem. Sinkende Schiffe können dich so einfach mit hinunterziehen.

»Ich bin nicht müde«, erkläre ich ihm. »Vielleicht gehe ich wieder nach oben.«

Kurz verzerrt sich sein Gesicht irgendwie schmerzhaft, so wie es vielleicht auch aussehen würde, bevor ein Arzt etwas neu einrenkt.

»Ja …« Er fährt mit den Lippen über meinen Mund. »Das solltest du.«

Ich nicke.

Er küsst mich noch mal, und mir ist zum Heulen zumute.

»Wirst du traurig sein, so allein hier unten?«, frage ich, während ich einen Schritt zurücktrete.

Er schüttelt den Kopf. »Ich werde schlafen.« Und schon wieder lügen wir.

»Ich komme bald zurück nach unten«, erkläre ich ihm, auch wenn wir beide wissen, dass es nicht stimmt, und es erschreckt mich, wie sich das Leben anschleichen und dich und deinen Freund komplett auflösen kann, sodass ihr zu einem Paar aus Lügnern werdet und dein sicherer Rückzugsort sich als Kartenhaus erweist.

Ich schließe meine Zimmertür und verdränge das Gefühl, ich würde die Tür für uns verschließen. Dann mache ich mich wieder auf den Weg nach oben, dabei folgt mir aus irgendeinem Grund Julians Hund, was vermutlich irgendwie süß ist. Ich weiß nicht mehr, wo Christian ist, und das ist ohnehin nicht der Grund, aus dem ich wieder hochkomme, das hat gar nichts miteinander zu tun. Doch bei einem Jungen wie ihm verheißt es nichts Gutes, wenn man nicht weiß, wo er ist. Es gibt in diesem Haus zu viele kleine Nischen, die er nutzen könnte, er kennt sie alle, ich habe sie ihm ja gezeigt. Wahrscheinlich ist er jetzt mit Vanna zusammen,

143 Keine Lüge.

sage ich mir, während ich mich auf dem Dach umsehe. Ich weiß es nicht – vorhin habe ich sie nicht gesehen, aber ich habe auch nicht allzu genau darauf geachtet. Das hätte ich auch nicht tun sollen, schließlich habe ich einen Freund.

Ich habe einen Freund, doch ich bin trotzdem hier.

Und da sehe ich ihn.

KAPITEL 27

CHRISTIAN

Sie steht ganz allein da. Wo ist der Freund hin? Ich sehe mich nach ihm um. Sie starrt zu mir herüber, fängt meinen Blick auf. Ich nicke ihr zu, denn ich bin mir nicht sicher, was ich sonst tun könnte.

Sie deutet mit dem Kopf in Richtung Bar.

Ich liebe es, stumm mit ihr zu kommunizieren. Ich gehe zur Bar hinüber. Das gibt mir das Gefühl, als wären wir immer noch so miteinander verbunden, wie ich es mag.

»Wo ist Tiller?«, frage ich so beiläufig wie möglich und sehe dabei über die Schulter, als würde ich hoffen, dass er in der Nähe ist.

»Er schläft.«

Ich weiche ein bisschen zurück. »Wow.«

Sie greift über die Bar, nimmt sich eine Olive und wirft sie sich in den Mund. »Er muss morgen früh anfangen.«

Mein Gesicht verzieht sich unbeabsichtigt. Es ist nur … sie muss doch wissen, dass das ein Vorwand ist. Und ein fürchterlich armseliger noch dazu – außerdem, wer sucht sich schon Vorwände, um nicht mit ihr Silvester feiern zu müssen?

»Lass …« Sie schüttelt den Kopf.

Ich sehe sie finster an, und sie verdreht belustigt die Augen.

»Halt.« Wieder schüttelt sie den Kopf. »Sei nicht fies.«

»Entschuldige.« Ich muss mich echt zusammenreißen, um nicht zu lächeln, also wende ich den Blick ab.

Schwierig, ein Lächeln zu unterdrücken, wenn man das Mädchen ansieht, das man – ihr wisst schon.

»Was?«, fragt sie und dreht sich mir noch mehr zu.

Ich blicke aus dem Augenwinkel zu ihr. »Vielleicht wird dieses Jahr doch nicht so scheiße …«

Sie gibt mir einen Klaps auf den Arm und wendet sich an die Person hinter der Bar.

»Einen Sazerac und einen Greyhound, bitte«, sagt sie, bevor sie sich wieder mir zuwendet.

»Du hast Vanna nicht mitgebracht.«

Ich schüttle den Kopf, während ich mich hinunterbeuge und den Hund streichle. »Das würde ich dir nicht antun.«

»Warum nicht?« Sie grinst amüsiert. »Ich tue es dir doch auch an …«

»Ja, aber ich verdiene es mehr als du«, erkläre ich ihr achselzuckend. Ich meine es auch so.

»Ja?« Sie runzelt ein bisschen die Stirn. »Woran machst du das fest?«

»Ich habe zu lange gebraucht, um herauszufinden, was du mir bedeutest …«

Sie kneift die Augen zusammen, während sie mir meinen Drink zuschiebt. »Was bedeute ich dir?«

»Oh, ich weiß nicht.« Ich zucke ein bisschen mit den Schultern und starre stur geradeaus. Trinke einen großen Schluck, bevor ich zu ihr hinübersehe. »So, einfach … alles.«

Sie sieht erschüttert aus, zieht den Kopf ein und blinzelt. »Warum sagst du das?«

»Keine Ahnung …« Ich zucke mit den Achseln und fahre mir durch die Haare. »Vermutlich dachte ich, nach dem ganzen Mist, der zwischen uns gelaufen ist, und der Art, wie wir uns verhakt haben, da wäre es für uns am besten, ehrlich miteinander zu sein.«

Sie hat die Augen weit aufgerissen und sieht besorgt aus, sodass ich mich frage, ob ich zu weit gegangen bin.

»Es gibt kein ›uns‹«, erklärt sie mir mit dieser Stimme, die zugleich irgendwie überrascht und begeistert klingt, also beschließe ich, noch einen draufzusetzen.

»Vorerst«, sage ich mit einem verschlagenen Grinsen.

»Nein …« Sie schüttelt den Kopf, während ihre Wangen rot anlaufen und sie mich verwirrt ansieht. »Nein! Ich bin mit Tiller zusammen …«

Ich liebe es, sie zu reizen, also gehe ich noch einen Schritt weiter.

»Vorerst.«

Sie sieht mich streng an. »Christian …«

»Daisy …« Ich strecke die Hand zu ihr aus und schiebe ihr ein paar Haare hinter die Ohren.

Sie blinzelt mich erstarrt an. »Was tust du da?«

»Entschuldige. Du bist einfach nur …«, ich schüttle den Kopf und lache einmal, auch wenn das alles wirklich nicht lustig für mich ist, »… so wunderschön, dass es wehtut.«

Sie blinzelt mehrmals nacheinander.

»Bist du betrunken?«

»Ein bisschen.« Ich nicke und schiebe ihr ihren Drink zu, damit wir auf dem gleichen Level sind. Sie kippt ihn locker hinunter und gibt dem Barkeeper durch Zeichen zu verstehen, dass er ihr noch einen machen soll.

Sie schluckt, und ihre Wangen stehen in Flammen, während sie schwach den Kopf schüttelt. »Das darfst du nicht zu mir sagen.«

Ich liebe es, wenn sie meinetwegen schwach wird. »Ich werde ewig solche Sachen zu dir sagen, wenn du mich lässt.«

»Nun … ich … nein.« Sie blinzelt heftig und schluckt wieder. »Das mache ich nicht. Ich werde nicht …«

Ich gehe einen Schritt auf sie zu, lege den Kopf in den Nacken und trinke noch einen Schluck. »Willst du, dass ich es lasse?«

Sie prustet mindestens zweimal spöttisch. Als sie dann verärgert und verwundert die Stirn in Falten legt, muss ich lachen.

»Ja!«, sagt sie schnell.

»Ja?«, wiederhole ich und mache noch einen Schritt auf sie zu, dabei kümmere ich mich kein bisschen darum, dass uns alle hier oben sehen können. Ich will, dass sie uns sehen. Ich will, dass uns die ganze Welt sieht. Sie weicht nicht zurück, sondern starrt zu mir auf, dabei steht sie direkt vor mir, und ihr Gesicht ist so beunruhigt, dass ich es gern glatt streichen und von oben bis unten mit Küssen bedecken würde.

Ich sehe sie scharf an und lasse mein Lächeln weicher werden. »Willst du es wieder versuchen, Dais? Vielleicht mit ein bisschen mehr Enthusiasmus?«

»Nein!« Sie stößt die Luft aus. Stemmt die Hände in die Hüften. »Und wir hatten eine Menge Enthusiasmus!«

Mein Blick wandert über ihr Gesicht; ich liebe alles daran. Ich habe es vermisst, sie so anstarren zu können, wie ich es jetzt tue, ein bisschen, als würde sie zu mir gehören, als könnte ich Dinge mit ihr machen, die sonst niemand machen kann.

»›Nein‹, du willst nicht, dass ich es lasse? Oder …«

»Nein«, stottert sie. »Nein. Ja … ich … hör auf damit.« Sie stampft mit dem Fuß auf.

Ich überspiele ein Lächeln und nicke. »In Ordnung.«

»In Ordnung, wirst du damit aufhören?«, fragt sie mit erhobenen Brauen und streicht sich das Kleid glatt, das genau richtig ist, so wie es gerade ist.

»Vorerst«, erkläre ich ihr mit einem verschmitzten Lächeln, das sie erwidert, und ich liebe sie. Das ist es für mich. Das ist alles, was zählt. Ich liebe sie.

Ich muss wirklich mit ihr zusammen sein. Ich muss das hinbekommen.

Doch ich kann nicht sagen, ob sie mich jetzt im Moment auch liebt – Vielleicht tut sie das? –, diese ganzen roten Wangen und dass sie hier oben bei mir ist, statt unten bei ihm, aber ich weiß es nicht …?

Daisy blickt über die Schulter und verzieht das Gesicht, als sie Julian sieht, der die Hand unter Magnolias Kleid geschoben hat.

Diese verdammte Party – so voller Drama.

Beej ist zu diesem Zeitpunkt verflucht angepisst. Ihm sind die Augen quasi aus den Höhlen gefallen, als er gesehen hat, wie Parks mit Julian die Treppe hinuntergelaufen ist.

Mit mir hat er den ganzen Abend nicht wirklich gesprochen, Henry ist er auch aus dem Weg gegangen. Als wäre es unsere Schuld, dass er es so vermasselt hat und sie sich dem gefährlichsten Mann von ganz England in die Arme geworfen hat.

Auf Jo ist er auch sauer. Aber er kann nicht einfach gehen, denn dann würde ja jeder wissen, warum, auch seine Freundin, und dafür ist er zu stolz.

Sein Stolz könnte sie beide irgendwann noch ins Grab bringen.

Das ist also die eine Sache, und dann gibt es da noch den Stress zwischen meinem Bruder und Henry. Taura ist hier, eigentlich mit keinem von beiden, irgendwie aber mit beiden.

Hab gesehen, dass sie beide geküsst hat, irgendwann im Verlauf des Abends – was total abgefahren ist und wahrscheinlich ein schlechteres Licht auf sie wirft, als ihr gerecht wird.

Parks und Julian zusammen zu sehen, das ist immer noch schwer einzuschätzen … irgendwie interessant. Schließlich tut sie das, was sie schon immer getan hat. Ihr kennt doch diese Stelle in *Jurassic World*, als der Indominus Rex aus seinem Käfig entkommt und Chris Pratt verfolgt, und der versteckt sich unter einem Auto und zerschneidet die Benzinleitung, damit er seinen Geruch verdecken kann, um ihn abzuschütteln? Das haben wir auch schon früher gesehen, sie hat das schon tausendmal gemacht. Hat es bei mir gemacht, bei Tom und Rush und Jack-Jack … Julian ist das Benzin, mit dem sie sich zur Tarnung übergießt.

Und Jules … ich habe keine Ahnung. Wir sind jetzt schon seit ein paar Monaten echt gute Kumpel, vielleicht sogar mehr als das. Ich habe ihn mit einer Menge Mädchen zusammen gesehen. Doch ich hab ihn noch bei keinem Mädchen so gesehen, wie er jetzt ist.

Ständig an ihr dran. Mit den Händen in ihren Haaren, sie auf seinem Schoß, sein Kinn an ihrer Schulter.

Ich frage mich: Ist das nur Show?

Das würde ich ihr nicht übel nehmen, wenn sie so etwas mit ihm vereinbart hat, ernsthaft – wenn sie ihm gesagt hätte, dass er sich so verhalten soll, sie so berühren soll –, doch wenn sie es ihm nicht aufgetragen hat, wenn er es von sich aus macht … Verdammt, dann haben wir alle ein Problem.

»O Gott, sind sie widerlich.« Sie linst zu ihrem Bruder und Magnolia hinüber. Noch vor einem Jahr hätte mich der Anblick bis ins Mark getroffen – Parks mit dem Rücken an einer Wand lehnend, Julian über ihr aufragend, er stupst ihr Gesicht mit seinem an und bedeckt es mit Küssen –, doch nun? Es könnte mich kaum weniger kümmern.

Eigentlich stimmt das aber auch nicht ganz: Ich bin ein bisschen traurig deswegen, aber ihretwegen, denn sie ist eine Freundin von mir, und sie ist ein verdammtes Wrack.

»Sollen wir woanders hingehen?« Ich deute mit dem Kopf in irgendeine Richtung.

Sie wirft mir einen Blick zu, in dem irgendetwas zwischen Misstrauen und Hoffnung liegt. »Vielleicht.«

»Wohin?«

Sie stülpt die Lippen vor – ich liebe diese Lippen – ich denke ständig an diese Lippen.

»Ich weiß einen Ort«, sagt sie, packt mich am Handgelenk und zieht mich an der Bar vorbei durch einen kühlen Raum und in eine Nische, die aussieht wie eine Sackgasse. Ich sehe sie verwirrt an, und dieser Hund von Julian und ihr, der ihr überallhin folgt, macht es mir nach. Doch dann sehe ich die getarnte Wand.

Sie schlüpft dazwischen hindurch und verschwindet. Ich folge ihr mit pochendem Herzen – ich weiß nicht, warum. Vermutlich hat sie diese Wirkung auf mich.

Sie stößt ein Fenster auf, das von der Straße aus nicht zu sehen ist, und klettert auf eine Plattform auf dem Dach hinaus. Dann deutet sie mit irgendwie übertriebenen Gesten auf die Skyline von London.

»Wow.« Ich blinzle bei dem Anblick. »Ich wusste nicht, dass es diese Stelle hier gibt.«

Sie starrt mich ein paar Sekunden lang an. »Niemand weiß, dass dieser Ort hier existiert.«

»Niemand?«

Sie schüttelt den Kopf. »Nur ich und mein Bruder.« Sie schenkt mir dieses flüchtige Lächeln, irgendwie traurig und zart zugleich. »Wenn meine Sicherheit auf dem Spiel steht, wenn ich in Gefahr bin, soll ich hierherkommen, dann wird er mich finden. Der Raum taucht nicht in den Plänen auf, man kann ihn von der Straße aus nicht sehen.«

Ich starre zu ihr hinüber und habe so ein seltsam trauriges Schuldgefühl, weil ihr Leben so vermasselt ist und weil ich das nicht ändern kann, selbst wenn ich es wollte – was ich zum Teil will, aber zum Teil auch nicht, denn wenn ihr Leben vermasselt ist, können wir zusammen sein, finde ich.

»Niemand weiß davon«, erklärt sie mir ganz ernst. »Erzähl es niemandem.«

Ich schüttle kaum merklich den Kopf. »Ich verrat nichts.«

»Also.« Ich setze mich auf das Dach und stelle die Beine auf. »Was werden wir um Mitternacht machen?«

Sie lacht schnaubend und setzt sich neben mich, lässt aber etwa dreißig Zentimeter zwischen uns frei. Ich bin mir ziemlich sicher, dass sie das mit Absicht macht.

»Nichts.«

Sie sieht mich finster an, und ich sehe sie an, als wäre sie verblödet.

»Wir müssen irgendetwas machen …« Ich schüttle den Kopf. »Das ist sonst schlechtes Karma für das Jahr.«

Gedankenverloren streichelt sie den Hund. »So geht die Redewendung aber nicht …«

Ich versetze ihr einen Stoß mit dem Ellbogen. »Wie dann?«

Sie sieht mich ungeduldig an, was ich liebe, denn so hat sie mich ständig angesehen, wenn ich die falsche Ära bei einem Kunstwerk geraten habe oder die Art der Pilze, die sie zubereitet hat, einfach als »die Weißen« bezeichnet habe und nicht als »Champignons«.

»Man sagt: Wie man Silvester verbringt, so wird man auch den Rest des Jahres verbringen.«

»Wirklich?« Ich sehe sie mit hochgezogenen Brauen an. Sie nickt. »Also, was machen wir dann jetzt?«

»Nichts«, sagt sie wieder.

»Also willst du das ganze Jahr über nichts machen?«

»Mit dir?« Sie sieht mich stolz an. »Vielleicht …«

»Lügnerin«, sage ich und starre sie an, bis sie den Blick abwendet. Ihre Wangen werden rot. So rot, dass ich sie im Dunkeln sehen kann.

Sie stößt Luft durch die Nase aus. Es ist eher ein Aufstöhnen.

»Ich werde den Kopf an deiner Schulter anlehnen«, sagt sie und blickt dabei starr geradeaus. »Um Mitternacht«, führt sie für sich selbst genauer aus.

»Das werde ich aushalten.« Ich nicke und starre sie direkt an.

Und dann zieht Mitternacht für uns herauf. Wir achten nicht auf die Zeit, wir verlieren uns in ihr … Sie rinnt uns durch die Finger, während wir quatschen und über Gott und die Welt reden. Und das ist die beste Nacht meines Lebens, und ich begreife zum abertausendsten Mal seit diesem Tag in ihrem Apartment, dass ich einfach hätte Ja sagen sollen, dass ich sie wie wahnsinnig hätte küssen sollen, sie an der Hand hätte packen und ihr folgen sollen, wohin auch immer sie gewollt hätte.

Und vielleicht ist es jetzt zu spät, aber vielleicht auch nicht, das kann ich nicht sagen – denn sie ist mit mir hier, nicht mit ihm, oder? Das muss doch irgendetwas bedeuten – er hat ihr das Leben gegeben, von dem ich gesagt habe, dass ich es ihr nicht geben könnte. Doch ich glaube, ich würde alles dafür geben, wenn ich es zurücknehmen dürfte, wenn ich nicht Nein sagen könnte, sondern einfach: »Okay, wohin?«

Der Countdown beginnt, die ganze Stadt schreit: *10, 9, 8 …*

Was würde ich nicht dafür geben, sie zu küssen?

Alles. Buchstäblich alles. *7, 6, 5 …*

Sie überwindet den Abstand zwischen uns, starrt aber immer noch geradeaus.

4, 3, 2 …

Ich verändere meine Haltung, damit mein Arm hinter ihrem Rücken ist und nicht um ihn herumgelegt; er liegt praktisch nicht um ihre Schulter, aber irgendwie schon.

1.

Überall um uns herum wird gejubelt und geschrien, die Geräusche sind gedämpft und werden übertönt vom Glockenläuten in meinem Geist, als sie den Kopf auf meine Schulter sinken lässt. Ich lege den Kopf in den Nacken, starre zum Himmel auf, atme tief ein und sauge dabei auf, wie sehr ich sie liebe.

»Frohes neues Jahr«, wünscht sie mir, ohne mich anzusehen.

Ein paar Sekunden lang sage ich nichts. Lasse meinen Kopf auf ihren sinken und dort verharren, so wie er es immer will.

»Das ist die heißeste Sache, die ich je um Mitternacht gemacht habe.«

Sie lacht schnaubend. Bewegt keinen einzigen Muskel. »Das glaube ich keine Sekunde.«

Ich rühre mich ein bisschen, um ihr die Lippen oben auf den Kopf zu drücken.

»Nicht mit mir abgesprochen«, sagt sie, bleibt aber starr sitzen.

Ich schnaube. »Entschuldige.«

»Du hast mir nichts gewünscht …«, stellt sie fest, lässt den Kopf aber da, wo ich ihn haben will.

Ich lächle, was sie nicht sehen kann. Bin auch froh darüber. Ich lächle wie ein verdammter Idiot.

»Frohes neues Jahr, Baby.«

KAPITEL 28

JULIAN

Ich stehe gerade unter der Dusche, als sie in mein Badezimmer geschlendert kommt. Sie stellt sich ans Waschbecken und fischt ihre Zahnbürste aus dem Zahnputzbecher – ein ganz neues Gefühl.

Ich hatte noch nie jemanden so lange hier, dass diejenige ihre Zahnbürste dort neben meiner abgestellt hätte.

Es ist jetzt schon fast eine Woche.

Darüber habe ich schon nachgedacht, wie ich viel über Magnolia nachdenke.

Sie war fast immer in meiner Nähe, also liegt es vielleicht daran. Außerdem stimmt es nicht, dass ich bei anderen Mädchen nicht so werde. Das tue ich. Diese Mädchen sind nur normalerweise auf einer Leinwand. Oder auf Holz oder Papier – wie auch immer, ich habe da keine speziellen Vorstellungen.

Kein Grund, deshalb wahnsinnig zu werden – ich finde Magnolia Parks genauso faszinierend, wie ich Klimts *Judith* faszinierend gefunden habe. Nachdem ich sie bekommen habe, habe ich sie an meiner Wand wochenlang nur angestarrt, hab mir eine ganze Menge Fragen zu ihr gestellt, was sie wohl gedacht und gefühlt hat, ob es sie wirklich gegeben hat. Ziemlich genau dasselbe, worüber ich mich bei Parks wundere. Das ist kein Unterschied. Wunderschöne Dinge halten mich nun mal nachts wach, was soll ich da sagen?

Das ist sie: nur ein weiteres wunderschönes Ding – das werde ich ihr aber nicht sagen, denn sie scheint es nicht für ein Kompliment zu halten –, aber das ist sie. Wenn ich ein neues Gemälde habe, gehe ich normalerweise eine Woche lang nicht aus. Bleibe nur zu Hause und starre zu ihm hinauf, irgendwie stolz auf meine Anschaffung. Und das alles ist eine willkommene Selbsterkenntnis, denn davor habe ich mich seltsam und mies gefühlt, als wäre ich vielleicht … nichts. Es war nichts. Dumm. Doch jetzt begreife ich, dass an Magnolia Parks gar nichts besonders ist, sie ist nur etwas, das ich schon lange haben wollte. Und jetzt habe ich sie gehabt. Wenn also meine Vernarrtheit in ein paar Tagen nachlässt, werde ich mit ihr fertig sein. Ich werde das sein, wovon sie ihrem Ex erzählt, um ihn zu reizen, und sie wird ein weiteres Ding an meiner Wand sein, auf das ich früher mal fixiert war und das ich jetzt gelegentlich stolz betrachten werde.

Das ist eine Erleichterung, wenn ich ehrlich bin – denn ich wollte die ganze Zeit nicht, dass sie geht. Habe ein bisschen darüber nachgegrübelt, die Gründe dafür alle durchgespielt, doch jetzt verstehe ich es, und es ist in Ordnung. Sie muss nicht gehen, und ich muss nicht das Gefühl haben, dass ich es mir wünschen sollte.

»Was machst du heute?«, frage ich, während ich mir ein Handtuch um die Hüfte wickle.

»Ich gehe zum Verpiss-dich-Brunch«, antwortet sie mit dem Mund voller Zahnpasta.

»Zum was?« Ich runzle die Stirn.

»Das ist das Treffen, das wir jedes Jahr veranstalten. Tatsächlich heißt es eigentlich Verpiss-dich-Neujahrsbrunch.«

Ich sehe sie mit zusammengekniffenen Augen abwartend an.

»Nun, also …« Sie verdreht ungeduldig die Augen. »Neujahrsbrunch, alle sind verkatert und fertig, und niemandem ist eigentlich danach, noch mehr zu essen. Außerdem braucht man eigentlich den zweiten, um sich davon zu erholen, wie schrecklich der erste Tag des Jahres normalerweise ist, aber erst am dritten …«, sie sieht mich streng an, den Kopf erhoben – ich reibe meine Lippen kurz an ihren, weil mir einfach danach ist und weil es jetzt nicht mehr komisch ist, da ich weiß, dass sie nur ein Stück in meiner Sammlung ist, nichts weiter, »… ist wieder alles geöffnet, niemand hängt mehr durch, alle sind wieder frisch.«

»Das ist süß. Ein jährlicher Brunch …« Ich sehe sie schief an, so als fände ich es irgendwie dämlich, aber irgendwie mag ich die blöden Traditionen, die sie alle haben.

Ich sehe ihr ununterbrochen zu – das nicht zu tun, ist ein bisschen schwierig. Sie zieht alle Aufmerksamkeit auf sich, sogar gleich morgens. Kunst hat diese Wirkung auf einen, und ihr Gesicht.

Am besten beschreiben lässt sich das, wenn ich es mit dem Moment vergleiche, als ich *Die neunte Welle* zum ersten Mal gesehen habe – kennt ihr das? Von Ivan Aïvazovsky, das in St. Petersburg.

Als ich das zum ersten Mal gesehen habe, habe ich einfach nur dagestanden, irgendwie überrumpelt. Wie er das Licht malt, wie es am Horizont durchkommt und auf das Wasser fällt, wie es das Dunkle dunkler werden lässt, wie es einem beim Betrachten ein tiefes, schmerzhaftes Gefühl in der Brust vermittelt, und wie einen das Licht genauso trifft, wie es die Leute in dem Wrack getroffen hat. Es ist auch größer, als man denkt: 221 auf 332 Zentimeter. Es schluckt einen irgendwie komplett.

Genauso macht sie es, vermute ich.

Sie streicht sich mit den Fingern unter den Augen entlang, starrt auf ihr Spiegelbild und seufzt leise.

»Nervös?«

»Nein«, sagt sie schnell und richtet sich auf.

Also doch. »Warum sollte ich nervös sein?«, fragt sie, weil sie ihren Stolz hat.

»Weil du allein sein wirst und er mit ihr gemeinsam dort«, erkläre ich ihr, wobei sie ein bisschen die Stirn runzelt.

»Du wirst die Beste dort sein.« Ich stoße sie von hinten mit der Schulter an.

»Ja.« Sie nickt, schiebt sich einige Haare hinters Ohr, wendet den Blick aber nicht von ihrem Spiegelbild ab und lächelt auch nicht bei dem Kompliment. Weiß sowieso nicht, ob das ein Kompliment für ein Mädchen wie sie ist, oder nur eine Tatsache …

Sie blinzelt ein paarmal und dreht sich dann zu mir.

»Und dann was?« Sie zuckt mit den Schultern, was locker wirken soll, ihr aber nicht gelingt. Diese Geste gehört zu einem Mädchen, das sein ganzes Leben lang überall die Schönste gewesen ist und das dann eines Tages aufwacht, nur um festzustellen, dass das am Ende scheißegal ist.

»Willst du, dass ich mitkomme?«

»Nein …« Schnell schüttelt sie den Kopf.

Ich weiche zurück. »Nein?«

Sie schüttelt noch stärker den Kopf. »Ich weiß ja, dass wir nicht … Ich weiß ja, dass du nicht … so bist.«

Ich ziehe den Kopf ein. »Wie – so?«

»So wie die Sorte von Jungs, die man zum Brunchen mitnimmt.« Sie zuckt mit den Schultern und lächelt mich kurz an.

»Erstens.« Ich tippe mir auf die Brust. »Kein Junge. Und dann, ja …« Ich zucke mit den Achseln. »Ich gehöre nicht zu den Männern …«, sehe sie scharf an wegen der falschen Bezeichnung, »… die man zum Brunchen mitbringt.«

Ganz generell: Bin ich schon mal mit einem Mädchen zum Brunchen gegangen? Ja. Habe ich nach dem Brunch dann mit derjenigen geschlafen? Japp. Bin ich schon mal mit einem Mädchen zum Brunchen gegangen, mit dem ich in der Nacht davor geschlafen habe? Nein.

Oh, außer mit Josette vielleicht, falls sie zählt. Nur ist das etwas anderes, weil wir Kumpel sind.

Aber im Allgemeinen nicht. Das ist zu schmutzig.

Brunch nach dem Sex hat etwas Verbindliches. Macht ein Mädchen anhänglich, doch dieses hier – sie hat mich nicht mal gefragt. Das verheißt nur Gutes. Keine Gefühle bei ihr, was super ist. Ich will sie nicht dahaben.

Hätte aber nichts gegen Brunchen.

»Es ist in Ordnung.« Sie lächelt mich tapfer an. »Ich kann allein hingehen. Ich werde einfach viel trinken, es wird schon passen.«

»Ich komme mit«, erkläre ich ihr.

Und da leuchten ihre Augen auf. »Echt?«

»Ja. Ich habe heute nicht viel zu tun …« Das ist gelogen, aber ich zucke trotzdem mit den Schultern. »Recht wenig los hier im Moment.« Wieder gelogen.

Warum lüge ich, um Zeit mit ihr zu verbringen?

Sie wirbelt herum und sieht mich direkt an. Dabei bleibt mein Blick an meiner Lieblingssommersprosse auf ihrer Nase hängen, und es gefällt mir gar nicht, dass ich eine liebste Sommersprosse bei ihr habe.

»Danke.« Sie schenkt mir ein zartes Lächeln.

Ich beiße mir auf die Unterlippe und grinse zu ihr hoch. »Ob da Dankesworte reichen, Kätzchen, ich bin sowieso eher nicht der Typ, der immer redet …«

Sie legt den Kopf schief. »Ist das so?«

Ich hebe sie auf den Waschtisch. »Das ist so.«

~

»Warum begleiten dich deine Freunde überallhin?«, flüstert sie mir zu und schielt dabei über die Schulter auf Declan und Kekoa.

»Quatsch …« Sie versetzt mir einen kleinen Schubs und starrt zu mir herauf. »Wer könnte dich denn verletzen?«

Mit ihr gemeinsam einen Raum zu betreten, hat etwas Besonderes – alle Augen richten sich auf uns, Köpfe werden gedreht, jeder andere Mann sieht augenblicklich so aus, als wäre er sauer auf mich –, das kann süchtig machen.

Als wir im Restaurant sind, hebt das Geflüster an, das ihr immer folgt, und ich ertappe mich dabei, wie ich sie berühre, weiß aber nicht, warum ich das tue: um sie zu beschützen oder nur, um diesem glänzenden Ding näher zu sein und alle wissen zu lassen, dass sie mit mir zusammen da ist. Ich kann es nicht sagen, aber Jo entdeckt uns als Erster und steht auf.

»Oh …« Er breitet die Arme für mich aus. »Brunch?«, fragt er leise, wobei ich ihn finster anstarre.

»Lass es.«

Belustigt hebt er die Brauen.

»Wir werden einen zusätzlichen Stuhl brauchen …«, erklärt BJ dem Kellner, während ich seinem Bruder die Haare durchwuschle.

»Nee«, wehre ich den Kellner mit dem Stuhl ab, ziehe Parks auf meinen Schoß, sodass sie mir wieder ganz nah ist, und starre Ballentine dabei direkt in die Augen. »Für uns passt das.«

Magnolia erwidert total belustigt meinen Blick, denn sie weiß, dass ich gerade gemein sein will, also stupse ich sie mit der Nase an.

Hoffe, dass das niemand sieht, denn es wirkt wahrscheinlich süßer, als es wirken soll.

Magnolia lehnt sich über den Tisch und packt Taura Sax an der Hand. »Hab dich vermisst.«

»Ich dich auch«, seufzt sie.

Ballentines Freundin blickt zu ihr herüber. »Wo bist du gewesen?«

Parks' Blick wandert zu ihr, sie öffnet den Mund, sagt aber nichts.

»Bei mir«, antworte ich an ihrer Stelle, drehe mich dann zu Taura und werfe ihr einen Blick zu. »Ich würde dir ja anbieten, zu kommen und uns Gesellschaft zu leisten, Tausie, aber nach dem, was ich so höre, hast du schon alle Hände voll zu tun …«

Magnolia schnappt kurz nach Luft und dreht sich auf meinem Schoß um, wobei sie mir gleichzeitig versehentlich ihre Haare ins Gesicht schleudert und absichtlich eine Ohrfeige verpasst.

»So unhöflich …« Sie verzieht das Gesicht. »Entschuldige dich bei ihr.«

Mir fällt ein bisschen die Kinnlade herunter, denn ich bin in meinem ganzen Leben noch von niemandem ausgeschimpft worden außer von meiner Schwester.

Das mag ich nicht, aber ich habe auch ungefähr vierzehn Sachen im Kopf, die ich gern mit ihr machen möchte, und ich weiß, dass ich keine davon machen kann, wenn sie sauer auf mich ist. Also starre ich sie an und blicke dann zu ihrer besten Freundin hinüber.

»Das war ein Scherz, Taurs. Es tut mir leid.«

Darauf folgt Stille. Christian zieht eine Augenbraue hoch, Jonah lächelt verwirrt, und Taura lehnt sich mit verschränkten Armen auf ihrem Stuhl zurück und starrt Magnolia an.

»Verdammte Scheiße. Wie gut im Bett *bist* du?«

Ich hatte schon Bessere, wäre die ehrlichste Antwort – trotzdem ist sie mir wahrscheinlich die Liebste. Bei diesem Gedanken runzle ich die Stirn, verwandle das aber zu einem Lächeln und erinnere mich: Sie ist nur *Judith* an der Wand, eine Woche nachdem ich sie gestohlen habe, nichts anderes. Das sage ich mir und interpretiere nicht mehr hinein, auch nicht, als sie jetzt meine Hand nimmt und ihr Gesicht dahinter verbirgt, weil es ihr peinlich ist.

Magnolia und Ballentine führen eine passiv-aggressive Unterhaltung quer über den Tisch, und Christian lehnt sich zu mir und formt mit den Lippen stumm die Frage: »Was zum Teufel machst du hier?«

Ich nicke subtil in Richtung Parks, doch das erklärt nichts, also schüttelt er nur den Kopf.

Er macht wieder Gesten in ihre Richtung. »Was machst du?«

Ich starre ihn finster an. »Einfach ein bisschen Spaß haben, Papa.«

»Ja, Papa«, stimmt Magnolia mit ein. »Wir haben einfach nur ein bisschen Spaß.«

Christian verdreht die Augen, worauf Parks nach vorne greift und ihn in die Schulter pikst.

»Ich bin froh, dass du Vanna heute nicht hierher mitgenommen hast …«

»Und warum?«, fragt Christian, auch wenn er es eigentlich weiß.

Magnolia sieht ihn an, als wäre er verblödet. Er ist verblödet. »Weil sie echt schrecklich ist.«

Das ist so eine Untertreibung. Sie ist die verdammte Hölle.

»Ist sie das?«, fragt Christian, nur um sie zu reizen.

»Ja.« Parks nickt.

»Inwiefern?«

»Sie ist unhöflich, sie ist verwöhnt, sie ist anspruchsvoll, sie ist …«

Christian lächelt mich provozierend an. »Wenn du findest, dass sie anspruchsvoll ist, Parks … so hilf uns Gott.«

Magnolia lässt den Kopf auf die Brust sinken und starrt zu ihrem Freund auf.

»Ich bin nicht anspruchsvoll«, sagt sie. Auf der anderen Tischseite schnaubt BJ.

Schnell drehe ich ihm den Kopf zu und sehe ihn mit hochgezogenen Augenbrauen an.

»Das war ein Niesen, oder?« Ich starre ihn finster an, und er bleibt stumm, erwidert aber meinen Blick. »Gesundheit«, sage ich, ohne wegzusehen.

Er blinzelt ebenfalls nicht, trinkt einen gründlichen Schluck und sieht überhaupt nicht so eingeschüchtert aus, wie man denken könnte – ich weiß nicht, wer zuerst wegsehen wird, aber ich werde es nicht sein.

Dann klingelt mein Smartphone, und ich sehe hin. Verdammt. Er wird das als Sieg verbuchen, auch wenn es keiner ist.

Ich bohre Parks mein Kinn in die Schulter.

»Das muss ich annehmen«, sage ich ihr. »Bestell mir was zu trinken.«

Sie nickt fröhlich. »Was hättest du gern?«

»Einfach das, was du auch nimmst.« Ich zucke mit den Schultern.

Erfreut richtet sie sich auf. »Du magst auch einen French 75!«

»Nein – verdammt.« Ich verziehe genervt das Gesicht. »Jo, kannst du vielleicht …«

Jo nickt, verdreht die Augen und winkt mich weiter.

Ich gehe die paar Schritte zu Koa und Declan am anderen Tisch und vergewissere mich, dass mich Magnolia nicht mehr hören kann, bevor ich das Gespräch annehme.

»Was?«

Es ist TK.

»Ebenfalls hallo«, sagt er am anderen Ende.

»Ich bin beim Frühstücken.«

»Mit Magnolia?«, fragt TK fröhlich.

»Ja?« Ich runzle die Stirn.

»Wow! Du frühstückst doch nie mit Mädchen, das ist …«

»Wir halten hier jetzt kein Schwätzchen ab, Teeks. Was willst du?«

»Oh. Klar.« Er räuspert sich. »Flipp bitte nicht aus …«

»In Ordnung.« Abwartend halte ich Daumen und Zeigefinger an die Nasenwurzel. »Diese Einleitung gefällt mir nicht, aber sag schon …«

Es entsteht eine kurze Pause.

»Er ist uns entwischt.«

»Wer?«, frage ich laut und deutlich, obwohl ich weiß, wer gemeint ist.

»Brown«, sagt TK. »Er war in …«

»Valletta«, unterbreche ich ihn. »Ich weiß. Und dann?«

»Und dann haben wir ihn bei einem Flug nach Marrakesch entdeckt. Er ist in den Flieger gestiegen, hat das Boarding durchlaufen, doch er ist nicht ausgestiegen.«

»Quatsch.«

»Er ist mit einer Linienmaschine geflogen …«

»Warum zum Teufel sollte er das tun?«, erwidere ich genervt.

»Aus Schlamperei vielleicht? Ich weiß nicht. Wie auch immer … ich habe mir die Einreisen an allen marokkanischen Flughäfen angesehen: Rabat, Fès, Casablanca – nichts.«

»Verdammt!«, sage ich so laut, dass Parks neugierig zu mir herübersieht. Ich nicke ihr zu und gebe ihr stumm zu verstehen, dass ich noch etwas Zeit brauche.

»Das gefällt mir gar nicht«, sage ich zu TK.

»Ich weiß.«

»Bring es in Ordnung.«

»Ja.« Ich kann hören, wie er im Hintergrund wild auf der Tastatur herumtippt. »Ich bin dran.«

Ich lege auf. Kekoa steht auf und fragt mich stumm nach dem Gespräch.

»Brown ist uns entwischt.«

Declan verschränkt die Arme vor der Brust und sieht von mir zu ihm und wieder zurück. »Scheiße.«

KAPITEL 29

DAISY

Seit Neujahr sind ein oder zwei Wochen vergangen, und zwischen mir und Tiller war es komisch – irgendwie normal, aber selbst das ist komisch.

Wir sollten nicht normal sein. Silvester war nicht normal.

Er ist früher schlafen gegangen. Ich bin lange wach geblieben, gemeinsam mit meinem Ex, der mir vielleicht den größten Schock meines Lebens verpasst hat mit seinen Flirtversuchen. Ich traue der Sache nicht. Als ich ins Bett gegangen bin, hat Tiller geschlafen, und als ich am nächsten Morgen wieder aufgewacht bin, war er weg.

War zu diesem erfundenen Auftrag aufgebrochen, zu dem er gehen musste, damit er von all meinen Liebsten wegkommt, und ich weiß, wie dumm das von uns ist. Ich weiß, dass es einer von uns einfach beenden sollte, denn das muss sein – aber immer, wenn ich mir überlege, es zu tun, muss ich an den Morgen nach unserem Date am Valentinstag denken. Da ist er klammheimlich aus meinem Bett geklettert und nach unten gegangen, um mir einen Kaffee zu kaufen, und ich habe ihn nicht gehört, als er gegangen ist, aber ich habe es gehört, als er sich wieder hereingeschlichen hat, denn wenn sich jemand zu uns ins Haus schleicht, sind das genau die Geräusche, auf die ein Mädchen wie ich trainiert ist. Also habe ich mich hinter einer Wand versteckt und ihm ein Medizinbuch über den Kopf gezogen, worauf der Kaffee in alle Richtungen gespritzt ist und er zu Boden gegangen ist. Ich habe mich zu ihm gekniet – einerseits geschockt, andererseits lachend –, und er hatte so eine große Beule, und trotzdem hat er gelacht und mich auf seinen Schoß gezogen, während er sich mit der freien Hand den Kopf gehalten hat, und dann hat er mich geküsst und gesagt: »So etwas wie das musst du jetzt nicht mehr tun, Dais.« Und aus irgendeinem Grund war das eine der romantischsten Sachen, die jemals irgendwer zu mir gesagt hat.

Als Tiller heute Abend nach der Arbeit reinkommt, sehe ich, dass er in Gedanken woanders ist.

Er legt sich mit dem Gesicht nach unten auf mein Bett, klettert auf mich, vergräbt das Gesicht in meinem Nacken und sagt nichts. Er bleibt einfach nur still dort liegen, nur seine Atemzüge hören sich immer mal wieder wie Seufzer an.

Ich lege ihm die Hand auf den Kopf, fahre ihm damit durch die Haare und bin verwirrt von meinen Gefühlen. Wie kann ich glauben, dass ich es beenden muss, und es gleichzeitig absolut nicht wollen?

Dann klopft jemand an meine Schlafzimmertür.

Julian steckt den Kopf herein. »Sind alle angezogen?«

»Nein, Tiller ist nackt.«

»Daisy«, knurrt Tiller, bevor er sich, vollständig bekleidet, herumrollt.

Julian verdreht die Augen und kommt herein, dabei nickt er Tiller kurz zu.

»Du hattest recht.« Julian nickt, während er sich auf mein Bett setzt. »Mit dem Gemälde. Es war eine Falle.«

Ich lache ihn stolz an. Ich liebe es, recht zu haben. »Ich weiß.«

»Also, danke.« Er zuckt mit den Schultern, als wäre ihm das unangenehm. Mein Bruder bedankt sich nicht gern.

»Irgendeine Ahnung, wer?« Ich verschränke die Arme, während mein Bruder vorsichtig nickt und von mir zu Tiller blickt.

»Ja, ich habe eine Ahnung.«[144]

Ich runzle die Stirn. »Irgendjemand, den ich kenne?«

»Nö.«[145]

Ich verziehe noch mehr das Gesicht. »Sollte ich mir Sorgen machen?«

Mein Bruder schenkt mir ein angestrengtes Lächeln, das aber nicht angestrengt aussehen soll, und wuschelt mir durch die Haare. »Nein, Face.«[146]

Er steht wieder auf und geht Richtung Tür. »Ich schleiche mich für ein Meeting raus, soll ich euch beiden auf dem Rückweg irgendetwas mitbringen?«

144 Gott steh ihnen bei.

145 Das ist gelogen.

146 Wieder gelogen.

Tiller schüttelt stumm den Kopf – und ich kann schon an seinem Gesichtsausdruck ablesen, dass wir darüber noch reden werden.

»Für mich nicht …« Ich lächle meinen Bruder schnell an, damit er geht und ich es einfach nur hinter mich bringe.

Vielleicht ist es heute Abend so weit?

Tiller bewegt sich, er baut sich regelrecht neben mir auf. »Wovon redet er?«

»Hm?« Ich sehe ihn nicht an und scrolle bloß auf meinem Smartphone herum, damit dieses Gespräch so lange locker und schwammig bleibt wie möglich.

»Wovon hat er gesprochen?«, fragt er erneut, nimmt mir das Telefon aus der Hand und wirft es aufs Bett.

Ich hole tief Luft. »Ich habe ihm nur etwas erklärt.«

»Was hast du ihm erklärt?« Er beißt die Zähne zusammen.

Ich bemühe mich, nicht genervt auszusehen, und blicke ihn offen an.

»Ich habe nur etwas gesehen, das nicht gepasst hat, also hab ich ihm das mitgeteilt.« Ich zucke abwehrend mit den Schultern.

»Du weichst meinen Fragen aus.« Er: verärgert.

»Und du bist neugierig!« Ich springe vom Bett, verschränke die Arme und sehe ihn von oben herab an. »Das willst du gar nicht wissen, also frag auch nicht …«

»Daisy …« Tiller sieht mich brüsk an, während er aufsteht. Dann starrt er auf mich herunter. »Ich bin Ermittler bei der NCA, das kann nicht sein, dass meine Freundin Kriminellen hilft!«

Ich atme bewusst ein. »Er ist mein Bruder!«

»Er ist ein Verbrecher!«

»Und?« Ich zucke mit den Achseln. »Willst du, dass ich zusehe, wie er verhaftet wird?«

»Möglicherweise?«, schreit er verärgert, und es ist wie eine Ohrfeige.

»Raus hier.« Ich deute zur Tür.

»Nein.« Er stemmt die Beine in den Boden.

»Er ist meine Familie!«

»Du bist ihm weggelaufen, Daisy! Acht Monate lang!«

Und dann purzelt es mir einfach aus dem Mund, ohne dass ich die

Erlaubnis dazu erteilt habe: »Und das waren die einsamsten acht Monate meines Lebens.«[147]

Für Tiller ist das wie eine Ohrfeige, ich sehe es an seinem Gesicht. Dann ist er eine Minute lang ganz still, als hätte ich ihm den Boden unter den Füßen weggezogen.

»Es tut mir leid«, setze ich an, doch er schüttelt abwehrend den Kopf.

Er hat diesen Gesichtsausdruck, den Männer immer bekommen, wenn sie sich über dich ärgern, gleichzeitig aber versuchen, unnahbar zu wirken. Schließlich wollen sie dann einfach nur, dass du zu reden aufhörst, denn wenn du weiterredest, entsteht ein Riss, und ihre Fassade beginnt zu bröckeln, sodass sie sich nicht mehr zusammennehmen können, und das endet dann mit einem Gesichtsverlust.

»Er ist ein gesuchter Verbrecher«, sagt Tiller betont, um seinen Punkt klarzumachen.

»Er«, ich deute auf die Tür, durch die mein Bruder gerade hinausgegangen ist, »ist die einzige Familie, die ich habe!«

»Warum zum Teufel hast du mir dann letztes Jahr geholfen, ihm seinen Auftrag zu vermasseln?« Er ragt vor mir auf. Sagt es, als würde er ebenfalls denken, dass ich dadurch zur Verräterin geworden bin.

»Weil ich ihn beschützen wollte!«, brülle ich.

Tiller schüttelt den Kopf. »Wovor?«

Im Raum breitet sich Stille aus, als hätte irgendjemand ihm alle Luft entzogen.

»Vor sich selbst.« Ich linse zu ihm hoch.

Sein Gesichtsausdruck wird weicher, wie es immer irgendwann der Fall zu sein scheint, wenn es um mich geht.

»Tiller …« Ich greife nach seiner Hand. »Ich verstehe das bei dir. So wie du aufgewachsen bist, gibt es das Gute und das Böse, aber nichts dazwischen. Aber für mich …« Ich sehe ihn bewusst an. »… so wie ich aufgewachsen bin, in meiner Welt – die für mich genauso real ist wie die deine für dich …« Er verdreht die Augen. »Ja, von unterschiedlichen Kräften bestimmt, aber trotzdem mit Gesetzen, und das, was mein Bruder bei diesem Auftrag getan hat, hat die Gesetze verletzt, die wir für uns selbst aufgestellt hatten, damit wir gemeinsam existieren können in die-

147 Das hätte ich nicht sagen sollen.

sem Leben. Julian hat unsere rote Linie übertreten, Julian hat sich mir gegenüber etwas zuschulden kommen lassen an diesem Tag. Doch alles andere … alles außer meinen drei Verboten …« Ich zucke hoffnungslos mit den Schultern. »Ich weiß nicht, wie ich mich darum kümmern soll – nicht so, wie du es von mir möchtest.«

Tiller setzt sich wieder aufs Bett, stützt den Kopf in die Hände und seufzt laut.

Ich ziehe ihm die Hände vom Gesicht und setze mich auf seinen Schoß.

»Kannst du mich einfach küssen und das alles vergessen?«, seufze ich erschöpft und den Tränen nahe, was ich ausnutze: Dieses Gespräch muss ein Ende finden. Ich lasse meine Unterlippe ein bisschen hängen. Sie zittert, während meine Augen glasig werden.

Tillers Gesichtsausdruck wird weicher, genau wie ich es vorausgesehen habe, denn bei ihm gibt es auch eine Sache, an die er denkt, wenn er mit mir Schluss machen will[148]. Ich weiß, dass es so ist – ich kann es an seinen Augen sehen, was auch immer es ist, an das er denkt. Kurz bevor er seinen Gurt lösen will, denkt er auf diese Art an mich, und dann verändert sich seine Miene, und statt ihn zu öffnen, zieht er den Gurt enger.

Er zieht ihn enger. Schlingt mir die Arme um die Taille, zieht mich näher an sich und reibt seine Lippen gegen meine. Dann ist es in dem Kuss.

Ein Judaskuss, so nennt ihn Jack immer.

Den Kuss vor einer Trennung.

Ich weiß, dass sie kommt. Ich kann sie spüren, so wie man einen Sonnenuntergang spürt. Alles wird kälter und dunkler und schattiger, genauso sind wir schon seit Weihnachten, und ich hätte es schon beenden sollen, doch dann denke ich daran, wie er inmitten des Kaffees am Boden sitzt, wie es sich angefühlt hat, neben ihm aufzuwachen, wie er sich immer nach Morgensonne angefühlt hat, egal, wie spät es war; es ist schwer, der Sonne den Rücken zuzudrehen. Er ist das Licht, Killian Tiller. Er ist wirklich wunderschön, erfüllt von Licht, er unterteilt alles in Schwarz und Weiß, glaube ich – oder er hat es getan, vermutlich ist die Welt für ihn jetzt grauer geworden, wegen mir –, doch das will ich nicht

148 Ich weiß allerdings nicht, was es ist.

für ihn. Das ist nicht das, was ich ihm wünsche, trotzdem sage ich immer noch nichts, ich erwidere seinen Kuss, schenke ihm ebenfalls einen Judaskuss. Doch ich nehme an, dass unsere Küsse in letzter Zeit nur Judasküsse sind. Er erklärt mir, er müsse arbeiten gehen. Das ist eine Lüge, er ist ja gerade erst von der Arbeit gekommen. Er wird langsam schlampig.

Es muss schon fast zwei Uhr morgens sein auf unserem sinkenden Schiff.

Ich schlendere die Treppen zur Küche hinunter, weil mir mein Schlafzimmer jetzt aus hundert Gründen besetzt vorkommt, außerdem war die Küche schon immer mein sicherer Rückzugsort.

Also stellt euch meine Bestürzung vor, als ich hineingehe und Magnolia Parks mit fröhlichem Blick zu mir aufschaut. Sie sitzt an dem Tisch, den ich letzte Woche gekauft habe: einem neoklassizistischen Tisch aus italienischem weißem Marmor aus dem 18. Jahrhundert.

Mir entkommt ein Stöhnen. »Hast du kein Zuhause?«

Sie setzt sich ein bisschen auf und faltet die Hände vor sich.

»Das habe ich.« Sie nickt.

Ich stütze mich auf der Arbeitsplatte ab und lege das Gesicht in die Hände. »Wird es gerade ausgeräuchert?«

Sie blinzelt zweimal. Dieses dumme Blinzeln der großen Augen. »Nein.«

Ich ziehe eine Augenbraue hoch. »Warum bist du dann nicht dort?«

Sie atmet durch die Nase aus, schiebt sich vom Tisch weg und lächelt mich auf dem Weg zur Tür voller Unbehagen an. »Ich gehe.«

»O nein«, sage ich mit vor Sarkasmus triefender Stimme. »Tu das nicht … bleib …«

Sie bleibt stehen, dreht sich um und sieht mich mit leicht gerunzelter Stirn an.

»Weißt du, ich habe es nicht gewusst.« Sie verschränkt abwehrend die Arme vor der Brust.

Bereits genervt, richte ich mich auf. »Was gewusst?«

»Dass Christian mich immer noch geliebt hat.« Sie stülpt die Lippen vor, und mir fällt auf, dass ihr noch mehr Worte herauspurzeln wollen, sie aber dagegen ankämpft. »Irgendwie.«

Ich sehe sie unbeeindruckt an. »Was?«

»Ich meine, vielleicht habe ich das …«, sie zuckt mit den Achseln, »… es gewusst. Auf eine Art.«

»Oh, du meinst, weil es offensichtlich war?«

»Nein.« Sie sieht mich mit zusammengekniffenen Augen an, als würde ich sie blenden, weil ich ihrem unaufhörlichen Geplapper nicht folgen kann. »Anzuerkennen, dass er mich immer noch geliebt hat, hätte bedeutet, anzuerkennen, dass er mich besonders behandelt hat, und ich wollte nicht, dass es aufhört, denn sonst hätte ich mich einsam gefühlt. Und ich mag nicht einsam sein.«

Ich starre verwirrt zu ihr hinüber. Ich … warum hat sie …?

Das überrumpelt mich ein bisschen, dass sie so ehrlich ist. Ich mag den Gedanken nicht, aber sie hat etwas Entwaffnendes. Es nervt. Ich will weiter sauer auf sie sein, also konzentriere ich mich auf das Negative.

»Ist es das, was dir mein Bruder bedeutet?«, frage ich sie mit hochgezogenen Augenbrauen. »Nur eine Sache, die du machen kannst, damit du dich nicht einsam fühlen musst, während dein Freund unterwegs ist, um andere Mädchen anzugrapschen?«[149]

Ehrlich gesagt bereue ich meine Worte schon in dem Augenblick, in dem ich sie ausgesprochen habe. Da ist etwas in ihrem Gesichtsausdruck bei BJ – man muss nicht mal seinen Namen aussprechen, schon eine Andeutung auf ihn nimmt ihr den Wind aus den Segeln, und ich muss da etwas nicht mitbekommen haben … Dass da mehr dahinter ist, als ich weiß, da muss noch mehr sein. Oder sie liebt ihn dummerweise einfach zu sehr, wahrscheinlich so wie ich Christian, und aus welchem Grund auch immer – so wie ich sie kenne, ist der Grund dämlich – können sie einfach nicht zusammen sein.

Trotzdem fühle ich mich scheiße, als sie sich wieder zur Tür dreht.

Ich stöhne leicht.

»Warte«, rufe ich ihr zu, und sie lässt den Kopf sinken, als sie stehen bleibt. Als würde sie davon ausgehen, dass ich sie nur zu bleiben bitte, damit ich sie weiter fertigmachen kann.

Sie dreht sich auf dem Absatz um.

»Was?«, fragt sie müde.

»Ich mache gleich eine Flasche Wein auf«, erzähle ich ihr, auch wenn

149 Das war gemein von mir, aber ich hasse sie, also …

ich nicht ganz weiß, warum. Diese blöde Kuh mit ihrer einschmeichelnden Art. »Willst du ein Glas?«

Ein paar Sekunden lang starrt sie mich verwirrt an, dann nickt sie schnell.

Und dann, keine Ahnung, was passiert ist, aber eine Stunde später sitzen wir schon mit der dritten Flasche auf dem Küchenboden, und sie flechtet mir Zöpfe und erzählt mir mit absoluter Überzeugung in der Stimme, dass mein Bruder ganz bestimmt kein Kunstdieb ist.

»Denn er ist ja so sexy und charmant und sexy, mit seinen Händen und seinem Mund und seinem ...«

»Okay.« Ich runzle die Stirn, als ich sie unterbreche.[150]

»Er ist einfach so offensichtlich kein Kunstdieb.[151] Als wäre er irgendetwas von Beruf. Wie ein ... irgendetwas, das sehr sexy ist und breitschultrig,[152] wie ein Ruderer.«

»Ein Ruderer?«, frage ich und verdrehe die Augen, dabei entdecke ich mein Spiegelbild in einem Suppenlöffel. Ich sehe echt gut aus.[153]

»Klar, dass du Zöpfe flechten kannst.« Ich seufze. »Mädchen wie du können das immer.«

Sie schielt verwirrt zu mir. »Mädchen wie ich?«

»Die beliebten.« Ich zucke mit den Schultern und ärgere mich darüber, dass sie mich dazu gebracht hat, das laut zu sagen.

Nachdenklich schürzt sie die Lippen.

»Meine Haare sind eher so wie die von meiner Mutter ... du weißt schon, wie die Haare von Weißen eben.« Sie zuckt mit den Achseln. »Mit leichten Locken, so wie – nein, eigentlich –, ich habe mir die Haare schon seit ein paar Tagen nicht mehr gemacht, und so sehen sie also aus.«

Verdammt, ganz ehrlich, denn sie sehen aus wie eine ganz frische, scheißaufwendige Föhnfrisur.[154]

»Aber Bridget hat eher Afrohaare, von unserem Dad ...« Sie sieht aus,

150 Igitt?

151 Okay, wenn du das sagst.

152 ?

153 Ärgerlich.

154 Ich mache keine Scherze. Als ich sie in der Küche entdeckt habe, habe ich mich gefragt, wie lange sie wohl braucht, damit ihre Haare so aussehen. Gar keine Zeit, hat sich herausgestellt.

als würde sie sich über sich selbst wundern. »Ich meine, von unserem Vater.«

Völlig ohne Grund verbessert sie sich selbst. Ich runzle die Stirn, denn wieso?

»Egal, als sie klein war, mochte Bridget keine Haare im Gesicht haben, also habe ich gelernt, wie ich sie ihr flechten kann.«

Verdammt. Was für eine zuckersüße Geschichte.[155]

Ich starre sie ein bisschen an. »Warum hat das nicht einfach deine Mutter gemacht?«

Sie lächelt mich freundlich, aber mit müdem Blick an. »So eine Mutter ist sie nicht.«

»Oh.« Ich nicke. Ich mustere sie genau, suche nach anderen Dingen, die ich nicht mag. »Und warum hast du dann so eine gute Körperhaltung?«

Sie zuckt mit den Schultern. »Ich habe an der Highschool ein bisschen gemodelt.«

»Oh.«[156]

»Aber wahrscheinlich liegt es eher daran, dass mir meine Großmutter immer mit einer zusammengerollten *Argumenty i Fakty* zwischen die Schultern gehauen hat.«

Mir bleibt der Mund offen stehen. »War deine Großmutter aus der Sowjetunion?«

»Eine Überläuferin.« Sie zuckt mit den Schultern.

»Ja, was ist denn hier los?«, fragt mein Bruder irritiert von der Türschwelle aus. Erfreut und irritiert zugleich vielleicht? Und dann taucht Christians Kopf hinter ihm auf, und ich setze mich gerade auf, wobei mich Magnolia sofort am T-Shirt zurückzieht, damit ich nicht so aufgeregt wirke, und ich verstehe nicht, wieso sie bei einigen Sachen so aufmerksam ist, bei anderen aber so ignorant, dass es wehtut.

»Du bist wieder da.« Magnolia lächelt zu meinem Bruder hinüber, und wirklich scheint sich ihr Gesicht in seiner Anwesenheit ein bisschen zu entspannen.

Jetzt, da die Jungs mit im Raum sind und ich einen ordentlichen Refe-

155 Äh. Sie nervt so.

156 Nervig.

renzrahmen habe, bemerke ich, dass wir beide (aber sie ganz besonders) betrunkener sind, als ich gedacht hätte.

Mein Bruder nickt und versucht, sie nicht so anzulächeln, wie er es sicher gern tun würde. »Ich bin wieder da.«

»Das hat eine ganze Zeit länger gedauert, als du ursprünglich gesagt hast«, wirft sie ihm vor, während sie aufsteht, dabei aber sofort stolpert.

Julian streckt die Arme nach ihr aus und fängt sie auf, bevor sie auch nur eine Chance hat, dem Boden nahe zu kommen. Dann stellt er sie wieder auf die Beine, bevor er zu mir linst.

»Was zum Teufel hast du ihr gegeben?«

»Oh, weißt du … ein bisschen Absinth, ein bisschen Flunitrazepam.« Ich zucke sarkastisch mit den Schultern, doch Julian gefällt der Scherz nicht. Seine Miene verfinstert sich. »Einen Napa-Chardonnay, den sie nicht mochte, sie hat gesagt, er sei zu groß …«

»Er war wirklich groß!«, jammert sie.

Christian schüttelt den Kopf. »Ein Wortschatz wie ein Kleinkind …«

Ich lächle Christian an, weil er auch gemein zu ihr ist.

Magnolia zeigt mit dem Finger direkt auf sein Gesicht. »Das nimmst du zurück, Christian Hemmes, du weißt, ich habe einen sehr kuhlivierten Wortschatz.«

Ich gluckse ein bisschen, und Christian hebt eine Augenbraue. »Weiß ich das?«

»Komm.« Mein Bruder hebt sie hoch, sodass sie ihm die Beine um die Hüften schlingen kann,[157] und trägt sie zur Arbeitsplatte. »Machen wir dir erst mal ein Sandwich.«

»Nein«, schmollt sie. »Will ich nicht.«

Sie zieht die Beine an die Brust und legt die Arme darum. Dann macht Christian einen Schritt auf sie zu und sieht sie mit gerunzelter Stirn an. »Willst du nicht?«

Sie schüttelt mit geschlossenen Augen den Kopf, betrunken und stur.

Er geht zu ihr und stellt sich direkt vor seine alte Freundin, kommt ihrem Gesicht näher, als es mir recht ist. Da regt sich eine Eifersucht in mir, die letztes Jahr alles zwischen uns zerstört hat, und ich schnappe mir

157 Abscheulich.

das Weinglas von Magnolia, das noch zu drei Vierteln voll ist, und leere es in einem Zug.

Christian starrt Magnolia mit zu Schlitzen verengten Augen an und sucht nach irgendetwas in ihrer Miene, das ich nicht verstehe. Er nickt ihr zu.

»Hast du heute etwas gegessen?«[158]

Sie sieht ihn genauso streng an und reckt die Nase in die Luft. »Ja.«

»Wann?«

»Vorher.«

Julian bleibt vor dem Kühlschrank stehen und sieht die beiden genauso kritisch an wie ich.

»Wann vorher?«, hakt Christian nach.

»Bevor Daisy in die Küche gekommen ist … ich habe am Tisch gesessen und habe … weißt du?« Sie sieht mich auf der Suche nach Bestätigung an. »Wie ich am Tisch gesessen hab?«

Verwirrt nicke ich. Allerdings erinnere ich mich nicht daran, dass sie etwas gegessen hätte.

Christians Blick wandert für eine Bestätigung zu mir, dann sieht er sie immer noch angespannt an. »Was war es?«

»Was?« Sie blinzelt heftig, während mein Bruder die Arme vor der Brust verschränkt.

»Was hast du gegessen, Magnolia?«, fragt Christian. Dabei betont er jedes Wort.

Während sie über die Antwort nachdenkt, entsteht so eine seltsame, aufgeladene Pause. Und das könnte daran liegen, dass sie betrunken ist, aber es könnte auch an der anderen Sache liegen, ich weiß es nicht – mir ist jetzt auch ein bisschen schwummrig.

»Reste«, ist das, wofür sie sich entscheidet.

»Du magst kein Resteessen«, stellt er fest.

Sie kneift die Augen zu. »Ich mag Daisys Reste.«[159]

Jetzt bin ich neugierig, also gehe ich zur Spüle, um es zu überprüfen, doch dabei rutsche ich auf dem Wein aus, von dem ich vergessen hatte,

158 Wie bitte?

159 Ich weiß wirklich nicht, ob ich irgendwelche Reste im Kühlschrank hatte? Könnte sein. Aber ich bin mir nicht sicher.

dass Magnolia ihn zuvor verspritzt hat. Ich gehe unter, genau wie das Schiff, auf dem ich mich mit Tiller gemeinsam befinde.

Christian und mein Bruder versuchen beide, mich aufzufangen, doch anders als Magnolia treffe ich auf dem Boden auf.

»Bist du okay?«, fragt Christian, während er sich neben mir zu Boden sacken lässt.

Ich komme mir dumm vor, und es ist mir peinlich, dass ich vor Ihrer Hoheit, der Kaiserin des guten Stils und vielleicht auch der Verschandelung, hingefallen bin. Deshalb nicke ich schnell und versuche aufzustehen, damit niemand sieht, dass ich rot werde.

Christian lehnt sich ein bisschen nach hinten und bietet mir beide Hände an. »Auf drei, ja? Eins, zwei, drei …« Er zieht mich hoch, aber mein Knöchel gibt wieder unter mir nach – definitiv nicht gebrochen, aber mindestens verstaucht, und möglicherweise ist eine Sehne gerissen – das werde ich mir bei besserer Beleuchtung ansehen müssen.

Diesmal fängt mich Christian auf, schiebt mir einen Arm unter die Knie und hebt mich hoch.

Magnolia sieht mit weit aufgerissenen Augen zu und klammert sich am Arm meines Bruders fest, als würde sie gerade den spannenden Teil eines Kinofilms verfolgen. Julian steht einfach nur dort herum und sieht mit der Andeutung eines Lächelns auf den Lippen zu, dann wechseln er und Christian einen Blick.

Ohne Worte, nur die Augen meines Ex-Freunds signalisieren meinem Bruder: *Ich hab sie.* Dabei sieht er zur Decke hoch.

Julian nickt ihm leicht zu und blinzelt ihn verstohlen an.

»Bring mir Eis nach oben«, bittet er meinen Bruder, während er mich hinausträgt.

Er sagt kein Wort, als er mich die Treppe nach oben trägt, und mir pocht das Herz wie wild, denn er hat mich diese Stufen schon einmal hochgetragen, allerdings aus anderen Gründen, und dass er mich jetzt so festhält, lässt mich an eben diese Gründe denken, auch wenn ich das nicht sollte.

»Christian«, sage ich leise.[160]

160 Wahrscheinlich mache ich das, ganz ehrlich, nur, weil ich betrunken bin und deshalb beunruhigt ihretwegen.

Er blickt mich mit einer ganz ernsten Miene an. »Mhm?«

»Ich glaube nicht, dass sie etwas gegessen hat.«

Er presst die Lippen zu einem dünnen Strich zusammen. »Ja.« Er nickt und verengt die Augen. »Nein, ich weiß. So wird sie manchmal, wenn sie das Gefühl hat …« Er verstummt und lächelt mich schnell an. »Mach dir keine Sorgen deswegen. Ich werde ein Auge darauf haben.«

Er sieht ein bisschen traurig aus, und ich bin ein bisschen traurig, nicht nur seinetwegen, sondern auch, weil ich mich zum ersten Mal frage, ob ihr Leben weniger perfekt ist, als ich dachte.

Christian öffnet meine Zimmertür, setzt mich auf der Bettkante ab und sieht kopfschüttelnd und mit einem kleinen Lächeln auf mich herunter. »Verdammt, Dais, wenn du so dringend meine Aufmerksamkeit willst, dann hättest du doch bloß …«

»Leck mich.« Ich starre ihn böse an und stütze mich auf dem Bett auf, auch wenn es schmerzt.

Er wirft mir einen finsteren Blick zu und versetzt mir einen kleinen Schubs, wodurch ich gleich wieder auf dem Bett zurücksacke. »Sei nicht blöd.«

Happy bringt das Eis hoch, und ich lächle ihn kurz an, die Aufregung ist mir peinlich.

»Danke, Kumpel.« Christian nimmt es ihm ab, bevor er meinen Knöchel verschiebt und sich neben mich setzt. Dann legt er meinen Knöchel vorsichtig auf seinen Schoß und untersucht ihn.

»Er ist geschwollen«, erklärt er mir.

»Das weiß ich.« Ich sage es, als wäre er blöd, denn offensichtlich habe ich ja auch Augen, außerdem studiere ich Medizin, nicht er. Das habe ich zumindest getan, bis ich wieder aufgehört habe mit dem Normalsein.

Er pikst in die Schwellung, und ich jaule auf. »Es ist aber vermutlich nichts gebrochen.«

»Ich weiß.«

»Du hast ihn dir nur verstaucht. Vielleicht auch etwas gezerrt.« Er inspiziert meinen Knöchel eingehender, als er müsste.

»Ich weiß!«, sage ich laut und verdrehe die Augen.

Er starrt mich ein paar Sekunden lang an, beißt die Zähne ein bisschen aufeinander, danach räuspert er sich, nickt, und dann sehe ich, wie seine Mundwinkel zucken. Er sieht mich aus dem Augenwinkel an. »Streiten wir uns gerade?«

Unsere Blicke treffen sich, und mir wird das Herz schwach. Ich sehe ihn finster an, dabei lächeln meine Augen aber ein klein bisschen mehr als beabsichtigt.

»Wir streiten uns nicht.«

Er verschiebt das Eis auf meinem Knöchel ein bisschen. Dann starrt er ins Nichts.

»Wo ist Tiller?«

Ein paar Sekunden lang sehe ich Christian an, bevor ich antworte, denn ich habe nicht oft die Gelegenheit, mir sein Profil anzusehen, und es ist einfach … alles. Er ist perfekt. Als wäre sein Gesicht aus Marmor gehauen. Vergesst *David,* er dort drüben ist das wahre Meisterstück, mit diesen Gesichtszügen und der Nase, die aussieht wie von einem Märchenprinzen.

Ich schlucke. »Er ist bei der Arbeit.«

Christian nickt. »Oh.«

»Er muss nicht bei der Arbeit sein«, erkläre ich ihm.

»Oh.« Er dreht sich zu mir. »Warum ist er es dann?«

Ich lasse den Kopf in den Nacken fallen, starre zur Decke hoch und seufze. »Tillers ganzes Wesen gründet darauf, gut zu sein. Und ich bin …« Meine Stimme versagt.

»Die Beste?«, bietet mir Christian an[161], worauf ich ihm kurz anlächle, was vermutlich ein bisschen traurig wirkt, denn ich weiß nicht, ob er das ernst meint.

»Nicht gut … genug«, erkläre ich ihm.

Er schüttelt mit zornigem Blick den Kopf. »Quatsch. Hat er das gesagt?«

Ich lege mich auf dem Bett zurück, nehme die Beine aber nicht von meinem Ex-Freund.

Ich lächle ihn kurz verletzt an. »Das musste er nicht.«

Christian verschiebt wieder die Eispackung und sieht mit leicht geröteten Wangen zu mir herüber.

161 Ich vermisse ihn so sehr.

»Verheißt das etwas Schlechtes, dass ich hier oben bin?«

Ich stülpe die Lippen vor. »Vielleicht?«

»Soll ich gehen?«

Verlegen verschränke ich die Arme. »Wenn du willst.«

Er presst die Lippen aufeinander und schielt ein bisschen. »Ich will nicht.«

Wir sehen uns tief in die Augen, ohne dass ich das Gesicht verziehe.

»Dann bleib noch eine Minute.«

Er lehnt sich auf meinem Bett zurück, sodass er ebenfalls darauf liegt, nur dass daran nichts Verwerfliches ist, es hat noch nicht mal annähernd etwas mit Fremdgehen zu tun. Schließlich liegen wir in einem rechten Winkel zueinander, was echt unsexy ist.

Er sieht zu mir herüber, zieht meinen Knöchel zu seiner Brust hoch und legt ihn darauf ab.

»Wenn dir das ganz gleich ist, Baby, kann ich sogar noch fünf Minuten bleiben.«

Magnolia

11:43 Uhr

Bist nicht so begeistert davon, dass ich und dein Dad Kumpel sind?

Es ist ein bisschen strange, aber auch irgendwie süß

Ich bin kein süßer Typ

Da muss ich widersprechen

Bin ich nicht

»Okay«

Bin ich nicht

Klar

Parks

Ja, Süßer?

Leck dich.

Und sollten wir trotzdem mit deinem Dad zum Mittagessen gehen?

...

Was?

Das ist süß von dir

Nein

Dein Dad ist berühmt und cool. Ich bin nicht süß. Ich nutze dich aus

Was ☹

?

Nichts

Ich denke, das ist okay

Vermutlich nutze ich dich auch aus.

Super. Dann sind wir auf der gleichen Seite.

Süß von uns.

Es gibt kein »uns«

Du bist anstrengend

Besser anstrengend als süß

KAPITEL 30

CHRISTIAN

Zwischen mir und Daisy ist nichts passiert in der Nacht. Ich denke, vielleicht und möglicherweise hätte etwas zwischen uns laufen können, wenn ich es gewollt hätte.

Wenn ich es gewollt hätte, als würde ich, verdammt noch mal, irgendetwas auf der Welt mehr wollen. Ich will es nur einfach nicht wieder vermasseln.

Was der Grund ist, aus dem ich jetzt hier bin.

In Vannas Hotel.

Ich klopfe an ihre Zimmertür, sie öffnet und steht da in diesem engen, roten Kleid; ich kenne sie inzwischen schon ziemlich gut.

Die Farben, die sie trägt, zeigen ihren Gemütszustand an, und dreimal dürft ihr raten, was es bedeutet, wenn sie Rot trägt.

Sie packt mich am Handgelenk und zerrt mich nach drinnen – schließt die Tür hinter mir und stößt mich dann dagegen.

»Wir haben noch ein bisschen Zeit vor dem Abendessen …«, sagt sie, während sie nach meinem obersten Knopf greift.

»Eigentlich …« Ich schiebe ihre Hände von mir weg und lächle sie kurz an, während ich an ihr vorbei weiter in den Raum hineingehe.

Sie residiert in einer der Penthouse-Suiten des Corinthia. Es ist ein hübscher Raum. Ein bisschen zu viel Weiß, Gold und Creme für meinen Geschmack, andererseits ist Daisys Haus komplett in diesen Farbtönen gehalten, und das ist mein liebster Ort auf der ganzen Welt. Das könnt ihr also deuten, wie ihr wollt.

Ihretwegen bin ich hier. Weil ich mir Dais nicht aus dem Kopf schlagen kann, weil ich mich mies fühle deswegen, als würde ich in den Augen aller das Falsche machen – in Vannas Augen bestimmt, sogar in meinen eigenen. Und ich habe das Gefühl, ich würde auch für Daisy das Falsche tun, und sie ist diejenige, die mir wichtig ist.

Nie wieder will ich etwas tun, das für sie falsch ist.

Ich weiß nicht, was sie will oder was sie für mich empfindet und ob es auf lange Sicht mehr für uns geben kann als das, was wir jetzt sind. Aber wie auch immer, ich habe Vanna mies behandelt bisher, indem ich geblieben bin, obwohl ich jetzt weiß, dass ich meine Zeit nur mit einer anderen verbringen will.

Habe sie schon seit einer ganzen Woche nicht mehr angerufen.

Habe sie mit Textnachrichten abgespeist, mit der Aussicht auf ein gemeinsames Dinner.

Ich kann überhaupt nicht genau sagen, was wir ihrer Meinung nach sind.

Zusammen, an manchen Tagen. Manchmal schreiben die Zeitungen, ich wäre ihr Freund, zu anderen Zeitpunkten behaupten sie, wir wären ein festes Paar. Größtenteils waren wir das wohl. Ich wäre dumm, wenn ich nicht gemerkt hätte, dass sie Rush Evans immer fickt, wenn die beiden zusammen sind, und sie sehen sich oft. Sie arbeiten beim selben Film-Franchise. Wahrscheinlich auch ein Grund, aus dem Magnolia sie hasst. Sie ist so, wenn sie ihr Gebiet verteidigen will. Vor ein paar Monaten hat Parks einen Artikel über Vanna und Rush in einem Schaufenster entdeckt, an dem wir vorbeigelaufen sind. Sie ist hineingegangen und hat ihn mitgenommen – Henry hat hinter ihrem Rücken eine Grimasse geschnitten. Ein lustiger Zufall, wenn ich jetzt drüber nachdenke. Da wird sie gerade mit Jack-Jack zusammen gewesen sein. Das spielt für Magnolia aber keine Rolle. Wenn sie die Aufmerksamkeit von BJ nicht hat, braucht sie die von allen anderen Menschen auf der Welt. Wie auch immer: Der Artikel hat Fotos von Vanna und Rush am Set gezeigt, auf denen seine Hand auf ihrem Kleid liegt, und das nicht während des Drehs.

An dem Tag, an dem ich das verstanden habe, habe ich auch kapiert, wie verfahren alles ist. Denn es war mir völlig scheißegal.

Dadurch hab ich mich minimal weniger scheiße gefühlt, weil ich schon während unserer ganzen Beziehung in jemand anderen verliebt war.

»Vans«, ich stecke die Hände in die Hosentaschen, »hör zu … wir müssen reden.«

Sie lächelt mich gelangweilt an. »Ja?«

»Ich kann das nicht machen …«

»Was?« Sie sieht verwirrt zu mir. »Zum Dinner gehen?«

Ich schüttle den Kopf und deute von mir zu ihr.

Ihre Miene verändert sich ein bisschen, und sie blinzelt mehrmals.

»Wovon redest du?«, fragt sie schnell.

»Ich weiß nicht …« Ich zucke mit den Schultern. Warum ist das Schlussmachen so schwer, selbst wenn man eigentlich nicht in die Person verliebt ist? »Ich weiß nicht, was das hier ist, Vans, aber ich will es nicht mehr.«

Sie blinzelt schnell, als würde sich ihr Verstand weigern zu erfassen, was ich sage. »Bitte was?«

Ich sage nichts. Bin mir nicht wirklich sicher, was ich sagen soll.

»Hast du eine andere?«, fragt sie kopfschüttelnd.

Sie versteht es nicht. Ich verziehe das Gesicht. Ich fühle mich total mies, denn ich habe die ganze Zeit gedacht, ich wäre das Gleiche für sie wie sie für mich – ein Zeitvertreib. Dass sie versucht hat, Rush zu ärgern, und dass ich mich mit ihr nur abgelenkt habe, aber so, wie sie mich gerade ansieht, glaube ich, dass ich da etwas falsch interpretiert habe.

Ich glaube, sie mag mich.

Ich lege die Stirn ein wenig in Falten und frage mich, ob sich von meinem Gesicht ablesen lässt, wie leid es mir jetzt tatsächlich tut.

»Vans, es hat schon immer eine andere gegeben.«

Man kann viel sagen über Vanna Ripley, und ja, okay, vieles davon ist schlecht. Sie ist fad, sie ist egozentrisch, sie kann grob sein, sie kann eigennützig sein – irgendwie alles, was man von einem Kinderstar erwartet. Sie begreift nicht ganz, dass sich nicht die ganze Welt nur um sie dreht. Aber dann, wisst ihr, wie es ist, wenn man mehr Zeit mit jemandem verbringt und man durch den ganzen Mist hindurchsehen kann, sodass man die Person versteht?

Im Alter von fünf Jahren berühmt zu werden, hat sie verstümmelt: emotional und sozial, überhaupt, was Beziehungen angeht. Sie hat ein scheiß Verhältnis zu ihrem Vater und ein kompliziertes zu ihrer Mutter. Sie ist Alkoholikerin, seit sie ungefähr sechzehn war. Ist immer wieder auf Entzug, auch wenn das nicht wirklich bekannt ist. Berühmt zu sein ist nicht einfach, es macht dich kaputt. Sie hat es kaputtgemacht.

Wenn sie in London ist, ist sie wahrscheinlich weniger kaputt, aber sie ist nur zeitweise hier. Alle diese Geschichten über das, was L. A. mit einem macht? Sie handeln von ihr.

Vanna war mit einem Typen aus der Schule zusammen, Thatcher Hendry, der hing manchmal mit BJ herum, also kannte ich sie auch schon ein bisschen. So richtig aufmerksam aufeinander sind wir aber erst dieses Jahr in Cannes geworden. Parks und Rush machten, was auch immer Parks und Rush eben so tun – auf eine Art ist Parks mit dieser ganzen Sache auf einen falschen Weg gekommen, von dem sie es bis jetzt nicht geschafft hat, wegzukommen. Oder sie wollte es nicht. Was auch immer sie behauptet: Ich glaube, sie war in Rush verliebt. Oder so sehr in ihn verliebt, wie sie es sein konnte, obwohl sie ja immer noch total an Beej hängt.

Ich bin mir ziemlich sicher, dass sie dachte, mich und Henry dabeizuhaben, wäre eine gute Idee, damit England nicht mitbekommt, was sie mit seinem besten Freund macht.

Es hat nicht funktioniert.

Die beiden auf dem roten Teppich bei dieser Filmpremiere mit seinen Händen auf ihrem Körper, dieses eine Foto, auf dem sie lächelt, während er ihr etwas ins Ohr flüstert – das hätte jeden zerpflückt, der sie liebt. Beej war am Boden zerstört. Voll und ganz am Ende. Ich kann mir gar nicht vorstellen, wie das für Tom war, sie nicht nur so zu sehen, sondern auch noch mit seinem besten Freund. Ein riesiger Mist.

Vermutlich sollte ausgerechnet ich dazu aber gar nichts sagen.

Das war der Zeitpunkt, als Rush und Tom ihren großen Krach miteinander hatten. Ein unglückliches Timing für Rush Evan: Dass die Familie von Tom da ausgerechnet mit ihrem Boot in der Riviera unterwegs war, als die Sun eine Fotoserie von Magnolia und Rush veröffentlichte, wie sie zusammen auf einer Jacht herumhingen und sich küssten und so.

Ein totales Desaster, in jedem Fall waren ich und Vans aber im selben Flieger zurück nach London und haben etwas miteinander angefangen. Und dann – bang – haben wir miteinander geschlafen. Und ich dachte, das wäre alles, was wir machen, bis ich mein Gesicht zusammen mit Vannas auf der Titelseite des *Daily Mirror* gesehen habe. Warnung: Neues Traumpaar in Sicht.

Nur mich hatte niemand gewarnt.

Das hab ich Vanna im Scherz geschrieben, und sie hat geantwortet: Wir sind doch so was wie ein Paar, mit dem achselzuckenden Emoji.

Ich wusste nicht, was ich sagen soll, also hab ich das gleiche Emoji zurückgeschickt, und nun stehen wir hier.

Vanna verlagert ihr Gewicht von einem Fuß auf den anderen, nimmt die Schultern zurück und wirft das Haar nach hinten.

»Du weißt schon, dass einige dafür töten würden, mit mir zusammen zu sein.«

»Ich weiß …« Ich nicke. »Es liegt nicht an dir, Vans, sondern an mir. Ich liebe einfach eine andere, das ist alles.«

»Liebe?« Sie verzieht das Gesicht.

Ich nicke.

»Hat sie nicht einen Freund?«

»Ja …« Ich verschränke die Arme vor der Brust.

»Dann …«

»Vanna …« Ich fahre mir mit der Hand durch die Haare und stoße, bereits ermüdet, Luft durch die Nase aus. »Ich mache nicht mit dir Schluss, damit ich mit ihr zusammen sein kann. Ich mache Schluss, weil ich mich mies fühle.«

Sie streckt die Hand nach mir aus und berührt meinen Arm, dabei sieht ihr Gesicht so beunruhigt aus, dass ich nicht sagen kann, ob die Regung echt ist oder nicht. »Warum fühlst du dich mies?«

»Weil ich mies bin, Vans … Ich rufe dich nicht an, ich denke nicht an dich, ich denke an sie. Die ganze Zeit, und ich will mich nicht schuldig fühlen deshalb, aber ich fühle mich schuldig, und ich weiß nicht, wie ich aufhören kann. Also muss ich irgendwas loslassen. Und ich werde sie nicht noch mal loslassen.« Ich zucke ein bisschen hilflos mit den Schultern.

Ich habe es geschafft, dass der Liebling von L. A. beide Augenbrauen hochzieht und die Zähne aufeinanderpresst, sodass ich sie zum allerersten Mal, seit wir das sind, was wir sind, unattraktiv finde.

Sie zeigt herablassend auf die Tür, worauf ich sie mit zusammengepressten Lippen anlächle und kein einziges verdammtes Wort sage.

KAPITEL 31

JULIAN

Kekoa schlendert in mein Büro am Morgen nach einer irgendwie wichtigen und gefährlichen Nacht. Magnolia ist bei der Arbeit, sie ist weggegangen, obwohl ich versucht habe, sie zum Bleiben zu überreden. Es sind jetzt schon ein paar Wochen, das Eroberungsnachglühen ihrer Vernarrheit sollte langsam zu Ende gehen. Bin mir aber nicht sicher, ob das schon so ist.

Koa setzt sich am Schreibtisch auf den Stuhl mir gegenüber und nickt mir zu.

»Hast du dir von dieser Kleinen gestern Abend wirklich sagen lassen, was du tun sollst?«

Ich knirsche genervt mit den Zähnen. Aus zwei Gründen: Kleine? Er ist selbst ein kleiner Sack. Und zweitens, er kann mich mal.

»Nee, ich meine …«, höhne ich. »Nur weil sie so verdammt stur ist, dass ich sonst das Ende der Geschichte nie gehört hätte …«

Dieser spezielle Grund leuchtet Kekoa überhaupt nicht ein. Er zuckt nicht mit der Wimper.

»Und?«

Ich sehe ihn scharf an. »Und dann hätte ich das Ende nicht erfahren …«

Er zuckt mit den Schultern. »Dann gib ihr den Laufpass.«

Und dann gebe ich ein seltsames Geräusch von mir. Halb Schnauben, halb Lachen. Zu hundert Prozent unverständliches, bestimmt nicht englisches Gebrabbel. Als Antwort auf den Vorschlag meines alten Freunds, ich solle Magnolia Parks den Laufpass geben. Müsste ich es aufschreiben, so wäre es etwa das: wchwwvd.

Kekoa verzieht überrascht das Gesicht. »Wow.«

»Was?« Ich runzle abwehrend die Stirn.

»Wow!« Jetzt grinst er.

Ich blicke ihn kopfschüttelnd an und verdrehe die Augen. »Hör auf.«

»Das ist eine große Sache …« Koa nickt nachdenklich.

»Was ist eine große Sache?«, fragt Declan, während er sich auf meine geschnitzte, gelb gepolsterte Chaiselongue aus der Regency-Ära plumpsen lässt. Hab sie gestern geliefert bekommen und bislang nur daran gedacht, Magnolia darauf flachzulegen.

Decks darauf zu sehen, tilgt dieses Bild jetzt irgendwie aus meinem Kopf. Was vermutlich gut ist, bei all diesem Mist.

»Nein, das ist keine große Sache …« Ich schüttle immer noch den Kopf. »Es ist nichts. Sie ist nichts.«

»Wer ist nichts?«, fragt Decks, doch ich ignoriere ihn.

»Richtig.« Koa nickt und verschränkt die Arme vor der Brust.

Ich blicke ihn scharf und mit hochgezogenen Augenbrauen an. »Richtig.«

Kekoa lehnt sich auf seinem Stuhl zurück. »Was machst du nachher? Willst du was zu Abend essen bei Connaught? Ich habe Lust auf diese Feigen-Schinken-Pizza.«

»Da würde ich mitkommen.« Declan setzt sich auf.

»Nee, ich kann nicht«, erkläre ich ihm. »Ich bringe Parks zu …« Er zieht amüsiert die Augenbrauen hoch. »Nirgendwohin. Vergiss es. Ich bringe sie nirgendwohin. Abendessen hört sich gut an.«

Wenn ich ehrlich bin, hört sich das gar nicht so gut an, aber ich widerspreche nicht, denn sonst lässt er mir keine Ruhe. Er und Decks werden nie wieder damit aufhören, denn ehrlich, ich habe keine Ahnung, warum ich mir gestern Abend von der Kleinen habe sagen lassen, was ich tun soll. Ich war echt sauer auf sie.

In Jonahs Club haben sich sie und Ballentine wieder so aufeinander zubewegt, wie sie das immer tun. Ich habe sie ein bisschen in Ruhe gelassen, aber nach einer Minute hat es mich nur noch genervt.

Es ist komisch: Noch vor ein paar Wochen waren Ballentine und ich Freunde. Praktisch sind wir das immer noch, nehme ich an. Nur finde ich jetzt, dass er ein echter Kotzbrocken ist.

Das ist aus der Sicht von Magnolia betrachtet – und zugegebenermaßen sehe ich gerade alles ein bisschen durch Magnolias Augen –, aber ganz egal, wie ich im Moment auf Ballentine blicke: Entweder ist er der Typ, zu dem das Mädchen, mit dem ich schlafe, immer hinläuft, oder er ist derjenige, der das Mädchen, mit dem ich meine ganze Zeit verbringe, verletzt hat. So oder so kann ich nicht sagen, dass ich scharf auf ihn bin. Doch ich und Parks sind nicht zusammen, ich weiß, weshalb ich hier bin – also hab ich sie eine Minute in Ruhe gelassen, nachdem wir hereingekommen sind. Hab ihr erklärt, ich hätte einen Kumpel von mir entdeckt, was ich auch habe, und sie ist sofort rüber zu Ballentine, so wie sie es immer macht.

Hat sein T-Shirt berührt, und er hat sie angelächelt, als würde seine Freundin gar nicht neben ihm stehen.

Nach ein paar Minuten Gespräch mit meinem Kumpel wurde mir das zu langweilig, hab sowieso kaum mit ihm geredet, sondern den Großteil der Zeit nur den Kopf gereckt, um Magnolia zu beobachten, und nebenbei versucht, sie zu belauschen. Als ich zu hören geglaubt habe: »und da bin ich gekommen«, hab ich beschlossen, mich einzumischen.

»Was klingeln mir denn da die Ohren, Kätzchen? Habt ihr von mir gesprochen?« Ich warf ihr schnell einen Blick zu, wobei Ballentine die Augen verdrehte, also streckte ich die Arme nach ihr aus, zog sie von Tauras Schoß weg und setzte sie auf meinen. Keine Ahnung, warum ich das machte, hatte einfach Lust, sie zu berühren, also legte ich ihr den Arm um den Hals und drückte sie an mich, während ich Ballentine in die Augen starrte.

»Vielleicht.« Magnolia blinzelte zu mir hoch.

Ich deutete mit dem Kinn auf BJ. »Du siehst nicht gerade fröhlich aus, Kumpel. Musst kein Theater machen.«

Magnolia zwickte mich in den Arm, starrte mich finster an, ohne es zu wollen. »Sei nett.«

Ich drückte ihr die Lippen aufs Ohr. Laut genug, dass BJ es hören konnte, sagte ich: »Letzte Nacht hast du aber etwas anderes gesagt …«

»Okay …« Ballentine verdrehte die Augen. »Wir haben es kapiert, ihr zwei hattet Sex …«

Mein Kopf schnellte ein bisschen zurück. »Redest du mit mir?«

Und da baute sich Ballentine vor uns auf. »Ja, das tue ich.«

Parks verspannte sich auf meinem Schoß, also legte ich ihr das Kinn auf den Kopf, um sie wissen zu lassen, dass ich immer noch alles unter Kontrolle hatte. Und um Ballentine zu nerven, aber das war nur ein netter Nebeneffekt.

»Wenn du etwas zu sagen hast, großer Kerl, dann mach es …«

Und dann hat er mit dem Kopf zur Straße gezeigt. »Willst du das draußen mit mir austragen?«

Magnolia schüttelte schnell den Kopf. »BJ …«

Ich drückte die Zunge von innen gegen die Unterlippe. »Liebend gern.«

Magnolia wirbelte in meinen Armen herum und legte mir ihre kleine Hand auf die Brust, als hätte das den Mist tatsächlich aufhalten können.

»Julian«, sagte sie ruhig.

»He, he …« Jo kam zu uns gelaufen. »Was ist hier los?«

Er stieß ein nervöses Lachen aus und sah zwischen mir und seinem anderen besten Freund hin und her.

BJ zuckte mit den Schultern. Er wartete auf mich.

»Beej …« Magnolias Kopf wirbelte zu ihm herum, und sie starrte ihn finster an, dabei erkannte ich, dass sie sich Sorgen machte. Das sollte sie auch. Ich habe schon Leute wegen weniger umgebracht. Ich zeigte zu ihm hinüber.

»Du solltest besser auf deinen Jungen aufpassen, Jo. Das hat sich zu sehr nach einer Drohung angehört.« Ohne den Blickkontakt zu Ballentine aufzugeben, grinste ich verschlagen zu ihm hinüber.

Und dann lächelte BJ schief, als wäre er lebensmüde.

»Weißt du was, Mann? Ich glaube, du kannst nichts als reden …«

»BJ«, flüsterte Magnolia leise. Ich konnte ihre wachsende Angst hören.

»Glaubst du das?« Ich deute leicht belustigt mit dem Kinn auf ihn. »Bist du bereit, dein Leben darauf zu verwetten?«

»Sieh mich an …« Sie starrte mir finster in die Augen. »Auf keinen Fall, verstehst du?«

Ich biss die Zähne aufeinander, weil sie mir sagte, was ich tun sollte, und vielleicht auch ein bisschen, weil es mich aufregte, dass sie ihn beschützte. Das brauchte er aber auch.

Jo kam von hinten zu mir und trommelte mir mit den Händen auf den Schultern herum. »Oh, Bro, wir gehen jetzt erst mal in mein Büro …« Jo zeigte mit dem Kinn in die Richtung, dann deutete er auf Ballentine. »Und du, pluster dich nicht so auf, du Blödmann.«

Ich sah auf Magnolia hinunter.

Sie mag keine Drogen. Das hab ich festgestellt, als sie mich letztens koksen gesehen hat. Ich habe mitten am Tag an meinem Schreibtisch gesessen, als sie hereingekommen ist und irgendwie mitten im Laufen erstarrt ist. Als würde es ihr Angst machen oder so. Ein bisschen seltsam.

»Macht es dir was aus?«, fragte ich sie mit einer Kopfbewegung zu Jonah. Ich weiß nicht, warum ich sie gefragt habe – warum zum Teufel habe ich gefragt? Es ist mir scheißegal, ob es ihr was ausmacht oder nicht?

Es machte ihr was aus, das konnte ich ihr am Gesicht ablesen, aber ich beschloss, dass ich es trotzdem tun würde. Schließlich tat ich, was ich wollte.

Ich packte sie um die Taille und küsste sie fest, nur um Ballentine etwas zu beweisen, und ein bisschen auch, weil ich nicht wollte, dass sie zu sauer deshalb auf mich war. »Bin bald wieder da.«

Ich folgte Jo dorthin, und er setzte sich auf seinen Stuhl und lehnte sich zurück.

»Sorry.« Er seufzte kopfschüttelnd. »Er ist ein verdammter Wichser, wenn es um sie geht.«

Ich nickte und setzte mich ihm gegenüber. Jo holte ein kleines Kristallglas hervor.

»Wie läuft es mit euch beiden?«, fragte er.

»Mit Parks und mir?«

Mit einem Nicken schüttete er ein bisschen was aus dem Glas und schob es zu einer schmalen Linie zusammen.

»Gut …« Ich zuckte mit den Schultern. Bereute es sofort wieder und ließ es so klingen, als wäre es mir gleichgültig. »In Ordnung.«

Er sah zu mir herüber, bevor er es aufteilte. »Ihr habt schon einige Zeit miteinander verbracht …«

Wieder zuckte ich mit den Achseln.

»Ja, schon. Sie will einfach nicht gehen«, log ich, als er mir den Strohhalm weitergab. Er kniff ein bisschen die Augen zusammen, und ich fragte mich einen Moment lang, ob er vielleicht schon wusste, dass vor allem ich sie vom Gehen abgehalten hatte. Dass sie immer sagt, sie würde jetzt gehen, um etwas zu erledigen, und dass ich dann antworte, sie könne das auch bei mir im Haus tun, wofür ich dann eine ganze Menge Fäden ziehen muss, damit es klappt.

»Ist das so?« Er nickte langsam, und ich kam mir wie ein Trottel vor. Ich zog die Line hoch. Hielt mir die Nase zu und nickte. »Das ist gut. Woher?«

»Peru.« Er kokste.

Jo lehnte sich auf seinem Stuhl zurück, verschränkte die Arme hinter dem Kopf und beobachtete mich eine Sekunde.

»Sie kann nicht gut mit Grenzen umgehen, weißt du.«

Ich warf ihm einen schnellen Blick zu. »Wir haben Sex, Hemmes … Welche Art Grenzen sollte sie da haben?«

»Sie kann nicht allein sein.« Er kratzte sich im Nacken. »Konnte sie noch nie.«

Ich hob die Schultern. »Gibt Schlimmeres …«

»Ja.« Er nickte noch mal. »Hüte dich.«

»Vor?«, höhnte ich.

»Ihr.« Mit einem Achselzucken räumte er das Glas zurück in die Schublade.

»Klar«, gluckste ich und verdrehte die Augen. »Sie ist echt ein kleines Schreckgespenst.«

»Das meine ich ernst, Jules …« Er starrte mich finster an, und ich starrte zurück. »Sie wird dich so lange anziehen, bis du dich in sie verliebst und – und weißt du was?« Er zuckte mit den Schultern. »Vielleicht verliebt sie sich sogar auch in dich, aber nicht so sehr, wie sie ihn liebt.«

Ich sah ihn unbeeindruckt an und stieß mich vom Tisch ab.

Keine Ahnung, warum mich das so aufgeregt hat, aber das hat es.

Bin in den Club zurückgegangen, um sie zu suchen. Das hat sich angefühlt, als würde ich irgendwas beweisen wollen, aber ich wusste nicht, was.

Und dann sah ich sie mit ihm an der Bar stehen, so nah nebeneinander, dass sich ihre Arme berührten, und ich weiß nicht, warum ich dieses Prickeln spürte, aber es war da.

Ich beobachtete sie, als sie ihn ansah. Ich biss die Zähne aufeinander und kniff die Augen zusammen. Scheiße, dachte ich. Scheiß auf sie, dass sie ihn so ansieht. Ich weiß nicht, warum, aber scheiß auf sie.

Ich sah mich im Raum um und entdeckte ein Mädchen, mit dem ich früher schon mal ziemlich schnell etwas angefangen hatte. Sie hatte irgendwie so pfirsichfarbene Haare oder so. Ein bisschen zu künstlich für meinen Geschmack, dann dieses glänzende Make-up, das manche Mädchen so mögen, damit sie verschwitzt oder glänzend oder irgend so einen Mist aussehen. Das hat mich sowieso nicht wirklich interessiert. Wollte nur eine andere begrapschen, beweisen, dass Jonah im Unrecht war, denn ich wusste, dass ich mich nicht in sie verlieben würde – und dabei vielleicht Magnolia verärgern.

»Hi.« Ich schob mich ins Blickfeld des Mädchens. Chelsea hieß sie, glaube ich.

»Hi.« Sie riss ein bisschen die Augen auf.

»Erinnerst du dich an mich?«

Sie nickte, schluckte.

Ich legte ihr den Arm um die Taille. »Ich erinnere mich auf alle Fälle an dich.«

Ich zog sie in die Ecke, in der Decks und ein paar der anderen Jungs saßen, gesellte mich zu ihnen und zog sie mir auf den Schoß.

Wie kriegt man ein Mädchen am schnellsten dazu, sich an einen zu schmiegen? Mit der Hand unten auf ihrem Rücken. Mädchen lieben das wahnsinnig. Sie werden dann zu Wachs.

Hab ein bisschen mit Chelsea gequatscht. Die Bekanntschaft aufgefrischt, bin ja schließlich kein Unmensch. Hab sie gefragt, wie es ihr nach dem Abend, an dem wir etwas miteinander hatten, bei dem Examen gegangen ist (nicht gut). Dann hab ich ihr gesagt, mir würde gefallen, was sie mit ihren Haaren gemacht hat … Eines kann ich euch sagen, Jungs: Erinnert euch an eine Sache, bemerkt eine Sache, und dann legt die Hand unten auf ihren Rücken, und schon habt ihr gewonnen.

Ich weiß nicht, wie lange ich Chelsea auf dem Sofa begrapscht habe, bevor Decks mir wie ein Verrückter einen Ellbogenstoß nach dem anderen versetzt hat. Als ich wütend zu ihm geblickt habe, sind mir diese kleinen, in die Hüfte gestemmten Hände aufgefallen, sodass ich den Kopf gehoben und direkt die verdammt angepisste Magnolia angesehen habe.

Im Bruchteil einer Sekunde habe ich beschlossen, dass Teilnahmslosigkeit noch blöder wäre. Also war ich froh, dass sie wütend war.

»Oh.« Ich lächelte sie schwach an. »Hey.«

»Oh, hey?«, wiederholte sie.

Ich blinzelte, und sie verengte die Augen zu Schlitzen.

»In Ordnung, schau, es ist mir egal, was du machst, wenn ich nicht dabei bin, was vermutlich genau das ist …«

Mit einem höhnischen Schnauben wandte ich den Blick ab, worauf sie ein bisschen den Kopf einzog, ihre Augenbrauen nach oben wandern ließ und abwartete, dass ich ihr wieder die volle Aufmerksamkeit schenkte, was ich auch tat. Kann nicht anders, wenn sie so eine Miene macht.

»Ich bin noch nicht fertig.« Sie schüttelte den Kopf, und ich zog den Kopf ein, überrascht und belustigt.

»Du willst irgendwelche unwichtigen Mädchen begrapschen, die um einiges weniger attraktiv sind als ich? Das ist dein Recht. Aber solange ich mit dir im selben Raum bin, hast du nur Augen für mich.«

Vermutlich hab ich sie noch nie mehr begehrt als in diesem Moment. Hab mich aber cool gegeben.

»Ist das so?«, fragte ich, als wäre ich gelangweilt.

»Das ist so.«

Ich deutete mit dem Kinn auf sie. »Sonst?«

»Sonst ist es vorbei mit uns.« Sie zuckte zu locker mit den Achseln, und ich weiß, dass ich das Gesicht verzogen habe und dass sie es gesehen hat. »Was für mich übrigens in Ordnung ist. Du wolltest mich seit, hm …« Sie tat so, als würde sie darüber nachdenken, und sah dabei zu Kekoa hinüber. »Was meinst du, Kekoa – seit vier Jahren oder so?«

Koa unterdrückte ein Lächeln und nickte ihr leicht zu. »Seit mehr als fünf Jahren, würde ich sagen.«

Überlegte mir, ihn dafür zu feuern.

»Du wolltest mich seit fünf Jahren, und ich wollte dich irgendwie seit ungefähr dreieinhalb Wochen, also echt, das bricht mir keinen Zacken aus der Krone …«

Ich drückte mir die Zunge von innen gegen die Wange. Dieses verdammte Mundwerk von dem Mädchen … unbeschreiblich.

»Also.« Sie stampfte mit ihrem kleinen, ungeduldigen Fuß auf. »Was soll es sein?«

Ich starrte ihr in die Augen, wollte, dass sie zuerst den Blick abwandte, was sie aber nicht tat. Es war ein Kräftemessen, und ich war am Verlieren.

Ich befeuchtete meine Lippen, schüttelte den Kopf und zuckte mit den Schultern. »Ihr habt die Chefin gehört …«

Das andere Mädchen purzelte mir quasi vom Schoß und auf die Couch, als ich aufstand und auf Magnolia zuging, um ihr die Arme um die Taille zu legen.

Sie sah mich herausfordernd, mit vorgestrecktem Kinn an. »Mach das nie wieder.«

»Du verlangst verdammt viel …«

»Oh, du hast ja keine Ahnung … Aber du bist gerade dabei …« Sie lächelte mich verkrampft an, während sie zum Ausgang deutete. »Lass uns gehen. Du wirst mich nach Hause fahren und ins Bett bringen.«

Ich packte sie ein bisschen fester und hob ihr Kinn mit dem Zeigefinger hoch, sodass sie mich ansah. »Werde ich das tun?«

Sie schluckte und sah endlich so aus, als wüsste sie wieder, mit wem sie sprach.

»Das wirst du«, sagte sie trotzdem, um mutig zu klingen.

Ich bog den Hals, als ich auf sie hinunterstarrte. »Auf welche Art soll ich dich denn ins Bett bringen?«

»Ich lass mich überraschen«, erwiderte sie gleichgültig.

Ich nahm sie an der Hand, zog sie die Treppen hinunter zu meinem Wagen und hob sie hinein.

Sie schleuderte die Schuhe von sich und setzte sich mit überkreuzten Beinen hin.

»Du weißt, das beruht auf Gegenseitigkeit, Kätzchen«, erklärte ich der Windschutzscheibe während der Fahrt, denn ich wusste, dass es mich ablenken würde, sie anzusehen.

»Was beruht worauf?« Sie suchte meinen Blick, aber ich sah sie nicht an.

»Wenn du nur Augen für mich hast, dann habe ich auch nur Augen für dich …«

»In Ordnung.« Sie zuckte mit den Schultern, schob sich von mir weg und verschränkte total beleidigt die Arme vor der Brust. Ich fragte mich, ob wir uns gerade zum ersten Mal stritten.

Warum sollten wir uns aber zum ersten Mal streiten? Wir sind kein … was auch immer …

»Ist es das?«, bohrte ich weiter, weil ich Lust darauf hatte. »Du da an der Bar mit deinem verdammten Typen …«

Sie stieß total empört die Luft aus. »Falls du glaubst, du und ich würden das Gleiche machen, dann haben wir ein Problem …«

Ich lächelte sie mit zusammengekniffenen Lippen an und zuckte gleichgültig mit den Schultern. »Dann ist es ja gut, dass es kein ›Wir‹ gibt oder …«

Diese Augenbrauen schossen wieder nach oben. »Gibt es nicht?«

Ich starrte sie an. »Bloß ficken.«

Sie legte verwirrt das Gesicht in Falten. »Wer fickt?«

»Wir …?« Ich runzelte leicht genervt die Stirn.

Sie sah langsam zu mir herüber und faltete sittsam die Hände im Schoß, dabei lächelte sie mich so verdammt selbstzufrieden an und blinzelte, bis ich es kapierte.

Ich schniefte, verdrehte die Augen, fuhr mir mit der Zunge über die Zähne und versuchte so auszusehen, als stünde ich über diesem Mist. Doch wisst ihr was? Ich stecke bis zu den Knien darin. Tatsächlich wate ich vielleicht sogar noch tiefer hinein …

~

Ein paar Stunden später platzt Magnolia in mein Büro.

Kekoa sieht von seinem Smartphone auf, blickt von mir zu ihr und verbirgt dabei kaum sein Grinsen.

»Hi.« Sie hopst zu mir herüber und pflanzt sich auf meinen Schoß.

Mein Blick streicht über ihr Gesicht nach unten, und ich bin froh, sie zu sehen. Meine Hände finden ihren Weg zu Magnolias Hüfte, ohne dass ich darüber nachdenken muss.

»Hey.« Ich sehe sie verwirrt an. »Was tust du hier?«

Sie wirkt genauso verwirrt. »Du begleitest mich zu Le Gavroche, weißt du noch?«

Aus dem Augenwinkel sehe ich, wie sich Koa höher aufrichtet und herüberlinst, dieser neugierige Bastard.

»Oh, verdammt …«, seufze ich. »Ich hab vergessen, dich anzurufen. Ich kann nicht zum Abendessen.«

»Oh«, sagt sie und verzieht das Gesicht, als hätte ich sie enttäuscht, und aus irgendeinem Grund sackt mir das Herz in der Brust ein Stück ab.

»Oh, okay. Das ist in Ordnung.« Sie ringt sich ein Lächeln ab und plustert sich ein bisschen auf, so wie sie es immer macht, wenn sie sich bloßgestellt vorkommt.

»Entschuldige …« Ich schüttle den Kopf. »Ich hab bloß …«

»Nein, du musst dich nicht entschuldigen!« Sie steht schnell auf und schiebt meine Hände von ihrer Hüfte.

Ich starre auf meine Hände hinunter, die sie gerade von ihrem Körper entfernt hat, und mich durchzuckt dieser seltsame Gedanke, wie sehr ich es hasse, sie nicht zu berühren. Warum hasse ich es, sie nicht zu berühren? Ihre Wangen verfärben sich rosa, wodurch ihre Augen heller werden, und ich stecke in der Klemme. Was soll ich tun? Nein sagen zu diesem Gesicht?

»Nee, vergiss es …« Ich wedele mit der Hand in der Luft herum. »Ich kriege das schon hin …«, teile ich ihr mit.

»Wirst du das?«, fragt Kekoa, fährt sich mit der Zunge über die Unterlippe und steckt sein Smartphone ein.

»Nein …« Magnolia schüttelt den Kopf und deutet mit den Armen im Kreis herum. »Das ist in Ordnung. Ich weiß, dass du zu tun hast. Du musst ein …« Sie verstummt verwirrt. »Nun, gehe ich richtig in der Annahme, dass du ein irgendwie unrechtmäßiges Geschäft führst?«

Koa bricht in Gelächter aus, und ich unterdrücke ein Lächeln.

»Ich gehe …« Sie dreht sich um und bewegt sich Richtung Tür, doch ich packe sie an der Hand.

»Nein, das wirst du nicht«, erkläre ich ihr, ohne dabei auf Koa zu achten, der jetzt mit vor der Brust verschränkten Armen und hochgezogenen Augenbrauen vor mir steht.

Ich ziehe sie zu mir zurück und lege ihr meine Hände wieder auf die Hüfte, wo ich sie haben will.

»Das zeigt alles«, kommt Koas Stimme aus der Zimmerecke.

Magnolia sieht zu ihm hinüber. »Was zeigt etwas?«

Mein Freund und ich sehen uns durch den Raum hinweg in die Augen, und er will gerade etwas Nerviges sagen, doch ich würge ihn ab. »Nichts.«

»Oh, das ist schon etwas.« Er schüttelt amüsiert den Kopf.

Ich deute mit dem Kinn auf die Tür. »Ko, raus mit dir, verdammt …«

»Oh«, fällt er mir ins Wort, nur um mich zu ärgern. »Du wirst sie doch nicht mit diesem Mund küssen?«

Magnolia sieht verwirrt von mir zu ihm, während ich die Augen verdrehe, um ihr zu verstehen zu geben, dass ich ihn für einen Idioten halte.

Doch ja, ich bin der Idiot.

KAPITEL 32

DAISY

Sie sagen, ihre Lichter wären ungefähr um 02:17 Uhr am Morgen ausgegangen.

Tillers und meine Lichter sind vor Kurzem ausgegangen. Wahrscheinlich vor Weihnachten, würde ich sagen, mit Sicherheit und unbestreitbar waren unsere Lichter aber an Silvester aus, und wenn wir zugehört hätten, dann hätten wir vielleicht das anfängliche Rumpeln gehört, als wir begonnen haben, uns zu biegen und zu zerreißen, bis wir entzweigebrochen sind.

Es war seltsam. Eigentlich vergisst er nichts. Das ist sehr untypisch für ihn, doch ich halte es für verzeihlich, bei unserem sinkenden Schiff und so. Er bemüht sich einfach nur, nicht zu ertrinken.

Ich hab sie auf meinem Schminktisch im Badezimmer entdeckt, nach meiner Nachmittagsdusche, seine Dienstmarke. Sie lag einfach da, genauso fehl am Platz, wie er es hier ist. Ich hab geseufzt, als ich sie entdeckt habe, denn ich hatte das Gefühl, ich müsste sie ihm bringen.

Das wäre nett, wenn ich das machen würde. Das sollte eine Freundin wohl auch tun. Ich habe ja auch sonst nicht zu viel zu tun. Ich habe ja nur die Privatstunden bei dem Arzt, den mein Bruder für drei Tage die Woche angeheuert hat, und heute ist keiner dieser Tage. Ich hab mir die Vorlesung, die ich mir diese Woche für ihn hatte anhören sollen, schon reingezogen, außerdem hab ich mir ein Aufsatzthema ausgedacht. Viertausend Wörter über die ethischen Grundsätze bei der Preisfindung im pharmazeutischen Bereich.[162] Das hat mir niemand aufgetragen. Das Thema steht noch nicht mal an, mir fehlt das Lernen nur einfach, und meine Tage sind unglücklicherweise recht leer zurzeit. Also habe ich keinen Grund, nicht loszugehen und ihm die Marke zu bringen, außer dass das nicht das ist, was ich heute machen wollte. Nicht, weil ich nur an mich denke, ich helfe ihm gern. Es ist nur … ihr wisst schon, wenn die

162 Spoiler-Warnung: Ethische Grundsätze gibt es hier nicht.

Freundin eines Typen in Liebeskomödien in sein Büro geht, dann machen alle eine große Sache daraus und versuchen zu lauschen. Ich bin nicht so dämlich, dass ich davon träume, wie ich bei der NCA hineinspaziere und er mich vor all seinen Polizistenfreunden küsst, mir seine Liebe gesteht und allen erklärt, wie unerschütterlich wir sind – auch wenn das nett wäre und wir dann vielleicht den Weg durchs eiskalte Wasser zu einem Rettungsboot schaffen und so die Nacht überstehen könnten. Doch unsere Beziehung lässt sich erschüttern, und er wird mich auch nicht küssen, wenn ich hereinkomme. Er hat mich schon nicht mehr geküsst, seit wir uns vor ein paar Tagen über meinen Bruder gestritten haben. Das ist doch ein schlechtes Zeichen, oder?[163] Manchmal umfasst er mein Gesicht mit den Händen und starrt mich einfach an. Seine Augen sehen traurig aus, als würde er mich vermissen, und ich erwidere seinen Blick, als ginge es mir genauso. Er liebt mich immer noch, das weiß ich, es steht außer Frage. Es genügt nur einfach nicht mehr. Liebe scheint in diesen Zeiten allerdings nie genug zu sein, damit etwas überdauert.

Ich schlendere zum Büro meines Bruders hinunter, um Miguel zu suchen. Sie sehen sich alte Formel-1-Rennen auf dem Fernsehbildschirm über seinem Kamin an, blicken dann aber beide zu mir.

»Ist die neu?« Ich deute mit dem Kopf auf eine Glasskulptur.

Mein Bruder wirft einen Blick darauf und nickt. »Walter Furlan.«

Ich gehe hinüber und sehe mir die Skulptur an.

»Gefällt sie dir?«, fragt Julian, während er sich neben mich stellt.

Normalerweise mag ich abstrakten Expressionismus nicht, aber diese Skulptur ist wirklich außergewöhnlich – zumindest was die künstlerische Ausführung angeht.

Ich zucke mit den Achseln, weil ich Julian den Triumph nicht gönne, außerdem will ich nicht, dass er auf die Idee kommt, überall im Haus impressionistische und expressionistische Kunstwerke aufzustellen.

»Könntest du mich wo hinfahren?«, frage ich Miguel und drehe mich ihm zu.

Er nickt und steht auf.

»Wohin willst du?«, fragt mein Bruder.

163 Ihr müsst nicht antworten. Ich weiß es schon.

»Zur NCA.«

»Ah.« Er nickt lässig. »Das hört doch jeder Verbrecher gern von seiner Schwester, mit der er zusammenlebt.«

Verärgert verschränke ich die Arme. »Sag das nicht so, als wäre ich aus freien Stücken hier.«

»Ich versuche nur, dein Leben zu schützen, Face!« Mein Bruder legt mir schwungvoll den Arm um die Schulter. »Und was verschafft der NCA diese Ehre?«

Ich zeige ihm Tillers Dienstmarke, und er nimmt sie mir aus der Hand.

»Oh, halten wir es wirklich für eine gute Wahl, das zurückzugeben?«

»Ja, das tun wir.« Ich nicke.

Mein Bruder sieht mich finster an. »Sind wir uns da sicher?«

»Das sind wir.« Ich nicke noch mal. »Ich habe nicht den Eindruck, dass es gut für unsere Beziehung wäre, wenn du die Geheimdienstmarke meines Freunds stiehlst.«

»Und sie können für ihre Beziehung alle Hilfe brauchen!«, erklärt Miguel, woraufhin ich ihn unbeeindruckt ansehe.

»Weißt du …« Ich starre zu meinem Bodyguard hinüber. »Je älter du wirst, desto mehr ähnelst du einem der miesepetrigen Männer auf dem Balkon in der Muppet Show.«

Miguel spielt mit dem Schlüssel in seinen Fingern herum und lässt die Augenbraue hoch- und runterwandern. »Genau das will ich erreichen.«

Ich verdrehe die Augen und gehe zur Tür.

»Wenn du schon dort bist, kannst du dann überprüfen, ob ich immer noch der Erste auf ihrer Liste bin?«, ruft Julian mir hinterher.

»Selbst wenn du das bist …«

»Das bin ich«, unterbricht er mich, was ich aber ignoriere.

»… ich glaube kaum, dass sie dein Foto an einer Pinnwand hängen haben oder so.«

Julian verdreht die Augen. »Grüß Tiller von mir.«

Ich zeige mit den Daumen nach oben und gehe zu Miguels Wagen.

»Ist alles in Ordnung bei dir und Tiller?«, fragt mich Miguel nach ungefähr einer Minute Schweigen.

»Mhm.« Ich nicke und sehe aus dem Fenster.

»Also warst das nicht du, die da letztens nachts geweint hat, nachdem ihr euch gestritten habt und er gegangen ist?«

Ich antworte ausweichend. »Er ist nicht gegangen, er war laufen.«

»Bis drei Uhr morgens?«

War er so lange weg? Das habe ich nicht mitbekommen. Ich habe geweint und mir zum Einschlafen *The Great British Bake Off*[164] angemacht. Als ich am Morgen aufgewacht bin, war Tills da. Wir haben nicht über den Grund unseres Streits gesprochen, und ich erinnere mich auch jetzt nicht daran, aber irgendwie streiten wir zurzeit ständig, jetzt, da unsere Lichter erloschen sind.

»Willst du, dass ich mit hineinkomme?« Miguel deutet mit dem Kopf zur Tür, als wir davor halten.

Ich schüttle den Kopf. »Ich brauche bloß eine Minute.«

Ich melde mich bei der Security, erkläre ihnen, wer ich bin. Wie zu erwarten war, kneifen sie die Augen zusammen und tasten mich am ganzen Körper ab, auch wenn sie das bei keinem anderen machen, der hereinkommt. Zum Glück habe ich meine Waffe im Auto gelassen.

Mit dem Aufzug fahre ich zu Tillers Stockwerk hoch, wo ich nach seinem Büro frage. Ich werde von einem Mann dorthin begleitet, der keine Anstrengungen unternimmt, um sein Misstrauen mir gegenüber zu verbergen. Als wir Tiller nirgends finden, lasse ich seine Marke einfach auf dem Tisch liegen.

Für einen Moment wünsche ich mir, dieser Mann würde nicht in meiner Nähe herumlungern, damit ich ein bisschen hier drin sein könnte, um mir ein Leben vorzustellen, in das ich passe, in dem Tiller und ich miteinander funktionieren, ohne dass wir die Teile von uns vernachlässigen müssen, die wir mehr lieben, als wir uns gegenseitig lieben – doch der Mann bietet mir das nicht an. Er steht dort ungeduldig an der Tür und starrt mich nur wegen meines Nachnamens an, und es gibt nur wenige Orte auf der Welt, von denen ich mich einschüchtern lasse. Es nervt mich, dass das hier so ist. Befangen verschränke ich die Arme vor der Brust, während ich ohne ein Wort an ihm vorbei zum

164 Hab mir vorgestellt, da wäre noch jemand mit mir im Bett und wir würden es gemeinsam anschauen, deshalb musste ich noch mehr weinen.

Aufzug zurückgehe. Davor steht eine Traube von Agenten, die alle auf den Lift warten, und ich werde plötzlich nervös, als ich daran denke, wie es wäre, allein bei ihnen zu stehen ohne Tiller[165, 166], der mich beschützt. Ich glaube nicht, dass sie mich verletzen würden, aber das kann man nie wissen, und meine Waffe liegt im Wagen, also beschließe ich, die Treppe zu nehmen.

»Kommst du heute Abend wieder mit uns in die Bar?«, fragt eine Frau. Ich kann sie nicht sehen, aber sie befindet sich irgendwo im Treppenhaus.

Und dann höre ich seine Stimme. Vor Erleichterung macht mein Herz diesen kleinen Sprung, als würde es für eine Sekunde glauben, ich wäre jetzt in Sicherheit, doch das bin ich nicht.

»Wahrscheinlich sollte ich ins Anwesen zurückgehen – Daisy treffen, weißt du?«

»Warum?«, fragt die Frau. Obwohl ich sie nicht sehen kann, weiß ich, dass es seine Ex ist. »Damit du es noch weiter aufschieben kannst, mit ihr Schluss zu machen?«

Ich erstarre. Horche auf ihre Geräusche. Die beiden bewegen sich ebenfalls nicht.

Ich höre meinen Freund seufzen. »Wer hat gesagt, ich würde mit ihr Schluss machen?«

»Oh, komm schon!«, stöhnt die Ex. »Du meldest dich freiwillig für jede mögliche Aufgabe und bleibst schon die ganze Woche jeden Abend in der Bar, bis sie schließt?«

Irgendjemand bewegt die Füße, und ich weiche ganz an die Wand zurück, damit sie mich nicht sehen können, ich sie aber trotzdem weiter höre.

»Worauf wartest du?«, drängt die Ex.

»Es ist kompliziert, Michelle.«

»Yeah«, schnaubt sie. »Sie ist kriminell, und du bist es nicht …«

Ich kann sein Gesicht nicht sehen, aber ich will, dass es total beleidigt aussieht oder absolut stinksauer oder zumindest, dass er abwehrend die

165 Oder Julian.

166 Oder Christian.

Stirn runzelt. Irgendwie mehr als das, was ich vermute, als er sich jetzt mit einem Seufzer geschlagen gibt. »Nenn sie nicht kriminell …«

»Warum?«

Sie klingt so launisch. Als würde es ihr Spaß machen, einen Keil zwischen uns zu treiben. Vielleicht ist das aber auch nur fair. Ich nehme an, dass ich auch einen Keil zwischen sie getrieben habe.

»Das ist sie doch. Nicht mehr und nicht weniger«, erklärt sie ihm, und ich warte darauf, dass er ihr ins Wort fällt, dass er ihr sagt, wie viel mehr ich bin als das. Dass ich schlau und schön und lustig bin und fast schon Ärztin und noch so viel anderes, aber vor allem seine Freundin, und dass sie deshalb nicht so über mich reden sollte. Doch er sagt nichts.

Am 15. April 1912, um 02:20 Uhr morgens sank irgendwo im Norden des Atlantiks die Titanic, kurz nachdem sie in zwei Teile zerbrochen war.

»Ich bin im Archiv«, teilt Tiller seiner Ex mit. »Komm und gabel mich auf, bevor du gehst.«

»Okay«, sagt sie.

Schritte kommen in meine Richtung, und ich jogge so heimlich und leise zwei Treppenabsätze hinauf, wie es wohl nur eine echte Verbrecherin kann.

Ich warte ab, bis ich höre, dass zwei verschiedene Türen geschlossen werden, dann laufe ich die Treppen hinunter. Ich bin auf hundertachtzig, dabei ist mein Herz ein bisschen gebrochen, zugleich bin ich erleichtert. Ich klettere zurück in Miguels Auto und stecke die Waffe wieder dahin, wo sie hingehört: an meinen Körper.

Miguel sieht mich mit gerunzelter Stirn an. »Ist alles gut?«

Ich starre ihn ein paar Sekunden schweigend an.

»Bring mich zu The Lion's Gate.«

»Ist das nicht eine Bar von den Bullen?«

»Doch.«

Miguel verzieht das Gesicht. »Ist Tiller dort?«

»Nein.« Ich ziehe mein Smartphone heraus und schreibe eine Textnachricht. »Aber er wird dorthin kommen.«

Christian
13:35 Uhr

Hey

Hey

Hast du später was vor?

Nichts Wichtiges. Warum?

Kannst du mich wo treffen?

The Lion's Gate

Yeah.

Wann?

Um fünf

Okay

Geht's dir gut?

Sei pünktlich.

KAPITEL 33

JULIAN

Klopf, klopf«, sagt eine Stimme, und ich sehe vom Schreibtisch auf. Josette Balaska streckt ihren Kopf durch die Tür meines Büros und schließt sie dann hinter sich.

»Jose!« Ich grinse, stehe auf und gehe zu ihr.

»Hi!« Sie strahlt über das ganze Gesicht, wirft mir die Arme um den Hals und presst sich in ihrer gewohnten Art an mich.

»Was machst du hier?«, frage ich verwirrt.

Normalerweise teilt sie es mir mit, wenn sie in die Stadt kommt.

»Wollte dich überraschen.« Sie zuckt mit den Achseln. »Ich habe schon eine ganze Zeit lang nichts mehr von dir gehört, was bedeutet, dass du viel zu tun hast, wie ich weiß – aber ich könnte dich ja vielleicht ein bisschen ablenken«, erklärt sie mir, während sie mich nach hinten auf die Chaiselongue zuschiebt.

Ich falle darauf und sehe mit hochgezogenen Augenbrauen zu ihr auf. Ich bin überrumpelt, auch wenn ich das nicht sein sollte. Sie lässt sich mit gespreizten Beinen auf meinen Schoß sinken, wie sie es schon unzählige Male zuvor getan hat.

Immer wenn Josette in der Stadt ist, tun wir das. Ich lege Wert darauf. Sie ist wahnsinnig gut im Bett. Die beste Möglichkeit, um Dampf abzulassen. Wir tun das schon seit Jahren, doch als sie sich zu mir beugt, um mich zu küssen, runzle ich unwillkürlich die Stirn. Dabei versuche ich eigentlich zu lächeln.

»Ist alles in Ordnung bei dir?« Sie lacht ein bisschen verwirrt.

»Ja …« Ich schüttle den Kopf. »Mir geht es gut, nein, wirklich …«

Wahrscheinlich hat mich bisher noch niemand mehr angezogen als Josette. Viele Sommersprossen, zierlich, ständig in Bewegung, blondierte Haare – diese beinahe lilafarbenen Augen. Sie ist wahnsinnig fit. Sexy, lustig, bereit, alles auszuprobieren. Wirklich cool, entspannt, denkt nicht zu lange über Sachen nach. Sie steht einfach für eine gute Zeit. Warum also denke ich dann, während Josette mich so küsst und sich an meinen auf der Couch liegenden Körper reibt, an Magnolia Parks?

Ich denke nur an sie. Daran, wie ihr Mund am Morgen aussieht. Wie sie unter der Dusche aussieht. Wie sich ihre Hände in meinen anfühlen, wenn Magnolia sie mir ohne zu fragen gibt.

Ich weiß nicht, warum ich daran denke – oder überhaupt an sie. Ich tue nichts Falsches. Wir sind kein festes Paar. Es gibt nicht mal ein verdammtes Wir. Sie hat gesagt, es wäre ihr egal, was ich tue, wenn sie nicht da ist – sie ist nur meistens da. Vielleicht ist es das, was komisch ist. Ich hatte in den letzten paar Wochen einfach keine Zeit, um mit einer anderen etwas anzufangen, deshalb gibt es mir einfach ein seltsames Gefühl. Doch das ist Magnolias Schuld, verdammt, denn sie ist immer mit irgendwas beschäftigt, ordnet ungebeten Kleiderschränke neu und arbeitet auf meinem Schoß sitzend an meinem Schreibtisch, denn Jonah hat recht: Sie kann nicht allein sein. Allerdings beantwortet nichts davon die Frage, warum zum Teufel ich darüber nachdenke, dass Magnolia Parks nicht allein sein kann, während Josette ihre Hände in meiner Hose hat. Denn das ist in Ordnung. Sogar gut. Es ist das, was ich will – denn ich und Parks sind nicht zusammen, und zum hundertsten Mal: Es gibt kein Wir.

Josette greift sich hinter den Rücken und öffnet das Band von ihrem Kleid. Es rutscht ihr vom Körper, sie trägt nichts darunter, da ist nur dieser Körper, den ich schon so oft berührt habe, dass ich es nicht mehr zählen kann, also berühre ich ihn jetzt wieder. Beinahe aus Gewohnheit, glaube ich – denn ich denke immer noch an Magnolia. Streng genommen denke ich darüber nach, warum ich an Magnolia denke.

Und das ist eine ganze Menge: Josette überall auf meinem Körper, Magnolia überall in meinem Kopf, und ich versuche, mich davon zu überzeugen, dass das alles nichts bedeutet und es nur Jonahs Schuld ist, weil er gesagt hat, ich würde mich in sie verlieben und so einen Mist. Ich verliebe mich nicht. Vergiss die Liebe. Ich kann diesen Riss in meiner Rüstung nicht brauchen, und wenn mich all dieser Mist nicht runtergezogen hätte, dann hätte ich vielleicht das bemerkt, was tatsächlich um mich herum zu hören war: ein leises »Sei nicht dumm, ich gehe doch ständig zu ihm ins Büro«.

Darauf hätte ich reagieren können, statt nur zu versuchen, meine Freundin zu ficken, um mir selbst zu beweisen, dass mir das Mädchen nichts bedeutet, das mir eben doch vielleicht ein bisschen was bedeutet.

»Oh«, sagt die Stimme dieses Mädchens, das auf meiner Türschwelle steht.

»Magnolia …« Ich setze mich ein bisschen auf. Sie starrt mit leicht aufgerissenen, glasigen Augen zu mir herüber, während Decks hinter ihr sie noch immer am Arm festhält, weil er wahrscheinlich versucht hat, sie aufzuhalten.

Ihr Blick wandert von meinem Gesicht zu dem nackten Oberkörper davor, weiter zu meinen Händen auf Josettes Körper und schließlich hoch zu ihrem Gesicht … Josette bedeckt sich nicht, verändert nicht ihre Haltung, sondern starrt Magnolia nur so an, als wäre sie eine lästige Störung.

»Oh … uh …« Ihr Blick geht zur Decke hoch. »Ich habe mich im Raum geirrt … ich bin … es tut mir leid … ich hab den Ausgang gesucht …«, stammelt sie wie eine Idiotin.

Magnolia macht auf dem Absatz kehrt und eilt hinaus.

Ich sehe Declan streng an, wobei er das Gesicht verzieht.

»Sorry, Mann – sie ist schwer von was abzuhalten.«

Ich verdrehe die Augen. Als ob ich das nicht wüsste.

Im Aufstehen schiebe ich Josette von mir herunter auf die Couch.

Sie starrt mich an. »Wer ist das?«

»Das ist Magnolia«, gebe ich an, weil ich nicht wirklich weiß, was ich sonst sagen soll.

»Wer zum Henker ist Magnolia?« Sie verschränkt die Arme vor der nackten Brust.

»Ich …«, stammle ich. Was ist hier los, verdammt? Ich weiß immer, was ich sagen soll. »Wir sind … Ich meine, wir waren …« Ich schüttle den Kopf. »Gib mir einfach eine Minute, ja?«

»Wozu?« Sie runzelt fragend die Stirn, aber ich gehe bereits weg. Ich sehe über die Schulter zurück und hebe einen Finger.

»Eine Minute«, sage ich zu ihr, und dann gehe ich Magnolia nach.

Wenn ich ehrlich bin, renne ich ihr hinterher. In meinem ganzen Leben bin ich noch nie einem Mädchen hinterhergerannt, doch jetzt renne ich diesem nach … Ich höre meine Eingangstür zuschlagen, nur ein paar Sekunden bevor ich sie erreicht hätte. Ich stoße sie wieder auf und bleibe oben auf den Stufen stehen, die zu unserem Hof hinunterführen.

»Magnolia«, rufe ich.

Sie geht gerade mit schnellen Schritten auf ihr Auto zu. Es ist ein weißer Aston Martin DBS Superleggera, kein Stadtauto. Sie muss geplant haben, hierzubleiben.

»Magnolia«, rufe ich lauter und jogge dabei die Stufen hinunter. »Parks!«

Sie ignoriert mich weiter, und ich erreiche sie erst, als sie schon am Wagen ist. Jetzt bin ich verärgert. Ich laufe keinen Leuten hinterher – das war verdammt peinlich – ihr nachzulaufen, ihren Namen zu rufen, von ihr in meinem eigenen Haus ignoriert zu werden, vor den Augen der Männer, die für mich arbeiten. Das lässt mich blöd aussehen.

»Oho …« Ich packe sie am Arm und wirble sie zu mir herum, sodass sie mich ansieht. »Ich spreche mit dir.«

»Oh!« Sie reißt die Augen auf und versucht, fröhlich und normal auszusehen und so einen Mist. Sie schüttelt den Kopf. »Entschuldige … Ich hab dich nicht gehört.«

»Du hast mich nicht gehört?«, wiederhole ich. »In dieser für den Verkehr gesperrten Sackgasse? Ich habe gerade gehört, wie ein Vogel sein verdammtes Ei gelegt hat …«

»Wirklich?« Sie lächelt mich mit aufeinandergepressten Lippen an. »Wie konntest du das hören bei dem Geräusch der Kleinen auf dir, als sie ihre Klamotten ausgezogen hat?«

Ich stoße die Luft durch die Nase aus. »Du bist verärgert …«

»Ich bin nicht verärgert.« Sie schüttelt den Kopf.

Ich sehe sie an. »Okay.«

»Ich bin nicht …« Sie zuckt leicht mit den Schultern.

»Okay.« Ich nicke, obwohl ich es ihr nicht glaube. »Du wirkst verärgert …«

»Warum sollte ich verärgert sein, Julian?«, fragt sie laut, als würde das beweisen, dass sie nicht verärgert ist, obwohl es genau das Gegenteil zeigt. Ein bisschen zumindest. Keine Ahnung, was das über mich aussagt, dass ich froh bin, wenn sie verärgert ist … Was auch immer es bedeutet: Ich weiß, dass es Mist ist.

Sie wedelt mit ihrer kleinen Hand zwischen uns hin und her.

»Ich weiß, wir sind nicht … ein Paar, und dass … du weißt schon, dass du so bist.«

Ich kneife die Augen zusammen.

»Ich bin so?«, wiederhole ich.

Sie nickt. »Mit anderen Mädchen.«

»Richtig.« Ich presse die Lippen aufeinander. Nicke.

»Also ist es in Ordnung …« Sie zuckt mit den Schultern, als würde es sie nicht stören, doch ich denke, das tut es.

»Ist es wirklich?«, frage ich mit in den Nacken gelegtem Kopf, damit ich ihr in die Augen sehen kann.

»Ja.« Sie weicht meinem Blick aus.

»Wirklich?«

»Ja!« Sie stampft mit dem Fuß auf, und ich sehe belustigt darauf hinunter.

Sie trägt dieses kurze weiße Kleid und einen weißen Mantel, unten spitzen ihre Beine hervor – ich mag sie in Weiß, irgendwie.

Stirnrunzelnd starre ich sie an, denn sie ist verdammt anstrengend. Dann zupfe ich an ihrem Stirnband, nur um sie zu ärgern.

»Ich schlafe nicht mit ihr.«

Magnolias Gesichtsausdruck wechselt von total verletzt zu irgendwie verwirrt.

»Oh«, sagt sie, während sie ihre Miene wieder glättet.

»Das habe ich früher, aber …« Ich zucke mit den Schultern.

Ungeduldig und wütend verschränkt sie die Arme vor sich. »Früher, wie vor fünf Minuten oder …?«

»Nein …« Ich werfe ihr einen finsteren Blick zu. »Früher, wie im November.«

Jeden November der letzten paar Jahre, wenn ich ganz offen zu ihr sein will, aber das will ich nicht. Vermutlich nicht der richtige Zeitpunkt, um es jetzt zu erwähnen. Und warum, verdammt, sollte ich es überhaupt erwähnen?

»Ich hätte es vielleicht getan, wenn du nicht hereingekommen wärst …« Ich zucke mit den Achseln. Ich bin nur ehrlich.

Ihr Gesichtsausdruck springt wieder auf verletzt.

»Aber du bist hereingekommen.« Ich sehe sie an. »Jetzt also …«

»Was jetzt?« Sie legt die Stirn in Falten.

»Jetzt …« Ich hebe die Schultern. Meine Stimme schwankt. »Jetzt nicht mehr.«

Sie saugt ihre Unterlippe an, und ich suche wieder Blickkontakt zu ihr, weil mich das total anmacht. »Warum nicht mehr?«

Ich übergehe die Frage, nehme ihr Gesicht so in die Hände, wie ich es gern tue, und gehe ein bisschen in die Knie, damit sie mich ansehen muss.

»Du bist ganz blass geworden«, sage ich zu ihr, und schon weicht sie meinem Blick wieder aus.

Sie schüttelt den Kopf. »Mir geht's gut.«

Ich packe ihr Kinn mit zwei Fingern, biege ihr Gesicht so hin, wie ich es haben will. »Du siehst nicht gut aus.«

Sie richtet sich auf und nimmt diesen stolzen Gesichtsausdruck an, der zu meinen Lieblingsdingen an ihr gehört. Keine Ahnung, wann ich angefangen habe, Lieblingsdinge an ihr zu haben?

»Nun«, sagt sie mit der Nase in der Luft. »Vielleicht kennst du mich nicht so gut, wie du denkst.«

Ich ziehe empört die Luft durch die Nase. »Stimmt das?«

»Mhm …« Sie zuckt mit den Schultern und zieht ihre Augenbrauen so weit hoch, dass sie ihr quasi aus dem Gesicht fliegen.

Und dann starren wir uns gegenseitig an. Trotzig warten wir beide darauf, dass der andere nachgibt. Ich will nicht nachgeben. Ich verstehe nicht, was zum Teufel hier los ist, denn ich laufe den Leuten nicht hinterher, ich kümmere mich nicht darum, ob es irgendjemandem nicht gut geht, ob irgendjemand blass wird, es kümmert mich auch nicht, ob mich ein Mädchen, mit dem ich etwas hatte, mit einer anderen sieht. Doch jetzt zerbreche ich mir schon den Kopf darüber, wie ich das Bild wieder loswerde – von ihrem Gesichtsausdruck, als sie mich mit den Händen auf Josette gesehen hat. Und warum zum Teufel sieht sie mich überhaupt so an? So verletzt und betrogen und so einen Mist? Sie liebt einen anderen. Also verdammt noch mal, was geht hier vor?

Das will ich wissen, während ich sie anstarre und sie mich ebenfalls. Und vermutlich halte ich es ein paar Sekunden zu lang durch, denn sie schluckt, und ihre Augen sehen aus, wie sie immer aussehen, bevor sich die Schleusen öffnen.

Sie schüttelt den Kopf. »Ich werde gehen.«

Sie öffnet die Autotür, aber ich schließe sie gleich wieder.

»Ich will nicht, dass du gehst«, erkläre ich ihr.

Sie dreht sich nicht um, sieht noch nicht mal zu mir, sondern öffnet die Tür einfach wieder. Zum Verzweifeln! Sie ist zum Verzweifeln! Ich strecke den Arm an ihr vorbei und knalle die Tür zu, dann packe ich ihr Gesicht mit beiden Händen, stoße sie nach hinten gegen die Tür und küsse sie stürmisch.

Ihr Körper entspannt sich an meinen gepresst, und sie tut das, was Mädchen tun, wenn sie bei einem Kuss dahinschmelzen, und ich küsse sie, bis sie zittrig Luft holt und mich mit dem einzigen Blick ansieht, den ich sehen will.

»Ich will, dass du bleibst«, erkläre ich ihr, während ich ihr meine Hand an die Taille lege. »Komm wieder mit hinein.«

Sie sagt nichts, blinzelt nur ein paarmal.

»Bitte?«, sage ich idiotischerweise. Ich bettele dieses Mädchen an. Verdammt, was ist nur aus mir geworden?

Schließlich nickt sie mit ganz scheuem Blick.

Ich bringe sie zurück ins Haus, dabei lasse ich die Hände auf ihrer Hüfte liegen und gehe hinter ihr die Stufen hinauf.

Als wir ungefähr halb oben sind, bleibe ich stehen und drehe sie herum, sodass wir uns direkt ansehen, dann deute ich mit dem Kinn in Richtung meines Zimmers.

»Kannst du vorausgehen und oben auf mich warten?«

Sie runzelt die Stirn. »Warum?«

»Weil ich mit Josette reden muss.«

Magnolia stößt ungeduldig die Luft durch die Nase aus und verschränkt die Arme. »Worüber?«

Ich löse ihre Arme von der Brust, sodass sie wieder seitlich herunterhängen, wie es sein sollte. Versuche ihr zu zeigen, dass ich immer noch die Kontrolle über alles habe, auch wenn wir zu diesem Zeitpunkt wohl beide wissen, dass das nicht ganz stimmt.

Ich fahre mir mit beiden Händen durch die Haare. »Um ihr zu sagen, dass sie gehen soll.«

»In Ordnung.« Sie nickt, hakt nicht nach. »Aber warum muss ich nach oben gehen?«

»Weil.«

»Weil was?«, fragt sie und stampft mit dem Fuß auf, als ich nichts erwidere. »Versteckst du mich?«

Ich schüttle den Kopf. »Nein.«

»Willst du versuchen, schnell mit ihr zu schlafen und dann zu mir hochzukommen?«

Ich drücke mir die Finger in die Augen. »Was zum Henker hat BJ mit dir gemacht, dass du das jetzt fragst?«

Sie lässt ein bisschen die Schultern hängen. Ich hätte seinen Namen nicht erwähnen sollen. Sie macht dann immer dicht.

Seufzend beuge ich den Kopf zu ihr, um ihr in die Augen zu sehen. »Ich glaube nicht, dass sie es gut aufnehmen wird, und ich will nicht, dass sie sich bloßgestellt fühlt …«

»Oh.« Magnolias Gesichtsausdruck wird sanfter. »Warum sollte sie es denn nicht gut aufnehmen?«

Ich drücke meine Zunge von innen gegen die Unterlippe. »Wir schlafen schon eine lange Zeit miteinander.«

»Oh.« Sie senkt den Blick und zieht wieder einen Schmollmund, doch jetzt lächle ich ein bisschen. Schiebe ihr unnötigerweise die Haare hinter die Ohren.

»Und ich werde ihr sagen, dass wir damit aufhören.«

»Oh.« Ihr Blick klettert wieder zu meinem hoch, sie sieht mich offen an. »Warum?«

Warum sollte ich Josette Balaska sagen, dass wir keinen Sex mehr haben werden? *Weil du, als du dabei hereingeplatzt bist, ein Gesicht gezogen hast, das ich in meinem ganzen Leben nie wieder sehen will, du verdammte Nervensäge.*

Das ist der Grund. Aber das sage ich nicht.

Stattdessen verdrehe ich die Augen.

»Geh verdammt noch mal einfach nach oben, ja?« Ich schüttle den Kopf, als wäre ich genervt. Vielleicht bin ich das auch, ich kann es nicht mehr sagen. »Warum zum Teufel ist mit dir alles so schwierig?«

Und dann schmollt sie wieder, wie immer, wenn sie für etwas gerügt wird: empört und verwirrt von der Welt, in der nicht alles genau so läuft, wie sie will, saugt sie die Unterlippe zwischen die Zähne, rümpft die Nase und schaut finster. Doch ich packe ihr Gesicht und küsse sie, sosehr ich kann, denn ich glaube, wirklich ändern lässt es sich nicht.

»Deshalb«, sage ich zu ihr, und sie nickt ansatzweise. Sie ist zu aufgeregt. Ich mag sie aufgeregt.

Sie dreht sich um und geht die Treppe hinauf. Oben schließt sie die Tür von meinem Zimmer hinter sich.

Ich vergrabe das Gesicht in den Händen, atme durch den Mund aus und gehe in mein Arbeitszimmer zurück.

Josette sieht zu mir auf. Sie liegt jetzt komplett nackt auf meiner Chaiselongue.

Ich drücke mir die Hand vor den Mund. Schließe die Tür hinter mir.

»Bist du sie losgeworden?« Sie lächelt.

Ich schüttle den Kopf und verziehe das Gesicht. »Nicht wirklich.«

Sie sieht verwirrt aus, sodass ich mit dem Kopf in die Richtung deute, aus der ich gekommen bin.

»Sie ist oben.«

Josette setzt sich ein bisschen auf, nimmt den Kopf auf die Brust. »Sie kommt mir nicht vor wie ein Mädchen, das sich auf einen Dreier einlässt …«

Ich unterdrücke ein Lachen. Eine gute Einschätzung.

»Sie ist nicht … Hör zu …« Ich gehe auf sie zu, pflücke ihr Kleid vom Boden und strecke es ihr hin. »Ich kann das mit dir nicht machen.«

»Was?« Ihr Gesicht erstarrt kurz – vor Verlegenheit, denke ich, und dann sofort aus Wut. Sie springt auf die Beine und zeigt nach oben. »Wer zum Teufel ist das?«

»Ich weiß nicht …« Ich schüttle den Kopf. »Ich weiß nicht, wie ich erklären kann, was sie ist.«

»Ist sie deine Freundin?«, fragt sie.

Ich sehe sie finster an. »Du weißt doch, dass ich keine Freundinnen habe.«

Wir beide wissen auch, dass Josette gern meine Freundin gewesen wäre, wenn ich sie gelassen hätte.

Sie presst die Zähne zusammen. »Du fängst aber auch nichts mit Mädchen an, die dich nicht mit mir schlafen lassen, also was ist das dann?« Sie schleudert ihren Arm wieder in Richtung Tür.

Ich zucke mit den Achseln. »Das muss ich noch herausfinden.«

»Magst du sie?«, will sie mit hochgezogenen Brauen wissen.

»Ich weiß es nicht …« Ich schüttle den Kopf.

Ich weiß nicht, warum ich gesagt habe, dass ich es nicht weiß. Ich wusste bis jetzt gar nicht, dass ich es nicht weiß.

Josettes Lippen zucken. »Die Frage lässt sich mit Ja oder Nein beantworten, Jules.«

»Nein, das lässt sie sich nicht …«

»Beantworte sie einfach.« Sie zuckt mit den Schultern, als wäre es ihr egal. Nimmt mir ihr Kleid ab.

»Nein …«

»Nein, du magst sie nicht?«, hakt sie mit erhobenen Brauen nach, während sie sich das Kleid wieder überzieht.

»Nein …«

»Also magst du sie schon?«, fragt sie mich und sieht mich mit zusammengekniffenen Augen an.

»Verdammt, nein.« Ich schüttle heftig den Kopf. »Ja … vielleicht …?«

Sie starrt mich mit feuchten Augen ein paar Sekunden lang an. Das ist das Schlimmste, wenn Mädchen weinen. Ich kann nicht damit umgehen, doch da steht sie, meine alte Freundin, und bricht vor mir in Tränen aus, und ich kann nur daran denken, wie die verfluchte Magnolia Parks ausgesehen hat, als ich sie, an ihr Auto gedrückt, geküsst habe.

»Wir haben schon seit vier Jahren Sex, vor fünf Sekunden habe ich nackt vor dir gestanden, und jetzt sagst du mir, du könntest nichts machen, weil du diese dahergelaufene Schlampe magst?«

Ich beiße die Zähne zusammen.

»Nenn sie nicht s…«, sage ich, bevor ich unterbrochen werde durch einen Hieb ins Gesicht.

Keine Ohrfeige und auch kein richtiger Faustschlag.

Ich fahre mir mit der Zunge über die Unterlippe. Schmecke Blut.

Sie starrt zu mir herüber, atmet stoßweise und sieht ein bisschen ängstlich aus. Was sie auch sein sollte.

Ich zeige mit dem Kinn zur Tür. »Du möchtest jetzt bestimmt gehen …«

»Sonst was?«, fragt sie und streckt die Brust raus in dem Versuch, mutig zu klingen.

Ich beuge mich nahe zu ihr. »Das willst du gar nicht wissen.«

Dann lasse ich sie allein und gehe wieder nach oben zu der Schicksalswendung, von der ich mir bis jetzt eingeredet habe, dass sie nur eine Vernarrtheit in etwas Neues ist. Es könnte sich jetzt doch um eine normale Vernarrtheit handeln.

Das ist ein bisschen peinlich, dass ich mir von dem nackten Mädchen unten eine blutige Lippe habe schlagen lassen.

Ich gehe in mein Schlafzimmer, schließe die Tür hinter mir und blicke zu Magnolia hinüber.

Es dauert ein paar Sekunden, bis sie meine blutige Lippe bemerkt, doch dann stürzt sie zu mir und legt mir die Hände aufs Gesicht.

»O mein Gott!« Sie stellt sich auf Zehenspitzen. »Hat sie dich geschlagen?«

Ich nicke und sehe ihr ein bisschen dabei zu, wie sie um mich herumschwirrt. Es fasziniert mich.

Wisst ihr, bei all den Kämpfen, in die ich verwickelt war, hatte ich nicht einmal ein Mädchen dabei, das am Ende für mich da war. Ich meine – meine Schwester hat an meinem Bett gesessen mit ihren kritischen Bemerkungen und ihrer nicht gerade zarten Pflege, aber da war niemand mit dieser sexy Florence-Nightingale-Art … So eine Gestalt, die sich um dich sorgt und dich heilen und pflegen will. Und wisst ihr was? Das ist gar nicht so schlecht. Wie sie sich meine aufgeplatzte Lippe ansieht, als wäre es eine Wunde von einem Messerstich.

»Das sieht schlimm aus.« Sie nimmt die Wunde in Augenschein und hat dabei weniger Berührungsängste mit Blut, als man meinen könnte.

»Wirklich?« Ich berühre die Lippe mit dem Finger und zucke kurz zusammen. Mehr Blut, als ich erwartet hatte. Schlimmer als gedacht, muss aber vermutlich nicht genäht werden.

»Hat sie dich meinetwegen geschlagen?« Sie runzelt die Stirn und sieht mich nicht an, also ducke ich mich in Erwartung eines neuen Treffers.

»Ich meine, wenn sie normalerweise hier ist … ja, dann endet das in einer anderen Art von Gerangel.«

Magnolia kneift mich zwischen den Rippen, sodass ich mich zusammenkrümme und ein gedämpftes Grunzen von mir gebe. Dann läuft sie ins Bad, um ein paar Papiertücher zu holen.

»Los …« Sie gibt sie mir und geht dann aus meinem Schlafzimmer. »Jetzt machen wir dich sauber.«

Stumm folge ich ihr die Treppen hinunter und setze mich an den Tisch. Dort sehe ich ihr zu, wie sie in der Küche von meiner Schwester herumspringt, und mache die Tagträume zunichte, die in meinem Gehirn entstanden sind: von wegen, dass sie hierherpasst. Das tut sie nicht. So ist es nicht.

Kann es nicht sein.

Sie findet ein Geschirrtuch, macht es feucht und füllt es mit zerstoßenem Eis. Sie kommt zu mir herüber, stellt sich vor mich auf meinem Stuhl hin, legt mir den Kopf in den Nacken und beginnt, meine Lippe vorsichtig abzutupfen.

»Au!« Ich schlage sie weg.

Sie erwidert den Schlag ohne Zögern. »Sei nicht dumm.«

Ich mag es nicht, geschlagen zu werden, auch nicht, wenn ich zuerst geschlagen habe – diese verdammten Mädchen, Mann. Ich packe sie an der Hüfte und ziehe sie auf meinen Schoß.

Sie ist erst ganz steif, entspannt sich aber nach einer Sekunde, passt sich an und verschiebt das Eis auf meinem Mund. Fährt mir mit ihrer freien Hand durch die Haare, als wäre das etwas, das sie tun muss, und nicht etwas, das sie tun will.

Ich sehe ihr mit schief gelegtem Kopf zu. »Wieso weiß ein Mädchen wie du überhaupt, was bei einer aufgeplatzten Lippe zu tun ist?«

Sie zieht das Tuch zurück und inspiziert es, dabei wandern ihre Augen von meinem Mund zu meinen Augen und wieder zurück zu meinen Lippen. »BJ gerät oft in …«

»Oh, verdammt … ich nehme es zurück … ich wollte nicht …« Ich schüttle den Kopf und verziehe das Gesicht. »Ich will nicht über ihn reden.«

Sie schluckt.

»Okay.« Sie nickt.

Ich berühre ihr Gesicht. Keine Ahnung, warum. Lehne mich vor, um sie zu küssen, und sehe, dass Blut auf ihrem Kleid ist.

»Oh, Mist …« Ich starre darauf, zeige darauf.

Sie sieht nach unten und dann wieder zu mir, zuckt leicht mit den Schultern und lächelt mich scheu an.

»Nicht schlimm.«

»Es ist kaputt.«

Sie beäugt mich kritisch. »Ja, vielleicht.«

Ich starre auf den Fleck. »Entschuldigung.«

Sie zuckt wieder mit den Schultern und bewegt sich ein bisschen, sodass sie mir noch näher ist als eben, als sie nur auf meinem Schoß gesessen hat. Dann schlingt sie mir die Arme um den Hals und sieht mich mit einem Gesichtsausdruck an, der mein Ende bedeuten könnte. Ihr Mund streicht über meinen, während sie die Hand in meinen Haaren liegen lässt. Dann schenkt sie mir die Andeutung eines Lächelns.

»Ich habe schon immer geahnt, dass du ein teurer Fick sein wirst.«

KAPITEL 34

DAISY

The Lion's Gate ist dieser ungefähr zweihundert Jahre alte Pub in Vauxhall – mit einer Menge Holz, einer Menge Buntglas –, die Art Location, in der sich alle für den Rest des Abends über dich lustig machen, wenn du irgendetwas anderes als ein Bier bestellt hast.

Ich bin da noch nie gewesen. Es ist so ein Ort, von dem Leute wie ich in ihrer Kindheit immer wieder hören – es ist legendär. Als Romeo sechzehn war, ist er wegen einer Wette hierhergekommen. Er musste ein Pint Guinness bestellen. Hat es gemacht. Hat es ausgetrunken, wurde beinahe erschossen dabei.

Es hat mich einiges an Überzeugungsarbeit gekostet, bis Miguel mir erlaubt hat, meinen Plan umzusetzen.

Ich habe ihm gesagt, er solle nach Hause gehen, doch er hat mich ausgelacht.

Ich habe ihn angebettelt, im Wagen auf mich zu warten – das war ein absolutes No-Go.

Ich habe probiert, ob er in der hintersten Ecke stehen und von da zusehen kann – immer noch ein Nein.

Also haben wir uns darauf geeinigt, dass er zwei Meter entfernt von mir steht und so tut, als würde er mich nicht beachten, so wie er es immer macht.

Und jetzt warte ich auf Christian – das einzig Gute an der Sache hier ist, dass ich mich wirklich sehr aufgebrezelt habe, um Tiller seine Marke vorbeizubringen. Für den Fall, dass ich die bescheuerte Michelle treffen muss, wollte ich, dass sie sich bei meinem Anblick für sich selbst schämt. Also hatte ich das Virtus Animalier Embroidered Minikleid[167] mit einem schwarzen Cardigan[168] und diese fetzigen bronzefarbenen High Heels[169]

167 Versace.

168 Der Scarlet Kaschmircardigan von Khaite.

169 Aura-105-Ledersandalen von Gianvito Rossi.

an. Von den Sachen, die ich trage, habe ich nichts selbst gekauft, abgesehen von den Ohrringen und der Tasche[170], sie sind einfach in meinem Schrank aufgetaucht. Also würde ich mal sagen: danke, Magnolia.[171]

Er kommt ungefähr um Viertel nach fünf herein. Schwarze Baggy-Hose, Converse-Schuhe und ein schwarzer Yves-Saint-Laurent-Hoodie.

Er entdeckt mich sofort, wie ich da ganz allein auf einem Hocker an der Bar sitze.

Vielleicht hellt sich sein Gesicht ein bisschen auf, vielleicht auch nicht.

»Hey«, sagt er, und sein Blick huscht dabei über mein Gesicht. »Geht's dir gut?«

Ich lächle ihn kurz an und nicke. Er nimmt es mir nicht ab.

»Was machen wir hier?«

»Hier?« Ich sehe mich um, so als wüsste ich nicht, was er meint.

»Ja … hier.« Er zieht die Augenbrauen hoch, wartet aber nicht auf eine Antwort, sondern kommt einen Schritt auf mich zu und presst seinen Körper halb gegen mich, während er sich einen Drink bestellt. »Kann ich ein Pale Ale haben, Mann? Hopfig und dunkler, wenn möglich …« Er schenkt dem Barmann ein leichtes Lächeln, bevor er mich ansieht. Dabei lehnt er immer noch an mir, auch wenn er genug Platz hätte, um sich wie ein normaler Mensch neben mich zu stellen. Ich hasse mich selbst dafür, dass ich jetzt schon in alles irgendetwas hineininterpretiere.

»Was willst du?«, fragt Christian.

»Ein Imperial Stout, bitte.«

Er sieht mich erstaunt an. »Na so was, du und ein dunkles Bier – du bist voller Überraschungen.«

Er gibt mir mein Getränk, dabei berühren sich unsere Hände und treffen sich unsere Blicke.

»Was machen wir hier, Dais?«, fragt er und wartet auf eine Antwort.

Ich zucke unschuldig mit den Achseln. »Einfach nur etwas trinken.«

Er nimmt einen kleinen Schluck.

»Das ist eine Bar für Cops.«

170 Meine Heart-Box-Tasche von Dolce & Gabanna. Chunky-Chane-Drop-Ohrringe von Federica Tosi.

171 Und außerdem: Fick dich und verpiss dich, Magnolia.

»Tatsächlich?« Ich blinzle ungefähr siebenmal.

»Ja …« Christian presst amüsiert seine Zunge von innen in die Wange. »Aber wer hätte das ahnen können?«

Ich schlage die Augen nieder und hebe die Schultern an.

»Baby.« Er legt den Kopf schief, und ich mache es ihm nach, denn ich bin jetzt voll in Flirtstimmung.

»Ja, Christian?«

»Ich bin nicht blöd … schon bevor ich gekommen bin, wusste ich, was The Lion's Gate ist. Bin trotzdem gekommen …« Streng sieht er mich an. »Ich bin da, Dais. Ich will nur wissen, was mich erwartet.«

Und genau aufs Stichwort kommt Tiller mit all seinen Arbeitsfreunden herein.

Tills sieht uns nicht, aber Christian bemerkt ihn und runzelt die Stirn. Er wendet sich wieder mir zu und kommt mir noch einen Schritt näher.

»In Ordnung. Was ist los, Dais?«

Ich lächle ihn mit zusammengepressten Lippen an. »Ich bin kriminell, das ist alles.«

»Quatsch.« Christian berührt mich am Arm und schüttelt den Kopf. »Hat er das zu dir gesagt?«

»Seine Ex-Freundin hat es gesagt …« Ich schüttle den Kopf. »Er hat nichts erwidert.«

Christian beißt die Zähne zusammen.

»Soll ich ihn mir vorknöpfen?« Mein Ex-Freund zeigt mit dem Kopf in Tillers Richtung.

Ich reagiere mit einem Kopfschütteln.

»Nein, eigentlich …«, ich gehe noch einen Schritt weiter auf ihn zu, »… will ich, dass du mich küsst.«

Dann kommt es zu einem kurzen Schweigen. Für den Bruchteil einer Sekunde komme ich mir dumm und peinlich vor, doch dann lächelt Christian schief und nickt. »Yeah, okay. Kann ich machen.«

Er starrt mich ein paar Sekunden lang an, dabei tanzt sein Blick zwischen meinem Mund und meinen Augen hin und her, während meine Kehle trocken wie Zwieback ist. Ich kann nicht glauben, dass ich ihn gleich wieder küssen werde. Ich habe mich wirklich bemüht, Tiller treu zu sein, auch wenn das einiges von mir gefordert hat. So gut es mir gelungen ist, habe ich nicht an Christian Hemmes gedacht. Gedanken tauchen plötzlich auf, und es unterlaufen einem Vergleiche, aber ich habe wirklich mein Bestes gegeben, um nicht darüber nachzugrübeln, wie das Sonnenlicht seine Wangenknochen leuchten lässt und welche Farbe sein Mund annimmt, nachdem ich den meinen daraufgedrückt habe.

»Bereit?«, fragt er mit sehr ernstem Blick.

Ich nicke.

Er schiebt mir die Haare hinter die Ohren, wie auch früher immer, lässt dann seine Hand hinten in meinem Nacken liegen, legt mir die andere um die Taille und stemmt meinen ganzen Körper gegen die Bar hinter mir.

Er ist zögerlich mit dem Kuss – beinahe vorsichtig? –, und ich frage mich, ob er es gar nicht tun will? Dann schluckt er schwer, drückt seine Lippen auf meine, und ohne einen weiteren Gedanken schließe ich die Augen. Denn selbst wenn ich all die Umstände bedenke: Ich will mich einfach nur fallen lassen darin für einen Moment. Seinen herrlichen Mund auf meinem genießen. Und in diesem Sekundenbruchteil erinnere ich mich an das erste Mal, als wir das getan haben – in dieser Nacht vor einer Ewigkeit, als er mich geküsst hat, da habe ich mich genauso gefühlt. Dieses blöde Gefühl des Schwebens, so wie auf diesen Bildern der NASA die Galaxien aussehen mit dem rosaroten kosmischen Staub und all den Sternen und Planeten – so ist es, Christian Hemmes zu küssen. Auch wenn nichts davon real ist.

Und dann fühle ich, wie sich jemand neben uns aufbaut.

Showtime.

Ich öffne ein Auge, während ich die Lippen immer noch auf Christians drücke. Drehe minimal den Kopf, sodass Christian und ich uns faktisch immer noch küssen.

»Was zum Teufel, Dais?«, fragt Tiller mit zusammengebissenen Zähnen.

Christian weicht zurück, wischt sich mit der Hand den Mund ab und stellt sich aufrecht hin. Grinst ihn an.

»Oh, hi.« Ich strahle ihn an.

»Was tust du da?«, fragt er laut.

»Ich?« Ich klopfe mir auf die Brust. »Oh, nichts. Ich treffe mich hier nur mit meinem kriminellen Kollegen …«

Unsere Blicke begegnen sich, und Tiller lässt die Schultern hängen.

»Daisy …«

»Ich mache kriminelle Sachen, denn das ist wirklich alles, was ich bin, wusstest du das …?«

Er legt den Kopf in den Nacken. »Dais …«

»Fick dich, Tills«, schreie ich so laut, dass die Leute um uns herum aufhören, sich zu unterhalten, und zu uns blicken. »Das ist alles, was ich bin?«

Er sagt nichts, sondern starrt nur mit diesem verletzten Gesichtsausdruck auf mich herunter.

»Ja«, sagt Michelle, worauf Christian sie finster anstarrt.

»Was ist dein Problem?« Ich zeige mit dem Kinn auf sie. »Liegt es daran, dass Tiller während deiner Beziehung mit ihm die ganze Zeit von mir besessen war? Oder eher daran …« Michelle verengt die Augen zu Schlitzen, während Tiller wieder nichts sagt, also rede ich weiter.

»… dass er tatsächlich Verabredungen mit dir verpasst hat, um für fünf Minuten an meiner Türschwelle zu stehen, unter dem Vorwand, er würde meinen Bruder suchen?«

»Eigentlich habe ich nur ein Problem mit dir, weil du Dreck bist.«

Christian nimmt die Schultern zurück und starrt sie an.

Und was dann passiert, geschieht schnell. Ich hatte die Hand auf meiner Waffe liegen seit dem Moment, in dem Tiller hereingekommen ist. Ich weiß auch, wo er seine immer hat. Schulterholster.[172] So Hollywood … so amerikanisch … so leicht zu packen auf der linken Seite seiner Jacke, um sie herauszuziehen und auf ihn zu richten.

Sofort verfinstert sich Tillers Blick und wird schroff. Als wäre ich diejenige, die uns verraten hat, und nicht er mit seinem Schweigen in diesem Treppenhaus.

Hier sind wir also, gerade noch am Leben in diesem eisigen Wasser. Auf dieser im Wasser treibenden Tür ist nur für einen Platz, und verdammt, Tiller, ich werde nicht mit diesem Schiff untergehen.

Das Magische an diesem Moment ist die Tatsache, dass Christian es

172 Miami Classic von Galco aus braunem Leder.

gewusst hat. Irgendwie hat er es gewusst. Er hat die Waffe gezogen und auf Michelle gerichtet, deren Augen weit aufgerissen sind und funkeln, als würde sie jede Konfrontation genießen.

»Oh …« Ich sehe aus dem Augenwinkel darauf. »Du hast dir eine Neue zugelegt.«

»Ja.« Christian nickt. »Hab gerade erst auf eine P220 Legion Full-Size umgesattelt.«

»Neun Millimeter?«, frage ich.

»Zehn.« Er nickt.

Tiller blickt zwischen uns hin und her.

Christian zuckt mit den Schultern. »Ich wollte nur etwas mehr Gewicht in der Hand, weißt du?«

Ich nicke. »Was ist das für ein Finish?«

»Edelstahl.«

»Hübsch.« Ich nicke und starre dabei Tiller an.

Miguel hat ebenfalls die Waffen gezogen und schwenkt sie in unserem Umkreis von einer Person zur nächsten, und ich lüge nicht, wenn ich behaupte, dass auf uns dafür rund achtzig Waffen gerichtet sind.

Tiller blickt sich mit hochgezogenen Augenbrauen um, als würde er denken, dass das Ganze hier vor seinen Freunden komisch ist. Doch ich weiß,[173] dass er mich liebt, denn ich kann es in seinen Augen immer noch sehen, hinter seiner Angst, die er vor mir verbergen will.

»Ihr drei wollt das ganze Londoner Police Department umnieten?«

»Nee, das wäre kein fairer Kampf …« Ich recke das Kinn vor und schüttle den Kopf. »Wir wären euch so überlegen …«

Christian unterdrückt ein Lachen.

»Daisy«, setzt Tiller an, dabei kneift er die Augen so zusammen, wie er das bei mir immer macht. Ich schüttle den Kopf und zeige mit der Waffe direkt auf sein Gesicht.

»Wir sind fertig«, erkläre ich ihm.

»Yeah.« Er verdreht die Augen. »Tatsache.«

Ich zucke mit den Achseln, als wäre es leicht, dem Mann, den ich mehr als ein halbes Jahr geliebt habe, eine Waffe an den Kopf zu halten. Dem Mann, der mich beschützt und für mich gekämpft hat, für den ich

173 Das ist nur einfach nicht mehr genug.

getötet habe. Ich drücke ihm den Lauf an die Stirn, genau über meine Lieblingsnarbe, als würde ich ihm jemals eine Kugel durch den Teil seines Gesichts jagen, den ich jeden Abend berührt habe, so wie man vor dem Einschlafen eine Lampe reibt. Als hätte ich nicht die ganzen letzten zwei Monate dagegen angekämpft, dass das mit uns endet, auch wenn ich wusste, dass es das Richtige ist, auch wenn ich wusste, dass ich noch jemand anderen liebe: Tiller gehen zu lassen, war unmöglich für mich. Vielleicht hätte ich es auch nicht getan, wenn er das heute in diesem Treppenhaus nicht für mich getan hätte. Doch hier sind wir nun und streiten uns in einer Bar, ich lasse meinen Ex-Freund auf ihn los und halte ihm eine echte Waffe ins Gesicht, nur um ihn zu verletzen. Tiller dagegen sieht mich an, wie ich immer befürchtet hatte, dass er mich ansehen könnte. Als wäre ich wirklich nichts anderes als eine Verbrecherin.

»Nimm die Waffe runter, Dais«, sagt er zu mir.

Ich deute mit dem Kinn in den Raum hinein. »Sie zuerst.«

Unsere Blicke treffen sich wieder: eine Pattsituation, der letzte Sargnagel für unser Wir.

Tiller bewegt seine Hände nach unten. »Nur ein Missverständnis, Kollegen, nehmt eure Waffen runter.«

Langsam tun sie es, ungefähr hundert zusammengekniffene und argwöhnische Augen.

»Die werde ich behalten …« Ich stecke Tillers Waffe ein. Christian senkt die seine, steckt sie aber nicht wieder ins Holster.

»Ich komme morgen und hole meine Sachen«, erklärt Tiller mir.

»Keine Sorge.« Ich schüttle den Kopf. »Ich werde einen der Jungs damit beauftragen, sie zu Dyson zu bringen. Oder …«, ich zeige auf seine Ex-Freundin, »… willst du lieber, dass sie dir alles bei Michelle vorbeibringen?«

Er schnaubt. »Du musst gerade reden.«

»Ja, nun, ich dachte mir, du redest nicht genug für uns beide.« Ich zucke noch einmal abschätzig mit den Achseln, wobei er das Gesicht verzieht. Ich wedele mit der Hand in Richtung Michelle. »Viel Spaß euch … im Archiv.« Ich lächle ihn gespielt unbeeindruckt an.

»Fick dich …«

»Das hast du schon gemacht.« Ich pike ihm in die Brust, und er sieht auf meinen Finger herunter, als wäre der etwas Fremdes. »Aus Pflichtgefühl, und noch mehr … aus deiner Zuständigkeit heraus und so.« Ich zucke zusammen.

Er atmet ruhig durch die Nase aus. »Tatsächlich habe ich dir das nie gesagt, Dais, aber mein Chef hatte mir an diesem Tag aufgetragen, zu dir zu gehen …«

Das fühlt sich tatsächlich an wie eine Ohrfeige, was er auch beabsichtigt hat. Christian sieht mich an, als täte ich ihm leid, aber ich bin eine gottverfluchte Haites und wurde von meinem Bruder großgezogen, ich kann nicht nachgeben bei einem Streit, nicht mal, wenn mich jemand verletzt.

»Ja …« Ich zucke wieder mit den Achseln und verziehe das Gesicht. »Aber hat er das so gemeint?«

Christians Lippen formen ein O, und ich komme mir schlau vor.

Tiller löst den Blick von mir und wendet den Kopf ab.

»Hey, nur dass du es weißt, Tills.« Ich ducke mich, um ihn wieder anzusehen. »Ich weiß: Dass es mit uns vorbei ist, liegt weniger daran, dass ich eine Kriminelle bin, sondern vielmehr daran, dass dich das alles fasziniert und du Angst davor hast.«

Seine Miene erstarrt. Es dauert nur eine Sekunde, aber ich sehe den blitzschnellen Ausdruck von Angst und das Eingeständnis in seinen Augen.

»Verpiss dich«, sagt er zu mir, als würde er mich hassen.

»Mit dem größten Vergnügen.« Ich nicke und salutiere, während ich rückwärts weggehe. »Inspektor …«

Christian packt mich an der Hand und zieht mich zur Straße. Wir rennen etwa hundert Meter und tauchen dann in einer Menschenmenge ab, sodass sie uns nicht verfolgen können.

Er sieht über die Schulter nach hinten, während Miguel mich weiter in die Menge hineinschiebt.

»Das bedeutet es also, wenn du nichts tust?«, fragt Miguel mit erhobenen Brauen. »Dass du dir den verdammten Kopf wegballern lässt, nur um deinen Freund in die Wüste zu schicken?«

Er schüttelt wütend und mit verkniffenem Gesichtsausdruck den Kopf.

Ich kann nicht wirklich etwas zu meiner Verteidigung sagen, also hebe ich nur leicht die Schultern.

»Ex-Freund«, stelle ich wenig hilfreich klar, worauf Miguel mich nur finster anstarrt.

»Erzähl es nicht Jules …«

»Oh …« Er sieht mich jetzt anders an, voller Wut. »Über diese Geschichte werde ich ihm einen ganzen verdammten Roman schreiben, Daisy, du blöde …«

Christian legt den Kopf schief und sieht mich an. »Geht es dir gut?«

Ich nicke und blicke über die Schulter nach hinten.

»Er ist ein Arschloch«, stellt Christian fest, worauf ich ihn kurz traurig anlächle. »Ihr wart schon eine Zeit lang zusammen …«

»Ja.« Ich nicke.

Christian merkt, dass er meine Hand immer noch festhält, und lässt sie los. Meine Hand baumelt an der Seite herunter und fühlt sich hölzern an.

Er räuspert sich. »Wie lange war es?«

Ich verziehe nachdenklich den Mund. »Zehn … vielleicht fast elf Monate?«

»Oh, Mist …« Er schnaubt verärgert.

»Was?« Ich runzle die Stirn, doch er schüttelt nur den Kopf, als wäre er blöd.

»Ich hasse es irgendwie, dass er mich übertrumpft hat …«

Ich verdrehe die Augen, als würde ich ihn ebenfalls für blöd halten, aber die ehrliche Antwort wäre, dass ihn nie jemand übertrumpfen könnte.

Ich schlucke und starre zu ihm auf. »Danke, dass du mich geküsst hast.«

Lachend schüttelt er den Kopf. »Jederzeit wieder.«

Wir lächeln uns auf eine Art an, bei der ich nicht weiß, ob ich sie ganz verstehe. Vielleicht hoffe ich, sie zu verstehen, doch so viel Glück hatte ich bei Christian bisher nicht.

Er macht einen Schritt von mir weg und hält dann inne – seine Augenbrauen wandern nach unten, dann geht er wieder zwei auf mich zu.

»Es war nur ein Kuss, oder?«, fragt er mit gefurchter Stirn.

Nein. Es ist nie nur irgendetwas mit dir.

Doch ich sage: »Ja.«

»Cool.« Er nickt eifrig. »Dann sieht man sich …« Er wendet sich ab und geht davon, während ich ihm einfach zusehe, bis er stehen bleibt. Sich umdreht und zu mir herschielt.

»Soll ich dich nach Hause fahren?«

Ich sehe zu Miguel hinüber, der seufzt und die Augen verdreht. Drohend zeigt er auf Christian.

»Keine Zwischenstopps.«

Er nickt.

»Fahr so früh von der Vauxhall Bridge runter wie möglich. Nimm dann die Lupus Street durch Pimlico, verstanden?«

»Ja, Sir.« Christian nickt beflissen. »Meinst du, ich habe eine Minute Zeit, um durch die Ebury Square Gardens zu fahren und sie schnell umzubringen?« Miguel starrt unbeeindruckt zu ihm hinüber, und Christian gibt ein Geräusch des Unbehagens von sich. »Nicht zum Scherzen aufgelegt heute? Habs verstanden. Bin ratzfatz da.«

Miguel verdreht übertrieben die Augen und geht davon.

Christian wendet sich mir zu, lächelt mich triumphierend an und deutet dann mit dem Kopf die Straße hinunter. »Das Auto steht in der Richtung.«

Auf der Fahrt sprechen wir fast nur über den Abend, über all die auf uns gerichteten Waffen, darüber, woher er gewusst hat, dass er seine Waffe auch ziehen soll, und was wir getan hätten, wenn es noch mehr eskaliert wäre, und darüber, dass mich mein Bruder wohl nie wieder aus dem Blick verlieren wird.

Die Autofahrt verläuft so locker und süß und unbekümmert und vergeht so schnell. Sie sollte ungefähr fünfzehn Minuten dauern, aber diesmal sind es nur vielleicht zehn, sodass ich mich vom Universum betrogen fühle, als er auf unseren Hof einbiegt, und in stummem Protest sitzen bleibe.

Ich räuspere mich und sehe nicht zu ihm hinüber.

»Willst du mit reinkommen?«, frage ich meine Hände.

Er öffnet den Mund, um etwas zu sagen, und runzelt dann die Stirn. Atmet durch die Nase aus. »Das sollte ich nicht.«

Ich blicke zu ihm. »Warum?«

Er legt die Stirn noch mehr in Falten. »Ich sollte … das einfach nicht tun.«

Ich verschränke die Arme vor der Brust. »Ich habe gerade erst mit meinem Freund Schluss gemacht …«

»Genau …« Er deutet auf mich. »Du hast *gerade erst* mit deinem Freund Schluss gemacht …«

»Machst du Witze?«, frage ich laut, während ich meinen Gurt öffne.

»Was?«

»Du bist wirklich unglaublich.« Ich schüttle den Kopf. »Noch vor einer Woche bin ich dich überhaupt nicht losgeworden, du bist überall aufgetaucht … und jetzt, da ich verfügbar bin …«

Er sieht mich kopfschüttelnd an. »Wovon sprichst du?«

»Du willst mich nur, wenn du mich nicht haben kannst«, sage ich.

Er verzieht das Gesicht. »Das ist nicht wahr …«

Meine Augenbrauen schnellen nach oben. »Ist es nicht?«

»Nein«, sagt er.

»Was ist es denn dann?« Ich zucke mit den Schultern. »Weil du jetzt der Freund meines Bruders bist, willst du mich nicht mehr anlangen?«

Er lässt den Kopf zurücksinken, als wäre er müde, und fährt sich mit der Hand so durch die Haare, wie ich mir wünschen würde, dass er durch meine Haare fährt.

»Egal …« Ich verdrehe die Augen, stoße die Autotür auf und stemme mich heraus.

Ich höre Christian vor sich hin fluchen. Er springt aus dem Wagen, läuft zu mir und baut sich direkt vor mir auf.

»Kannst du damit aufhören?« Er schüttelt den Kopf. »Was zum Teufel ist mit dir los?«

»Nichts.« Ich will an ihm vorbeigehen, doch er blockiert mir den Weg.

Er blickt finster auf mich herunter. »Warum bist du plötzlich irre geworden?«

»Geh mir aus dem Weg …« Ich schubse ihn, dabei schnellen seine Augenbrauen nach oben. Er ist angepisst und ein bisschen rachsüchtig. Er nimmt seine Hände hoch und macht einen Schritt zurück, als wäre er mich los.

Ich starre ihn eine oder zwei Sekunden lang an, hasse es, dass wir wieder an dieser Stelle sind – ein Kuss? Das ist alles, was ich bekomme? Ein Kuss als Erinnerung daran, wie gut es war, wie sehr ich ihn liebe und begehre? Und jetzt sind wir schon wieder an diesem Punkt? Wo er mich will, wenn er mich nicht haben kann, und wo er mit mir fertig ist nach nur einem Streit?

Ich gehe an ihm vorbei und hoffe, dass er nicht spürt, wie mich das mitnimmt, dabei berühren sich unsere Schultern, und er sagt: »Eigentlich – nein. Verdammt.«

Er packt mich an der Hüfte, schiebt mich zurück in sein Auto und drückt den Mund auf diese perfekte, eilige Art auf meine Lippen.

Er küsst mich eine gefühlte Ewigkeit lang – eine neue Ewigkeit – oder eine alte? Wenn ich und Tiller die Titanic waren, dann ist Christian die Stadt New York, die am Horizont auftaucht. Er ist der Tee und die Decken, die mich auf der Carpathia wärmen. Er ist die Freiheitsstatue – bei ihm werde ich all meine Müdigkeit, meine Armut, meinen Hunger nach Freiheit abladen.

Ich liebe das Gefühl seiner Hände auf mir, die eine liegt immer noch in meinen Haaren, die andere fest an meinem unteren Rücken und zieht mich zu ihm.

Ich weiche ein winziges Stück zurück und schiebe einen Finger gerade so unter den Bund seiner Calvin-Klein-Unterhose. »Kommst du jetzt mit rein?«

»Später«, ist alles, was er sagt, bevor er mich auf seine Hüfte hebt und mir die Hand unters Kleid schiebt, um … ihr wisst schon …

Jede laute und perfekte Sinfonie, jedes tadellose Zusammenspiel von Farbschattierungen an jedem Himmel, den uns diese dumme, wunderschöne Welt je geschenkt hat: Er ist das alles. Er ist die Droge. Jeder Rausch, den ich mir je gewünscht habe, jedes gute Gefühl, jeder erfüllte Moment. Seine Hände auf meinem Körper, seine Lippen auf meinen Lippen, er in mir – alle anderen sind Vicodin, Morphium und Fentanyl, aber Christian – er ist das gute Zeug.[174]

Er ist Heroin.

Und das hört sich schlimm an, ich weiß – aber das ist es nicht. Das ist

174 Um das klarzustellen: Ich bin nicht drogenabhängig.

einfach – er. Ich glaube, er hat mein Gehirn neu verkabelt. Mein Dopamin-Belohnungssystem? Ich kenne keine bessere Belohnung als seine Hand, wenn sie mir Haare hinters Ohr schiebt, die sich gar nicht irgendwie gelöst haben. Es gibt keine Sache auf der Welt, die ich noch mehr liebe als das. Außer vielleicht ihn, und ich weiß nicht, ob ich es kann – ob ich das wieder haben werde, aber am Schluss werde ich es haben.

Ich nehme, was ich kriegen kann.

KAPITEL 35

CHRISTIAN

Es ist ungefähr zwei Uhr morgens, inzwischen haben wir die Chose nach drinnen verlegt, und ich kann mein verdammtes Glück kaum fassen.

Ich und Daisy – keine Ahnung, wie. Ich weiß nicht mal genau, was, aber ich bin bereit für die Sause.

Wir sind schon seit gut ein paar Stunden zugange, und während Daisy kurz ins Bad verschwindet, schleiche ich mich runter in den Keller, um eine Flasche Wein zu holen. Ich will nicht, dass die Nacht endet.

Ich will sie zurück.

Der Zeitpunkt scheint mir nicht ganz passend – wo sie und ihr Ex gerade erst Schluss gemacht haben und so. Ich werde etwas abwarten, bin einfach froh, hier zu sein.

Ich tapse also nach unten, hole eine Flasche ihres Lieblingsrotweins und komme zurück nach oben. Das Licht lasse ich aus; selbst im Dunkeln kenne ich die Flure hier in- und auswendig. Hab unaufhörlich an sie gedacht, seit ich darin nicht mehr willkommen war.

Die Hälfte des Wegs durch den Gang zu den Schlafzimmern ist bereits zurückgelegt, als ich ein Geräusch höre.

Im Weiterlaufen drehe ich den Kopf, um die Quelle auszumachen, und stoße frontal mit jemandem zusammen, der sofort anfängt zu schreien.

Kaum ertönt das Gekreisch, weiß ich, wer es ist, und drücke der Idiotin die Hand auf den verfickten Mund.

Magnolia schlägt wild um sich, während ich sie festhalte, und drischt in der Dunkelheit panisch auf mich ein.

Ich drehe sie herum und sehe sie ein paar Sekunden lang an, warte, bis sie mich erkennt.

»Hurensohn …« Erschöpft schlägt sie die Hände vors Gesicht. »Du bist es! Oh …« Erleichtert seufzt sie. »O mein … ich hab mir fast in die H…«

Verdutzt sehe ich meine alte Freundin an. »Ich kann nicht fassen, dass du gerade ›Hurensohn‹ gesagt hast. Ehrlich, hätte nicht gedacht, dass das in dir steckt …«

»Ich weiß«, sagt sie mit der Hand an der Brust und versucht, ihre Atmung zu beruhigen.

»Da vögelst du ein paar Wochen lang einen Ganglord, Parks, und schon geht's mit deiner Ausdrucksweise bergab.«

»Ich dachte, ich muss sterben … O mein Gott! Puh …« Sie schüttelt den Kopf, beugt sich vornüber, atmet noch ein paarmal tief ein und aus und hält dann inne. »Moment mal …« Sie starrt auf meinen Unterkörper.

Man sollte vielleicht erwähnen, dass ich nur Boxershorts anhabe.

»Warte. Trägst du etwa …« Sie, Magnolia Parks, meine keine Grenzen kennende Kindheitsfreundin, streckt die Hand aus und zupft am Bund meiner Calvin Kleins bevor sie theatralisch nach Luft schnappt.

»J'accuse!« Sie zeigt mit dem Finger auf mich, ganz die Spinnerin, die sie ist.

»Sei still«, knurre ich.

»O mein Gott«, flüstert sie.

Ich werfe ihr einen warnenden Blick zu. »Magnoli…«

»O MEIN GOTT!«, schreit sie im Flüsterton.

Und dann kommt es zu diesem kompletten Dialog zwischen uns, der vor dem Hintergrund dessen, was alles geschehen ist, möglicherweise einem Wunder gleicht. Aber vielleicht ist auch gerade das, was in der Vergangenheit passiert ist, dass wir uns schon so lange und auf so vielerlei Weise kennen, der Grund, dass wir auf diese schnelle (und zugegeben lächerliche) Art kommunizieren können.

»Du liebst sie.« Sie pikst mir den Finger in die Brust.

»Sei still!« Ich pikse zurück.

»Sag's ihr einfach!« Sie schubst mich.

»Halt dich da verdammt noch mal raus!« Ich schubse zurück.

Sie haut mir ein paarmal mit der Hand auf die Brust. »Du benimmst dich so däm…«

»Ach ja?« Ich bringe mein Gesicht dicht an ihres und schüttle vehement den Kopf. »Du benimmst dich immer dämlich, und ich sage nie etwas.«

Ihre Augen werden schmal. »Dann bist du ein furchtbarer Freund!«

»Du bist eine furchtbare Freundin!«

Sie schlägt mir etwa fünfundvierzigmal auf den Arm. »Ich wurde zur besten Freundin des ganzen Jahrgangs gewählt, als ...«

Ich schlage zurück, auf ihre beiden Arme gleichzeitig. »Als wir neun waren!«

»Du führst dich auf, als wärst du neun!« Jetzt prügelt sie einfach wild auf mich ein, ohne auf eine bestimmte Stelle zu zielen.

»Mit was für verfickten Neunjährigen hängst du denn ab?«, frage ich mit zusammengekniffenen Augen, während ich versuche, sie mir vom Leib zu halten, indem ich ihren Kopf festhalte.

»Ich hänge nicht mit Neunjährigen ab, du bescheuerter Blödian!« Sie versucht, mich zu treten.

»Ich bin kein Blödian, du bist ein Blödian ...«

Dann räuspert sich jemand, und Magnolia und ich erstarren.

Ich habe sie im Schwitzkasten, während sie versuchte, mich rückwärts zu treten, und ihre Finger stecken wie ein Angelhaken in meinem Mund ...

Beide Haites-Geschwister stehen im Flur und sehen uns stirnrunzelnd an.

Daisy in T-Shirt (meinem) und Unterhose, Julian in einem Handtuch.

Nach ein paar Sekunden sagt er: »Alles klar bei euch zwei oder ...?«

Magnolia lacht nervös. »Es ist nicht das, wonach es aussieht ...«

»Wonach sieht es denn aus?«, fragt Daisy ohne den Ansatz eines Lächelns.

Magnolia zieht übertrieben theatralisch die Schultern hoch, und ich schüttle wild den Kopf. »Ich bin nicht immer noch in sie verliebt. Kein bisschen«, stelle ich klar.

»Richtig ...« Daisy nickt, ohne wirklich überzeugt zu sein.

»Nein, es stimmt. Ist er nicht. Kein bisschen ...« Magnolia blickt ernst und mit großen Augen zu Julian. Als wollte sie sichergehen, dass er das weiß. »Also, kein bisschen.«

Interessant.

Sie räuspert sich.

»Ich finde nur, dass Christian sich benimmt wie ein ...«, sie verdreht den Hals, um kurz zu mir hochzublicken, »… Trottel.« Ich werfe ihr einen finsteren Blick zu, den sie mit einem nicht minder finsteren erwidert.

Jules legt den Kopf schief. »Warum das?«

»Weil er nicht sagen will, dass er in Dai…«

Wieder halte ich ihr den Mund zu und lache laut, um ihre Worte zu übertönen.

»Sie ist betrunken«, sage ich.

»Nein, bin ich nicht!«, erwidert sie, aber es ist schwer zu verstehen, weil meine Hand auf ihrem Mund liegt. »Ich bin nüchtern!«

Julian sieht sie abschätzend an. »Na ja, nüchtern nicht gerade.«

Sie brabbelt weiter, hauptsächlich zu sich selbst. »Aber auch nicht betrunken. Nüchtern genug, um zu wissen …«

»Hört nicht auf sie«, sage ich laut, und dann wird mir bewusst, dass ich sie noch immer festhalte – dass unsere Körper quasi ineinander verknotet sind von unserer kleinen Rangelei. Ich gebe ein unbehagliches Geräusch von mir und schubste sie weg in Julians Arme. Er fängt sie auf, ohne hinzusehen.

Magnolia guckt streng und zeigt mit dem Finger auf mich. »Ich kann nicht behaupten, dass mir das gerade gefallen hat, Christian …«

»O nein.« Ich verdrehe die Augen.

Julian legt das Kinn auf Parks' Kopf und macht ein gleichermaßen verwirrtes und irgendwie belustigtes Gesicht.

Wahrscheinlich weiß er Bescheid, denn er blickt mit einer hochgezogenen Braue hinüber zu seiner Schwester.

»Und was ist das?«, fragt er sie mit einer Kinnbewegung. »Wo zur Hölle ist deine Hose?«

»Die hab ich ihr ausgezogen.« Ich grinse ihn stolz an.

Seine Wangen blähen sich, als er unbehaglich Luft ausstößt, und Daisy verdreht die Augen, macht auf dem Absatz kehrt und geht zurück in ihr Zimmer.

»Alles klar zwischen uns, ja? Parks? Kein böses Blut?«, stottere ich und sehe sie flehend an. Mir scheint, dass sie etwas sagen will, mich beschimpfen, mich schwach und einen Idioten nennen will, aber dann blinzelt sie nur und atmet aus der Nase aus.

Sie schürzt den Mund. »Über den Schubs unterhalten wir uns noch …«

»Richtig, okay … Ich zittere schon wie Espenlaub.«

»Na gut.« Sie stampft mit dem Fuß auf. »Julian unterhält sich mit dir über den Schubs …«

Er dreht sie um und schiebt sie zurück in sein Zimmer.

»Werde ich nicht«, höre ich ihn sagen, und sie grummelt frustriert.

Ich folge Daisy und schließe die Tür hinter mir. Sie sitzt mit hochgezogenen Brauen auf dem Bett, und ich stoße ein nervöses Lachen aus – weiß auch nicht, warum.

Nicke Richtung Tür.

»Steht er auf sie?«

»Keine Ahnung – schwer zu sagen.« Sie schürzt die Lippen, während sie darüber nachdenkt. »Er hat noch nie eine Frau so lange hiergehabt, von daher schon möglich?«

»Noch nie?« Ich blinzle, und sie schüttelt den Kopf.

»Josette, wann immer sie nach London fliegt. Soleil, wenn er in Paris ist – aber sie bleiben nie.«

»Das geht jetzt schon seit einigen Wochen, oder?« Gedanklich versuche ich zurückzurechnen zu dem Zeitpunkt, als das mit den beiden anfing.

Daisy nickt. »Aber mein Bruder verliebt sich nicht«, sagt sie schulterzuckend. »Er erlaubt es sich nicht.«

»Ich glaube, er ist auf dem besten Weg dahin …« Ich sehe sie vielsagend an. »Magnolia halt …« Ich zucke mit den Schultern, als wäre sie ein hoffnungsloses Absolutum. Vielleicht ist sie das auch. Obwohl es Daisy überhaupt nicht gefällt – sie schneidet eine Grimasse, und ich habe das Gefühl, es ihr sagen zu müssen, auch wenn ich es nicht will.

»Sieh mal.« Ich reibe mir über den Mund. »Wo wir gerade über sie sprechen …«

Daisy sieht mich nervös und mit großen Augen an, mit diesem Blick, den ich am liebsten nie an ihr sehen würde.

»Ich habe Magnolia geküsst.«

Ihre Gesichtszüge entgleisen, tiefe Furchen erscheinen, und ich fühle mich wie ein mieses Stück Scheiße.

»Wie bitte?«, fragt sie.

»Nicht gestern …«, schiebe ich schnell hinterher und meine zu sehen, wie sie erleichtert ausatmet. »In New York. Vor sechs Monaten oder so.«

»Oh.« Ihre Stirn liegt immer noch in Falten, daher spreche ich weiter.

»Ich war traurig. Sie war traurig …« Ich zucke mit den Schultern. Als würde Daisy sich einen Scheißdreck dafür interessieren, dass Magnolia Parks traurig war.

Ihr Gesicht ist ganz verkniffen; sie schlingt die Arme um sich.

»Hast du mit ihr geschlafen?«

Mein Kiefer spannt sich an.

»Beinahe.«

Das scheint sie zu treffen, ihre Schultern sacken ein, die Furchen auf ihrer Stirn werden noch ein Stück tiefer, und ich fühle mich schrecklich.

»Aber du hast nicht?« Sie schluckt und starrt mich mit großen runden Augen an.

Ich blicke verwirrt drein. »Haben wir nie.«

Ihr Gesichtsausdruck verändert sich. »Nie?«

»Nein.«

»Kein einziges Mal?«

Mit schiefem Mund schüttle ich den Kopf. »Kein einziges Mal.«

»Oh.« Ihr Mund ist so rund wie das Wort, und sie senkt den Blick.

»Tja …« Ich ducke mich zu ihr hinab, damit wir auf Augenhöhe sind, auch wenn es ihr nicht gefällt. »Ich hätte wahrscheinlich so einiges aufklären können, wenn du nur gefragt hättest …«

Das hört sie gar nicht gern, und sie blickt mich finster an.

»Oder du hättest es mir einfach erzählen können …«

»Genau das versuche ich ja gerade!«, entgegne ich genervt.

»Stimmt.« Sie nickt, und ihre Mundwinkel zucken, während sie mich mit gesenktem Kopf ansieht. »Tut mir leid. Also, was ist passiert?«

Ich setze mich neben sie aufs Bett.

»Na ja, am Ende nichts.« Ich zucke mit den Schultern. »Ein Kuss in einem Aufzug und ein paar ausgezogene Kleidungsstücke.«

»Welche Kleidungsstücke?«, fragt sie ohne Zögern.

Ich sehe sie verwirrt an. »Du meinst, welche genau?«

Sie blickt mich weiter an und nickt.

Frauen, echt ey … so bescheuert und seltsam.

»Ähm … okay.« Ich werfe ihr eine schiefen Blick zu, damit sie versteht, dass ich die Frage schräg finde, aber was soll's, ich werde den bescheuerten Bitten dieser Kindskopffrau nachkommen, wenn ich sie so zurückgewinnen kann. Ich würde mir den verfickten Arm abhacken, um sie zurückzuerobern. »Magnolias Top … mein Hemd … die Knöpfe meiner Jeans.«

Daisy blickt an die Zimmerecke. »Und dann habt ihr aufgehört.«

»Dann haben wir aufgehört, ja.« Ich nicke.

Sie dreht den Kopf zu mir. »Warum?«

Ich zucke mit den Schultern. »Wegen dir. Ich liebe …« Fuck. Ich räuspere mich. »Ich war – damals – war ich …« Meine Stimme verliert sich, weil ich ein Hasenfuß bin.

Weil ich damals in sie verliebt war, genauso wie jetzt. Ich schenke ihr ein unbehagliches Lächeln, das sie nicht erwidert. Schockierend. Sie liebt es zu schmollen, diese Frau.

»Und das hab ich ihr gesagt, woraufhin Parks sagte, dass sie BJ immer noch liebt, und dann kam es uns einfach … nicht richtig vor.« Wieder zucke ich mit den Schultern. »Also haben wir aufgehört.«

»Oh«, sagt Daisy leise. »Okay.«

Ich beobachte sie. Die Geschichte ist mir ein bisschen peinlich. »Ist … ist alles in Ordnung bei dir?«

Sie nickt, ohne mich anzusehen, und lächelt flüchtig. »Ja.«

»Ja?« Ich ziehe die Augenbrauen hoch.

Sie lässt sich nach hinten aufs Bett fallen und blickt zur Decke.

Dann dreht sie den Kopf zu mir.

»Danke, dass du's mir erzählt hast.«

Ich lege mich neben sie.

»Ich bin … einfach froh, hier zu sein«, sage ich und versuche, dabei lässig zu klingen, auch wenn ich es nicht bin. Dies hier ist der einzige Ort auf Erden, an dem ich sein möchte, ihr Gesicht mir zugewandt, das beste Gesicht, das ich je gesehen habe, mit diesen Augen wie Honigtöpfe, und ich weiß nicht, was ich tue, was gerade geschehen ist, was immer wir hier gerade neu entfacht haben. Ist mir auch egal. Was es auch sein mag, ich bin all in.

KAPITEL 36

DAISY

»Oh mein Gott.« Jack hat die Hände ans Gesicht geschlagen und blinzelt mich an, während ich ihm die Geschichte von Tiller und mir auftische, unserem Niedergang und, vielleicht noch wichtiger,[175] dem, was danach geschah.

Wir sitzen in einer Bar, und er lehnt sich im Stuhl zurück. »Unglaublich. Was hat es zu bedeuten?«

»Nichts …« Ich zucke mit den Schultern und kraule gedankenverloren den Kopf von Julians Hund. Keine Ahnung, warum ich ihn mitgebracht habe, er ist mir einfach hinterhergelaufen. »Es ist Christian … Es bedeutet gar nichts.«

»Es ist Christian«, erwidert Jack mit vielsagendem Blick. »Es bedeutet alles.«

Ich runzle die Stirn und stoße einen leisen Seufzer aus.

»Aber tut mir leid wegen Tiller, Dais.« Er nimmt einen Schluck Bier. »Fühlst du dich okay?«

Ob ich mich okay fühle? Die kurze Antwort ist Ja, aber das möchte ich nicht aussprechen. Zu sagen, dass es mir gut geht, kombiniert mit der Tatsache, dass ich nach unserer Trennung noch in derselben Nacht – von Sonnenuntergang bis Sonnenaufgang – Sex mit Christian hatte, lässt es aussehen, als hätte mir das, was ich mit Tiller hatte, rein gar nichts bedeutet, und das ist grundlegend falsch.

Eine ganze Weile war er mein Ein und Alles – er war buchstäblich alles, was ich hatte. Bevor mein altes Leben in mein neues platzte und sich darin breitmachte wie ein Parasit. Ich meine, ich wusste es in der Sekunde, als ich zurück aufs Anwesen gezogen bin.

Ich konnte es spüren, es war wie ein Umschlag der Gezeiten; Veränderung stand bevor, ob ich es wollte oder nicht.[176] Oft sagt man, dass die

175 Nicht wichtiger, aber irgendwie schon wichtiger. Wisst ihr, was ich meine?

176 Und ich wollte es nicht. Auch wenn ich es manchmal doch wollte.

Angehörigen von Krebspatienten deren Tod vergleichsweise schnell verwinden, weil sie schon während der fortschreitenden Krankheit beginnen, um den Menschen zu trauern. Als würde man jemanden in Zeitlupe verlieren. Ich habe seit jener Nacht um uns getrauert. Er auch, glaube ich.

Hätte ich mir gewünscht, dass er mehr um mich kämpft? Ja. Habe ich ein leicht schlechtes Gewissen, weil ich Christian vor seinen Augen geküsst habe und alles? Auch ja, aber ich wurde von meinem Bruder erzogen, was will man also erwarten?

Bevor ihr fragt, nein, er hat sich seitdem nicht bei mir gemeldet. Ich erwarte auch nicht, dass er es tut … Unwahrscheinlich, dass uns der Anblick von mir mit Christian, der mir die Zunge in den Hals steckt, auf neutralen Boden gebracht hat. Bevor Christian am folgenden Morgen nach Hause ging, fragte er mich, ob Tiller meiner Meinung nach irgendwas von dem, was er während unserer Beziehung mitbekommen hat, gegen meinen Bruder verwendete, und ehrlich gesagt habe ich das nie in Erwägung gezogen – es ist mir nicht mal als Möglichkeit in den Sinn gekommen. So ist Tiller nicht. Er ist nicht rachsüchtig. Wobei, jetzt vielleicht schon.

»Und?« Jack sieht mich verschwörerisch an. »Wie war's?«

Mein Gesicht muss mich verraten, denn er lehnt sich im Stuhl zurück. »So gut?«

Mehr als ein Nicken bringe ich nicht zustande, ohne an Ort und Stelle vor Scham im Boden zu versinken.

»Nicht so schüchtern, Dais – erzähl schon!«

»Wir hatten draußen Sex«, sage ich zu meinem Greyhound. »An seinem Auto?«

»*Dem* Auto?«, fragt Jack. »Dem Fahrstundenauto? Er hat es immer noch?«

Ich nicke. Hoffentlich verkauft er es nie.

»Wow.« Jack nickt erfreut. »Da schließt sich der Kreis. Wie romantisch.«

Ich verdrehe die Augen, als benähme er sich albern, aber es wäre gelogen zu sagen, dass mir derselbe Gedanke nicht auch schon gekommen ist. Ich werfe dem Hund[177] ein Stückchen von den Pommes hin.

177 Ich weigere mich, ihn LJ zu nennen. Außerdem weiß ich nicht, warum er überhaupt hier ist. Er ist mir einfach aus der Tür und ins Auto gefolgt.

»So gut wie in deiner Erinnerung?«

»Besser«, erkläre ich feierlich.

Er zieht die Brauen hoch. »Besser als Tiller?«

»Besser als alle.«

Jack winkt ab. »Das ist nur die Liebe, die da spricht.«

»Ich liebe ihn nicht!«, entgegne ich entrüstet.

Jack guckt mich ein paar Sekunden an, bevor er in Lachen ausbricht.

»Tu ich nicht …« Meine Nase wird immer länger, während ich vehement den Kopf schüttle. »Ich war fast ein Jahr lang mit jemand anderem zus…«

»Na und?«, fährt mir Jack ins Wort. »Man kann zwei Menschen gleichzeitig lieben – das weißt du.« Er zuckt mit den Schultern. »Du hast es die letzten 365 Tage am eigenen Leib erfahren …«

Meine Augenlider fühlen sich schwer an.

»Ich darf mich nicht wieder in ihn verlieben«, sage ich leise und mit gesenktem Blick.

Jack beugt sich über den Tisch und nimmt meine Hand. »Genau darin liegt das Problem, Dais – du hast nie aufgehört, ihn zu lieben.«

Ich lege den Kopf in den Nacken.

»Du hast deine Gefühle nur weggeschlossen«, fährt er fort. »So getan, als empfändest du nichts mehr für ihn, aber du weißt, was passiert, wenn man jemanden liebt, wie du ihn liebst – wenn man die Sache nicht abhaken kann, gleicht sie einer zusammengedrückten Spiralfeder unter deinem Fuß: Sobald man den Druck wegnimmt, springt sie sofort in ihre ursprüngliche Größe zurück.«

Meine Schultern sacken nach vorn, und ich seufze hoffnungslos. Ich hasse es, was es aus mir macht, ihn zu lieben.

»Und möglicherweise wird die Spiralfeder sogar solider als vorher …«

Ich schüttle den Kopf. »Jetzt vermischst du nur unterschiedliche Metaphern, und das gefällt mir gar nicht.«

»Lass deine Wut darüber, dass du hoffnungslos verliebt bist, nicht an meinen Metaphern aus«, sagt Jack und ext sein Bier, sieht mich dabei aber unverwandt an. »Abgesehen davon stehen die Sterne jetzt vielleicht anders für euch«, fügt er mit einem Schulterzucken hinzu. »Am Ende war Christian doch in dich verliebt, oder nicht?«

Ich will gerade antworten, als er durch die Tür ins Café geweht kommt.

Immer zu spät, dieser Romeo Bambrilla.

»Psst«, mache ich und werfe Jack einen eindringlichen Blick zu. »Ich will nicht, dass Rome es erfährt.«

Jack nickt kurz solidarisch.

»Hi.« Rome klopft mit den Händen auf Jacks Schultern und drückt ihm einen Kuss auf die Kopfkrone. Dann beugt er sich über den Tisch und gibt mir ebenfalls einen Kuss, gefährlich nahe am Mundwinkel, aber so ist er immer.

Er lässt sich auf den Stuhl mir gegenüber fallen und legt die Füße in meinen Schoß. Ich schubse sie weg, doch er legt sie sofort wieder hin und grinst mich an.

Ich verdrehe die Augen.

»Will nicht, dass Rome was erfährt?«, fragt er mit hochgezogenen Augenbrauen.

Jack gluckst, während ich Rome anfunkle und zu einem Widerspruch ansetze, doch er lässt mich gar nicht erst zu Wort kommen.

»Ich habe schon vor Ewigkeiten gelernt, deine Lippen zu lesen, Face …«

Er sieht selbstzufrieden aus und reckt das Kinn in meine Richtung. »Spuck's aus.«

Ich spitze die Lippen. »Ich hab mit Tiller Schluss gemacht.«

Er nickt und lächelt, als wäre er stolz auf mich.

»Hab gehört, dass du ihm die Pistole auf die Brust gesetzt hast?«

Ich verziehe ein wenig das Gesicht, und Rome zwinkert mir ganz leicht zu.

»Das ist mein Mädchen.«

»Und …«, sagt Jack, der Plagegeist.

»Und«, ich sehe ihn böse an, »ich habe mit Christian geschlafen.«

Romeos Gesichtsausdruck verändert sich nur ein klitzekleines bisschen. Hätte ich nicht jeden Tag meiner Jugend damit verbracht, sein Gesicht zu betrachten, wäre es mir wahrscheinlich entgangen, aber ich bemerke es. Dieses Aufflackern von Schmerz.

»Aber«, schiebe ich schnell hinterher,[178] »das dürfte dir ja egal sein, weil du mit Tavie schläfst.« Eine fröhliche Erinnerung.[179]

Sein Kiefermuskel spannt sich an, und er leckt sich über die Unterlippe.

»Zusammen bin«, korrigiert er, nur um es mir heimzuzahlen, und es funktioniert.

Es wird immer funktionieren. Auch wenn ich nicht mehr in Romeo verliebt bin, kann ich ihn trotzdem noch lieben. Ich kann über ihn hinweg sein und trotzdem den Gedanken widerlich finden, dass er statt mir eine andere datet.

Er ist einfach so was wie eine Knieblockade für mich. Wird es immer sein.

»Zusammen bist.« Ich werfe ihm einen abschätzigen Blick zu und nicke kurz. »Alte Gewohnheiten, hm?«

»Musst du gerade sagen …«

Ich schnaube genervt. »Ich habe dich nie be…«

»Ich hab mit Taj Owen geschlafen«, platzt Jack heraus, um uns zu unterbrechen, bevor wir richtig loslegen.

»Was?« Ich blinzle ihn an, schüttle den Kopf. Das muss ich erst mal sacken lassen. »Was ist mit Gus?«

Jack schlägt angespannt die Hände vors Gesicht. »Er hat mit mir Schluss gemacht.«

Rome runzelt die Stirn. »Warum?«

»Weil ich mit Taj Owen geschlafen habe«, sagt Jack in seine Hände.

Rome und ich sehen uns an.

Taj ist mit uns zur Schule gegangen – er war Jacks erste Liebe. Allerdings wurde sie kaum erwidert. Taj hat ihn ziemlich an der Nase herumgeführt. Er steht auf Männer und Frauen, versteht ihr? Und er spielt mit beiden Geschlechtern, als gäbe es kein Morgen.

Für Jack ist er der Eine, den er nicht vergessen kann.

Für mich ist er der Eine, den ich sofort unter einem Klavier begraben würde, egal, wann oder wo.

178 Teilweise, weil ich nicht weiter darauf eingehen will, aber auch, weil ich es hasse, ihm wehzutun, egal, auf welche Weise, und irgendwie lässt es die ganze Sache weniger schlimm erscheinen, wenn ich ihn daran erinnere, dass er mit Tavie zusammen ist. Nicht, dass es schlimm wäre, das will ich damit nicht sagen. Nur, falls es so wäre – ihr wisst schon. Egal.

179 Aber eigentlich gar nicht fröhlich.

Ich beuge mich über den Tisch und berühre Jacks Handgelenk. »Wie hat Gus es herausgefunden?«

»Ähm …« Jacks Blick schießt kurz zu mir, bevor er sich auf seine Daumen richtet. »Er hat uns gesehen.«

»Oh.« Ich nicke großäugig, und Rome seufzt.

»Scheiße.«

»Ja.« Jack nickt. »Ich hab vergessen, dass ich Gus einen Schlüssel gegeben habe. Er hat ihn noch nie benutzt …«, sagt er kopfschüttelnd. »Er ist so gefasst und besonnen. Was manchmal langweilig ist, oder?«

»Klar?«, sage ich, auch wenn ich es eigentlich gar nicht klar finde, weil Gus ein toller Kerl ist und Taj ein zerstörerischer Wirbelsturm.

»Also ist Gus einfach vorbeigekommen?«, fragt Rome. »Während ihr …«

Jack nickt. »Japp.«

Ich verziehe das Gesicht. »War Gus wütend?«

Jacks Gesichtsausdruck verändert sich. Eben noch verkniffen und angespannt, spiegelt sich jetzt eine Art Leid darin, das man auf dem Gesicht seiner Liebsten nicht sehen möchte.

Romeo zieht die Augenbrauen so hoch, dass es fast clownsartig aussieht. »Sag nicht, er war enttäuscht …«

»Und verletzt«, sagt Jack beschämt und nickt. »Er hat weder rumgeschrien noch eine Szene gemacht. Hat uns nur ein paar Sekunden lang angeguckt und schließlich gesagt: ›Okay dann‹, hat den Schlüssel auf den Kaffeetisch gelegt und …«

»Wo wart ihr?«, unterbricht Rome.

»In seiner Wohnung«, knurre ich. »Hör doch zu.«

»Wo in der Wohnung?« Romeo wirft mir einen mürrischen Blick zu.

»Oh, ähm …« Jack denkt kurz nach. »Auf der Couch.«

Romeo nickt anerkennend. »Gute Couch für Sex.«

Jack sieht ihn verdattert an. »Danke?«

Rome zwinkert mir verstohlen zu, ein Zwinkern, das nur für meine Augen bestimmt ist, doch Jack sieht es und zeigt theatralisch zwischen Rome und mir hin und her.

»Nein! Nein, nein!«

Rome zuckt lachend mit den Schultern, und ich schüttle genervt von ihm den Kopf, obwohl ich es auch ein klein bisschen lustig finde.

»Ist längst passiert, Kumpel.« Mein Ex-Freund strahlt. »Echt ’ne super Sex-Couch.«

»Alles in allem scheint er das durchaus zu wissen, Rome.« Ich lächle brüsk, und Jack sieht ganz niedergeschlagen aus.

»Übrigens wohnt Taj immer noch in New York, und inzwischen habe ich herausgefunden, dass er mit …«

»Iana Evans zusammen ist«[180], beendet Rome den Satz für ihn.

Jack starrt ihn eine Sekunde lang an. »Woher weißt du das?«

»Oh.« Rome zuckt unbehaglich mit den Schultern, und ich weiß genau, was kommt. »Wir, also … Du weißt schon …«

Ich verdrehe die Augen. Alte Gewohnheiten.

Er macht eine wegwerfende Handbewegung in meine Richtung. »Du hast einen Polizisten gevögelt!«

Mit einem Fingerzeig und strengem Blick bedeute ich ihm zu schweigen und nicke mit dem Kopf zu Jack, der sein leeres Glas anstarrt.

»Jacky …« Ich greife nach seiner Hand und drücke sie. »Bist du traurig, weil du Gus vermisst oder weil Taj Taj ist?«

Er sieht mich kaum an. »Beides.«

Rome schlägt kumpelhaft mit der Hand auf Jacks Rücken. »Am Ende wird was Gutes bei rumkommen, Jacko.«

»Er hat recht.« Wieder drücke ich seine Hand. »Und wenn wir dich höchstpersönlich zu diesem Guten ziehen müssen.«

Daisy

14:46 Uhr

Baby

Christian.

Hey

180 Rush Evans’ kleine Modelschwester.

Hi

Schöne Nacht letztens, ich hatte Spaß

Könnte ich wetten …

Du nicht?

Doch.

Gut.

Darf ich dich wiedersehen?

In welchem Ausmaß?

Jeglichem.

Dem ganzen.

Haha

Okay …

Wann?

Wann immer du willst.

Buchstäblich wann immer?

Ich bin ans Haus gekettet, schon vergessen?

Bin immer hier.

Schon unterwegs.

KAPITEL 37

CHRISTIAN

Bin spät dran fürs Frühstück mit den Jungs. Spät dran, weil Daisy mit zu mir unter die Dusche gesprungen ist, als ich mich fertig gemacht habe, und ich mich ein bisschen habe ablenken lassen.

Für fünf Minuten mit ihr würde ich mich jederzeit ablenken lassen, und wenn es mich ein ganzes Jahr kosten würde, aber wie durch ein Wunder bekomme ich in letzter Zeit oft fünf Minuten mit ihr – und diesmal werd ich's nicht verbocken.

Falls da zwischen uns überhaupt etwas ist, das ich verbocken könnte. Möglich wäre es, aber es ist schwierig zu sagen bei ihr, weil sie einfach so gern Sex hat. Vielleicht ist es das, vielleicht ist es nur das, oder vielleicht – bitte, lieber Gott – kriegen wir das mit uns auch endlich hin.

»Ach was.« Mein Bruder lehnt sich im Stuhl zurück und klopft mir auf den Rücken, als ich mich am Tisch neben ihn setze. »Sieh an, wer entschieden hat, sich blicken zu lassen …«

»Warst du beschäftigt heute Morgen?«, fragt BJ und sieht mich über die Speisekarte hinweg an.

»Ja, in der Tat …« Ich nicke und lächle unverfroren.

»Womit?«, fragt Henry schmaläugig.

Ich lasse die Frage ein, zwei Sekunden im Raum hängen.

»Daisy«, sage ich mit stolzem Lächeln, und Henry verschluckt sich an seinem Drink.

»Halt's Maul.« Er grinst mich an. »Ernsthaft?«

Ich nicke und gebe mich betont gelassen.

»Seit wann läuft das schon?«, fragt Jonah und gibt mir einen Klaps auf den Arm.

Ich zucke mit den Schultern, als wäre ich nicht hundertprozentig sicher, als wüsste ich nicht aus dem Stegreif, dass es neun Tage und siebzehn Stunden sind – plus, minus –, seit wir gegen mein Auto gepresst Sex hatten.

Dieses verfickte Auto, Mann. Ich liebe es. Werde es niemals verkaufen. Es gehört in eins ihrer Museen.

»Und du erzählst es mir erst jetzt?« Henry macht ein böses Gesicht.

»Ob du es glaubst oder nicht, Hen«, ich schüttle den Kopf, »aber ich habe nicht sofort den Drang, dich anzurufen, nachdem ich mit einer Frau geschlafen habe.«

»Ja, aber es ist nicht einfach irgendeine Frau.« Er sieht mich vielsagend an. »Sondern Daisy.«

»Die eine Frau ist …«, sagt BJ behutsam.

Henry schüttelt den Kopf. »Nicht für ihn …«

Ich winke ab, als hätte ich sie nicht das ganze letzte Jahr über vermisst, als würden in meinem Brustkorb nicht in diesem Moment Jubelchöre singen, weil ich sie am heutigen Morgen gegen die Badezimmerwand gedrückt habe und wir hinterher auf dem Boden der Dusche saßen und sie mir erklärte, wer die Präraffaeliten sind und welchen Einfluss sie auf die Entwicklung der Kunst hatten, und dabei war sie so glücklich, so völlig versunken in ihre kleine Geschichte, dass es mir richtig leidtat, dass sie diesen Teil von sich ein Jahr lang verbergen musste, weil sie mit einem Cop zusammen war. Und ich wollte sie erneut küssen, um ihr zu verstehen zu geben, dass ich diesen Teil von ihr liebe, aber ich wollte auch nicht den Eindruck erwecken, ich wäre nur auf Sex aus – doch als sie anfing, die Glaubenssätze der Präraffaeliten an den Fingern abzuzählen, konnte ich mich nicht mehr beherrschen. Ich habe mich einfach zu ihr gebeugt und sie geküsst, und sie hat gelacht, als verstünde sie nicht, weshalb ich es getan habe, aber sie hat mich zurückgeküsst, und dann fing alles wieder von vorn an.

Ich löste mich von ihr und wischte ihr etwas Wasser vom Gesicht.

»Du hast mir noch nicht gesagt, was der vierte Glaubenssatz ist …«, sagte ich.

Und da sah sie mich ein paar Sekunden lang verdutzt an und küsste mich dann noch inniger.

»Also warst du in letzter Zeit oft bei ihr zu Hause?«, fragt BJ mit leicht gequältem Gesicht, und ich weiß, worauf er hinauswill.

Ich nicke beiläufig, versuche, das Drama so lange wie möglich hinauszuzögern.

»Geht's ihr gut?«, fragt er und verschränkt die Arme vor der Brust.

»Wem?«, entgegne ich, als wüsste ich nicht genau, wen er meint.

»Was glaubst du wohl?« BJ schüttelt genervt den Kopf, und Jonah seufzt, als würde der ganze Scheiß zwischen uns wieder von vorn losgehen.

Die Frage ärgert mich.

Alles, was BJ verfickt noch mal tut, ärgert mich – nicht weil ich immer noch in Parks verliebt wäre, nicht weil ich blind auf ihrer Seite stände, sondern weil er und seine Handlungen einfach voll am Arsch sind.

Ich zucke nur leicht mit den Schultern. »Ich verstehe die Frage nicht …«

Beej wirft mir einen finsteren Blick zu. »Ich frage, ob es ihr gut geht.«

»Ach ja?« Ich schneide eine Grimasse. »Schätze, schon. So gut, wie es ihr eben gehen kann, solange du eine Freundin hast …«

Jonah verdreht die Augen, und Henry stößt einen Seufzer aus.

»Aber wie geht es ihr?«, fragt BJ, als würde es klarer werden, wenn er dieselbe verfickte Frage ständig wiederholt.

»Wie geht es ihr inwiefern …« Ich zucke mit den Schultern, warte auf mehr. »Ich weiß nicht, was du von mir wissen willst. Wie geht es ihr allgemein? Wie geht es ihr gesundheitlich …?«

BJ zieht die Augenbrauen zusammen. »Was ist mit ihrer Gesundheit?«

Ich schüttle den Kopf. »Wie geht es ihr mit ihm? Ist es das, was du wissen willst?« Ich starre ihn an, warte auf seine Antwort, doch er gibt mir keine. Er atmet gepresst. Wahrscheinlich will er von mir hören, dass das mit den beiden beschissen und seltsam oder was auch immer ist, aber den Gefallen tue ich ihm nicht.

»Ihr geht's gut«, sage ich rundheraus.

»Christian«, seufzt mein Bruder.

»Was?« Ich sehe ihn wütend an. »Du kannst ihm gern Lügen auftischen, wenn du willst, aber ich tu das nicht – die beiden sind gut zusammen, Mann.«

BJs Gesichtsausdruck friert auf eine lustige Weise ein.

Jo schüttelt auf diese wegwerfende, entschuldigende Art den Kopf. »Sie sind nicht zusammen …«

»Sie sind buchstäblich ständig zusammen.«

Jonah wirft mir einen warnenden Blick zu. »Du weißt genau, das ist nicht das, was er meint.«

»Weiß ich nicht.« Ich zucke mit den Schultern. »Jules hat Balaska für sie zur Hölle geschickt …«

Das entlockt Jo ein überraschtes Gesicht. »Halt's Maul – Josette? Nie im Leben.«

Ich nicke. »Er hat ihr gesagt, dass sie gehen soll. Parks ist ins Zimmer geplatzt, als sie die Beine für ihn breit gemacht hat.«

»O ja …« Henry verzieht das Gesicht. »Das fand sie nicht sonderlich prickelnd.«

»Klingt echt, als läuft's gut mit den beiden«, sagt BJ sarkastisch.

Henry funkelt seinen Bruder auf diese »Reiß dich verdammt noch mal am Riemen«-Art an, ist genauso genervt von ihm wie wir alle, ehrlich gesagt, weil keiner von uns kapiert, was Beej und Parks da abziehen oder warum. Sie verstehe ich ja noch irgendwie – einfach, weil sie 'ne Wucht ist –, aber er? Keine Ahnung. Der reinste Scherbenhaufen.

»Die beiden sind ein besseres Team, als es dir lieb sein dürfte, Kumpel«, sagt Henry, nur um ihm einen Hieb zu versetzen. »Und du und Jordan seid ein weniger gutes, als du es allen glauben machen willst. Das findet jeder«, fügt er mit einem hämischen Grinsen an seinen Bruder hinzu.

BJ zeigt ihm den Mittelfinger und versucht, über dem Ganzen zu stehen, aber ich kann trotzdem sehen, wie sehr es ihn mitnimmt.

»Mach dir keinen Kopf, Beej«, sagt Jo mit einem Seufzer. »Du kennst Parks, sie ist einfach anstrengend. Sie duldet keine Nebenbuhlerin, wenn sie mit jemandem zusammen ist.«

BJs Blick wird finster. »Ich dachte, du hättest gerade gesagt, sie sind nicht zusammen.«

»Sind sie auch nicht, ich meine nur …« Jonah verdreht die Augen. »Du kennst Parks. Sie ist das reinste Schneewittchen, mit dem Gesang und den Vögeln auf ihren Fingern und den Rehen, die ihr hinterherlaufen, nur dass es in ihrem Fall nicht Rehe sind, sondern Männer.«

Ich schnaube lachend.

»Jules ist nur ein Vogel auf ihrem Finger«, sagt Jonah besänftigend und zuckt mit den Schultern. Aber ich bin mir nicht so sicher, ob er damit recht hat.

BJ schüttelt nachdenklich den Kopf und kratzt sich im Nacken. »Was bin ich dann?«

Henry ext seinen Drink und blickt seinen Bruder an.

»Der Jäger.«

Daisy

13:01 Uhr

Du hast mir den vierten Glaubenssatz immer noch nicht verraten.

4. »Und, am wesentlichsten von allem, überaus gute Bilder und Statuen zu erschaffen.«

Ist es ihnen gelungen?

Ja.

Ja, absolut.

Zeigst du es mir bei Gelegenheit?

Okay.

KAPITEL 38

JULIAN

Carmelo hat ein kleines italienisches Restaurant in Notting Hill eröffnet. Schon seit ich denken kann, war das ein Traum von ihm. In letzter Zeit geht es in den Boroughs recht entspannt zu, und Santino wird so schnell nicht abdanken – daher hat Carms die Möglichkeit, ein Weilchen in dem Leben zu schwelgen, das er gehabt haben könnte, wenn wir alle nicht wären, wer wir sind.

Er war schon immer ein passabler Koch, trotz seiner Mutter. Das meiste hat er von seiner Schwester gelernt. Aber er kann Cocktails mixen wie kein anderer, das ist seine wahre Spezialität. Italienische Cocktails und Aperitifs, die in Vergessenheit geraten sind.

Immer noch bekomme ich jedes Mal dieses Gefühl, wenn ich gemeinsam mit Magnolia einen Raum betrete und sich alle Blicke auf uns richten, so ein seltsames Hoch. Habe mir nie Gedanken gemacht, mit wem ich irgendwo aufkreuze, aber ich genieße die Blicke, wenn ich mit ihr zusammen bin. Ich mag auch, dass sie sie nicht mal zu bemerken scheint.

»Was ist?«, fragt sie verwirrt, als sie merkt, dass ich sie ansehe. Das mit uns läuft jetzt schon seit über einem Monat. Zerbreche ich mir deshalb den Kopf? Ja.

Ich weiß, dass ich weit über das Eroberungsnachglühen, das ich als Erklärung vorgeschoben habe, hinaus bin, aber seht mich an – kann es immer noch nicht leiden, wenn sie geht, kann es immer noch nicht leiden, wenn der Name ihres beschissenen Ex-Freunds in ihrem Handy aufleuchtet, ertappe mich immer noch dabei, wie ich sie nachts mit dieser krankhaften Faszination ansehe, als wäre sie eine handbemalte Zeitbombe.

Ich lege die Hand auf ihre Hüfte und schiebe sie vor mir her, während wir auf Carmelo zugehen, der grinsend mitten im Restaurant steht.

»Hi!« Ich umarme ihn flüchtig, bevor er sich Magnolia zuwendet, ihre Hand nimmt und sie auf beide Wangen küsst. Sie klimpert mit den Augen, als wäre sie es nicht gewohnt, dass ihr die ganze Welt zu Füßen liegt, und ehrlich, diese verfickten Italiener – so gefühlvoll immerzu.

»Das hier ist großartig …« Magnolia lässt den Blick durchs Restaurant schweifen. »Die Einrichtung ist herrlich. Wer hat sie ausgesucht?«

»Meine Schwester«, sagt Carmelo mit einem kleinen Lächeln.

»Gia?« Ich blinzle überrascht. »Echt? Hat sie gut hinbekommen.«

Hat sie wirklich. Zisterziensisch, Bögen und Marmor – klassisch und dramatisch. Das Licht im Raum ist beeindruckend.

»Du aber auch«, füge ich mit einem Nicken zu Carmelo hinzu.

Er scheint ein paar Zentimeter zu wachsen, zufrieden mit sich selbst. »Und du hast ihn gut hinbekommen – er sieht todschick aus«, sagt er zu Magnolia und sieht sie neckisch an.

»Mathieu-Bomberjacke aus Wolle von A.P.C., graues T-Shirt im Used-Look von Han Kjobenhavn, schwarze Double-Knee-Cargohose von Stone Island Shadow Project und ein Paar Timberlands.« Sie zuckt mit den Schultern. »Kinderspiel.«

»Kannst du mit mir auch ein Kinderspiel machen?«, fragt er mit einem Grinsen.

Ich werfe ihm einen warnenden Blick zu, und er lacht. Kann nicht gerade behaupten, dass es mir gefällt, dass er mit ihr flirtet, wenn auch nur zum Spaß, daher freut es mich, als sie so höflich wie möglich die Nase kräuselt. »Tut mir leid, aber ich bin nur an Kinderspielen mit ihm interessiert.«

Das macht mich glücklicher, als es sollte, im Gegensatz zu Carms. Er lächelt zögerlich und leicht verdrossen.

»Ich hab auch einfach immer Pech …«

Magnolia zuckt mit den Schultern, als hätte sie keine Wahl. »Ich meine, hast du ihn mal angeguckt? So stattlich – wie groß bist du, eins neunzig?«

»Dreiundneunzig«, erwidere ich.

»Dreiundneunzig!«, ruft sie stolz. Als hätte sie mich selbst herangezogen. »Eins dreiundneunzig, und sieh dir nur dieses Gesicht an. Mein Gott, diese Augen. Immer eine solche Wut darin …« Ich verdrehe besagte Augen, und sie macht einfach weiter, als wäre es das, was ich will. »So gut aussehend, jedes Kleidungsstück bettelt förmlich darum, von ihm getragen zu werden.«

Carmelo atmet tief durch die Nase ein und wirft mir einen Blick zu. »Schätze, sie hilft dir, dein Ego im Zaum zu halten?«

»Welches Ego?«, entgegne ich mit einem Grinsen.

Carms verdreht die Augen und wendet sich wieder an Magnolia. »Möchtest du einen Drink?«

»Ja!« Sie strahlt ihn an. »Was immer du empfiehlst. Aber nichts mit Campari.«

Carmelo nickt.

»Oder Cointreau«, schiebt sie nach kurzem Überlegen hinterher.

Wieder nickt Carmelo.

»Genau genommen gar nichts Bitteres. Aber auch nicht übermäßig süß – vielleicht so was wie – na ja, einfach etwas gut Ausbalanciertes, halbsüß, aber auch ein bisschen herb …«

»Himmel.« Ich verdrehe die Augen. »Mach ihr einen French 75.«

Sie sieht mich missbilligend an, als hätte ich ihre Gefühle verletzt, dabei weiß ich genau, dass das nicht der Fall ist.

»Ich hingegen nehme, was immer du empfiehlst«, sage ich zu Carmelo.

Er lacht und geht davon.

Ein Kellner führt uns zu unserem Tisch, und Magnolia blickt über ihre Schulter zurück zu Kekoa und Declan.

»Setzt ihr euch nicht zu uns?«

Declan schüttelt den Kopf, und Kekoa lächelt hauchdünn. Er mag sie. Findet sie reizend. »Wir setzen uns an die Bar.«

Sie nickt leicht verwirrt.

»Wollen sie uns keine Gesellschaft leisten?«, fragt sie fast beleidigt, als sie Platz nimmt.

Ich schüttle den Kopf. »Das gehört nicht zu ihrem Job.«

Ich beuge mich am Tisch vorbei und ziehe ihren Stuhl näher zu mir heran. Zu weit weg. Ich habe sie lieber dicht bei mir.

Das Geräusch ist fies und laut. Möglicherweise habe ich gerade den Marmorboden meines Freunds zerkratzt, aber es schert mich einen feuchten Dreck.

Sie sieht mich auf diese Weise an, als ich sie näher ziehe. Irgendwas zwischen: Sie findet es sexy und dumm, mag, wie stark ich bin, und fürchtet sich gleichzeitig davor. Sie und ich – wir sind eine Juxtaposition. Wir passen nicht zusammen, aber irgendwie anscheinend doch, auch wenn es gar kein »Wir« gibt, und bei dem Gedanken habe ich plötzlich diesen seltsamen Moment der Klarheit – einen unwillkommenen Moment, wenn ich ehrlich bin –, der Gedanke macht mich fertig, und ich lasse nicht zu, dass ich den Satz zu Ende denke, schon gar nicht würde ich ihn laut aussprechen. Will ihn eigentlich nicht mal in meinem Kopf haben.

Magnolia legt das Kinn in die Hand, schlägt die Beine übereinander und berührt dabei meine.

»Bist du stolz auf deinen Freund?«, fragt sie und sieht mir ins Gesicht.

»Ja.« Ich nicke und lasse den Blick durchs Restaurant schweifen. »Es ist gut geworden, ich mag es.«

»Kennst du seine Schwester?«

Mein Blick huscht zu ihr.

»In- und auswendig«, sage ich, nur um sie zu provozieren. Ihre Augenbrauen ziehen sich leicht zusammen, ein klitzekleines bisschen eifersüchtig. »Wir haben vor etwa fünfzehn Jahren ein Mal miteinander geschlafen«, erkläre ich.

»Vor fünfzehn Jahren war ich … neun«, sagt sie nach kurzem Nachrechnen.

Ich mache ein schiefes Gesicht. »Wir waren sechzehn.«

»Hast du deine Jungfräulichkeit an sie verloren?«, fragt sie und nippt an ihrem Wasser.

Ich schüttle den Kopf. »Meine Jungfräulichkeit habe ich an ein Mädchen in Porquerolles verloren.«

»Wie hieß sie?«, fragt sie und beugt sich wieder vor. Liebt Geschichten, die Gute.

Ich lache kurz. »Keine Ahnung – es war nicht geplant. Wir waren den ganzen Tag auf einem Boot, zu mehreren, sie sprach kein Englisch, und ich konnte damals noch kein richtiges Französisch. Als das Boot wieder anlegte, haben wir einen kleinen Spaziergang gemacht, und da ist es einfach passiert.«

»Einfach passiert?« Magnolia verdreht die Augen. »Du verlierst ganz zufällig am Strand deine Jungfräulichkeit an eine perfekte französische Unbekannte, deren Namen du nicht weißt?«

»Genau.«

Sie verschränkt die Arme vor der Brust und setzt sich etwas gerader hin. »Hast du vor, mich nach meinem ersten Mal zu fragen?«

Ich schüttle den Kopf. »Ich will nichts über dein erstes Mal wissen.«

»Warum nicht?« Sie zieht eine Schnute.

Weil es nicht mit mir war.

»Wie geht's Bridget?«, wechsle ich das Thema.

»Oh.« Ihr Gesicht hellt sich auf. »Ihr geht's ziemlich gut. Die Uni läuft fantastisch, sie ist schon halb fertig mit ihrer Abschlussarbeit über die Globalisierung internationaler Bezieh…«

»Mag sie mich inzwischen?«

Magnolia schürzt die Lippen und blinzelt. »Noch nicht so richtig.«

Ich lächle resigniert. Denke nicht weiter darüber nach, warum mich das ein bisschen trifft.

»Es liegt nicht an dir … Es ist …« Sie verdreht die Augen. »Sie mag unser ›Arrangement‹ nicht«, sagt sie taktvoll.

»Und du?« Ich hebe leicht den Kopf und sehe sie an. »Magst du unser Arrangement, Kätzchen?«, frage ich, und ihr klappt die Kinnlade runter.

Sie blinzelt. Schweigt. Fühlt sich überrumpelt.

Ich mag es, sie zu überrumpeln.

Sie setzt an, etwas zu sagen, als plötzlich alle Lichter ausgehen.

Die Musik verstummt, es ist stockfinster im Raum, jedes Geräusch erstirbt.

Und bevor ich etwas hören kann, weiß ich, was passiert, deshalb ziehe ich sie unter den Tisch auf den Boden.

»Was tust du denn?«, fragt sie eindringlich, aber ich bedeute ihr, ruhig zu sein. Spitze konzentriert die Ohren. Es ist nichts zu hören – aber ich traue dem Ganzen nicht. Ich blicke mich suchend nach Carmelo um, kann ihn aber nirgends entdecken.

Magnolias Augen sind kugelrund, ihr Blick verwirrt, vielleicht ein bisschen nervös.

Eine Sekunde später ist Kekoa an meiner Seite. Die Geräusche im Raum schwellen wieder an, als die Gäste sich fragen, was los ist …

»Nimm sie …« Ich schiebe Magnolia in Kekoas Arme.

»Wie bitte?« Kekoa schüttelt den Kopf, was ich in der Dunkelheit kaum sehen kann.

»Nimm sie, hab ich gesagt.« Ich sehe ihm eindringlich ins Gesicht. »Jetzt!« Wieder drücke ich sie ihm in die Arme.

Declan zieht mich auf die Beine. »Ich hab ihn«, sagt er zu Kekoa, der verfickt noch mal endlich Magnolia durch den Hinterausgang zu den draußen stehenden Autos bugsiert.

»Aufteilen?«, fragt Kekoa, während er sie auf die Rückbank drückt.

Ich schüttle den Kopf, zerre ihn aus dem Weg und klettere hinter ihr ins Auto.

Die Tür knallt zu, und Kekoa springt neben Happy, der am Steuer sitzt, auf den Beifahrersitz.

Ich starre Magnolia an, die verwirrt und vielleicht ein bisschen nervös in der Ecke meines Escalades sitzt.

»Alles in Ordnung bei dir?« Ich rutsche zu ihr hinüber und lege ihr die Hand ans Gesicht.

»Ich … ja.« Sie nickt. Sieht sich um. »Was war das gerade?«

Ich sage nichts.

»Was ist gerade passiert?«, fragt sie, und auf dem Vordersitz dreht sich Kekoa um und beendet ein Gespräch am Handy. Schüttelt den Kopf.

»Falscher Alarm. Nur ein Stromausfall.« Nickt zum Restaurant. »Wollt ihr wieder rein?«

Ich lege das Gesicht in die Hände und seufze. Scheiße.

Nein, ich will nicht wieder rein. Mein Nacken fühlt sich ganz heiß an. Scheiße. Ich komme mir vor wie ein verfickter Idiot.

Magnolia beobachtet mich genau und berührt dann sanft meinen Arm. »Geht's dir gut?«

Ich ziehe den Arm weg, fühle mich gedemütigt. »Ja.«

»Bist du sicher?« Sie legt den Kopf schief und sieht mich aufmerksamer an, als mir lieb ist.

Ich sage nichts, starre nur stur geradeaus.

Dann drehe ich ruckartig den Kopf zu ihr. »Warum sollte es mir nicht gut gehen?«

»Weiß auch nicht …« Sie räuspert sich vorsichtig. »Gemessen an einem Stromausfall war das eben eine kleine Überreaktion, oder?«

Ich sehe sie ungläubig an. »Bitte was?«

»Findest du nicht?«, fragt sie zärtlich mit hochgezogenen Augenbrauen, auf eine neugierige Art. Ich hasse, dass sie es zärtlich sagt. Hasse, dass es klingt, als wäre sie um mich besorgt, hasse, dass mir so stark das Herz in der Brust pocht, als würde es gleich meine Rippen zerschmettern; der Gedanke, dass ihr da drinnen etwas hätte passieren können …

Ich schüttle nur den Kopf und sehe aus dem Fenster.

Und dann bemerke ich, im selben Moment wie sie, dass meine Hände zittern.

Sie streckt den Arm aus und greift nach einer von ihnen.

»Julian …« Mein Name kommt so sanft über ihre Lippen.

»Hast du PTBS?«, fragt sie mit zerbrechlicher Stimme, und ich reiße den Kopf herum und starre sie an.

»Fick dich.« Ich zeige mit dem Finger auf sie, und sofort ruckt ihr Kopf zurück. Kekoa dreht sich zu uns um, aber ich ignoriere ihn.

Sie blinzelt zweimal.

»Entschuldige bitte?«, fragt sie leise.

»Ich sagte: Fick dich.«

Ihre Gesichtszüge entgleiten auf eine Weise, die mich an das Schmelzen von Gletschern erinnert, wie man es auf dem Discovery Channel sehen kann, abrutschende Ahnungslosigkeit darüber, was genau sie getan oder wie sie es getan hat.

Ich weiß es selbst nicht, ehrlich gesagt.

Aber Folgendes weiß ich.

Ich will nicht, dass mich irgendeine naseweise Tussi fragt, ob ich PTBS habe. Ich brauche es nicht, dass sie dabei meine Hand berührt, ich brauche nicht, dass sie denkt, ich hätte überreagiert, weil sie keine verfickte Ahnung hat, was ich schon alles mit angesehen habe, ich brauche nicht, dass es ihr Gesicht ist, das ich sofort vor Augen habe, wenn ich glaube, dass mich jemand umbringen will. Ich brauche sie überhaupt nicht.

Sie sieht mich verwundert an. »Was …«

Aber ich fahre ihr ins Wort. »Tut mir leid, dass ich mich den Bruchteil einer Sekunde lang um dich gesorgt habe …«

»Julian …« Ich kann ihren Ton nicht einordnen. Nicht nur verwirrt, nicht nur verletzt, da klingt noch etwas anderes durch.

Ich zucke mit den Schultern, als wäre es mir scheißegal. »Aber das war's, wird nicht noch mal vorkommen …« Ich sehe ihr gerade ins Gesicht. »Das war's mit uns.«

Sie bewegt sich keinen Millimeter, sitzt nur da und sieht mich an, als wäre sie noch nie fallen gelassen worden. Wurde sie vielleicht auch nie, von daher erst recht zur Hölle mit ihr.

Ich drehe mich von ihr weg und blicke stur geradeaus.

»Fahr sie nach Hause«, sage ich zu Happy.

Magnolia wendet sich mit dem gesamten Körper von mir ab.

Rutscht so schnell sie kann zur anderen Seite der Rückbank, und mein Herz schmerzt auf eine mir bisher unbekannte Weise. Mir wird ein bisschen schlecht, als ich sie so sehe. Zusammengekauert in einer Ecke, als hätte ich mitten in einer Winternacht einen Eimer Wasser über ihr ausgekippt.

Aber ich muss sie loswerden – das ist alles gar nicht gut.

In einem Restaurant geht das Licht aus, und ich schütze sie mit meinem Körper, als würde jemand auf uns schießen? Ob ich PTBS habe? Sie kann mich mal.

Sie hat sich kein Stück bewegt seit meinem letzten Satz. Dreht nur schweigend an einem Ring an ihrem Finger, den ich ihr nicht gekauft habe.

Wir halten vor ihrem Haus am Grosvenor Square, und ich beuge mich hinüber und drücke die Autotür auf. Sie sieht mich an, wartet, dass ich etwas sage, was ich aber nicht tue. Kein einziges Wort sage ich.

Sie nimmt ihre Tasche und klettert aus dem Auto. Sobald sie auf dem Bürgersteig steht, knalle ich die Tür zu und befehle Happy loszufahren. Ich blicke nicht zu ihr, blicke nicht zurück. Lege das Gesicht in die Hände und atme aus. Versuche mir einzureden, dass es ein Seufzer der Erleichterung ist, nicht der Reue, aber ich weiß es besser.

Wir biegen auf die Straße, und Kekoa dreht sich um und sieht mich an, als hätte ich den Verstand verloren.

»Du bist ein Idiot«, sagt er zu mir.

Ich richte mich auf. Habe Lust, mich zu prügeln. Hab mich noch nie mit ihm geprügelt – wahrscheinlich würde ich verlieren –, aber im Moment hätte ich nichts dagegen, eine Faust ins Gesicht zu bekommen.

»Sag das noch mal.« Ich starre ihn an.

Koa beißt nicht an, sondern schüttelt nur gelangweilt den Kopf. »Ich habe das Gefühl, dass du das bereuen wirst …«

»Ich habe das Gefühl, dass du das Maul halten solltest.«

»Du hast PTBS«, sagt Kekoa, ohne zu zucken.

Ich funkle ihn an. Kann es nicht leiden, wenn er so mit mir spricht. Der Einzige, der es sich trauen würde, weil er ein bisschen wie ein Vater für mich ist. Aber er ist nicht mein Vater.

»Halt's Maul, hab ich gesagt.«

Mein alter Freund sieht mich weiter unbeeindruckt an. »Müssen wir darüber reden, was gerade passiert ist?«

Mein Kiefer verkrampft sich, und ich blicke aus dem Fenster. »Wovon redest du?«

Koa schüttelt den Kopf, atmet aus. Er ist angepisst. »Du hast mir gesagt, ich soll sie nehmen. Hast sie mir in die Arme gedrückt …«

»Na und?«

»Nichts na und. Mein Job ist es, *dich* zu beschützen.«

Ich schüttle den Kopf. »Dein Job ist, zu tun, was immer ich dir sage.«

»Nein.« Er sieht mich vielsagend an. »Ist es nicht. Mein Job ist, für deine Sicherheit zu sorgen und für die aller, die zu dir gehören. Wenn du mir jetzt sagst, dass sie zu dir gehört, schön, das ist ein Hügel, auf dem ich sterben werde – und zwar gern, Jules. Aber du musst mir sagen, Mann – was ist das mit euch beiden? Muss ich ihr einen B…«

»Es ist aus.« Ich zupfe einen Faden von meinem Ärmel und schnipse ihn weg.

Kekoa runzelt die Stirn. »Was?«

»Mit uns beiden ist gar nichts.« Ich zucke mit den Schultern. »Du hast mich gehört. Ich hab sie nach Hause gefahren …«

»*Ich* hab sie nach Hause gefahren, genau genommen …«, wirft Happy ein. Klingt, als wäre er auch nicht auf meiner Seite.

»Okay?« Verärgert blicke ich zwischen den beiden hin und her. »Willst du dafür etwa einen Preis? Einen Rückenklopfer, weil du tust, wofür ich dich bezahle?«

»Verdammte Hacke …« Happy schnaubt und fährt absichtlich scharf um die nächste Kurve.

»Sie ist die reinste Plage …« Sie ist neugierig, sie ist Aufmerksamkeit heischend, sie ist nichts als eine Ablenkung. »Und ich bin durch mit ihr«, wiederhole ich für die beiden. Wiederhole ich für mich.

»Lustig«, sagt Kekoa, den Blick wieder nach vorn gerichtet. »Du klingst kein bisschen, als wärst du durch mit ihr.«

Julian
12:13 Uhr

Wo bist du?

Oben

Warum?

Stimmt es?

Was?

Du und Magnolia

?

Habt ihr Schluss gemacht?

Waren nicht zusammen.

Also ja?

Wir waren nicht zusammen???

…

Fuck.

Ja, okay. Wir haben Schluss gemacht.

Geht's dir gut?

Japp

Soll ich hochkommen?

Nein

Ok.

Ich hab dir Kekse vor die Tür gestellt.

KAPITEL 39

CHRISTIAN

Also, Parks und Jules haben vor Kurzem einen Schlussstrich gezogen, und seitdem herrscht seltsame Stimmung.

Der heutige Abend verspricht cringe zu werden, denn Jo schmeißt seine jährliche »Wet February«-Party im Math Club.

Magnolia besteht darauf, dass Henry und ich zum Fertigmachen zu ihr kommen, aber als wir auf der Matte stehen, sind wir bereits komplett gestylt. Das hat man wahrscheinlich davon, wenn man nicht allein sein kann und dein Freundeskreis so inzestuös ist wie unserer, und ich mache mir eine gedankliche Notiz, uns allen zu Weihnachten eine Gruppentherapie zu schenken.

Parks behauptet, es gehe ihr gut, aber ihr Gesicht ist ein offenes Buch für mich, nachdem ich es jahrelang eingehend betrachtet habe, ohne es zu sollen. Heute Abend sagt mir ihr Gesicht, dass sie einsam ist.

Kommt nicht klar mit dem Alleinsein.

Deshalb müssen Henry und ich auch mit ihr im Badezimmer stehen, während sie uns fragt, ob ihre Lippen die richtige Farbe haben.

Dabei ist es völlig unmöglich, dass sie die falsche Farbe haben, schließlich sind es die zweitbesten Lippen der Welt, dabei will ich sie nicht mal mehr küssen – aber daran, welchen Zirkus sie veranstaltet, erkenne ich, dass es sie aus der Bahn geworfen hat. Was auch immer zwischen ihr und Jules passiert ist, es ist nicht spurlos an ihr vorbeigegangen.

Ich gehe in die Küche, um mir einen Drink zu holen und die Situation zu entschärfen, und dort auf der Bank sitzt ihre Schwester.

»Versteckst du dich?«, frage ich.

Bridget nickt. »Letzte Nacht hat sie bei mir im Bett geschlafen.«

Ich zucke nur leicht mit den Schultern. »Du weißt, sie und Alleinsein.«

»Kann es nicht mal eine Sekunde ertragen.« Sie seufzt. »Es wird immer schlimmer.«

Ich schenke mir ein Glas Wein ein. Roten. Fülle auch Bridgets Glas wieder auf.

»Ich glaube, sie mochte ihn«, sage ich und verschränke die Arme.

»Was du nicht sagst, Sherlock …« Bridge verdreht die Augen. »Wobei sie auch einen verfickten Türknauf mögen würde, wenn er sie davon ablenkt, an BJ zu denken.«

Ich schüttle den Kopf. »Weiß nicht – nicht sicher, ob es diesmal um BJ geht.«

Bridget sieht mich nur schief an. »Bei meiner Schwester – Gott, Christian, gerade du solltest das am besten wissen …« Sie wirft mir einen ärgerlichen Blick zu und muss den Satz gar nicht zu Ende sprechen. »Bei meiner Schwester geht es immer um BJ.«

Henry kommt in die Küche geeilt und stellt sich schnell neben die Tür, gestikuliert wild, reckt die Daumen in die Höhe, macht neben seinem Gesicht Jazzhände und formt mit den Lippen das Wort »wunderschön«, und dann betritt sie die Küche unter lauten Ohs und Wows von uns dreien.

»Das wirkte einstudiert.« Sie stemmt die Hände in die Hüften und blickt an ihrem kurzen weißen Kleid hinab. »Gefällt es euch nicht? Es ist von Philosophy di Lorenzo Serafini – soll ich was anderes anziehen?«

»Er wird sterben, wenn er dich sieht«, sage ich in dem Versuch zu helfen, weil es wie etwas klingt, das sie hören will.

»Wer?«, fragt sie, die Hände immer noch in den Hüften.

»Ähm … beide?«, stammle ich, ernte jedoch nur ein Stirnrunzeln von ihr, also starte ich einen neuen Versuch. »K-keiner? Sowohl als auch?«

(»O fuck«, seufzt Henry.)

»Magnolia …« Bridget drückt sich von der Bank hoch. »BJ ist – Jungs, stimmt mir zu – sozusagen dauerbesessen von dir.«

»Ja«, sagt Henry, und wir nicken beide mit Nachdruck.

»Lange Zeit war das der Fluch meiner Existenz«, sage ich und stupse sie sanft an, was ihr ein leichtes Lächeln entlockt.

»Und Julian«, Bridget strafft die Schultern, »ist ein Flachwichser für die Art, wie er dich letztens behandelt hat …«

»Wie hat er dich denn letztens behandelt?« Henry baut sich beschützend auf.

»Nicht der Rede wert, Hen …« Magnolia schüttelt abwehrend den Kopf. »Alles in Ordnung. Sind meine Schuhe okay?«

Wir richten alle die Augen auf ihre Füße, und Bridget ist die Einzige, die dumm genug ist, mehr zu sagen als: »Ja, sie sind toll.«

»Sie sind halt schwarz. Schwarze Schuhe.«

»Ja, stimmt, aber die Schleife an meinem Kleid ist aus Samt, vielleicht sollte ich also besser – oh!« Magnolia schießt aus der Küche. »Letzte Woche habe ich ein Paar Samtschuhe von Gianvito Rossi gekauft.«

Sie kommt zurück.

»Wunderschön!« und »Phänomenal!«, flöten Henry und ich, und wieder runzelt Bridget die Stirn.

»Die sehen genauso aus wie die anderen.«

»Grundgütiger, halt den Mund«, zischt Henry mit zusammengebissenen Zähnen, woraufhin Bridget stöhnt und die Stirn auf den Tisch haut.

Ich kippe noch etwas Wein hinunter und klatsche zweimal in die Hände, schließlich kommt Daisy auch zur Party, und ich will sie lieber früher als später sehen.

Magnolia schwebt erneut in die Küche, diesmal mit einer Handtasche und einer Jacke über dem Arm.

»Fertig.«

»Super!« Ich gehe Richtung Tür.

»Magnolia«, ruft Bridget ihr hinterher.

»Nein!«, knurre ich mit angehaltenem Atem.

»Was denn?« Sie bleibt stehen und wartet.

»Meinst du nicht, statt heute Abend auszugehen und dir von unterschiedlichsten Männern Bestätigung zu holen, weil du von den zwei Typen, an denen du echtes Interesse hast, zurückgewiesen wurdest, wäre es klüger, zu Hause bleiben und dich mit deinen Gefühlen auseinanderzusetzen?«

Magnolia starrt ihre Schwester ein paar Sekunden lang an, blinzelt zweimal und bricht dann in Lachen aus.

»Du bist echt lustig, Bridge. Das habe ich gebraucht! Danke.« Sie spaziert aus der Tür, während Henry und Bridget einen erschöpften Blick wechseln.

Als wir den Club betreten, entdeckt Magnolia Julian sofort. Ihre Blicke treffen sich, und ihrer hätte töten können, dann legt Henry den Arm um sie und führt sie zur Bar.

Julian sieht direkt angepisst aus und fängt ein Gespräch mit Bianca Harrington an, einer engen Freundin von Jo. Verboten heiß. Amerikanerin. Ihr Vater ist Diplomat. Ziemlich sicher, dass Jo sie zur Tabuzone erklärt hat, aber es sieht nicht aus, als würde Julian das heute Abend jucken.

Was zur Hölle ist passiert?

Daisy unterhält sich mit irgendwelchen Männern. Ich will nicht übereifrig wirken, deshalb folge ich Parks und Henry erst mal zur Bar, bereue die Entscheidung aber sofort, weil Jordan dort mit einer Freundin steht, die nicht nur furchtbar nervig ist, sondern auch noch voll auf mich steht und aggressiv flirtet – damit will ich nichts zu tun haben, will nicht, dass Daisy es sieht und etwas hineininterpretiert, daher suche ich nach meinem Bruder, gehe zu ihm und mache ihm ein Kompliment zur Party – gebe Tausie ein Küsschen und lasse einen Kommentar ab, dass heute Jos Nacht ist, woraufhin er angepisst abdampft und ich zu Daisy schlendere.

»Hi.« Ich trete ihr sanft gegen den Knöchel, um ihre Aufmerksamkeit zu erlangen.

Sie sieht zu mir hoch und rutscht ein wenig zur Seite, damit ich mich neben sie setzen kann.

Ich küsse sie auf die Wange, worüber sie irgendwie überrascht scheint.

Glücklich überrascht, aber überrascht.

»Guten Tag gehabt?« Ich drücke ihr Knie.

»Ja.« Sie zuckt mit den Schultern. »War okay. Normal, würd ich sagen – was hast du gemacht?«

»Nichts.« Ich nehme die Champagnerflasche, die auf dem Tisch steht, und schenke mir ein Glas ein.

»Warst du mit Magnolia zusammen?«, fragt sie, und wenn ihr mich fragt, versucht sie, dabei ungezwungen zu klingen – nur dass es ihr nicht gelingt, deshalb gebe ich ihr mein Champagnerglas und schenke ein weiteres ein.

»Ja.« Ich mache ein schiefes Gesicht. »Hen und ich sind zu ihr gegangen, bevor …« Ich senke die Stimme. »Ich glaube, sie ist traurig.«

»Wegen meines Bruders?«

Ich nicke, blicke über die Schulter zu Parks an der Bar, und sieh einer an, BJ steht mit seiner Freundin und irgendeiner Frau, die mir noch vor einer Sekunde ein Ohr abschwatzen wollte, ebenfalls da.

»Sie sieht wirklich traurig aus«, sagt Daisy sarkastisch, blickt abschätzig zu ihr hinüber und scheint nicht gerade beeindruckt, als Parks den Arm ausstreckt und den Saum von BJs Hemd berührt, während seine Freundin gerade wegguckt.

»Hey.« Ich gebe Jules einen Klaps aufs Bein. »Alles klar bei dir?«

Er sieht sofort verärgert aus, unmittelbar und unverhältnismäßig sauer.

»Warum auch nicht?«, knurrt er mürrisch, aber sein Blick verharrt kurz auf Magnolia und BJ, bevor er mich finster ansieht.

Ich schaue schnell zu Daisy und sehe ihn dann nichtssagend an. »Warum auch nicht? Na, ich weiß ja nicht …«

Jules verdreht die Augen.

»Ich muss schon sagen«, Daisy beugt sich vor, »du machst echt einen glücklichen Eindruck – ich meine, geistig scheint es dir in den letzten Tagen richtig gut zu gehen.«

Julian funkelt sie an und richtet den Finger auf sie.

»Du, halt den Mund.«

»Und du …« Ich zeige auf ihn. »Sprich nicht so mit ihr.«

»Oha!« In Julians Augen blitzt es unheilvoll auf. »Da macht heute wohl einer auf dicke Hose.«

»Ignorier ihn einfach …« Daisy greift nach meinem Arm und zieht mich im Sessel zurück, den wir uns teilen, und ich liebe es. So eine beiläufige, gedankenlose Berührung. Ich will, dass sie mich immer berührt. »Er hat schlechte Laune, seit … du weißt schon.«

Carmelo beugt sich über Bianca (die ihn von sich schubst und abdampft, um nach Jonah zu suchen) und klinkt sich in die Unterhaltung ein.

»Was ist passiert?«

»Nichts.« Julian verdreht die Augen.

Kekoa räuspert sich und macht ein komisches Gesicht. Offenbar ist sehr wohl etwas passiert.

»Erzähl schon«, sagt Carmelo und sieht ihn fragend an.

»Julian und Magnolia haben Schluss gemacht«, sagt Declan, schenkt Julian einen Shot ein und schiebt ihm das Glas hin.

Julian stiert den Wodka ein paar Sekunden an, als wäre ihn zu trinken ein taktisches Eingeständnis von etwas, das er nicht aussprechen will.

Carmelos Gesicht hingegen leuchtet bei diesen Neuigkeiten auf. »Echt jetzt? Was ist passiert?«

»Nichts ist passiert«, sagt Julian und trinkt den Shot.

»Offenkundig doch«, sagt Miguel leise zu Declan, aber laut genug, dass Jules es hören kann.

»Können alle verfickt noch mal das Maul halten?«, knurrt Jules.

»Du bist völlig von deinen Gefühlen übermannt«, sagt Daisy zu ihm.

Und er funkelt seine Schwester an. »Ich hab dir schon mal gesagt – da waren keine Gefühle im Spiel. Wir hatten nur eine gute Zeit.«

»Echt?« Carmelo lehnt sich im Stuhl zurück.

»Ja.« Julian zuckt mit den Schultern. »Echt.«

Carmelo sieht ihn prüfend an. »Und die ist jetzt vorbei.«

»Genau.«

»Hey …« Er schlägt Jules kumpelhaft auf den Arm. »Dann hast du doch bestimmt nichts dagegen, wenn ich mich 'ne Runde mit ihr vergnüge?«

Julian starrt seinem Freund ins Gesicht, Brauen zusammengezogen, Blick finster.

»Was hast du gesagt?«

(»Scheiße«, seufzt Kekoa.)

»Na ja, falls das mit euch zu Ende ist, gib ihr einfach meine Nummer, ja?« Carmelo zuckt mit den Schultern.

»Wie bitte?«, sagt Julian immer noch mit finsterem Blick. In seinem Kopf rattert es.

»Sie ist echt verdammt heiß«, sagt Carmelo – keine Ahnung, wie er Jules Tonfall nicht bemerken kann. »Ich will auch mal ran.«

Julian schüttelt ungläubig den Kopf. »Mal ran?«

»Ich meine, sie ist flach wie 'ne Flunder, aber ein geiler Ritt wär sie trotzdem.« Er lacht, und ich bin gerade im Begriff, etwas zu sagen, als Julian auf die Füße springt und sich drohend über seinen Freund beugt.

»Sag das noch mal, du Wichser …«

Daisy neben mir wird stocksteif.

Carmelo springt ebenfalls auf die Füße, reflexartig bereit für einen Kampf.

Jemanden zu lieben ist seltsam. Mein erster verdammter Gedanke ist, dass ich Daisy in Sicherheit bringen muss.

»Sag das noch mal!«, bellt Julian und gibt Carmelo einen Schubs.

(»Gefühle haben die Unterhaltung betreten«, flüstert Declan an niemanden gerichtet.)

Carmelo schubst zurück, aber es ist kein Platz für eine richtige Schlägerei – es ist eng, vor uns steht ein Tisch mit einem Haufen Flaschen darauf, außerdem sind hier zu viele Sofas und Leute, als dass sie sich prügeln könnten, wie wenn keiner zusähe, doch Julian hat diesen wilden Ausdruck in den Augen.

»Was ist dein Problem, Mann?« Carmelo schüttelt den Kopf, lächelt, wenn auch gezwungen. »Du meintest doch, ihr seid durch ...«

Jules schubst ihn erneut. »Du bist mein Problem.«

»Hast du Angst, dass sie Bock auf italienisches Würstchen hat?«, fragt Carmelo, mit einem Lachen zwar, doch es gefällt mir nicht.

Julians Gesichtsausdruck verändert sich, und ich blicke mich um, mache eine flüchtige Bestandsaufnahme des Raums. Das hier könnte ziemlich schnell ziemlich hässlich werden.

»Jules ...« Daisy steht auf, und ihr Bruder sieht sie ganz kurz an, bevor er abwehrend den Arm ausstreckt, damit sie nicht näher kommt.

»Ich hab gerade keine Zeit für deinen Bullshit, Face, setz dich hin ...«

»Julian ...« Sie streckt die Hand nach ihm aus, doch er schlägt sie weg.

»Daisy, ich hab gesagt, setz dich verfickt noch mal hin«, knurrt er sie an, und auch das gefällt mir nicht, deshalb stehe ich auf und ziehe sie hinter mich.

»Willst du noch irgendetwas über sie sagen?«, fragt Jules Carmelo mit vorgeschobenem Kinn.

»Vielleicht schon, ja.« Carmelo nickt, und ich weiß nicht, was er bezweckt.

Egos, Mann. Bringen dich um.

Julians Gesicht wird noch finsterer. »Dann schieß los.«

Carmelo nickt Richtung Parks. »Vielleicht geh ich auch einfach und rede mit ihr persönlich – wie wäre das?«

Er macht Anstalten, sich an Julian vorbeizuschieben, und dann – ich weiß nicht, wie, es geschieht alles ziemlich schnell – packt Julian Carmelos Hemdkragen, dreht ihn ein, bis er ihn fast würgt, und zieht das Gesicht seinen Freunds ganz nah zu sich heran. »Ach, tust du das …?«

Es scheint, als breite sich im ganzen Raum Stille aus, als hielte jeder den Atem an …

Und dann steht plötzlich Magnolia vor ihm, mitten auf dem Tisch mit den Getränken, damit sie größer ist als er. Es ist die Echtzeitmanifestation, warum unsere verfickte Kindheit so voller Drama war, diese idiotische Frau hier auf dem Tisch.

Sie sieht eine gefährliche Situation, und statt davonzulaufen, stürmt sie mitten hinein. Vermutlich hat es viel damit zu tun, dass BJ ihr meist auf den Fersen folgt. Chaotische Kindheit, auf nichts in ihrem Leben war Verlass, bis er auftauchte, daher rennt sie zum Chaos, wann immer sie welches sieht – doch jetzt steht BJ am Seitenrand des Ganzen und macht ein Gesicht wie ein Spiegelei, während sie sich leicht nach unten beugt, um auf Augenhöhe mit einem Mann zu sein, der nicht er ist, und ihm zur Beruhigung die Hand auf die Brust legt. Ich wende den Blick ab. Es ist schwer mit anzusehen, wie ein Kumpel verletzt wird, und ich habe einen Platz in der ersten Reihe.

»Julian, hör auf«, sagt Magnolia, blickt ihm tief in die Augen und wartet, bis er sie ebenfalls ansieht. »Was machst du da? Er ist dein bester Freund …«

Julian legt die Hand, mit der er nicht Carmelo würgt, auf ihre, die auf seiner Brust liegt, und hält sie fest.

Ich blicke wieder zu BJ, um zu sehen, wie er das aufnimmt, aber er ist schon verschwunden.

»Komm mit mir nach Hause?«, sagt Julian zu ihr. »Jetzt?«

Magnolias Blick huscht zu der Stelle, wo BJ gestanden hat, aber er ist nicht mehr da.

Sie schaut zurück zu Julian und nickt.

Sein Kopf ruckt Richtung Tür, und Kekoa führt sie nach draußen.

Ich blicke auf Daisy hinab, die ich von hinten festhalte – was ich nicht mal bemerkt habe.

Sie sieht meinen Arm an, dann wieder mich und schnaubt verlegen.

»'tschuldigung.« Ich nehme umständlich den Arm weg.

Wieder lacht sie, Blut schießt in ihre Wangen. »Schon okay.«

»Ich hab gar nicht gemerkt …«, brabbel ich.

»Kein Thema. Es hat mich nicht gestört … Es ist …«

Kurz komme ich mir vor wie ein Trottel, unsicher, wie sie auf eine so offenkundige Geste reagieren wird.

Dann spitzt sie die Lippen und zieht die Augenbrauen hoch. »Hast du immer noch einen Schlüssel für das Büro von deinem Bruder?«

Carmelo

14:05 Uhr

Jules, ich wusste es nicht

Ja, ich auch nicht

Ich hätte kein Sterbenswort gesagt, wenn ich es gewusst hätte

Schon okay, Mann

Ich hab's selbst nicht kommen sehen

Weiß sie Bescheid?

Nein

Möglicherweise doch

Nee, sie ist nicht gerade die Hellste.

Zum Glück

Okay, na gut, dein Geheimnis ist bei mir sicher.

x

xx

KAPITEL 40

JULIAN

Bisschen peinlich, wie ich mich gestern Abend aufgeführt habe. Keine Ahnung, was da mit mir los war.

Hab mir wohl einfach selbst ein bisschen Angst eingejagt.

Magnolia Parks auf einem Tisch, ihre Hand auf meiner Brust, um mich zu beruhigen – hat sich gut angefühlt, auch wenn ich nicht genau beschreiben kann, warum.

Wenn ich ehrlich bin, haben mir die paar Tage ohne sie nicht gefallen.

Und ich weiß, was das heißt – irgendwie ist sie über die Mauer in mein scheiß Herz geklettert, aber das ist okay. Weil ich weiß, was ich für sie bin.

Ich bin die Boje, an der sie sich festklammert, während sie darauf wartet, dass das Schiff zurückkommt, von dem sie gefallen ist, und sie wieder an Bord nimmt.

Schätze, ich spiele wohl gern den Rettungsanker für sie.

Heute Abend ist sie nicht da, die ganze Crew ist auf Ballentines Geburtstag. Ich bin nicht eingeladen – Überraschung. Aber ich bin mir ihrer Abwesenheit ein bisschen zu bewusst, also tue ich mein Bestes, um endlich mal ein paar Dinge abzuarbeiten, die ich vernachlässigt habe, um mit ihr rumzumachen.

Gerade als ich wieder ein bisschen Licht sehe, geht meine Bürotür auf.

Declan sitzt in der Ecke und guckt Fußball, aber jetzt hebt er den Kopf.

Auf der Schwelle steht Magnolia – und ich sehe sofort, dass sie geweint hat.

»Hey«, sagte ich stirnrunzelnd und stehe auf. »Ich dachte, du bist bei der Party.«

Mit schnellen Schritten läuft sie um meinen Schreibtisch, bleibt direkt vor mir stehen.

»Ich stand nicht auf der Gästeliste.«

Sie ist am Boden zerstört.

»Fuck.«

Ich spüre eine Welle irrationaler Wut in mir aufsteigen, als hätte ihr jemand wirklich unrecht getan – wenn er hier wäre, würde ich ihm eine reinhauen. Oder ihn umbringen.

Ich lege den Kopf schief.

»Bist du okay?«, frage ich sie, und wisst ihr, was sie macht?

Hebt wortlos ihre Arme in die Luft und wartet, dass ich sie ausziehe. Ich schlucke trocken.

»Decks«, rufe ich, ohne ihn anzusehen. »Raus. Sofort.«

Declan schnaubt, ein bisschen pissed, dass er das Spiel nicht weitergucken kann, als hätte ich nicht vierzehn andere scheiß Fernseher im ganzen Haus rumstehen, und schließt die Tür hinter sich. Eine Sekunde später habe ich sie schon hochgehoben, trage sie rückwärts Richtung Wand.

Greife hinter sie, öffne den Reißverschluss, und ihr Kleid fällt zu Boden. Fahre mit der Hand ihren Rücken hinauf bis in ihr Haar, und mittlerweile ist sie bei den Knöpfen meiner Jeans angekommen, also hoch mit ihr auf meine Hüften, während sie mir den Pullover über den Kopf zieht. Trage sie rückwärts, und wir stoßen an einen teuren Kunstgegenstand, der krachend zu Boden fällt. Mein Mund liegt auf dem ihren, während ich das Gesicht verziehe.

Sie wirft einen Blick nach unten. »Sollten wir das aufheben?«

Ich sehe nicht hin, habe nur Augen für sie. Das Ding ist aus Bronze. Hat fast zweitausend Jahre überlebt, wird mit einer Delle mehr schon fertig.

Ich küsse sie wieder, fühle ihr Lächeln an meinen Lippen.

»War das nicht ein ritueller chinesischer Weinkrug aus der Fanghu-Han-Dynastie?«

Überrascht ziehe ich den Kopf zurück.

»Sieh an – ja.« Verlagere ihr Gewicht auf meiner Hüfte, damit ich sie besser ansehen kann. »Von wann?«

Ihre zierlichen Schultern straffen sich.

»Ungefähr 200 A.D.« Sie wirft mir ein stolzes Lächeln zu.

Heilige Scheiße. Das ist unglaublich sexy. Ich umfasse ihr Gesicht und küsse sie noch fester als jemals zuvor.

Drücke sie gegen einen Schrank, von dem – unglücklicherweise – meine jadegrüne Vase von René Lalique aus dem Jahr 1919 fällt und krachend auf dem Boden zerschellt, während ich gleichzeitig in Lachen und Fluchen ausbreche.

Sie grinst mich an, zieht den Kopf ein Stück zurück und blickt reumütig nach unten.

»Das ist alles ziemlich teuer, oder?«

Ich zucke leicht mit den Schultern. »Plus/minus 100 000 Pfund …«

»Oje.« Sie verzieht entschuldigend das Gesicht.

Ich schüttle den Kopf und küsse sie noch mal, arbeite mich hoch bis zu ihrem Ohr und flüstere: »Du stehst auf teure Ficks, ja?« Sie vergräbt das Gesicht lächelnd an meinem Hals, und ich hebe ihr Kinn mit dem Finger an. »Ich würde das Doppelte bezahlen, um hier bei dir zu sein.«

Ich setze sie rücklings auf meinen Schreibtisch.

Ziehe mir das Shirt über den Kopf, und sie sieht mich neugierig an, so wie sie es immer tut.

Streckt die Hand aus und berührt eine Narbe auf meinem Bauch, die eine, an der ich beinahe gestorben wäre. Wenn Daisy mich nicht gerettet hätte.

»Woher?«

Ich will ihr nicht die Wahrheit sagen.

»Käfigkämpfe«, sage ich in der Hoffnung, dass es sie beeindruckt.

Sie sieht ungehalten aus. »Warum?«

»Es macht Spaß.«

»Sich wehtun zu lassen?«

Ich werfe ihr einen bedeutungsvollen Blick zu. »Kätzchen, mir tut niemand weh.« Ich streiche ihr eine Haarsträhne aus dem Gesicht. Himmel, es ist ein verdammt schönes Gesicht. »Tut mir leid, dass er dich nicht eingeladen hat.«

»Ich will nicht über ihn reden.« Sie schüttelt den Kopf, und ich knuffe sie in die Rippen. »Du willst immer über ihn reden.«

»Julian …«, sie nimmt mein Gesicht in beide Hände, »… glaubst du, ich liege hier halb nackt auf deinem Schreibtisch, um über BJ zu reden? Also halt den Mund …«, verärgert schüttelt sie den Kopf, »… und schlaf mit mir.«

Das muss sie mir nicht zweimal sagen.

Ich lege sie nach hinten auf die Tischplatte, die Arme über dem Kopf – ich mag es, wenn sie ausgestreckt vor mir liegt. Wie eine Katze, die einem den Bauch zeigt, wenn sie dir vertraut.

»Warum lächelst du?«, fragt sie amüsiert.

Ernsthaft, ich habe nicht gemerkt, dass ich lächle. Tue ich aber, also versuche ich, es so schnell wie möglich wieder zu lassen und stattdessen die Brauen zusammenzuziehen.

»Werd jetzt bloß nicht zum Weichei hier«, sagt sie neckisch, und ich sehe sie nur an, drücke ihre Handgelenke auf die Tischplatte, und dann geht es los. Hinter uns Kaminfeuer. Dazu die Kings of Leon, »Wait for Me«. Unter mir das schönste Mädchen der Welt.

Ich liebe es, das hier mit ihr zu tun, sie vertraut mir so blind, ihr Körper scheint dem meinen einfach zu folgen, sich genau dorthin zu bewegen, wo ich sie will, wie ich sie will – runter von meinem Schreibtisch und auf meinen Schoß. Fahre mit den Händen über ihren Körper, küsse ihren Hals, bis sie den Rücken durchdrückt.

Ihr Atem geht immer schneller, und ich weiß jetzt, wie es mit ihr klingt, kenne jeden Hinweis, jedes Zucken. Ich streiche ihr die Haare aus der Stirn, sie berührt mein Gesicht, und es ist absolut abgefuckt, ich weiß. Weil ich ihren Namen sage und sie mich ansieht und dabei an einen anderen denkt.

Aber wisst ihr, was noch abgefuckter ist? Es ist mir egal.

Danach liegen wir hinter meinem Schreibtisch auf dem Boden – ihr Kopf auf meiner Brust, eine Couchdecke über uns, und ich spiele mit ihrem Haar, während mir mehr Gedanken durch den Kopf gehen, als ich gern hätte.

»Du denkst an ihn, wenn du mit mir zusammen bist«, sage ich. Es ist keine Frage. Ich weiß es.

»Nur manchmal.« Sie sieht zu mir auf, peinlich berührt. »Ich versuche, es nicht zu tun.«

Ich zucke leicht mit den Schultern. »Ich kann sehen, wenn du an ihn denkst.«

»Oh.« Ihre Augen wirken plötzlich irgendwie glasig, ich weiß auch nicht, warum. »Sorry.«

Ich sage nichts – weiß nicht, was ich sagen soll. Sie räuspert sich.

»An wen denkst du?«, fragt sie, als ich mich ein Stück ausstrecke, die Arme hinter dem Kopf verschränke.

»Zurzeit versuche ich, im Hier und Jetzt zu bleiben.«

Sie sieht äußerst zufrieden aus. »Du denkst an mich?«

Ich nicke.

»Die ganze Zeit?« Sie blinzelt überrascht.

Ich lache schnaubend auf, weiche der Frage aus, auch wenn die Antwort Ja ist. Die ganze Zeit.

»Warst du schon mal verliebt?«, fragt sie, und scheiße, nein, ich zähle nicht, wie oft sie blinzelt.

»Ist bei mir nicht drin.« Ich zucke leicht mit den Achseln. »Deshalb bist du ja hier. Etwas Festes mache ich nicht.«

Ihre Miene verzieht sich, als würde ihr das nicht gefallen, und zum millionsten Mal bin ich irgendwie verwirrt. Und sie denkt noch nicht mal drüber nach, während sie mir mit den Lippen über die Wange fährt, hin und zurück. Kein Kuss, einfach nur so.

Spielerisch beißt sie mir in die Lippe. »Ich mag es eigentlich ganz gern fest.«

Ich schnaube und schenke ihr ein winziges Lächeln, während ich ihr das Haar hinter die Ohren streiche.

»In einem anderen Leben hätte ich dich wohl geliebt, denke ich«, sage ich ihr.

Sie erwidert mein kleines Lächeln.

»Ich einem anderen Leben hätte ich dich gelassen …«

Muss ja keiner wissen, dass ich sie auch in diesem schon liebe.

Ich setze mich auf, lehne mich an den Schreibtisch und ziehe sie mit auf meinen Schoß.

»Wie ist es, jemanden so zu lieben, wie ihr zwei euch liebt?«, frage ich, ein bisschen, weil ich es wirklich nicht weiß, und ein bisschen, weil ich ihr nicht sagen kann, was ich selbst fühle, und darum herumzureden kommt dem vielleicht noch am nächsten.

Diesmal ist ihr Lächeln traurig. »Schlimm.«

»Schlimm?« Ich runzle die Stirn. »Wirklich?«

»Irgendwie schon.« Sie zuckt mit den Schultern. »Ich gehöre nicht mehr richtig mir selbst.«

»Wie das denn?«, frage ich.

»Ich meine, er ist in allem … Ich denke ständig an ihn, die ganze Zeit. Ich will wissen, was er denkt, will wissen, was er will. Ich mache mir Sorgen, wie es ihm geht und ob er auf sich aufpasst und was er macht.« Nervös zupft sie an der Haut um ihren Nagel herum. »Bei BJ denke ich an all die Hände, die seinen Körper berührt haben und nicht meine eigenen sind – wem sie gehören, wo sie überall waren, was sie angefasst haben.«

»Scheiße.« Ich schlucke eine Welle der Übelkeit hinunter, als ich mir vorstelle, wer sie schon vor mir angefasst hat.

»Er taucht nicht in jedem zweiten Gedanken auf – sondern in jedem.« Ihre Stimme klingt auf einmal brüchig, und ich könnte kotzen. »Er steckt in allem. In allen meinen Entscheidungen, allen meinen Gefühlen.«

Ich schüttle den Kopf, in erster Linie, damit sie aufhört. Ich halte das nicht aus.

»Du hast recht, ich würde es hassen«, sage ich, als hätte ich es nicht bereits am eigenen Leib erfahren.

»Ja.« Sie wirft mir einen kurzen Blick zu. »Das würdest du. Verlieb dich bloß nie.«

Ich küsse sie auf den Scheitel.

»Deal.«

KAPITEL 41

DAISY

Christian hat mich mit zu BJs Geburtstagsessen genommen. Zumindest sind wir zusammen hingegangen – ist das dasselbe?

Er hat mich gefragt, also bin ich mitgegangen.

Und wir saßen nebeneinander, und er hat seinen Arm auf meine Stuhllehne gelegt, und er hat mit mir über mein Studium geredet, allen erzählt, wie clever und was für eine gute Köchin ich bin, dass meine Pannacotta besser ist als ihre[181], dass er gerade ein Buch über die Präraffaeliten liest, und ich überlege, ob vielleicht – vielleicht – die Chance besteht, dass er mich so mag, wie ich es mir wünsche.

Und dann denke ich an das letzte Mal, und es ist, als hätte mir jemand den Boden unter den Füßen weggezogen. Denn genau das habe ich schon mal geglaubt, habe es schon mal geglaubt, bevor es wahr wurde – und es spielt keine Rolle, dass es letztendlich wahr geworden ist. Ich habe es schon vorher geglaubt, und deshalb kann ich auf nichts von dem vertrauen, was ich meine, in seinen Gefühlen für mich zu entdecken – ich kann ihn nicht lesen, auch wenn er das Einzige ist, das ich den Rest meines Lebens über lesen will.

Er steht auf Sex, wisst ihr? Er ist einfach einer dieser Typen. Fickt gern. Also ist es vielleicht auch nur das – ich weiß es nicht. Er ist süß und aufmerksam, und in gewisser Weise war es heute Abend, als wären wir zusammen, aber dann hat er mich mitten im Abendessen gefragt, ob ich später noch was vorhätte.

Und ich habe ihn verwirrt angeguckt und in die Seite geknufft.

Seine Antwort war ein zufriedenes Nicken.

Also weiß ich nicht, woran er so denkt.

Das Essen war eh komisch. BJs Geburtstag ist am Valentinstag, also ist es sowieso schon seltsam – ich meine, acht Leute, die am Valentinstag zusammen essen gehen? Aber ich bin trotzdem irgendwie dankbar, weil

181 Ist sie auch.

es bedeutet, dass ich den Abend mit Christian verbringen kann. Ich weiß nicht, ob wir das sonst gemacht hätten. Vielleicht schon? Schwer zu sagen. Ich habe mich jedenfalls passend angezogen, nur für den Fall. Wobei – eigentlich hat mich Magnolia[182] angezogen[183]. Sie hat den ganzen Kram gekauft und irgendwann in meinem Zimmer aufgehängt, als ich Abendessen gemacht habe. Hat einen Zettel dazugelegt, auf dem stand: »Trag mich am Valentinstag.«

Beim Essen selbst war die Stimmung angespannt. Dieses Mädchen, das BJ gerade datet, geht offenbar allen auf die Nerven – und mein Bruder und Magnolia waren nicht da. Was wohl Sinn ergibt. Jedenfalls bei Julian.

Dass Magnolia gefehlt hat, war echt komisch – sie und BJ, was immer sie sind und sein werden, ihr Leben wird sich immer umeinander drehen. Ich hoffe, seine kleine Freundin weiß das.

Ich hoffe, mein Bruder weiß das.

Als Christian und ich danach durch die Haustür kommen, rufe ich laut Hallo.

Niemand antwortet, also öffne ich die Tür zum Büro meines Bruders und – schreie. Halte mir die Augen zu.

Christian fängt an zu lachen, als eine fast nackte Magnolia Parks aufkreischt und sich hinter meinem genauso fast nackten Bruder versteckt.

»Jetzt beruhigt euch mal.« Er verdreht die Augen.

Christian sieht zu mir, eines seiner Augen zugekniffen, damit er nichts mitbekommt – und wirft dann einen vorsichtigen Blick ins Zimmer. Dann klopft er mir auf den Arm.

»Alles sicher«, sagt er.

Ich sehe dorthin, wo mein Bruder einen Bärenfellteppich um sich und Magnolia gewickelt hat und uns ungerührt ansieht.

»Ich wünsche mir wirklich, ihr hättet unter diesem Teppich was an.«

»Nun, haben wir aber nicht.« Er schenkt mir ein schmales Lächeln.

182 Als ich dachte, sie wäre dabei, was sie wohl auch gedacht hat.

183 Seidenbustier mit Pailletten (Oscar De La Renta); Lederleggins (Saint Laurent); hohe Kreuzstich-Sandalen mit Tüll und juwelenbesetzter Schnalle (D&G), Kirschen-Anhänger-Ohrringe (E.M), Lexington-Kette mit Diamanten aus 18 Karat Gold (David Yurman).

Ich verdrehe die Augen, und mein Blick landet auf einem Haufen grüner Scherben in der Ecke.

»Ist das – hast du …«

Julian zieht den Kopf ein. »Ja. Ich hab die Lalique-Vase runtergeworfen.«

»Julian!«, rufe ich.

»Ist kaputtgegangen.«

Er zuckt mit den Achseln.

»Und das hier!« Ich greife nach einem weiteren unbezahlbaren Kunstwerk, das zerbeult am Boden liegt.

»Der Fanghu-Kelch?« Fassungslos starre ich ihn an.

Julians Kopf versinkt noch tiefer zwischen seinen Schultern.

Ich hebe das Gefäß auf und begutachte es. »Das Ding ist beinahe zweitausend Jahre alt!«

»Ich weiß«, seufzt er. »Es war ein Unfall.«

Mit in die Hüften gestemmten Händen stehe ich da. »Wie ist das passiert?«

Magnolia schüttelt den Kopf. »Ich glaube nicht, dass dir die Antwort gefallen würde.«

Ich knurre sie an, und sie vergräbt das Gesicht an der Brust meines Bruders, bevor sie zu Christian hinüberspäht. »Wie war der Abend?«

Christians Miene verzieht sich etwas, als sei er traurig für sie oder so. »In Ordnung.«

Sie sehen sich einen Moment lang in die Augen, bevor sie zu Boden guckt, der Arm meines Bruders schließt sich fester um sie, und ich mache mir Sorgen.

»Und euer Abend?«, frage ich, einfach nur, weil ich gern zickig bin. »Wie war der?«

»Höchst vergnüglich, Face. Danke, dass du fragst.«

»Magnolia?« Ich werfe ihr einen kurzen Blick zu. »Stimmst du dem zu?«

»Tue ich.« Sie nickt, die Nase in der Luft, und mein Bruder legt sein Kinn auf ihren Scheitel.

»Warte mal, hast du da die Judith-Leiber-Pralinenschachtel-Clutch, die ich dir zum Valentinstag geschenkt habe?«, fragt Magnolia mit strahlendem Blick.

»Ja.« Mürrisch sehe ich sie an. »Und warum hast du mir überhaupt was zum Valentinstag geschenkt?«

Sie zuckt mit den Schultern. »Ich liebe Geschenke.« Sie dreht sich zu meinem Bruder. »Hast du auch was für mich?«

Julian beäugt sie. »Wir sind doch nicht zusammen.«

»Ja, stimmt – natürlich«, nickt Magnolia und guckt zu Boden, die Augenbrauen zusammengezogen.

Mein Bruder stöhnt. »Ich habe dir neulich ein Paar Ohrringe gekauft, die ich gesehen habe und von denen ich dachte, sie würden dir gefallen. Aber ich hab sie einfach nur so gekauft – nicht für den scheiß Valentinstag oder so, alles klar?«

Ein Strahlen legt sich über ihr Gesicht und – wer hätte das geglaubt – auch auf seines.

»Okay.« Ich drehe mich auf dem Absatz um. »Also, ihr zwei seid – ekelhaft. Zieht euch diesen Teppich aus, wir gehen jetzt einfach.« Ich deute hinter mich.

»Nach oben für eine weitere Runde Gelegenheitssex?«, ruft Magnolia mir heiter hinterher, und ich bleibe wie angewurzelt stehen.

»O mein Gott«, stöhnt mein Bruder und hält ihr den Mund zu.

Christian sieht kopfschüttelnd zu ihr hinüber.

»Was ist los mit dir?«, fragt er sie laut.

»Was mit mir los ist?«, schreit sie. »Was ist mit dir los! Was machst du denn da?«

»Das geht dich nichts an!«, sagt er mit übertriebener Betonung.

»Warum geht mich das nichts an?« Sie stampft mit dem Fuß auf. »Du bist einer meiner ältesten Freunde der ganzen Welt und benimmst dich wie der letzte Affe.«

»Warum genau?«, frage ich eingeschnappt. »Weil er mit mir schläft?«

»Ja!« Sie nickt, dann schüttelt sie den Kopf. »Na ja, nein – aber ja!«

Mein Bruder stupst ihren Kopf mit dem Kinn an. »Vielleicht möchtest du das lieber noch ein bisschen ausführen, bevor sie dich umbringt, Kätzchen.«[184]

184 »Würdest du zulassen, dass sie mich umbringt?« Sie klimpert mit den Wimpern. »Wenn du es verdienst«, antworte ich ihr, und gleichzeitig sagt er: »Nein.«

Christian starrt zu ihr hinüber. »Lass es.« Zeigt warnend mit dem Finger auf sie. »Wage es nicht, auch nur ein scheiß Wort …«[185]

»Nun, um mal vollkommen ehrlich zu sein, Christian[186], ist das, was du sagst, einfach nicht genug, also Daisy[187] – er verhält sich einfach emotional absolut unverantwortlich.«

»Hör auf zu reden.« Wieder zeigt er mit dem Finger auf sie. »Julian, halt ihr den Mund zu – mach, dass sie auf…«

»Ach, und was soll das heißen?«, unterbreche ich ihn und sehe sie finster an.

»Magnolia, ich schwöre bei Gott …«

»Ach, weißt du, Daisy …«, Magnolia dreht sich im Arm meines Bruders und schafft es plötzlich, irgendwie größer auszusehen, »… du hast so vollkommen unverbindlichen Sex mit ihm, während Christian auf der anderen Seite durchaus eine ganze Menge für dich empfindet.«

Christian wird stocksteif.

Mit aufgerissenen Augen starre ich sie an. Traue mich nicht mal, zu ihm hinüberzusehen. »Wie kannst du das wissen?«

Magnolias Gesicht zieht sich zusammen, und sie wirft einen Blick nach hinten zu meinem Bruder, wobei sie mit dem Kopf in meine Richtung deutet und sich wortlos an die Stirn tippt, als wolle sie fragen, ob ich noch ganz dicht sei. Julian zuckt leicht mit den Schultern, als sei er da genauso überfragt wie der Rest der Welt, und Christian – steht einfach nur da, sieht mich an, die Brauen zusammengezogen, das Gesicht angespannt.

»Wie kannst du das nicht wissen?«, fragt er dann perplex. »Ich habe es dir doch gesagt – dir direkt ins Gesicht gesagt, an Silves…«

Ich schüttle den Kopf. »Du hast nicht gesagt, dass du etwas für mich empfindest – du hast gesagt, ich sei …«

185 »Lässt du ihn wirklich so mit mir reden?« Sie sieht zu meinem Bruder hoch, und ich verdrehe die Augen.
»Ja«, nickt er, wirft Christian allerdings einen warnenden Blick zu. »Aber pass auf.«

186 »Lass das lieber mit der Ehrlichkeit, Parks«, sagt er und hält sich die Augen zu. Langsam wird mir schlecht.

187 »Halt den Mund«, fällt er ihr ins Wort. Sie ignoriert ihn.

»Alles für mich.« Er nickt knapp.[188] »Ja. War das nicht deutlich genug – für dich? Für dich mit dem zweifachen Doktortitel und dem …?«

Ich schüttle immer noch den Kopf. »Meine eigenen Schlüsse zu ziehen, hat beim letzten Mal nicht besonders gut funktioniert.«

Christian geht einen Schritt auf mich zu. »Da musste man keine Schlüsse ziehen, Dais. Das war ziemlich eindeutig.«

Ich straffe die Schultern und richte mich auf. »So eindeutig nun auch wieder nicht.«

»Okay.« Er nickt, dann senkt er den Kopf, sodass wir auf Augenhöhe sind. »Dann will ich jetzt mal ganz eindeutig sein, Daisy.« Er sieht mich groß an. »Ich bin abartig in dich verliebt.[189] Habe nie aufgehört, dich zu lieben, seit ich erkannt habe, dass es so ist, und ich gebe zu, ich habe zu lange gebraucht, um es zu begreifen, aber jetzt weiß ich es, und ich kann es nie wieder nicht wissen. Ich will es nie wieder nicht wissen, ich will mit dir zusammen sein.« Das sagt er, ohne einmal den Blick abzuwenden. »Und ich werde tun, was immer ich tun muss, damit das funktioniert. Du willst, dass ich London mit dir verlasse? Super. Ich bin dabei.«

Ich weiß nicht, was ich sagen soll, also starre ich ihn nur an, mit offenem Mund und Herzklopfen bis in den Hals.

»Du willst, dass ich aussteige, nichts mehr mit diesem ganzen Scheiß zu tun habe …«, er zeigt auf unser Umfeld, »… in Ordnung. Geht in Ordnung, mir egal, was immer es ist, ich werde es tun.«

Magnolia lehnt sich ein winziges Stück in seine Richtung und flüstert: »Vielleicht solltest du damit anfangen, sie zu küssen.«[190]

Sein Mund verzieht sich, als er kurz zu ihr guckt. »Vielleicht solltest du mir helfen, indem du jetzt verdammt noch mal verschwindest.«

Magnolia bleibt der Mund offen stehen.[191]

Mein Bruder sieht uns an, lächelnd und glücklich für mich. Sanft, so

188 »Himmel«, flüstert Magnolia und stößt meinem Bruder den Ellbogen in die Rippen. »Sie ist nicht besonders gut darin, zwischen den Zeilen zu lesen, oder?«

189 Magnolia quietscht und hält sich den Mund zu vor Aufregung.

190 Scheiße, jetzt liebe ich sie.

191 Blitzschnell dreht sie sich im Arm meines Bruders um und sieht zu ihm auf. »Was für eine Frechheit! Mir zu sagen, ich solle verschwinden …« Verärgert schüttelt sie den Kopf. »Wie dreist kann man sein? Unmöglich, dieser Junge – kannst du das glauben? Julian, hast du das gehört?«

wie man selbst aussehen würde, wenn man sieht, wie ein geliebter Mensch genau das bekommt, wonach er sich immer gesehnt hat.

»Das war so unhöflich.« Sie macht einen Schmollmund.[192]

Ich sehe hinüber zu Christian, und er sieht mich an, mit großen Augen, und beißt sich auf die Lippe. Ich muss lachen.[193] Mein Bruder beginnt, sie aus der Tür zu schieben, und schüttelt den Kopf über ihre alberne Masche.[194] Schließt die Tür hinter sich.

Christian und ich stehen da, uns gegenüber – in meinem ganzen Leben hat sich nie etwas so seltsam angefühlt –, und dann stoße ich ein ungläubiges Lachen aus, und er fängt an, den Kopf zu schütteln, gleichzeitig ein Stirnrunzeln und ein Lächeln auf dem Gesicht.

»Sie ist eine solche Nervensäge.«

Ich atme aus, stimme mit einem leichten Schulterzucken zu. »Aber irgendwie ist sie mir ans Herz gewachsen.«[195]

Christian streckt die Arme nach mir aus, umfasst meine Hüften und zieht mich zu sich. »Ich liebe dich.« Dann sieht er mich an und schüttelt noch einmal kurz den Kopf. »Mann, bist du schwer von Begriff.«

192 Jules umfasst ihr Gesicht mit beiden Händen und sieht sie mitleidig an. »Ich weiß …«
»In *deinem* Büro!«
»Ich weiß …«, nickt er noch einmal. »Sehr unhöflich, Kätzchen.« Legt den Kopf schief und sieht sie an. »Aber wir überlassen ihnen jetzt trotzdem das Büro …«
»Oh.« Sie runzelt die Stirn. »Machen wir das?«

193 »Nur kurz«, antwortet mein Bruder ihr.
Ihr Stirnrunzeln verstärkt sich.
»So, wie er sich gerade verhalten hat, habe ich gar keine Lust dazu. Das sendet doch irgendwie die falschen Signale, oder?«
»Ja, sicher …«, gibt mein Bruder zu. »Aber wir gehen trotzdem …«
»Oh.« Sie verschränkt die Arme vor der Brust.

194 »Das war ich …« Sie zeigt nach hinten auf Christian und mich. »Ich wette, er denkt jetzt, er war es, war er aber gar nicht, ich war das, weil ich gut darin bin, Leute zusammenzubringen.«
Julian wirft ihr einen bedeutungsvollen Blick zu, bevor er sanft erklärt: »Ich glaube allerdings, sie waren schon vorher ineinander verliebt.«
Sie hebt die Augenbrauen. »Ja, dank …«
Jules sieht sie reumütig an. »Es tut mir leid, es dir mitteilen zu müssen, Kätzchen, aber wahrscheinlich eher trotz dir. Zumindest am Anfang.«
Wieder klappt ihr der Mund auf. »Also, wir beide haben heute Abend keinen Sex.«
Julian schlingt die Arme um sie und hebt sie hoch. »Hatten wir ja schon.«

195 Verratet ihr das bloß nicht.

»Bin ich nicht!« Empört sehe ich zu ihm auf und lege ihm die Arme um den Hals. »Du hast gerade den ganzen Abend allen erzählt, wie schlau ich bin.«

»Ja, also – das nehme ich jetzt zurück, weil deine Befähigung, logische Schlussfolgerungen zu ziehen, auf dem Niveau eines Kleinkinds …«

»Dem wissenschaftlichen Verständnis nach habe ich, was das kritische Denken betrifft, stets alle Erwartungen übertroffen, vielen Dank.«

Mit zusammengekniffenen Augen sieht er mich an. »Und was ist mit dem normalen, nützlichen Verständnis?«

Ich verdrehe die Augen. »Jetzt küss mich einfach.«

»Sag zuerst, dass du mich auch liebst«, fordert er laut.

Ich starre zu ihm auf, kann nicht glauben, dass das hier das echte Leben ist. Ich schlucke trocken.

»Ich liebe dich auch.«

Auf seinem Gesicht erscheint das schönste Lächeln, das ich je gesehen habe und sehen werde, denn sein Gesicht ist … scheiß auf die *Mona Lisa,* vergiss *Das Letzte Abendmahl,* verschwende keinen Gedanken mehr an Michelangelos *David* – sie alle verblassen im Vergleich mit ihm hier vor mir.

Rebecca Barnes und Jud Hemmes, das sind die wahren Großmeister der Kunst dieser Welt, dieses Gesicht, das sie mit ihm geschaffen haben … etwas Perfekteres habe ich nie gesehen.

Und wie seine Augen gerade aussehen, wenn er mich ansieht und sein Blick sich mit Begehren füllt – ich liebe diesen Anblick. Er leckt sich über die Unterlippe, wartet auf mich.

Wortlos ziehe ich ihm die Jacke aus, und er rührt keinen Muskel, lässt mich einfach machen.

Es scheint länger zu dauern als normal, bis die Jacke auf dem Boden aufkommt, als liefe die Zeit langsamer, und jetzt, da ich darüber nachdenke, fällt mir auf, dass sich die Zeit in der Gegenwart von Christian Hemmes immer so verhält.

Ich blicke zu ihm auf, und er sieht mich immer noch an, wartend.

Mit Daumen und Zeigefinger greife ich den Saum seines T-Shirts, spiele mit der Naht, lasse mir Zeit, versuche, alles aus diesem Moment herauszuholen, jedes Detail. Sein schlichtes graues T-Shirt, das Feuer hinter uns, die Musik, die mein Bruder im Hintergrund laufen lassen hat,[196] das Dämmerlicht und der Duft von John Varvatos an dem Mann, den ich liebe.

Christian Hemmes schenkt mir den Hauch eines Lächelns, und ich schlucke nervös, auch wenn ich gar nicht weiß, warum ich nervös bin, nur, dass das Gefühl überhaupt nicht mehr weggeht – als würde ich gleichzeitig schweben und fallen.

Mit der Hand fahre ich unter sein Shirt, dann nach oben und über seinen Kopf, werfe es beiseite.

Er presst die Lippen aufeinander, sieht sich mit flackerndem Blick im Raum um und plötzlich, möglicherweise zum ersten Mal seit Anbeginn der Zeit – wirkt er verlegen. Mit aller Macht versucht er, nicht zu lächeln, als sein Blick schließlich auf den meinen trifft, und er beißt sich auf die Unterlippe, was klingt, als würde er versuchen, sexy zu sein, dabei versucht er in Wahrheit nur, nicht zu lachen, was aus irgendeinem Grund aber auch sexy ist.

Ich greife nach dem Knopf seiner schwarzen Jeans, und seine Bauchmuskeln spannen sich an, genau wie meine, als ich daran denke, was gleich passiert.

Er schluckt, als wäre er schüchtern, aber das kann nicht sein, und jetzt kann ich ihn atmen hören, weniger gleichmäßig, abgehackter.

Ich taste nach dem Reißverschluss – und sehe zu ihm auf – etwas leicht Ungehaltenes liegt in meinem Blick.

»Du hast mich immer noch nicht geküsst.«

Dann lächelt er wieder, groß und breit und über das ganze Gesicht. Er legt mir den Arm um den Hals und zieht mich an sich, unsere Lippen treffen heftig aufeinander.

Christian greift nach unten und beginnt, mein Top aufzuknöpfen, während er mich rückwärts in Richtung Couch schiebt.

Er schlüpft aus seinen Schuhen, und als ich nach hinten falle, ziehe ich ihm die Jeans aus, und er blickt eine Sekunde zu mir herunter, die sich zieht wie ein ganzer verregneter Sonntagnachmittag, während ich darauf warte, dass er mich berührt.

Und dann tut er es.

196 »Beautiful war.« Kings of Leon.

Er küsst mich noch einmal, und diesmal liegt das Gewicht all seiner Liebe für mich in der Art, wie er sich an mich presst.

All meine alten Lieblingserinnerungen an das, was wir hier gerade tun, tauchen plötzlich vor meinem geistigen Auge auf – Dinge, an die ich während der letzten Wochen nicht zu denken gewagt hatte, weil es mir Angst gemacht hat. Angst, dass es mich umbringen würde, so wie schon mal, wenn er mich nicht so will, wie ich ihn[197]. Wie ich es liebe, wenn er seine Wange an meine legt; seine Hand in der Biegung meines unteren Rückens verweilt; wie seine Frisur schon nach einer einzigen Minute so sexy verstrubbelt ist; wie er den Kopf zurückzieht, um mich anzusehen – sonst hat er sich immer über die Unterlippe geleckt und mir einen Blick zugeworfen, der mir den Atem raubt, aber heute zieht er den Kopf zurück, um mich anzusehen – ich meine, mich wirklich anzusehen, mein ganzes Ich, durch mich hindurchzusehen wie durch einen Kristall –, und dann ziehen sich seine Mundwinkel nach oben, weil er mich liebt.

Und unsere Körper bäumen sich auf, als wir uns dem Ende nähern, und ich liebe das Ende, denn das ist der Moment, in dem er völlig erschöpft auf mir zusammenbricht, mit hämmerndem Herzen und verschwitzten Handflächen, und mir so nah ist, wie ich mich wohl nie wieder einem anderen Menschen fühlen werde, und die Musik, die gar nicht mehr läuft, schwillt um uns herum an, jeder Ton in perfekter Harmonie – ihn zu lieben wird mein Opus magnum sein.

Er zieht mich noch enger an sich – ich weiß nicht, ob es noch fester gehen würde –, dann streicht er mir das Haar hinters Ohr, wie er es immer tut.

»Ich kann nicht glauben, dass das hier wahr ist«, sagt er mit der Hand auf meiner Wange.

Ich schüttle leicht den Kopf. »Ich auch nicht.«

Und dann küsst er mich noch mal.

197 Er tut es!

KAPITEL 42

CHRISTIAN

Als Daisy und ich Hand in Hand das *Harry's* in der Basil Street betreten, springt Henry auf und stößt einen Triumphschrei aus. Dann rennt er zu uns, nimmt mein Gesicht in beide Hände und küsst mich auf den Kopf.

»Himmel, ja.« Er greift Daisy an den Schultern und schüttelt sie so aufgeregt, dass es ihn ins Gefängnis bringen würde, wenn sie ein Baby wäre. »Seht euch das an! Zeichen und Wunder!«

Daisys Wangen färben sich bei dem Aufruhr tiefrot, und ich erkenne, dass es ihr gefällt, auch wenn sie versucht, genervt zu wirken.

»Beruhig dich«, sagt sie, während sie Taura auf die Wange küsst.

Henry verschränkt die Hände, als er sich auf seinem Stuhl zurücklehnt, und er ist so ein scheiß Volltrottel, aber ein ziemlich guter Freund, sich so für mich zu freuen.

»Darauf warte ich schon so lange.« Er nickt in unsere Richtung und winkt einen Kellner herbei. »Ich will eine Flasche eures besten Champagners«, sagt er ihm.

»Hör auf.« Ich verdrehe die Augen.

Daisy sitzt da und schüttelt den Kopf, aber sie ist glücklich. Ich liebe es, wenn sie glücklich ist. Jetzt ist sie es schon seit ein paar Tagen.

Es steht ihr.

Der Champagner kommt, Henry hebt sein Glas, und ich verdrehe die Augen.

»Auf die Rückkehr des gesunden Menschenverstands!« Er strahlt.

Daisy wirft Taura einen Blick zu, und sie stoßen an.

Henry lehnt sich zu mir herüber und sagt leise: »Ich freue mich für dich, Bro.«

Ich zwinkere ihm nur kurz zu, weil mir diese Gefühlsduselei echt nicht liegt.

»Also«, sagt Henry und lehnt sich auf seinem Stuhl zurück, »seid ihr zwei jetzt offiziell zusammen oder …?«

Kopfschüttelnd seufze ich. »Henry braucht immer für alles eine Schublade.«

Taura hustet peinlich berührt, und Henry verzieht das Gesicht.

Daisy mustert mich über ihre Nase hinweg und räuspert sich.

»Nette Ablenkung.«

»Keine Ablenkung.« Ich schüttle den Kopf.

Sie zieht eine Augenbraue hoch.

Ich schüttle immer noch den Kopf.

»Du und ich, wir sind hundert Prozent zusammen, Dais.« Ich sehe sie an. »Boyfriend/Girlfriend, Lebenspartner, mi familia es tu familia –« Ich zucke mit den Achseln, als sei sie schwer von Begriff. »Du kannst es nennen, wie immer du willst, Dais – es ist mir scheißegal.«

Das gefällt ihr. Sie hängt sich an meinen Arm, legt den Kopf an meine Schulter, und ich sehe hinüber zu meinem besten Freund, dem Unruhestifter.

»Und was ist mit euch beiden, hm?« Ich werfe ihm einen bedeutungsvollen Blick zu. »In welcher Schublade steckt ihr?«

Henry sieht mich finster an. Das war vielleicht ein bisschen fies von mir.

Taura verschränkt die Arme vor der Brust. »Bislang in keiner.«

»Ach, wunderbar.« Daisy nickt matt. »Ich bin mir sicher, das wird gar keine unangenehme Reise.«

Henry wirft ihr einen Blick zu.

Wir fahren alle nach Italien. Warum, weiß ich nicht.

Jordan hat es für Beej geplant, und ich glaube, er wusste nicht, wie er Nein sagen sollte, weil er uns alle mit eingeladen hat – besonders komisch ist es geworden, als Julian vorgeschlagen hat, wir sollten doch zusammen in ihrer Villa am Comer See wohnen. Also fliegen wir jetzt alle, weil niemand von uns einem Urlaub widerstehen kann, und was könnte entspannender klingen, als mit ein paar sexuell extrovertierten Freunden in einem fremden Land zu sitzen, die sich lieben, aber jeweils mit anderen ins Bett steigen, weil sie einander eine Lektion erteilen wollen? Klingt super, ich kann es gar nicht erwarten.

»Wer kommt denn überhaupt mit?«, fragt Daisy und lehnt sich an mich.

»Wir alle …« Henry zeigt auf uns. »Magnolia, dein Bruder …« Er wirft Taura einen Blick zu. »Und ich glaube, Banksy kommt auch mit?«

»Aha«, nickt Daisy. »Wer war das gleich?«

»Nur eine Freundin von Jonah«, sagt Taura, ohne von der Speisekarte aufzublicken. »Sie ist nett.«

Daisy sieht mich fragend an, und ich zucke mit den Schultern. »Sie ist ein Mädchen, mit dem er in der Schule mal was hatte, und dann sind sie irgendwie komische Freunde geblieben.«

Daisy sieht neugierig zu den beiden rüber und schürzt die Lippen, während sie nachdenkt. »Sorry, wenn das jetzt eine unangenehme Frage ist.« Henry erwidert ihren Blick und zieht abwartend die Augenbrauen zusammen. »Aber wie wollt ihr drei …« Daisy verzieht das Gesicht, während sie versucht, ihre Frage zu formulieren. »Habt … ihr vor …«

»Keine Ahnung«, unterbricht Henry sie und zuckt mit den Schultern.

»Schon allein mit den Zimmern«, sagt Daisy. »Es gibt nur zehn, und drei davon brauchen wir schon für Julians und meine Security.« Sie wirft einen wenig erfreuten Blick in die Runde.

Taura lächelt Henry kurz zu. »Ich schlafe bei Gus.«

Und da hängt es, schimmert über uns in der Luft, wie offensichtlich es ist, dass sich, was auch immer die drei da treiben, langsam dem Ende nähert. So geht es nicht weiter. Tatsächlich geht es eigentlich noch nicht mal jetzt.

KAPITEL 43

DAISY

Einmal, als ich noch klein war, sind wir alle zusammen hier gewesen. Meine Eltern waren noch am Leben. Ich weiß nicht mehr genau, wie alt ich war, aber ich schätze, ungefähr sechs.

Nach ein paar Tagen sagte Dad, er wolle ein bisschen Vater-und-Sohn-Zeit mit Julian und dass er fände, es wäre doch nett, wenn Mum und ich auch ein bisschen Zeit miteinander hätten.

Also sind sie gleich am nächsten Morgen losgefahren, Julian und er, Kekoa und die paar Jungs, die wir damals hatten[198], und haben mich, Mum und ihren Bodyguard[199] dagelassen.

Ich bin früh aufgewacht, wie alle Kinder, und zu meiner Mutter ins Zimmer gesprungen, voller Vorfreude auf den gemeinsamen Tag.

Sie sagte, sie brauche noch ein wenig Schlaf und würde dann runterkommen.

Kurz nach elf ist sie dann die Treppe heruntergeschwebt, angezogen und bereit für den Tag.

»Was machen wir?«, habe ich sie strahlend gefragt.

»Ich gehe shoppen.« Ihr Lächeln war schmal.

»Oh.« Ich habe trotzdem gelächelt, weil es mir eigentlich egal war, was wir machen, ich wollte einfach mit ihr zusammen sein. »Okay – wo fahren wir hin?«

»Äh …« Sie hat mich entschuldigend angelächelt. »Ich nehme nur Ankers mit. Das ist einfach unkomplizierter, weißt du, Dais? Dir würde es ohnehin nicht gefallen – du gehst doch gar nicht gern shoppen.« Ein höfliches Lächeln. »Du würdest dich furchtbar langweilen.«

»Oh.« Ich habe geschluckt. »Aber dann ist gar niemand mehr hier?«

198 Damals haben wir das mit der Security noch nicht so ernst genommen.

199 Ein Niederländer namens Ankers, mit dem sie wahrscheinlich geschlafen hat, aber ich kann es nicht beweisen, weil beide tot sind.

»Oh.« Verärgert hat meine Mutter sich umgesehen. Und dann ist ein Gärtner vorbeigelaufen.

»Er ist da.« Sie hat mit dem Finger auf ihn gezeigt. »Entschuldigung«, hat sie gerufen und den Mann herangewinkt. »Würde es Ihnen etwas auszumachen, ein, zwei Stunden auf die Kleine aufzupassen?«

Stirnrunzelnd hat er sie angesehen. »Scusa?«

Mit einem Augenrollen hat Mum auf die Uhr geguckt. »Ti prenderai cura di mia figlia?« Mit einer vagen Handbewegung hat sie auf mich gezeigt. »Sie ist wirklich einfach. Buono. Brava ragazza.«

Der Mann hat mich einen Moment lang angesehen[200] und dann genickt.

Zufrieden mit dem Ergebnis hat Mum einmal in die Hände geklatscht.

»Viel Spaß!« Mit einem nichtssagenden Lächeln sind sie und Ankers verschwunden.

Der Gärtner starrte mich an. Es gibt Gesichter, die man einfach sofort nicht leiden kann, wisst ihr, was ich meine?

Es gab keinen Grund dafür[201], aber ich konnte spüren, wie sich etwas zusammenbraute.

Dann ist er in die Küche gegangen und hat ein paar Schranktüren geöffnet. Ehrlich, er wirkte noch verwirrter als ich. Ab und zu hat er über die Schulter geguckt, um zu sehen, ob ich noch da war oder er sich die ganze Sache nur eingebildet hatte.

Dann ist er mit dem Arm voller Snacks zurückgekommen.

»Caramella?«, hat er mit einem Achselzucken angeboten. »Vuoi guardare un film?«

Ich habe nicht geantwortet.

»TV«, hat er gesagt.

Ich habe genickt und bin ihm hinterher in eins der Zimmer gegangen.

Es hat ganz okay angefangen, aber ungefähr nach der Hälfte von *Pinocchio* saß er viel zu dicht neben mir und hat ständig versucht, mich zu kitzeln.

Zuerst nur ganz unauffällig, freundlich, aber die Wetterfahne in meinem Inneren konnte spüren, wie der Wind sich dreht.

200 Und mein Magen hat sich unangenehm zusammengezogen.

201 Jedenfalls noch nicht.

Also bin ich aufgesprungen. »Possiamo giocare a nascondino?«

»Sì.« Er stand auf.

Ich habe auf mich selbst gezeigt. »Ich zuerst.«

Er hat genickt.

Und dann bin ich losgerannt.

Dad und Julian haben solche Situationen mein ganzes Leben über mit mir geübt. Sie haben ein Spiel draus gemacht, es aussehenlassen wie Spaß.

»Wie gut kannst du dich verstecken, Dais?«, haben sie mindestens einmal die Woche gefragt.

»Am allerbesten!«, habe ich immer gesagt.

»Zeig es mir«, war jedes Mal Julians Antwort.

Bei Schränken, Truhen am Fußende des Betts, offensichtlichen Plätzen, an denen man sich als Kind gern versteckt, ließen sie keine Gnade walten, sondern haben mich sofort gefunden.

»Ich habe gehört, wie du die Treppe hochgerannt bist«, sagte mein Vater dann immer. »Da war es leicht, dich zu finden.«

»Weißt du, was ich tun würde, wenn ich beim Verstecken gewinnen wollte, Dais?«, hat mein Bruder gefragt. »Ich würde die Treppe so laut hochlaufen, wie ich kann, und dann leise wie eine Maus das Geländer runterrutschen.«

Wenn ich mich mal für ein richtig schlechtes Versteck entschied, hinter einem Vorhang, unter einem Möbelstück, das nicht an der Wand, sondern mitten im Raum stand, waren sie sofort zur Stelle, um mir klarzumachen, warum sie mich so schnell gefunden haben.

»Ich kann deine Zehen sehen, Face«, hat Julian einmal gesagt, als er auf sie getreten ist.

»Die Runde hast du verloren, Engel«, sagte Dad. »Versuch's noch mal.«

Ich bin gern die Beste, bei allem, also habe ich schnell gelernt, dass man sich beim Verstecken manchmal unbequemen Situationen aussetzen muss, und dann wurde ich richtig gut.

Also bin ich die Treppe hochgerannt, laut, wie mein Bruder es mir beigebracht hat, und als ich Schritte auf den Stufen gehört habe, bin ich durch den Wäscheschacht nach unten gerutscht. In einem Wäscheraum würde man aber wohl nach mir suchen, ich weiß noch, wie ich daran gedacht habe. Es gab eine Tür, die nach außen in den großen Hof führte, und ein winziges Fenster Richtung Seeufer. Es war eng, aber ich konnte mich gerade so durchquetschen, und ich liebe es, beim Verstecken zu gewinnen, und dieses Mal hatte ich das Gefühl, als sei es besonders wichtig.

Also bin ich durch das Fenster und habe mich erst mal bewegungslos zusammengekauert. Dann bin ich auf dem Boden zum Steg gekrochen, an dem eine von Dads Rivamare-Segeljachten vertäut lag. Zuerst habe ich mich am Boden des Boots hingelegt, aber nach einer oder zwei Minuten dachte ich, Dad und mein Bruder würden mich hier viel zu schnell finden, wenn sie mitspielen würden. Also habe ich ein paar Kissen auf mich gelegt, aber das hatte ich schon mal versucht, und Julian hat mich sofort gefunden und sich auf mich draufgesetzt. Als ich die Kissen wieder zurück in den Heckspiegel gelegt habe, ist mir der versteckte kleine Griff der Ladeluke ins Auge gefallen. Sobald ich drin war, bin ich tief in den Rumpf gekrochen und habe mich unter ein paar Rettungswesten versteckt.

Ich weiß nicht, wie lange ich dort drin war. Die Zeit erscheint einem ja manchmal anders, wenn man noch klein ist. Zwanzig Minuten können sich anfühlen wie acht Stunden.

Aber vielleicht waren es auch wirklich acht Stunden.

Ich bin nicht aufgewacht, als sie angefangen haben, meinen Namen zu rufen. Angeblich haben sie stundenlang nach mir gesucht.

Es war mein Bruder, der mich gefunden hat.

»Daisy?«, hat er in die Ladeluke hineingerufen.

Erst habe ich nichts gesagt.

Dann, nach ein paar Sekunden: »Ist das Spiel vorbei?«

Erleichtert hat Julian aufgeatmet. »Ja, Dais – das Spiel ist vorbei.«

Er hat mir seine Hand hingehalten und mich rausgezogen, auf seinen Schoß, und mich so fest in den Arm genommen, dass ich wusste, irgendetwas stimmt nicht.

»Warum hast du dich versteckt, Dais?«, hat er gefragt, als er mich zurück zum Haus getragen hat.

»Der Mann, mit dem Mum mich hiergelassen hat, wollte ständig Kitzeln spielen, aber ich wollte nicht mehr.«

Julian hat nichts gesagt, mich nur auf die Wange geküsst, genickt und nach drinnen gebracht.

Als wir eintraten, ging ein erleichtertes Seufzen durch den Raum.

»Na also!«, hat meine Mutter fröhlich gerufen. »Siehst du, es geht ihr gut!«

»Leesh[202].« Dad hat mit dem Finger auf sie gezeigt. »Halt dein verdammtes Maul.«

Er ist zu uns gerannt, hat mich meinem Bruder abgenommen und mich so fest umarmt, dass es ein bisschen wehgetan hat, und sobald Julian mich nicht mehr auf dem Arm hatte, war er dem Gärtner schon an die Kehle gegangen und hat ihn mit dem Unterarm am Hals an die Wand gepresst.

»Hast du Arschloch meine kleine Schwester angefasst?«, knurrte er. Ich glaube, er war damals so ungefähr sechzehn oder siebzehn.

»Julian«, hat Dad gesagt und meinem Bruder mit einer Handbewegung bedeutet, den Kerl loszulassen und beiseitezutreten.

»Süße.« Dad verlagerte mein Gewicht auf seinem Arm, sodass er mein Gesicht sehen konnte. Er sah gut aus, mein Dad. Dichte Augenbrauen, dunkle Wimpern. Braune Augen. Trug seinen Bart wie ein gepflegter Mann vom Land. Sein Kiefer war immer angespannt, die Augen immer ernst.

»Erzähl mir, was passiert ist«, sagte er ruhig.

»Als ich aufgewacht bin, wart Julian und du weg, also bin ich zu Mum gegangen, aber sie hat gesagt, sie ist noch müde, und ich soll runtergehen, und das hab ich gemacht.« Er nickte aufmunternd. »Und als sie dann runterkam …«

»Wie lange warst du allein unten, Dais?«, fragte er.

»Hmmm.« Ich bewegte die Lippen hin und her, während ich nachdachte. »Ich weiß nicht. Meinst du, bevor Mum weggegangen ist oder danach?«

Mein Dad hat meiner Mutter einen Blick zugeworfen, und ihre Augen haben sich nervös geweitet.

»Davor.«

202 Laoise war der richtige Name meiner Mutter, falls ihr das noch nicht wusstet. Aber alle haben sie Leesha genannt.

»Weiß ich trotzdem nicht.«

»Hast du ferngesehen?« Er hat mich angelächelt. Ich habe genickt.

»Wie viel?«

Mein Mund verzog sich.

»In den Ferien gibt es ja nicht zu viel Fernsehen, oder?«, hat Dad mit einem warmen Lächeln gefragt. »Was hast du angeschaut?«

Ich zuckte mit den Schultern. »Ich hab nur zwei Filme geguckt und danach noch ein bisschen …«

Seine angespannten Kiefermuskeln traten noch deutlicher hervor.

»Und dann ist Mum gekommen?«

»Ja, sie wollte mit Ankers shoppen gehen.«

Dad sah sie unverhohlen an.

»Und was ist dann passiert?«

»Na ja.« Ich rieb mir das Auge. »Sie hat gesagt, es würde mir nicht gefallen, also hat sie den Mann da gefragt, ob er mit mir spielt.«

Ich zeigte auf den Gärtner.

Dad nickte. »Und warum hast du dich versteckt, mein Engel?«

»Weil er die ganze Zeit Kitzeln spielen wollte, und ich wollte aber nicht.«

Die Nasenflügel meines Vaters blähten sich. »Wo hat er dich gekitzelt, Schatz?«

Ich zuckte wieder mit den Achseln. »Überall halt.«

»Da, wo der Badeanzug sitzt?«

»Ein bisschen«, nickte ich. »Aber ich hatte keinen Badeanzug an, nur meine normalen Sachen.«

Mein Dad hat nur knapp genickt, mich auf seiner Hüfte ein Stück beiseitegeschoben, seine Waffe[203] gezogen und den Gärtner erschossen. Zwei Schüsse, direkt in den Kopf. Er hätte nur einen gebraucht.

Und dann, ohne zu zögern, hat er die Waffe herumgeschwenkt und meiner Mutter an die Stirn gepresst.

»Du lässt meine Tochter mit einem verdammten Pädophilen allein?«

Ich war wie eingefroren, habe mich so fest an seinen Hals geklammert, dass er wahrscheinlich kaum noch Luft bekam.

Julian stand ruhig da, die Augen weit aufgerissen. »Dad.«

203 Smith & Wesson Model 684 22Mag Revolver.

»Hadrian!« Kekoa ging auf ihn zu.

»Verpiss dich«, hat Dad gesagt, ohne sich zu ihm umzudrehen, während er ihr die Waffe noch mal auf die Stirn gepresst hat, fester diesmal.

»Ich – ich wusste ni…«, stammelte sie.

»Dad.« Julian kam vorsichtig ein Stück näher. »Leg die Pistole weg.«

»Julian, halt du dich verdammt noch mal da raus …«

Der Blick meiner Mutter war nicht auf meinen Dad, sondern auf mich gerichtet, als hielte ich ihr die Waffe an den Kopf, als würde ich ihr das antun.

»Lässt meine Tochter von einem scheiß Pädo begrapschen, damit du mit deinem Boytoy shoppen gehen kannst?«, brüllte Dad und schlug ihr die Waffe an den Kopf.

»Gib mir einfach nur Daisy, Dad«, sagte Julian, der neben uns stand, ruhig.

Er sah kurz zu meinem Bruder, dann runter zu mir, als hätte er vergessen, dass er mich auf dem Arm hatte.

Dann hat er mich an Julian weitergereicht, und vielleicht war das ein Fehler, weil er sie, sobald Julian mich wiederhatte, an der Kehle gepackt und mit der Waffe an der Stirn gegen die Wand gedrückt hat.

Ihre Augen füllten sich mit unterdrückten Tränen, und sie hat mit bösem Blick zu mir herübergestarrt, mich ohne Worte wissen lassen, dass das alles meine Schuld war.

Julian ist mit mir aus dem Zimmer gerannt und die Treppe hoch, hat die Tür hinter sich geschlossen und den Fernseher angeschaltet. Laut. *Jingle All The Way,* obwohl Sommer war.

Ich seufze, das Kinn in die Hand gestützt, als ich in dem Raum sitze, in dem das alles vor so vielen Jahren passiert ist.

Falls ihr euch fragt, der Trip ist bislang genauso seltsam, wie man es sich vorstellen würde[204], vielleicht bringt dieses Haus einfach das Seltsame in den Menschen hervor?

»Du trägst ja den Cardigan«, sagt Magnolia, als sie lächelnd zu mir herübersieht. Ich habe den Überblick darüber verloren, wie viele neue Klamotten ich pro Woche bekomme, weil sie mir einfach immer irgend-

204 Zu viele sich gegenläufige Absichten, zu viel Spannung usw.

etwas ins Zimmer legt. Mit Ausnahme meines BHs von La Perla[205] ist mein gesamtes Outfit[206] von ihr, glaube ich.

»Alles okay mit dir?«, fragt sie, während sie mich von der Tür aus beobachtet.

»Ja.« Ich zucke wegwerfend mit den Schultern. »Alles in Ordnung.«

Sie kauft es mir nicht ab und kommt einen Schritt näher. »Bist du sicher?«

»Nur – eine komische Erinnerung …« Ich schüttle den Kopf.

»Erzähl sie mir.« Sie kommt noch einen Schritt auf mich zu und schenkt mir ein freundliches Lächeln. Mein Antwortlächeln ist schroff. »Nein.«

Sie seufzt, wirft mir ein müdes Lächeln zu und dreht sich wieder um.

»Mein Dad hat hier mal einen Mann erschossen.« Ich zeige auf die Stelle, an der sie steht.

Sie hält inne. »Oh.« Geht einen kleinen Schritt nach links. »Warum?«

Ich überlege, was ich sagen soll. »Er war einfach ein schlechter Mensch, glaube ich.«

»Schlecht zu dir?«, fragt sie vorsichtig.

Ich nicke.

Sie setzt sich mir gegenüber und stützt das Kinn auf die Hand. »Das tut mir leid.«

»Ich konnte abhauen.« Ich schüttle den Kopf. »Habe mich versteckt.«

Sie zuckt mit den Schultern. »Tut mir trotzdem leid.«

»Meine Mum hat mich bei ihm gelassen«, sagte ich, ohne zu wissen, warum.

»O Scheiße.« Sie blinzelt zweimal.

»Als unser Dad es herausgefunden hat, ist er ausgerastet.«

Magnolia nickt nur.

»Hat ihr eine Pistole an den Kopf gedrückt und das ganze Programm.« Sie runzelt die Stirn, traurig, und ich schüttle den Kopf. »Danach waren sie nie wieder so wie vorher.«

205 Sport-BH mit U-Ausschnitt und Logo-Bund (La Perla).

206 Kurzer, verzierter Cardigan aus Mohair-Mischung (Alessandra Rich); Loungewear-Hose mit Reißverschluss am Knöchel, gesteppte BV Lido Mules mit 9-cm-Absatz (Bottega Veneta).

»Oh.« Sie beißt sich auf die Unterlippe. »Hat sie ihn verlassen?«

»Nein.« Erneut schüttle ich den Kopf. »Das ging ja nicht. Sie konnte es nicht. Sie hat ihn geliebt, und meinen Bruder auch …«

»Und dich«, sagt sie, weil es wohl normal ist, das zu sagen, aber ich schüttle den Kopf.

»Nein.«

»Ich bin mir sicher«, nickt sie.

»Nein, ich weiß nicht …« Wieder Kopfschütteln. Ich will keine Vermutungen anstellen. »Als sie gestorben sind – weißt du, wie sie gestorben sind?«

»Ich weiß nur, dass sie ermordet wurden«, sagt sie. »Ich befürchte, dein Bruder hat mir nicht allzu viel darüber erzählt.«

Ich kann nicht glauben, dass er ihr überhaupt davon erzählt hat.

»Man hat sie am Strand erschossen.« Ich kaue auf der Innenseite meiner Wange herum. »Der Schütze – er hat auch versucht, uns zu erschießen.«

Fassungslos sieht sie mich an.

»O mein Gott.« Sie blinzelt.

»Julian hat ihn fertiggemacht«, erzähle ich ihr und glaube, es liegt ein bisschen Stolz in dem Lächeln, das sie mir zuwirft.

»Wie?«

Ich lege den Kopf schief. Sehe sie an, gebe ihr wortlos zu verstehen, dass ich die Illusion, die sie sich darüber gemacht hat, wer oder was mein Bruder ist, nicht zerstören will, aber ich glaube, ich tue es trotzdem.

»Oh«, ist alles, was sie sagt, und der Stolz verschwindet, sät vielleicht den Samen der Angst.

»Als der Schütze die Waffe gezogen hat, war es mein Dad, der sich vor mich geworfen hat, nicht meine Mutter …«

»Vater-Instinkt.« Parks nickt, dann denkt sie kurz nach und zuckt mit den Schultern. »Wobei, davon verstehe ich nichts, mein Vater hat keinen.«

»Es kam mir immer vor, als sei ich schuld an ihrem Tod.«

»Aber …« Sie sieht mich an. »Das bist du nicht.«

Ich erwidere den Blick. »Ein bisschen schon.«

»Nein.« Entschlossen schüttelt sie den Kopf. »Da spielt dir dein Gehirn einen Streich, das stimmt nicht. Es war nicht deine Schuld.«

Ich seufze und verdrehe abschätzig die Augen, weil sie versucht, mit mir über etwas zu reden, das sie unmöglich verstehen kann.[207]

Sie schürzt die Lippen[208], die Augenbrauen zu einem düsteren Stirnrunzeln zusammengezogen. Dann schluckt sie.

»BJ und ich … na ja – als wir noch in der Schule waren, bin ich schwanger geworden.«

Stocksteif sitze ich da und starre sie an. »Was?«

»Wir haben das Baby verloren.«[209] Sie tut es mit einer vagen Körperbewegung ab, als sei ihr das alles ganz egal, aber der Blick aus ihren Augen ist niedergeschmettert.

»O mein Gott.« Blinzelnd sehe ich sie an.

»Und … mittlerweile bin ich vierundzwanzig …« Sie berührt ihre Brust, presst die Augen zusammen. »Und ich weiß – ich weiß –, dass ich sie nicht getötet habe.« Ihre Augen öffnen sich wieder, und sie sieht mich nervös an. »Aber manchmal ist es trotzdem ein Gefühl, als hätte ich es getan.«

Ich lege den Kopf schief. »Magnolia …«

»Ich war damals … sehr dünn.« Damals? Ein bisschen verblüfft sehe ich sie an. Ich kann mir nicht vorstellen, dass sie noch dünner war. Sie lächelt traurig, während sie mit den Schultern zuckt. »Ich bin mir nicht sicher, ob ich wirklich so gesund war.«

Ich weiß nicht, was ich sagen soll, also zucke ich auch nur mit den Schultern. »Ihr wart noch in der Schule …«

»Ich weiß.« Sie nickt. »Ich weiß das, und du weißt das, und wenn man es so hört, weiß man sofort, dass ich es …« Sie hält inne. Fasst sich wieder. »Dass ich es ganz sicher nicht getan habe. Aber manchmal, wenn ich den falschen Gedanken folge, kommt es mir immer noch vor, als hätte ich es.« Sie sieht mich an. »Also selbst, wenn es sich so anfühlt, als sei das mit deiner Mutter deine Schuld, weiß ich, dass es nicht so ist … okay?«

Meine Augen fühlen sich feucht an,[210] aber ich nicke trotzdem. »Okay.«

Sie steht auf, um zu gehen, dann bleibt sie doch noch stehen.

207 Wie kann man nur so nervtötend sein?

208 O mein Gott.

209 Heilige Scheiße. Plötzlich ergibt ihre Beziehung so viel mehr Sinn.

210 Aber ich würde berechtigterweise lieber sterben, als vor ihr zu weinen, also …

»Christian weiß es«, sagt sie.

»Okay.«

Schürzt die Lippen. »Aber Julian nicht.«[211]

»Okay.« Ich nicke.

Ihr Blick wird flehend. »Bitte sag es ihm nicht?«[212]

Sanft schüttle ich den Kopf. »Werde ich nicht.«[213]

Gedankenverloren presst sie die Lippen aufeinander. Eine nervöse Geste. »Ich habe einfach das schreckliche Gefühl, wenn er es wüsste, würde sich diese geheime Anständigkeit, von der nur du und ich wissen, einschalten, und dann würde er das Richtige tun und mit mir Schluss machen.«

»Stimmt.« Ich schlucke und fühle, wie sich meine Stirn in Falten legt. »Sollte er denn?«

Magnolia verzieht den Mund. »Wahrscheinlich schon.« Sie nickt und wirft mir ein trauriges Lächeln zu. »Ja – wahrscheinlich. Aber ich will nicht, dass er es tut.« Ich glaube, diesen Satz laut auszusprechen erschreckt sie beinahe. Schnell schüttelt sie den Kopf. »Noch nicht.«

Und ich verstehe es, ich verstehe ein »noch nicht«. Und ich weiß, was sie mit meinem Bruder meint … Wie es ist, mit ihm zusammen zu sein, unter seinem Schutz zu stehen. Er ist wie die Ozonschicht, ohne ihn wäre sie einfach verbrannte Erde.

»Okay«, sage ich ihr mit einem leichten Nicken.

Sie wirft mir ein schnelles Lächeln zu und wendet sich ab, um zu gehen.

»Es tut mir leid«, rufe ich ihr hinterher. »Dass dir das passiert ist …«

Diesmal ist ihr Lächeln dankbar. »Es tut mir auch leid, dass dir das passiert ist.«

211 Scheiße.

212 Doppelt scheiße.

213 Dreifach.

KAPITEL 44

JULIAN

Mit Magnolia und BJ wegzufahren, ist wie eine Art Gefühlskatastrophe. Aber jedes Mal, wenn ich sie zusammen sehe, was ungefähr so oft ist, wie man denken, und öfter, als ich es mir wünschen würde, glaube ich, die beiden besser zu verstehen. Er hat sie auf ein so hohes Podest gestellt, dass er davon überzeugt ist, niemals gut genug für sie zu sein, und ist so scheißverliebt in sie, dass er nicht mal erkennt, dass ihr das vollkommen egal ist, dass sie ihn so nehmen würde, wie er ist. Aber das will ich gar nicht wissen, ich will, dass es mir egal ist und er mir nicht leidtut, ich will mich einfach mit ihr in einem Vakuum einschließen, wo es außer uns nichts gibt und nichts uns berühren kann.

Also lenke ich mich damit ab, wo ich das *Open Window* von Matisse aufhängen soll. Ein Bild, das ich kürzlich »erworben« habe. Es ist eine wichtige Frage, wo ich es hinhänge. Es muss der richtige Ort sein, im richtigen Licht, der richtige Abstand vom Boden. Und was hänge ich dazu? Ich bin bei jedem Gemälde so pedantisch, aber das hier – ich weiß auch nicht –, irgendwie weiß ich nicht recht, wohin damit. Irgendetwas an dem Bild … lässt mich an sie denken, und zwar auf eine dumme Art, und ich würde es lieber nicht tun. Es weckt Sehnsucht in mir nach einem Leben, das ich bisher nie gewollt habe. Ungesicherte Fenster, leichter Atem, ein Himmel, der einem das Herz bricht. Ich sehe es mir an, und alles, woran ich denke, sind ziellose Spaziergänge über gepflasterte Straßen in einem alten französischen Dorf, nichts in der Hand außer der ihren, und ich hasse diesen Gedanken, weil es nicht nur ein Gedanke ist, sondern eine Qual. Sie zu lieben ist eine Qual.

Den ganzen Urlaub über ist sie schon abgelenkt. Ziemlich nervig, wie ihr Blick jedes Mal zu Ballentine zuckt, wenn er den Raum betritt. Und ein ziemliches Unterstatement – »nervig«. Gestern habe ich meine Faust durch eine Schrankwand gerammt, als ich sie zusammen auf dem Balkon gesehen habe.

Es war jedenfalls ziemlich laut, und sie ist nach oben gekommen, um nach mir zu sehen.

»Alles in Ordnung?« Stirnrunzelnd hat sie mich von der Schwelle aus angesehen.

»Klar«, habe ich genickt.

Die Hand hinter den Rücken gehalten. Das hat sie bemerkt. Keine Ahnung, warum sie das bemerkt hat, während sie so verdammt viele andere Dinge übersieht, aber sie ist zu mir marschiert, hat meine Hand vorgezogen und sie untersucht. Bisschen mitgenommen. Bisschen Blut. Möglicherweise ein gebrochener Knöchel.

»Was hast du gemacht?« Sie starrte die Hand an.

»Nichts.« Schulterzucken.

»Du hast irgendwas geschlagen.« Ein langes Mustern.

»Nur eine Wand.«

Stirnrunzelnd sah sie zu mir auf. »Warum?«

Wieder Schulterzucken.

Sie hat die Augen verdreht, als wäre ich derjenige, der nervt, und ist aus dem Zimmer gegangen. Das hat mich noch mehr aufgeregt als die Sache mit dem Balkon. Dass sie sich einfach umdreht und zurück zu Ballentine rennt.

Das habe ich jedenfalls gedacht, bis sie fünf Minuten später mit einem Champagnerkühler voller Eis, ein paar Handtüchern und einem Erste-Hilfe-Kasten wieder reingekommen ist.

Hat mir mit einem Seufzer durch die Nase wortlos mitgeteilt, dass sie sauer auf mich ist.

Hat mich rückwärts in einen der Bas-Van-Pelt-Armsessel geschoben, die ich in den Niederlanden mitgenommen habe, als ich das letzte Mal da war. Ziemlich schwer zu kriegen heutzutage. Kein schlechter Deal. Grob 15 000 Pfund für zwei.

Sie ist neben mir in die Knie gegangen und hat mir noch einen wenig erfreuten Blick zugeworfen.

»Wir müssen an deinem Temperament arbeiten«, sagte sie.

»Es gibt kein ›Wir‹«, habe ich gesagt, weil ich will, dass es eins gibt.

Sie hat laut ausgeatmet und die Augen verdreht, während sie meine Hand abgetupft hat. »Das sagst du ständig.«

»Und, habe ich recht?« Ich suche ihren Blick.

Ihr Lächeln ist schmal. »Meistens nicht, nein.«

Mit schief gelegtem Kopf habe ich sie angesehen. »Was das angeht?«

Sie hat die Augen gesenkt, meine Hand untersucht, meinen Blick gemieden.

Den Rest der Nacht ist sie bei mir geblieben. Habe mich ein bisschen mies gefühlt deswegen, weil ich weiß, dass nicht ich es bin, den sie liebt – aber scheiß drauf, ich bin einfach selbstsüchtig, und es gefällt mir besser, wenn sie bei mir ist, und das war sie in diesem Urlaub noch nicht viel.

Ich weiß nicht mal, wie sie das anstellen – all diese gestohlenen Momente und Blicke –, wie sie ständig am selben Ort auftauchen, als würden sie voneinander angezogen. Es ist eine verfluchte Folter.

Ich hasse es, sie zu lieben. Es ist eine Katastrophe.

Als sie eingeschlafen war, habe ich einen Anruf bekommen.

Ihr morgens gesagt, ich müsse etwas in der Stadt abholen.

»Soll ich mitkommen?«, hat sie gefragt.

Ich wünschte, ich könnte Ja sagen, aber nein.

Habe den Kopf geschüttelt, sie auf den Scheitel geküsst und bin in dem Wissen gegangen, dass sie einen Weg finden wird, den Tag mit ihrem Ex-Freund zu verbringen, der mal mein Freund war, den ich aber mittlerweile nur noch umbringen will.

CASA L'ACQUA ist einer der Orte, den Leute wie ich am Comer See besuchen würden.

Wir und die mutigeren Promis, die es hier gibt. Direkt am Wasser. Das Einzige, was noch wahnsinniger ist als die Aussicht, sind die Preise.

Ich setze mich an einen Tisch für zwei, sehe hinaus auf den See. Warte.

Habe die Jungs dabei.

Bestelle einen Barbera. Nasche ein paar Oliven.

Appetit habe ich keinen.

Nur ein Gefühl.

»Julian.« Plötzlich steht sie über mir, ihr Lächeln ist schroff. Ich stehe auf, weil ich ein Gentleman bin, immer, sogar ihr gegenüber.

Sie umarmt mich irgendwie seltsam, und ich bedeute ihr, Platz zu nehmen.

»Dein Anruf hat mich überrascht.« Ich nicke ihr zu.

Sie streicht sich eine Strähne ihres dunkelbraunen Haares hinter ein Ohr.

»Hat sich so angefühlt, als sei es an der Zeit.« Roisin MacMathan lehnt sich auf ihrem Stuhl zurück. »Und wo ist meine Nichte?«

Mit hochgezogenen Brauen sieht sie mich an.

»Nenn sie nicht so.« Ich schüttle den Kopf.

»Sicher, aber es ist doch die Wahrheit, oder nicht?«

»Nicht, nach dem, was zählt.«

Sie zuckt mit den Schultern. »Die Wahrheit ist die Wahrheit, Julian.«

»Bullshit.« Ich trinke einen Schluck Wein. »Die Wahrheit liegt im Auge des Betrachters.«

Wieder hebt sie die Augenbrauen. »Was meinst du damit?«

»Die Wahrheit erhält Inhalt und Bedeutung nur durch Semantik. Absolute Wahrheit gibt es nicht.« Ich zucke mit den Schultern. »Wahr ist, dass Daisy und ich dieselbe Mutter hatten. Es ist aber genauso wahr, dass wir alle wissen, dass das so nicht stimmt – auch wenn es sich um dieselbe Frau gehandelt hat.«

»Ich weiß, du würdest nicht schlecht über meine verstorbene kleine Schwester sprechen.« Sie verschränkt die Arme.

Ich werfe ihr einen Blick zu. »Ich sage nur … die Wahrheit.«

Daisy weiß es nicht. Der Name unserer Mutter? Alle hier haben sie Leesh genannt. Aber ihr Name war Laoise MacMathan.

Ich frage mich, ob ich es ihr sagen soll.

Ich habe nie rausgefunden, was es ihr bringen würde, es zu wissen. Die Beziehung zwischen ihr und Mum war sowieso so beschissen, und sie hat nie jemanden aus Mums Familie kennengelernt, wusste nicht mal, dass es diese Seite der Familie überhaupt gab. Ich hatte immer den Verdacht, dass Mum dort sowieso verbrannte Erde hinterlassen hat, was Daisy betraf. Sie konnte sehr überzeugend sein, was das anging. Dass Dad sie gezwungen hatte, sie zu kriegen (was stimmte), dass sie nie noch ein weiteres Kind gewollt hatte (sie hatte nur kein Mädchen gewollt), dass Daisy schwierig und unverschämt und unkontrollierbar war (Schwachsinn), dass Daisy sich zwischen sie und ihren Mann drängte (letztendlich stand sie wirklich zwischen ihnen, aber sie hat sich nicht dorthin gedrängt), dass Daisy ihre Ehe zerstörte – was auch ein Körnchen Wahrheit enthielt. Daisy war alles, was Dad je wollte, seit Mum sie zur Welt gebracht hatte. Und seine Liebe für Daisy hat alles andere in den Hintergrund treten lassen – Mum wäre beinahe nach der Geburt im Kreißsaal gestorben. Peripartale Blutung.

Dad hat es nicht mal mitbekommen; sie hat Daisy zur Welt gebracht, Dad hat sie genommen, sich in einen Sessel gesetzt, seine Tochter angestarrt und seine sterbende Frau darüber vergessen.

Am Ende hat sie sich erholt, aber ihre Beziehung mit Daisy war schon vorbei, bevor sie angefangen hatte.

Danach ist sie für eine Weile zu ihnen nach Hause gefahren … Erholung und Wiedergutmachung, so hat Kekoa es beschrieben. Dad hat nicht viel darüber gesagt. Ungefähr ein halbes Jahr war sie in den Docklands. Ich habe sie ein paarmal besucht, Daisy nie. Ich habe gehört, wie Dad am Telefon mit ihr darüber gestritten hat. Es hat ihm nicht gefallen, wie sie Daisy behandelt hat – dass sie in die Docklands abgehauen ist, sobald sie aus dem Krankenhaus entlassen wurde.

Ich habe gehört, wie sich Dad und Roisin am Telefon darüber gestritten haben.

»Weil sie ihre Mutter ist«, hat Dad geschrien. Er hat wütend den Kopf geschüttelt und Baby-Daisy angeguckt, die schlafend in ihrer Wippe in seinem Arbeitszimmer lag. Dann: »Das kann ich, weil sie meine Frau ist!« Und dann hat er mich gesehen, mir ein Lächeln zugeworfen, das tapfer sein sollte, aber eigentlich nur traurig war, und die Tür zugemacht.

»Deine Schwester bedeutet nichts als Ärger, seit sie zur Welt gekommen ist.« Roisin wirft mir einen Blick zu. Ihre Augen sehen aus wie die von Mum. Eine Sekunde lang fehlt sie mir. Es ist ein jähes, schnelles Gefühl. Wie ein Wassertropfen, der einem unerwartet ins Genick fällt.

»Woher willst du das wissen?«, gähne ich. »Du hast sie ja nie kennengelernt.«

Dafür hat Dad gesorgt. Er konnte die MacMathans nicht ausstehen und hat sie stets auf Abstand gehalten. Ich glaube, als er und Mum zusammengekommen sind, hat er wahrscheinlich auf eine Verbindung zwischen ihren beiden Familien gehofft – die seine war größer, mächtiger, ihr Arm länger. Mums war stolzer.

Als Daisy geboren wurde, war der MacMathan-Clan fest im Menschenhandel etabliert, und ihr kennt die Regeln meiner Schwester – es waren auch Dads Regeln, und jetzt die meinen. Mit so was werde ich nicht fertig, das ist unter unserer Würde.

Dais wäre am Boden zerstört, wenn sie es wüsste.

»Oh!«, flötet Roisin. »Ich würde sie liebend gern mal treffen, bring sie doch einfach mal mit. Cian Gilpatrick würde ihr nur zu gern mal kurz Hallo sagen.«

Ich lehne mich auf meinem Stuhl zurück und verschränke die Arme vor der Brust. »Ich weiß, dass das keine Drohung war.«

Sie lehnt sich auch zurück. Viel zu entspannt.

»Weißt du das?«, lächelt sie und hebt die Augenbrauen.

»Um deinetwillen hoffe ich es«, sage ich, ohne mit der Wimper zu zucken.

»Hm.« Sie schenkt mir ein schmales Lächeln. »Es ist wirklich lustig, mit Drohungen, findest du nicht? Sie sind völlig leer, wenn das eigene Leben es auch ist.« Sie zieht die Augen zusammen. »Sag mir, Julian, ist dein Leben zurzeit leer?«

Ich kratze mich im Nacken, während sich mein Blick mit ihrem misst, bis sie wegsieht. Frage mich, ob sie die Schlüsse gezogen hat, die ich für möglich halte.

»Du hast doch jetzt einen kleinen Hund, oder nicht?«, fragt sie mit einem seltsamen Lächeln. »Ich hatte auch mal einen Hund. Habe ihn sehr geliebt.« Sie nickt wehmütig. »Also hat mein Dad ihn ertränkt.«

Sie streckt die Hand aus und steckt sich eine Olive in den Mund.

»Damals habe ich ihn gehasst, aber am Ende war ich doch dankbar. Er hat mich schwach gemacht.«

Meine Antwort besteht aus einem gelangweilten Schulterzucken, auch wenn mir bei ihren Worten schlecht wird.

»Hätte dich vielleicht ein bisschen netter gemacht.«

Sie lacht leise. Schüttelt den Kopf, während sie sich wieder zurücklehnt.

»Ich habe gehört, eine kleine Freundin hast du dir auch zugelegt.«

Mein Magen zieht sich zusammen. Fuck. Ich reagiere nicht. Verziehe keine Miene.

Sie nimmt mein Schweigen als Zeichen, weiterzusprechen. Zeigt vage auf die Umgebung. »Überall Augen …«

Ich schüttle leicht den Kopf und fahre mir mit der Zunge über die Unterlippe. Tue mein Bestes, gelangweilt auszusehen. »Nun ja, deine Augen sind nicht viel wert.«

»Ach ja?«, fragt sie mit hochgezogenen Brauen.

Ich sehe sie an, als sei sie verblödet.

»Sie hat einen Freund«, teile ich ihr mit und verdrehe die Augen. Zum ersten Mal in meinem scheiß Leben bin ich dankbar für Ballentine. »Sie sind auf dem Cover jeder verfickten Zeitschrift im ganzen Land.«

Ein verwirrtes Flackern geht über ihr Gesicht, und ich spreche in Gedanken ein Stoßgebet, dass, wo immer ihre Augen auch sein mögen, sie gerade jetzt zusehen, wie sich Magnolia mit gespreizten Beinen auf Ballentines Schoß setzt.

Mit verärgertem Gesichtsausdruck kneift sie sich in die Unterlippe.

Ich ziehe die Nase hoch. »Wir vögeln nur, Ro.«

»Wie nimmt ihr Freund das wohl auf?«

»Nicht gut.« Ich stoße ein hohles Lachen aus, dann zucke ich mit den Schultern. »Aber wenn du sie sehen würdest, würdest du es auch mal ausprobieren.«

Sie schenkt mir ein unangenehmes Lächeln. »Vielleicht mache ich das ja.«

Ich glaube, ich muss mich übergeben.

Stattdessen nicke ich, als würde mich überhaupt nicht interessieren, was sie sagt. Als würde ich nicht bei Jonah anrufen, sobald ich im Auto sitze, damit er Magnolia von allen Fenstern weghält, als würde ich mich nicht gleich in die Videoüberwachung schalten, um nach LJ zu sehen.

Ich stehe auf, und ihr Blick folgt mir finster.

»Ich glaube, wir sind hier fertig«, sage ich, als ich mich umdrehe, um zu gehen.

»Du hörst bald wieder von mir«, ruft sie mir hinterher.

Magnolia
16:45 Uhr

Alles klar?

Ja. Bei dir?

Wo bist du?

Hänge im Zimmer rum

Warum?

Nur so

Alles gut

Okay

Wollte grade schwimmen gehen, willst du mit?

Ja. Wartest du auf mich?

Okay.

Ist alles okay?

Ja, alles easy

Bin bald zu Hause. x

KAPITEL 45

CHRISTIAN

Seit raus ist, dass Daisy und ich wieder zusammen sind, geht mir meine Mutter auf die Nerven, dass sie Daisy wiedersehen will.

Italien war schön, aber ich bin froh, wieder zurück zu sein. Zu viele seltsame Vibes da drüben, und das brauchen Daisy und ich gerade nicht.

Und, ganz ehrlich, wir waren ja gerade mal vierzig Sekunden lang wieder richtig zusammen, bevor wir nach Italien geflogen sind – seid ihr schon jemals irgendwo eingezogen, mit allem Drum und Dran, alles ausgepackt und eingeräumt, aber nach ein oder zwei Nächten gleich in Urlaub gefahren? Dann fühlt es sich noch nicht nach zu Hause an, wenn man wiederkommt. Es fühlt sich erst dann wie das eigene Haus an, wenn man ein paarmal in seinem Bett geschlafen, die Waschmaschine benutzt, sich in der neuen Dusche verbrüht und einfach … dort gelebt hat. Wisst ihr, was ich meine?

Ich will einfach mit Daisy zusammenleben.

Sonntagsbrunch mit Mum, etwas, das sie uns schon das ganze Jahr aufzwingt. Ist nicht immer gut gelaufen.

Manchmal bei ihr zu Hause, manchmal irgendwo in einem Restaurant – dann habe ich ab und zu Vanna mitgebracht. Und es normalerweise sofort bereut.

Mum war kein Fan von ihr.

Daisy war nervös, als wir rübergefahren sind. Meine Hand liegt in ihrem Schoß, während ich fahre, und sie hält sich mit ihren beiden daran fest, quetscht meine Finger, ohne es zu merken.

»Mum liebt dich«, sage ich mit einem kleinen Stirnrunzeln.

»Ach ja?« Sie sieht zu mir herüber.

»Ja«, nicke ich.

»Wer kommt denn noch?«

»Jo?« Ich zucke mit den Achseln. »Callum, vielleicht.«

»Dein Dad nicht?«, fragt sie meine Hand.

Wieder Schulterzucken. »Ich bin mir sicher, er ist irgendwo im Haus … aber ich bezweifle, dass er am Tisch auftaucht.«

Als ich in die Auffahrt abbiege, atme ich aus, irgendwie erleichtert, sie bei mir zu haben. Ich habe mir Mühe gegeben, sie mir hier nicht vorzustellen, in meinem Leben, wie ich es mir gewünscht habe – weil mir wichtiger war, sie glücklich zu sehen, als mich. So was macht Liebe mit einem. So war ich vorher nie. Ich wollte mein eigenes Glück mehr als alles andere, und jetzt würde ich wahrscheinlich eine Hand in den Mixer stecken, wenn es sie zum Lächeln bringen würde.

»Daisy!« Mum wirft ihr die Arme um den Hals und drückt sie so fest, als wolle sie sie erwürgen. »Süße, es ist so schön, dich zu sehen!« Mum küsst mich schnell auf die Wange. »Hallo, Liebling.«

Dann zieht sie Daisy mit sich ins Esszimmer.

»Also, ich kann nicht annähernd so gut kochen wie du, Daisy, deshalb habe ich heute Morgen Catering kommen lassen.«

»Mum …« Ich verdrehe die Augen.

»Das hätte doch nicht sein müssen«, schüttelt Daisy den Kopf und sieht peinlich berührt zu mir herüber. »Ich würde auch Cornflakes essen, wenn man sie mir hinstellt.«

»Mum, wir hätten doch einfach frühstücken gehen können«, sage ich, während ich ihnen hinterherlaufe.

»Ach, Unsinn – ich liebe es, meine Jungs zu Hause zu haben.« Sie führt Daisy zu ihrem Stuhl. Ich setze mich neben sie, während genug Essen aufgetragen wird, um ganz Papua Neuguinea zu füttern.

»Wer kommt denn noch alles?« Stirnrunzelnd betrachte ich den Tisch.

»Ich«, sagt Onkel Callum und setzt sich mir gegenüber. Er schenkt mir ein schmales Lächeln.

»Cal«, nicke ich ihm zu. »Ist lange her – wie geht es dir?«

Er beäugt meinen Arm um Daisys Schultern.

»Gut.« Er lächelt, und eigentlich ist es mir egal. Ich konnte ihn nie besonders gut leiden »Nun sieh einer an …«

Sein Blick wandert von mir zu Daisy, und er öffnet den Mund, um etwas zu sagen, als Jonah hereinplatzt.

»Sorry!«, keucht er. »Bitte entschuldigt – ich bin zu spät. Bin aus Tottenham rübergefahren.«

»Warum?«, fragt Daisy.

Jonah ignoriert ihre Frage, schlingt ihr kumpelhaft den Arm um den Hals und küsst sie auf den Kopf, dann geht er um den Tisch herum und setzt sich neben Onkel Callum.

Jo hat nichts gegen ihn.

»Um Himmels willen, Jonah«, seufzt Mum, die gerade mit einer Platte voller Croissants hereinkommt. Ich weiß nicht, warum, aber es sind mindestens zwölf Croissants. Wir sind zu fünft. »Ist das da Lippenstift an deinem Hals?«

Jonah berührt nachdenklich seinen Hals. »Welche Farbe hat es?«

»Rot«, sage ich.

Callum wendet sich Jonah zu und kneift die Augen zusammen. »Ich würde sagen, eher Burgunder.«

»Auf der anderen Seite ist ein Fleck, der definitiv grell pink ist.« Daisy zeigt darauf.

»Jonah!«, ruft Mum. Mit der Hand wedelt sie unbestimmt Richtung Essen. »Greift zu, alle zusammen, greift zu. Außer dir.« Sie haut Jonah ein süßes Stückchen aus der Hand.

»Sind beide Lippenstiftspuren von Taura?«

Jonah verzieht das Gesicht, dann wirft er einen Blick zu mir herüber. »Ist es besser oder schlechter, wenn ich jetzt Ja sage?«

Ich zucke mit den Achseln.

Daisy legt die Stirn in Falten. »Von wem sind sie dann?«

Mein Bruder starrt sie an, sagt aber nichts. Ich kann ihm ansehen, dass er sich beschissen fühlt deswegen, aber er weiß nicht, was er sonst tun soll.

Dieser Mist mit Taura geht schon viel zu lange. Und ich glaube, er weiß sich einfach nicht zu helfen. Jo hat es monatelang unterdrückt – was seltsam für ihn ist –, aber alles, was es mir zeigt, ist, dass wir am Arsch sind. Ganz egal, wie die Sache am Ende ausgeht, wir sind am Arsch.

Und dann frieren meine Mum, mein Bruder und Callum mitten in der Bewegung ein und starren hinter mich.

Neugierig guckt Daisy über ihre Schulter.

»Oh.« Sie lächelt. »Hallo.«

Mein Dad erwidert nichts, als er sich am Kopfende des Tisches niederlässt.

»Dad«, sage ich. Keine Frage, aber auch keine Aussage.

Er wirft mir einen Blick zu, als sei er überrascht, mich zu sehen.

»Christian«, sagt er und blinzelt ein paarmal. Ob er betrunken ist?

Dann sieht er an mir vorbei zu Daisy und blinzelt wieder. Ich schiebe mich vor sie, weil ich nicht will, dass er sie anstarrt – dann wandert sein Blick zu Jonah.

»Und Jonah.« Eine lange Pause. »Welch vergnüglichem Anlass haben wir denn das zu verdanken?«

»Keinem«, sagt Mum und winkt in Richtung ihres Ältesten. »Für diesen Kerl ist es jetzt vorbei mit Vergnügen.« Sie zeigt mit dem Finger auf ihn. »Hörst du mich? Es reicht! Du bist fünfundzwanzig. Entscheide dich für eine.«

Jonah presst die Lippen zusammen und starrt auf seinen Teller. Hält einen der Butler auf. »Bloody Mary, Kumpel.« Jo fängt meinen Blick auf. »Dreimal!«, ruft er ihm hinterher.

»Also, was ist denn letztendlich mit dir und diesem verfluchten Polizisten passiert, hm?«, fragt Onkel Callum und nippt an seinem Tee.

Ich mustere ihn mit zusammengekniffenen Augen, sauer, und will gerade etwas sagen, aber Daisy ist schneller.

»Er hat mir zu viele Fragen über Dinge gestellt, die ihn nichts angehen.« Sie schenkt ihm ein falsches Lächeln, das Onkel Callum nicht gut aufnimmt.

Sein Kopf zuckt zurück. »Weißt du, mit wem du hier sprichst?«

Daisy Haites, die Liebe meines verfluchten Lebens, zieht eine Augenbraue hoch. »Wissen Sie es denn?«

Das versetzt seinem Ego einen Schlag, ohne Frage. Denn ganz egal, wie man es betrachtet, sie steht in der Nahrungskette weiter oben als er.

Callum steht in der Thronfolge ganz hinten. Mum, Jo und ich würden erst alle eine Kugel abbekommen müssen, damit er einen Platz am Tisch bekommt, und selbst dann hat unsere Familie in London nicht so viel Macht wie ihre.

Sie ist eine verdammte Haites.

»Und was ist mit der Blonden passiert?«, fragt Dad plötzlich und winkt mit der Hand in Daisys Richtung.

Barnesy lässt ihr Besteck auf den Teller fallen und starrt hinüber zu dem Mann, den sie geheiratet hat.

Daisys schmaler Körper versteift sich neben mir, also lege ich ihr einen Arm um die Schultern.

»Jud.« Mum starrt ihn nieder, dann sieht sie entschuldigend zu Daisy. »Sie war nie hier. Er hat sie nie kennengelernt. Ich weiß nicht, warum er das jetzt …«

Jo und ich sehen einander an, wir haben die Nase voll von seinem Scheiß.

»Was denn?« Dad zuckt mit den Achseln. »Kann ich nicht mal das Mädchen googeln, das mein Sohn vögelt?«

Onkel Callum schnaubt.

»Was zum Geier, Dad«, knurrt Jonah. »Sie sitzt hier am Tisch.«

»Wer?« Er blinzelt, und Daisy setzt sich ein wenig aufrechter hin, nicht so beunruhigt, wie man denken könnte.

»Meine Freundin, Dad.« Ich werfe ihm einen festen Blick zu. »Daisy.«

Dad kneift die Augen zusammen, als er sie ansieht. »War nicht die andere deine Freundin?«

»Nein.« Ich atme laut durch die Nase aus.

»Und wie alt bist du, Daphne?«

»Daisy«, sage ich laut, meine Hände ballen sich zu Fäusten.

»Daisy«, sagte Dad mit übertriebener Betonung. »Wie alt bist du?«

Sie kratzt sich die Nasenspitze. »Ich bin einundzwanzig.«

Dad mustert sie, zum ersten Mal richtig.

»Was machst du, Daisy?«, fragt er, ohne den Blick abzuwenden.

Sie pickt an ihrem Croissant herum. »Ich studiere im dritten Jahr Medizin.«

»Eine Ärztin.« Er blinzelt fasziniert und lässt den Blick zwischen uns anderen hin und her wandern. Sie schenkt ihm ein dankbares Lächeln, das er nicht verdient. »Noch nicht ganz.«

Ich hebe ihren Handrücken an den Mund und küsse ihn, bestärke sie, auch wenn sie es nicht braucht.

»Auf was wirst du dich spezialisieren?«, fragt er und greift nach seinem Orangensaft.

Jo und ich wechseln einen verwirrten Blick – so viel hat Dad seit ungefähr vierzehn Jahren nicht mehr gesprochen –, und Mum sitzt am anderen Tischende und beobachtet ihn neugierig.

»Hm …« Daisy schürzt die Lippen. »Ich würde gern in Richtung Kinderheilkunde gehen, aber wahrscheinlich wird es am Ende doch Notfallmedizin.«

Er runzelt leicht die Stirn. »Warum?«

Daisy zuckt die Schultern, als sei das offensichtlich. »Ich nehme wohl an, Notfallmedizin ist beim Betätigungsfeld meiner Familie gewinnbringender …«

Er legt den Kopf schief. »Und welcher Arbeit geht deine Familie nach?«

Sie nickt ihm mit dem Kinn zu. »Derselben wie die Ihre.«

»Ah.« Er nickt, blickt zwischen Jo und mir hin und her, dann wieder zurück zu ihr. »Hast du dich deswegen für Medizin entschieden?«

»Ähm.« Sie legt die Stirn in Falten, während sie darüber nachdenkt. »Wahrscheinlich eher, um dagegen vorzugehen?«

»Dagegen vorgehen?«, wiederholt Onkel Callum, der sich sofort beleidigt fühlt. »Dir gefällt nicht, was deine Familie macht?«

Daisys Blick springt von meinem zu Jos zu dem meiner Mutter, als sei sie mit dem Fuß in eine Falle geraten.

»Ich meine …« Sie zwingt sich, Callum ein höfliches Lächeln zuzuwerfen. »Gefällt es denn irgendwem? Es wächst doch niemand mit dem Wunsch auf, Verbrecher zu werden, oder?«

Ich sehe sie an, liebe sie noch mehr als vor einer Sekunde, ich weiß nicht, warum. Ich tue es einfach. Dann zeigt sie auf mich. »Rugby Team Captain.« Deutet mit dem Kopf auf Jo. »Party-Cruise-Veranstalter, nehme ich an …« Und Mum lacht schnaubend auf.

Dann sieht Dais zu Mum hinüber. »Was wollten Sie denn werden, als Sie jung waren?«

Mums Miene fällt etwas in sich zusammen, als hätte sie so lange nicht daran gedacht, dass sie vergessen hatte, dass ihr Leben früher mal anders ausgesehen hatte, bevor Onkel Beau gestorben und bevor Harvey abgehauen war. Die Frage bringt sie aus der Fassung. Sie blinzelt einfach nur ein paarmal.

»Englischlehrerin«, sagt mein Dad von der anderen Seite des Tisches und betrachtet seine Frau mit zusammengezogenen Brauen und angespanntem Kiefer.

Ihre Blicke begegnen sich, all die Worte, die sie sich weigern, auszusprechen, liegen schwer in der Luft, und dann wendet Dad sich Daisy zu, den Hauch eines Lächelns auf den Lippen. »Sie wollte Englischlehrerin werden.«

Taura
20:37 Uhr

Hey

Hey!

Wann sagst du es ihm?

Wem?

Jonah.

Was soll ich ihm sagen?

Dass er es nicht ist.

Ich weiß, dass er es nicht ist

Woher weißt du das?

Taura.

Was soll das?

Wie kannst du es nicht wissen?

KAPITEL 46

JULIAN

Italien hat mich echt abgefuckt. Die saloppe kleine Drohung, die Roisin gegen Magnolia ausgesprochen hat – mein natürlicher Instinkt rät mir, sie nicht mehr aus den Augen zu lassen. Aber wir vögeln ja nur, das habe ich ihr gesagt.

Wenn ich sie mit meinen Security-Leuten zur Arbeit schicke, weiß Roisin Bescheid.

Wenn ich sie selbst fahre – ich meine, warum zum Geier sollte ich ein Mädchen zur Arbeit bringen, das ich nur ficke? Ich bin doch kein scheiß Prince Charming – weiß sie Bescheid.

Das Beste, was ich tun kann, ist, so zu tun, als bedeute sie mir nichts. Ziemlich schwer, wenn sie mir doch alles bedeutet.

Und außerdem lässt sie einen einfach nicht vom Haken.

Ich habe zugestimmt, mit ihrer Familie zu Abend zu essen, bevor wir nach Italien geflogen sind, weil ich vor Italien nicht versucht habe, jemandem zu beweisen, dass ich sie ganz sicher nicht liebe – außer mir selbst vielleicht. Jedenfalls hatte ich es vor mir hergeschoben, weil ich nicht wusste, warum ich mit der Familie eines Mädchens zu Abend essen soll, das ich »nur vögle«?

Der einzige Vorteil ist, dass Magnolias Dad Harley Parks ist. Und der ist kein Gangster, alle seine Geschäfte sind lupenrein. Aber er ist ein international bekannter Partylöwe.

Nun ja, jedenfalls war er das, bevor er das Hausmädchen geheiratet hat.

Als ich das Julie's drüben in Notting Hill betrete, sitzen Bridget und ihr Dad schon am Tisch.

Also küsse ich Bridget auf die Wange und mache eine kleine Show draus, Harley so vertraut wie möglich zu umarmen.

Ich hasse es, für eine Kamera zu schauspielern, von der ich nicht mal weiß, ob sie da ist – aber es ist besser als die andere Methode, dieses Feuer zu löschen, denn die bedeutet, Magnolia in die Arme ihres Ex-Freunds zu treiben, so wie gestern.

Erst habe ich ein gemeinsames Abendessen bei Carmelo organisiert, dann habe ich ihr gesagt, ich käme zu spät, und bin einfach nicht mehr aufgetaucht.

Habe sie später in einem der Clubs getroffen und sie mit in Jonahs Büro genommen – wir hatten keinen Sex, aber sie hat mir eine kleine PowerPoint-Präsentation über die Entwicklung von Ärmeln gezeigt – ich habe es gehasst. Auch wenn ich es geliebt habe. Und sie mit Küssen überhäuft.

Ich habe Jonah gebeten, sie nach Hause zu fahren. Er hat gefragt, warum, ich habe ihm gesagt, er soll keine Fragen stellen.

Dann habe ich mit einem anderen Mädel im Club angebändelt – in einer Ecke mit ihr rumgeknutscht und gefummelt, auch wenn mir dabei schlecht war.

Es zu tun, weil ich sie liebe? Damit sie sicher ist? Scheiße, was für ein Leben.

Die Stiefmutter kommt, Arrie Parks und Magnolias Großmutter im Schlepptau. Sie waren nicht eingeladen.

Interessante Entscheidung seitens der Stiefmutter, und ich beobachte sie den ganzen Abend über, um herauszufinden, ob sie es aus Schuldbewusstsein oder als Machtspiel durchzieht … Eine Affäre mit seinem Boss zu haben und ihn zu heiraten, ist eine Sache, aber die Frau mitzuschleppen, die er für dich verlassen hat – das ist echt abgefuckt, und mir wird schnell klar, dass Magnolias Bindungsprobleme wohl ein generationenübergreifendes Thema sind.

Die Oma ist allerdings klasse, und ich würde sie – das meine ich jetzt ernst – jederzeit auf eine meiner Partys einladen.

Sie hält mir ihre Hand hin und zeigt mit der freien auf sich. »Bushka.«

Ich schüttle sie und spiegle die Geste. »Julian.«

Wieder zeigt sie auf sich.

»Chefin der Nachbarschaftswache«, teilt Bushka mir stolz mit.

»Na ja …«, fängt Magnolia an.

Bridget schüttelt den Kopf. »Ist sie nicht.«

Parks schneidet eine Grimasse. »Es ist eher eine ›Fernglas und Loch in der Wand‹-Situation.«

»Halte Wache«, nickt Bushka.

»Es ist eher die Frage«, sagt Magnolia und legt den Kopf schief, »ob das Ganze noch rechtlich vertretbar ist.«

Bridget verpasst mir grinsend einen Schlag auf den Arm. »Damit kennst du dich doch aus!«

Ich werfe ihrer Schwester einen Blick zu. Ich mag sie sehr. Sie erinnert mich an meine eigene Schwester.

Und ihre Mum – ich habe sie ein paarmal getroffen –, sie ist unglaublich schön. Wäre eine ziemliche Konkurrenz für Carla Bruni gewesen. War sie wahrscheinlich auch. Ehrlich, wenn sie nicht Magnolias Mum wäre, hätte ich es wahrscheinlich mal bei ihr probiert. Eine echte Granate. Wie die Mutter, so die Tochter, nehme ich an – mit den Augen, dem Körper und der Traurigkeit.

Ein bisschen erinnert sie mich an meine Mum. Jetzt bereue ich den Gedanken, dass ich es bei ihr versucht hätte – auch wenn sie sich nicht wirklich ähnlich sehen. Mum war blond. Es ist diese Verlorenheit, die beide an sich haben.

Und die Trinkerinnenausstrahlung.

Arrie hat mich am Kinn gepackt und mich geküsst. Ich schwöre, ich konnte ihre Zunge spüren.

Magnolia war entsetzt und hat mir einen entschuldigenden Blick zugeworfen. »Davon hat jede Familie ein Exemplar ...«

»Himmel, wenn ich ein paar Jahre jünger wäre ...«, sagte Arrie, das Kinn auf die Hand gestützt und mit verträumtem Blick in meine Richtung, nachdem wir schon eine Weile beim Essen sitzen.

Magnolia verzieht das Gesicht. »Oder vielleicht, ich weiß auch nicht – wenn er und ich nicht zusammen wären ...«

Bridget klappt die Kinnlade herunter, und ich starre sie an. Ich bin auch überrascht. Voll dabei, aber überrascht.

Ihre Wangen färben sich rosa. »Ihr wisst, was ich meine ...« Sie schüttelt den Kopf. Eigentlich nicht, nein. Würde es aber gern herausfinden.

»Da fällt mir ein«, sagt die Oma, räuspert sich und wirft Magnolia einen unterhaltungstechnischen Rettungsring zu.

Nach dem Essen gehe ich mit zu ihr. Fühlt sich noch immer gut an, was sie gesagt hat. Wenn man die letzten Wochen außer Acht lässt, war es genau das, was ich hören wollte. In Anbetracht von Roisins Drohung allerdings ein scheiß Reinfall.

Ich setze mich auf die Kante eines Betts, das sie auf einer Antiquitätenausstellung gekauft hat, zu der ich sie mitgenommen habe. Es passt gut in den Raum … und es macht was mit mir, zu sehen, dass sie die Dinge mag, die ich mag. Dinge kauft, die mir gefallen, Dinge will, die ich will. Als würde ich auf sie abfärben.

Ich starre sie an und presse die Lippen aufeinander, während ich darüber nachdenke, was ich sagen soll.

»Zusammen, hm?« Argwöhnisch mustere ich sie. Und der Argwohn ist angebracht. Ich denke, Jo hat recht. Sie würde jedes Herz in Brand stecken, nur um nicht zu frieren.

»Nein, es tut mir leid.« Sie schüttelt den Kopf, sieht sofort peinlich berührt aus. »Ich weiß, das ist mir so rausgerutscht – ich weiß, dass du keine Beziehung willst …«

Ein knappes Nicken. »Stimmt.«

Wieder schüttelt sie den Kopf, die Hände auf die Wangen gepresst – Magnolias Ausdruck höchster Peinlichkeit. »Ich habe es wirklich nicht so gemeint.«

»Wie denn dann?«, frage ich, den Unterkiefer vorgeschoben.

»Sorry.« Sie senkt die Lider, guckt auf ihre Hände.

Ich stehe auf und suche ihren Blick. »Du liebst einen anderen.«

»Ich weiß.« Ihr Blick wird düster.

Das macht mich sauer, ich weiß auch nicht, warum. Ich wollte, dass sie mir widerspricht oder wenigstens zögert oder irgendwas … irgendwas, das mir sagt, dass ich mit meiner Liebe für sie nicht ganz allein auf der Lichtung stehe, aber da kommt gar nichts.

»Warum zum Teufel sollten wir dann zusammen sein?« Ich starre sie finster an.

Sie macht einen Schritt auf mich zu, große Augen, vorgeschobene Unterlippe.

»Sei nicht böse auf mich.« Sie sieht von unten zu mir auf.

Ich schüttle den Kopf über sie. »Bin ich aber. Zumindest ein bisschen.«

Jetzt wird sie ärgerlich. »Warum?«

»Keine Ahnung«, knurre ich. »Weil mich der Scheiß einfach ankotzt. Du weißt nicht, was du willst. Du willst alles, du willst nichts, du gehst mir tierisch auf den Keks.«

Die Nase in die Luft gereckt, sieht sie mich an und verschränkt die Arme vor der Brust.

»Das war jetzt gemein …«

Ich dagegen weiß, was ich will. Ziemlich selbstsüchtig, es jetzt zu wollen, aber ich nehme es mir lieber, solange ich noch kann, also packe ich ihr Kinn, schiebe sie rückwärts und hebe sie auf eine Kommode.

»Was machst du da?«, fragt sie, ohne sich zu wehren.

Ich ziehe ihr das Kleid aus. »Das hier.«

Sie sieht verwirrt aus. »Jetzt?«

»Ja.« Öffne meine Hemdknöpfe.

Sie blinzelt, immer noch verwirrt. »Warum?«

Mit der Hand an ihrem Kinn gucke ich auf sie hinunter. »Weil es das ist, was wir tun.«

Und dann küsse ich sie wieder. »Und wag es bloß nicht, dabei an mich zu denken …«

Sie schnieft perplex, als ich sie auf ihr Bett lege. »Ich werde mein Bestes geben …«

»Wir sind nicht zusammen.«

»Das sind irgendwie widersprüchliche Botschaften, die du mir hier gerade sendest«, antwortet sie.

Ich sehe sie bedeutungsvoll an, damit sie weiß, dass ich es ernst meine. »Du liebst ihn. Ich liebe niemanden. Okay?«

Eine eiskalte Lüge, aber mein voller Ernst.

»Okay?« Sie zuckt mit den Schultern.

Ich schlinge die Arme um sie.

»Okay.«

KAPITEL 47

DAISY

Ich stehe in der Tür zum Büro meines Bruders und beobachte ihn. Er ist anders in letzter Zeit, mehr als nur abgelenkt. Irgendwie weicher. Aber das kann ich ihm natürlich nicht sagen. Es wäre die ultimative Beleidigung. Aber es stimmt, er ist weicher und sich dessen auch bewusst. Sie taut ihn auf.

»Hey«, sage ich.

Er blickt auf, legt den Stift weg. »Hey.«

»Können wir reden?«, frage ich und komme rein.

Er runzelt die Stirn: unmittelbare Besorgnis. »Was gibt es denn?«

Sein Blick folgt mir, während ich durch den Raum laufe, beobachtet mich, als ich mich setze. »Ist alles okay bei dir?«

»Ja«, nicke ich und mustere ihn ebenfalls. »Bei dir auch?«

Er schnaubt amüsiert auf.

»Ja, mir geht's gut.« Er verschränkt die Arme vor der Brust. »Was ist los?«

Ich spiegle seine Geste. »Ich muss dir was sagen.«

»Okay.« Er nickt, die Stirn wieder in Falten gelegt.

Es spukt mir im Kopf herum, seit sie es mir erzählt hat. Es ergibt so viel Sinn. Erklärt ihre ganze Beziehung, warum sie so sind, wie sie sind, und vielleicht, was am wichtigsten und am schlimmsten ist: warum sie immer bleiben werden, was sie sind.

Ich hatte nicht vor, es ihm zu sagen, ehrlich. Ich plaudere nicht gern die Geheimnisse anderer Leute aus – mittlerweile sind Magnolia und ich Freundinnen[214] –, aber hier geht es um Julian. Für ihn würde ich jeden den Wölfen zum Fraß vorwerfen.[215]

»Als sie noch auf der Schule waren, hatten Magnolia und BJ ein Baby.«

Er starrt mich an, die Brauen zusammengezogen, blinzelt einmal.

214 Aber verratet ihr zum Teufel noch mal nicht, dass ich das gesagt habe.

215 Jeden.

»Es ist gestorben«, stelle ich klar.

Dann fährt er sich mit der Zunge über die Schneidezähne. »Ich weiß.«

»Du weißt das?« Ich blinzle, ziehe den Kopf ein Stück zurück.

Er nickt. »Ja, ich weiß es – woher weißt du es?« Er runzelt die Stirn. »Hat Christian dir das erzählt?«

»Nein.« Ich werfe ihm einen finsteren Blick zu für den Verdacht, mein Freund könne keine Geheimnisse für sich behalten. »Sie selbst.«

Das überrascht ihn. »Sie hat es dir erzählt?«

Ich nicke stolz. »Ich meine, sie hat mich gebeten, dir nichts zu sagen, aber …«

Er verdreht die Augen.

»Woher weißt du es?« Ich mache eine auffordernde Handbewegung.

»Ich weiß alles über sie.« Er zuckt mit den Schultern.[216] »Ich weiß, dass sie mit sechzehn schwanger war, ich weiß, dass es von ihm war. Ich weiß, dass sie das Kind verloren haben, ich weiß, es war ein Mädchen. Ich weiß, dass sie damals einen Autounfall hatte, weil der Vater ihres Dads betrunken gefahren ist. Ich weiß, dass sie zwischen fünfzehn und siebzehn immer wieder wegen einer Essstörung im Bloxham House behandelt wurde, sowohl stationär als auch ambulant. Ich weiß alles, Dais.«[217] Einen Moment lang sieht er mich finster an. »Das verändert gar nichts.«

»Weil du sie liebst.«

Er streckt das Kinn vor, schiebt sich die Zungenspitze unter die Oberlippe. Sagt nichts.

»Es tut mir leid«, sage ich und meine es auch so.[218]

»Das muss es nicht« Er schüttelt den Kopf. »Ich habe mich mal eine Minute in sie verliebt. Kann ich von meiner Bucket-List streichen.«

Ich verdrehe die Augen.

»Du weißt, dass wir kein Paar werden können.« Er sieht mich an.

»Aber warum nicht?« Ich schüttle den Kopf. »Sie mag dich, das weiß

216 »Schon nicht ganz normal …« Ich sehe ihn abschätzig an, aber er ignoriert mich.

217 Er hat einen Privatdetektiv beauftragt, erzählt er mir später. Hat tatsächlich eine Akte über sie angelegt. »Glaubst du, ich weiß nicht, mit wem ich ins Bett steige? Ich bitte dich.«

218 Sein Albtraum.

ich – ich kann es sehen, wenn sie dich ansieht, wie sie sich verhält, wenn du da bist …«

»Ich weiß.« Ein schnelles Nicken. »Das glaube ich jedenfalls. Aber auch wenn sie es tut, ihn liebt sie mehr.« Er zuckt leicht mit den Schultern. »Es ist besser so.«

»Ach ja?« Ich runzle die Stirn.

»Natürlich.« Jetzt verdreht er die Augen, als sei ich nicht ganz dicht.

»Ich glaube, ihr könntet miteinander glücklich sein.«

Sobald ich ihn ausgesprochen habe, bereue ich den Satz. Denn auch wenn ich daran glaube, wenn ich überzeugt davon bin, dass es stimmt, es tut ihm weh, das zu hören. Ich sehe den Schmerz in seinem Gesicht, wie es sich verzieht, beinahe, als müsse er nach Luft schnappen.

»Ja.« Er starrt auf seine Hände und seufzt, dann sieht er wieder zu mir. »Aber wäre sie auch in Sicherheit?«

»Es tut mir leid, Jules.« Ich strecke den Arm aus und drücke seine Hand. »Du verdienst es, geliebt zu werden.«

»Nein, das tue ich nicht, Dais – ich bin ein Ganglord.« Sein Mund zuckt, während er den Kopf schüttelt. »Das hier stirbt mit mir, erinnerst du dich?«

Ich schenke ihm ein kleines, trauriges Lächeln. »Oder mir.«

»Quatsch.« Sein Lächeln ist müde. »Du wirst ewig leben.«

KAPITEL 48

CHRISTIAN

Wir gehen alle bei Nobu zum Abendessen, bis auf BJ und Jordan. Keine Ahnung, warum sie nicht gekommen sind, aber wir ziehen danach zu Jo und BJ weiter. Sieht aus, als würde es kalt heute Nacht.

Aber alle benehmen sich. Weder Henry noch Jo verhalten sich besonders besitzergreifend Taura gegenüber – ich weiß nicht, was das in größerem Maßstab bedeutet, aber für heute Abend sehe ich es mal als Gewinn.

Magnolia und BJ sind ganz die Alten. Verstohlene Blicke und insgesamt unangemessenes Verhalten für zwei Menschen, die nicht zusammen sind.

Ich beobachte, wie es meinen Freund fertigmacht.

Das Gefühl kenne ich, habe selbst lange damit gelebt und fühle mit ihm. Aber ihm sind die Hände gebunden, denn was sollte er auch tun?

Daisy und ich haben uns darüber unterhalten, es regt sie ziemlich auf.

Sie ist überzeugt davon, Magnolia mag Julian auch, und ich habe geantwortet, dass sie vielleicht recht hat, aber dann sieht man sie mit BJ, und es ist einfach nicht genug. Nichts ist je genug.

Und sie sagte, vielleicht wäre es das schon, wenn Julian es ihr sagen und sie es einfach mal richtig miteinander probieren würden, und ich habe nur gefragt: »Wie soll dieser richtige Versuch denn aussehen? Er will nicht verliebt sein.«

»Aber er ist es schon.« Ihr Blick war finster.

Ich habe ihr eine Strähne hinters Ohr gestrichen. »Ich glaube, du musst es einfach vergessen, Baby.«

Sie ließ den Kopf sinken. »Aber das bricht ihm das Herz.«

Mit einem Kopfnicken habe ich ihre Hand gedrückt. »Wahrscheinlich schon.«

Es ist so neu, so mit ihr zusammen zu sein, dass immer noch alles glänzt.

Statt auf einen Stuhl setzt sie sich bei jeder Gelegenheit auf meinen Schoß. Wenn wir stehen, hat sie immer eine Hand in meiner Tasche, egal, ob sie mit dem Rücken zu mir steht oder wir uns ansehen. Vordere Hosentasche, hintere, die große Tasche vom Hoodie, sie und ihre kleinen Eis-am-Stiel-Finger finden jedes Mal die meinen, und wahrscheinlich sind wir total nervtötend, und ganz sicher ist es mir scheißegal.

Als der Abend schon fortgeschritten ist, klingelt Julians Telefon.

»Teeks«, sagt er. »Was ist los?« Sein Gesicht wird ernst. »Was?« Er steht auf, drückt sich einen Finger aufs Ohr und entfernt sich ein Stück von uns.

Daisy sieht nicht hin und kriegt von der ganzen Sache nichts mit. Sie lacht zu sehr über eine Geschichte, die Henry gerade erzählt, darüber, dass ihr Dad mal verhaftet wurde, weil sie der Meinung waren, er schmuggle Kinder nach Großbritannien, weil sie an der österreichischen Grenze beim Zoll voneinander getrennt worden waren. Die Mädchen hatten zu lange im Duty Free Shop rumgetrödelt, und Lily war mit uns anderen vorgegangen, aber Hamish ist dageblieben und hat versucht, Magnolia, Allie, Madie und Paili zum Aufbruch zu bewegen, und Magnolia ist in Tränen ausgebrochen, weil sie sich unverstanden gefühlt hat, als sie die Kosmetikabteilung auslassen sollte, und der Zollbeamte dachte, man hätte sie verschleppt.

Daisy kriegt es also nicht mit, ich aber schon.

Ich beobachte Julian aufmerksam, genau wie Jo.

Als Julian den Raum verlässt, das Handy immer noch am Ohr, stehe ich wie zufällig auf, strecke mich und küsse Daisy auf den Scheitel.

»Noch ein Glas Wein?«, frage ich sie.

Sie nickt kurz und lacht weiter über Henrys Geschichte.

Jonah folgt Julian unauffällig, und eine Minute später schlüpfe ich nach ihm durch die Tür.

Julian steht in der Ecke von Jonahs Zimmer und starrt auf sein Handydisplay. »Was?«, frage ich, als ich die Tür hinter mir schließe.

Julian schüttelt kaum merklich den Kopf. »Gilpatrick.«

»Was?« Jo runzelt die Stirn, aber ich weiß Bescheid.

Stocksteif bleibe ich stehen.

»Cian Gilpatrick …« Julian starrt zu mir herüber. »TK hat gerade spitzgekriegt, dass er im Flugzeug nach Heathrow sitzt.«

»Okay?« Jos Stirnrunzeln verstärkt sich.

Julian fährt sich mit der Zunge über die Unterlippe. »Daisy hat letztes Jahr seinen Bruder umgebracht.«

»Aus Versehen«, füge ich hinzu, als würde das jetzt eine Rolle spielen.

»Oh, Shit.« Jonah blinzelt. »Einer von Roisins Jungs, ja?«

Julian nickt.

»Jules, vielleicht ist das einfach Zufall.« Ich zucke mit den Schultern und gebe mir Mühe, es zu glauben.

Julian wirft mir einen Blick zu. »Bei denen ist gar nichts Zufall.«

Er seufzt, schüttelt leicht den Kopf. Fährt sich mit den Händen durchs Haar.

Dann sieht er mit zusammengekniffenen Augen von mir zu Jo. »Roisin war in Italien.«

»Was?« Ich blinzle.

Jonah schüttelt den Kopf. »Wovon redest du?«

»Sie hat mich angerufen.« Julian zuckt mit den Achseln.

»Roisin?«

Julian nickt.

»Hast du sie getroffen?«

Wieder nickt er.

»Warum?«, fragt Jonah vorsichtig.

Julian presst die Zunge von innen in die Wange. »Weil sie die Schwester meiner Mutter ist.« Er verzieht das Gesicht, dann sieht er mich direkt an. »Daisy weiß es nicht.«

»Was?« Ich blinzle wieder.

»Sag es ihr nicht.« Er schüttelt den Kopf.

»Julian …«, ich lasse den Kopf in den Nacken rollen, »… warum zum Teufel hast du es ihr nicht gesagt?«

Der Ausdruck auf seinem Gesicht ist genauso finster wie beschützerisch. »Sie waren ihr nie eine Familie und werden es auch nie sein, da kannst du mir vertrauen.«

Ich starre ihn an, nicht ganz sicher, was er damit eigentlich meint.

»Willst du damit sagen, du denkst, Cian Gilpatrick ist hier, um Daisy um…« Ich kann es nicht mal aussprechen. Schüttle den Kopf. »Wegen Daisy hier?«

Julian presst sich die Faust in den Mund. »Oder Magnolia.«

»Was?« Jonahs Körper wirbelt herum.

Julian schüttelt den Kopf. »Ro hat irgendetwas über Parks gesagt, als wir …«

»Julian«, warnt Jonah.

»Ich weiß.« Er schüttelt den Kopf. »Schon in Ordnung. Ich werde – ich habe ihr gesagt, es ist nichts. Sie hat mir geglaubt, denke ich …«

Ich beobachte Julians Miene. Kann nicht sagen, ob es stimmt. Ich sehe, dass er will, dass es stimmt, aber ob es tatsächlich so ist, weiß ich nicht.

»Was genau hat sie gesagt?«, fragt Jonah geradeheraus.

»Sie hat einfach nur einen Kommentar darüber fallen lassen, dass ich offenbar eine Freundin hätte …«

»Scheiße«, knurrt mein Bruder.

»Ich habe ihr gesagt, dass es Quatsch ist.« Jules schüttelt den Kopf, sieht aber besorgt aus. »Dass sie auf der Titelseite jedes Magazins hier zu sehen ist, mit ihrem eigentlichen Freund.«

Jo wirft ihm einen finsteren Blick zu, und ich weiß, dass ihm dasselbe durch den Kopf geht wie mir. Wir hätten es nie so weit kommen lassen sollen.

»Was zum Teufel sollen wir jetzt machen?«, frage ich kopfschüttelnd und blicke zwischen den beiden hin und her.

Julian zeigt auf mich.

»Du bringst Daisy nach Hause aufs Anwesen, sie wird gar nicht mitkriegen, dass irgendwas nicht stimmt, für sie ist das ganz normal.«

Zweifelnd sehe ich ihn an, aber er schüttelt den Kopf.

»Ich habe die Security verdreifacht, alle im Haus wissen, dass sie sie schützen müssen, koste es, was es wolle, und wenn sie dabei draufgehen.« Mir ist schlecht.

Ich muss kotzen, wenn ich daran denke, dass ihr etwas passiert.

Julian sieht es mir an, fängt meinen Blick auf, als er mich an den Schultern packt.

»Christian, du musst sie einfach nur beruhigen. Bring sie nach Hause, sag ihr, du hast unstillbare Lust auf … irgendwas Kompliziertes zu essen, das früher immer irgendwer gemacht hat, den du liebst.«

»Mum kocht nicht.«

»Dann eben deine Oma – du hattest eine Oma, die die scheißbesten Eclairs gemacht hat, die …«

»Wir hatten eine Oma, die gern getrunken hat«, bietet Jo nicht besonders hilfreich an.

Ihr Bruder wirft dem meinen einen Blick zu, der ihn zum Schweigen bringt, bevor er sich wieder mir zuwendet.

»Gib ihr einfach was zu tun.«

»Und Parks?«, fragt Jonah mit hochgezogenen Brauen. Er macht sich Sorgen. Gibt sich nach außen cool, aber innerlich rastet er aus. Er liebt sie wie die Schwester, die wir verloren haben.

»Das ist das Problem.« Julian beginnt, auf und ab zu laufen. »Wenn ich irgendetwas tue, Magnolia irgendwohin bringe, wo sie in Sicherheit ist, dann macht sie das zu meiner Freundin und bringt sie in Gefahr. Wenn ich sie einfach gehen lasse, ist sie völlig ungeschützt und genauso in Gefahr.«

Ich sehe zwischen den beiden hin und her. »Wir sollten Beej Bescheid sagen.«

Jonah sieht mich scharf an. »Bist du bescheuert oder was?«

»Ach ja?«, fragt Julian mit hochgezogenen Augenbrauen. »Was soll er denn tun? Den Pistolenlauf mit seinem sexy Augenaufschlag zum Schmelzen bringen?«

»Warum nicht …« Ich starre ihn an und zucke mit den Schultern. »Oder sie einfach gar nicht erst in Reichweite einer Pistole bringen.«

Julian zeigt mit dem Finger auf mich. »Ganz dünnes Eis, Christian.«

»Ich bleibe heute Nacht bei Taura.« Jo nickt. »Ich bleibe bei Taura, bringe Mum dazu, ein paar Männer aufzustellen … das geht schon gut.«

»Ja, und wenn sie trotzdem durchkommen?« Ich starre ihn finster an. »Dann sind es nur du und die beiden wehrlosesten Mädchen in ganz England.«

Julian presst sich die Handballen auf die Augen, und Jonah wirft mir einen Blick zu.

»Was für ein hilfreicher Kommentar.«

KAPITEL 49

JULIAN

Letztendlich ist Jonah doch allein bei den Mädchen geblieben. Ich habe darüber nachgedacht, heimlich zu ihr rüberzufahren, weil es eben das ist, was man tun will. Wenn man jemanden liebt, dann will man bei ihm sein, wenn er in Gefahr ist, ihn beschützen. Ich bin jetzt der Einzige, der sie so beschützen kann, wie ich will, dass sie beschützt wird, und ich kann es nicht, denn wenn ich es tue, wird offensichtlich, dass sie Schutz braucht.

Die ganze Sache ist völlig abgefuckt. Ich lasse die Jungs Mädchen aus ein paar Bars einsammeln und zu mir nach Hause bringen, dann begleite ich sie ein paar Stunden später vor die Tür und verabschiede mich mit einem Kuss, in der Hoffnung, dass, wer auch immer für Roisin spioniert, gerade hinguckt und es mir abnimmt.

Ich will keine anderen Mädchen küssen.

Ich hab es sogar geschafft, dass Magnolia nichts merkt, dafür gesorgt, dass sie die letzten paar Nächte auch im Anwesen verbracht hat.

Aber die ganze Sache stinkt mir: in meiner eigenen Stadt herumzuschleichen, das Mädchen wegzusperren, das ich liebe, nur damit sie in Sicherheit ist? Scheiße, da mach ich nicht mit.

Also habe ich ein paar Tage später ein Boroughs-Meeting einberufen. So was machen wir alle Jubeljahre mal.

Die führenden Köpfe aller kriminellen Familien ganz Londons an einem Ort? Das Rezept für eine Katastrophe. Wir verstehen uns zwar ganz gut – aber alle zusammen in einem Raum schreit geradezu nach Schwierigkeiten …

Schon mein Dad hat die Boroughs gemanagt, jetzt bin ich es.

Sechs Familien, sechs Städte.

London ist das Epizentrum des Gangstermilieus der Insel, und da ich hier das Ruder in der Hand halte, sitze ich ganz oben, und alles, was per Flugzeug, über das Meer oder durch den Tunnel auf die Inseln kommt, läuft über mich – mit Ausnahme von Dublin.

Die Iren haben ihr eigenes Geschäft. Dreimal dürft ihr raten, wer es anführt, aber einmal wird euch reichen.

Jedenfalls kann ich an einer Hand abzählen, wie oft wir eines dieser Treffen einberufen haben.

Einzeln sehe ich sie ständig. Die Bambrillas zum Beispiel fast jeden zweiten Tag, aber ein Boroughs-Treffen ist was Offizielles. Barnsey sollte auch dabei sein, aber sie schickt immer die Jungs. Sagt, zum Schwanzvergleich kommt sie nicht.

Daisy ist auch kein Fan der Boroughs, wenn ich ehrlich bin. Habe Rome gebeten, sie abzulenken, und jetzt steht sie in der Küche und backt ihm eine italienische Osterpastete.

Magnolia ist oben und arbeitet – vielleicht ein Risiko, aber im Moment gibt es in London wohl kein sichereres Haus.

»Dann hat sie dich bedroht?« Santino (Bambrilla, Liverpool) lehnt sich auf seinem Stuhl zurück.

Ich nicke.

»Nicht gut«, sagt Hughie McCracken mit seinem schweren Glasgow-Akzent und presst sich nachdenklich die Faust auf den Mund.

»Wie ernst ist die Situation, über die wir hier gerade reden?«, fragt James Delvin (Belfast).

»Ernst.« Ich nicke knapp. »Daisy hat letztes Jahr einen von Roisins Jungs umgelegt.«

»Was?« Danny Jukes (Birmingham) blinzelt überrascht.

Hughie schüttelt den Kopf. »Sag mir, dass das ein Witz ist.«

»Es war ein Versehen«, meldet sich Christian zu Wort, und Jukes zeigt mit dem Finger auf sie.

»Sagt der Junge, der sie gerade vögelt.«

»Es war ein Versehen«, sagt Santino laut und übertönt die anderen. Er liebt meine Schwester wie seine eigene Tochter.

»Ich hab sie für einen Job angeheuert, und …«, fange ich an.

»Ich dachte, du arbeitest nicht mit den MacMathans.« Jukes zieht die Brauen zusammen.

»Ach ja.« Ich nicke. »Ich hatte ganz vergessen, dass ich dir gegenüber Rechenschaft ablegen muss.«

Ich fahre mir mit der Zunge über die Unterlippe, fordere ihn heraus, weiterzumachen.

»Sie haben sich nicht an die Absprachen gehalten …« Christian schüttelt den Kopf. »Angefangen, Leute zu erschießen …«

»Na und?«, fragt Hughie achselzuckend.

»Dafür war Daisy noch nie zu haben.« Jonah zuckt mit den Achseln.

»Sie wusste nicht, dass ich sie angeheuert hatte«, sage ich in den Raum hinein. »Sie wusste nicht, auf wen sie da geschossen hat.«

»Sie hat jemanden verteidigt«, sagt Christian, und unsere Blicke treffen sich.

Ich mag Tiller, stelle mir gern vor, dass ich ein besserer Mensch bin, als bevor Parks mich gefunden hat – aber eine Sekunde lang erwische ich mich trotzdem bei dem Gedanken, wie viel einfacher unser aller Leben das letzte Jahr über hätte sein können, wenn Daisy ihn einfach hätte sterben lassen.

Jukes nickt kühl. »Und jetzt bezahlen wir den Preis dafür.«

»Halt die Klappe, Danny«, unterbricht ihn Carmelo und deutet mit dem Kinn in seine Richtung. »Wie oft musste schon einer von uns kommen und deinen dummen Arsch aus einem Gulag retten?«

»Das ist genau einmal passiert, und du warst es nicht mal, es war Storm, also …«, erwidert Danny aufgebracht und springt auf, also steht Carmelo auch auf.

Ich atme langsam durch die Nase aus und verdrehe die Augen. »Ja, und wem untersteht Anatole Storm, was meinst du? Der Zahnfee?«

Dafür ernte ich ein paar Lacher.

Danny schüttelt den Kopf. »Wenn ich meine Jungs ins Kreuzfeuer schicke, will ich wissen, was ich dafür bekomme«, ruft er und sieht von mir zu Santino, wobei er Carmelo einfach ignoriert.

»Meinen Schutz«, sage ich ihm.

Jukes schüttelt den Kopf. »Klingt nicht so, als sei das gerade sehr viel wert, Ma…«

Und dann geht die Tür zum Meetingraum auf, und Magnolia Parks steht auf der Schwelle.

»Oh, hallo!« Sie strahlt die Männer an, und ich friere mitten in der Bewegung ein.

Werfe einen Blick zu Christian hinüber, der mit aufgerissenen Augen dasitzt, als stecke er in Schwierigkeiten.

»Hallo?«, erwidert Delvin den Gruß verwirrt.

Jonah formt mit den Lippen ein »Raus! Scheiße, raus hier!«, aber sie ist zu sehr damit beschäftigt, sich umzusehen und mit strahlendem Blick in der Aufmerksamkeit eines ganzen Raums zu baden.

»Hi.« Sie lächelt höflich, ganz das Bild der Londoner Adelsgesellschaft.

»Und du bist wer?« Jukes starrt sie an.

Magnolia kommt in den Raum, während Christian so unauffällig wie möglich versucht, sie davon abzuhalten, aber sie achtet nicht auf ihn.

»Oh, ich bin Magnolia Parks.« Sie berührt ihre Brust. »Ich bin eine von Daisys engsten Freundinnen.« Christians und meine Blicke treffen sich, und er beißt sich auf den Daumen, um nicht loszulachen. »Und Julians derzeitige …« Sie bricht ab, einen Finger nachdenklich an die Lippen gelegt.

»Geliebte?«, schlägt Carmelo nicht besonders hilfreich vor, und Magnolia zuckt mit den Schultern und nimmt den Vorschlag dankbar an.

»Warum nicht.« Sie grinst.

Die Spannung im Raum lässt etwas nach.

»Geliebte!«, flötet Jukes.

»Oh, Lover Boy!«, stichelt Hugh.

Magnolia wirkt völlig unbeeindruckt von ihrem Spott, beinahe, als würde sie ihn nicht hören. Eigentlich ist es ziemlich spektakulär, ihre bewusst selektive Wahrnehmung live mit anzusehen. Sie ist legendär.

»Sorry. Ich – ich war oben beim Arbeiten und habe mich allein gefühlt.« Ihr Blick fängt den meinen auf, aber ich sehe weg, weil ich nicht will, dass alle sehen, wie ich rot werde.

»Ich wusste nicht, dass du hier mit den Boys beim Lunch sitzt.«

»Ach ja, Lunch mit den Jungs ist immer so ein Spaß«, sagt Devlin.

Sie lächelt entschuldigend und wendet sich ab, um zu gehen.

»Aber wo willst du denn hin?«, ruft Devlin ihr hinterher.

»Komm doch rein!«, fordert Hughie sie grinsend auf. »Schließ dich uns an.«

»Oh.« Sie schüttelt schüchtern den Kopf. »Ich möchte mich nicht aufdrängen.«

Santino wirft ihr einen unbeeindruckten Blick zu – offenbar ist er ihrem Charme gegenüber immun, scheiße, was für eine Gabe. »Dafür ist es wohl zu spät.«

»Komm«, winke ich sie rüber und werfe Santino einen Blick zu, der ihn spüren lässt, dass mich sein Kommentar abgefuckt hat.

Sie klettert auf meinen Schoß, machte es sich bequem und sieht dann hinüber zu den Männern. »Also, worüber habt ihr geredet?«

»Ach.« Jonah zuckt wegwerfend mit den Schultern. Eigentlich über nichts Besonderes, wir haben nur das Ableben der Konkurrenz geplant. »Äh – Fußball.« Er wirft ihr ein beruhigendes Lächeln zu.

Entschuldigend blickt sie in die Runde. »Ich bin nicht so ein Sport-Mädchen.«

Christian verdreht die Augen. »Was du nicht sagst.«

»Was für ein Mädchen bist du denn?«, fragt Hughie.

»Das beste.« Sie strahlt, und Christian verdreht die Augen.

»Und was machst du so?«, fragt Devlin und beugt sich vor.

»Na ja«, sie streicht ihren Rock glatt. »Ich bin die Style-Editorin beim *Tatler Magazine*.«

Santino guckt sie an, vielleicht sogar leicht beeindruckt. »Ach, wirklich?«

»Ja«, erwidert sie, die Nase in die Luft gereckt. »Und ich muss sagen, ich liebe dieses Valentino-Seidendruck-Haifischkragen-Hemd, das du da anhast. Echt schick. Frisch, absolut altersangemessen – du siehst super aus.«

Santino starrt sie etwa vier Sekunden lang ausdruckslos an, und ich überlege, dass ich sie, falls sie ihn beleidigt hat, jetzt vor zwei Ganglords beschützen muss statt nur vor einem – aber dann breitet sich ein Grinsen auf seinem Gesicht aus.

Laut lachend lehnt er sich auf seinem Stuhl zurück.

Magnolia wirft mir einen Blick zu, gleichzeitig verwirrt und erfreut.

»Der *Tatler,* also.« Devlin nickt ihr zu. »Was würdest du sagen, wer von uns ist am besten angezogen?«

»Hier?« Ihr Blick gleitet um den mit Englands berüchtigtsten Männern besetzten Tisch.

Dann schürzt sie einen Moment lang die Lippen. »Christian wahrscheinlich. Dann Julian, dann Jonah.« Er wirft ihr einen wenig erfreuten Blick zu.

»Du trägst zu viel Schwarz, das sage ich dir schon seit einer Ewigkeit«, sagt sie ihm, bevor sie Carmelo mustert. »Dann du, würde ich sagen.« Ein Blick zu Santino. »Na ja, vielleicht teilt ihr beiden euch den vierten Platz.«

»Dann du.« Sie zeigt auf Jukes. »Dann du.« Sie zeigt auf Devlin. »Dann …« Sie bricht ab und schenkt McCracken ein höfliches Lächeln.

Der ganze Raum bricht in Gelächter aus.

»Bist du aus Schottland?«, fragt sie freundlich.

»Ja?«

»Das sieht man – es sind die Jeans.« Sie nickt selbstbestätigend. »In Irland und Schottland tragen die Leute Jeans, die einfach nicht gut sitzen, wenn ihr mich fragt …« Oh, shit. Ich werde gegen einen meiner ältesten Freunde antreten müssen. Dieses abgefuckte Mädchen macht mir echt Kopfschmerzen.

»Statt Skinny-Jeans.«

»Ich mag Skinny-Jeans.« Sein Blick wird finster. Heilige Scheiße.

»Vielleicht könnten wir es stattdessen mit slim fit probieren.« Sie zuckt mit den Schultern. Heilige Scheiße.

»Ist das so was wie bootcut?«, fragt McCraken, und ich schnappe nach Luft.

»Nein.« Sie schüttelt den Kopf. »Himmel, nein. Kelly Clarksons Stylistin von 2003 hat angerufen, sie hätte gern ihre Jeans zurück.« Magnolia kichert amüsiert über ihren eigenen Witz, aber außer ihr lacht kein Mensch, und niemand hat überhaupt eine Ahnung, wovon sie redet.

Mehr braucht Jonah nicht. Er prustet los und krümmt sich vor Lachen.

»Was hast du denn jetzt noch so vor?«, fragt Magnolia McCracken unbeschwert. »Soll ich mit dir shoppen gehen?«

Er blinzelt mehrfach. »Ich …«

Ich ziehe sie nach hinten an meine Brust. »Wir sind mitten in einer Besprechung, Kätzchen.«

»Oh.« Sie lacht sorglos. »Natürlich. Na ja, wann seid ihr denn fertig?« Sie schaut auf ihre Armbanduhr.

»In ein paar Stunden?«, frage ich achselzuckend.

»Oh.« Sie verzieht das Gesicht, dann sieht sie zu ihm hinüber. »Wie wäre es, wenn ich kurz deine Maße nehme und loslaufe, um ein paar Dinge zu besorgen?«

»Ähm …« McCracken sieht mich an.

»Das ist wirklich kein Problem«, sagt Magnolia fröhlich.

Geschlagen zuckt er mit den Achseln. »Okay.«

»Super!« Sie springt auf und läuft zu ihm hinüber, während sie ein winziges Métier-Maßband in einer Lederschatulle aus der Tasche zieht, und misst seine Schulterbreite.

Hughie friert mitten in der Bewegung ein.

»Wie groß bist du?«, fragt sie ihn und mustert ihn.

»Einen Meter dreiundachtzig. Neunundsiebzig Zentimeter Brustumfang«, sagt er ihr, aber sie vermisst ihn trotzdem. Carmelo fährt sich mit der Zunge über die Lippen, um sein Lächeln zu verbergen.

»Schuhgröße dreiundvierzig.«

»Okay.« Magnolia nickt. »Konfektionsgröße Anzug?«

»Sechsundfünfzig.«

»In Ordnung.« Sie notiert sich etwas auf dem Handy. »Taille?«

»Einundachtzig.«

»Ich messe nur schnell mal deine Beininnenlänge.« Sie lächelt zu ihm auf, und er blickt panisch zu mir herüber, als sie vor ihm in die Knie gehen will und Christian und ich beide »Nein!« brüllen.

Ich schüttle den Kopf. »Nein – das ist – also – das schätzen wir wohl besser.«

»Oh.« Sie verzieht das Gesicht zu einem Schmollen, ganz offensichtlich, ohne zu verstehen.

Christian und Jonah versuchen so heftig, ihr Lachen zu unterdrücken, dass ihnen die Tränen kommen.

»Okay.« Sie hüpft zu mir zurück und küsst mich auf die Wange.

»Koa fährt dich«, sage ich, und sie nickt. »Kommst du danach wieder her?«

»Ja, natürlich.« Ihr Gesichtsausdruck wird ernst. »Dann richte ich deinen Freund her.«

Sie geht zur Tür. »Okay, tschüss dann!«, flötet sie in die Runde. »War schön, euch kennenzulernen!« Und dann ist sie weg.

Drei Sekunden lang herrscht Stille im Raum, bevor Gelächter losbricht, als sei ein Damm geborsten.

»Geliebter!«, kräht Jonah.

»Unser Mister Lover!«, höhnt Hughie.

Ich verdrehe die Augen.

»Misst sie deine Beininnenlänge öfter?«, fragt Jukes, und ich werfe ihm einen finsteren Blick zu.

»Okay, alle miteinander.« Wieder rolle ich mit den Augen.

»Ja, haltet mal alle die Klappe!«, ruft Carmelo. »Lover Boy hat was zu sagen.«

Santino versetzt seinem Sohn einen Schlag auf die Brust, und unsere Blicke begegnen sich.

Fühlt sich an, als könne er mir im Gesicht ablesen, dass ich sie liebe.

Es ist ein scheiß Gefühl, aber was soll ich tun? Und ich brauche seine Hilfe, um dafür zu sorgen, dass die beiden Mädchen, die ich liebe, in Sicherheit sind.

~

Später am Abend ist das Meeting vorbei, und alle sind wieder nach Hause gegangen.

Magnolia nimmt ein Dampfbad, und ich will mich ihr gerade anschließen, als es an der Tür klopft, während ich gerade daran vorbeilaufe.

Verziehe genervt das Gesicht, weil ich jetzt wie ein scheiß Angestellter die Tür öffnen muss. Und es ist jemand, mit dem ich nicht gerechnet hatte.

»Tiller.« Ich runzle die Stirn.

»Hey.« Er nickt mir mit dem Kinn zu.

»Was willst du?« Mein Stirnrunzeln verstärkt sich. »Bist du wegen meiner Schwester hier?«

»Nein, nicht – nicht wirklich.« Er schüttelt den Kopf, fährt sich mit der Zunge über die Unterlippe. »Ist sie …«

Jetzt schüttle ich den Kopf. »Sie und Christian sind …«

»Ich weiß.« Er nickt.

Es macht ihm ein bisschen was aus, das kann man sehen. Ich habe ihn nicht mehr getroffen, seit sie nicht mehr zusammen sind. Dabei mochte ich ihn am Ende sogar irgendwie.

Ich ziehe leicht die Nase kraus. »Sorry.«

Er schüttelt den Kopf.

»Cian Gilpatrick ist vor ein paar Tagen in London gelandet.« Er verschränkt die Arme vor der Brust.

Überrascht sehe ich ihn an. »Ich weiß.«

Seine Miene wird ernst, genauso, wie man aussieht, wenn man jemanden wirklich liebt. »Sind sie wegen ihr hier?«

Ich verschränke die Arme vor der Brust. Nicke. »Sieht so aus.«

Seine Augenbrauen ziehen sich zusammen. »Weil sie mich gerettet hat?«

Ich sage nichts, schüttle nur den Kopf und zucke mit den Schultern.

Er holt Luft, seine Gesichtszüge sind verkrampft, als würde der Gedanke ihn schmerzen. »Wenn du irgendetwas brauchst, sag mir Bescheid – ich tue es.«

KAPITEL 50

DAISY

Großbritanniens bescheuerte Faszination mit der Clique hat Christian mal wieder in die Zeitung gebracht … Es ist nicht so schlimm wie bei Magnolia und BJ, aber hin und wieder taucht er auf.

Als er mit Vanna zusammen war, war er überall. Wirklich überall. Ich bin monatelang nicht auf Instagram gewesen, weil mein Feed so überflutet war. Ich konnte nicht hinsehen.

Er hat sie nicht geliebt, das weiß ich jetzt, aber trotzdem macht es was mit einem, wenn man dem Menschen, den man liebt, zusieht, wie er eine andere liebt. Wobei ihm das mit mir wahrscheinlich genauso ging.

Christian und ich treffen mit meinem Bruder und Magnolia an einem von Julians Clubs ein. Sie kommen gerade vom Einundzwanzigsten von BJs kleiner Schwester, und die Vorstellung, dass Julian freiwillig zu einer Geburtstagsparty von irgendjemandem geht, den er gar nicht kennt, ist die offensichtlichste Liebeserklärung, die er abgeben kann, ohne es laut auszusprechen.

Christian nimmt mich an der Hand und zieht mich durch die Menge, während die Paparazzi wegen Magnolia zur Höchstform auflaufen – eine der Kameras fällt meinem Bruder zum Opfer, als sie ihr zu nahe kommt –, sie entschuldigt sich, wie immer der Liebreiz in Person[219], überreicht dem Fotografen ihre Karte und verspricht, ihm eine neue Kamera zu kaufen, wenn er doch bitte nur so nett wäre, sie heute Abend in Ruhe zu lassen, sie wolle nur ein bisschen Zeit mit ihren Freunden verbringen.

Der Fotograf sieht sie an, leicht benommen, als sei ihm gerade ein Engel erschienen und habe ihn berührt, aber dann haut er ab, denn Magnolia Parks ist wohl nicht die Art Mädchen, der man etwas verspricht und sich dann nicht daran hält.

Sie zieht meinen Bruder nach drinnen, beschimpft ihn wegen seines Wutanfalls, und er nimmt es hin. Verdreht die Augen und tut so,

219 Nervtötend.

als sei er gelangweilt, aber er erwidert nichts, sondern küsst sie nur, und ich sehe zu und überlege mit einem unguten Gefühl, was passieren wird, wenn ihre Beziehung schließlich unausweichlich in Flammen aufgeht.

»Gehst du mit mir für kleine Mädchen?«, fragt Magnolia mich unschuldig.

»Nein.« Ich gähne.

»Ach, komm schon.« Sie klatscht in die Hände und greift dann nach meiner. »Du kannst aufhören, so zu tun, als würdest du mich nicht mögen, wir wissen alle, dass es anders ist.«

»Das stimmt nicht.« Ich schüttle den Kopf.

»Natürlich stimmt das.« Sie zieht mich von Christian und Julian weg. »Dein Bruder hat es mir verraten.«

»Julian!«, knurre ich und werfe dem Verräter hinter mir einen finsteren Blick zu.

Er zuckt mit den Schultern, als könne er nichts dafür, und ich laufe ihr hinterher.

»Ich habe übrigens nicht wirklich gesagt, dass ich dich mag«, rufe ich ihr durch die Trennwand hindurch zu. »Ich habe gesagt, dass ich mir nicht mehr wünsche, jemand würde dich umbringen.«

Sie öffnet ihre Tür und wirft mir einen unbeeindruckten Blick zu. »Na ja, aus deinem Mund ist das quasi wie eine Umarmung.«

Sie läuft zum Waschbecken hinüber und wäscht sich manierlich die Hände, während sie sich beinahe emotionslos im Spiegel betrachtet, und ich denke darüber nach, dass wir unser wahres Gesicht im Spiegel oft gar nicht sehen, so gewöhnt an unseren Anblick, dass es nichts mehr in uns auslöst, ganz egal, wie schön das ist, was uns entgegenblickt.

»Wie ist es, so ein Gesicht zu haben?« Ich deute mit dem Kinn auf sie.

»Ach.« Mit nachdenklich geöffneten Lippen sieht sie zu mir herüber und schenkt mir ein trauriges Lächeln. »So besonders, wie man sagt, ist es gar nicht.«

Dann mustert sie mich aus dem Augenwinkel. »Du bist genauso hübsch wie ich.«

Sofort wieder genervt und peinlich berührt verdrehe ich die Augen.

»Nein, das bist du – bei mir sind es nur die Augen, die Farbe gaukelt den Leuten irgendwie vor, ich sei hübscher, als ich es bin.« Dann beugt sie sich zu mir und flüstert: »Sag das bloß niemandem, es ist mein größtes Geheimnis.«

»Dass du schöne Augen hast?«, frage ich sie stirnrunzelnd. »Das ist kein Geheimnis – *Vanity Fair* hat mal eine Coverstory über dich gebracht, mit dem Titel ›Das Mädchen mit den Augen‹.«

»Nein, Daisy.« Sie wirft mir einen Blick zu, als wäre ich schwer von Begriff. »Das Geheimnis ist, dass ich ohne sie viel weniger hübsch wäre.«

»Aber wann bist du jemals ohne sie?«

»Guck mal.« Sie schließt die Augen und dreht sich zu mir. »Jetzt bin ich viel langweiliger. Null Wow-Factor.«

»Alles klar.« Mit zusammengezogenen Brauen sehe ich sie an. »Wie oft läufst du so mit geschlossenen Augen herum?«

»Na ja.« Sie schüttelt den Kopf. »Nicht besonders oft.«

»Na also.«

»Aber es gibt einen Grund, warum du mich nie mit einer Sonnenbrille erwischen wirst.« Bedeutungsvoll sieht sie mich an, bevor sie aus dem Raum hüpft.

Sie tänzelt vor mir her, bleibt aber plötzlich abrupt stehen. Ich spähe um sie herum und sehe Vanna Ripley, die deutlich zu nah an meinem Freund an der Bar steht.

Christian macht nichts falsch – tatsächlich verrät seine Körpersprache sogar, dass er sich äußerst unwohl fühlt. Mein Bruder steht neben ihm und blickt finster drein, als Vanna sich so nah an Christian beugt, wie sie kann, ohne sich an ihn zu schmiegen.

Magnolia gibt ein kehliges Geräusch von sich.

»Komm«, knurrt sie und zieht mich energisch in Richtung Bar.

Christian fängt meinen Blick auf, als wir näher kommen, und zieht die Augenbrauen hoch – das weltweite stumme Zeichen für »Hilfe!«.

Magnolia schubst mich praktisch in Christians Arme, und er zieht mich nach hinten an seine Brust.

»Vans.« Er lächelt sie an. »Du erinnerst dich an Daisy?«

Vanna starrt mich einige Sekunden lang an – wie ein ekliges Insekt.

Einen Moment fühle ich mich unsicher, überlege, was ich anhabe,[220] ob es Vanna Riples scheißsexy Anblick in diesem schwarzen Kleid das Wasser reichen kann. Ich bin mir nicht sicher.

Schließlich zwingt sich Vanna zu einem Lächeln. »Ich glaube nicht, dass wir uns schon mal getroffen haben.«

»Stimmt«, nickt Christian. »Also, das ist Daisy, meine Freundin.«

Vannas Kiefer spannt sich an, als sie das F-Wort hört, und ich schenke ihr ein schroffes Lächeln.

Mein Bruder legt einen Arm um Magnolia, als Vannas Blick zu ihr hinübergleitet.

»Magnolia.« Sie stellt sich etwas aufrechter hin, als spräche sie mit einem Mitglied des Königshauses. Was ja auch irgendwie stimmt. »So schön, dich zu sehen – wie geht es BJ? Und Rush?« Dann fügt sie mit einem leisen Lachen hinzu: »Wie geht's Jack-Jack?«

Christian schnaubt überrascht, während Magnolia im selben Moment ein winziges Stück zurückzuckt. Julian wirft Vanna einen kurzen Blick zu, sieht dann auf seine Arme, die er um Magnolia gelegt hat, und hebt die Augenbrauen.

»Ich weiß«, sage ich und sehe sie kopfschüttelnd an – so fest, dass sie den Blick abwendet. »Ich weiß, dass du nichts Unpassendes über sie sagen wolltest.«

Sie schenkt mir ein breites Lächeln. »Wollte ich nicht?«

Mein Bruder blickt sie bedeutungsvoll an. »Besser wäre es.«

Magnolia bringt meinen Bruder zum Schweigen, indem sie ihm im Magnolia-Style eine Hand auf die Brust legt, und sieht Vanna unverwandt an. »Hat die Sache mit Jack-Jack dich besonders getroffen? Er hat erzählt, dass du schon immer auf ihn standst.«

Vannas Blick wird finster. »Wahrscheinlich nicht so sehr wie Daisy, als Christian dich ihr vorgezogen hat.«

Mir wird schlecht. Christian schließt mich noch fester in die Arme.

»Oh – du hast da offensichtlich was falsch verstanden.« Magnolia

220 Kurzes Hemdblusenkleid aus ripped Denim mit Clara-Gürtel (Retrofête); kniehohe Laylis-Wildlederstiefel (Isabel Marant); Lammfell-Lennon-Mantel (Nili Lotan); kleine, gesteppte Loulou-Puffer-Fell-Handtasche (Saint Laurent) – vielen Dank, Magnolia.

schüttelt den Kopf und lächelt sie freundlich an. »Das ist nie passiert. Aber was tatsächlich passiert ist, ist, dass er Daisy dir vorgezogen hat …«

Mein Bruder unterdrückt ein Lächeln, und Christian lacht schnaubend durch die Nase auf.

Christian deutet mit dem Kopf von uns weg. »Wahrscheinlich ist es jetzt Zeit, dass du gehst, meinst du nicht, Vans?«

»Ich liebe es, wenn du mir sagst, was ich tun soll«, sagt sie übertrieben anzüglich.

»Und wie fühlst du dich so, wenn ich dir sage, was du tun sollst?«, frage ich. »Bei mir wäre es nämlich ›Fick dich‹.«

»Das würde ich lieber jemand anderen erledigen lassen.« Sie sieht hinüber zu Christian, aber er schüttelt nur peinlich berührt den Kopf.

»Tut mir leid«, sagt er zu mir, bevor er sich wieder zu ihr dreht. »Lass es gut sein.«

Vanna sieht zu ihm auf, als könne sie es nicht glauben. »Was willst du mit ihr?«

»Was ich mit ihr will?« Er blinzelt. »Ich liebe sie.« Zuckt mit den Achseln, als wäre es nichts weiter. »Ich liebe sie.«

Vanna starrt ihn ein paar Sekunden lang an, und Magnolia stößt ein kleines Quietschen aus. »Sorry – das ist echt so peinlich.« Sie windet sich in den Armen meines Bruders. »Vanna, würde es helfen, wenn wir alle die Augen zumachen, damit du unbemerkt wieder in dem Höllenschlund verschwinden kannst, aus dem du hervorgekrochen bist?«

Wütend sieht Vanna sie an.

»Ich fange an.« Magnolia hält sich die Augen zu. »Daisy, guck, was ich alles für dich tue, Augen zu und so – ist sie schon weg?«

Mein Bruder hebt Magnolia hoch, wirft sie sich lachend über die Schulter und trägt sie davon. »Du bist so seltsam.«

Christian zieht mich an der wie festgefroren dastehenden Vanna vorbei hinter meinem Bruder einen Flur hinunter. Dann bleibt er stehen und streicht mir eine Haarsträhne hinter die Ohren.

»Süße, es tut mir so leid …« Er schüttelt den Kopf. »Sie ist wirklich widerlich.«

»Ich hasse sie«, sage ich.

»Ja.« Er nickt.

»Julian, hast du mit ihr geschlafen?«

»Leck mich!« Mein Bruder sieht beleidigt zu mir herüber. »Ich habe gewisse Ansprüche.« Er blickt zu Christian. »Nichts für ungut.«

Christian zuckt mit den Schultern.

»Ich habe auch nicht mit ihr geschlafen, nur um das klarzustellen«, sagt Magnolia.

»Gut«, nickt Christian. »Dann wohl nur ich.«

»Weißt du …«, Magnolia lehnt sich um meinen Bruder herum, »… wenn wir gerade davon sprechen …«

»O Gott«, seufzt Christian und lässt seine Rückenwirbel knacken.

»Wenn man jemanden küsst, hat man hinterher sieben Jahre lang noch Speichelspuren dieser Person im Körper. Also …«, wir starren sie alle an, »… wenn man darüber nachdenkt … Ich habe einmal mit Julian geschlafen, als ich neunzehn war, und dann nicht viel später mit Christian. Und dann hast du mit Christian geschlafen.« Sie zeigt auf mich. »Und dann ich wieder mit ihm in New York. Und danach mit deinem Bruder – wenn du also drüber nachdenkst …«

»Ich will nicht.« Christian schüttelt den Kopf. »Darüber sollten wir wirklich – nicht – nachdenken – nein.«

Julian macht ein angewidertes Geräusch.

»Ich …«, mit dem Finger zeige ich auf sie, »… bin wieder zurück beim Hassen. Hassen wie *Ich will dich tot sehen.*«

»Oh!« Magnolia klatscht in die Hände. »Ich habe eine Idee. Warum bringt ihr Vanna nicht einfach um?«, fragt Magnolia laut und nickt lächelnd.

Fassungslos starren wir sie alle drei an.

»Wie bitte?« Das Gesicht meines Bruders verzieht sich schmerzhaft.

»Ich dachte nur …« Ihre Schultern sacken nach unten. »Ich verstehe euer Leben nicht.«

Eine seltsame Stille folgt, in der niemand von uns recht weiß, ob sie einen Witz gemacht hat oder nicht.

In welchem anderen Freundeskreis der Welt hätte sie das ernst meinen können?

Julian heult lachend auf, als er sie packt und noch einmal küsst.[221]

221 Und ich mir wieder Sorgen mache.

Ich sehe ihnen hinterher und danach zu meinem Freund und frage mich, ob das die Normalität ist, nach der ich mich die ganze Zeit gesehnt habe. Vielleicht ist das alles, was ich je wollte, und es liegt direkt vor mir. Und ich bete zu Gott – auch wenn ich mir sicher bin, er hört uns nicht zu –, dass es genauso für immer bleibt.

KAPITEL 51

JULIAN

Es vergeht ungefähr eine Woche, und alles beginnt sich wieder etwas entspannter anzufühlen.

Ein Zufall, dass Cian hier aufgetaucht ist, mittlerweile bin ich mir fast sicher. Oder nur Ro, die versucht, ein Machtspielchen mit mir zu spielen, also scheiß auf sie. Ich gehe mit Magnolia aus, wenn ich das will.

Wir gehen ins Murano auf der Queen Street. Die scharf gegrillte Makrele ist zum Sterben.

Jetzt sitze ich da und gucke sie an, halb genervt, halb bezaubert – meine Standardempfindung für sie –, es ist ein beschissenes Gefühl, jemanden zu lieben, der es nicht erwidert. Manchmal frage ich mich, ob sie es tun würde – ob sie es könnte –, wenn sie wüsste, dass es eine Möglichkeit ist, ob sie dann vielleicht offen dafür wäre.

Von der gegenüberliegenden Seite des Tisches sieht sie mich an, das Kinn in die Hand gestützt. »Was?«

»Ich habe gerade daran gedacht, wie viel Spaß es gemacht hat, dir dabei zuzusehen, wie du Vanna Ripley fertiggemacht hast.«

Sie verdreht die Augen. »Sie hat es verdient.«

Ich nicke bestätigend. »Hat sie.«

Sie trinkt einen großen Schluck Martini. Sie mag ihn wet and dirty, und ich bin mir zu neunzig Prozent sicher, dass ihr einfach der Blick der Barkeeper gefällt, wenn sie ihn bestellt. »War mit Daisy alles okay?«

»Ja.« Ich nicke. »Ich meine, er hält nicht gerade mit seinen – wie hast du es genannt? …« Ich kneife die Augen zusammen. »… Mit seinen Bekundungen starker Zuneigung hinter dem Zaun.« Ich lache, schüttle den Kopf, und sie lächelt mich an.

»Sie sind glücklich.« Sie legt den Kopf schief, glücklich für die beiden, und scheiße – ich liebe sie. Fuck. Als sie auf ihren Daumennagel beißt und mich anlächelt, während sie an einem Stück Focaccia herumzupft, ist sie das schönste Wesen, das ich je gesehen habe, und ich habe alles gesehen.

Wie sie sich für meine kleine Schwester freut und sich über den Tisch beugt, um einen Knopf an dem karierten Hemd zu öffnen, das sie für mich ausgesucht hat und das ich trage, weil mir alles egal ist – ich mache einfach, was sie sagt. Ich liebe alles an ihr – wie sie denselben Song zweieinhalb Stunden auf Repeat laufen lässt, welches Theater sie um Klamotten veranstaltet, wie sie aussieht, wenn sie sich in meinem Badezimmer die Zähne putzt, wie sie sich auf meinen Schoß setzt, ganz egal, was ich gerade tue, wie pink ihre Lippen sind, ohne dass sie Make-up trägt.

Sie ist Botticellis Göttin in der Muschelschale, ihre Augen die Seerosen in Monets Teich, sie ist die Hand Gottes, die sich nach unten zu den Menschen streckt. Klimts *Kuss* ist ein Porträt von uns, und ich werde es stehlen. Es mitnehmen, mir zu eigen machen, sie mir zu eigen machen. Das vielleicht zuerst.

Ich werde es ihr sagen. Wir schaffen das.

Wir finden schon heraus, wie.

Ich schiebe meinen Stuhl zurück und stehe mit einer schnellen Bewegung auf.

Fragend sieht sie zu mir auf. »Alles okay?«

»Ja.« Ich nicke knapp. »Muss mal kurz wohin.«

»Ach so.« Sie wirft mir ein schnelles Lächeln zu.

Sie nimmt ihr Handy vom Tisch und dreht es um.

Kekoa und Declan gehen hinter mir her, und ich stoße die Tür auf und trete ans Waschbecken.

Lasse mir Wasser über die Hände laufen, über die Handgelenke.

Ich kann das.

Ich habe es noch nie zuvor getan, aber ich kann das. Sage ich es ihr einfach?

Wie sage ich es? Sie könnte meine Liebe erwidern. Vielleicht sagt sie es auch.

Sage ich ihren Namen am Ende – scheiße, ich habe keine Ahnung? Ich …

»Alles okay?«, fragt Kekoa und steckt den Kopf durch die Tür.

»Klar«, nicke ich.

»Ja?« Er kauft es mir nicht ganz ab. Zeigt auf mich. »Du siehst irgendwie komisch aus?«

»Nein. Alles in Ordnung.« Ich schüttle den Kopf.

Er zuckt mit den Mundwinkeln. Nimmt es mir immer noch nicht ab.

Ich schiebe mich an ihm vorbei und gehe zurück an unseren Tisch.

Sie sitzt da, das Handy wieder verkehrt herum auf dem Tisch, das Kinn wieder auf die Hand gestützt, und grinst jemanden an, der auf meinem Stuhl sitzt.

Ich kann von hinten nicht erkennen, wer es ist. Ich drehe mich zu Kekoa um, dann zu Decks …

Wir haben sie allein gelassen.

Ich renne nicht los – will ihr keine Angst einjagen –, ich gehe nur ein wenig schneller.

»Julian«, sagt sie und lächelt zu mir herauf, als ich so schnell ich kann an unseren Tisch trete. »Dein Freund hat sich gerade vorgestellt.«

Ich drehe den Kopf, um den Fremden anzusehen, und starre mitten ins Gesicht von Eamon Brown.

»Julian!«, strahlt er mich an.

Ich lege beide Hände auf Magnolias Schultern.

Er hat Sonne getankt, seit wir uns das letzte Mal gesehen haben. Offener Hemdknopf, Urlaubsleinenhose, meinen Drink in der Hand.

»So schön, dich zu sehen – es ist schon – Himmel –, wie lange ist es jetzt her?«

Ich antworte nicht, sehe ihn nur an.

»Woher kennt ihr euch?«, fragt Magnolia und sieht zwischen uns hin und her.

»Ach …« Brown klatscht in die Hände, während er mich mustert. »Julian hat mal … auf meine Kinder aufgepasst.«

»Ach ja?« Entzückt lehnt sie sich auf dem Stuhl zurück und sieht zu mir auf. »Wie lieb von dir.«

Eamon starrt mich an. »Der Allerliebste.«

»Ich wollte mich nicht aufdrängen.« Eamon isst eine Gabel von meinem Essen. Scheißdreister Bastard. Wenn Magnolia nicht da wäre, würde ich ihn auf der Stelle umbringen. Ihm diese Flasche Malbec über den Kopf ziehen, an den Knöcheln aus dem Restaurant schleifen und vom Dach meines Hauses baumeln lassen, damit alle in dieser verfickten Stadt wissen, dass man sich besser nicht mit mir anlegt. Aber offenbar kann man es doch, weil ich verliebt bin und sie es ständig gegen mich benutzen, ohne auch nur einen Finger krumm zu machen.

»Ich war gerade dabei, deine …« Brown sieht hinüber zu Magnolia und lächelt sie fragend an. »Auf welche Bezeichnung haben wir uns noch mal geeinigt?«

»Na ja.« Sie schüttelt den Kopf, als sei das eine lächerliche Frage. »Wir sind ganz sicher nicht zusammen, das hat er sehr klargemacht.« Sie wirft mir einen Blick zu, belustigt, ein bisschen genervt – ich hoffe, sie liest in meinem Gesicht, dass etwas nicht stimmt, nicht, was genau, nur so, dass sie erkennt, dass sie sich aus dieser Unterhaltung lieber zurückziehen sollte. Stattdessen wechselt sie einen belustigten Blick mit Brown.

»Ich glaube, der allgemeine Konsens war ›Geliebte‹.«

»Geliebte.« Eamons Gesicht verzieht sich zu einem Lächeln, von dem mir schlecht wird. Scheiße. Er starrt zu mir herauf und fährt sich mit der Zunge über die Lippen. »Sie ist … wunderbar.«

»Steh auf«, sage ich, ziehe sie unsanft auf die Füße und hinter mich.

»Was machst du – aua!«, ruft sie verärgert, als ich sie hinter meinen Rücken schubse.

»Das ist kein Freund von mir.«

Verwirrt runzelt sie die Stirn. »Was?«

»Er wechselt sehr schnell die Seiten, Magnolia.« Eamon schüttelt den Kopf, während er mich ansieht. Er steht auf, wirft die Serviette auf das Essen, das ich noch nicht mal angerührt habe. »Es war wundervoll, dich kennenzulernen, Süße.« Er späht um mich herum und sucht nach Magnolias Blick, aber ich versperre ihm die Sicht.

»Ein wahres Vergnügen«, sagt er und sieht mir in die Augen. »Ich bin mir sicher, wir sehen uns bald wieder.«

Dann dreht er sich um und geht.

»Habe deine Rechnung bezahlt«, ruft er beim Hinausgehen, und Kekoa und Declan starren ihm nach, die Hände verstohlen an der Waffe. Nur für den Fall. Wir erschießen keine Leute mitten in Mayfair, wenn wir es vermeiden können.

Ich warte, bis er verschwunden ist, dann fahre ich zu ihr herum und ergreife mit beiden Händen ihr Gesicht.

»Was hat er zu dir gesagt?«

»Was?« Sie legt die Stirn in Falten. »Nichts – was ist denn los? Was meinst du mit: Er ist kein Freund von dir?«

Ich weiß nicht, was ich sagen soll – und das muss ich auch nicht, weil Kekoa uns sofort durch den Hintereingang schiebt, durch die Küche, ein paar Stufen hinunter und hinein in eines meiner Autos.

Ich setze sie nach hinten, und sie starrt finster vor sich hin, sauer, weil sie nicht versteht, was hier vor sich geht.

»Mittlerer Sitz«, weist Kekoa mich an.

Ich setze sie in die Mitte, und er wirft mir einen schroffen Blick zu.

»Julian«, sagt sie, ihre Stimme klingt, als stampfe sie mit dem Fuß auf, auch wenn sie es nicht tut. »Was ist los?«

»Jemand muss Daisy anrufen.«

»Schon passiert«, nickt Declan. »Alles in Ordnung. Sie ist mit Miguel im Anwesen.

»Christian?«, frage ich.

Entnervt wirft er einen Blick nach hinten. »Ist auch da.«

»Julian!« Magnolia zerrt an meinem Arm.

Meine Gedanken rasen. Was könnte ich ihr nur sagen – es wird eine Lüge sein müssen.

Was ist los? Dich hat nur gerade zum zweiten Mal diesen Monat jemand bedroht, weil du mit mir zusammen bist.

»Wer war das?« Sie schüttelt den Kopf, Besorgnis steigt ihr in die Augen – ich hasse es, wenn sie sich Sorgen macht.

»Ein alter Freund der Familie«, rettet mich Kekoa, ohne sich umzudrehen.

»Oh.« Magnolia runzelt die Stirn, immer noch verwirrt.

»Er ist ein bisschen komisch.« Er wirft einen Blick nach hinten und sieht sie aufmunternd an. »Wir haben es nicht so gern, wenn er auftaucht.«

»Ach so.« Sie nickt, als würde sie verstehen, auch wenn sie es nicht tut. Sie kann es nicht, wird es niemals verstehen. Ich werfe meinem alten Freund einen dankbaren Blick zu.

In dieser Nacht nehme ich sie mit aufs Anwesen, nur zur Sicherheit und aus Selbstsucht, denn ich weiß, was das heißt. Das heißt es, jemanden zu lieben.

Wir haben Sex, zweimal, damit es auch zählt. Einmal in meinem Bett, einmal auf dem Waschtisch im Bad. Dann schlüpft sie zu mir unter die Dusche, und ich kann keinen anderen Grund dafür sehen als den, dass sie bei mir sein will, schlingt ihre Arme um mich. Sonst nichts. Ich fühle, wie es in mir tobt, auch wenn ich es noch nicht getan habe, wie sehr ich sie vermissen werde, wenn es so weit ist. Wie groß dieses scheißverfickte Haus ohne all die Klamotten sein wird, die sie überall liegen lässt. Wie sinnlos sich mein Bett ohne sie anfühlen wird. Wie leer mein Schoß nächste Woche um diese Zeit sein wird.

»Was machst du da?«, frage ich sie, nachdem sie fünf Sekunden lang unter der Dusche ihren kleinen Kopf an meine Brust gepresst hat.

»Nichts …« Beleidigt blickt sie zu mir auf. »Du kannst mich über deinen Waschtisch legen, aber ich kann dich nicht mal kurz umarmen?«

Ich setze mich auf die geflieste Mosaikbank meiner Dusche, ziehe sie auf meinen Schoß und streiche ihr eine Haarsträhne aus dem Gesicht.

Scheiße. Ich hasse es, sie zu lieben.

Es zerreißt mir das Herz. Sie hat sich hier eingenistet, ihre verdammten himmelblauen Pumps abgestreift und die Füße auf meinen Brustkorb gelegt. Linke Seite. Über dem Kaminsims hat sie ihr Selbstporträt aufgehängt, das kleine Luder. Noch dazu das beste Gemälde, das ich je gesehen habe. Schöner als jede Frau, die jemals jemand gemalt hat, ein Gesicht, für das ich in den Krieg ziehen würde. Für das ich alles aufgeben würde. Sogar sie selbst.

Es ist Zeit.

Ich liebe sie mehr, als ich jemals irgendetwas geliebt habe, und ich dachte, ich könnte es vielleicht irgendwie hinbiegen, einen Weg finden, wie wir zusammen sein können. Ein Leben, in dem ich sein kann, wer ich bin, sie lieben, wie ich es tue, ohne dass es ihren Tod bedeutet, aber das Schicksal lässt es nicht zu. Ich würde ihren Tod bedeuten, und das werde ich nicht zulassen.

Also ist es Zeit.

KAPITEL 52

CHRISTIAN

Smokeshow bringt Daisys Wagen vor dem De Vere Grand am Connaught zum Stehen, und ich öffne die Tür.

Mum veranstaltet hier ihre jährliche Gala zugunsten eines der ortsansässigen Kinderkrankenhäuser, sie sagt, es sei wichtig, der Gesellschaft etwas zurückzugeben. Ich weiß, dass sie nur ihr schlechtes Gewissen beruhigt.

Magnolia hat mich und Daisy für heute Abend eingekleidet. Ich stecke also in einem Jackett aus feinem Kammwollgarn mit passender Hose, einem weißen Hemd mit Knopfleiste von Tom Fords und einem Paar Oxfords, einer Marke, die mit B anfängt.

Ich ziehe den Kopf ein wenig ein, um Blickkontakt zu Daisy aufzunehmen, während ich ihr meine Hand hinhalte, um ihr aus dem Wagen zu helfen.

Als sie sich aufrichtet, haut es mich um.

Überwältigt stoße ich ein kleines Lachen aus, und sie runzelt beleidigt die Stirn.

»Was ist?« Ich mustere das lindgrüne Kleid, das Magnolia für sie rausgelegt hat. Zusammen mit einer Liste sehr konkreter Anweisungen und einem vorausgewählten Set an Accessoires, damit sich Daisy das Outfit ›zu eigen machen‹ kann.

»Ach, ich«, kopfschüttelnd sehe ich sie an. »Ich liebe dich.«

»Ach so.« Sie lächelt, zufrieden mit sich.

»Okay, nein«, sagt Jonah, als er hinter uns aufmarschiert und sich zwischen uns drängt. »Dieser Augen-Klimper-Liebes-Bullshit muss heute Abend mal kurz Pause machen.«

»Wo ist Taura?« Daisy sieht sich um.

Jonah schnaubt. Was auf Hemmes so viel bedeutet wie »Ich will nicht drüber reden«.

»Ménage-à-trois-Schwierigkeiten?«

Überrascht blickt Daisy zu ihm hinüber.

»Dann bist du ohne Date da?«, fragt sie.

»Natürlich nicht.« Er wirft mir ein hinterhältiges Lächeln zu, während er den Arm um meine Freundin legt und sie zu unserer Mum führt.

Ich schenke meiner Mum ein stolzes Lächeln, während ich sie umarme.

»Barnsey«, grinse ich. »Was für ein Kleid!«

Sie macht eine wegwerfende Handbewegung und blickt an dem rot-weißen Kleid herunter, das sie trägt. »Findest du? Magnolia hat es mir geschickt.«

Ich verdrehe die Augen. »Natürlich.«

»Du siehst gut aus, Barnsey«, erklingt eine Stimme hinter mir, und ich erstarre.

Jo und ich sehen uns kurz an. Mum blickt überrascht auf, dann dreht sie sich zu ihrem Ehemann um.

»Was machst du hier?«, fragt sie leise.

Dad zuckt unbestimmt mit den Schultern. »Das ist doch diese Veranstaltung, über die du neulich beim Frühstück geredet hast, oder?«

Sie nickt, sagt aber nichts.

»Ich bin gekommen.« Wieder zuckt er mit den Achseln.

Ein unsicherer Ausdruck legt sich über ihr Gesicht. »Aber du kommst nie zu irgendwelchen Veranstaltungen.«

Die Aussage hängt in der Luft, was das heißt, was es für diejenigen von uns bedeutet, die er zurückgelassen hat, als er die Toten nicht gehen lassen konnte.

Niemand sagt etwas, ich nicht, Jo auch nicht.

»Mir gefällt Ihr Anzug!«, durchbricht Daisy das Schweigen.

Dad betrachtet ihn ein wenig belustigt. »Danke. Er ist etwas in die Jahre gekommen.«

»Ist das der Tom Ford?« Rebecca sieht ihn sich an. »Ich kann nicht glauben, dass der immer noch passt.«

Dad blickt ein wenig befangen an sich herunter.

»Tut er aber.« Mit einer Geste zeigt Daisy auf ihn. »Und wie!«

Sie rammt mir den Ellbogen in die Seite, damit ich auch etwas sage, aber ich schweige. Ich weiß nicht, was ich sagen sollte.

»Rebecca wollte uns allen gerade einen Drink holen«, fängt Daisy an.

Jonah unterbricht sie. »Es laufen doch überall Kellner heru…« Daisy wirft ihm einen warnenden Blick zu.

»Vielleicht könnten Sie ihr ja zur Hand gehen!« Sie nimmt Mum die Tasche aus der Hand.

Mum wirft ihr einen mutlosen Blick zu, als sie begreift und in Richtung Bar geht und Dad ihr langsam folgt.

Aber dann … als sie an der Bar ankommen, sehen sie einander an. Kommen ins Gespräch, wenn auch unbeholfen, wie wenn man unerwartet auf seinen Ex trifft – und so ist es ja irgendwie auch. Sie haben nicht Schluss gemacht, aber ganz sicher sind sie auch nicht zusammengeblieben.

»Was hast du vor?«, frage ich meine Freundin mit zusammengezogenen Brauen.

»Nichts!«, flötet sie und verdreht den Hals, um ihnen zuzusehen.

Ich mustere sie misstrauisch. »Mhm.«

Dann sehe ich zu den beiden hinüber und schüttle den Kopf. »Dais, das wird nicht funktionieren – da ist nichts mehr übrig.«

Sie schenkt mir ein kurzes Lächeln, von dem ich annehme, dass es mir im Lauf eines Lebens eine Menge Schmerzen bereiten wird. »Wir werden ja sehen.«

Schließlich nehmen wir alle an unserem Tisch Platz.

Jonah ist schon ziemlich durch und hat ein langbeiniges italienisches Mädchen in einem funkelnden Kleid auf dem Schoß. Er streamt live auf Instagram, und sie knabbert an seinem Ohr, während Daisy versucht, ihm unauffällig das Handy wegzunehmen – es macht mich traurig, ihm zuzusehen, weil er so kaputt ist. Jo macht sich wegen eines Mädchens nicht kaputt. So etwas habe ich noch nie gesehen. Aber alles, was ich tun kann, ist, mich ins Bild zu lehnen und die Stimmung zu zerstören, bevor sich die Angelegenheit in einen Softporno verwandelt.

Onkel Callum setzt sich zu uns an den Tisch – mit einer blonden Erbin, die aussieht, als sei sie in Daisys Alter. Was niemanden beeindruckt, am wenigsten Daisy (die mir einen so entsetzten Blick zuwirft, dass ich ein Lächeln unterdrücken muss).

Die Erbin dagegen checkt mich ab, wie man es nicht mit jemandem tun sollte, der offensichtlich eine Freundin hat, und wie sie es nicht tun sollte, solange sie mit meinem Onkel zusammen ist. Callum teilt nicht. Wenn er es gesehen hätte, wäre die Sache nicht gut ausgegangen.

Ich lege Daisy einen Arm um die Schulter und küsse sie auf die Wange.

»Ich liebe dich«, sage ich, einfach, weil ich es kann, und sie erwidert meinen Blick, der mir schweigend dasselbe sagt.

Dad setzt sich neben Mum, und Onkel Callum sieht verwirrt zu ihm hinüber. »Jud.«

»Cal.« Er nickt.

Keiner der beiden ist erfreut, den anderen zu sehen.

»Was machst du hier?«, fragt Cal und nimmt einen großen Schluck von seinem Martini, während er ihn beäugt, um sicherzustellen, dass er sich nicht willkommen fühlt.

Die Beziehung der beiden war schon immer angespannt.

Callum ist der Meinung, Dad hat Mum kleingehalten. Dad hält Callum für einen Idioten, und auch wenn ich es nicht gern sage, bin ich wohl bei dieser Angelegenheit auf Dads Seite.

»Er hat beschlossen, auch vorbeizukommen!«, antwortet Daisy stattdessen. »Ist das nicht schön?«

Ich drücke ihr Knie und berühre mit den Lippen ihr Ohr. »Entspann dich.«

»Ja.« Callum nickt, ohne zu lächeln. »Sehr schön.«

Die Appetizer werden aufgetragen, und die Unterhaltung ist echt scheiße – zieht sich wie Kaugummi, nur Daisy gibt sich die größte Mühe.

Onkel Callum hat die Hände unter dem Kleid des Mädchens, das er mitgebracht hat, genau wie Jo – und, um ehrlich zu sein, ich auch, aber wenigstens sind Daisy und ich in der Lage, eine Unterhaltung zu führen, während wir unter dem Tisch fummeln.

Daisy sorgt dafür, dass meine Eltern immer neue Drinks vor sich stehen haben, und all ihre Aufmerksamkeit richtet sich darauf, dass die Unterhaltung zwischen Mum und Dad am Laufen bleibt.

»Wie haben Sie beide sich denn kennengelernt?«, fragt sie und lehnt sich vor, das Kinn auf die Hand gestützt, während sie mir unauffällig auf die Finger haut, weil sie sich deutlich zu weit nach Norden vorgetastet haben, um noch als salonfähig durchzugehen.

Ich grinse und ziehe sie auf meinen Schoß, während der Kellner unsere Teller abräumt.

Mum und Dad sehen einander nachdenklich an.

»Wir haben uns in einem Pub getroffen«, sagt Dad mit einem etwas gedankenverlorenen Lächeln zu ihr.

»Waren Sie allein?«, fragt Daisy und wartet auf mehr. (»Es ist, als würde man versuchen, auf Asphalt Schlittschuh zu fahren«, hat sie mir vorhin über ihn zugeflüstert.) »Oder mit Freunden unterwegs?«

»Tatsächlich hatte er ein Date«, sagt Mum mit dem Hauch eines Lächelns. Aber immerhin. »Ich war mit meinem Bruder dort …« Sie wirft Callum einen Blick zu, der seiner Blonden gerade mit hungrigem Blick etwas ins Ohr flüstert.

»Meinem anderen Bruder. Harvey«, erklärt sie mir. »Wir waren im Covent Garden, und …«

»Nein, waren wir nicht«, unterbricht sie Dad.

Sie sieht ihn an. »Doch, waren wir.«

Er schüttelt den Kopf.

Da wären wir. Ich rutsche auf meinem Stuhl hin und her und warte darauf, dass sie sich kurz darüber streiten und mein Dad dann aufsteht und ohne ein weiteres Wort wieder für die nächsten zehn Jahre verschwindet.

»Waren wir nicht«, beharrt er. »Das weiß ich genau.«

»Du hast dich fünfzehn Jahre lang an nichts erinnert, Jud. Was lässt dich so sicher sein, dass du ausgerechnet das noch weißt?«, fragt Mum auf eine Art, in der all die Jahre der Verletzungen und Vernachlässigungen spürbar werden, und ich fühle eine Welle der Wut darüber aufsteigen, dass er sie so behandelt hat. Sie ist die beste Mum der Welt, und als Rem gestorben ist, hat sie nicht nur ihre Tochter, sondern auch ihren Ehemann verloren.

Dad sieht sie lange an. Als sei er verwirrt und vielleicht ein bisschen verletzt.

»Barnsey, ich könnte doch nicht vergessen, wie ich dich kennengelernt habe«, sagt er mit einem Stirnrunzeln, bevor er zu Daisy hinübersieht. »Wir waren im Lamb and Flag.«

»Oh«, sagt Mum, deren Augen sich plötzlich weiten, und ich weiß sofort, dass er recht hatte. Ihre Wangen färben sich rosa.

Sie freut sich, falschgelegen zu haben.

Erneut legt sich Schweigen über den Tisch.

»Und du warst eigentlich auf einem anderen Date?«, frage ich und ignoriere den überraschten Blick, den Daisy mir zuwirft, weil Beziehungen nun mal so sind, und manchmal braucht man es nicht, dass die eigene Freundin recht hat, was die jahrelange Familienfehde betrifft.

»Ja.« Dad wirft mir einen Blick zu. »Ein Mädchen, mit dem ich damals schon ein paarmal ausgegangen war …«

»Sie war deine Freundin«, unterbricht ihn Mum.

»Das war sie.« Dad lacht. »Gott sei Dank, denn sonst hätte ich nicht diesen wunderbaren Anmachspruch für sie gehabt.«

Mum und Dad sehen sich an, wie sie es seit fünfzehn Jahren nicht mehr getan haben.

»Was haben Sie gesagt?«, fragt Daisy mit einem Lächeln, während sie den beiden zusieht.

»Hi, ich heiße Jud und ich habe gerade für dich mit meiner Freundin Schluss gemacht«, sagt Mum, ohne den Blick von ihm abzuwenden.

Dad schluckt sichtbar.

Ein Kellner stellt den Hauptgang vor uns ab, diese leckeren kleinen Ribeye-Medaillons, aber Dad schlingt seines unglücklicherweise mit zwei Bissen herunter.

»Das war köstlich.« Er nickt. »Wann gibt es Abendessen?«

Mum mustert ihn ungehalten. »Das war das Abendessen.«

»Bisschen wenig …« Er verzieht das Gesicht und wirft mir auf der Suche nach Unterstützung einen Blick zu, aber ich schüttle den Kopf. Ich will es mir mit Mum nicht verderben.

»Ich meine …« Dad hält inne, als Daisy ihm ihren »Klappe halten«-Blick zuwirft. »Perfekt portioniert. Besser geht es nicht.«

Und wisst ihr was, ich komme nicht umhin zu bemerken, dass Mum, die so tut, als wäre sie sauer auf ihn wegen des Steak-Kommentars, ihn hinterher trotzdem zu all ihren Freunden schleppt. Sie sieht glücklicher aus, als ich sie seit Jahren gesehen habe.

»Komisch, wenn sie einander doch nicht mehr lieben, oder?« Daisy rammt mir verschwörerisch den Ellbogen in die Rippen, stolz auf sich.

»Krieg dich wieder ein, kleine Kupplerin.« Ich verdrehe die Augen.

Als die Veranstaltung vorbei ist, laufen wir gemeinsam die Stufen des Gebäudes hinunter. Wir sind fast die Letzten, und Dad geht uns allen voraus. Unten dreht er sich auf dem Absatz um und sieht zu uns hoch.

»Wer hat Hunger?«

Ich werfe einen verstohlenen Blick zu Mum hinüber und wäge ab, wie wütend sie werden würde, wenn ich ehrlich bin.

»Ich verhungere gleich.« Ich sehe zu ihr hinüber und verziehe entschuldigend das Gesicht.

»Scheiße, ich sterbe vor Hunger«, krächzt Jonah, der immer noch ziemlich betrunken ist.

»Wer hat Lust auf McDonald's?«, fragt Dad, und wir alle, einschließlich Daisy, blicken hinüber zu Mum.

»Oh«, stöhnt sie. »Wenn es sein muss …«

Jonah legt einen Arm um mich, einen um Daisy und zieht uns ein Stück nach hinten, sodass unsere Eltern vor uns her in Richtung des goldenen Ms die Straße hinunterlaufen.

Mit glasigen Augen grinst er Daisy an. »Ein bisschen Magie steckt schon in dir, nicht wahr, Daisy Haites?«

KAPITEL 53

JULIAN

Die nächsten Tage habe ich darüber nachgedacht, wie ich es anstellen soll.

Es war eine ziemlich harte Nuss, ein bisschen, weil ich es nicht tun will, aber auch, weil es doch etwas Planung erfordert. Ich will, dass es zählt, für sie – wenn ich sie schon aufgebe, dann auch richtig. Und für mich, ich brauche es als kleine Show für Roisins Spione, damit klar ist, dass Parks und ich Geschichte sind.

Also führe ich sie zum Essen aus.

Maison Francois in St. James. Habe das halbe Restaurant reserviert. Lasse die ganze verdammte Kavallerie antreten, nur für den Fall.

Die meisten warten vor Ort auf uns, damit sie sich nicht unwohl fühlt. Vielleicht hätte ich das nicht tun sollen. Vielleicht hätte ich dafür sorgen sollen, dass sie sich die ganze Zeit über unwohl fühlt, dann wäre sie vielleicht von selbst abgehauen, und es wäre nicht so, wie es jetzt ist. Ich bin verliebt und dabei, sie in die Arme eines anderen zurückzutreiben, bei dem sie sicherer ist, und, ganz im Ernst, ich hasse den Scheißkerl dafür.

Wir kommen rein, und ich lasse sie Platz nehmen, bestelle einmal die gesamte Karte.

Sie guckt mich mit diesem süßen, leicht erstaunten Blick an.

»Was?« Ich zucke mit den Schultern.

Das Kinn auf die Hand gestützt, lächelt sie zu mir herüber. »Ich mag französisches Essen.«

»Ich weiß«, nicke ich und versuche, mir jedes Detail von ihr einzuprägen, weil es das letzte Mal sein wird, dass ich sie zum Essen ausführe.

Das letzte Mal, dass sie die Hand ausstreckt und meinen Drink probiert und das Gesicht verzieht, weil sie keine neuen Sachen mag.

»Wie geht's deiner Mum?«

Sie zuckt mit den Schultern. »Bridget sagt, sie hat einen neuen Boyfriend des Monats.«

Ich nicke.

Sie schürzt die Lippen. »Im *Mirror* steht nichts besonders Nettes über sie …«

»Ja, aber der *Mirror* ist ein Scheißblatt.«

Sie nickt. Sieht traurig aus, also versuche ich, das Thema zu wechseln.

»Mal mit BJ gesprochen?«, frage ich, und ihr Lächeln fällt in sich zusammen. Ich ziehe eine Augenbraue hoch. »Versuchst du mir zu sagen, du hättest nicht mit ihm geredet?«

»Warum fragst du?« Sie faltet die Hände vor sich.

Weil ich sichergehen will, dass es dir gut geht.

»Darf ich nicht?«, frage ich stattdessen mit einem Achselzucken.

Sie atmet durch die Nase aus. »Wir haben nicht mehr miteinander gesprochen als normal.«

»Also eigentlich die ganze Zeit über?«, schnaube ich, und sie wirft mir einen kurzen, finsteren Blick zu.

»Ich mochte deine Freunde von neulich«, sagt sie, während sie den Arm zu meinem Teller ausstreckt und mit der Gabel eine Anchovis aufspießt. Sie verzieht das Gesicht.

»Ja?« Ich werfe ihr ein Lächeln zu, als würde mich die Antwort nicht fertigmachen.

Es gibt nicht viel, das ich nicht dafür geben würde, dass sie bei allem neben mir sitzt, ganz egal, was. Aber eben nicht ihr Leben, und ich bin mir ziemlich sicher, das wäre der Preis.

»Sie mochten dich auch, Kätzchen«, sage ich, auch wenn sie es schon weiß, weil sie nickt.

»Davon bin ich ausgegangen.«

Ich verdrehe die Augen.

Sogar das werde ich vermissen.

Nach dem Essen steigen wir ins Auto und fahren in einen von Jos Clubs, aber ich will noch nicht. Bin noch nicht bereit.

Mit dem Kopf deute ich vom Wagen weg. »Lust auf einen kleinen Spaziergang?«

»Einen Spaziergang?« Das verwirrt sie.

»Ein Spaziergang, du weißt schon …« Ich pikse sie ins Bein. »Mit diesen Dingern hier. Die bewegen sich.«

Sie sieht mich mit zusammengezogenen Brauen an, als wäre ich ihr lästig.

»Komm schon.« Ich nicke in Richtung Green Park. »Tu mir den Gefallen.«

Sie stöhnt, als ich nach ihrer Hand greife, aber ihre Finger schließen sich um meine, und ich speichere das Gefühl, wie sie mich festhält, tief im Gedächtnis.

Wir laufen ein Stück. Ich sage nicht viel, sie redet die ganze Zeit. Ruhig sein ist nicht so ihr Ding. Irgendwie mag ich es, wie sie das Schweigen und die Gesprächspausen mit Popkultur und Modekram füllt, über die Politik dahinter spricht, als wären New Bond Street und Fifths Avenue Länder, die von diesen Menschen regiert werden.

Und mir fällt auf, dass meine Schwester wohl wirklich etwas auf der Spur war. Diesem normalen Leben, von dem sie immer spricht. Wie gut es sich anfühlt, so zu tun, als würden einem nicht sechs Leute folgen, während man im Park spazieren geht, wie gut es tut, wenn jemand mit einem über Dinge spricht, die nichts mit Blutvergießen und Diebstahl und Rache zu tun haben, und eine Sekunde lang ist es, als hätte mir jemand ein Messer in die Brust gestoßen.

Ich will beides. Ich will normal, ich will Macht.

Ich liebe, was ich tue. Ich liebe sie.

Ich habe es bislang nie infrage gestellt, hatte nie das Gefühl, als seien die Kosten vielleicht zu hoch, und jetzt – egal, wie ich es drehe und wende, ist es ihr Leben, das auf der Rechnung steht.

Als wir an Jonahs Club ankommen, ziehe ich sie die Treppe hoch und küsse sie sinnlos heftig auf den Stufen.

Mit dem Rücken an die Wand gedrückt, eine Hand in ihrem Haar, die andere auf ihrer Hüfte, mein ganzer Körper an sie gepresst. So küsse ich sie, bis ich höre, wie sie außer Atem gerät, und dann speichere ich den Klang ihres Keuchens ab, damit ich später daran denken kann, wenn ich sie vermisse.

»Komm.« Mit dem Kopf zeige ich auf die Bar.

Dort steht Ballentine, genauso, wie ich wusste, dass er es tun würde.

Schließlich habe ich Jonah aufgetragen, ihn heute herzubringen.

»Warum?«, hat er gefragt.

Ich habe ihm nicht gesagt, warum. Bin ihm keine Rechenschaft schuldig.

»Machs einfach«, war meine Antwort, also hat er es getan.

Er sieht zu ihr hinüber, als wir auf ihn zulaufen.

Seine Augen weiten sich, und er schluckt – scheiß auf ihn. Ich meine, ich verstehe ihn. Sitze im selben Boot. Aber scheiß auf ihn, weil er sie immer für sich haben wird und sie mir nur noch für ungefähr zwanzig Sekunden gehört, und sie, seien wir ehrlich, nie eine einzige Minute nur mir gehört hat, auch nicht, wenn wir allein waren.

Hi, grüßt sie ihn tonlos – glaubt, ich sehe es nicht, aber ich sehe alles. Was sie angeht, entgeht mir nichts.

Ich versuche die Bewegung ihrer Lippen bei seinem Anblick als Treibstoff für das zu nutzen, was ich gleich tun werde; versuche, sie ein bisschen dafür zu hassen, dass sie ihn so sehr liebt, aber ich kann es nicht. Ich werde sie niemals hassen. Auch wenn ich ihr ein bisschen übel nehme, wie sie meine Mauern eingerissen hat.

»Hey.« Ich nicke Ballentine mit dem Kinn zu. »Ich muss kurz was erledigen – kannst du ihr mal einen Drink holen?«

Magnolia sieht mich verwirrt an. Ich erwidere den Blick, so emotionslos ich kann.

BJ zuckt mit den Schultern, nickt und geht mit ihr zur Bar.

»Was war das denn?«, fragt Jonah, als wir weitergehen.

Ich zucke mit den Achseln. »Brauche einfach mal eine Minute für mich – die macht mich fertig.«

Ein kurzer Ausdruck zuckt über sein Gesicht. Er versteht nicht, was plötzlich anders ist.

Wir gehen in sein Büro, um uns ein paar Lines reinzuziehen. Ich nehme mehr, als ich brauche, weil Magnolia es hasst und ich sie sauer machen will. Nein, will ich nicht, aber ihr wisst, was ich meine.

Dann klopft es an der Tür.

»Ja?«, ruft Jo, und die Tür öffnet sich.

Zwei lachhaft heiße Girls spähen durch den Spalt.

»Cleo. Alexis.« Jonah setzt sich auf. »Hey.«

Er winkt sie rein. Deutet auf das Kokain auf dem Tisch.

Sie ziehen beide eine kleine Line, und die mit den braunen Haaren ist echt hübsch. Augen, die einem das Gefühl geben, sie ist für alles zu haben, egal, was.

Und egal, was sie nimmt, Hauptsache, sie nimmt mich.

Sie zieht das Kinn ein, sieht aber mit Augenaufschlag von unten zu mir hoch. Ihr kurzes Haar fällt ihr ins Gesicht, und ich sage mir zum fünfzigsten Mal innerhalb der letzten vierundzwanzig Stunden, dass das hier die richtige Entscheidung ist.

»Wie heißt du noch mal?«, frage ich.

»Cleo. Harrington.«

Ich halte ihr meine Hand hin. »Hi, Cleo Harrington. Ich bin Julian Haites.«

Eine paar Sekunden lang starrt sie meine Hand nur an. »Bist du nicht mit Magnolia Parks zusammen?« Dann schüttelt sie sie trotzdem.

Ich zucke nicht zusammen, aber möglicherweise schlucke ich schwer. Trotzdem wende ich den Blick nicht ab, während ich frage: »Siehst du sie hier irgendwo?«

Cleo schüttelt den Kopf.

Mit schief gelegtem Kopf sehe ich sie an. »Aber dich sehe ich hier.«

Ein Lächeln huscht über ihr Gesicht.

Das andere Mädchen, diese Alexis, sitzt auf Jonas Schreibtisch und zieht ihn mit den Augen aus, als gäbe es Geld dafür. Also fange ich Cleos Blick auf und deute mit dem Kopf zur Tür.

Nehme ihre Hand und ziehe sie raus in den Flur, drücke sie an die Wand und küsse sie, als könnte ich mir nichts anderes vorstellen.

Ich höre Kekoa seufzen und sich zurückziehen.

Achte nicht auf ihn. Wir lassen uns keine Zeit, und ich hasse es.

Versuche, mich auf die Körperteile einer Frau zu konzentrieren, die ich immer mag, ganz egal, wen ich anfasse.

Brüste. Magnolias sind ziemlich klein. Ich stehe auf Hälse und Schultern. Alle Mädchen werden verrückt, wenn man sie an der Stelle zwischen Kiefer und Ohr küsst, und sobald ich das tue, greift Cleo in mein Haar, fährt mir mit der Hand unter das Shirt, krallt sich in meine Brust.

Ich hebe sie auf meine Hüften. Sie macht sich an meinen Knöpfen zu schaffen.

Mir ist schlecht.

Ich bin nicht so abgefuckt, dass ich das hier wollen würde – ich will es nicht. Aber ich will, dass Magnolia wieder frei von mir ist, ich will, dass die Leute sehen, wie ich etwas mit einer anderen anfange, dass sie sehen, wie wir etwas tun, das ein offensichtliches und unbestreitbares Ende nimmt.

Ich schließe die Augen. Denke an Magnolia. Das macht es ein bisschen besser, auch wenn es sich anders anfühlt und dieses Mädchen sexuell aggressiver ist, sodass ich die ganze Zeit über weiß, dass ich nur Kopfkino fahre. Ziehe es trotzdem durch.

Wir sind mittendrin, als ich ein paar Meter entfernt ein kleines Lachen höre.

Ich drehe den Kopf und sehe Magnolia dastehen, mit großen Augen und offenem Mund. Sie sieht traurig aus. Was irgendwie befriedigend ist, aber nur für eine Sekunde, dann ist es vorbei.

Danach will ich eigentlich nur noch sterben.

Meine Gedanken rasen – habe ich einen Fehler gemacht? Hatte ich das hier wirklich tun sollen? Kann ich es ungeschehen machen? Wird sie mir je vergeben? Was soll ich ohne sie tun? – Und dann packt mich BJ an den Schultern und rammt mich gegen die Wand.

Cleo fällt von meiner Hüfte, landet aber auf den Füßen.

Ich starre hinüber zu Magnolia, sehe ihr in die Augen, während ich meinen Reißverschluss schließe. Lecke mir über die Unterlippe.

»Was zum Teufel?«, fragt Magnolia.

Ich schubse BJ weg, aber er schubst zurück.

»Ja, was soll der Scheiß«, fragt BJ, und ich drehe den Kopf, um ihn anzusehen, Kinn auf der Brust, Blick nach oben.

Verdrehe die Augen. »Halt dich da raus.«

»Was machst du da für eine Scheiße.« Er gestikuliert in Richtung Magnolia.

Ich schüttle meinen Kopf. »Keine Ahnung, was dich das angeht.«

Seine Kiefermuskeln spannen sich an. »Sie geht mich immer etwas an.«

»Wollen wir das mal klären, Kumpel?« Ich schubse ihn noch mal.

Er nickt knapp. »Japp.«

Ich schenke ihm ein halbes Lächeln. »Danach sehne ich mich schon seit drei Monaten …«

Dann ramme ich ihm meine Faust gegen den Kiefer, und er taumelt nach hinten.

Aber nur für eine Sekunde, dann schlägt er zurück.

»BJ – hör auf!«, schreit Magnolia und rennt gleichzeitig mit meinen Jungs auf uns zu.

Ich krümme mich einen Moment lang zusammen, bevor ich mich wieder aufrichte, mir mit dem Handrücken über die blutige Lippe fahre und schnaubend auflache.

Aus dem Augenwinkel kann ich erkennen, dass Magnolia Angst hat.

Ich wünschte, ich könnte ihr sagen, dass das alles bald vorbei ist, aber ich kann es nicht, sie gehört nicht mehr mir, es ist nicht mehr meine Aufgabe, dafür zu sorgen, dass es ihr gut geht. Das ist jetzt offiziell.

Ich spucke Blut auf den Boden, dann fange ich Kekoas Blick auf und zeige auf Parks. Er kommt und packt sie von hinten, zieht sie weg, auch wenn sie sich gegen seinen Griff wehrt. Eine Welle der Übelkeit überkommt mich, als ich zusehe, wie sie weinend von jemandem fortgezogen wird – als würde ich es jemals zulassen, dass ihr jemand etwas antut, solange ich lebe. Aber das weiß sie nicht, und ich kann sehen, dass sie Angst hat. Genau wie Ballentine, als er ihr zu Hilfe kommen will und unter einem meinem Schläge hindurchtaucht. »Lasst eure scheiß Finger vo…«, fängt er an, aber dann verpasse ich ihm einen Kinnhaken, und er taumelt nach hinten.

»Julian!«, schreit sie, als BJ mich unter vollem Körpereinsatz zu Boden wirft.

Er ist übrigens ein guter Kämpfer. Besser, als ich gedacht hätte.

Ich hatte gedacht, ich würde mich zurückhalten müssen, aber tatsächlich kostet es mich etwas Mühe, ihn abzuwehren. Es ist ihm scheißegal, ob er einen Treffer einsteckt, solange es ihn in eine gute Position bringt, selbst zuzuschlagen, und ein bisschen Blut stört ihn dabei nicht im Geringsten.

Ich kann nicht hinsehen, wie Magnolia sich in Kekoas Armen sträubt und versucht, sich loszureißen, als hätte er ihr etwas angetan – lustig, wie schnell Vertrauen aufgebraucht sein kann. Sie hat nur eine Sekunde lang zugesehen, wie ich ein anderes Mädchen gevögelt habe, und schon bedeuten all die Sicherheiten, die ich ihr vorher geboten habe, plötzlich

Gefahr. Versucht sie, von Kekoa loszukommen oder zu BJ hinzukommen? Ich kann es nicht sagen. Keines von beidem ist gut, aber eines könnte mich umbringen. Ich beschließe, es ist das Letztere, und es ist wie ein Tritt gegen die Brust – genauso wie alles an ihnen, und es macht mich so wütend, dass mein nächster Schlag noch heftiger ausfällt.

Jetzt weint sie – schreit nach Henry, Jonah, nach Christian –, und dann stürzt Jo aus seinem Büro, das T-Shirt halb ausgezogen, und gleichzeitig taucht Christian von irgendwo aus dem Club auf.

Jonah schubst Kekoa – fest. Mutig. Aber es liegt etwas Tröstendes darin, zu sehen, wie er sie verteidigt. Er reißt Magnolia aus Kekoas Armen und wirft ihm einen warnenden Blick zu, bevor er sie in Christians Arme stößt und sich zwischen Ballentine und mich stürzt.

Er zerrt uns auseinander, und ich stehe da – meine Brust hebt und senkt sich heftig, ich zeige mit dem Finger auf BJ und sehe ihn finster an.

»Du verschwindest jetzt besser von hier …«

Jonah schubst BJ den Flur hinunter, an Magnolia vorbei, und ihre Blicke treffen sich. Ohne Worte sagt er ihr, dass er das alles für sie getan hat, aber scheiß auf ihn – denn das habe ich auch. Und dann stößt Jonah ihn um eine Ecke, und es sind nur noch ich und sie und Christian im Flur.

»Was soll das?«, schreit sie mich aus ein paar Metern Entfernung an, und ich überwinde die Distanz und baue mich direkt vor ihrem Gesicht auf.

»Wie oft muss ich es dir noch sagen?« Christian ändert seinen Griff, und seine Muskeln spannen sich an. Er ist erfreut über mein Verhalten. Tatsächlich sieht er so aus, als würde er mir gleich selbst eine reinhauen. »Wir haben keine scheiß Beziehung! Wir ficken nur, sonst nichts.«

Sie stößt einen kleinen erstickten Schrei aus, und das reicht, um mir den Wind aus den Segeln zu nehmen. Einen echten Faustschlag würde ich jederzeit vorziehen.

Mit der Hand wedle ich in ihre Richtung, ohne sie anzusehen.

»Bring sie nach Hause«, sage ich und drehe mich um. Christian legt einen Arm um sie und führt sie davon.

»Komm mit.«

Sobald sie weg sind, schließe ich mich in Jonahs Büro ein.

Zerschlage einen Spiegel, werfe ein Bücherregal um, schreie in meine Fäuste, weil ich sie vermisse und ich das hier jetzt schon nicht mehr will.

Aber es ist geschehen. Sie ist in Sicherheit.

Ich starre auf meine blutigen Hände, die schon wieder zittern. Sehe mich nach Jonahs Coke um. Ziehe mir mehr rein, als ich sollte. Dann gehe ich wieder nach draußen und mache mich auf die Suche nach diesem Mädchen.

KAPITEL 54

JULIAN

Am Ende habe ich beide Mädchen aus dem Club mit nach Hause genommen.

Kann mich aber nicht mehr an viel erinnern.

Als ich heute Morgen aufwache, schlafen beide noch fest neben mir, eins rechts, eins links, und ich sehe mich in meinem Zimmer um.

Überall liegen Flaschen, Klamotten fliegen herum, sogar der Vorhang ist zerrissen – keine Ahnung, was da passiert ist.

Reibe mir die Augen. Sehe Magnolias entsetztes Gesicht vor mir.

Ich habe Decks aufgetragen, ihr nach Hause zu folgen, um sicherzugehen, dass sie in Ordnung war. War sie. Ballentine ist kurz nach ihm dort aufgetaucht.

Schwer, mir nicht ansehen zu lassen, wie sehr das brennt. Aber mein Plan ist aufgegangen – natürlich –, und das ist alles, was zählt.

Ich starre zur Decke hinauf, überzeuge mich davon, dass es stimmt. Es ist alles, was zählt.

Weder magisch noch großartig, Liebe ist einfach abgefuckt.

Es klopft an der Tür.

»Was ist?«, rufe ich.

Magnolia steckt ihren Kopf herein, und sofort setze ich mich aufrechter hin. Denke gar nicht darüber nach. Alte Gewohnheiten und so, ja?

Ihr Blick fällt auf die Mädchen neben mir – Cleo und Alexis –, die beide gerade aufwachen.

»Verschwindet«, weise ich sie an, während ich meinen Rücken knacken lasse.

Beide Mädchen rollen sich aus meinem Bett, schnappen sich ihre Sachen und hauen ab.

Ich stehe auf – komplett nackt. Mir doch egal, sie hat mich schon 12 000-mal vorher nackt gesehen. Außerdem will ich, dass sie mich auch vermisst. Ich ziehe mir eine Jogginghose an, und sie steht einfach nur da, die Arme vor der Brust verschränkt, die Nase hoch erhoben. Finsterer Blick.

»Nett«, spuckt sie aus.

»Du hast einen scheiß Ganglord gevögelt.« Ich verdrehe die Augen. »Was hast du erwartet?«

»Von dir mehr.« Sie schenkt mir ein enttäuschtes Achselzucken, und ich schniefe gereizt.

»Ach, du hast doch bekommen, was du wolltest, Parks.«

Sie zuckt zurück. »Was soll das denn heißen?«

Mit zusammengekniffenen Augen sehe ich zu ihr hinüber. »Glaubst du, ich weiß nicht, dass Ballentine gestern bei dir aufgetaucht ist?«

Überrascht blinzelt sie.

»Ich sehe alles«, sage ich ihr kopfschüttelnd.

Sie geht auf mich zu, die Arme noch immer verschränkt, der Blick noch immer finster.

Und wieder verdrehe ich die Augen, mache eine abschätzige Handbewegung.

»Du hast ihn zurückbekommen. Gern geschehen.«

Sie zieht die Augenbrauen zusammen. »Was?«

»Was?«, schnaube ich. »Glaubst du, ich wüsste nicht, dass er deine Ehre verteidigen würde, wenn er sieht, wie ich im Club ein anderes Mädchen ficke?« Schnaubend schüttle ich den Kopf, als würde die Erinnerung keine Übelkeit in mir auslösen. »Es ist wirklich süß – wie sehr er dich liebt …«

Magnolia blinzelt heftig, verarbeitet alles.

Dann sieht sie misstrauisch zu mir herüber. »Hast du das wirklich für mich getan, oder war das einfach ein glücklicher Zufall?«

»Weißt du, Kätzchen, so peinlich es mir auch ist, ich gehöre wohl mittlerweile zu den Männern, die festgestellt haben, dass es nur sehr wenig gibt, das sie nicht für dich tun würden.«

Ihre Miene wird weicher, auch wenn ich wünschte, es wäre nicht so. »Sagst du die Wahrheit?«

»Warum sollte ich lügen?«

»Keine Ahnung?« Sie schüttelt den Kopf. »Warum solltest du tun, was du getan hast?«

Und ich zucke mit den Schultern, kann es kaum ertragen, wie ihre Augen sich weiten. Auch meine Willenskraft ist begrenzt. »Ballentine musste sich gut genug fühlen für dich. Nichts stärkt das Selbstvertrauen eines Kerls mehr, als für das Mädchen zu kämpfen, das er liebt …«

»Oh«, sagt sie. Holt Luft, während sie meine Hand nimmt, und vielleicht sind das sogar Tränen in ihren Augen – ich weiß es nicht. Ich versuche, nicht hinzusehen. »Danke.«

Ich hebe ihre Hand an den Mund und küsse sie. Armselig, aber scheiß drauf. Ich bin auch nur ein Mensch.

»Gern geschehen«, sage ich und lasse ihre Hand fallen, bereit, mir die nächste Lüge abzuringen. »Und ich bin erleichtert.«

Stirnrunzelnd sieht sie mich an, aber ich schüttle nur den Kopf.

»Ich dachte, Daisy wäre anstrengend, aber bei dir kriegt man echt Kopfschmerzen.«

Ihr Stirnrunzeln verstärkt sich, und ich lache, weil ich sie liebe und ich es vermissen werde, sie zu beleidigen.

»Aber das war es wert«, füge ich hinzu, um noch etwas Nettes zu sagen.

»Das war es also?«, fragt sie und richtet sich auf. »Das mit uns ist vorbei?«

»Ja«, nicke ich. »Das mit uns ist vorbei.«

»Du wirst mir fehlen«, sagt sie.

»Ganz sicher werde ich das.« Ich nicke. »Auf keinen Fall ist Ballentine so gut im Bett wie ich.«

Sie verdreht die Augen, und ich werfe ihr ein Lächeln zu. Versuche, nicht zu weinen, als ich weiterspreche. »Ich bin glücklich für dich …«

»Wirklich?« Sie lächelt zu mir auf, hofft auf meinen Segen.

Gerade im Moment kann ich es aber nicht laut aussprechen, sonst brechen die Dämme, also nicke ich nur.

»Hey.« Sie pikst mich und fängt meinen Blick auf. »Würdest du mir den großen Gefallen tun und keinen Killer auf den Mann ansetzen, den ich liebe?«

Ich schürze die Lippen, tue so, als denke ich einen Moment darüber nach, bevor ich die Augen verdrehe.

»Im Grunde ist er ein Hemmes. Steht unter ihrem Schutz. Und du genauso, also brauchst du meinen nicht.« Mit Daumen und Zeigefinger umfasse ich ihr Kinn. »Aber du hast ihn. Wenn du jemals irgendetwas brauchst, dann bin ich dein Mann.«

Sie lehnt sich vor, drückt ihre Lippen auf die meinen, sacht und zärtlich, ein Wind-im-Kornfeld-Sonne-auf-dem-Gesicht-Kuss.

»Ja, das bist du.«

Sie dreht sich um und geht, bleibt an der Tür kurz stehen, um sich umzudrehen und mich noch einmal anzusehen.

»Du bist ein gefährlicher Mann, Julian. Das weiß ich. Aber ich hoffe, du weißt, dass du darüber hinaus und zuallererst tatsächlich ein ziemlich guter Mann bist.«

Alles klar. Dann schreib's mir auf den Grabstein.

Ich schenke ihr den Hauch eines Lächelns. »Wir sehen uns, Kätzchen.«

~

Ein paar Stunden später klopft es wieder an meiner Tür. Ich liege mit dem Gesicht nach unten auf meinem Bett, betrunken und immer noch dabei.

»Nein«, rufe ich.

»ICH KOMME JETZT REIN«, schreit meine Schwester, und ich stöhne.

»Hi«, erklingt ihre Stimme vom anderen Ende des Zimmers.

Ich sage nichts, also geht sie nur vorsichtig zu mir herüber und kniet sich neben mein Bett.

»Hey«, sagt sie sanft und streicht mit den Fingern über mein Haar, aber ich schlage ihre Hand weg.

»Nicht.« Ich rolle mich auf die Seite und starre sie finster an. »Ich bin okay.«

Sie mustert mich aufmerksam. »Ja?«

»Ja«, sage ich.

Sie sieht sich im Zimmer um. »Na ja, dem Geruch nach zu urteilen …«

»Verschwinde, Dais!«, fahre ich sie an. »Ich habe gesagt, ich bin okay.«

»Bist du ganz offensichtlich nicht.« Sie schüttelt den Kopf und sieht mich traurig an.

»Ich sagte, verschwinde!«, schreie ich sie an, wie ich es sonst nie tun würde.

Sie nickt knapp. »Ich bin hier, wenn du mich brauchst.«

Jack
19:21 Uhr

Unterwegs. Habe gerade Magnolia und BJ gesehen. Händchen haltend.

Sah romantisch aus.

Was habe ich verpasst?

Zwischen Jules und ihr ist es vorbei

Was!

Nein?

Warum??

War einfach Zeit.

Hassen wir sie jetzt?

Nicht mehr als sonst.

Ist er okay?

Ich glaube nicht.

KAPITEL 55

DAISY

Ein paar Tage später laufe ich nach unten und in die Küche, um das Abendessen vorzubereiten. Julian ist völlig außer sich. Vögelt um olympisches Gold. Ich habe ihn in letzter Zeit nicht wirklich viel gesehen und habe das Gefühl, er braucht mal eine Umarmung, aber er lässt mich nicht in seine Nähe. Das Abendessen ist nichts Besonderes, nur sein Lieblingsessen; Brathühnchen, Röstkartoffeln und Gemüse. Aber aus dem Bratensatz mache ich eine sensationelle Sauce, zusammen mit meinem selbst eingekochten Fond.[222]

Als ich die Küche betrete, frieren alle Jungs in der Bewegung ein.

TK, Booker, Declan und Carmelo.

»Hey«, nickt Declan mir mit dem Kinn zu.

»Hi?« Ich werfe ihm einen verwirrten Blick zu, während ich weiter in den Raum trete und alle gleichzeitig die Position wechseln.

Ich sehe in die Runde. »Was ist los …?«, flöte ich.

»Nichts …« Sie schütteln die Köpfe.

»Treibt Julian irgendwas Ekliges, und ihr wollt nicht, dass ich es sehe?«

»Ja.« TK nickte. »Ja, das ist es.«

Ich versuche, an ihm vorbeizuspähen. »Ist er hinter dir?«

»Nein …« Carmelo schüttelt den Kopf. »Aber du siehst heute wirklich super aus.«

»Was?« Misstrauisch sehe ich ihn an.

»Stimmt doch, oder?« Carms sieht nach Unterstützung heischend zu den anderen Jungs.

»Ja.« Book nickt enthusiastisch. »Total super.«

Ich verschränke die Arme vor der Brust. Sie benehmen sich seltsam. Argwöhnisch blicke ich in die Runde. »Sagt mir, was los ist.«

Declan verzieht das Gesicht. »Nee.«

»Declan.« Ich starre ihn an. »Was zum Geier ist hier los?«

222 Kauft euch keinen mehr, macht ihn einfach selbst, es ist so einfach.

»Warst du heute schon mal im Internet?«, fragt Teeks vorsichtig, und Books rammt ihm den Ellbogen in die Seite, damit er still ist.

»Nein«, sage ich kopfschüttelnd.

»Gut.« Carms zuckt mit den Schultern. »Dann lass es am besten.«

Sofort will ich das Handy aus der Tasche ziehen, bemerke aber, dass ich es oben vergessen habe.

»Sagt es mir einfach.« Ich sehe zwischen ihnen hin und her.

»Im Internet kursiert ein Sex-Tape von Christian und Vanna Ripley«, stößt TK hervor.

»Was soll das, Mann?«, ruft Declan. »So haben wir das nicht abgesprochen …«

Ich blinzle zweimal. »Was?«

Jegliche Regung verlässt meine Miene. Ich bestehe nur noch aus einem riesigen Paar Augen.

Carmelo und Decks kommen auf mich zu.

»Es ist alt«, sagt Carms. »Man kann sehen, dass es alt ist.«

»Woran kann man das sehen?«, frage ich stirnrunzelnd.

Ich glaube, mein Atem hört sich irgendwie komisch an.

»Ich meine, ich habe ihn mit dir gesehen.« Carmelo zuckt mit den Schultern. »Das würde er nicht machen …«

»Woher weißt du das?«, schreie ich lauter.

Carmelo schüttelt den Kopf. »Ich war das nicht, schrei nicht mich an!«

»Er hat eine andere Frisur?«, schlägt TK schnell vor.

»Hast du es gesehen?« Ich starre ihn an.

»Oh.« Er zuckt mit den Schultern. »Ja, aber, na ja, es ist halt überall.«

Ich presse mir die Hände auf die Wangen. »Überall überall?«

Er zuckt mit den Achseln, aber es ist fast ein Nicken. »Nicht überall, also, nur auf – Instagram, Facebook, BBC, Loose Lips, TMZ, Tell Me Lore …«[223]

Mir klappt der Mund auf, und ich sehe zwischen den Jungs hin und her. »Habt ihr es gesehen?«

Sie nicken alle ein wenig entschuldigend.

»Gib mir dein Handy«, fordere ich Declan auf und strecke eine Hand aus.

223 Also eigentlich doch überall.

»Oh …« Mit einem peinlich berührten Lächeln schüttelt er den Kopf. »Ich hatte schon das Gefühl, dass du das sagen würdest und es mir schwerfallen könnte, es dir nicht zu geben, also habe ich mein Handy im Auto gelassen.«

»Warum?« Ich sehe ihn finster an.

»Ach, Dais …« Er sieht mich fest an. »Vertrau mir einfach. Du willst das nicht sehen.«

»Warum?«, frage ich. Herzrasen, feuchte Handflächen, Schwindel. Die ersten Anzeichen einer Panikattacke.[224] »Ist es sehr schlimm?«, dränge ich.

Declan nickt vorsichtig, während Booker gleichzeitig leidenschaftlich ruft: »Scheiße, nein! Er ist ein Meister!«

»Raus!« Declan zeigt auf die Tür.

»Nein!«, rufe ich Books zu. »Komm zurück! Gib mir dein Handy!«

Booker friert mitten in der Bewegung ein wie ein Reh im Scheinwerferlicht.

»Booker …«, setzt Decks an. »Du gehst jetzt. Wehe du gibst ihr dein Handy, ich schwöre bei Gott, ich prügle dir …«

»Books!«, übertöne ich Declan. »Gib mir dein Handy …«

Unsicher sieht Booker zwischen uns hin und her. Sein Kopf bewegt sich wie ein Pingpongball.

»Wehe«, warnt Declan.

»Jetzt«, fordere ich durch zusammengebissene Zähne.

Declan schüttelt den Kopf. »Tu. Es. Nicht.«

»Gib mir das scheiß Handy«, knurre ich.

Declan wendet sich an mich. »Du kannst dir das nicht ansehen.«

»Sagt wer?«, rufe ich.

»Ich!«, antwortet er mit weit aufgerissenen Augen. »Tu so, als wäre ich Julian.«

Ich schüttle den Kopf. »Das werde ich nicht …«[225]

Declan sieht mich so ernst an, wie er es noch nie in meinem Leben getan hat.

224 Habe ich normalerweise nicht. Nicht mein Stil.

225 »Ekelhaft, Mann.« TK verzieht angewidert das Gesicht.
»Haben sie nicht mal gevögelt?«, flüstert Carmelo Booker zu.

»Vertraust du mir?«

Ich starre ihn ein paar Sekunden lang an, dann blinzle ich, während ich langsam sage: »Gib mir ein Handy.«

Und dann kommt Romeo rein und reicht mir wortlos seins.

Declan und Carmelo starren ihn an, als hätte er den Verstand verloren, aber alles, was ich für ihn verspüre, ist eine plötzliche Welle der Zuneigung, während er seinen Bruder und die Jungs finster anstarrt.

»Es ist ihr Freund.« Er wirft ihnen einen abschätzigen Blick zu. »Sie ist die Einzige hier, die ein Recht hat, es zu sehen, und sie ist die Einzige, die es noch nicht gesehen hat.« Er zuckt mit den Schultern.

So schnell ich kann, öffne ich Google und starre auf die Suchmaske. »Was gebe ich ein?«

»›Vanna Christian Sex-Tape‹ sollte reichen«, verrät Booker grinsend, und ich sehe ihn wütend an.

Decks hat nicht übertrieben. Es ist tatsächlich überall.

Über tausend Hits erscheinen auf der Seite.

Alles von der *Daily Mail* über *Just Jared* und der *Cosmopolitan* bis zu *People* und – ernsthaft – der verfickten BBC.

Ich klicke eine Pornoseite mit der Überschrift FULL VIDEO!!!! an.[226]

»Bist du sicher?«, fragt Rome mit einem Stirnrunzeln.

Ich sehe ihn ein paar Sekunden lang an, dann drücke ich Play.

Wringe nervös die Hände, als es anfängt.

Es ist ein Schlafzimmer, das ich nicht erkenne – Gott sei Dank.

Vanna stellt die Kamera auf. Ich glaube, es ist ein iPhone. Wer nimmt heutzutage noch mit etwas anderem auf als mit einem iPhone? Und wenn sie es mit einem iPhone aufgezeichnet hat, muss man sich wohl nicht wundern – die bescheuerte Cloud wird ständig gehackt.

Sie entfernt sich von der Kamera, und Christian betritt den Raum,[227] setzt sich aufs Bett. Er hat schon kein Shirt mehr an.

Seine Calvin-Klein-Boxershorts gucken aus dem Bund seiner schwarzen Sporthose, und es fühlt sich an wie ein Schlag in die Magengrube, weil genau diese Shorts gerade in meinem Schlafzimmer auf dem Fußboden liegen. Die beiden unterhalten sich über irgendwas, ich kann es

226 Die Großbuchstaben und Ausrufezeichen sind nicht von mir. Nur so nebenbei.
227 Mir wird schlecht.

nicht verstehen – sie zeigt auf die Kamera und lächelt verschämt. Er wirft einen Blick hinüber, sieht das Handy, lacht schnaubend auf, nimmt dann ihre Hand und zieht sie zu sich, führt ihr Handgelenk an die Lippen und küsst es.

Lässt seine Küsse ihren Arm hinaufwandern, sie biegt den Rücken durch, streckt sich, und einer der Träger des winzigen Seiden-Negligés rutscht von ihrer Schulter. Christian sieht mit einem Lächeln zu ihr auf, das ich in meinem ganzen Leben, ganz gleich, wie lang es noch dauert, nicht mehr aus meiner Erinnerung werde streichen können.

Ich presse die Fingerspitzen an die Lippen, um die Fassung zu bewahren, und Rome legt mir eine Hand auf den unteren Rücken, um mir Halt zu geben.

Vanna klettert auf Christians Schoß, bleibt dort eine Weile, sie küssen sich. Das Seidenhemdchen liegt bald zerknittert auf dem Fußboden,[228] und jetzt ist sie nackt[229], sitzt rittlings auf meinem Freund, der, wenigstens ein kleiner Trost, noch seine Jogginghose trägt. Er küsst dieselben Stellen ihres Körpers, die er auch an meinem küsst[230], und eine entsetzliche Erkenntnis durchzuckt mich: Auf was er steht, ist nicht Daisy-spezifisch. Es ist Frauenkörper-spezifisch.

Irgendetwas passiert – ich weiß nicht, was genau, durch die Tränen, die ich nicht mal bemerke, ist mein Blick etwas verschwommen –, und er wechselt die Position. Sie unten, er oben.

Mit den Füßen zieht sie ihm so schnell sie kann die Hose aus, zieht seine Boxershorts nach unten, und da ist mein Freund – hoch aufgerichtet vor allen Augen der Welt.

Ich kneife mir so fest mit den Fingernägeln in die Lippe, dass ich Blut schmecke.[231]

Hat hier irgendwer jemals zugesehen, wie der Mensch, den man liebt, Sex mit einer anderen Person hat?

Wirklich zugesehen?

228 Von jetzt an hasse ich Seide.

229 Von jetzt an hasse ich nackt.

230 Dahin ist der Trost.

231 Rome beobachtet mich nervös.

Ich meine nicht, darüber nachgedacht – das haben wir wohl alle schon.

Die meisten Menschen haben im Laufe ihres Lebens mehr als nur einen Sexualpartner, also denkt man wohl ab und zu daran, aber das ist nicht das, was ich meine.

Hat jemand zugesehen, wie der Mann deines Lebens eine andere Frau an den Handgelenken der ausgestreckten Arme nach unten drückt? Zugesehen, wie er seine Zunge über den Körper einer anderen gleiten lässt? Sein Gesicht an ihrem Hals vergräbt, mit den Lippen zu ihrem Ohr hinaufstreicht, zugesehen, wie der Mensch, den man liebt, jemand anderen dazu bringt, einen lustvollen Schrei auszustoßen.

Ich sehe zu, wie seine Hand ihren ganzen Körper liebkost, an all seinen[232, 233] Lieblingsstellen verweilt, sich Zeit lässt.

Sehe zu, wie seine Zunge an Stellen gleitet, an denen ich es wahrscheinlich nie wieder ertragen werde, sie zu spüren. Sehe zu, wie sie die Fingernägel in seinen Rücken bohrt. Sehe zu, wie er sie dazu bringt, sich unter ihm zu winden. Sehe ihn, mit geschlossenen Augen, wie er ekstatisch den Rücken durchdrückt, bevor er schneller wird und auf das, wie ich annehme (und aus persönlicher Erfahrung schließe), große Finale zusteuert – und dann wird der Bildschirm schwarz.

Ich packe den nächsten Mülleimer und übergebe mich.

»Ich habe dir gesagt, du willst das nicht sehen«, sagt Declan von der anderen Seite des Raums.

Ich übergebe mich noch mal.

»Du solltest mit ihm sprechen, Daisy«, sagt Romeo, als ich fertig bin.

Panisch schüttle ich den Kopf und sehe ihn an, als sei er verrückt. »Das kann ich nicht …«

»Face«, sagt Romeo. »Das ist nicht seine Schuld. Er hat nicht …«

»Ist mir egal.« Wieder schüttle ich den Kopf und gucke an ihm vorbei zu Carms. »Wo ist mein Bruder?«

Carmelo zuckt mit den Schultern, als ginge es um einen Straßenhund. »MIA.«

232 Ihren?

233 Unseren?

»Er ist echt durch, Dais.« Declan verzieht das Gesicht.[234]

Ich vergrabe mein Gesicht in den Händen und spüre, wie eine weitere Welle der Übelkeit mich überrollt.

»Komm mit.« Rome versetzt mir einen leichten Schubs. »Ich bringe dich zu Christian.«

»Nein, Rome – ich kann ihn jetzt nicht sehen.« Ich schüttle den Kopf.

»Ich fahre dich«, sagt mein Bruder hinter uns.

Ich drehe mich um, und meine Unterlippe beginnt zu zittern, als ich ihn sehe und zu ihm renne.

Julians Miene ist eine Tüte gemischte Lakritze. Wütend, traurig, gequält, besorgt …

Er umarmt mich auf eine Art, dass die ganze Welt für eine Sekunde lang in den Hintergrund tritt und ich mich für einen winzigen Moment etwas besser fühle. Ist es nicht komisch, wie Schmerz und Traurigkeit manchmal für den Bruchteil eines Augenblicks in Vergessenheit geraten können? Das Gehirn wird kurz abgelenkt und bietet dir einen kleinen Augenblick der Ruhe. Das Problem mit solchen Atempausen ist, dass sie nicht real sind und die Wirklichkeit einen schnell wieder einholt. Und dann musst du dich von vorne daran erinnern, dass dein Dad tot ist oder dein Jugendschwarm Sex in deinem Bett hatte oder die Liebe deines Lebens einen Porno mit seiner Ex gedreht hat. Von diesem Schmerz kann mich auch der Schutzwall, den mein Bruder schon mein ganzes Leben lang um mich errichtet, nicht bewahren. Der schlägt ein wie ein Tornado.

Ich löse mich von Jules und sehe zu ihm auf. »Ich will ihn nicht sehen.«

»Sorry, Face.« Er schüttelt den Kopf und sieht mich sanft an. »Du musst es trotzdem.«

~

234 Die See ist ziemlich rau, seit Magnolia und er Schluss gemacht haben, und er lebt in einer Endlosschleife aus Drogen und Mädchen.

Ich will nicht so jämmerlich aussehen, wie ich es tue, als ich an Christians Tür klingle. Ich habe Julian angefleht, mich wieder nach Hause zu fahren.

Die ganze Fahrt über habe ich geweint – geheult – tiefe, heftige Schluchzer.

Ich kann ehrlich nicht glauben, dass Julian nicht nachgegeben und mit mir auf dem Weg nach Hause noch bei McDonald's vorbeigefahren ist, um mich zu beruhigen.

Und irgendwie hilft es mir auch.

Ich glaube nicht, dass mein Bruder mich hierherbringen würde, wenn er der Meinung wäre, es würde mir schaden. Aber vielleicht hat mein Bruder auch den letzten Funken Verstand verloren, als er mit Magnolia Schluss gemacht hat, denn als ich auf der Schwelle vor Christian Hemmes Haus stehe und darauf warte, dass er die Tür aufmacht, bestehe ich nur noch aus Schmerz. Mein Körper schmerzt vom vielen Weinen, mein Herz von den vielen Bildern und mein Gehirn von der Dauerschleife, mit der es sie abspielt.

Christian öffnet die Tür mit einem verlegenen Lächeln.

Einem Lächeln? Verwirrt schürze ich die Lippen.

»Hey …« Er verzieht das Gesicht, als er den Schaden in Augenschein nimmt, kann aber nur sehen, was an der Oberfläche stattfindet.

Der größte Schaden ist unsichtbar. Alle Rohre sind geborsten und ertränken mich von innen. Er zieht mich an sich, hält mich fest. Ich dachte, es würde komisch sein, ihn zu berühren, nachdem ich das gesehen habe. Aber das ist es nicht – sobald er mich anfasst, fühlt es sich an, als würde sich ein Druckverband auf meine Wunden legen.

Wortlos führt er mich nach oben in sein Zimmer und schließt die Tür. Mit schief gelegtem Kopf sieht er mich an.

»Geht es dir gut?«, frage ich behutsam.

Es muss ihm so unangenehm sein.

»Ach …«, er stößt ein seltsames kleines Lachen aus, »… ja, es geht mir gut.« Er zuckt mit den Schultern.

Meine Augenbrauen ziehen sich zusammen.

»Es geht dir gut?« Verwirrt sehe ich ihn an. »Im Internet kursiert ein Video von dir, wie du Sex mit deiner Ex-Freun…«

»Nicht meine Ex-Freundin«, erinnert er mich. »Wir waren nie, du weißt, richtig …«

Ich sehe ihn an, ein seltsames Gefühl breitet sich in meinem Magen aus, weil es keinen Sinn ergibt, dass er so entspannt ist. »Das ist der Teil meiner Aussage, den du jetzt …«

Fragend sieht er mich an. »Ist doch nur Sex, Baby!«, sagt er lachend. »Ich meine – ganz offensichtlich hatten sie und ich Sex, das weißt du.«

»Schon! Aber ich wollte es niemals sehen!«

»Warum hast du es dir dann angeguckt?«, gibt er zurück.

Ein paar Sekunden lang sehe ich ihn abwägend an. »Ist die Aufnahme alt?«

Er schnaubt und sieht plötzlich aus, als hätte ich ihn geschlagen. »Im Ernst?«

»Ist sie?«, wiederhole ich und hebe die Augenbrauen.

Um ehrlich zu sein, läuft diese Unterhaltung nicht so, wie ich es mir vorgestellt hatte – ich dachte, er würde traurig sein, genau wie ich, und ich würde weinen und er vielleicht auch, und dann würden wir gemeinsam eine strahlende Einheit bilden und der ganzen Welt und vor allem uns selbst beweisen, dass wir, komme was wolle – ob Sexskandale oder Familienfehden –, jeder Katastrophe, die über uns hereinbricht, standhalten, solange wir nur zusammen sind. Aber jetzt weiß ich auch nicht …

Leicht angefasst schüttelt er den Kopf. »Das würde ich dir nicht antun.«

»Nein, natürlich nicht.« Sarkastisch schüttle ich den Kopf. »Du nimmst nur ein Sex-Tape mit einem anderen Mädchen auf, vergisst, es zu erwähnen, und wenn es rauskommt, tust du so, als wäre es keine große Sache.«

»Ist es auch nicht!« Er sieht mich bedeutungsvoll an.

»Nun ja, für mich schon!«

Er mustert mich vorsichtig. »Findest du nicht, dass du ein bisschen überreagierst, Dais?«

Ich stoße ein trockenes Lachen aus, aber er schüttelt nur den Kopf.

»Du benimmst dich, als hätte ich dich betrogen! Aber das ist fünf Monate her! Du bist damals gerade mit Tiller ins Bett gestiegen.«

Ich balle die Hände zu Fäusten. »Und würdest du das gern im Internet sehen?«

»Nein – natürlich nicht.« Er atmet aus. »Aber ich wäre nicht sauer auf dich, falls doch.«

»Ich bin nicht sauer auf dich, weil das Ding im Netz ist, Christian! Ich bin sauer, weil es dir scheißegal ist!«

»Wäre es dir lieber, wenn es mir schlecht ginge?«, witzelt er. »Wie ungesund, Dais.« Er wendet den Blick ab und schüttelt den Kopf, und ich sehe ihn nur ungläubig an.

»Dais, es tut mir leid – so was geht mir einfach am Arsch vorbei. Ich hab das vor einer halben Ewigkeit gemacht, als wir nicht zusammen waren. Ich habe versucht, über dich hinwegzukommen, verdammt noch mal.«

Ich ziehe mein Handy aus der Tasche und beginne hektisch zu scrollen. »Was machst du da?«, fragt er mit einem Augenrollen.

Sein Handy pingt, und er guckt aufs Display.

Ein Foto von mir auf einer Sonnenliege, Romeo hat von hinten seine Arme um mich geschlungen. Wir sind irgendwo in Europa. Ich habe einen Bikini an, Romeo Badeshorts.

Christian sieht finster zu mir auf. »Warum?«

Wieder pingt sein Handy. Er wirft mir einen warnenden Blick zu, dann sieht er nach unten.

Es ist ein Foto von mir und Tiller, das Jack heimlich gemacht hat. Wir stehen in einem Türrahmen. Ich trage knappe Nachtwäsche und er nur Boxershorts. Er hat die Arme um mich geschlungen, sie liegen über den meinen, ganz entspannt, fast verträumt, und in meinem Inneren verspüre ich plötzlich ein Stechen, als würde ich den Polizisten vermissen, den ich einst geliebt habe, der es niemals einfach so abgetan hätte, ein Sex-Tape mit einer anderen aufgenommen zu haben. Aber jetzt stehe ich hier, bis über beide Ohren verliebt in jemanden, der genau das getan hat und den es einen Scheißdreck interessiert.

In dem Foto, das ich Christian geschickt habe, blicke ich auf zu Tiller, und selbst jetzt noch liebe ich dieses Bild, weil Jack es irgendwie geschafft hat, die vollkommene Intimität des Augenblicks einzufangen. Es ist so menschlich.

Mit zusammengebissenen Zähnen sieht Christian zu mir. »Warum hast du die immer noch?«

Ich atme durch die Nase ein und aus.

»Hast du noch eine Kopie von deinem Sex-Tape?«, frage ich ruhig.

Trotzig schiebt er den Unterkiefer vor.

»Fick dich«, sage ich, bevor ich gehe.

KAPITEL 56

JULIAN

Eine Woche ist es jetzt aus zwischen Magnolia und mir – vielleicht auch zwei, ich weiß es nicht. Ich zähle die Tage nicht. Es ist mir auch egal. Es ist in Ordnung. Alles ist in Ordnung.

Habe mein Handy links liegen lassen, weil ich nicht sehen will, wie ganz England ihre Wiedervereinigung mit Ballentine feiert. Dafür bin ich noch nicht bereit. Aber es geht mir gut.

Ich habe echt eine krasse Zeit, seit Schluss ist. Auch wenn ich nicht wirklich viel mitbekommen habe, wenn ich ehrlich bin. Ich hätte nicht mal von Christian Hemmes scheiß Sex-Tape erfahren, wenn Koa es mir nicht erzählt hätte. Habe Face zu ihm rübergefahren, weil es das Richtige war, auch wenn es nicht so gelaufen ist wie geplant …

Ich könnte natürlich etwas für sie tun, damit sie sich besser fühlt. Könnte sie zum Essen ausführen, mit ihr auf Shoppingtour gehen, sie vielleicht bitten, mir was zu kochen – aber ich will nicht mit dem aufhören, was ich gerade tue.

Als Miguel und ich sie zu ihm gefahren haben, musste ich kurz Pause machen, aber ich habe mich echt beschissen gefühlt. Das Gefühl des Vermissens hallt wie ein Schrei in meinem Kopf wider, den ich nicht zum Verstummen bringen kann. So etwas hatte ich noch nie.

Wie scheißlaut die Stille plötzlich wird, und wie lange sie dauert, wie leer mein Waschbecken im Badezimmer ist ohne ihren ganzen Kram, der überall rumfliegt.

Ich weiß nicht, wie lange es jetzt schon dauert, ich weiß nicht, mit wie vielen Mädchen ich seitdem zusammen war. Eine Menge. Keine Wiederholungen. Mit Wiederholungen bin ich durch, will nicht, dass es mir zu eng wird.

So beschreibe ich das, was mir mit Magnolia passiert ist.

»Ist mir einfach zu eng geworden mit ihr.«

Keine Ahnung, ob das irgendwer glaubt. Tut aber weniger weh.

Also liegt jetzt ein anderes Mädchen in meinem Bett als noch heute Morgen, und man kann über Tinder sagen, was man will, aber es ist immer gut für einen Fick, wenn man einen braucht. Seit Schluss ist, musste ich das Haus nicht mehr verlassen, und wenn ein Girl geht, kommt das nächste.

Einen Fallstrick gibt es jedoch. Jedes verfickte Mädchen hat irgendwann gefragt: »Bist du nicht mit Magnolia Parks zusammen?«

»Nein.« Ich hoffe, sie interpretieren mein Zusammenzucken, wenn ich ihren Namen höre, als Entsetzen.

»Aber – die ganzen Artikel«, sagen sie alle. »Die Fotos waren überall.«

»Sie ist mit meiner kleinen Schwester befreundet, das ist alles«, lüge ich dann. »Wir haben ein paarmal gevögelt.«

»Ach so!« Sie nicken, als hätten sie es verstanden. Als könnten sie es jemals verstehen.

Danach küssen sie mich wieder – bis sie sich irgendwann zurücklehnen und zu mir aufsehen.

»Wie ist sie so?«

»Wer?«, frage ich mit zusammengebissenen Zähnen.

Sie verdrehen die Augen, als sei ich schwer von Begriff. »Magnolia.«

»Nett.« Ich zucke mit den Achseln. »Sie ist nett.«

»Ist sie lustig?«

»Ja.« Ich seufze.

»Sind ihre Klamotten gut?«

»Es sind Klamotten?« Atme langsam durch die Nase aus.

»Ist sie groß?«

»Keine Ahnung.« Wieder Schulterzucken. »Nein. Nicht für mich.«

»Ist sie so schön wie auf den Bildern?«

Die eine Frage, die mich, ganz egal, wie sie sie stellen – und sie stellen sie alle –, jedes Mal kalt erwischt.

»Schöner«, sage ich, und dann, keine Ahnung, vielleicht ist es offensichtlich, als würde meine Liebe zu ihr einfach aus mir hervorquellen, weil sie mich danach alle angucken, als sei ich total am Arsch. Und dann ficken wir.

Plötzlich klopft es, und meine Tür öffnet sich – Kekoa steht auf der Schwelle.

Unter dem Schreibtisch hockt ein Mädchen, ihr Kopf bewegt sich rhythmisch auf und ab, und ich räuspere mich, um sie auf ihn aufmerksam zu machen.

Gucke kurz rüber zu meinem alten Freund. »Ich bin beschäftigt.«

»Ja, in letzter Zeit bist du immer beschäftigt.« Er wirft mir einen unbeeindruckten Blick zu.

»Was willst du?« Ich schüttle den Kopf, und er zeigt hinter sich.

»Warum bringst du das hier nicht zu Ende, und dann unterhalten wir beide uns?«

Dann verschwindet er.

Scheiß Stimmungskiller. Als könnte ich das jetzt noch zu Ende bringen.

»Nimm dir was zu trinken, ja?« Ich zeige auf die Bar in der Ecke. »Ich bin gleich wieder da.«

Ich trete hinaus auf den Flur, schließe die Tür hinter mir und sehe Kekoa wenig erfreut an.

»Vielen Dank auch.«

»Jederzeit.« Er nickt. »Alles okay?«

»Alter.« Ich schüttle den Kopf. »Ich schwöre bei Gott, wenn du mich nur gestört hast, um zu fragen, ob es mir gut geht, mache ich …«

»Machst du was?«, fragt er gelangweilt, streckt die Arme nach oben und dehnt sich.

»Es geht mir gut«, sage ich ihm mit einem bedeutungsvollen Blick.

Er schüttelt den Kopf.

»Nein, tut es nicht.«

»Tut es«, erwidere ich trotzig.

»Du hast dich verliebt.«

»Welches Arschloch hat dir das eingeredet?«, frage ich laut.

»Du.« Er versetzt mir einen Schlag auf die Brust. »Als du sie an dem Abend, als dir die Sicherung durchgebrannt ist, in meine Arme geschubst hast.«

Finster sehe ich ihn an. »In der Nacht habe ich mit ihr Schluss gemacht.«

»Ja, passt gar nicht zu dir, auf eine Erkenntnis so überzureagieren.«

Ich blinzle. »Wie bitte?«

»Hat ja auch nicht viel gebracht, oder?« Er verdreht die Augen.

»Was willst du?«, frage ich entnervt.

»Ich will, dass du aufhörst, dich durch das hier …«, er fasst mich bei den Schultern, wie es wohl ein Vater getan hätte, »… durch diesen Verlust, den du erlitten hast … durchzuficken. Du hast sie geliebt. Hast dich in sie verliebt – und sie aufgegeben, damit sie in Sicherheit ist, das war eine unglaublich bewundernswerte Tat.« Er sieht mich an, als wolle er zum Ausdruck bringen, dass das, was ich jetzt tue, es weniger ist.

»Geh damit um, Jules. Lass das Gefühl zu und verarbeite es.«

»Scheiße.« Ich schüttle den Kopf. »Nein.«

Er tritt einen Schritt zurück, fast als würde es ihn ärgern. »Nein?«

»Wozu soll das gut sein, Koa?«, frage ich ihn achselzuckend. »Ich liebe ein Mädchen. Kann nicht mit ihr zusammen sein. Kann mit niemandem zusammen sein.« Ich zeige nach hinten auf meine Bürotür mit dem Mädchen dahinter. »Das ist alles, was ich habe, mehr ist nicht drin – also verpiss dich mit deiner Drecksmoral und deiner Verarbeiterei. Ich will mich mit dem Scheiß nicht beschäftigen.« Ich drehe mich um.

»Es geht mir gut«, sage ich, auch wenn wir beide wissen, dass es nicht so ist.

KAPITEL 57

CHRISTIAN

Ich habe nicht gerade die bestärkendste aller Reaktionen gekriegt, als ich den Jungs erzählt habe, wie es mit Daisy und mir gelaufen ist.

Jo und Henry waren schon der Meinung, sie würde überreagieren, aber nicht so wie ich.

BJ hat gesagt, ich soll den beiden nicht zuhören, weil die längste Beziehung, die sie je hatten, die zu ihrer rechten Hand ist.

Hat Henry nicht gefallen – er hat behauptet, er habe schon Freundinnen gehabt, woraufhin BJ entgegnet hat: »Länger als einen Monat?« Und dann haben die beiden sich in die Haare gekriegt, und Henry hat gefragt: »Was ist mit Romilly?«, und BJ hat die Augen verdreht und irgendeinen Kommentar dazu abgegeben, dass das ja wohl zehn Jahre her sei, und dann ist Henry komisch geworden, so wie er immer komisch wird, wenn es um Romilly Followill geht, also bin ich abgezogen, um zu Daisy zu fahren, weil meine Zündschnur ohnehin nur recht kurz ist, und noch kürzer, wenn ich mich mit ihr gestritten habe.

Kekoa macht die Tür auf, als ich bei ihr ankomme.

»Hey.« Ich nicke ihm zu.

»Hey.« Sein Gesichtsausdruck ist irgendwie finster. Wahrscheinlich ist er auch angepisst wegen dieses Sex-Tapes.

»Ist Daisy da?« Ich laufe an ihm vorbei.

Kekoa nickt langsam. »Weiß sie, dass du kommst?«

»Nein?« Ich zucke mit den Schultern und laufe die Treppen zu ihrem Zimmer hoch.

Ich klopfe nicht an, warum auch? Das Schlimmste, was passieren könnte, ist, dass sie nackt ist, und das wäre doch großartig.

Kann mir nicht vorstellen, dass sie heute irgendwann noch für mich die Hüllen fallen lässt, wenn ich also hereinplatze und sie sich gerade umzieht, mildert es den Schlag für mich nur etwas ab, wenn man es so betrachtet.

Also mache ich die Tür auf.

»Dais, hör zu«, fange ich an, verstumme aber abrupt. Bleibe stocksteif stehen.

Habt ihr jemals die Frau, die ihr liebt, im Bett mit einem anderen gesehen?

Ich schon, bei Parks und Beej. Die zwei lagen die ganze Zeit im Bett, auch wenn sie »nicht zusammen« waren, waren sie zusammen im Bett. Aber sie hat immer ihm gehört, und auch wenn ich es damals gehasst habe, das hier ist etwas anderes.

Das hier ist Daisy.

Meine Daisy. Das Mädchen, das ich mehr liebe als alles andere auf diesem Planeten, und sie sitzt zusammen mit ihrem Ex im Bett.

Sie sitzen nicht eng beieinander. Es sieht nicht übermäßig romantisch aus. Der Fernseher läuft. *Ghostbusters.*

Und Daisy und ich, ich finde, wir haben echt Fortschritte gemacht. Ich bin ehrlich, ich bin aufrichtig. Meiner Meinung nach bin ich sehr mitteilsam, was meine Gefühle für sie angeht. Ich glaube, ich habe offen kommuniziert, wie sehr ich sie liebe und was sie mir bedeutet. Und irgendein Wichser, der ein Sex-Tape von mir und einem Mädchen, das ich mal gevögelt habe, während Daisy und ich nicht zusammen waren, klaut und online stellt, ist für mich keine große Sache.

Ich hatte Sex mit Vanna. Das weiß ich.

Wollte ich, dass Daisy es sieht? Nein, es wäre mir lieber, wenn nicht. Und es wäre mir auch lieber, wenn der Streifen nicht der aktuell meistgestreamte Porno des Landes wäre, aber so ist es nun mal.

Es ist, was es ist. Ich habe es getan. Ich habe sie nicht dabei betrogen. Und ich verstehe einfach nicht, warum sie so sauer ist deswegen.

Für mich ergibt es keinen Sinn. Das Ausmaß ihrer Wut scheint mir alles in allem unverhältnismäßig.

Ihre Wut, und dass sie zu scheiß Romeo rennt? Soll sie mich doch am Arsch lecken.

Ich schnaube, und ihre Augen weiten sich. Springt aus dem Bett, als ich mich abwende und gehe. Sie ist vollständig angezogen, wenigstens etwas. Jogginghose und Tanktop.

»Christian!« Sie rennt mir hinterher durch den Flur, und ich fahre herum und baue mich direkt vor ihrem Gesicht auf.

»Du machst mir die Hölle wegen eines Sex-Tapes heiß, das aus der Zeit stammt, in der wir gar nicht zusammen waren, während du hier drüben mit deinem Ex-Freund im Bett bist …«

Sie verdreht die Augen. »Wir sind nicht miteinander im Bett.«

»Ihr seid wortwörtlich im Bett!«, schreie ich.

»Aber nicht so!«, schreit sie zurück. »Und das weißt du!«

»Woher soll ich das wissen, Daisy?« Ich sehe sie an. »Das letzte Mal, als wir uns gestritten haben, bis du weggerannt und hast ihn gefickt – warum nicht diesmal?«

»Du warst in Magnolia verliebt!«, schreit sie. »Er ist mein ältester Freund!«

»Willst du behaupten, du merkst nicht, wie scheinheilig das ist, wegen etwas wütend auf mich zu sein, das ich getan habe, als wir nicht zusammen waren, während du hier mit ihm in deinem Bett liegst, in dem du tatsächlich schon mit ihm gevögelt hast.«

»Es ist nichts passiert«, sagt Romeo. Baut sich hinter ihr auf.

Ich mustere ihn kalt. »Hey, ich versuche hier, ein privates Gespräch mit meiner Freundin zu führen – willst du nicht wieder in ihr Bett zurückkriechen und warten, bis sie hier draußen mit mir fertig ist?« Mit dem Kopf deute ich in Richtung ihres Zimmers. »Das ist doch deine Masche, oder?«

Mit hochgezogenen Brauen sehe ich zwischen den beiden hin und her, und Daisy starrt mich finster an.

»Fick dich.«

Ich zeige auf Romeo. »Nein, danke, vielleicht machst du das besser mit ihm.«

Und dann drehe ich mich um und gehe.

Ich bereue, es gesagt zu haben. Ich bereue es sofort. Mir wird schlecht, wenn ich daran denke, weil was, wenn sie es tut? Sie könnte. Mädchen sind manchmal so. Fuck, ich hasse Mädchen. Monster, allesamt. Sie tun einem nie gut, reiten dich nur in die Scheiße.

Im Gehen knalle ich die Tür zu und setze so schnell aus ihrer Auffahrt, wie ich kann.

Mein erster Gedanke ist Rache.

Ich will irgendetwas tun, damit sie sich so fühlt, wie ich mich fühle –

und dann verspüre ich einen Stich im Magen und weiß, dass das nicht stimmt. Ich will nicht, dass sie sich so fühlt, wie ich mich fühle, auch wenn der Impuls noch immer da ist.

Ich kann nicht glauben, dass sie das getan hat. Zu Romeo zu rennen? Das ist abgefuckt. Scheinheilig und abgefuckt.

Ausgerechnet Romeo. Wahrscheinlich hätte ich es vorgezogen, wenn sie zu Tiller gerannt wäre, wenn ich ehrlich bin, denn gegen Romeo komme ich nicht an. Was sie haben, toppt alles, was ich ihr bieten kann. Ihre gemeinsame Geschichte, genauso legendär wie Parks und Beej, zu viel Trauma, zu viel Leben zwischen ihnen, als dass man sie trennen könnte.

Wisst ihr, wie es ist, jemanden zu lieben, der immer einen Reservefreund hat? Den es immer zu jemandem zurückzieht, der nicht man selbst ist? Es macht dich fertig.

Es hat mich schon früher fertiggemacht. Es wird mich jetzt fertigmachen.

Das hat es schon.

KAPITEL 58

DAISY

Einen ganzen Tag habe ich nicht mit Christian gesprochen. Ich weiß nicht, ob ich hätte anrufen sollen? Er sah wirklich traurig aus[235], als er Rome und mich gesehen hat, aber ich schwöre – es ist nichts passiert. Er war nur da. Er ist immer nur da. Und Julian ist total durch, er kann mir nicht helfen, kann sich ja nicht mal selbst helfen. Er ist auf der Sauftour des Jahrhunderts, und ich kann nicht mehr das Haus verlassen – es ist überall.

Kann nicht mehr den Fernseher anschalten, nicht aufs Handy gucken.

Ich wollte nur, dass jemand vorbeikommt und mir hilft, diesen Wahnsinn zu überstehen, den der Internet-Algorithmus für angebracht hält mir vorzusetzen, weil ich Christian früher mal gegoogelt habe.[236] Gleich nach unserem Streit habe ich alles bei Romeo abgegeben, was Internetzugang hat.

Mein Handy, mein Tablet, meinen Laptop. Alles, was ich noch habe, ist mein Apple TV, und selbst den mache ich erst mal nicht an – nur für den Fall.

Er hätte anrufen sollen. Stattdessen ist er einfach aufgetaucht, und das hat alles noch schlimmer gemacht, weil ich weiß, was Christian durch den Kopf gegangen ist, als er mich mit Rome gesehen hat.

Rome ist danach nicht mehr lange geblieben. Hat sich entschuldigt und gesagt, er müsse jetzt eh zu Tavie, und hat mich allein gelassen. Was mir irgendwie gar nicht passt. Er hat mich noch nie im Stich gelassen, wenn ich ihn gebraucht habe.

Und dann kein Wort von Christian.

Es ist ein komisches Gefühl, dass er traurig war, dass ich ihn traurig gemacht habe. Ich hasse das, ich will ihn nie traurig machen – aber es war auch gemein, mir zu sagen, ich solle Romeo ficken, und dann abzu-

235 Bringt mich um.

236 Schuldig im Sinne der Anklage.

hauen. Und was ist los mit dieser furchtbaren Gleichgültigkeit? Warum zum Teufel ist es Christian scheißegal, dass im Internet ein Video von ihm kursiert, in dem er Sex mit jemandem hat, der nicht ich bin?

Nicht, dass ich gern beim Sex mit ihm im Internet zu sehen wäre. Oder mit sonst irgendwem!

Ich will, dass es ihm etwas ausmacht, es getan zu haben, ich will, dass es ihm etwas ausmacht, dass ich es gesehen habe, dass andere Leute es gesehen haben – aber es macht ihm nichts aus, und ich kann ihn einfach nicht verstehen.

Also sitze ich auf meinem Bett – allein! –, rauche vor Zorn und lese so aggressiv eine Zeitschrift[237], dass jede zweite Seite beim Umblättern einreißt.

Meine Handflächen werden feucht, wenn ich daran denke, wie ich ihm die Bilder von mir und Tiller, von Rome und mir geschickt habe, weil ich weiß, dass es herzlos war. Wenn er mir Fotos von sich und Vanna geschickt hätte, würde ich mich wahrscheinlich von einer Brücke stürzen. Aber dann fällt mir wieder ein, dass er offenbar sein Sexvideo mit ihr auf seinem PC gespeichert hat, und schon geht es mir etwas weniger schlecht. Es geht mir auch nicht gut, aber immerhin.

Und dann klopft es an meine Tür – zwei leichte Schläge.

Ich weiß sofort, dass es weder Christian noch Julian ist, denn keiner von beiden klopft, sie platzen einfach rein, als wäre es ihr Zimmer. Sie sind beide einfach scheiße. Männer sind scheiße.

»Klopf, klopf!«, ertönt eine vertraute Stimme, mit der ich nicht im Geringsten gerechnet hätte.

Magnolia Parks steckt den Kopf durch meine Schlafzimmertür.

Ich verziehe das Gesicht.

»Hallo!«, flötet sie. »Dieser Declan-Typ hat mich reingelassen, ich hoffe, es macht dir nichts aus.«

»Was machst du hier?« Ich sehe sie finster an.

Sie schlüpft in mein Zimmer und schenkt mir ein knappes Lächeln. »Ich nehme an, die Feindseligkeit in diesem Satz hat weniger mit mir als mit der Tatsache zu tun, dass du die letzten zweiundsiebzig Stunden damit verbracht hast, deinem Freund dabei zuzusehen, wie er Sex mit einer

237 Die aktuelle Ausgabe der *New Scientist*.

anderen hat.« Sie richtet sich den Rock, obwohl das nicht notwendig ist, er sitzt perfekt.[238]

»Dann bist du eine Idiotin«, sage ich und sehe sie ohne die geringste Gefühlsregung an. Sie setzt sich auf meine Bettkante. Knöchel übereinandergelegt, Hände im Schoß.

»Nun ja.« Sie lächelt strahlend. »Was für eine Woche.«

Ich verdrehe die Augen.

»Gleich vorneweg mal eines: Herzlichen Glückwunsch! Wirklich, Gratulation!«

Ich blinzle hektisch. »Was?«

»Trotz der nie enden wollenden Gerüchte unter unseren Freunden, dass Christian und ich Sex gehabt hätten, ist das tatsächlich nicht der Fall, dabei scheint es ja, als sei er wirklich gut. Also, gut gemacht!«

Ich starre sie finster an.

»Nicht der richtige Zeitpunkt? Na ja, gut, ist in Ordnung.« Sie räuspert sich.

Dann sieht sie mich an, und ihr Blick wird weich.

»Diese Jungs sind alle Flachwichser, Daisy.« Sie nickt entschuldigend.

Argwöhnisch mustere ich sie. »Hat er dich als eine Art Entschuldigung geschickt?«

»Er hat mich gar nicht geschickt – na ja, irgendwie schon, aber es war meine Entscheidung, herzukommen, als eine Art Weichzeichner, könnte man sagen.« Sie schenkt mir ein zartes Lächeln. »Ich bin dafür bekannt, eine sehr beruhigende Wirkung auf Menschen zu haben.«

»Das stimmt nicht.« Ich schüttle den Kopf.

Sie zuckt mit den Schultern. »Nun, viele Leute sagen das.«

»Nein«, erwidere ich entschlossen. »Das sagt absolut niemand.«

»Viele Leute.« Sie nickt überzeugt.

»Nenn mir einen Einzigen.«

Sie lächelt überlegen. »BJ.«[239]

»Das liegt am Dopamin.« Ich verdrehe die Augen. »Seine Liebe zu dir macht ihn high. An dir ist absolut nichts Beruhigendes.«

238 Nervtötend perfekt.

239 Und Julian, wenn ich ehrlich bin. Ich habe noch nie gesehen, dass er sich mitten in einem Streit beruhigt, es sei denn, sie war dabei.

Sie wedelt mit den Händen, um mich zum Schweigen zu bringen. »Gut, wir sind offenbar unterschiedlicher Meinung. Kein Grund, sich zu streiten.«

»Warum bist du hier, Magnolia?«, frage ich mit übertriebener Betonung.

»Weil …«, sie streicht sich eine Haarsträhne hinter das Ohr, »… ich ein bisschen Erfahrung mit dem Gefühl habe, den Menschen, den man liebt, an jemand anders zu verlieren – in sexueller Hinsicht.« Sie sieht mich an. »Auch wenn man ihn nicht im eigentlichen Sinne verloren hat.«

»Was?« Ich werfe ihr einen ungeduldigen Blick zu. »BJ hat auch ein Sex-Tape im Internet?«

»Wahrscheinlich.« Jetzt verdreht sie die Augen. »Wir wissen nur noch nichts davon.«

Ich wende mich von ihr ab. »Dann verstehst du mich wohl doch nicht.«

Ihr Gesicht verfinstert sich, während sie nachdenkt.

»Ich habe BJ mehr als einmal in flagranti dabei erwischt, wie er Sex mit einer anderen hatte. Außerdem hat er meine beste Freundin in einer Badewanne gevögelt. Bei sich zu Hause. Sie sind umgezogen, aber seitdem habe ich kein einziges Mal mehr gebadet.«[240] Sie wirft mir ein schnelles Lächeln zu. »Er hat mit einem äußerst nuttigen Promi-Girl geschlafen, das eine detaillierte Schilderung im *Rolling Stone* abgegeben hat. Ich habe zugesehen, wie er andere Mädchen abschleppt, nicht nur in Clubs, sondern auch in Autos, auf Schiffen, in Flugzeugen.« Entsetzt starre ich sie an. »Als ich ihn gefragt habe, und er mal durchgerechnet hat, sind wir darauf gekommen, dass die Zahl der Frauen, mit denen er Sex hatte, in den hohen Hundertern liegt.«

Mir bleibt der Mund offen stehen.

»Und das sind die einzelnen Frauen, nicht wie viele Male. Wenn man das zählt, wären wir wohl locker über der Tausend.«

Magnolia sieht ein wenig aufgewühlt aus, aber sie macht weiter. »Also, ich verstehe zwar, dass es nicht genau dasselbe ist wie ein Sex-Tape deines Freunds mit seiner Ex im Internet, aber ich glaube, es ist schon nahe dran.« Sie wirft mir einen bedeutungsvollen Blick zu, bevor ihre Miene wieder sanft wird. »Daisy, ich kann mir nicht mal vorstellen, wie schrecklich es ge-

240 Baden hassen wir also wohl beide.

wesen sein muss, sich das anzusehen.« Sie streckt die Hand aus und streicht mir eine Träne von der Wange, von der ich nicht wusste, dass sie da war.

»Die Sache ist, alle diese Jungs sind unglaublich lässig, was Sex angeht. Es sei denn, sie sind verliebt.« Sie atmet durch die Nase aus und zuckt leicht mit den Schultern. »Irgendwie haben sie es geschafft, einen Unterschied zu sehen zwischen Sex mit uns und Sex mit anderen.«

Ich schlucke heftig, hole Luft und starre auf meine Hände. Ich kann sie nicht mal ansehen, während ich sage: »Es sah exakt gleich aus. Er mit ihr. Es sah aus … wie bei uns.«

Sie schenkt mir ein trauriges Lächeln, und ich wäre lieber letztes Jahr gestorben, als zuzulassen, dass Magnolia Parks mich mitleidig ansieht, aber nun ist es so weit.

»Vielleicht.« Sie zuckt mit den Achseln. »Aber es ist nicht dasselbe, Daisy, weil er sie nie geliebt hat. Er liebt nur dich. Und für ihn ist das das Einzige, was zählt.«

Gedankenverloren kneife ich mir in die Lippe.

»Komm schon.« Mit dem Kopf zeigt sie in Richtung Tür. »Ich bringe dich zu ihm.«

Sie zieht mich auf die Füße, dann mustert sie kritisch mein schwarzes Jogging-Ensemble von Olivia von Halle.[241]

»Aber zuerst ziehen wir dich um.«[242]

241 Ein Set aus Gia-Berlin-Hoodie und -Hose aus einer Seiden-Kaschmir-Mischung, um genau zu sein.

242 Zur besseren Veranschaulichung: Sie hat versucht, mich dazu zu bringen, ein tief ausgeschnittenes, bodenlanges Kleid anzuziehen, um Christian entgegenzutreten. Wir haben uns gestritten, und dann habe ich die mid-rise ripped Shorts von Denimist angezogen (»Die sind sehr kurz«, hat sie zweifelnd gesagt, als ich sie anhatte.), zusammen mit dem navyblauen cropped Hoodie aus geflocktem Jersey von Balmain (»… oh, du gehst danach noch joggen? Nein? Oh. Nein. Cool! Du siehst … nett aus.«) Und dann habe ich ein Paar Schuhe nach ihr geworfen (Bijoux-Sandalen mit Doppelschnalle und 7-cm-Absatz; Gianvito Rossi), was sie als Überleitung genutzt hat, um zu sagen, das seien die Schuhe, die ich mit folgendem Outfit tragen solle: das Jude-Minikleid aus bedrucktem Krepp (Emilia Wickstead), den schwarzen Federbund-Kurzcardigan (Sleeper) und die einfarbig schwarze Leder-Clutch im Envelope-Design (Saint Laurent). Und wisst ihr was? Ich sehe absolut fantastisch aus. Sie raubt mir echt den letzten Nerv.

KAPITEL 59

CHRISTIAN

Magnolias selbstzufriedener Gesichtsausdruck, als sie mit Daisy vor meinem Haus auftaucht, reicht fast aus, um ihr die Tür vor der Nase zuzuschlagen. Aber das geht nicht, weil sie das Mädchen dabeihat, das ich liebe, und ich kann mir nicht vorstellen, wie viel Stolz sie hatte herunterschlucken müssen, um hierherzukommen, ausgerechnet mit Magnolia.

»Baby Haites!«, ruft Jo. »Ein Wunder!«

Beej starrt Parks an – sie sind jetzt übrigens so halb wieder zusammen – und strahlt sie an, als hätte sie gerade einen verfickten Nobelpreis gewonnen.

Vom Sofa aus sehe ich etwas finster zu Daisy hinüber, weil ich immer noch scheißsauer bin.

Ringe mir aber ein »Hey« ab und hebe das Kinn.

Magnolia schiebt Daisy auf mich zu, und Daisys Kopf fährt zu ihr herum, ein Blick, der töten könnte. (»Oooh«, flüstert Magnolia und verdreht die Augen. »Ich habe solche Angst.«)

BJ, der neben mir sitzt, rammt mir unauffällig den Ellbogen in die Seite.

»Scheiße, jetzt steh auf«, flüstert er und lächelt die beiden dabei an.

Also stehe ich auf, vergrabe die Hände in den Hosentaschen, und Daisy steht da, die Arme vor der Brust verschränkt, und starrt mich wütend an. Magnolia steht zwischen uns und kriegt gleich einen Tobsuchtsanfall.

»Was in drei Teufels Namen ist hier los? Wie regelt ihr beiden jemals eure Streitigkeiten, wenn ich nicht da bin?«

Ich werfe ihr einen unbeteiligten Blick zu. »Normalerweise reden wir einfach für unbestimmte Zeit nicht miteinander, und dann haben wir Sex.« Ich schenke ihr ein unverblümtes Lächeln.

»Oh«, nickt BJ beeindruckt. »Das ist ziemlich innovativ, Parks. Sollten wir mal ausprobieren.« Sie sieht ihn bedeutungsvoll an, und Henry und Jo lachen schnaubend auf.

Ich sehe Daisy an – scheiße, dass sie so heiß aussieht, wenn sie wütend ist. Dieser Schmollmund. Den hat sie immer, zumindest ein bisschen – aber wenn sie sauer ist, habe ich keine Chance.

Ich deute mit dem Kopf in Richtung meines Zimmers. »Willst du dich unterhalten?«

Sie nickt, und ich nehme ihre Hand, ziehe sie die Treppe hoch.

»Unterhalten!«, ruft Magnolia uns nach. »Keinen Sex!«

»Halt die Klappe und kümmer dich um deinen eigenen Scheiß, ja?«, rufe ich zurück.

»GANZ SCHÖN DREIST FÜR JEMANDEN, DER MICH UM HILFE GEBETEN HAT, DU UNDANKBARER PISS…«, ruft sie, aber ich knalle lautstark die Tür zu, um sie zum Schweigen zu bringen.

Als wir erst mal in meinem Zimmer sind, kommt es mir vor wie Magie. Als würde aller Stolz von uns abfallen, und sie sieht mich mit großen, schweren Augen an, und meine Hände liegen auf ihrer Taille, noch bevor ich weiß, was ich tue – ich schiebe sie rückwärts gegen die Wand, streiche ihr das Haar hinter das Ohr, sehe ihr ins Gesicht und schlucke trocken.

»Ich liebe dich, Dais …« Ich schüttle den Kopf. »Es tut mir leid.«

»Nein, mir tut es leid.« Sie vergräbt ihr Gesicht an meinem Hals. »Ich habe nicht nachgedacht – es ist nichts passiert.«

Sie seufzt, und ich schüttle den Kopf.

»Ich weiß.«

»Versprochen«, beharrt sie.

Ich nicke. »Ich weiß. Und ich verstehe es immer noch nicht, aber ich habe diese Bilder gehasst, und ich weiß, dass du das hier hasst – also hasse ich es auch«, sage ich ihr achselzuckend.

»Ich hätte sie nicht verschicken sollen.« Sie zieht zerknirscht die Brauen zusammen. »Es tut mir leid. Ich lösche nie etwas von meinem Handy. Ich habe sogar noch Fotos von mir und Rome aus der Schule.«

»Hör zu«, sage ich und umfasse ihr Gesicht. »Du musst verstehen, dass für mich der Sex mit dir und der Sex mit anderen nicht dasselbe ist.« Alles, was ich bieten kann, ist ein Achselzucken. »Es sind zwei völlig unterschiedliche Dinge. Es fühlt sich nicht an, als hätte es etwas miteinander zu tun, nicht im Geringsten. Aber ich hätte – ich weiß auch nicht – ich dachte einfach nicht, dass es jemals irgendwer sehen würde.«

Sie nickt.

»Ich wollte dir nicht davon erzählen, weil, na ja, wozu wäre es gut gewesen, weißt du? Aber ich weiß auch nicht – ich hab's echt versaut.«

Ihr Blick wird weich, während ich spreche, und sie legt mir die Arme um den Hals, als sich ein kleines Lächeln auf ihren Lippen ausbreitet. »Ist die unbestimmte Zeit schon vorbei?«

Ich fahre mir mit der Zunge über die Unterlippe und nicke. »Ich glaube schon, ja.«

~

»Wow«, sagt Henry, als wir eine halbe Stunde später zusammen die Treppe herunterkommen. »Ihr seht gar nicht aus, als hättet ihr Sex gehabt oder so.«

Daisy verdreht die Augen, und ich fahre mir mit den Händen durchs Haar. Setze mich auf die Couch und ziehe Daisy auf meinen Schoß.

Parks, die an BJ geschmiegt auf der anderen Seite des Raums sitzt, zieht das Näschen kraus wie ein verficktes, kleines machtgeiles Kaninchen und lächelt uns zu, eindeutig stolz auf sich.

Wer könnte schon sagen, ob unsere Versöhnung Magnolia Parks oder dem zweifachen Orgasmus zuzuschreiben ist, den ich Daisy gerade oben geschenkt habe?

»Also«, sagt Magnolia und klatscht in die Hände, »was machen wir jetzt wegen dieses Videos?«

»Nichts.« Ich schüttle den Kopf.

Magnolia wirft mir einen Blick zu. »Wir müssen herausfinden, wer es veröffentlicht hat, und uns rächen.«

Daisy rammt mir belustigt den Ellbogen in die Seite.

Jo deutet mit dem Daumen in Magnolias Richtung. »Parks hat eine neue Mission.«

Sie zieht ein MacBook hervor und klappt es auf.

»Was machst du da?«, fragt BJ und späht ihr über die Schulter. »Was machst du – guck dir das nicht an!«, ruft er, und Magnolia wirft ihm einen zornigen Blick zu.

»Ich suche nach Hinweisen!«

»Nein! Argh.« BJ blickt finster auf den Bildschirm, wendet sich aber nicht ab. Dann legt er sogar den Kopf schief. »Alter, dein Bizeps ist ja der Hammer.«

Ich werfe Daisy einen verzweifelten Blick zu.

Von Magnolias Computer kann ich hören, wie Vannas und mein Atem immer schwerer gehen.

»Kannst du das auf lautlos stellen, bitte?«, seufzt Daisy.

Ich umfasse sie fester und küsse sie von hinten auf die Schulter.

(»Sorry«, flüstere ich. Sie dreht sich zu mir um und lächelt mir kurz zu.)

Magnolia verzieht das Gesicht, stellt das Video schnell stumm und schaut weiter. Es dauert nicht lange, dann stehen Henry und Jonah hinter ihr und beugen sich vor, um mitzugucken. Die ganze Bande, all meine Kindheitsfreunde, drängeln sich vor einem Laptop, um mit zusammengekniffenen Augen zuzusehen, wie ich Sex mit einem Mädchen habe, das nicht meine Freundin ist.

Jonah guckt rüber zu Daisy und mir. »Ist es seltsam, dass ich stolz auf dich bin?«

»Ja«, sagen Daisy und ich unisono.

»Ja, aber – kein Wunder, dass dieses Mädel neulich im Club probiert hat, noch mal bei dir zu landen«, sagt BJ, ohne sich vom Bildschirm abzuwenden. »Guck dir mal deine Performance an.«

Ich stöhne auf und vergrabe das Gesicht an Daisys Hals.

»Hey, wie hast du das da mit deinem Rücken gemacht?«, fragt Henry und nickt, während er mit zusammengekniffenen Augen auf das Display starrt.

Daisy unterdrückt ein Lachen.

»Warum hört es da auf?« Stirnrunzelnd betrachtet Magnolia den Bildschirm.

»Wo?«, seufze ich von meiner sicheren Position an Daisys Schulter.

»Na ja, du bist offensichtlich kurz davor, zu kommen.«

BJ sieht sie fragend an. »Offensichtlich, ja?«

(Und ich stoße ein langes, lautes Stöhnen aus, während Daisy, Henry und Jo in Gelächter ausbrechen.)

Magnolia wirft Beej einen entschuldigenden Blick zu, dann sieht sie wieder zurück zu mir. »Warum bricht das Video ab, bevor du fertig bist?«

Ich seufze und sehe sie kopfschüttelnd an. »Tut es nicht.«

Magnolia sieht mich an. »Doch, tut es.«

Ich schüttle den Kopf. »Tut es nicht.«

»Doch«, sagt Daisy und sieht mich an. »Tut es.«

Magnolia dreht den Computer rum und drückt Play, und bevor ich Daisy die Augen zuhalten kann, sieht sie es noch mal von vorne – wie ich ein Mädchen ficke, das nicht sie ist, den Rücken durchdrücke und dann – schwarz.

Ich starre auf den Bildschirm. Heilige Scheiße.

»Ich weiß, wer es online gestellt hat.«

Alle starren mich an.

»Was?« Daisy sieht mich stirnrunzelnd an.

»Wer?«, fragen Jonah und Henry gleichzeitig.

Ich starre sie an, irgendwie schockiert. »Sie war es.«

Daisy schnaubt. »Was?«

»Sie war es«, nicke ich. »Sie war es selbst, Dais.«

Beej schüttelt den Kopf. »Christian, sie hockt die ganze Zeit in den Medien und heult darüber, wie jemand ihre Privatsphäre verletzt hat.«

»Wenn ich es euch sage …«, ich sehe ihn bedeutungsvoll an, »… sie hat es veröffentlicht. Ich weiß, dass sie es war.«

»Woher?«, fragt Magnolia mit hochgezogenen Augenbrauen.

Ich sehe zu Daisy und schneide eine kleine Grimasse – vielleicht werde ich das hier bereuen, vielleicht aber auch nicht.

»Weil es nicht das ganze Video ist.«

Daisy seufzt geschlagen und vergräbt das Gesicht in den Händen.

»Und was fehlt?« Henry setzt sich auf.

In springe von der Couch, renne die Treppe hoch und jogge eine Minute später mit meinem Laptop wieder herunter.

»Willst du mich verarschen?«, stöhnt Daisy, als ich ihn aufklappe und einen Ordner auf meinem Desktop öffne.

»Das hast du jetzt aber schnell gefunden, Kumpel«, merkt Jonah an, aber ich achte nicht auf ihn, sondern sehe hinüber zu Daisy.

»Baby, ich dachte, du hättest alles gesehen.« Bedeutungsvoll sehe ich sie an, dann werfe ich einen Blick zu meinen Freunden. »Jetzt ergibt das alles viel mehr Sinn …«

»Es tut mir leid«, sage ich zu ihr, bevor ich Play drücke. Vanna und ich erwachen wieder zum Leben, und Magnolia und die Jungs drängeln sich auf unsere Seite des Raums.

Daisy stellt auf stumm, aber ich werfe ihr einen entschuldigenden Blick zu, bevor ich den Ton wieder anschalte.

Das Wohnzimmer füllt sich mit keuchendem Atem und Stöhnen, und ich spule vor bis an die Stelle, an der ich den Rücken durchdrücke, und an der Stelle, an der das Online-Video abbricht, geht es weiter.

Ich bewege mich schneller und schneller, immer heftiger, die Augen geschlossen und das Gesicht von Vans abgewandt. Und dann dringt ein leises Stöhnen über meine Lippen:

»Daisy.«

Daisy schlägt sich eine Hand vor den Mund, und Magnolia keucht auf.

Beej haut Jonah hektisch auf den Arm, ohne den Blick vom Bildschirm abzuwenden, und grinst von einem Ohr bis zum anderen.

»O scheiße!«, keucht Henry mit dem Ausdruck absoluter Begeisterung.

»Was hast du gerade gesagt?«, flüstert Vanna auf dem Bildschirm mit erstickter Stimme. Dann verpasst sie mir eine Ohrfeige. »Was zum Teufel hast du gerade zu mir gesagt?«

Mein Porno-Ich presst sich die Hand auf den offenen Mund, die Wangen gerötet, einen überraschten Ausdruck im Gesicht. »Ich«, setze ich an, aber dann versetzt sie mir einen Stoß.

»Runter von mir, verdammte Scheiße.« Sie schiebt mich von sich herunter, rollt sich zur Seite. »Warum in aller Welt denkst du immer noch an diese Bitch?« Sie läuft auf die Kamera zu. Man hört, wie ich anfange zu sprechen. »Nenn sie nie …«

Dann wird der Bildschirm schwarz.

Im Raum herrscht Schweigen.

Ich wende mich an Daisy. »Ich dachte, das hättest du gesehen.«

»Ich …« Sie starrt mich an, sprachlos. »Nein – das hätte den Schlag deutlich gemildert.«

»Ich weiß.« Ich nicke. »Ich hatte den Eindruck, du nimmst es dir zu sehr zu Herzen dafür.«

»Du liebst mich!«, grinst Daisy. »Du denkst an mich, wenn du Gelegenheitssex mit anderen Frauen hast!«

»Ja.« Ich nicke. »Nur an dich.«

»Aaaw, wie süß.« Magnolia sieht uns an und seufzt. »Aber du solltest echt damit aufhören, einfach so wie: Lass uns jetzt damit aufhören.«

»Ganz meine Meinung«, nickt Daisy.

»Okay.« Ich lache auf. Sehe hinüber zu Daisy. »Alles okay mit dir?«

»Ja …«, Daisy zuckt mit den Schultern, »… ja, nein, jetzt geht es mir wirklich besser damit.«

»In Ordnung.« Magnolia zeigt auf den Computer. »Du musst mir das kurz schicken …«

»Nein!«, rufe ich in dem Moment, in dem BJ den Kopf zurückwirft. »Scheiße, Parks – warum?«

»BJ, bitte.« Sie wirft ihm einen unbeeindruckten Blick zu. »Auch wenn es dich wirklich nichts angeht, schließlich sind wir momentan ›nur Freunde‹.«

»In Ordnung.« Er nickt. »Ganz unter Freunden: Ich will nicht, dass du Videos von Christian anguckst, in denen er Sex mit Vanna Ripley hat.«

»Ich bin doch nicht pervers.« Sie verschränkt die Arme.

Jo deutet mit dem Kopf auf sie. »Sie hat eine Mission.«

Henry grinst, als er den Arm um sie legt. »Ich liebe es, wenn Parks eine Mission hat.«

»Schick es mir«, fordert Magnolia mich noch mal auf.

Ich schüttle den Kopf.

»Schick es mir!« Ihr Blick wird finster.

»Nein, Parks.«

Und dann atmet Daisy hörbar aus und sieht sie an. »Was hast du damit vor?«

Magnolias Miene nimmt einen aufmüpfigen Ausdruck an, die Nase hoch in die Luft gestreckt. »Niemand treibt so etwas ungestraft mit meinen Freunden.«

Daisy sieht zu mir. »Gib es ihr.«

Daisy
17:41 Uhr

Wo bist du?

Unterwegs

Mit Christian

Komm sofort nach Hause

Warum?

Sofort.

Was ist?

Ich mein's ernst.

Komm nach Hause.

Okay?

KAPITEL 60

JULIAN

Auf dem Heimweg vom Liverpool-Spiel hat jemand versucht, Santino Bambrilla umzubringen.

Sie waren gerade dabei, das Stadion zu verlassen, durch einen Seitenausgang – sie wechseln immer die Ausgänge, wenn sie sich ein Spiel anschauen –, als jemand auf sie geschossen hat.

Er war mit Rome zusammen, beide haben eine Kugel abbekommen, Santino ist etwas schwerer verletzt als Romeo, aber keiner schwebt in Lebensgefahr. Santino haben sie in die Brust getroffen, aber Herz und Lunge verfehlt. Romeo in den Arm.

Es gefällt mir nicht, wie sehr ich Magnolia anrufen will, als ich daran denke. Ihr erzählen, was für eine verfickte Scheiße sie gerade mit jemandem abgezogen haben, der mir nahesteht, hören, wie sie innehält, unangenehm berührt, und mir, weil sie nicht weiß, was sie sagen soll, Bilder der wichtigsten Kleider der Geschichte zeigt und mit den Händen über mein Haar streicht, aber ich kann nicht.

Als Daisy die Haustür aufstößt, kann ich an der Art, wie sie sie zuknallt, hören, dass sie sauer ist, weil ich ihr befohlen habe, nach Hause zu kommen.

Sie reißt meine Tür auf, Christian folgt ihr.

»Ich hatte gerade echt einen schönen Ta…«, fängt sie an, aber dann landet ihr Blick auf Rome, seinem blutigen Arm, das Gesicht schmerzverzerrt, Tränen in den Augen.

»O mein Gott.« Sie hastet zu ihm hinüber, legt ihm eine Hand aufs Gesicht, die andere auf seine Brust. »Alles in Ordnung?«

Christian steht im Türrahmen und sieht mit finsterem Blick zu. »Was ist passiert?«

»Sie haben auf Dad geschossen«, sagt Rome schroff. »Und auf mich.«

Er zeigt ihr seinen Arm.

Daisy lässt ihn nicht aus den Augen, während sie in den Raum sagt: »Hol mir mal jemand meine Ausrüstung.«

Sie schiebt den blutigen Ärmel hoch, löst das Verbandsmaterial, das wir dazu benutzt haben, Druck auf die Wunde auszuüben, und nimmt das Einschussloch so gut es geht in Augenschein.

»Bist du okay?«, fragt Christian und geht auf ihn zu.

Rome nickt, sieht ihn jedoch kaum an.

»Santi«, fragt Daisy und sieht zwischen mir und Rome hin und her. »Ist er auch okay?«

»Er wird es überleben«, sagt Rome, den Blick auf sie gerichtet, und sie berührt noch einmal sein Gesicht mit der Hand.

»Es tut mir so leid.«

»Was zum Teufel ist passiert?«, fragt Christian mich, die Hände über der Brust verschränkt.

Mit einer Handbewegung deute ich auf Rome.

»Scharfschütze beim Spiel.« Er zuckt mit den Schultern. »Es ging so schnell – und dann haben mich die Jungs in ein Auto geworfen, Dad ins andere …«

»Wo ist er jetzt?«, fragt Daisy.

»Ich weiß es nicht.« Rome zuckt mit den Schultern. »Untergetaucht.«

Declan reicht Daisy ihre Tasche, und sie drückt Romeo in einen Sessel.

Dreht sich um und desinfiziert ihre Hände und Unterarme, wechselt einen Blick mit Christian und schenkt ihm ein trauriges Lächeln.

»Rome bleibt erst mal hier bei uns«, sage ich, schließlich ist der Zeitpunkt jetzt so gut wie jeder andere. »Das ist sicherer.«

Daisy nickt, und Christian tut es ihr gleich. In Anbetracht der Tatsachen kann ich mir nicht vorstellen, dass er begeistert ist, aber er sagt nichts.

Läuft rüber zu Daisy und sieht zu ihr hinunter, wie sie da neben Rome kniet.

»Wie kann ich helfen?«

Sie nimmt einen Stapel Verbandsmull und beginnt, das Blut abzuwischen.

»Ich brauche einen Mülleimer, eine Menge sterilisiertes Wasser oder wenigstens Flaschenwasser.« Sie wirft einen Blick über die Schulter. »Kann mal jemand gucken, ob wir Lidocain oder Articain dahaben?«

»Hey, warum kriegt er denn die Drogen?«, versuche ich, meine Schwester aufzuziehen.

Ohne den Arm ihres Ex-Freunds aus dem Blick zu lassen, zieht sie die Augenbrauen zusammen. »Er hat sich das nicht selbst zugefügt.«

Ich zucke mit den Schultern und lehne mich nach hinten an meinen Schreibtisch. »Du hast dir letztes Jahr selbst eine Schusswunde verpasst und hast auch Drogen gekriegt …«

Alle vier, Daisy, Christian, Rome und Miguel, sehen mich unbewegt an.

»Ich bin noch nicht bereit, darüber Witze zu machen«, sagt Rome und blickt zur gegenüberliegenden Seite des Raums.

»Ja.« Christian schüttelt den Kopf. »Ich auch nicht.«

»Christian.« Daisy packt ihn am Handgelenk, ohne auf meinen Kommentar einzugehen. »Leuchte mir hier mal bitte mit deiner Handytaschenlampe.«

Er nickt, tut, was sie ihm aufträgt, und sie macht sich an die Arbeit.

Christian sieht nach unten zu Rome, der den Blick abgewandt hat.

»Wissen wir, wer es war?«

Romeo nickt, ohne ihn anzusehen. »Haben ihn erwischt.«

»Wer war es?«, fragt Daisy und sieht zwischen uns hin und her.

Rome wirft ihr einen kurzen Blick zu. »Nun ja, jetzt ist er tot.«

»Wir wissen es noch nicht genau, aber es sieht aus wie eine alte Verbindung nach Italien.«

Daisy nickt. »Ist deine Mum okay?«

»Schockiert.« Er zuckt mit den Schultern. »Aber alles in Ordnung.«

»Wo ist Carmelo?«, fragt Christian.

»Erst mal in Freshfield«, sagt Rome.

»Carms wird sich für eine Weile um die Geschäfte kümmern.«

»Whoa.« Christian blinzelt.

Es ist eine große Sache, wenn jemand anders die Zügel in die Hand nimmt. James Devlins Dad ist noch am Leben, aber er ist zurückgetreten. Danny Jukes und Hughie McCracken haben ihren Sitz am Tisch erhalten, als ihre Väter gestorben sind. Jukes wurde ermordet, Hughies Vater ist an Krebs gestorben. Traurige Sache.

Dass Carmelo jetzt die Geschäfte der Bambrillas übernimmt, wird für Wirbel sorgen – ich habe keine Bedenken, aber andere möglicherweise schon. Was bei den Leuten auf der Agenda steht, ist nicht immer offensichtlich, die Menschen haben verschiedene Vorstellungen von Erfolg, und was wir tun, dreht sich immer um Macht, daran besteht kein Zweifel.

Carms ist anders, es ist nicht das, was er will. Er macht es, weil es das ist, was wir eben tun, aber es ist nicht das, was er will. War es nie, es war immer nur das Blatt, das ihm in die Wiege gelegt wurde.

»Santi kommt zurück.« Ich zucke mit den Achseln, auch wenn ich selbst weiß, dass das wahrscheinlich nicht stimmt.

»Ja, klar«, schnaubt Daisy, während Romeo mir gleichzeitig einen Blick zuwirft, als sei ich bescheuert.

Jenseits von Carmelos besseren Eigenschaften ist er ein Mann, und Männer lieben Macht. Historisch betrachtet geschieht es nicht oft, dass jemand eine Führungsrolle übernimmt und sie dann wieder aufgibt, wenn man ihn darum bittet.

»Hab sie.« Daisy seufzt, und dann höre ich das vertraute Geräusch einer Kugel, die in eine Metallschüssel fällt.

Romeo sieht auf seinen Arm herunter, dann zu ihr. »Danke.«

»Mhm.« Sie wirft ihm ein zartes Lächeln zu, während sie die Wunde verbindet.

Dann steht sie auf, betrachtet mit schief gelegtem Kopf seinen Arm und nickt sich selbst zufrieden zu.

»Ich räum das hier weg, dann mache ich dir dein Zimmer fertig.« Noch einmal lächelt sie Rome kurz zu, dann fängt sie Christians Blick auf und bedeutet ihm mit einem Kopfnicken, mit ihr zu kommen.

Auf der Schwelle bleibt sie stehen und sieht zu mir zurück, ihr Blick ist schwer.

Sie macht sich Sorgen. Ich hasse es, wenn sie sich Sorgen macht.

»Was bedeutet das, Jules?«

»Für dich?« Ich erwidere ihren Blick. »Dreifach verstärkte Security.« Sie öffnet den Mund, um etwas zu sagen, aber ich schüttle den Kopf und hebe eine Hand, um sie zum Schweigen zu bringen. »Keine Beschwerden.«

Sie atmet laut aus.

»Kevlar, jedes Mal, wenn du das Haus verlässt …«

»Nein«, lamentiert sie.

»Doch.« Ich nicke entschieden. »Wenn du nicht hier bei mir oder bei ihm zu Hause bist«, ich deute auf Christian, »trägst du Kevlar.«

Sie seufzt und verlässt den Raum.

Romeo sieht zu mir herüber und zuckt kurz mit den Achseln.

»Fairerweise muss man ihr zugestehen, dass Kevlar echt scheißunbequem ist.«

KAPITEL 61

DAISY

»Willst du wirklich ausgehen?« Ich sehe zu Christian, der neben mir im Fond sitzt, und verziehe das Gesicht. Miguel fährt uns in die Stadt. Nur zum Abendessen, keine Party.

Wir treffen uns mit seinen Freunden.

Vielleicht sind es mittlerweile auch meine Freunde.[243]

»Nein«, gibt er zu. »Aber irgendwann müssen wir ja mal wieder aus dem Haus. Da können wir es genauso gut jetzt tun.«

»Muss das wirklich sein?«, schmolle ich.

Er lacht leise durch die Nase. »Was ist das Schlimmste, was passieren könnte?«

Vor dem Hintergrund dessen, was vor Kurzem passiert ist, lautet die offensichtliche Antwort, dass ich erschossen werde, oder, noch schlimmer, er.

Ich trage Kevlar. Er hat sich geweigert.

Ich seufze. »Was, wenn dich ein Mädchen anguckt, als hätte sie dich nackt gesehen?«

»Baby«, lacht er. »Mittlerweile hat mich die ganze Welt nackt gesehen. Fuck, ich wette, sogar dieser Typ hier hat mich nackt gesehen.« Er haut Miguel auf den Arm.

»Kein Kommentar«, sagte Miguel von vorne.[244]

Christian stößt mich mit dem Ellbogen an. »Hast du Angst, Baby?«

»Nein.« Ich werfe ihm einen bösen Blick zu und setze mich aufrechter hin. »Ich habe nie vor etwas Angst.« Er lächelt zu mir herüber, und ich seufze. »Es ist nur, wenn dich jemand auf diese Art anguckt, die ich nicht ausstehen kann, muss ich denjenigen leider umbringen – und das Durch-

243 Vielleicht. Kommt auf den Tag an.

244 Dabei hatte er jede Menge Kommentare, und einer davon war, dass er jetzt verstehen könne, warum das Ende unserer Beziehung so furchtbar für mich gewesen ist.

einander können wir gerade echt nicht gebrauchen.« Ich zucke mit den Schultern.

Er nickt ein paarmal. »Das stimmt.«

»Also wäre es einfacher, wir würden nicht ausgehen.«

»Oder …« Er sieht mich bedeutungsvoll an. »Du könntest einfach … keinen Mord begehen …«

Ich erwidere den Blick.

»Veronas PR ist der Meinung, ich muss einfach mal eine Stunde mein Gesicht zeigen, dann können wir wieder abhauen.« Er atmet durch die Nase aus. »Ich dachte, es würde dich freuen, mal eine Minute aus dem Haus zu kommen.«

»Das tut es auch.« Ich nicke schnell, denn es stimmt. Es war wirklich anstrengend.

Und es ist überhaupt ein Wunder, dass Julian Ja gesagt hat. Es war ein Ja mit tausend Bedingungen.

Kevlar, Miguel und Kekoa als Begleitung, ein gepanzerter Wagen mit Eskorte und kein Fensterplatz im Restaurant.

Er streicht mir eine Haarsträhne hinters Ohr. »Nur kurz rein und gleich wieder raus, Dais.«

Ich atme durch die Nase aus und sehe ihn an, als wir am Straßenrand anhalten.

Heute fühlt es sich besonders seltsam an, mit der ganzen Aufregung über das Sex-Tape, vor allem vor dem Hintergrund, was Santino passiert ist. Aber niemand weiß es. Mir wird jedes Mal schlecht, wenn ich daran denke, dass Romeo verletzt worden ist, auch wenn wieder alles in Ordnung ist.

In Ordnung ist subjektiv. Er dreht langsam durch bei uns im Anwesen, aber technisch gesehen geht es ihm gut. Er wollte heute Abend mitkommen – wie verzweifelt muss er sein, dass er mich bittet, ihn mitzunehmen, wenn ich mit Christian essen gehe. Natürlich habe ich Ja gesagt, Julian aber Nein. Sagte, er hätte nicht mal zugestimmt, wenn Romeo allein essen gehen wollte, aber mit mir zusammen? Vollkatastrophe.

Als Christian und ich aus dem Wagen steigen, ist es schlimmer, als man es sich hätte vorstellen können – überall Paparazzi und Kameras.

»STIMMT ES, DASS DU VANNA FÜR SIE VERLASSEN HAST?«

»WER IST SIE?«

»IST DAS DAISY?«

»DAISY, BIST DU VERANTWORTLICH FÜR DAS ENDE VON VASTIAN?«

Miguel schiebt die Fotografen und Reporter aus dem Weg, damit wir zum Eingang kommen.

Ich falle buchstäblich durch die Tür und habe das Gefühl, der ganze Raum dreht sich um und starrt uns an.

Christian richtet sich selbstbewusst auf, legt mir den Arm um die Schultern und führt mich nach hinten, wo ich Magnolia und Taura erspähen kann, die durch die Menge zu uns herübersehen.

»Vastian klingt wie eine Creme gegen eine Geschlechtskrankheit.« Ich blinzle zu ihm auf, und er lacht.

»Kann nicht behaupten, dass ich selbst je ein Fan davon war.«

Magnolia ergreift mich an den Händen, zieht mich neben sich an den Tisch und umarmt mich fest – und wer hätte je gedacht, dass ich ihre Umarmung als Erleichterung empfinden könnte, aber so ist es …

»War es sehr schlimm?«, fragt sie und beäugt die Menge. »London liebt seine Skandale.«

Ich verdrehe die Augen, als wäre es mir egal.

»Du siehst großartig aus!«, fügt Magnolia mit einem Blick auf mein Outfit[245] hinzu. Es klingt wie ein Kompliment für mich, ist aber in Wirklichkeit eines für sie selbst, weil sie eine verdammte Psychopathin ist, die eine App auf meinem Handy installiert hat und jetzt meine Outfits für jeden Tag der Woche im Abgleich meiner Kalendereinträge organisiert.[246]

»Soll ich mal rüberlaufen und blankziehen?«, bietet Taura an. »Ein bisschen Ablenkung von … dem ganzen Aufstand hier.« Mit einer Handbewegung deutet sie auf Christian.

245 Verspieltes Minikleid aus Leder (Valentino); schwarzer Cardigan mit Intarsienstickerei (Burberry); Devon Mules mit Satin-Absatz (The Attico); Four-Ring-Nuckle-Clutch aus Leder (Alexander McQueen); 18-Karat-Gold-Creolen Meryl (Anita Ko).

246 »Warum hast du Zugriff auf meinen Kalender?«, habe ich sie gefragt, und sie hat nur unbeteiligt aufgelacht, als sei die Frage vollkommen verrückt.

»Na, gestanden hat er jedenfalls.« BJ zwinkert Christian zu, der die Augen verdreht, aber dabei versucht, nicht zu lachen.

Der Abend verläuft ruhig, und alles ist in bester Ordnung.

Niemand, der nicht mit uns hier ist, hat den Mut, sich uns zu nähern, und ich gestehe mir widerstrebend ein, wie sehr ich die Freundinnen schätze, zu denen diese Mädchen geworden sind, die ich früher so verabscheut habe.

Nach einer Weile wirft Magnolia einen Blick durch das Restaurant und flüstert mir dann etwas zu.[247]

»Ist das da nicht dieser sexy Polizist, mit dem du mal zusammen warst?«, fragt sie fröhlich und sieht an mir vorbei.

Christian, BJ, Henry und Jonah hören mit, weil sie eine entsetzliche Flüsterin ist, und drehen sich alle kurz um, bevor sie sich wieder zum Tisch wenden und die Köpfe zusammenstecken. »Ist er sexy?«[248] »Ich meine, würdest du echt sexy sagen?«[249] »Na ja, er ist schon ziemlich sexy.«[250] »So sexy auch wieder nicht.«[251]

Und Magnolia, Taura und ich wechseln einen amüsierten Blick, bevor ich mich räuspere und ihr ein kleines Lächeln schenke.

»Ja, das ist er.«

Er sieht gut aus.

Allerdings sieht Tiller immer gut aus, das war nie das Problem.

Oder es war eher immer das Problem.

Er ist mit Dyson und seiner Ex da.

Sogar von hier aus kann ich seine Augen sehen, die immer so hell leuchten, wenn es dunkel ist. Er trägt ein einfaches Navy-T-Shirt und zerschlissene blaue Ksubis mit Chucks, und wenn er nicht so aussehen würde, wie er aussieht, würde er in diesem Aufzug niemals an einen Ort wie diesen hier kommen, aber schließlich ist er – egal, wie schwer es den Jungs auch fällt, das zuzugeben – Officer Sexy.

247 Laut.
248 Christian.
249 BJ.
250 Henry.
251 Jonah.

»Hast du ihn noch mal gesehen, seit Schluss ist zwischen euch?«, fragt BJ mich, beobachtet dabei aber Christian.

Christian hat die Brauen zusammengezogen, und sein Atem geht auffällig langsam. Oberflächlich wirkt er ruhig, aber der Ausdruck in seinen Augen macht mich nervös.

Er hat alle seine Stacheln für mich aufgestellt, so wie man es tut, wenn eine Person verletzt wird, die man liebt. Aber ich brauche seinen Schutz nicht, ich brauche nur ihn.

Ich vergrabe mein Kinn an seiner Schulter, um ihn wieder ins Hier und Jetzt zu holen, und sehe BJ kopfschüttelnd an.

»Nein.«

»Sollen wir ihn fertigmachen?«, bietet Jonah fröhlich an.

»Klar«, sagt Christian und schiebt lautstark seinen Stuhl zurück, aber ich ergreife sein Handgelenk und ziehe ihn wieder nach unten.

Aber trotz der Geräuschkulisse war der Lärm offenbar laut genug, und Tillers Blick zuckt zu uns herüber.

Bleibt an mir hängen, fest im Arm der Person, wegen der er immer so paranoid war.[252] Seine Miene ist angespannt und gereizt, aber er versucht sich an einem angestrengten Lächeln. Dann nickt er, um mir zu bedeuten, rüberzukommen.

»Ich sage kurz Hallo«, sage ich zu Christian, der mich ansieht, als hätte ich den Verstand verloren.

»Was?« Er schüttelt den Kopf. »Warum?«

»Weil!«, erwidere ich laut. »Er ist mein Ex, und wir waren in einer bedeutsamen Phase meines Lebens zusammen, und während der allermeisten Zeit war er sehr gut zu mir, und es ist sehr wahrscheinlich, dass Julian und du in der Zukunft wieder wegen irgendeinem Scheiß mit ihm aneinandergeratet, und ich glaube, es ist keine allzu schlechte Idee, auf gutem Fuß mit ihm zu stehen.«

»Nein.« Christian schüttelt den Kopf. »Ich werde niemals auf gutem Fuß mit ihm stehen – sprich nicht mit ihm.«

Ich starre ihn ein paar Sekunden lang an. »Das ganze Internet ist voll von einem Sex-Tape mit dir und deiner Ex.«

»Oh, fuck – okay!«, stöhnt er. »Aber das ist das einzige Mal diese Wo-

252 Wohl mit gutem Grund.

che, dass du das gegen mich verwenden kannst, ja? Ich hole dir morgens keinen Kaffee.[253] Wenn es morgen früh nur noch einen Bagel gibt, hast du Pech gehabt, ich bekomme ihn, und du kannst nichts dagegen tun.«

Ich rolle mit den Augen,[254] dann laufe ich rüber zu Tiller.

Er kommt an den Rand der Bar und wartet auf mich.

»Ja, hi!« Ich strahle ihn an.

Tiller fährt sich mit der Zunge über seine perfekten weißen Zähne, die Brauen leicht zusammengezogen. Erst sagt er nichts. Lässt ein paar Sekunden verstreichen, guckt an mir vorbei hinter die Bar, dann sieht er zu mir herunter.

»Hattest du jemals vor, es mir zu sagen?«

Ich straffe die Schultern, hebe die Augenbrauen. »Dass ich wieder mit meinem Ex-Freund zusammengekommen bin?«

Er macht irgendetwas mit seinem Gesicht, das wortlos den Gesamteindruck von »was sonst« vermittelt.

»Ach, Mist.« Sarkastisch rolle ich mit den Augen. »Hat dich das singende Telegramm nicht erreicht? Ich hatte es vorab bezahlt!«

Er wirft mir einen wenig belustigten Blick zu, also pikse ich ihn leicht in den Arm, weil er so ein Erbsenzähler ist.

»Du hast gut reden«, sage ich.

»Wie meinst du das?«, fragt er und hebt leicht überheblich das Kinn.

»Na, offensichtlich bist du wieder mit Michelle zusammen.« Unauffällig nicke ich in ihre Richtung.

Er legt den Kopf schief. »Offensichtlich, ja?«

Ich starre ihn an. »Bist du meinetwegen hier?«

Ein paar Sekunden lang sagt er nichts. »Sie wissen es nicht, aber ja.«

Ich nicke knapp. »Okay. Ist alles in Ordnung?«

Er schüttelt den Kopf. »Ich kann nichts Bestimmtes sagen, Dais, nur dass es … mir nicht richtig erscheint.« Er zuckt mit den Achseln. »Irgendetwas erscheint mir nicht richtig.«

Stirnrunzelnd sehe ich zu ihm auf. »Gibt es Gerede?«

Ohne meinen Blick loszulassen, schüttelt er den Kopf.

253 »Doch, tust du«, unterbreche ich ihn. Er verdreht die Augen, bevor er nachgibt. »Ja, tue ich.«

254 Und beschließe, heimlich die Bagels zu verstecken.

»Kein Gerede. Gar nichts.«

Mein Stirnrunzeln verstärkt sich.

»Alles ist ruhig. Verbrechensrate im Keller, kaum noch schwere Diebstähle. Es wirkt, als wappneten sich die Leute gegen irgendetwas.«

Ich verschränke die Arme, als würde das helfen, einzudämmen, was auch immer sich zusammenbraut.

»Gegen was denn?«

Tiller öffnet den Mund, um etwas zu sagen, dann zuckt er ein wenig verzweifelt mit den Schultern. »Ich weiß es nicht.« Mit einem Seufzen atmet er aus, er hat sein Stress-Gesicht aufgesetzt. »Ist alles in Ordnung mit dir?«

Ich nicke.

»Mit dir auch?«

Er nickt ebenfalls. »Behandelt er dich gut?«

Ich schenke ihm ein schnelles Lächeln. »Ja.«

Sein Lächeln ist schmal und an den Rändern traurig. »Gut.«

»Wenn du irgendetwas hörst«, fange ich an.

Er nickt noch mal. »Dann rufe ich dich an.«

»Oder kommst vorbei?«, biete ich an.

Ein Lächeln huscht über sein Gesicht, schnell und freudlos. »Wahrscheinlich nicht.«

»Wie du willst.« Ich trete einen Schritt nach hinten und tue so, als hätte mir das nicht gerade einen kleinen Stich versetzt. Dann schenke ich ihm ein winziges, peinlich berührtes Achselzucken und zeige auf Christian. »Na ja, ich sollte wohl zurückgehen.«

Er nickt bedächtig. »Ja.«

»Du weißt, du kannst mich anrufen, Dais. Jederzeit.« Er sieht mich eindringlich an. »Egal, was du brauchst.«

Ich strecke den Arm aus und drücke seine Hand, aber nur für eine Sekunde. »Es war schön, dich hier zu sehen, Tills.«

Er schenkt mir ein schiefes Lächeln. »Lügnerin.«

»Stimmt«, seufze ich. »Ich mochte dich schon immer lieber im Türrahmen.«

Er stößt ein »Ha« aus, während ich zurück an unseren Tisch laufe.

»Alles in Ordnung?«, fragt Christian, als ich mich wieder neben ihn setze. Seine Brauen sind vor Sorge und vielleicht sogar einem Hauch Eifersucht zusammengezogen, und ich küsse ihn auf die Wange, weil ich es mag, dass er eifersüchtig ist.

Magnolia räuspert sich und beugt sich über den Tisch zu mir. »Wenn ich das sagen darf – viel zu eng mit deinem Ex.«

Christian, BJ, ich selbst, Henry, Jonah und Taura starren alle ungläubig zu ihr hinüber.

»Hast du nicht quasi die ganze Zeit, während du nicht mit ihm zusammen warst«, ich zeige auf BJ, »mit ihm rumgehangen?«

Sie unterbricht mich und schüttelt den Kopf. »Hier geht es nicht um mich …«

Ich rede einfach weiter. »Einschließlich der Phasen, in denen du mit jemand anders zusammen warst?«

»Ja, aber …«

»Und ist er nicht technisch betrachtet immer noch dein Ex-Freund?«, frage ich, nur um das klarzustellen.

Sie verdreht die Augen. »Na ja, technisch betrachtet …«

Ich werfe Christian einen Blick zu.

»Lern von meinem Beispiel, Daisy«, sagt sie wie eine Nonne im Kloster. »Guck, wo mich das hingebracht hat – mitten ins Tintenfass.«

BJ küsst sie auf diese viel zu niedliche Art[255] auf die Wange und flüstert: »Das ist nicht die richtige Redewendung, Parks. Es ist nur ›Tinte‹. Man sitzt in der Tinte.«

Magnolia sieht ihn an, als sei er das Problem. »Das ergibt keinen Sinn.«

Christian reibt sich belustigt den Nacken. »Was ergibt keinen Sinn?«

»Warum sollte ich in Tinte sitzen?« Sie zuckt mit den Schultern als wären wir alle blöd.

»Warum solltest du in einem Tintenfass sitzen?«, frage ich.

Magnolias Brauen ziehen sich zusammen, und ich glaube, sie hat meinen Punkt verstanden, weil sie für den Bruchteil einer Sekunde verärgert

255 Und ich glaube, ich bin auch ein bisschen in ihn verliebt, aber nur genau so, wie jedes Mädchen der Welt, also ist es auch egal.

aussieht, bevor sie das Ganze mit einem Lachen abtut, das nach hellen Glöckchen klingt.

»Ich meine ja nur.« Sie zuckt mit den Achseln und schmiegt sich nach ihrer »Nur Freunde«-Art an BJs Schulter. »Es wäre ja egal, wenn er ein normaler Polizist wäre, aber er ist schließlich der aus dem sexy Kalender, ja?«

Mein Blick geht zwischen ihr und den Jungs hin und her, während ich verwirrt den Kopf schüttle. »Nein.«

»Oh.« Sie verzieht leicht das Gesicht. »Ach, was für eine verpasste Gelegenheit, findet ihr nicht? Das sollten sie wirklich ändern.« BJ wirft ihr einen warnenden Blick zu. »Ich meine …« Schnell sieht sie zu Christian hinüber. »Nein, sollten sie nicht! Igitt.«

Christian zeigt ihr den Mittelfinger, und ich küsse ihn auf die Wange.

»Mach dir keine Sorgen, Mann.« BJ packt ihn an der Schulter und schüttelt ihn freundschaftlich. »Einen Kalender mit dir würde ich gleich hundertmal bestellen.«

»Ein Bestseller, der *Ganglords of London*-Kalender«, übernimmt Henry grinsend.[256] »Ziemlich spektakulär mit Christian, Jonah und Julian.«

»Romeo«, fügt Magnolia hinzu.

»Scheiße.« Christian verdreht die Augen.

Sie lächelt entschuldigend. »Sorry! Daisy hat eben Geschmack, was soll ich sagen?«

»Nichts«, rät ihr BJ mit einem eindringlichen Blick. »Bitte – einfach – nichts.«

Als der Abend voranschreitet, zieht sich Christian mit dem PR-Typen kurz nach oben in sein Büro zurück, und ich entschuldige mich, um auf die Toilette zu gehen.

Der Abend läuft weniger schrecklich als erwartet, und ich gebe zu, dass ich erleichtert bin. Tiller zu sehen, war ein gutes Gefühl. Als hätte ich ein Fenster geöffnet, um die stickige Luft rauszulassen. Es fühlt sich an, als könne ich jetzt freier atmen.

Gerade gehe ich zurück an unseren Tisch, als …

»Fick dich!«, schreit plötzlich jemand in meinem Rücken.

256 »Kein Ganglord«, unterbricht ihn Christian.

Noch bevor ich ihr Gesicht sehe, weiß ich, dass sie es ist. Ich drehe mich auf dem Absatz um und sehe Vanna kalt an.

»Na, du traust dich was.« Ich schüttle den Kopf. »Unglaublich. Weißt du, wer ich bin?«

»Niemand«, spuckt sie aus, ihre Augen füllen sich mit Tränen. »Du bist niemand. Niemand interessiert sich für dich, niemand kennt deinen Namen.«

»Tatsächlich«, ich schneide eine Grimasse, »wirst du feststellen, dass zumindest Christian meinen Namen durchaus kennt, wenn du das Video bis zum Ende ansiehst.«

Ihre Augen verengen sich zu Schlitzen.

»Vanna!« Magnolia taucht neben mir auf. »Wie schön, dich zu sehen.«

Vanna legt verwirrt die Stirn in Falten.

»Dein Schauspieltalent ist wirklich unglaublich …« Magnolia schüttelt den Kopf. »Ich gucke so gern im Fernsehen zu, wenn du so traurig bist, es ist echt überzeugend.« Magnolia schenkt ihr ein freundliches Lächeln, das allerdings eine gewisse Schärfe trägt.

»Ich habe übrigens das alternative Ende deines flotten Filmchens gesehen.« Mit einem Kopfnicken deutet sie auf Vanna. »Was für ein Plot Twist!«

Vannas Gesicht fällt in sich zusammen. »Was?«

»Christian, wie er am Ende ihren Namen sagt.« Magnolia zeigt auf mich. »Autsch! Hey, verrat mir doch mal, wie wenig Selbstbewusstsein man eigentlich haben muss, um mit einem Typen zusammenzubleiben, der dich mitten im Orgasmus bei einem anderen Namen nennt? Wahrscheinlich eher … keins?«

Vanna öffnet den Mund, um etwas zu sagen, und Magnolia streckt die Hand aus und berührt sie sanft am Arm.

»Morgen kommt sie raus.«

»Was?« Vanna blinzelt.

»Na, die revidierte Fassung – die ungekürzte Fassung, wenn man so will.« Magnolia lächelt, als hätte sie ihr einen hilfreichen Hinweis gegeben.

»Ohne Zustimmung ein Sexvideo zu veröffentlichen, in dem man nicht selbst zu sehen ist, ist strafbar.«

»Ich weiß!«, nickt Magnolia eindringlich. »Ich habe mir vorher anwaltlichen Rat eingeholt. Natürlich hatte ich nur Christians ausdrückliche Zustimmung zur Veröffentlichung und nicht deine, aber vor Gericht kann man geltend machen, dass du das erste Video schließlich bereitwillig selbst veröffentlicht hast, was als …«

»Und zwar ohne Christians Zustimmung«, werfe ich ein.

Vanna schüttelt den Kopf. »Das könnt ihr nicht beweisen.«

»Oh!« Magnolia zuckt zusammen. »Leider doch – mir liegt der Beweis über den Datentransfer von deiner IP-Adresse an die von Martin Wallace bei der *Daily Mail* vor, zusammen mit eurem kompletten E-Mail-Austausch, in dem ihr den Deal aushandelt, sowie dem Überweisungsbeleg auf eines deiner Offshore-Konten am Tag, nach dem das Video online gestellt wurde.«

Vanna bleibt der Mund offen stehen, und ich starre Magnolia bewundernd[257] an.

»Du solltest deine PR-Firma anrufen«, empfiehlt Magnolia ihr mit einem selbstzufriedenen Lächeln.

»Wahrscheinlich werden es ein paar harte Wochen, aber hey! Das ist okay, schließlich weiß ganz England, dass du es ganz gern hart magst.« Magnolia lässt die Zähne aufblitzen und geht.

Heilige Scheiße.

Da bleibt sogar mir der Mund offen stehen.

257 Wenn auch widerstrebend.

KAPITEL 62

CHRISTIAN

Heute mal wieder Mittagessen bei Mum. Auf Sonntagsessen stand sie schon immer, meine Mutter. Ich habe nicht immer so bereitwillig teilgenommen, aber Daisy liebt es. Sie liebt es so sehr, dass es mich tatsächlich traurig macht; wie sehr sie sich nach einer Familie gesehnt hat, welche Shitshow ihre eigene war, wenn man es insgesamt betrachtet.

Ich weiß nicht, ein Teil von mir denkt, Jonah hatte vielleicht recht damit, dass an Daisy etwas Magisches ist, denn plötzlich ist Dad wieder dabei.

Ich traue der Sache nicht recht.

Letzte Woche hat er gefragt, ob ich mit ihm mittagessen gehen will, ich habe abgelehnt. Was mich angeht, kann man sich nicht fünfzehn Jahre lang verpissen und dann wieder angetanzt kommen, wenn es einem passt, aber Mum ist glücklich.

Jo hat erzählt, er war neulich Abend im Pub mit ihm einen trinken. Ich weiß nicht, warum. Hat behauptet, es wäre nett gewesen. Dad hätte ihm nur so viele Fragen über sein Leben gestellt, dass er sich fast gefühlt hätte wie bei einem ersten Date.

Als Daisy und ich vor unserem Haus halten, geht Onkel Callum gerade.

Wortlos winke ich ihm zu und fühle mich ein bisschen erleichtert, dass er abhaut.

Ich mag es nicht, wenn er mit Daisy zusammen da ist. Ich habe ihn selbst nicht gern um mich, und er hat etwas an sich, das mich dazu bringt, ihn von ihr fernhalten zu wollen.

Als ich es mal Jonah gegenüber erwähnt habe, hat er abgewinkt.

»So schlimm ist er nicht«, hat er mit einem Kopfschütteln gesagt. »Du kannst ihn nur nicht leiden, weil ihr damals auf dieser Party beide dasselbe Mädchen aus *Love Island* aufreißen wolltet und sie sich für ihn entschieden hat.«

Das ist nicht ganz korrekt.

Sobald mir klar geworden ist, dass die Kleine, die ich mir ausgeguckt hatte, meinem Onkel ebenfalls aufgefallen war, habe ich sie ziemlich schnell links liegen lassen, aber ja – wahrscheinlich hat er recht. Seitdem ist meine Zuneigung zu Callum noch mal deutlich abgekühlt. Ich war schon immer nachtragend.

»Wo geht er hin?«, fragt Daisy, als wir in die Eingangshalle treten.

Ich zucke mit den Schultern. »Wen interessiert's?«

Im Flur drücke ich sie gegen die Wand und küsse sie.

»Ey!«, spottet mein Bruder. »Drehen wir ein neues Video?«

Daisy wirft ihm einen finsteren Blick zu, und irgendwo im Haus erklingt die Stimme meine Mutter.

»Jonah, wir machen heute keine Sex-Tape-Witze.«

Jo wirft mir einen Blick zu. »Ich kann nichts versprechen.«

Als wir ins Esszimmer kommen, sitzt Dad am Kopfende des Tisches, ein bisschen so, als wäre er nie weg gewesen.

Aber er war es, wenn auch nicht im eigentlichen Sinne. Doch dieses Büro am anderen Ende des Hauses hätte genauso gut in Prag liegen können, so wenig haben wir ihn gesehen, so wenig hat er getan.

Mum hat mich großgezogen. Fertig.

»Daisy.« Dad steht auf, um ihr die Hand zu schütteln. »Schön, dich wiederzusehen – vielen Dank, dass du Christian nicht verlassen hast nach dieser Geschichte mit dem Sexvideo.«

Ich werfe ihm einen verärgerten Blick zu, und Daisy hakt sich bei mir unter und legt den Kopf an meinen Arm.

»Oh, Jud – dann haben Sie es eindeutig nicht gesehen.« Sie schüttelt den Kopf. »Seine Performance ist wirklich über jeden Zweifel erhaben. Wenn Sie es gesehen hätten, wüssten Sie, warum wir noch zusammen sind. Er hat einfach Talent.«

Daisy schenkt ihm ein freches Lächeln, und mein Dad schnieft amüsiert, auch wenn er so aussieht, als sei er es nicht gern, und ich? Ich liebe sie mehr als je zuvor.

»Danke«, flüstere ich ihr ins Ohr, als niemand zusieht. Ziehe sie hinüber an den Tisch und halte sie an den Händen.

Mum betritt den Raum und schwebt zu Daisy und mir herüber. Küsst erst mich auf den Scheitel, dann Daisy und drückt ihre Schultern.

»Erzähl.« Sie setzt sich Dais gegenüber. »Wie geht es Romeo? Ich habe mit Julian gesprochen, er sagte, er wäre bei euch …«

»Es geht ihm besser.« Daisy nickt. »Er nimmt Antibiotika, damit sich die Wunde nicht entzündet, aber sie heilt gut.« Sie schenkt meiner Mutter ein dankbares Lächeln.

»Ist es komisch?«, fragt Jo. »Ich meine, wenn er und Christian beide bei euch schlafen?«

Daisys Blick trübt sich kurz, aber sie wirft ihm einen bösen Blick zu. »Sicher nicht komischer als die Tatsache, dass Henry und du dasselbe Mädchen datet.«

»Ach, shit«, murmelt Jonah. »Das hast du immer abschussbereit, oder?«

Daisy streckt ihm die Zunge raus.

»Wer ist Romeo?«, fragt Dad.

»Bambrilla«, sage ich, während Jo gleichzeitig verkündet: »Daisys Ex-Freund.«

Dad wirft einen Blick zu Daisy.

»Den Daisy gerettet hat«, erzählt Mum ihm mit einem bedeutungsvollen Blick.

»Quatsch.« Daisy verdreht die Augen. »Er hatte eine Kugel im Oberarm. Ich habe sie nur rausgefischt.«

Stolz lege ich meinen Arm um sie und küsse sie auf den Kopf.

»Bambrilla«, nickt Dad. »Das ist …«

»Santinos Sohn«, sagt Mum.

Dad nickt nachdenklich. »Und du warst mit ihm zusammen.«

»Ja.« Daisy lehnt sich an mich. »Sehr lange.«

Ich starre hinüber zu meinem Dad, frage mich, ob er weiter Salz in die Wunde streuen wird – bin ich glücklich, dass Daisys Ex bei ihr wohnt? Nein, natürlich nicht. Vertraue ich ihm? Keine Ahnung. Aber ich vertraue ihr.

Er erwidert meinen Blick, dann lässt er das Thema fallen.

Stattdessen zeigt er auf Daisys Glas. »Eine Lebensretterin braucht Wein.« Und er schiebt seinen Stuhl zurück.

Mum wedelt mit den Händen. »Ich hole ihn schon, ich hole ihn!«

Sie eilt davon, und Daisy sieht hinüber zu Dad.

»Sie sind also in Cawthorpe aufgewachsen«, sagt sie zu ihm.

Er nickt überrascht. »Das bin ich.«

»Christian hat es mir vor ein paar Wochen gezeigt – es ist wunderschön.«

Dad sieht mich an, ich wende den Blick ab. Wenn Daisy es so sagt, klingt es, als hätte ich mich um etwas bemüht, um das ich mich gar nicht bemühen will.

Er wirft mir einen Blick zu, in dem viel Gewicht zu liegen scheint, dann nickt er ihr zu. »Ja, das ist es.«

Und dann nichts. Er sagt nichts, ich sage nichts – wir sitzen einfach nur da und starren uns an. Ich weiß nicht, was ich zu ihm sagen, wie ich mit ihm reden soll. Ich habe es seit Jahren nicht getan.

Es gefällt mir nicht, dass er sich Mühe gibt, wisst ihr?

Ich bin fünfundzwanzig, gottverdammt, ich brauche keinen Dad mehr. Ich brauchte einen, als ich zwölf war und Mum allein weinend in der Speisekammer gefunden habe, als sie uns ins Internat gesteckt haben, als ich fünfzehn war und sie mir beim Rugby die Fresse poliert haben und ich nicht mehr spielen wollte, als ich mich in die Freundin meines besten Freunds verliebt habe und sie letztes Jahr in New York beinahe gefickt hätte – jetzt brauche ich ihn nicht mehr. Ich habe das alles ohne ihn durchgestanden, und es geht mir gut. Also, egal wie viel Mühe er sich gibt, es ist zu spät, und ich will es nicht.

Jo mustert mich, und es fühlt sich an, als lese er meine Gedanken. Er kann besser mit diesem Scheiß umgehen als ich, vergibt schneller und leichter, ein bisschen Streit macht ihm nichts aus – er ist nicht nachtragend, es sei denn, es betrifft sein Ego, dann gnade dir Gott. Aber die meiste Zeit ist Jo nur für den Spaß an der Sache dabei. Wir sind uns nicht sehr ähnlich.

»Also …« Jo schüttelt den Kopf. »Gibt's was Neues von Parks' nettem Manöver?«

»Nein.« Daisy verdreht die Augen. »Ich überlege langsam, ob sie das Video nicht doch einfach für sich selbst haben wollte.«

Ich verziehe das Gesicht und leere mein Glas, dann sehe ich mich um.

»Wo bleibt denn Mum mit dem Wein?«

Sie ist schon ein paar Minuten weg.

Jo zuckt mit den Mundwinkeln.

»Barnsey!«, ruft Dad. »Brauchst du Hilfe?«

Nichts.

»Barnsey!«, ruft er noch mal. Immer noch nichts, und er schiebt seinen Stuhl zurück. »Rebecca?«, ruft er.

Daisys Blick wird hell vor Sorge, und sie setzt sich aufrechter hin.

»Rebecca!«, ruft er, laut diesmal. Die Sorte Ruf, die man auf jeden Fall hört, ganz egal, wo man in diesem Haus steckt.

Immer noch nichts.

Das reicht, um mich aufspringen zu lassen, Jonah ebenfalls.

Vielleicht ist es das, was Rem passiert ist, vielleicht das, was Santino gerade erst erlebt hat, aber mir wird unmittelbar schlecht.

Wir teilen uns auf. Jo geht nach oben, Dad ins Wohnzimmer, Daisy und ich in die Küche.

»Ich bin mir sicher, es geht ihr gut«, sagt Daisy, die mit besorgtem Blick meine Hand hält.

Ich nicke, aber schlecht ist mir trotzdem. Wir überprüfen die Küche, die Spülküche, den Vorratsraum – die Kellertür steht offen. Mit dem Kinn deute ich darauf und fange Daisys Blick auf. Zeige ihr meine Pistole.

»Ich habe keine«, bedeutet sie mir tonlos und schüttelt den Kopf. Geräuschlos geht sie zum Messerblock und lässt zwei Küchenmesser im Ärmel verschwinden – was für ein verficktes Leben ist das bitte?

Mit der Hand ziehe ich Daisy hinter mich, während ich die Treppe hinuntergehe, schiebe sie in Richtung Wand, damit ich ihr noch mehr Schutz bieten kann. Das Licht ist an.

Wir erreichen den Treppenabsatz, und ich halte den Finger vor die Lippen, um sicherzugehen, dass sie still bleibt.

Ungefähr zehn Sekunden lang lauschen wir. Nichts.

»Mum?«, rufe ich. Keine Antwort.

Daisy zieht ihr Handy aus der Tasche, öffnet die Kamera und schaltet auf Selfie-Mode, dann richtet sie sie um die Ecke auf den Boden hinter uns aus – ich brauche ein paar Sekunden, um zu erkennen, dass es Mum ist, die dort auf dem Boden liegt. Daisy nicht, sie reagiert sofort.

Und ich? Ich stehe nur wie versteinert da und starre auf die Stelle, an der meine Mum auf dem Kellerboden liegt, während sich um ihren Kopf eine Blutlache ausbreitet, als hätte man ihr einen Schlag verpasst.

»Christian«, sagt Daisy, aber ich kann nicht antworten.

Es ist meine Mum – sie war bei all meinen Spielen, hat uns jeden Montag zur Schule gefahren, uns jeden Freitag abgeholt, keine Ausreden, immer. Sie versteckt immer noch Ostereier für uns. An Weihnachten lässt sie Stiefelabdrücke aus dem Kamin kommen, als wären wir noch fünf Jahre alt. Sie ist die beste Mum der Welt, der einzige wirkliche Elternteil, den ich je hatte. Zumindest in den Jahren, die zählen.

»Christian!«, ruft Daisy laut, fängt meinen Blick auf und sieht mich eindringlich an, bevor sie sehr deutlich sagt: »Ruf Hilfe.«

»Jonah!«, schreie ich. Aber meine Stimme klingt, als käme sie von sehr weit her. »Jo!«

»Was ist?«, antwortet mein Dad, der oben an der Treppe auftaucht. »Was? Was ist los?«

Er rennt die Stufen herunter und sieht meine Mutter sofort. Rennt zu ihr. Rennt. Fällt auf die Knie, hebt ihren Kopf an …

»Nein!«, schreit Daisy. »Nein, nicht den Kopf bewegen!«

Daisy kniet sich neben ihn, schiebt ihre eigenen Hände unter Mums Kopf und legt ihn sacht wieder zu Boden.

»Sie blutet so stark.« Dad starrt sie an und streckt die Hand aus, um ihr Gesicht zu berühren.

»Bitte, nicht anfassen«, sagt Daisy, als Jonah an der Treppe auftaucht.

»Christian?« Hastig kommt er die Stufen herunter. »Was ist los? Ist … Scheiße«, sagt er, als er sie sieht.

»Geben Sie mir Ihr Hemd«, weist Daisy meinen Vater an. Er sieht sie nur ausdruckslos an.

Ich ziehe meines aus und reiche es ihr, und Daisy presst es vorsichtig an Mums Kopf.

Dad schiebt ihre Hand grob beiseite. »Hör auf. Du tust ihr noch weh!«, schreit er wild, dann beugt er sich behutsam über sie, streicht über ihr Gesicht.

»Barnsey … kannst du mich hören? Es tut mir leid … es tut mir so leid. Ich liebe dich, habe dich immer geliebt … ich habe dich nur für eine Weile verloren und … jetzt habe ich dich wiedergefunden … und …« Er streicht ihr eine Haarsträhne hinter die Stirn und beginnt zu zittern, als er das Blut auf seiner Hand sieht. »O mein Gott«, haucht er.

»Hat jemand einen Krankenwagen gerufen?«, fragt Daisy.

»Für uns gibt es keinen Notruf«, erinnert sie Jonah mit einem eindringlichen Blick.

Daisy sieht ihn kopfschüttelnd an. »Heute schon.«

»Barnsey …« Wieder streicht Dad über ihr Gesicht, jetzt laufen ihm Tränen über die Wangen – es trifft mich, dass er nach all den Jahren ohne irgendetwas jetzt so reagiert, so viel, so tief für sie empfindet –, er wird richtig hysterisch. Hyperventiliert.

»Christian.« Daisy wirft mir einen Blick zu. »Bring ihn hier weg.«

»Nein …« Dad schüttelt den Kopf. Ich gehe auf ihn zu, und er springt auf, bereit sich gegen mich zur Wehr zu setzen. »Nein, bitte … ich kann helfen.«

»Jud.« Daisy fixiert ihn. »Sie können ihr nicht helfen, aber ich kann es. Dafür müssen Sie sich aber mit Christian nach dort drüben stellen …«

Ich packe ihn an den Schultern und ziehe ihn beiseite, und er weint, schluchzt in meinen Armen, ich weiß nicht, was ich tun soll. Kann nur weiter meine Mum am Boden anstarren, während sich die Blutlache immer weiter ausbreitet, und meinen Dad halten, der meiner Ansicht nach nicht das Recht hat, so zu weinen. Ich finde, er hat kein Recht, so zu empfinden, nachdem er sie so lange wie ein Stück Scheiße behandelt hat.

Daisy überprüft ihren Puls.

»Schwach«, sagt sie. »Aber vorhanden. Gib mir dein Handy«, weist sie Jonah an. Er reicht es ihr. Sie schaltet die Taschenlampe an und öffnet Mums Augen.

»Scheiße«, murmelt sie, und Jo und ich starren sie an.

Daisy schüttelt den Kopf. »Es wird wieder gut.« Sie nickt, wie zu sich selbst. »Es wird alles wieder gut.«

Im Hintergrund kann ich Sirenen hören, sie scheinen sehr weit weg zu sein. Alles scheint sehr weit weg zu sein.

Meine Mutter auf dem Kellerboden, mein Dad in meinen Armen.

Ich starre hinüber zu Daisy, und sie erwidert meinen Blick.

»Es ist alles okay«, sagt sie.

Sie lügt.

KAPITEL 63

DAISY

Etwas daran, einen Menschen zu lieben, sorgt dafür, dass man sein Leid viel stärker empfindet als das eigene.

Christian zuzusehen, wie er weinend vor dem Krankenhauszimmer seiner Mutter sitzt, war eine der schmerzlichsten Dinge, die ich je erlebt habe.

Ich musste noch nie jemanden aus einem solchen Grund trösten. Normalerweise bin ich es, die getröstet wird.

Ich wusste gar nicht, was ich tun sollte. Ich kann Menschen helfen, die Wunden haben, die ich sehen kann, aber mit Seelenwunden kenne ich mich nicht aus. Ich sitze einfach neben ihm, halte seine Hand und sage nichts, weil es die richtigen Worte ohnehin nicht gibt. Nicht im Moment.

Stumpfe Gewalteinwirkung auf den Schädel lautet das Urteil.

Jemand hat Barnsey von hinten eine Weinflasche über den Kopf gezogen.

Schon ohne die Konsequenzen dessen in Betracht zu ziehen, was es bedeutet, dass zwei Oberhäupter zweier verschiedener Borough-Familien innerhalb so kurzer Zeit Ziel eines Anschlags wurden, ist das, was man ihr angetan hat, einfach undenkbar.

Alle lieben Rebecca. Neben ihren Jungs[258], und die lieben sie mehr als alle anderen, ist das gesamte zweite Stockwerk des Weymouth Street Hospital geradezu von Leuten aus dem Business überschwemmt worden.

Mein Bruder war der Erste, der eingetroffen ist.

Ist direkt an ihr Bett gegangen, hat sich auf die Unterlippe gebissen, als er sie gesehen hat, um nicht zu weinen – und hat trotzdem geweint.

Julian liebt Rebecca. Sie war immer freundlich und geduldig ihm gegenüber gewesen, wenn er vorschnelle Entscheidungen getroffen hatte,

258 Zu denen ich vorsichtig mittlerweile auch Jud Hemmes zählen würde.

war während der ganzen Scheiße mit unseren Eltern für ihn da – sie ist einfach ein guter Mensch.

Ihr Raum ist von Security-Leuten umstellt, Gott sei Dank, denn hier geht es zu wie im Hühnerstall – Callum Barnes überprüft jeden Menschen, der hier auftaucht, persönlich, während er und Jud sich die ganze Zeit gegenseitig an die Kehle gehen. Die ganze Zeit. Callum wirft Jud vor, nicht für sie da gewesen zu sein, Jud wirft Callum vor, zugelassen zu haben, dass sie überhaupt dieses Leben führt – alle paar Stunden eskaliert ihr Streit, und es sieht aus, als würden sie eine Prügelei anfangen. Ich setze auf Jud, finde aber auch, Callum sieht aus, als hätte er wahrscheinlich irgendwo ein Taschenmesser versteckt. Auf jeden Fall würde er sich auf schmutzige Tricks einlassen, um zu gewinnen. Julian und Jonah gehen dazwischen, wenn es zu viel wird, und Jules geht andauernd mit Callum spazieren.

Jud weicht nicht von Rebeccas Seite. Womit Christian nur schwer umgehen kann, das sehe ich der Linie seiner Augenbrauen an.

Jedes Mal, wenn sein Dad das Gesicht seiner Mum berührt, starrt Christian auf seine Hand, schüttelt kaum merklich den Kopf, den Kiefer angespannt, die Nasenflügel geweitet.

Irgendwann gehe ich nach unten, um ein paar Blumen zu kaufen, damit das Zimmer freundlicher aussieht.

Ich suche haufenweise helle Farben aus, Blautöne und Violett und Weiß, und als ich sie hineintrage, lächelt Christian mich müde an. Dann steht er auf, um mir beim Tragen zu helfen.

Jud hebt den Kopf, als ich an ihren Nachttisch trete, um einen Strauß rosafarbener Blumen an ihr Bett zu stellen.

»Nein«, sagt Jud mit einem Blick auf die Blüten. »Die hasst sie.«

»Wie bitte?« Ich blinzle verwirrt.

»Sie hasst Pfingstrosen.« Er nimmt die Blumen und gibt sie mir zurück. »Nimm sie wieder mit.«

Ich werfe einen Blick zu Christian, und vielleicht werde ich ein bisschen rot, aber es ist nichts Schlimmes – ernsthaft, ich habe mir nicht mal Gedanken über die Blumensorten gemacht, die ich gekauft habe. Ich weiß, wie verschiedene chirurgische Klammern heißen, mit Pflanzen kenne ich mich nicht aus. Wollt ihr wissen, wie viele Arten es gibt, eine

Wunde zu nähen? Das kann ich euch verraten. Kenne die Bezeichnung aller OP-Nadeln – aber Blumen? Gänseblümchen, weil ich nach ihnen benannt bin, Magnolien, Rosen und Tulpen, das war's.

Also sehe ich zu Christian und verziehe das Gesicht, weil ich verwirrt bin, nicht weil er meine Gefühle verletzt hat[259], und dann schüttelt er den Kopf.

»Woher zum Teufel willst du das wissen?« Mit dem Kinn nickt er in Richtung seines Dads.

»Christian …« Ich schüttle den Kopf.

»Nein, im Ernst – woher zum Teufel willst du das wissen?«, fragt er herausfordernd. »Du hast keine Ahnung, was sie mag, du weißt nicht, was sie gern isst, wie sie ihren Tee trinkt …«

»Schwarz«, sagt sein Dad.

»Mit Milch und einem Stück Zucker«, erwidert Christian wie aus der Pistole geschossen. »Du kennst sie überhaupt nicht.«

Jud holt bedächtig Luft und zeigt auf Rebecca. »Das ist meine Frau.«

»Vielleicht auf dem Papier, ja.« Christian nickt knapp. »Aber die letzten fünfzehn Jahre war sie Witwe.«

Sein Dad starrt ihn an, sein Blick ist finster, der Kiefer mahlt, dann stürzt er sich auf seinen Sohn. Packt ihn am Kragen und rammt ihn gegen die Wand.

Julian springt auf und will die beiden voneinander trennen, als Christian seinen Dad mit einem Tritt nach hinten befördert. Jud taumelt rückwärts, und Christian verpasst ihm einen rechten Haken.

Das ganze Gerede, wie gut er kämpfen kann? Alles wahr.

Mit zwei Schlägen hat er seinen Dad auf dem Boden, aber das hält ihn nicht davon ab, ihm wieder und wieder in die Seite zu treten. Mein Bruder packt ihn, versucht ihn nach hinten zu ziehen, aber Christian verpasst Julian einen Schlag ins Gesicht.

Eine Panikreaktion, ich kann es in seinen Augen sehen. Anderthalb Jahrzehnte Trauma und Verlassenheit flackern über sein Gesicht, drängen von tief unten an die Oberfläche wie flüssiges Magma.

»Christian.« Ich greife von hinten nach ihm, versuche, ihn von seinem Dad abzubringen. Er fährt herum, holt aus, und ich weiß, dass ich mich

259 Ein bisschen schon, natürlich.

ducken muss, weil sein Gehirn nicht mehr richtig funktioniert, und wenn ich es nicht tue, wird er mich schlagen.

Ich habe recht, denn er schlägt zu, ohne mich auch nur richtig anzusehen, und der ganze Raum scheint plötzlich wie eingefroren. Aller Lärm verstummt. Christian fängt sich, erkennt mich, sieht, wen er da schlagen wollte.

Er packt mich, greift nach meinem Arm, berührt mein Gesicht – zieht mich an sich.

Julian sieht zu uns herüber, die Augen vor Sorge geweitet – aber ich schüttle den Kopf.

Es geht mir gut. Ich habe mir selbst eine Schusswunde zugefügt, weiß, wie sich ein zertrümmerter Kehlkopf anfühlt, hatte ein Messer am Hals – der Faust des Mannes auszuweichen, der mich in seinem Wahn nicht erkennt und den ich über alles liebe? Kindergarten.

»Fuck …« Er schiebt mich in die Ecke des Raums, umfasst mein Gesicht mit den Händen. »Daisy, ich …«

»Du hast nicht getroffen. Alles in Ordnung.« Ich schüttle den Kopf. »Ich wusste, dass ich mich ducken muss.«

Seine Miene verzerrt sich so schmerzvoll, dass sich alles in mir zusammenzieht.

Seine Hände zittern – Adrenalin –, also ziehe ich ihn aus dem Zimmer. Den Flur entlang und in einen leeren Raum, und sobald die Tür hinter uns ins Schloss fällt, schlingt er die Arme um mich, hält mich fester als je zuvor und weint.

Weint mit tiefen, unmaskierten Schluchzern, und jeder einzelne bindet mein Herz ein bisschen fester an das seine.

Ungefähr dreißig Sekunden lang geht das so, bevor er sich von mir löst und mich ansieht – die haselnussbraunen Augen gerötet und voller Tränen. Mit dem Finger fahre ich ihm über die Wange, und er schnieft.

»Dir geht es gut«, sagt er, als sei ich diejenige, die weint. Mit der Hand streicht er mir durchs Haar, als würde er mich trösten.

Manche Menschen müssen sich so fühlen, als säßen sie am Steuer, wenn sie die Kontrolle verlieren.

Ich schenke ihm ein Lächeln und ein schnelles Nicken.

»Mir geht es gut«, antworte ich und lächle noch mal.

»Baby, du weißt, dass ich dich niemals …« Er bricht ab, sein Atem geht plötzlich wieder keuchend.

»Ich weiß«, nicke ich hastig. »Und wenn es deiner Mum wieder besser geht, arbeiten wir mal an deinem rechten Haken.«

KAPITEL 64

JULIAN

Der ganze Scheiß mit Barnsey hat mir echt Kopfschmerzen gemacht. Denn wenn wir mal all den »Sie ist ein guter Mensch, so etwas hat sie nicht verdient«-Mist weglassen – auch wenn sie ein guter Mensch ist und so etwas nicht verdient hat –, ist sie immer noch der Kopf einer Gang, also hat sie es vielleicht doch verdient. Vielleicht verdienen wir es alle.

Die Stimmung im Krankenhaus ist angespannt. Christian ist auf seinen Dad losgegangen und hat ihn selbst krankenhausreif geprügelt. Hat mir eine verpasst und Daisy beinahe auch, obwohl er es nicht wollte – aber es geht ihr gut. Jud Hemmes und Callum Barnes gehen sich die ganze Zeit über an. Es ist echt beschissen. Jonah ist erschöpft und durch den Wind, während er versucht, auf den letzten Stand zu kommen, schließlich sitzt er jetzt am Ruder. Seine Mum hat sich schon lange gut um seine Ausbildung gekümmert. Und Callum hat sich auch fest in seinem Leben verankert, um ihn jetzt unterstützen zu können.

Aber es ist einfach alles zu viel.

Jud, der neben Barnsey sitzt und die ganze Zeit ihre Hand hält, als könne seine Anwesenheit jetzt, während sie halb tot in einem Krankenhausbett liegt, noch all die Zeit gutmachen, die er nicht nur verloren, sondern mit Füßen getreten hat – das hat mir Angst gemacht.

Er hat sich selbst dazu entschieden, alle Türen zu verschließen, als Rem gestorben ist, sich der Angst und dem Schmerz zu ergeben, nicht weiterzumachen – und er hat Jahre verloren. Die ganze Zeit über hätte er glücklich sein können – ihr hättet sie vorher mal sehen müssen. Wie verliebt sie ineinander waren … es war ekelhaft, aber auch irgendwie seltsam wohltuend. Man wollte den Blick nicht von ihnen abwenden. Und dann ist eine einzige Sache passiert – und es war eine entsetzliche Sache, niemals würde ich kleinreden, was geschehen ist. Es ist einfach abgefuckt, wenn Kinder sterben.

Es reißt einen in Stücke, wenn man es lässt, und sie haben es gelassen.

Jud ist mit ihr zusammen auf den Boden des Pools gesunken.

Ich gehe heute Abend zu einer von Jonahs Partys. Eine seine größeren Veranstaltungen, er hat mich gebeten, vorbeizukommen und zu schauen, ob alles gut läuft.

Ist in Ordnung für mich, ich will eh den Kopf frei bekommen, der von dem ganzen Drama dröhnt.

Ich hatte nicht daran gedacht – ganz im Ernst. Wahrscheinlich hätte ich es, habe ich aber nicht –, dass sie vielleicht dort sein könnten.

Ich habe oft an sie gedacht, daran, dass ich sie anrufen will, ihr von dem ganzen Dreck erzählen, der gerade läuft, auch wenn ich ihr nichts davon erzählen kann – aber ich habe nicht einen Gedanken daran verschwendet, dass sie heute Abend hier sein könnte.

Aber natürlich ist sie es. Sie ist genauso mit Jonah befreundet wie ich, sie beide sind es.

Es erschüttert mich, als ich sie mit Henry Ballentine an der Bar stehen sehe.

Wie Pech und Schwefel, die beiden.

Sie schwört Stein und Bein, dass sie nie gevögelt haben – Christian hat dasselbe gesagt, als ich es infrage gestellt habe. Ich nehme an, sie sind einfach gesünder als ich.

Sie steht so nah bei ihm, sie sehen aus, als führten sie ein ernstes Gespräch – komisch, dass sie nicht mit BJ abhängt.

Als ich mich umsehe, entdecke ich ihn etwas abseits, wie er sie und ihren Bruder mit finsterem Blick beobachtet, einen Drink in der Hand.

Ich will es nicht fühlen, tue es aber trotzdem. Diese scheißseltsame Kameradschaft zwischen uns. Er ist ein kleiner Scheißkerl, egal, wie man es dreht und wendet, aber jetzt sitzt er da und beobachtet sie, genauso, wie ich sie beobachten würde, wenn ich könnte. Seine düstere Miene verrät mir, dass irgendwas nicht stimmt.

»Hey.« Ich setze mich neben ihn. Habe seit unserer kleinen Auseinandersetzung nicht mehr mit ihm gesprochen.

Ein paar Sekunden lang mustert er mich misstrauisch, aber dann hebt er die Brauen.

»Hey.« Nicht gerade enthusiastisch, aber das nehme ich mal nicht persönlich.

Wir sehen einander an und verlieren kein Wort über den Scheiß, der zwischen uns vorgefallen ist. Was sollte ich auch sagen? »Du bist am Arsch, ich bin am Arsch. Und wir lieben beide dasselbe Mädchen«?

Das weiß er wahrscheinlich schon.

»Hast du die Jungs gesehen?«, fragt er stattdessen.

»Ja–«, Ich nicke, aber nicht in seine Richtung. Ich will es nicht, aber ich starre die ganze Zeit zu Magnolia. Entschlossen drehe ich mich zu ihm. »Ich war heute bei ihnen.«

Er nickt auch. »Sind sie okay?«

Ich verziehe das Gesicht, zucke leicht mit den Schultern.

»Und sie?«, fragt er mit zusammengezogenen Brauen. »Barnsey, meine ich.«

Ich schüttle den Kopf. »Nein, nicht wirklich …«

Ballentine schüttelt den Kopf, er sieht verärgert aus.

»Scheiße.« Er seufzt. »Er ist echt schräg drauf, also … ich kann helfen, ich könnte …« Seine Stimme bricht ab. Denn was könnte er tun? Er ist kein Arzt, er ist kein Kriminalbeamter, er ist keiner von uns.

Seine Absichten sind gut, aber ihm sind die Hände gebunden.

Ich zucke schwach mit den Achseln.

»Ganglord-Shit?«, fragt er mit einem Blick zu mir.

Ich nicke knapp. »So was in der Art.«

Dann sehe ich hinüber zu Magnolia und zeige mit dem Kinn in ihre Richtung. »Was geht da?«

»Oh.« Sein Blick verfinstert sich ein wenig. »Nichts. Momentan sind wir nur Freunde.«

Mein Kopf ruckt ein Stück nach hinten, ohne sie aus den Augen zu lassen. »Was?«

Er zuckt mit den Schultern, während er sie ebenfalls beobachtet. »Ist kompliziert.«

Ich starre zu ihr hinüber, und es bringt mich etwas aus dem Konzept. Ich schlucke trocken, während ich sie dabei beobachte, wie sie das Champagnerglas an die Lippen führt, ihr Haar über die Schulter wirft, zu viel mit den Händen redet – ich vermisse alles an ihr. Ich dachte, ich wäre mittlerweile verdammt noch mal darüber hinweg, aber das bin ich nicht. Ich stecke so tief drin wie ein verfickter Höhlenbewohner.

Macht mich sauer, ernsthaft. Ich werfe einen Blick zu Ballentine. Fühlt sich an, als hätte er dem geschenkten Gaul ins Maul geschaut – ich habe sie ihm auf dem Silbertablett serviert, und er findet es kompliziert? Was ist daran kompliziert? Sie ist der Hauptgewinn.

Nur das spielt eine Rolle: sie. Also scheiß auf ihn. Er ist ein beschissener Idiot, der mit dem goldenen Löffel im Mund aufgewachsen ist, und alles, was ihn an ihr reizt, ist die Jagd, aber ich will einfach nur sie.

Ich stehe auf, ohne den Blick von ihr abzuwenden. »Wir sehen uns später, Bro.«

Warte nicht auf eine Antwort. Weiß nicht, ob er mir zusieht oder nicht – es ist mir auch egal.

Und dann gehe ich rüber.

»Hen…«, nicke ich ihm zuerst zu.

Henry streckt den Arm an ihr vorbei, um mir zur Begrüßung einen Schlag zu verpassen.

»Gibst du uns mal eine Minute?« Es klingt wie eine Frage, aber eigentlich ist es eine Anweisung.

Er blickt kurz zu ihr hinüber, und sie nickt kaum merklich, und ich warte, bis er außer Hörweite ist, bevor ich mich klein mache, um ihr in die Augen zu sehen.

»Okay – was zum Teufel ist los mit euch zwei?«

Sie schürzt die Lippen.

»Du weißt, was man sagt – schlag zu, solange das Eisen … noch warm ist.«

Ich verdrehe die Augen.

»Es ist kompliziert.« Sie zuckt mit den Schultern.

Ich sehe erst sie an, dann kurz zu Ballentine auf der Couch – er beobachtet uns. Wenig begeistert.

Mir egal. Ich will sie zurück.

»Kompliziert?«, blinzle ich. »Er hat mir gerade erzählt, ihr wärt nur Freunde.«

Das trifft sie, genau wie ich gehofft hatte. Sie atmet durch die Nase aus. »Das ist ein vager Begriff …«

Ich beuge mich zu ihr, so nah ich kann, meine Lippen direkt neben ihrem Ohr.

»Hey, hör zu, ich habe nicht den besten Sex meines Lebens aufgegeben, damit du mit Ballentine befreundet sein kannst …« Sie verdreht die Augen, als würde ich sie nerven, aber ich sehe sie nur an. Lasse sie wissen, dass ich es ernst meine. »Du verdienst mehr als das, Magnolia.«

»Julian.« Sie seufzt mit frustrierter Miene. »Was willst du?«

»Nichts.« Ich zucke mit den Achseln.

»Du magst mich nicht auf diese Art, erinnerst du dich?« Sie berührt ihre Brust. »Mochtest mich noch nie so. ›Erleichtert, mich los zu sein‹, waren deine Worte.« Fast glaube ich, einen Anflug von Schmerz über ihr Gesicht huschen zu sehen. »Ich liebe ihn … ich glaube, ich habe mich nicht besonders gut dabei angestellt, ihm das zu zeigen.«

Das Gefühl kenne ich, Parks. Mache mich wieder klein, um ihren Blick aufzufangen, der immer schwerer wird. »Das Gleiche gilt für ihn.«

Mit traurigen Augen sieht sie zu mir auf.

Ich schüttle den Kopf, schenke ihr ein schmales Lächeln. »So wie du aussiehst – wer würde nicht mit dir zusammen sein wollen, wenn er die Chance dazu hätte?«

Sie verdreht die Augen, als würde ich nur versuchen, ihr zu schmeicheln, also sehe ich ihr noch mal ins Gesicht und halte ihren Blick fest. »Ich meine das ernst, Kätzchen. Was zieht er da ab?«

Das scheint sie mitten ins Herz zu treffen, und ein Schleier legt sich über ihren Blick.

»Ich weiß es nicht.«

Es macht mich sauer, dass er sie dazu bringt, sich so zu fühlen. »Vögelt er rum?«

Sie sieht zu mir auf. »Nein …«

»Woher weißt du das?«

»Macht er einfach nicht.« Bebend holt sie Luft. »Das weiß ich.«

Ich lache schnaubend auf und lehne mich wieder dicht an sie heran. »Kätzchen, ich weiß, dass du bei ihm irgendwie den Verstand verlierst und den ganzen Scheiß, aber ehrlich, wenn er dich so liebt, wie er das sagt, warum zum Teufel ist er dann nicht mit dir zusammen?« Ich hebe die Schultern und lasse sie wieder fallen.

Sie fährt sich mit der Zunge über die Unterlippe, sieht aus, als würde sie gleich weinen – scheiße –, dann drängt sie sich an mir vorbei und läuft nach hinten Richtung Büro.

Ich würde ihr ja nachlaufen, aber BJ ist schon unterwegs und sieht mich finster an, während er ihr hinterherjoggt.

Also setze ich mich neben Henry, der mir mit hochgezogener Augenbraue einen Blick zuwirft.

»Was treibst du denn da für Spielchen?«

Ich zucke mit den Schultern. »Ich treibe keine Spielchen …«

»Einen Scheiß machst du.« Er schüttelt den Kopf.

»Weißt du, mit wem du hier gerade sprichst?«

»Ja, das weiß ich, und es ist mir scheißegal.« Gelangweilt wendet er den Blick ab. Normalerweise würde mir jemand, der so etwas sagt, derart auf den Sack gehen, dass ich ihn fertigmachen würde, aber bei ihm macht es mir nichts aus. Komisch eigentlich.

»Wie läuft es denn mit dir und Taura?«, frage ich, froh, das Thema zu wechseln.

»Ganz okay.« Er zuckt mit den Schultern. »Besser, eigentlich. Oder schlechter?«

Das ist genauso beschissen. Wenn es für Henry besser läuft, läuft es für Jonah schlechter.

»Ist sie bei ihm?«

Henry schüttelt den Kopf. »Sie ist auf dem Weg hierher – ich glaube, sie wollte im Krankenhaus vorbei, aber …« Er zuckt mit den Achseln.

Ich verziehe an seiner Stelle das Gesicht. »Irgendein Ende in Sicht?«

Er schüttelt den Kopf, atmet aus. »Kurz dachte ich, ja … aber jetzt bei dem ganzen Scheiß mit Barnsey … keine Ahnung. Und das auch nur, wenn ich es bin, vielleicht bin ich es aber auch nicht.« Wieder ein Schulterzucken.

»Ich für meinen Teil glaube ja, du bist es«, sage ich, ohne ihn anzusehen. »Ich denke, Jo weiß das auch, aber es ist eben hart, das zuzugeben, weißt du, was ich meine?«

Henry seufzt, und dann entdecke ich Taura. Stoße ihn an und zeige auf sie, und er lässt ein Lächeln aufblitzen, aber es ist ein müdes Lächeln. Trotzdem steht er auf und geht zu ihr rüber.

Frage mich, was Magnolia und BJ wohl in diesem Büro treiben. Sind schon eine ganze Weile weg. Ich weiß, was ich mit ihr in diesem Büro treiben würde, was ich schon hundertmal mit ihr in diesem Büro getrieben habe.

Der Gedanke fühlt sich beschissen an, also sehe ich mich im Raum um und überlege, wen ich stattdessen mit nach Hause nehme, als ich aus dem Augenwinkel etwas Pinkes aufblitzen sehe, das sich schnell durch den Club Richtung Ausgang bewegt, und schon bin ich aufgesprungen und ihr hinterher.

Hole sie auf halbem Weg die Treppe runter ein.

Packe sie am Handgelenk und ziehe sie zu mir herum.

»Was ist passiert?«, frage ich und senke den Kopf, damit ich ihr Gesicht sehen kann.

Sie weint.

Ich schnaube wütend auf. »Soll ich ihn fertigmachen?«

»Nein.« Sie schüttelt den Kopf.

»Wo willst du hin?«

Sie schnieft und wischt sich mit dem Ärmel über die Nase.

»Kann ich dich fahren?«, biete ich an.

Sie nickt und sieht zu mir auf, und ich trockne mit den Daumen ihre Wangen.

»Was hat er zu dir gesagt?«, frage ich und hebe ihr Kinn an, damit sie mich ansieht.

»Nichts«, lügt sie und wendet den Blick ab.

Ich lege den Arm um sie und ziehe sie die Stufen hinunter, während ich mich im Umdrehen versichere, dass Koa uns folgt.

»Wo soll ich dich hinbringen?«, frage ich.

»Nach Hause, Julian.« Sie sieht zu mir auf.

»Okay«, sage ich achselzuckend, während ich meine Wagentür öffne, ihr beim Einsteigen helfe. Sie klettert in den Fond, ich gucke ihr dabei auf den Arsch. Ein unglaublicher Arsch. Klettere ihr hinterher. Sehe sie direkt an.

»Weißt du, du würdest nichts falsch machen, wenn du jetzt nicht nach Hause fahren würdest.«

Sie starrt mich von der anderen Seite des Autos her an.

»Doch«, sagt sie, leise, aber mit einem bestimmten Nicken. »Das würde ich.«

Ich lege den Kopf schief. »Technisch gesehen nicht …«

Ihr Blick geht aus dem Fenster. »Aber in jeder anderen Hinsicht schon.«

»Komm schon.« Wieder greife ich nach ihrem Handgelenk, ziehe sie zu mir, bis sie neben mir sitzt. »Willst du mir sagen, du willst mich nicht genauso ficken wie ich dich?«

Sie sieht zu mir herauf, sie denkt darüber nach, ich kann sehen, wie sie darüber nachdenkt. Und dann schüttelt sie den Kopf.

»Bitte bring mich einfach nach Hause.«

Magnolia
01:03 Uhr

Alles ok?

Ja

Und in echt?

Nein

Soll ich umdrehen?

Julian

Was?

Was willst du?

Ich hasse es, wenn du traurig bist

Ich bin okay

Bist du nicht, aber wie du willst

Rufst du mich morgen an?

Vielleicht.

Ich ruf dich morgen an.

Morgen gehe ich auch dran.

X

X

KAPITEL 65

CHRISTIAN

Ich sehe dabei zu, wie mein Dad anderthalb Jahrzehnte Trauer auspackt, neben seiner bewusstlosen Frau, von der er nichts weiß, genauso wenig wie vom Rest von uns, und all der Schmerz, sein Bedauern, steht ihm deutlich ins Gesicht geschrieben, die ganze Welt kann es sehen.

So will ich nicht enden. Ich will nicht mit fast fünfzig auf mein Leben zurückblicken und mich fühlen, wie mein Dad gerade aussieht.

Alles, was in den letzten Tagen geschehen ist, lässt viele Dinge in einem anderen Licht erscheinen.

Ich habe eine Menge Fehler gemacht. Scheiße gebaut, Menschen verletzt. Menschen umgebracht. Ich bin aufbrausend, kleinlich.

Aber nach alldem weiß ich jetzt, was ich will.

Mum hat immer zu mir gesagt, wenn du dir den Menschen aussuchst, mit dem du zusammen sein willst, musst du dir alle Bereiche des Lebens vorstellen, jedes Szenario. Schön, furchtbar, glücklich, traurig, schmerzvoll, wunderbar – es darf nicht nur der Mensch sein, mit dem du gern in Urlaub fahren möchtest, sondern auch der, mit dem du gern im Stau stehen würdest. Nicht nur derjenige, mit dem du Kinder haben willst, sondern der, mit dem du auch trauern möchtest, den du am schlimmsten Tag deines Lebens bei dir wissen willst. Auf der Beerdigung eines geliebten Menschen, wen möchtest du an deiner Seite haben? Zu wem fährst du nach Hause? Du brauchst keine Schönwetterliebe, du brauchst den Menschen, der in Gummistiefeln neben dir steht und dem Sturm ins Auge blickt.

Und das ist Daisy.

Ich weiß, dass es Daisy ist.

Wenn das, was Mum passiert ist, mir irgendetwas gezeigt hat, dann, dass alles ungewiss ist, nichts sicher. Uns bleiben nur die Momente, die direkt vor uns liegen, und dann sind sie weg.

Mein Dad hatte meine Mum fünfzehn Jahre lang direkt vor sich, fünfzehn Jahre, die sie ihn gebraucht hat, die er sie ignoriert hat, um in seiner eigenen Trauer zu versinken, und wofür? Um sich drei Wochen bevor sie ins Koma fällt, wieder in sie zu verlieben?

Ich stehe im Türrahmen des Krankenhauszimmers und beobachte Daisy.

Sie sitzt neben meiner Mum und liest ihr vor.

»Hey.«

»Hi.« Sie sieht von ihrem Buch zu mir auf. Macht ein Eselsohr in die Seite und legt es auf ihren Schoß.

Mit dem Kinn deute ich darauf. »Was liest du?«

Sie zeigt mir das Cover. *Bradley's Neurology in Clinical Practice.*

Ich schnaube amüsiert. »Ein bisschen leichte Lektüre …«

Daisy zuckt mit den Schultern. »Wir sind bei dem Teil über sexuelle Dysfunktion bei degenerativen Erkrankungen und Rückenmarksverletzungen, also wird es gerade spannend.«

Ich fahre mir mit der Zunge über die Lippe und nicke knapp.

Greife nach einem Stuhl und ziehe ihn neben den ihren. »Ich habe nachgedacht …«

Ihre Stirn legt sich leicht in Falten, während sie nickt. »Ja?«

»Ähm …« Ich atme durch die Nase aus, schüttle den Kopf. »Du hast mich vor einem Jahr etwas gefragt – ob ich mit dir weglaufen würde, weißt du noch?«

Daisy sieht mich nervös an, nickt aber erneut.

»Ich bereue meine Antwort«, sage ich ihr. »Ich bereue sie schon seit diesem Tag.«

Ihr fällt alles aus dem Gesicht.

Ich schenke ihr ein kleines Lächeln. »Ich bin dabei.«

»Was?« Sie blinzelt verwirrt.

»Ich bin dabei, Dais.« Ich zucke mit den Schultern. »Ich will aus der ganzen Sache hier raus, ich will dich, also bin ich dabei – wenn Mum aufwacht und sie wieder fit ist, geht es los, egal, wohin du willst. Lass uns das machen.«

»Wirklich?«

Ich nicke. »Wirklich.«

Sie starrt mich ein paar Sekunden lang an, als würde sie alles noch mal überdenken, verarbeiten, was ich gerade gesagt habe, und dann breitet sich ein Grinsen auf ihrem Gesicht aus, sie schlingt die Arme um meinen Hals und küsst mich.

Ich lächle zu ihr hinunter, glücklich, dass sie so glücklich ist, aber dann verzieht sie nachdenklich das Gesicht.

»Wie soll ich Julian allein lassen?«

»Wir kommen zu Besuch.« Ich zucke mit den Schultern. »Es ist so wie damals, wir würden im Guten wegziehen, irgendwo wohnen, wo es schön und aufregend ist und …«

»Ich mag Kanada.«

Ich sehe sie zweifelnd an. »Schön und aufregend habe ich gesagt …«

Ihr Blick wird finster. »Egal, wo ich hinwill, hast du gesagt.«

»Ich meine …«, wieder sehe ich sie an, »… im Rahmen des Zumutbaren.«

»Nova Scotia ist nicht zumutbar?«

Ich schüttle den Kopf.

»Oh.« Sie runzelt die Stirn. »Wien ist wirklich hübsch.«

»Stimmt«, nicke ich.

»Hawaii gefällt mir auch.«

»Mir auch«, sage ich.

Sie strahlt mich wieder an, zupft aber gedankenverloren an ihrem Nagel herum.

»Was ist?«, frage ich misstrauisch.

»Der Gedanke, es Julian zu sagen, macht mich nervös.«

Ich ziehe sie auf meinen Schoß.

»Ja, das kann ich verstehen.« Küsse sie auf den Scheitel. »Wir sagen es ihm zusammen, wenn es so weit ist.«

Sie nickt und nimmt meine Hand.

»Es ist mir egal, wo wir hingehen, Dais …« Streiche ihr eine Haarsträhne hinter das Ohr. »Es spielt keine Rolle. Dass wir zusammen sind, das ist das Einzige, was von jetzt an noch wichtig ist.«

KAPITEL 66

JULIAN

Ich lasse mich auf meinen Bürostuhl fallen und fühle mich ziemlich gut, dass ich meine Saat in Magnolias Kopf ausgesät habe, denn genau das war der Plan. Mich in ihren Gedanken festsetzen, so wie sie in meinen sitzt. Wie angekündigt, habe ich sie angerufen. Sie gefragt, ob sie Lust hat, essen zu gehen, aber sie war auf dem Sprung, ihre Schwester irgendwo abzuholen.

Besser Bridge als Ballentine.

Ich glaube, ich habe überreagiert neulich, habe mich verrückt gemacht, weil ich sie liebe und noch nie zuvor jemanden geliebt habe. Jedenfalls nicht so.

Und dann war sie da, und dieser verfickte Brown stößt nett verpackte Drohungen gegen sie aus – den kann ich loswerden. Wenn er Magnolia oder meine Schwester jemals wieder schief anguckt, bringe ich ihn auf der Stelle um. Aber ich glaube, ihr den Stecker zu ziehen, war dumm. Ich glaube, zwischen uns ist etwas.

Ich glaube, sie steckt in ihrem eigenen Sumpf wegen Ballentine, und davon gibt es mehr als genug, also dauert es vielleicht eine Weile, aber ich glaube, wir könnten gemeinsam irgendwo ankommen, sie und ich.

Das ist es, was ich will.

Kekoa kommt in mein Büro geschlendert und wirft die aktuelle Tageszeitung auf meinen Schreibtisch.

Zieht sich dann aufs Sofa neben Declan zurück, der auf der Xbox FIFA zockt.

»Alles okay nach gestern?«, fragt Kekoa, während er einen Controller aufhebt, um mitzuspielen.

Fragend sehe ich ihn an. »Was war gestern?«

Koa zuckt mit den Schultern. »Ich glaube, ich kann an einer Hand abzählen, wie oft du einen Treffer mal nicht versenkt hast.«

Ich werfe ihm einen eindeutigen Blick zu. »Glaub mir, den habe ich versenkt.«

»Ach, dann ist sie das also oben in deinem Bett?«, gibt er zurück, was ich ignoriere. Ich lese weiter Zeitung. Aber wenn wir Buch führen (was wir nicht tun), nein, sie ist es nicht.

»Weiß sie, dass du dich in einen herumvögelnden Hurensohn verwandelt hast?«, fragt Declan, während er ein Tor schießt.

»Verwandelt?«, wiederholt Kekoa. »War er doch schon immer.«

Ich atme langsam durch die Nase aus und ignoriere sie weiter.

»Sie kommt schon wieder zu sich«, sage ich in den Raum hinein. Vielleicht sogar eher zu mir selbst. »Sie braucht einfach ein bisschen Zeit.«

Koa sieht zu mir herüber. Nickt, als würde er mir das nicht abkaufen. Und vielleicht hat er recht, vielleicht braucht sie mehr als nur ein bisschen Zeit, aber vielleicht hat sie auch vergessen, wie verdammt spektakulär wir zusammen gewesen sind, obwohl wir nicht mal zusammen waren. Wir haben einfach Sinn ergeben. Ich habe es geliebt, wie ich mich gefühlt habe, wenn ich bei ihr war, liebe es, zu wem sie mich macht, welches Gefühl sie mir gibt. Hasse alle anderen Mädchen in meinem Bett. Die Kleine oben? Kann mich mal. Keinerlei postsexuelle Verliebtheit. Nicht, dass Magnolia letztendlich in diese Kategorie gefallen wäre. Das war eher ein Verlieben in Zeitlupe. Oder vielleicht auch ganz plötzlich, und ich habe es nicht gemerkt. Wie sich herausstellt, fühlt sich die Liebe zu einem Mädchen ganz anders an als die Liebe zu einem Bild.

Ich blicke über den Rand meiner Zeitung und entdecke auf einer Ecke meines Schreibtisches einen Blumenstrauß in einer Vase.

»Hey, die sind hübsch.« Ich nicke den Jungs zu. »Wo kommen die her?«

Declan zuckt mit den Schultern.

Koa wirft einen desinteressierten Blick zum Tisch. »Keine Ahnung.«

Ich ziehe sie zu mir. Tatsächlich eine hübsche Vase. Ich schlage leicht mit dem Fingernagel daran. Glas. Die Ronsard-Opalescent-Glasvase. Weiß. Zwei Griffe. Mitte der 1920er.

»Ist das eine von meinen?«, frage ich, während ich den Boden der Vase in Augenschein nehme.

Wieder zuckt Koa mit den Schultern.

»Ich mag das Zeug von René Lalique«, sage ich und mustere sie von oben bis unten.

»Vielleicht ein Geschenk?«, fragt Declan und flucht dann den Bildschirm an, als Koa ihm den Ball abnimmt.

Nachdenklich ziehe ich die Augenbrauen hoch. »Von wem?«

Er zuckt mit den Schultern.

»Daisy?«, schlägt er vor. »Ist deine Lalique kaputtgegangen?«

Ich sehe zu ihm hinüber. Ja, ist sie. Kann mir allerdings nicht vorstellen, dass meine Schwester mich für diesen Unfall belohnt, indem sie mir eine neue kauft.

Ich beuge mich vor und schnuppere.

Zeige auf die Blumen. »Was sind das für welche?«

»Weiß ich nicht.« Kekoa sieht sie an. »Lilien, glaube ich.«

Ich nicke. »Riechen gut.«

Und hübsch sind sie auch.

Nach ein paar Sekunden sieht auch Decks rüber, reibt sich den Nacken und kneift die Augen zusammen.

»Nee – das sind Magnolien«, sagt er.

»Ach.« Ich nicke.

Ein paar Sekunden lang gucke ich sie an und denke darüber nach, wie lustig das ist. Was für ein Zufall, fast wie ein Zeichen.

Es ist ein Zeichen. Ich brauche nur etwas, um zu begreifen, was für eines.

Kekoas Kopf fährt genau in dem Moment herum, als ich aufspringe.

»Scheiße.« Er lässt den Controller fallen und rennt zu mir herüber. »Ist eine Nachricht dabei?« Er durchsucht die Blüten, und ich klappe meinen Laptop auf. Öffne den Tracker, den ich in ihrem Geldbeutel versteckt habe. So groß wie ein Stecknadelkopf. Seht mich nicht so an – es war ganz offensichtlich notwendig. Gerade erleben wir ein Paradebeispiel.

»Sie ist am Kensington Park«, sage ich.

Dann haste ich um meinen Schreibtisch herum und greife nach meinen Schlüsseln, Kekoa folgt mir im Laufschritt.

Ich renne zu meinem Wagen, lasse an der Tür die Schlüssel fallen, hebe sie wieder auf, aber meine Hände zittern.

»Gib sie mir.« Kekoa streckt die Hand aus. »Ich fahre.«

Natürlich gebe ich sie ihm nicht, aber er nimmt sie mir trotzdem weg. Öffnet die Wagentür, schiebt mich rein, und ich klettere auf den Beifahrersitz.

Er setzt schon aus der Einfahrt, bevor er überhaupt die Tür geschlossen hat.

»Jules, es könnte falscher Alarm sein«, sagt er, aber ich weiß, dass er lügt, weil er fährt wie ein scheiß Verrückter. Schlängelt sich durch den Verkehr wie ein Formel-1-Fahrer.

»Ruf sie an«, fordert er mich auf.

Ich ziehe mein Handy aus der Tasche. Wähle ihre Nummer.

Schlage tausendmal auf das Armaturenbrett, während ich darauf warte, dass sie rangeht, tut sie aber nicht.

»Vielleicht waren es einfach nur ein paar Blumen, Mann.«

Ich sehe zu ihm hinüber, das ganze Gesicht angespannt. »Irgendwer schickt mir einfach so einen Strauß verfickter Magnolien.«

»Vielleicht?« Er zuckt mit den Schultern, wenn auch schwach, umfasst das Lenkrad fester und beschleunigt.

Ich versuche es noch mal.

»Geh ran«, murmele ich. »Geh ran, verdammte Scheiße, geh ran.«

Ich stoße ein frustriertes Stöhnen aus und spüre Übelkeit im ganzen Körper, vom Kopf bis zu den Zehen. Mir war noch nie in den Zehen schlecht, aber jetzt ist es so weit. Es ist ein scharfes Gefühl, wie eine schmerzhafte Klinge, die sich durch mich hindurchfrisst, während mein Gehirn zu berechnen versucht, wie viel es wirklich kostet, von mir geliebt zu werden.

»Wo ist sie?«, fragt Koa.

»Unterwegs auf der Harleyford Road Richtung Vauxhall.«

Er nickt, gibt Gas und wirft mir einen Blick zu. »Hast du einen Plan?«

Ich schüttle den Kopf. »Sie abfangen? Mit ins Anwesen nehmen?«

»Was wird der Boyfriend dazu sagen?«

Ich schüttle den Kopf. »Das ist mir scheißegal.«

Wir biegen auf die Vauxhall Bridge ab.

Rufe sie noch mal an, und endlich – endlich – meldet sich Bridget.

»Ach, hallo!«, flötet sie. »Wir haben gerade von dir gesprochen!«

»Magnolia«, sage ich eindringlich. »Ist sie bei dir? Wo seid ihr?«

»Was?« Bridget lacht, überhört meinen Tonfall.

»Gib sie mir«, weise ich sie an.

»Sie fährt …«, entgegnet Bridget.

»Wo seid ihr – mit welchem Auto seid ihr unterwegs?«, frage ich sie und sehe mich auf der Brücke um. Hier müssten sie irgendwo sein.

»Was? Sorry, ich kann dich nicht verstehen.« Sie bricht ab, und dann entdecke ich sie auf der Gegenspur. Weißer Aston Martin DBS Superleggera.

Entdecke sie genau in dem Moment, in dem sie ein Auto von hinten rammt, sie auf die Gegenspur schleudert und Kekoa in die Bremsen tritt.

Habt ihr jemals dabei zugesehen, wie die Liebe eures Lebens von einem Auto gerammt wird, nur weil sie euch liebt?

Von zwei Autos, um es genau zu nehmen. Denn als ich mich abschnalle, um auszusteigen und zu ihr zu rennen, rast ein weiterer Wagen seitlich in ihren.

Liebe ist verrückt, nicht wahr? Es macht ein Leben so viel wertvoller, nicht nur für mich, sondern auch für meine Feinde. Niemand hat versucht, Magnolia Parks umzubringen, bis ich mich in sie verliebt habe.

Und ich weiß, dass es genau darum geht. Die Wagen lassen keinen Zweifel.

Schwarz, schlicht, unauffällig, keine Nummernschilder.

Ich springe auf die Straße und schreie ihren Namen – höre mich selbst wie aus weiter Ferne –, ich rufe nach ihr, renne auf sie zu, es fühlt sich an, als liefe ich durch einen Traum. Als würden meine Füße im Sand versinken, und ich komme einfach nicht dorthin, wo ich hinwill …

Koa packt mich an der Schulter. »Wir müssen weg.«

Ich schubse ihn beiseite und renne weiter, aber er zieht mich zurück.

»Wir müssen sofort hier weg!«

»Ich muss ihr helfen!«

Er deutet auf das Autowrack. »Das kannst du nicht!«

»Ich muss!« Ich dränge mich an ihm vorbei, aber er reißt mich nach hinten und baut sich entschlossen vor mir auf.

»Hör mir zu.« Er packt mich an den Schultern. »Du kannst ihr nicht helfen.«

»Ich liebe sie!«

»Ich weiß«, nickt er und sieht mich abschätzend an. »Aber Daisy. Wir müssen zu Daisy.«

Meine Brust hebt und senkt sich heftig, während ich versuche, an der wachsenden Menge der Leute vorbeizusehen, die versuchen, ihr zu helfen.

»Aber was, wenn sie …«

Ich kann nichts sehen. Der Wagen liegt auf der Seite, das ist alles, was ich erkennen kann.

Die schwarzen Autos sind verschwunden – ich weiß nicht, wohin, habe sie verloren, hätte besser aufpassen sollen, aber ich habe sie verloren, genauso, wie ich sie jetzt verliere.

Ich schiebe Kekoa beiseite, aber er hält mich fest.

»Julian, wir wissen nicht, ob sie …« Mit einem Kopfschütteln schiebt er mich zurück zum Wagen. Öffnet die Tür, drückt mich auf den Sitz.

»Es tut mir leid.« Wieder schüttelt er den Kopf. »Wir müssen zu Dais.«

KAPITEL 67

DAISY

Barnsey ist immer noch bewusstlos, und wir weichen kaum von ihrer Seite. Jud schon gar nicht. Christian und er reden noch immer nicht miteinander, sie gehen durchs Zimmer, meiden einander, schauen einander nicht an.

Ich fahre manchmal nach Hause, koche etwas und bringe es ihm mit. Sorge dafür, dass er ein wenig Schlaf bekommt, aber er entfernt sich nie weit von ihr.

Er sucht sich ein freies Zimmer auf demselben Flur, legt sich eine Stunde hin.

Bittet mich, so lange neben ihm zu liegen, als hätte er Angst, es könnte etwas passieren, wenn er nicht an meiner Seite ist.

Wir haben viel darüber gesprochen, über die Frage, wo wir hingehen, wenn all das hier vorbei ist.

Er will es warm, ich kalt.

Er hat eine der hawaiianischen Inseln im Sinn, vielleicht auch Bali oder Mauritius. Ich argumentiere in Richtung des Lake District von Marlborough[260], L'Isle-sur-la-Sorgue[261], der Magdalenen-Inseln oder der Thousand Islands in Kanada.

Thermostatisch stellen wir uns unterschiedliche Dinge vor, aber das Einzige, das wirklich für mich zählt, ist die Tatsache, dass er sie sich mit mir vorstellt.

Nur der Gedanke, es meinem Bruder zu erzählen, macht mich nervös.

Das kann noch eine Weile warten. Ich würde mir Sorgen machen, ihn zu verlassen. Ich glaube, er wäre einsam. Vor allem jetzt, da er sich verliebt hat, und, ich meine, ihr wisst, wie es ist – jemanden zu lieben, den man erst hat und dann wieder verliert, macht etwas mit einem. Es hinterlässt eine andere Art der Leere.

260 In Neuseeland.
261 In der Provence.

Alles an meinem Bruder wirkt derzeit, als herrsche genau diese Leere in seinem Inneren.

Es kommt mir selbstsüchtig vor, ihn hier zurückzulassen.

Das ganze letzte Jahr über wollte ich nichts anderes als weg von hier. Das normale Leben, das ich mir so lange gewünscht und ganz kurz geführt habe, auch wenn es nicht so unglaublich war, wie ich gedacht hätte.

Oder es war es doch, und mir haben nur die Zutaten gefehlt, die dieses Leben wirklich und wahrhaftig schön machen. Jedes Leben ohne Christian und meinen Bruder ist zwangsläufig ein Verlust, und ich spüre, wie die Sorge in mir wächst, eines Tages wählen zu müssen. Entscheiden zu müssen, ob ich Normalität will oder ein Leben mit meinem Bruder führen möchte.

Ich drücke Christian fest an mich, während er schläft, weil es mir solche Angst macht, und er öffnet ein Auge.

»Alles okay?«

Ich nicke. »Alles in Ordnung, ja.«

Mein Handy klingelt, und ich setze mich auf, um dranzugehen.

Romeo. Er ist immer noch bei uns im Anwesen, aber wegen dieses ganzen Durcheinanders habe ich ihn nicht viel gesehen. Wir verstehen uns aber gut. Es ist nicht komisch oder unangenehm. Christian verhält sich auch nicht seltsam, aber Christian ist auch ziemlich abgelenkt.

Ich gehe dran. »Hey.«

»Hey«, sagt er, seine Stimme klingt angestrengt.

»Alles in Ordnung?« Ich setze mich auf.

»Ja, ja – hey, wo bist du?«, fragt Rome.

»Weymouth Street.« Ich runzle die Stirn. »Warum?«

»Ach – nein, ich weiß. Ich meine – können wir uns dort treffen?«

»Was?«, frage ich mit finsterem Blick. Er soll das Anwesen eigentlich nicht verlassen.

»Ich muss dir nur kurz was vorbeibringen?«

»Was denn?«

»Kannst du einfach in zehn Minuten runterkommen?«

»Rome.« Ich schüttle den Kopf.

»Dais«, sagt er ungeduldig. »Komm einfach in zehn Minuten runter, verdammt.«

Dann legt er auf, und ich seufze.

»Hey?« Christian zieht mich zu sich nach oben. »Was war das?«

»Keine Ahnung.« Ich zucke mit den Achseln. »Romeo will mir irgendwas vorbeibringen.«

»Ach so.« Er zuckt mit den Schultern.

Ich rolle mich dichter an ihn heran. »Was hat der Arzt heute Morgen zu deiner Mum gesagt?«

»Zustand stabil.« Er nickt. »Aber nichts Neues.«

Ich berühre sein Gesicht. »Geht es dir gut?«

»Ja, eigentlich schon.« Er schenkt mir ein kurzes Lächeln. »So gut es in Anbetracht der Lage eben geht.«

»Gut.« Ich beuge mich vor, um ihn zu küssen. Ein schneller Kuss. Ein flüchtiges Streifen seiner Lippen. Dann drücke ich mich nach hinten ab und springe auf die Füße. »Ich laufe nur schnell runter und hole das Zeug von Romeo ab.«

»Soll ich mitkommen?«

Ich schüttle den Kopf. »Ruh du dich aus, ich bin gleich wieder da.«

Ich trete auf die Straße, Ecke Weymouth und Beaumont, und warte auf Rome. Es ist ein schöner Tag. Frühling in London hat immer etwas Bezauberndes, aber heute ist der Himmel extrablau, die Wolken perfekt wattebauschig. Als hätten sie sich verschworen, echt.

Nach ein paar Minuten hält einer unserer Wagen am Straßenrand, die Tür geht auf, und Romeo klettert raus.

Er sieht ziemlich gestresst aus. Zusammengewürfelt, unordentlich. Weißes T-Shirt, Baggy-Jeans, offenes rotes Hemd darüber.

Irgendetwas an seinem Gesicht macht mich nervös.

Romeo Bambrilla und ich, wir kennen uns schon ewig. Sind zusammen groß geworden, haben einander fallen sehen[262], haben einander wachsen sehen.

Ich weiß, wie er aussieht, wenn er wütend ist, ich weiß, wie er aussieht, wenn er glücklich ist, wenn er mit sich selbst im Reinen ist, wenn er genau weiß, was ich denke, wenn er aufgeregt ist, wenn er Angst hat.

Aber sein Gesichtsausdruck hier direkt vor mir – ich weiß nicht. Ich kann ihn nicht deuten.

262 Nicht nur in einer Hinsicht.

»Hey«, sage ich stirnrunzelnd. »Alles okay?«

Er nickt hinter sich. »Du musst in den Wagen steigen, Dais.«

Verwirrt ziehe ich die Nase kraus. »Was?«

»Wir müssen hier weg.« Er greift nach meinem Handgelenk.

Ich weiche vor ihm zurück. »Wohin?«

»Daisy … du musst in den verdammten Wagen einsteigen …«

»Nein.« Ich schüttle den Kopf.

»Jetzt, Daisy.« Er streckt die Hand nach mir aus.

»Romeo, nein …« Ich schlage seine Hand weg.

Hinter mir taucht Miguel auf – ich habe nicht mitbekommen, dass er mir nach unten gefolgt ist –, packt mich, hebt mich hoch und trägt mich mit Romeo zum Wagen.

Ich schreie und wehre mich gegen ihren Griff, trete und schlage um mich in dem Versuch, mich zu befreien, aber die beiden sind stärker als ich. Und genau in dem Moment taucht Christian vor dem Krankenhaus auf. Er sieht die Straße hinunter zu mir …

»Christian!«, schreie ich, und er rennt los, während Miguel mich auf den Rücksitz bugsiert. Rome springt hinter mir rein, und sie schlagen die Tür zu.

Christian hämmert ans Fenster, und ich hämmere von innen zurück, und wann ist aus meinem Schreien Weinen geworden?

Ich presse mein Gesicht ans Glas, und Christian versucht, die Scheibe einzuschlagen. Ich sehe zu, wie er sich mindestens zwei Finger und wahrscheinlich einen Knöchel bricht und es ihn nicht eine Sekunde lang aufhält. Seine Augen sind tränenverschleiert und rot, und ich beobachte ihn, während sich alles irgendwie in Zeitlupe zu bewegen scheint … der Wagen reiht sich in den dichten Londoner Verkehr ein, und ich lasse ihn die ganze Zeit nicht aus den Augen, genau wie er mich, und es gibt so vieles, das ich ihm hätte sagen sollen. So vieles. Aber der Kern ist das:

Ich liebe ihn. Er ist alles, was ich will. Er ist alles, woran ich denke. Alles, was ich an der Liebe nicht wollte, nicht glauben wollte, will ich und glaube ich mit ihm. Ihn zu lieben hat die Mauer um mein Herz zum Einsturz gebracht. Aber wenn die Zeit mich eines gelehrt hat, dann, dass es ein Fehler ist, irgendjemanden zu lieben, solange mein Bruder ist, wer er ist.

Christian wird kleiner und kleiner, und ich drücke mein Gesicht fester und fester an die Glasscheibe, die uns voneinander trennt, und ich habe ihn noch nie so weinen sehen. Nicht mal wegen seiner Mum, aber fuck, er ist völlig außer sich, und mein Herz bricht in noch kleinere Stücke, wenn ich ihn so sehe, weil es das ist, was Leuten passiert, wenn sie mich lieben.

Ich verliere sie alle. Ausnahmslos, jedes Mal.

Ich verliere Menschen wie ein Baum im Herbst seine Blätter. Es hat mich entstellt. Es ist die eine Sache, die mich am tiefsten geprägt hat … mein bezeichnendster Charakterzug … Manche Menschen haben Sommersprossen auf der Nase, andere haben Augen wie klares Wasser oder Haare in der Farbe der Nacht, aber ich?

Meine Besonderheit ist es, dass ich alle verliere, die ich liebe, und sie mich.

KAPITEL 68

CHRISTIAN

Das Erste, was ich tue, als ich den Wagen aus den Augen verliere, ist, mich zu übergeben. Dann drehe ich mich um und renne so schnell ich kann wieder zurück ins Krankenhaus.

Die Leute starren mich an, aber scheiß auf sie, denn keiner von ihnen hat dem schreienden Mädchen geholfen, das auf der Straße gepackt und in ein Auto verfrachtet wurde.

Ich drücke den Aufzugknopf, aber es dauert mir zu lange, also renne ich die Treppe hoch.

Direkt bis in den dritten Stock, und es fühlt sich an, als hätte ich nur zwei Schritte gebraucht, um anzukommen.

Ich rase den Flur hinunter, stürze ins Zimmer meiner Mum.

»Jonah.« Ich stütze mich an den Türrahmen, um nicht den Halt zu verlieren – muss ich mich noch mal übergeben? Heilige Scheiße.

»Woah …« Jonah kommt mir entgegen, die Augen weit aufgerissen. »Was ist los?«

Ich ziehe ihn auf den Flur, und Dad setzt sich aufrechter hin, sieht zu uns herüber, fragt sich, was passiert ist.

»Sie haben Daisy mitgenommen«, sage ich und schüttle den Kopf. »Ich brauche deine Hilfe – sie haben Daisy mitgenommen.«

»Wer?«, fragt er, überraschend gefasst.

»Miguel.« Wieder schüttle ich den Kopf. Es ergibt keinen Sinn. »Und Romeo – sie haben sie gepackt und in ein Auto geworfen – und Jo, sie wollte nicht mitkommen.« Wieder Kopfschütteln. »Sie hat geschrien, versucht, sich loszureißen …«

Sich loszureißen und zu mir zu kommen, und ich konnte ihr nicht helfen.

»Ey …« Er zieht mich weiter von der Tür weg, den Flur hinunter, ein Stück weg von all den Menschen.

Ich sehe ihn stirnrunzelnd an – er scheint unangemessen ruhig.

»Du musst mir jetzt zuhören, okay? Du hörst mir zu, ja?« Er starrt mir ins Gesicht, so ernst, wie ich ihn wohl noch nie gesehen habe. Er schluckt schwer, atmet durch die Nase aus.

»Magnolia hatte einen Autounfall.«

Verwirrt ziehe ich den Kopf zurück. »Wann?«

»Vor ungefähr einer Stunde.«

»Was?« Ich schüttle den Kopf.

Jonah verzieht das Gesicht, und sein Blick wird glasig. Er blinzelt heftig. Atmet durch die Nase aus. »Es war ein Mordversuch, Christian.«

Ungläubig starre ich ihn an. »Bullshit.«

Er wischt sich über die Nase. »Irgendwer hat Julian einen Strauß Magnolien geschickt, genau wie …«

Mir rutscht das Herz in die Kniekehlen.

»Die Gänseblümchen.« Fuck. »Geht es Magnolia gut?«

Er schüttelt den Kopf. »Sie ist noch im OP.«

Ich fahre mir mit der Hand über den Mund und sehe meinen Bruder an, frage mich, ob ich mich noch mal übergeben muss. Was zum Teufel …

»Daisy.« Ich schüttle den Kopf, fühle mich, als würde ich halluzinieren, wenn ich ehrlich bin. »Ich muss zu ihr …«

Mit den Händen fahre ich mir durchs Haar, gucke auf die Uhr, als würde die Zeit mir irgendetwas verraten.

Dann sehe ich zu meinem Bruder hinüber. »Wo bringen sie sie hin?«

Jonah schüttelt den Kopf. »Nein, Christian, du verstehst nicht …«

Ich sehe ihn an. »Verstehe was nicht?«

Jonahs Blick wird schwer. Es liegt Mitleid darin.

»Ich weiß nicht, wo sie sie hinbringen.« Er schüttelt den Kopf. »Sie fliehen aus England.«

Fassungslos starre ich ihn an.

»Was?«

»Hier ist sie nicht sicher«, setzt Jo an, und ich schubse ihn so fest ich kann, zeige mit dem Finger auf sein Gesicht.

»Ich schwöre bei Gott, du sagst mir jetzt, wo sie sie hinbringen, oder ich bringe dich auf der Stelle um.«

Jonah stößt mich weg, und ich stoße zurück, fester diesmal.

»Sag es mir.« Wieder ein Stoß.

»Christian, ich weiß es nicht.«

Und dann ziehe ich meine Waffe, drücke sie ihm auf die Brust. »Wie sieht es jetzt aus, weißt du es?«

»Scheiße, was machst du?«, schreit mein Bruder.

»Sag mir, wo sie sie hingebracht haben!«, schreie ich mit weit aufgerissenen Augen. »Jetzt, Jonah!«

»Wozu?«, brüllt er. »Was bringt es dir, es zu wissen – du kannst ihr nicht hinterher…«

»Doch, das kann ich«, rufe ich und drücke die Pistole fester auf seine Brust.

»Ja, und die Leute, die es auf sie abgesehen haben, direkt zu ihr führen? Nein – du darfst es nicht wissen, Mann.«

»Christian«, sagt mein Dad von der Seite. »Gib mir die Waffe.«

Jetzt weine ich. Vielleicht habe ich das auch schon vorher getan – keine Ahnung –, aber jetzt weine ich.

Widerstrebend löse ich die Pistole von der Brust meines Bruders und lasse sie meinem Vater in die Hand fallen. Er öffnet das Magazin, steckt die Patronen in die Tasche, steckt die Waffe ein.

Dann packt er mich, zieht mich an sich, und ich falle auseinander.

Weine, wie ich nie zuvor in meinem Leben geweint habe.

Weil ich mich vor allem fürchte, vor dem, was es heißt, wo sie jetzt hingeht, wie lange sie weg sein wird, wie es mir ohne sie geht – wie kann es sein, dass ich sie verloren habe, wo ich sie doch gerade erst zurückgewonnen hatte?

KAPITEL 69

DAISY

Den ersten Teil der Fahrt über war ich hysterisch. Auf halbem Weg habe ich mich in eine Panikattacke hineingesteigert, und Rome hat versucht, mir zu helfen, meinen Atem wieder zu beruhigen, aber ich habe ihn nur weggetreten.[263]

Erst hat mein ganzer Körper gezittert vom Adrenalin, dann habe ich reglos dagesessen.

Habe stumm aus dem Fenster gesehen, während wir weiter und weiter die M11 hochgefahren sind. Ich wusste nicht, wohin, hatte aber eine Ahnung.

Oben bei Clavering liegt eine alte Startbahn für Flugzeuge, die mein Dad in den Achtzigern mal gebaut hat. Niemand weiß davon. Sie liegt auf einer Farm. Die Jungs nutzen sie manchmal, um Waren rein- und rauszuschmuggeln.

Ich habe so eine Ahnung, dass diesmal ich die Ware bin, die außer Landes gebracht werden soll.

Romeo starrt mich von der Seite an, müde und verletzt, als hätte ich ihm etwas angetan. Als wäre der Scheiß, der gerade passiert, schwer für ihn.

Wütend sieht er mich an.

»Glaubst du, ich würde je zulassen, dass dir jemand etwas zufügt?«

Schiebt den Unterkiefer vor und wendet den Blick ab, als sei ich die Verräterin hier.

Kein Wort von meinem Bruder. Fühlt sich seltsam an. Aber das hier ist wohl einfach alles seltsam.

Ohne Licht rollen wir auf das Farmgelände, alles ist ruhig. Das Auto kommt zum Stehen, und ich fasse einen Plan. Ich war schon ein paarmal hier. Ungefähr eine Meile entfernt steht ein weiterer Hof. Die Bewohner

263 Er ist ein Verräter.

haben nichts mit unserem Geschäftszweig zu tun, es sind einfach nur nette, normale Leute, die nicht mit meinem Bruder oder dem organisierten Verbrechen in Verbindung stehen – dorthin werde ich laufen.

Miguel öffnet die Autotür, bietet mir seine Hand an, um mir beim Aussteigen zu helfen, und ich – vergib mir, Miguel – versetze ihm einen Frontkick. Damit hat er so wenig gerechnet, dass er nach hinten zu Boden fällt, und ich sprinte los.

Renne, so schnell ich kann.

Es ist dunkel, ich trage unpraktische Schuhe. Es sind Turnschuhe, aber sie sind nicht fürs Laufen gemacht, diese bescheuerten Golden-Goose-Sneaker, wofür sind die eigentlich gut? Kommen schon ramponiert an, machen einen nicht schneller …

»Daisy!«, ruft Romeo im Flüsterton, während er mir nachsetzt.

Er ist mir auf den Fersen.

Es ist nicht fair, so war es schon immer. Er ist schneller als ich, und ich bin schon schnell. Ich bin schneller als alle anderen außer Romeo. Beim Laufen hat er mich schon immer geschlagen. Als wir Kinder waren, habe ich ständig geheult, weil ich nie schneller war als er, egal, was ich versucht habe. Mein Dad hat mich immer auf sein Knie gesetzt und gesagt: »Schneller ist nun mal schneller, Daisy. Er wird dich so lange schlagen, bis du ihn schlägst.«

Aber ich habe ihn nie geschlagen, damals nicht, heute nicht.

Er überholt mich und wirft mich unter vollem Körpereinsatz rücklings zu Boden. Es kommt zu einer ausgewachsenen körperlichen Auseinandersetzung.[264] Ich ramme ihm das Knie in den Schritt, schlinge meine Beine um seinen Hals und versuche, ihn zu erwürgen, aber er schüttelt mich einfach nur ab, drückt mich nach hinten auf den Boden und hält mich dort fest.

»Scheiße, hör auf«, knurrt er. »Dafür haben wir keine Zeit – steh auf!«

Er versucht, mich vom Boden hochzuziehen, aber ich trete ihn noch mal, und jetzt reicht es ihm – er wird so sauer, wie er sonst nie sauer auf mich wird.

»Stell mich nicht auf die Probe, Dais«, sagt er und drückt meine Schultern in den Matsch. Ich starre zu ihm auf, die Augen feucht, das Gesicht

264 Zugegeben, einer ziemlich einseitigen.

ein bisschen schlammig von der Kombination aus Weinen und Ringkampf, und Romeo wirft mich über seine Schulter und trägt mich zurück. Am Wagen vorbei in eine Scheune, in der ein kleiner Jet steht.

Sobald ich das Flugzeug sehe, weine ich wieder, weine und versuche, gegen ihn anzukämpfen, aber er ignoriert mich einfach und trägt mich trotzdem hinein. Miguel folgt uns, schließt die Tür und rennt ins Cockpit.

Romeo lässt mich auf den Boden fallen, dann zieht er sich wie ein verwundetes Tier in den hinteren Teil des Jets zurück. Ich springe auf, will wieder auf ihn losgehen, aus diesem scheiß Flugzeug raus – es ist mir egal, was ich dafür tun muss, ich muss hier raus und zurück zu Christian.

Und dann sehe ich ihn, zusammengesunken auf einem Fenstersitz, den Blick starr nach draußen gerichtet.

Ich sehe meinen Bruder ein paar Sekunden lang an, und ich weiß nicht – so habe ich ihn noch nie gesehen –, ich weiß nicht mal, was »so« ist.

»Julian?«, sage ich leise, weil ich nicht anders kann.

Er dreht sich um und sieht mich an, als hätte er mich gerade erst bemerkt.

Blinzelt zweimal.

Seine Augen sind gerötet.

Ich habe ihn noch nie weinen sehen, nicht mal bei unseren Eltern.

Und dann, ich weiß auch nicht, sei es aus Instinkt oder weil er meine Familie ist, ganz egal, ob als größtes Arschloch dieses Universums oder als mein bester Freund – renne ich zu ihm hinüber und falle vor ihm auf die Knie. Lege meine Hand an sein Gesicht.

»Julian, was ist passiert?«

Sein Atem geht ruhig und langsam. Seine Lider senken und heben sich wieder.

»Sie mussten ihm was geben«, sagt Romeo, während die Propeller sich zu drehen beginnen.

»Wofür?« Ich blicke von ihm zurück zu meinem Bruder.

Romeo zuckt mit den Schultern. »Er war einfach durch.«

Die Nichtantwort lässt mich verärgert dreinblicken.

»Julian …« Ich berühre seine Hand mit der meinen, und er starrt sie an. »Was ist passiert?«

»Sie haben einen Killer auf Magnolia angesetzt.« Er blinzelt.

Meine Miene entgleist. »Was? Nein.«

»Sie haben sie erwischt.« Er atmet aus. »Sie auf der Vauxhall Bridge mit zwei Autos in die Zange genommen. Ich habe es gesehen …« Sein Blick verschwimmt. »Ich habe versucht, zu ihr zu kommen.« Er schüttelt den Kopf.

»Nein …« Ich bin fassungslos. »Nein, warum sollten sie …«

»Meinetwegen«, sagt er, als das Flugzeug aus der Scheune fährt.

Plötzlich bin ich zu Tode erschöpft.[265]

»Hat sie …« O mein Gott. »Ich meine, ist sie okay?«

Julian schüttelt den Kopf und sieht wieder aus dem Fenster. »Ich weiß es nicht.«

Ich setze mich neben meinen Bruder, lehne meinen Kopf an seinen Arm.

»Wo fliegen wir hin?«, frage ich und wische mir mit der Hand über die Nase.

Er legt seinen Kopf auf den meinen und blickt starr geradeaus.

»Weg von hier, Dais.«

265 Ich hasse dieses Leben.

DANKSAGUNG

Dieses Buch ist mir irgendwie zugeflogen. Ich kann mich nicht mal wirklich daran erinnern, es geschrieben zu haben, aber die Tatsachen sprechen gegen mich.

An die üblichen Verdächtigen:

Madie Conn und Molly Lee. Danke für die Erlaubnis, euch ständig mit dieser Sache zu behelligen, einfach weil ihr mich liebt. Wie immer, ohne euch gäbe es dieses Buch nicht.

Amanda George, danke für die vielen Dinge, die du für mich getan und mit der MPU getragen hast. Ich bin so dankbar, dass ich dich habe, danke, dass du diese Figuren so (womöglich) wahnsinnig liebst. Sie erwidern deine Gefühle.

Avenir Creative House, insbesondere Luke Hastings und Jay Argaet, meine Brüder und Freunde, die mit einem so wunderbaren Verständnis für mich als Mensch und Autorin geholfen haben, meine Vision für diese Reihe zu entwickeln und dann alles mit einem solchen Weitblick umzusetzen. Ich bin so dankbar, das mit euch zu machen.

Und Maddi Hewitt, du bist immer mein #1 Hype-Girl, und ich liebe unsere gemeinsame Reise. Danke.

Benjamin William Hastings, vielen Dank, dass du mir so viel Platz in unserem Leben gibst, zu tun, was ich tue.

Juniper und Bellamy, danke, dass ihr die brillantesten, anstrengendsten und beständigsten Bestandteile meines Lebens seid.

Ash und Camryn, ihr seid hier mein Dorf. Danke.

Emily, vielen Dank, dass du jedes Mal, wenn ich dir etwas schicke, mit einer solchen Überzeugung sagst, es sei das Beste, das du je gelesen hast, dass ich dir glaube.

Und Celia und dem Rest meiner neuen Orion-Family – vielen Dank für die Zusammenarbeit an diesem wahnsinnig eng getakteten Projekt, ich weiß, es war für alle ein Sprint, aber ich bin so dankbar für eure harte Arbeit und eure Begeisterung für die Serie. Ich kann es kaum erwarten, mit euch allen weiterzumachen. Es wird ein Riesenspaß.

Und zu guter Letzt, vielen Dank an dich – vielleicht wenn du einer der Menschen bist, die Daisy und Magnolia im letzten Jahr so unglaublich viel Liebe geschenkt haben. Mein Gott, ihr habt mein Leben verändert. Mir einen Weg aufgezeigt, wo es niemand sonst tun wollte, nur indem ihr diese ausgedachten Freunde, die in meinem Kopf leben, in eure Herzen geschlossen habt.

Danke.

ÜBER DIE AUTORIN

Jessa Hastings ist gebürtige Australierin, lebt aber mittlerweile in Südkalifornien, zusammen mit ihrem Mann, zwei Kindern, ihrer Katze und einem Hund, dessen Anschaffung sie zeitweise halb bereut hat, nachdem es mit eben diesem Hund zu mehreren Zwischenfällen kam, bei denen er absichtlich an das Lieblings-Feuerwehr-Spielhaus ihres Sohnes gepinkelt hat. Dankenswerterweise hat sich die Reue mittlerweile verflüchtigt, genau wie der Urin.

Sie denkt chronisch zu viel über alles nach, ist aufstrebende Wasser-Connaisseuse und durchlebt momentan eine akute Suppen-Phase. Sie findet Twitter und Small Talk gleichermaßen entsetzlich und sehnt sich noch immer häufig nach einem australischen Frühstück und einem Sauerteigbrot, das nicht den Wunsch in ihr weckt, sich mit einer rostigen Gabel zu pfählen.

Magnolia Parks war ihr Debütroman und der Beginn der Serie, und sie kämpft (offensichtlich) noch immer damit, eine zusammenhängende oder thematisch relevante Autorinnen-Biografie zu verfassen.

Für Letzteres entschuldigt sie sich.

LISTE SENSIBLER INHALTE / CONTENT NOTES

- Toxische Beziehung
- Gewalt
- Mord
- Alkohol
- Drogen
- Tod eines Familienmitglieds
- Fehlgeburt (mit Kindstod)
- Kindesmissbrauch/sexueller Missbrauch/Vergewaltigung
- Autounfall

Wie oft findet man die große Liebe?

JESSA HASTINGS

MAGNOLIA PARKS THE LONG WAY HOME

Es ist fast ein Jahr her, dass Magnolia Parks ihren Freund BJ Ballentine auf den Stufen eines Londoner Hotels stehen ließ. Seitdem hat sich alles verändert: Magnolia führt jetzt ein unabhängiges Leben in New York, und auch BJ scheint die Vergangenheit endlich hinter sich gelassenzu haben.
Doch dann landen beide wieder in London. Als Magnolia und BJ voreinander stehen, müssen sie sich die eine, entscheidende Frage stellen, die sie schon ihr halbes Leben lang beschäftigt: Wie oft findet man die große Liebe? Und vor allem, haben sie einander vielleicht schon längst gefunden?

Band 3 im dramatischen *Magnolia-Parks-Universum!*

KNAUR